河出文庫

八月の博物館

瀬名秀明

河出書房新社

目次

八月の博物館

Qualche cosa di più nuovo

——何か、より新しいもの——

ジュゼッペ・ヴェルディ

（1813 〜1901）

プロローグ

エジプト、ナイル（一八五九年）

風は凪《な》いでいる。

唯一衣服に覆《おお》われていない顔面に、わずかながら汗が浮かんでいるのを感じる。陽射《ひざ》しが暑いのではない。すでに太陽はやや西に傾き、ナイルの水面に反射する光も弱まっている。冬のこの時期、夕暮れになれば肌寒ささえ覚えることも多い。本来ならば汗ばむことはないはずだ。だが筋肉の内から滲《にじ》む己の火照《ほて》りは粒となり、鼻先や額、頬髯《ほおひげ》にまとわりついている。腹の底から沸き上がってくる熱が収まらない。

オギュスト・マリエットは、腕組みしたまま甲板《かんぱん》の舳先《へさき》に立ち、遥《はる》か前方の中空をじっと見つめていた。

空は水平線に向かうにつれて紺碧《こんぺき》から瑠璃色《るりいろ》、さらに青から水色へと徐々に変化している。薄い絹雲《けんうん》が遠くに浮かんでいる。目の前に広がるナイルはわずかに右へ蛇行しつつ、空との境まで悠然と続いている。右舷《うげん》前方の水面には、おそらく河底から緩やかな水流が浮かび上がってきているのだろう、細かい漣《さざなみ》が群れを成し、水藻《みずも》の深緑と空の瑠璃色がちらちらと混じり合っている。マリエットの乗るサマヌード號《ごう》以外、ナイルに船の影はない。瓶商人の筏《いかだ》やヌビアの者たちのボートもいまは姿を見せない。鳥の啼《な》き声さえ聞こえない。両岸に生えるわずかな緑と、すぐその向こうに広がる黄土色の大地に、動物や人の動く気配はない。

マリエットはそれらエジプトの風景すべてに全身で気を配りつつ、両眼の焦点を真《ま》っ直《す》ぐ前方に向け続けていた。

すでに一時間以上、サマヌード號の甲板では沈黙が続いている。マリエットの後ろに控えているはずの船員たちも、座ったまま一言も声を発しない。太陽がじりじりと西に動いてゆくだけだ。

と。

一本、真正面の空に小さな白煙が浮かび上がった。

マリエットは目を見開いた。腕組みを解き、ロープを摑《つか》んで身を乗り出す。白煙がさらに太くなる。

間違いない。蒸気船の煙だ。

「見えたぞ！」

マリエットは勝鬨《かちどき》を上げた。待機していた八人の船員たちが一斉に立ち上がる。

「木炭をくべろ！　全速前進！」

ふたりの船員がばたばたとボイラー室に駆け込んでゆく。足音が響き、その振動が甲板から靴を通じてマリエットの心臓にまで伝わってくる。やがて大きな推進力とともに水搔《みずか》き車輪が回転を始めた。煤《すす》に満ちた熱気がボイラーから吐き出される。蒸気が沸き起こり、ピストン棒がクランクへと運動を伝える。車輪が回転する。ナイルが騒ぎ出した。船員たちのかけ声が弾《はじ》ける。

サマヌード號の船首が一瞬浮遊し、勢いよくナイルの水面を叩《たた》いてふたつに割った。車輪が再び動く。マリエットは拳《こぶし》を振り上げ、ヤラ！　ヤラ！　と叫んだ。さらに目を凝らし、白煙の下の水平線にファリード・パシャの船の姿を探った。まだ見て取ることはできない。だがすでにマリエットは確信していた。相手を捕らえた。逃しはしない。たとえ向こうが上流に引き返そうとしても、追いつける自信はあった。

サマヌード號が本来の威力を取り戻し始めた。サイード副王から二年前に譲り受けたこの蒸気船と船員たちを、マリエットはこよなく愛していた。ブーラーク、サッカラ、テーベを頻繁に行き来するマリエットにとって、この船はすでに欠かせない足となっている。

ファリードの船がようやく水平線からその姿を現した。サマヌード號に比べて格段に小さいスチームボートだ。乗員もおそらく三、四人だろう。だがその船倉にはドゥラ・アブー・アル＝ナガの遺物が収められているはずだ。

「もっと！　もっと速くだ！」

まだファリードの船はこちらがマリエットだと気づいていない。ハアッ！　と勝ち誇った大笑をマリエットは放った。近づいてくる。ファリード船はゆっくりとナイルを下ってこちらに近づいてくる。

そのとき、唐突に、船員のひとりがアラビア語で大声を上げた。甲板から上体を乗り出し、水面を覗《のぞ》き込みながら必死で手を振っている。サマヌード號の加速が落ちた。

「どうした！」

機関手が窓から顔を出した。

「だめです！　これ以上遡《さかのぼ》るのは危険です！」

「くそっ」

思わず罵《ば》声《せい》を上げる。冬季はナイルの水位が下がる。場所によっては船底がぶつかる可能性があるのだ。歯ぎしりをして手すりに拳を二度打ちつける。全身の筋肉がぎりぎりと軋《きし》む。三八歳になったいまも肉体は衰えていない。この肉体でいくつもの発掘をおこない、成果を挙げてきたのだ。衰えるはずがない。その証拠にいま、上腕の筋肉は怒りの感情に痛いほど反応し、熱を放っている。

「ここで待ち伏せだ！　一時停止！」

マリエットは階段を降りて自室に向かった。扉を閉め、大声で吼《ほ》える。怒りは収まらない。それどころか体内の血はさらに熱さを増してくる。テーブルの抽斗《ひきだし》に手をかける。一瞬躊躇《ちゆうちよ》し、だが迷いを見せた己に腹を立て、一気に引いて中から拳銃を摑み出す。装《そう》填《てん》されている弾丸を確認する。ノックの音。船員がおどおどした表情で扉をわずかに開ける。隙間から何かいいたそうにこちらを窺《うかが》っている。その弱々しい表情が癪《しゃく》に障《さわ》り、マリエットは銃を突きつけて怒鳴り、船員を追い返した。扉を施錠《せじょう》する。

九年前のサッカラでの出来事が脳裏に蘇《よみがえ》ってきた。初めてのエジプト、ルーヴルから下されたコプト文書調査という大任、それに対する責任感と使命感、そしてその気負いに反し遅々として進まないコプト教会への交渉、焦《あせ》りと不安、ギザの大ピラミッドを初めて目の当《ま》たりにしたときの昂揚《こうよう》……。カイロの砂埃《すなぼこり》と喧噪《けんそう》のように渦を巻くそういったすべてのものから逃れるため、マリエットはサッカラに赴いたのだった。まず取り組むべきは現地の詳細な地図であった。当時の考古学は、どこに何の遺跡があるかさえはっきりと報告していなかった。サッカラに点在する無数の地下墓地の見取り図を描くこと。マリエットは自分の考古学研究の第一歩をそこから踏み出そうと考えていた。そして小高い丘に登ろうとしたそのとき、マリエットはベドウィンたちの急襲を受けた。

ずっと見張られていたのだろう。いきなり五、六人に取り囲まれ、金を出せと脅された。奴《やつ》らは薄汚れたクーフィーヤで顔を覆っていた。飢えた犬のように、目だけがぎらぎらと血走っていた。ひとりがナイフを抜いた。それに気づいた瞬間、マリエットは先制攻撃に出ていた。なんとか追い払った後、だが腹部に鈍痛を感じながら、マリエットは早くも決意していた。考古学を発展させるためには、盗人《ぬすっと》に容赦してはならない。盗人はひとり残らず制裁しなければならない。遊牧民であるベドウィンたちは金目当てに遺跡を荒らす。奴らのようなあさましい人間がいまもエジプトを汚し、遺跡を破壊し、貴重な発見を世界から奪い去っている。奴らに負けてはならない。その半年後、サッカラで書記像を見つけた後、やはりマリエットが掘り出した石碑を狙ってふたりのベドウィンが現れた。今度はそのふたりを見逃しはしなかった。棒で叩きのめし、二度と邪《よこしま》な考えを巡らさないよう制裁した。盗人は敵だ。盗人はただではおかない。決して。

再び扉のノック。思考が中断された。悪態をつきながら扉を開ける。機関手が両手を挙げて震えながら立っていた。怒鳴ろうとすると、機関手は右舷前方を指さした。「すぐそこまで来ています」

反射的に、マリエットは壁に架けてあるサーベルを摑んだ。腰に差し、部屋を飛び出す。

「前進！　面舵《おもかじ》いっぱい！　突っ込むんだ！」

機関手の腕を取り、薄暗い階段を駆け上る。

「し、しかし、水位が……」

「逃すわけにはいかん！」

機関手を操舵室《そうだしつ》に放り込み、甲板に出る。

陽射しが眼球の前で弾け、その一瞬後、反転するように色調が変化し、光の向こうからファリードの蒸気船が目に飛び込んできた。船上で水夫が喚《わめ》いている。その声が断続的に聞こえるほど近くまで迫ってきている。ニスは剝《は》げ落ち、手入れもほとんど施されていない。テーベの知事の所有船にしては薄汚れている。外見をごまかせばこちらを欺《あざむ》けるとでも思ったのか。その姑息《こそく》なやり方にマリエットは憤りを覚えた。

「警笛だ！　警笛を鳴らせ！」

頭上の笛から甲高い音が噴射される。サマヌード號が再び動き出した。ファリード船は必死に左へ逃げようと舵《かじ》を取っている。だがサマヌード號のほうが遥かにエンジンの力は勝《まさ》っていた。波がファリード船の脇腹を叩きつけ、大きなうねりが起こる。さらに警笛。もう一度。ナイルの水面がその笛に震えるように激しく泡立つ。マリエットはロープに摑まりながら銃を振り回し、大声で方向を指示した。ファリード船との距離が急速に縮まってくる。サマヌード號の車輪がうなり、ナイルの重い水を掻き上げ、激しく飛沫《しぶき》が散る。波がふたつの船の間でぶつかり合う。着実にサマヌード號は右へと進路を曲げてゆく。その放物線上にファリード船の進路を捕らえた。ファリード船の水夫たちがそれに気づき、激しく操舵室の窓を叩く。マリエットはロープを強く握りしめた。ファリード船の水夫が悲鳴を上げる。

サマヌード號の舳先がファリード船の右脇を突いた。

鈍い衝撃とともに、飛沫が高く上がった。ファリード船の後部が揺れ、船体が大きく傾く。衝突でサマヌード號の舳先が左に押し出された。ファリード船が大きく揺り戻してくる。互いの右舷がぶつかり合った。そのまま二艘《そう》とも進行方向に滑り続ける。がりがりと鋭く音が軋みを上げる。だが途中で木板の割れる破裂音が響き、それと同時にがくんとサマヌード號が前にのめった。ファリード船のどこかに引っかかったのだ。エンジン音が一気に一オクターブ上がり、水掻き車輪が大きく水を撒《ま》き散らし始めた。ファリード船のボイラーが破裂音を立てる。そのままサマヌード號は鉛のような重さのままファリード船とともにナイルを滑った。互いの右舷が何度も激しく衝突する。マリエットは身を屈《かが》めた。警笛が響く。さらに数十秒進み、サマヌード號とファリード船は止まった。

マリエットはすぐさま顔を上げた。ファリード船の操舵室から船長らしき男が出てくるのが見えた。

右舷へと駆け、ファリード船の全体が見渡せるところで両手を高々と掲げる。ファリードの水夫たちすべてを叩きのめすように声を上げた。

「ここまでだ！　観念しろ！」

ファリード船の船長と水夫たちが肩を震わせ、マリエットを見上げた。彼らを睨《ね》めつける。マリエットは胸を張り、拳をさらに強く握りしめ、腹の底から怒号を上げた。

「わしの名を知らんとはいわさんぞ！　オギュスト・マリエット！　わしがマリエットだ！」

一瞬、すべてが止まった。マリエットの声が空に響き渡った。

「よく聞け！　サイード副王から発掘品の所有権を得ているのはわしだ！　いますぐ積み荷を引き渡せ！」

彼らから視線を逸《そ》らしはしない。昨年からマリエットはエジプト全土での発掘権を保証されている。周知の事実であるはずだ。この者たちが知らないはずはない。

ようやく船長が弱々しい声を出した。「な、何のことだか……」

「とぼけるな！」

「ほ、本当です！　私たちは……この船は副王に宛てた手紙しか積んでおりません」

あらかじめいいわけを用意していたことはすぐにわかった。大方、ファリード・パシャから入れ知恵されてきたのだろう。船長の周りに水夫たちが集まってくる。誰も彼も震えていた。船長は伏し目がちに、だが必死で首を振っている。

苛立《いらだ》たしい。

「おい！　おまえたちふたり！」

マリエットは横で成りゆきを見つめていた船員たちを銃で指していった。

「わしに続け！」

そして、マリエットは跳んだ。

思い切り甲板を両足で蹴った。ばん！　と大きな音が響き渡り、次の瞬間マリエットはナイルの上を跳躍していた。両手を大きく広げ、足のばねを最大限に用い、重力から自由になった。右手で握る銃の柄に太陽の光が反射し、ファリードの船長の胸を射るのが見えた。天空が下がった。

だん！　とさらに大きな音が上がり、マリエットの両足はファリード船の甲板に着地した。天が一瞬にして元の高さに戻った。ファリードの船長の顔が硬直する。続いて、だん！　だん！　と甲板が鳴り、マリエットの部下たちが乗り込んでくるのがわかった。水夫たちがたじろぐ。一瞬、マリエットと船長の間に直線の道が生じた。

マリエットはそれを逃さなかった。声を上げ、腰を低く落としたまま一気にファリードの船長の胸元へ突っ込む。銃を持つ右手を振り上げた。船長の唇が歪《ゆが》む。そこをめがけ、柄を打ちつける。

船長がうずくまったそのとき、水夫たちが後方を振り返り、身体を震わせた。船倉から甲板に上がってくる人影が見える。トルコ風の服装から、ファリード・パシャの代理人だとすぐにわかった。神経質そうな細長い顔に、口髭《くちひげ》を伸ばしている。代理人はマリエットを一瞥《いちべつ》し、すぐに視線を逸らした。

「おまえか！」

マリエットは一気にその男に駆け寄り、襟首《えりくび》を摑んだ。男が声を上げ、両手をばたつかせる。船長が慌てて仲裁に入ってくる。マリエットは拳で船長のこめかみを殴りつけた。悲鳴。周りの水夫たちが反射的に戦闘の姿勢を取った。代理人がおどおどと周囲を見回す。マリエットはそれが我慢ならず、襟首を絞め上げた。水夫たちが一斉に襲ってくる。マリエットの部下たちが反応した。マリエットは怒鳴った。「動くな！」

びくり、とファリード船の水夫たちが足を止める。代理人は啜《すす》り泣いていた。マリエットは襟首を摑んだまま代理人の鼻先に向けて命じた。

「いいか、いまから二分以内に積み荷を引き渡せ！　一秒たりとも遅れるな！」

代理人を階段の底へ突き飛ばす。水夫たちを睨《にら》みつけてやると、慌てて階段を下りてゆく。

マリエットはサマヌード號に合図し、橋桁《はしげた》を渡させた。人手を呼び、積み荷の運搬を手伝わせる。階段を上がってきたのは、大人ひとり分ほどもある大きな木箱だった。船員たちにサマヌード號へと運ばせる。階段を下り、倉の中を確認した。狭苦しいその室内はナイルの水がわずかに沁《し》み込んでいて臭う。脇のほうで膝を抱えたまままうずくまっている代理人を一喝し、起き上がらせた。むりやり甲板まで引きずり上げる。部下のひとりに指示した。

「こいつを縛り上げて船に乗せろ。横領罪だ」

そんな、と代理人が声を上げたがマリエットは取り合わなかった。見ると甲板にひとり船長が取り残されている。マリエットは懐《ふところ》から紙とペンを取り出し、一気に積み荷の受領書を書き上げ、呆然《ぼうぜん》としたままの船長に押しつけた。


サマヌード號を方向転換させ、ブーラークへとナイルを進む。マリエットは自分の船室で、回収した木箱の確認作業をさっそく開始した。四か所に蠟《ろう》でファリード・パシャの封印が押されている。それらをナイフで削り取り、船員たちに蓋《ふた》を開けさせる。

人の姿を象《かたど》った石棺が収められていた。テーベのドゥラ・アブー・アル＝ナガでマリエットの発掘隊が発見したイアフヘテプ王妃の棺《ひつぎ》だ。新王国第一八王朝の創始者、イアフメス一世の母親にあたる。

この石棺をマリエットが見るのはこれが初めてだった。以前からマリエットの右腕として協力してくれているボンヌフワによって、つい先週掘り出されたばかりのものだ。しかしマリエットが現場にいなかったことが災いした。テーベの知事《ムディール》であるファリード・パシャが、当地で発掘されたものは自分たちに所有権があるとでたらめな主張を押し通し、発掘隊から遺物を没収してしまったのだ。その連絡を受けてマリエットは直ちにブーラークを発《た》ち、サマヌード號でナイルを遡ってきた。下ってくる船をすべて停泊させ、徹底的に積み荷を調べさせた。ファリード・パシャは遺物を横取りし、イギリスやフランスの富豪に法外な値段で売りつけるはずだ。カイロかアレクサンドリアまで船が辿《たど》り着く前に、なんとしても遺物を回収しなければならなかった。

だがマリエットは石棺を見た瞬間、すでに自分が遅かったことを悟った。蓋と棺の間に、楔《くさび》を打ちつけた痕跡がはっきりと残っている。こじ開けられたのだ。

なんとか己の血気を抑え、まずは手を触れずにじっくりと蓋を観察する。中央には象形文字《ヒエログリフ》が刻まれている。その一部は〈イアフヘテプ　永遠に生きる　白い王冠を戴《いただ》く偉大なる王妃〉と読めた。薄い膜のように表面には砂埃がついていたが、縁の部分は手荒く擦《こす》り取られている。ファリードの人夫たちがつけたらしき指跡もあった。ただしヒエログリフ自体に損傷がないのは幸いだった。

ぐるりと一周し、状態を見極めた後、マリエットは船員たちに指示を出した。ゆっくりと蓋を取り除かせる。

中身が見えたその瞬間、船員たちが一斉に驚きの声を漏らした。

ミイラと装飾品が収められていた。ミイラは両手を胸の前で交差させている。その胸元には黄金の胸飾りがあった。焦茶色《こげちゃいろ》にくすんだミイラの上には、黄金を通り越して艶《つや》やかな銀色にすら感じられる豪華なペンダントが置かれている。さらにその上には、両手に隠れてデザインはよく見て取れないが、逆V字型の大きな意匠が三つ並んでいる。右腕には金とラピスラズリで細工されたブレスレットが塡《は》められている。足はわずかに右に捻《ねじ》れながらも、つま先まで緊張を残したままだ。

そしてミイラの右脇には、やはり黄金で加工された斧《おの》と短剣が添えられていた。船員たちの無邪気な驚嘆で室内が満たされる。だがマリエットは唇を嚙《か》んだ。その明るい雰囲気を決して肯定することはできなかった。ミイラの包帯が一部大きく破損している。特に腕の部分の損傷が激しい。

包帯の中に埋め込まれていたはずの装飾品や宝石が奪われている。

手軽に隠し持てる宝石類だけが最初に抜き去られたのだ。

マリエットは硬い面持《おも》ちのまま、棺からまず慎重に斧を取り出した。柄の部分は木製だが、刃の取り付け部には紐《ひも》のような金箔《きんぱく》が編み込まれている。刃の部分を観察する。両面とも装飾が施されており、それぞれ三つのシーンが描かれていた。一方の面は、上部にヘフ神、中央部に上《かみ》エジプトと下《しも》エジプトの象徴であるハゲワシとコブラ、そして下部に何かを持ったスフィンクスの姿があった。青銅の深い紺色が金の背景によく映えている。磨けば一段と美しさを増すだろう。もう一方の面には、イアフメス一世らしき王が敵を倒そうとしている場面があった。カルトゥーシュの中にイアフメスの名が記されている。

斧をもとの位置に戻し、続いて剣を手に取る。長さは二九センチほど。黄金の刃の中央部分にエナメルが貼《は》られており、そこに金でヒエログリフが記されていた。やはりイアフメス王の名が見える。柄は木製だが細かい細工が施されていた。マリエットは刃の固定部分の意匠に目を瞠《みは》った。牡牛《おうし》の頭部が浮き彫りにされ、双眸《そうぼう》にはラピスラズリが埋め込まれている。

マリエットは一瞬、かつてサッカラのセラペウムで見た異様な聖牛アピス像を思い出した。もちろんこの剣はセラペウムとは関係がない。だがそれにしてもよくできている。マリエットは唸《うな》った。これほど精緻な細工が施されているとなれば、斧にしろこの剣にしろ、祭儀用のものだろう。

さらに腕の向こうに隠れているペンダントを取り出した。手に取ったとき、それが蠅《ハエ》を象ったものであることに気づいた。同じ蠅が鎖に三つ並んでいる。大胆な省略と誇張が効いた斬新な装飾だ。

美しい。

マリエットは己の身体の中から一気に熱いものが噴出してくるのを感じた。美しいものをこの目で見たときに湧き上がる、あの全身が拡張してゆくような深いうねり。封印され打ち捨てられていたものを探り出し、この手で陽の下に晒《さら》す、あの衝《つ》き上げるような喜び。遺物を前にしたときに時折り感じる、古代のエジプトの者たちと一瞬繋《つな》がったような、冷たさと温かさを内包した、あの奇妙な背筋の震え。ベドウィンどもに襲撃されたときに己の肉体が瞬時にとった、あの動物的な防御と攻撃。数千年もの間にわたって略奪され続けたエジプトの赤茶けた大地が放つ、乾いた熱風のような叫び。どこまでも深く遠く長く、ときに泥のように濁り、ときにラピスラズリのように輝き、ときに夕陽を受けて紅紫色に染まるナイルの滔々《とうとう》たる流れ。無数の熱いものが絵の具のようにぐるぐると混ざり合い、弾ける。制御などできなかった。皮膚の表面から再び熱が放出されてくる。目に見えない蒸気が噴き上がってくる。マリエットは喉の奥から音を出した。歯を食いしばり、目を閉じ、拳を硬く握った。激情が脊髄を閃《はし》り抜け頭蓋《ずがい》の頂《いただき》を衝く。美しいものが略奪されてゆく。だがそれすらも歴史の一部に過ぎないこのエジプトの大地。己のなすべきことは何か。考古学のなすべきことは何か。

　マリエットは全身に力を込めた。渦が炸裂《さくれつ》し、熱が解き放たれた。身体中の皮膚と骨がびりびりと震えた。

1

ときどき、気になることがある。

なぜ物語には始まりと終わりがあるのだろう。

突然なにをいい出すのかと思われるかもしれない。もちろんわかっている。どんな物であっても、それ自体とそれ以外のものを区別する仕切りというものは存在する。ちょうど細胞がその表面を脂質二重膜で区切るように、物語もまた始まりと終わりに相当する区切りがある——当然のことだ。小説ならば、その始まりは最初の文字を読者が読む瞬間だ。

ここでいいたいのは、なぜそこから物語が始まらなくてはならないのか、ということなのだ。

例えばこの小説だ。「風は凪《な》いでいる」という放り出された一文。極めて近い視点からの細かな描写。リズムに沿って登場人物の名を伝えた後、異国の情景と突然のアクション、さりげなく挿入される場面設定、鋭い台詞《せりふ》、そして適度なインパクトと謎……。これが映画だったらどうなるだろうか？　盛り上がってきたところでオーケストラがだん！　と小気味よく音楽を切り、画面いっぱいにメインタイトルが現れるところだろう。おそらくそこからストーリーは一気に時空を飛ぶ。次にスクリーンに現れる景色は、私たちに馴染《なじ》みの深い現代がいいだろう。そこでようやく登場する主人公に、観客が感情移入しやすくなるからだ。おそらくカメラは喧噪《けんそう》溢《あふ》れる昼下がりをパンでとらえ、次第に主人公にフレームを合わせてゆく。アクションがあるのが好ましい。主人公は歩いている、ないしは走っている。家からオフィスへ移動中かもしれない。とにかく何か次の行動に移ろうとしている途上がいい。動きを見せることで観客は物語がドライヴしていることを無意識のうちに感じ取る。この間、スクリーンの上下にはさりげなくスタッフの名がクレジットされてゆくだろう。なぜか主人公は、それを演じる俳優の名が画面に現れたとき、決めの横顔を観客のほうに向けているはずだ。

やがて主人公はもうひとりの登場人物と会う。彼らは必ずファーストネームを呼び合い、観客にさりげなく役名を披露する。緊迫した彼らの表情や振る舞いから、何らかの事件が生じていることが察せられる。まだこの時点では、彼らが一四〇年前のエジプトとどのような関係があるのかわからない。だが観客が戸惑うことはない。いずれ説明されるはずだ。そうでなければならない。なにしろこれは物語なのだ。観客は約束を心得ている。映画の監督も俳優も心得ている。だからその証拠に、映画館の観客は、もう映画のストーリーの中に安心して身を委ねている……。

こんなふうに始まる映画を何百回観たかわからない。もちろん私自身、そうやってこれまで物語を楽しんできた。

だが小説を仕事として書くようになってからは、冒頭の作為性が気になって仕方ないのだ。

なぜ物語の始まりはこんなにも劇的なのか？　なぜ登場人物はいきなりその場面から現れるのか？　彼らにも人生はあるはずだ。誕生の瞬間からその日まで、何年、何十年と生きてきたはずだ。私たちは誰でも毎日が連続していることを知っている。恋人と別れた次の日も職場へ定刻までに出勤し、昨日の業務の続きを黙々とおこなわなければならない。それなのに、なぜわざわざその瞬間が物語の始まりとして採用されなければならないのか？　なぜ物語は都合よく始まる瞬間からこの世に現れるのか？

いや、そんなことはない、という人もいるだろう。運命の恋人に出会った瞬間、そこから物語が始まったと感じた経験を持つ人もいるだろう。だが、それこそ劇的な、ドラマチックな出会いではないか。みんな心の中では物語の不自然さをわかっている。

もちろん、物語が劇的に始まるのは、作者自身がそのように決めたからだ。ドラマチックな恋愛に憧れるように、多くの人はやはり劇的な物語の冒頭を欲している。だからこそ作家は誰でも冒頭に過剰な敬意を払う。私もそうだった。最初の二、三作は劇的なプロローグを必死で考えていた。だが、そうすればするほど物語は作為的になり、自分自身が白けてゆくことに気づいたのである。作者である自分の感覚が麻痺《まひ》してゆくのだ。

そしていつからだろう、他人の小説を読むときにもその感覚が現れるようになってしまった。冒頭の作為性が透けて見えてしまったが最後、もうだめなのだ。物語にのめり込めない。劇的であるがために、その物語は自分から限りなく遠のいてゆく。読者にはあまり意味のない問題かもしれない。だが――

時折り、そんなことが気になって仕方ないのだ。

駅へ向かう途中に立ち寄った書店で、何気なく週刊誌を立ち読みしていた私は、思わず爆笑しそうになってしまった。ある文芸評論家が、私のコラムに対して辛口のコメントを寄せていたのだ。

ちょうど三か月前から、知り合いのミステリー作家の誘いを受けて、インターネットのウェブサイトでエッセイを連載している。私のエッセイはいわばサイトを訪れてくれる人に対するサービスであり、原稿は無料で読めるのだが、他のほとんどのコンテンツは有料だ。書き下ろし作品や単行本未収録の短編、さらには絶版になってしまった過去の作品などを、作家側が電子出版物として提供、販売してゆくシステムである。担当が無料のエッセイなので、それほど肩肱《かたひじ》を張るつもりもなかった。小説を書いているときの苦労話などを、独り言のような調子で気楽に書き続けていた。雑誌の連載と違って気ままに書けるため、正直なところかなり内省的な文章になってしまった回もある。

この評論家氏はどうやら私のエッセイを初回から読んでくれたらしい。現代文学を知らない理科系ミステリー作家の喜劇、というタイトルで、まるまる一ページを使って批判を展開している。曰《いわ》く、インターネットの作家サイトで駄文を垂れ流している「ベストセラー作家」がいる。小説を書きながら考えたよしなしごとをつらつら記している代《しろ》物《もの》だが、ここで展開される「小説論」があまりにお粗末で苛々《いらいら》させられる。ギャグならまだしも、ナイーヴすぎて笑うことすらできない。まさかこの作家は本気でこの駄文を書いているのだろうか。仮にそうだとしたら読者は舐《な》められたものだ。おそらく彼は、柄谷行人《からたにこうじん》や吉本隆明《よしもとたかあき》はおろか、ロラン・バルトすら読んだことがないのだろう。だが問題の本質は、その無知なる彼が曲がりなりにも一度はベストセラーを飛ばしてしまったという事実にこそある。「理科系作家」などと紹介されることが多いこの作家、確かに自分の専門領域とやらでは博士号まで取っているようだ。文系読者のコンプレックスを見事に衝《つ》いた戦術だが、なに、恐れることはない。この作家、はっきりいって文学に関しては素人《しろうと》以下である。ウェブの「小説論」も、編集者が間に入っていればこれほど無様な内容にはならなかっただろう。ノーチェックで原稿を発表するシステムが生んだ喜劇だが、それにしても理科系にとっては大いなる悲劇かもしれない。自分たちの分野の代表者がこの作家だと思われては堪《たま》らないだろう。とにかく、小説について語りたいなら、文学部の一年生に混じって最初からやり直してくるがいい。もっと勉強しろ。この作者にいいたいことは結局ただ一言、文系を甘く見るな、である。

　吉本隆明はもともと理系ではなかったか、などと思いつつ、笑いが寸前で止まってしまったのは、私が文中で挙げられている人々の文学論を一編も読んだことがなかったからだ。こちらが勉強不足であることは事実で、否定しようがない。
なるほど。
私は少し考えてからその週刊誌を閉じ、そのままレジに持っていった。無視すること
もできる。もう一度腹に力を込め、心の中でむりやり笑い飛ばすこともできる。怒りを
堪《こら》え、その圧力を原稿の中で発散させることも可能だろう。だがそのいずれもいまの気
分ではなかった。妙なところで私は納得してしまった。
レジの女性が精算している間、腕時計を確認した。午前一一時半。そろそろ東京駅に
向かわなければならない。
昨夜は新聞社主催のシンポジウムに出席したのだ。東京に一泊してすぐに帰り、新刊
の長編サスペンスのゲラを見直そうと思っていた。隔週刊の男性雑誌に約一年間連載し
たもので、できあがってきたばかりの初校ゲラをシンポジウムの楽屋で編集者から手渡
された。かなり改稿する必要がある。
自宅に着く頃には午後三時を回っているだろう。私は袋を受け取って、それを旅行
鞄《かばん》の中に突っ込んだ。書店を出る。
再び熱気が身体を包んできた。思わず顔をしかめる。湿気と熱を帯びた空気が肌にま
とわりつく。
ビルの外はすでに太陽の強い光が溢れていた。手を翳《かざ》して上を仰ぐ。ビルの壁と電柱
の向こうに垣間《かいま》見える空は、洗いたてのようにくっきりとしている。これほど暑い日は

久しぶりだ。

庇《ひさし》の下から出て、急いで駅の方角へと向かう。焼けたアスファルトの熱が、靴底を通して足の裏まで伝わってくる。路地を抜けて大通りに出ると、車の騒音が一気に耳に届いてきた。あと一歩というところで信号が赤に変わる。通行方向を指示する電子音がスピーカーから流れる。

排気ガスの絡まり合った熱風が突然立ち籠めてきた。バスが不健康なエンジン音を立てて走り去ってゆく。ちょうど降車したばかりなのか、ワイシャツ姿の中年が腕に貼《は》りついた袖《そで》を指でつまんで引き上げている。

その姿は陽炎《かげろう》のようだった。熱風に晒《さら》されて、男の身体が一瞬揺れた。その様子をぼんやりと眺める。

文系を甘く見るな、か。

週刊誌の捨て台詞が、頭の中で微《かす》かに疼《うず》いた。

この五年間、理系の事実性と文系の物語性の間に挟まれ、身動きのとれない状態が続いていた。なんとかそれを打破しようともがいていた矢先だ。絶好のタイミングである。

このあたりでノンフィクションの仕事をある程度まとめておきたかった。文芸誌で連載していた連作短編集のほうは、ようやく四月に一冊にまとまった。いまは分子生物学に絡んだノンフィクションと対談の連載が各一本、そして新書の書き下ろしがひとつだ。小説のほうは秋までに書き下ろしを一作仕上げなければならないが、雑誌掲載は長編、短編とも来年になるまで予定を入れていない。

仕事の割合だけ見ればノンフィクションに移行したといえる。だが、当初に計画していた形とは何かが違っていた。小説の原稿量が激減した現在でも、決してノンフィクションに全力投球できているわけではない。仕事に充《あ》てている時間は以前よりずっと増えてきているのに、月産枚数は恐ろしいほど落ちている。

四月に出た連作短編集は、評論家からの反応はともあれ、営業的には惨敗だった。すでに書店で私の棚は縮小されつつある。ノンフィクションの連載も評判は聞かない。世間がどう思っているのか、容易に想像がつく。デビュー後わずか五年にして小説に行き詰まり、ノンフィクションでは鳴かず飛ばずの元ベストセラー作家。

信号が青になり、私は歩道を渡った。何度も頭を振って雑念を払う。

地下道に降り、ようやく暑さから逃れて一息つく。案内板に従って歩いてゆき、ＪＲの改札を抜けた。

そのとき。

唐突に、そのポスターが目に入った。

それはティラノサウルスの顔が大きく描かれたポスターだった。ざらざらとした硬い皮膚の感触まで伝わってきそうだ。剝《む》き出した牙《きば》に反射する光、その奥に見えるぬめった赤い舌、活力に満ちた眼球。そしてその横に、巨大なゴシック体が印字されていた
――〈最強の大恐竜展〉。

思わず口に手を当てた。知らないうちに頬の筋肉が動き、わずかながら笑みを作っている。

いまは夏休みなのだ。

心の中で呟《つぶや》いた。

ああ、そうか。

歩き出す。早足になってゆくのがわかった。通路の角を曲がったそのとき、ベルが聞こえた。電車がホームに滑り込んでくる。階段を駆け下りる。吐き出された人混みがこちらに上ってくる。その間をすり抜ける。アナウンスと同時にドアの中に駆け込んだ。すぐに電車が走り出す。

そこでも私の目にティラノサウルスの顔が飛び込んできた。中吊《なかづ》り広告だった。国立科学博物館、というその名前に、懐かしい匂いを感じた。

ばたばたばた、という威勢のいい足音が聞こえた。見ると、ミキハウスの服を着た男の子が歓声を上げて走り回っていた。親らしき女性が叱《しか》っているが、男の子は聞かない。何度もドアの前に立ち止まっては背伸びをし、窓の外を眺める。ねえ、まだ？　と男の子がいう。母親が答える。一回乗り換えしてからね。もうすぐだから大人しくしなさい。

私は思い出した。

子供の頃、こうして自分も連れていってもらったことがある。東京の親戚《しんせき》の家に遊びに行き、電車を乗り継いで上野まで出向いた。あのときは車内も暑く、天井に取りつけられた扇風機の下に陣取り、ぐるぐると回るその風を追いかけながら、従兄弟《いとこ》と一緒にはしゃいだ。あの頃、恐竜という言葉は魔法の呪文だった。そしてそれを展示している博物館は、魔法の基地だった。

あの頃の感覚を、ずいぶんと長い間忘れていた。

東京駅で山手線に乗り換える。

その車内に一歩踏み込んだ瞬間にわかった。特別な空気が中を満たしていた。子供たちも、親たちも、その空気を共有している。色はついていない。匂いもない。だが確かに懐かしい昂揚《こうよう》が漂っている。先程の電車で乗り合わせていたミキハウスの子供がいた。やはり、と私は思って嬉《うれ》しくなった。

次は上野、上野、降り口は左側です、という鼻に掛かったアナウンスが流れた。ドアが開き、期待感をいっぱいに含んだ空気とともに、家族連れが一斉に降りる。私はその集団を避《よ》けながら足早に階段を上がった。両側の壁にはこれでもかとばかりに恐竜展のポスターが並んでいた。十数頭のティラノサウルスが牙を剝いている。公園口を目指す。人混みが激しくなってくる。ざわめきが近づいてくる。

改札の向こうには、まぎれもなく夏が広がっていた。

ハレーションを起こしたように真っ白な外の空気。だが目が慣れてくると、改札を出てすぐ前にある短い横断歩道が見えてきた。歩道の向こう側で、三組の家族が陽射《ひざ》しを浴びながら信号待ちで立っている。彼らのすぐ後ろにある緑の生け垣が眩《まぶ》しい。

駅員に乗車券を見せ、途中下車ですと告げながら改札を通り抜けた。次の瞬間、私は上野公園の空の下にいた。信号が青に変わって皆が動き出す。その流れに入り込んだとき、私は自分が上野に来たことを実感した。

アルバイトらしき若い男が、スピーカーで恐竜展への道順をアナウンスしている。私は人の波に従って歩いた。案内所の前の広場は混雑していた。テラスでアイスクリームやとうもろこしを食べる子供たちの間を縫い、国立西洋美術館の前を進む。写生している小学生の団体を横目で眺め、日陰のベンチで休んでいる父親と男の子の前を過ぎ、ウォークマンを聴きながらジョギングしている年輩の男性とすれ違う。夏の草木の匂いが鼻腔《びくう》を刺激してきた。樹々の間から微風が吹いてくる。噴水の横で、三〇歳くらいのひょろりとした男が、ネクタイも弛《ゆる》めず、ワイシャツを肌に貼りつかせたまま、スピーカーを片手に人類の未来について語っている。

道を折れると、巨大なシロナガスクジラが目に飛び込んできた。いままさに地の底へ潜ってゆこうとする瞬間のまま、空中に浮かんでいる。私は急いでその横を通り過ぎた。生い茂る緑の向こうから煉瓦《れんが》が顔を覗《のぞ》かせ始め、そしてついにその姿が目の前に現れた。

蟬《セミ》が一斉に合唱した。

国立科学博物館の正面は、子供の頃に訪れたときと何も変わっていなかった。黄土色や焦茶色《こげちゃいろ》の煉瓦で覆《おお》われた本館と、その手前に突き出た鮮やかな白い入口。そこへ通じるなだらかなスロープ。入口には恐竜展の垂れ幕が掲げられていた。なるほど、と私は思った。なぜ今日はこんなに暑いのかがわかった。夏休みだから恐竜展がおこなわれているのではない。実際は逆だ。恐竜展が開催されると日本に夏がやってくる。博物館が夏を運んでくる。だからこそ上野公園はいつもこんなに暑いのではないか？　恐竜展に、そして博物館にやってくる者のために、真夏の暑さは訪れるのではないか？

私は心の中で笑った。この思いつきにはなかなか真実味がある。

発券場で券を受け取り、スロープを上る。自分でも驚くほど心が高鳴っていた。お揃《そろ》いのTシャツを着た男の子と女の子が自分を追い越してゆく。スロープを歩く誰もが徐々に足を速めてゆく。ひどく狭い古風な入口が見えてくる。入場券を提示のうえご入場下さい、という立て看板とともに、青い帽子を被《かぶ》ったネクタイ姿の警備員が笑顔で誘導している。さあどうぞ、はい入場券を見せてね、三名様ね、どうぞどうぞ、そういいながら券を確認してゆく。その短い列に並ぶ。前の子供が首を伸ばし、ガラス戸の向こうをしきりに探っている。男の子が叫んだ。「恐竜！」

はい、一名様ね。どうぞ。

その声と同時に、私は博物館のホールに足を踏み入れていた。

吹き抜けのホールの中央で、二体の恐竜の骨格が出迎えていた。黒光りする恐竜のほうは頭を下げ、何かを見下ろしている。やや明るめの茶色をしたもう一体は、天井に向かって吼《ほ》えるように口を大きく開けていた。人だかりがその勇姿を取り囲んでいる。

不意に、私は気配を感じた。

はっとしてホール全体を見渡し、その音の聞こえてくる先を探った。階段の方角だ。手すりから身を乗り出し、階段の下を見る。

聞こえた。

私はその階段を駆け下りていた。あの頃の思い出が連鎖反応のように蘇《よみがえ》ってくる。極彩色の花火のように自分の肉体の中で記憶が弾《はじ》ける。そうだ、すっかり忘れていた。あのときのことをすっかり忘れていた。

地下まで辿《たど》り着き、私は周囲の子供をおしのけて前に出た。

ぶうううんん。い、い、い、

これだ。私は心の中で叫んだ。

それはフーコーの振り子だった。大理石の床に描かれた円と星の幾何学模様。その上を、直径二〇センチあまりのステンレスの球体が、滑るように往復している。細い銀色の線で四階の天井から吊り下げられたその振り子は、円の中に記された細かい目盛りに光の線を刻んでいた。振り子の軌道に合わせてランプが灯《とも》る仕掛けだ。一二時三五分の目盛りの上を、振り子はゆっくりと往復する。子供たちはその単調な動きを飽きることなく見つめている。球体はただ自然の摂理に従いながら、空気の中の見えない軌道をなぞるように、行っては帰り、行っては帰る。

私は目を瞑《つぶ》った。博物館の中の喧噪が消える。

い、い、い、

ぶうううううんん。

ぐらり、と大きく床が動き、私はバランスを失いかけた。先程から聞こえていたのが振り子の音ではないことにようやく気づいた。これは――地球の自転する音だ。自分の足元にある地球の存在を、はっきりと私は感じた。宇宙空間を猛烈な速度で滑ってゆく地球の巨大な質量を、私は感じた。

間違いない。目を閉じたまま確信した。そう、これまでに一度だけ、「ここから物語が始まる」と強く感じた瞬間がある。これまで生きてきた中で、たった一度だけ、物語の始まりを意識したことがある。決して劇的ではない。わざとらしくはない。作為的ではない。作家側の事情など超越して、はっきりと物語の誕生する瞬間をこの身体で自覚したことがある。チャイムの鳴った、あの瞬間だ。あのときもフーコーの振り子があった。あのときも博物館があった。あのときも恐竜がいた。夏休みだった。太陽は照り、影は濃く、緑は鮮やかだった。博物館が、恐竜が、夏休みを連れてきていた。そして物語を連れてきていた。

ぶうううううううんんん。

私は目を閉じたまま、その音と地球の運動に身を任せた。そう。私は思い出した。

物語は、ここから始まる。

2

「起立！」

一斉に教室中の椅子《いす》が音を立てる。亨《とおる》もみんなときっちり同じタイミングで立ち上がった。

「気をつけ！」

当番が背筋を伸ばしながら、一字ずつ区切るような口調で号令した。

「さ・よ・お・な・ら！」

「さ・よ・お・な・ら！」

六年五組の全員が、そのリズムで唱和する。二、三人が大袈裟《おおげさ》なイントネーションをつけて喚《わめ》いた。それが可笑《おか》しくて、前のほうの席の女子が笑いを噛《か》み殺す。

「はい、さようなら。気をつけて帰ってね」

教壇の上で担任の小高《こだか》先生がこくりと頷《うなず》く。ちょうどそのとき、計ったようにチャイムが鳴った。誰かが奇声を上げた。小高先生が噴き出す。それを合図に、クラスのみんなは夏休みに突入した。

七月二〇日、金曜日。教室の黒板に書かれた本日の気温、摂氏《せっし》三二度四分。正午、快晴。

「盆踊り大会の係の人は残って下さーい！　役割分担をしまーす！」

すぐに学級委員が声を張り上げたが、誰も聞いていなかった。同じ班の女子が早々にランドセルを背負い、バイバイと手を振って、小高先生よりも早く教室から抜け出していった。いつもは地味なのに、今日に限ってやたらと明るい笑顔だ。帰りに挨拶《あいさつ》されたことなんてこれまでなかったので、亨は少し驚いた。このところ算数のテストで高得点を続けていたから、成績が上がったのかもしれない。

亨も帰り支度を始める。友達を掻《か》き分けて教室の後ろに行き、ロッカーからベニヤ板を取り出した。図工の時間に彫った版画だ。新校舎の裏にある貯水タンクと非常階段を描いていて、自分では気に入っていた。でもかなり大きいので、なんとなくずっと置きっぱなしにしていたのだ。今日は抱えて持って帰るしかない。

「おーい」

声がした。見ると、廊下で啓太《けいた》が手を振っている。三組も帰りの会が終わったようだ。片手にスポーツバッグ、もう一方の手に手提げ袋を抱えている。家庭科の時間に作ったフェルト生地のバッグだ。ぱんぱんに膨らんでいて、縫い目がいまにもちぎれそうだった。辞書と教科書を一気に持って帰る気らしい。

亨は支度の手を止めて、とりあえず廊下に出た。啓太とはこれまで二年間同じクラスだったが、六年生に上がるときクラス替えで別々になってしまった。放課後になるとクラスごとに自主トレーニングをやったりすることが多く、以前のように「打ち合わせ」をする時間がなかなか取れない。

啓太は大袈裟に息をついて、手提げ袋を置いた。やっぱりかなり重い様子だ。

「編集会議、どうする？」

夏休みの間に新しい「雑誌」をひとつ創刊しようという話になっていた。亨自身は連載のネタを三つほど考えてある。でも、雑誌全体の構成はこれから決めなければならないし、雑誌の名前もまだこれといった案が浮かんでいない。

「うーん」

「あのさ、俺、来週から夏期講習に行くことになっちゃってさ」

「へえ？」

意外だった。啓太はこれまで塾に通ったことなんてなかったはずだ。

「算数とか、ちゃんといまのうちからやっておいたほうが、中学に入って楽なんだってさ。小六コースってのがあるんだよ」

「だって、このへんに塾なんてあったっけ」

「バスで通うんだよ。姉ちゃんと同じ塾。ほら、市立図書館の脇の」

城跡のほうとなれば、啓太の家からバスで三〇分はかかる。

「亨はいいよなあ。勉強はカンだとかいいながら一〇〇点取れるからなあ」

返事に困った。

啓太にはまだ話していない。亨は今年の春から毎週月曜の夜に町のＬＬ教室に通っていた。

もともと、学習塾に行く気なんてなかった。必要性を感じたこともない。クラスの中でも塾に通っているのはほんの二、三人だろう。親戚《しんせき》の話だと東京のほうでは大学生に家庭教師を頼むことも多いらしいが、亨の住んでいる町でそんなお金のかかることをしている家庭はまずない。

イギリスに行くことになったのだ。半年前の冬休みに父親から突然聞かされた。来年の春から一年間、仕事の都合でケンブリッジ大学というところに行くことになり、それで家族全員でイギリスに滞在することに決めたらしい。少しは英語ができないとまずいだろうということになって、強制的にＬＬ教室通いをいい渡された。

アルファベットに簡単な単語、数え方、挨拶。先生は日本人の女の人で、昔アメリカに留学したことがあるらしいが、どのくらい英語がうまいのかよくわからない。教室はビルの中の狭い一室で、音楽スタジオの小型版のような机に座って授業を受ける。ずっとヘッドホンをつけて、外国人の声に合わせて繰り返すのだ。始めから終わりまで堅い雰囲気で、小学校の授業と勝手が違うこともあって落ち着かなかった。周りも他校の生徒ばかりで、あまり互いに話もしない。みんな神妙な顔で授業を受けて帰るだけだ。

「で、来週になっちゃうと、ちょっと時間が合いそうにないんだよ」啓太は申し訳なさそうにいう。「だから明日か明後日《あさって》のうちに編集会議をやって、だいたいのところを決めとこうかなと思ってさ」

そうかあ、とぼんやり答えるのが精一杯だった。なんだかうまく考えがまとまらなかった。

「トオルくん！」

突然後ろから甲高い声がした。

反射的に振り返る。

鷲巣《わしず》恵子《けいこ》が立っていた。

体操着の前が少し汚れていた。大掃除のときに机でも運んだのかもしれない。荷物は背中のランドセルだけで、啓太に比べるとまるで羽根でも生えていそうなくらい身軽に見えた。

日に焼けた腕がふわりと上がった。と思うと、途中から加速がついて、最後に鷲巣の人差し指がびしりと亨を指さした。

「図書室の当番！」

「え？」

鷲巣に射貫かれたような気がして、一瞬何のことかわからなかった。

「忘れてたでしょ」

「忘れてないよ！」

忘れていた。

「先、行ってるからね！」

そういい終わらないうちに、鷲巣はくるりと上体を回転させていた。ほんの少し鷲巣の全身が宙に浮き、その瞬間ポニーテールの先が空気を吸い込んだようにふわっと広がって持ち上がった。
○・一秒後、鷲巣は廊下を駆け出していた。髪の毛が左右に大きく揺れる。でも一瞬見えたあの羽根のような軽さはどこかに掻き消えてしまっていた。鷲巣は階段を下りてゆくところでちらりとこちらに目を向けた。すぐに姿が見えなくなる。
亨は瞬《まばた》きした。空中で無重力になった鷲巣の後ろ姿が、まだ目の中でちかちかしていた。

「いつもうるさい奴《やつ》だなあ」啓太が頭を掻く。「三組まで声が聞こえてくることがあるんだよなあ」

その喋《しゃべ》り方が、ほんの少し気に障《さわ》った。

どうしてだろう。亨は不思議に思った。聞き慣れている啓太の間延びした語尾が、なぜかいまに限って、きびきびとした鷲巣の動きを馬鹿にしているように思えた。

「で、いつがいい？」啓太がいう。

「え？」

「聞いてないなあ。編集会議。お昼を食べた後くらいがいいかなあ」

「ああ、そうか。そうだね。明日の二時くらいは？」

「じゃ、俺ん家《ち》で。それまでにお互いアイデアを出しておこうな。あ、あと合作ペンネームも考えなきゃ」

「うーん、いつもそれ苦労するんだよね。〝啓太〟と〝亨〟じゃ藤子不二雄《ふじこふじお》みたいに格好いい名前にならないじゃない？」

啓太は笑った。

亨が教室に戻ると、すでにクラスメイトの半分くらいはいなくなっていた。教壇の上で学級委員の田中《たなか》が憮然《ぶぜん》とした表情で立っている。どうやらほんの数人しか集まらなかったらしい。

少し窮屈なランドセルを背負い、ベニヤ板と鞄《かばん》を抱えて、亨は教室を出た。階段を駆け足で降りる。二階の踊り場ではまだ下級生たちが掃除をしていて、危うくぶつかりそうになった。なんとか身体を捻《ひね》ってかわし、階段を下り続ける。あと三段、というところで勢いよく跳び、両足を揃《そろ》えて着地する。ランドセルと鞄の中で荷物が音を立てる。重心を右に傾け、そのまま床を蹴って渡り廊下のほうへ向かう。どうして走っているのか、亨は自分でもよくわからなかった。普段、廊下を走ることなんて滅多にない。せいぜい体育の授業に遅れそうになったときくらいだ。それなのに、いまはなぜか足が速くなってしまう。見えない空気に押されるようにどんどん前に進んでしまう。鷲巣の影響？　夏休みの時間が惜しいから？　それとも通信簿の効果？

校舎の外へ出た途端、熱気が一気に身体を包み込んできた。光があちこちで乱反射して、思わず目を細める。肺の中に入ってくる空気が熱い。簀《す》の子《こ》で作られた渡り廊下を、がたがたいわせながら駆ける。トタン屋根が張ってあるのに、簀の子の表面から上履きを通して熱が伝わってくる。屋根を支える鉄柱は、午前のうちからたっぷり陽射《ひざ》しを吸収していたに違いなかった。見るからに灼《や》けていそうで、錆《さ》びた部分も赤茶色に光っている。亨は校庭のほうを見渡した。陸上部がハードルを運んでいるくらいで、生徒の姿はほとんどない。

プレハブ校舎に入ると、今度は外と違ってねっとりとした感じの熱気が充満していた。入口から一直線に延びる廊下は、向こうの端まで人影がない。図書室の扉は全開になっていた。中を覗《のぞ》き込むと、外から入ってくる光が、窓際《まどぎわ》の本棚を強く照らしていた。

「あっついなあー」

鷲巣が隣で投げやりな声を出す。亨はエラリー・クイーンの『アメリカ銃の謎』から顔を上げた。

貸出カウンターに座ってから二時間半が経《た》っている。この間に図書室にやってきたのはたったの三人だった。しかも、いつも本を借りに来る常連客ばかりで、何の刺激もない。みんな夏休み用の本を前々から決めていたらしく、さっと棚から本を出して借りてゆく。予想通りだった。わざわざ終業式の日に図書室に来るはずがない。誰でも学校にいつまでも残っているよりは早く帰ってアイスを食べたいはずだ。だからこそ、こんな日の受付当番は、委員長の鷲巣と書記長の亨に回ってくる。

いまにも胃袋が鳴りそうだった。弁当を持ってこなかったので、かなり腹が減っている。

当番を始める前、鷲巣は自分の弁当を分けてあげるといってくれたのだが、とてももらうわけにはいかなかった。慌てて断ると、鷲巣はふーんといって口を尖《とが》らせ、それから黙り込んでしまった。常連の貸出が終わると、勝手にランドセルから本を取り出して読み始めた。

どうも気まずい。亨は心の中で溜《た》め息《いき》をついた。鷲巣はときどき亨のほうに近寄ってくるときがある。みんなが一緒にいるときもあれば、男子と女子がふたりきり、という状況になるときもある。わざとなのか、それとも無意識のうちなのか、亨にはよくわからない。でも、いきなり弁当をあげるといわれても困ってしまう。

仕方がないので亨も書棚から一冊文庫本を引き抜いてきた。前から狙っていた創元推理文庫だ。退官した先生が寄付していったものらしいのだが、子供向けの本がほとんどのこの図書室の中でも、その数十冊の文庫本だけはいつも違うオーラを放っていた。細い線で描かれた表紙のデザイン、落ち着いた活字と薄い紙、登場人物表に解説、それに何より、いかにも推理小説らしい鍵のマーク。

あっつい、と鷲巣は付け足すようにもう一度呟《つぶや》き、手のひらでぱたぱたと顔を扇《あお》ぐ。首筋に汗の粒が浮いているのが見えた。

亨も汗を流してはいたが、鷲巣がいうほど暑いとは思えなかった。なにしろ三、四年生のときはこのプレハブ施設で授業を受けていたのだ。そのときの夏はもっと酷《ひど》かったような気がする。もともとこのプレハブは新校舎を建てるためにできたものだ。古くなった校舎を取り壊したのはいいのだが、教室の数が足りなくなってしまい、なぜか亨の学年の一組から五組までがプレハブ校舎に割り当てられた。一方、六組と七組は旧校舎に残ったまま四年までを終え、五年に進級するときから新校舎に移った。そこでいまここは倉庫と図書室になっている。

鷲巣はプレハブ校舎で長い間過ごしたことがないから、余計に暑く感じるのだろう。それにしても、暑い日に暑いといっても仕方がないんじゃないか、涼しくなるわけじゃないんだし、と亨は思う。授業中には鋭い質問をしているらしい鷲巣が、こういうどうでもいい独り言をときどき呟くのは理解できない。

鷲巣が持っている本の表紙を盗み見る。『ナルニア国ものがたり』と書かれていた。ファンタジーらしい。作者の名前は聞いたことがなかった。表紙の絵はなんとなく少女趣味な感じで、亨が読みたいタイプの本ではなかった。

開け放してある窓から、蟬《セミ》の声が聞こえてくる。

いままで気がつかなかったが、けっこういろいろな音が耳に入ってきていた。亨はぼんやりと窓の向こうを眺めた。野球部がキャッチボールを始めていた。陸上部はトラックでハードルの練習を続けている。運動場には一片たりとも影がなかった。全面で陽射しを受け、土は赤茶色に乾き切っている。スプリンクラーかホースで水を撒《ま》けばいいのに、と亨は思った。でも、誰もそうしようとする気配はない。

「ね、『ナイル殺人事件』観に行った？」

不意に鷺巣が訊《き》いてくる。先程までの不機嫌そうな顔ではなかったので、とりあえず亨はほっとした。

そのタイトルは亨も知っていた。名探偵エルキュール・ポワロが登場するアガサ・クリスティーの映画だ。このところよくテレビで宣伝をやっている。そういえば、推理小説好きの母が観に行きたいといっていた。

「『ルパン三世』と同時上映なんだよね」

「そうだっけ」

『ルパン三世』のほうはテレビでも観ていないのでよくわからなかった。何度かチャンネルを合わせたことはあるのだが、ルパンが女好きでだらしなく、あまり好きになれなかった。鷺巣はどうやらクリスティーもルパンもよく知っているらしい。

「観に行く予定あるの？」

「うーん、まあ行ってもいいかな」

「行くなら一緒に行かない？」

「えーっ？」思わず亨は大声を上げていた。「鷲巣となんか一緒に行けないよ！」

「どうして？」

「嫌だよそんなの！　なんで一緒に行かなきゃならないんだよ！」

「あっそう」

ぱん、と鷲巣は両手で机を叩《たた》いた。「そんなふうにいわなくてもいいじゃない。なんか、だって。鷲巣となんか」

「あっ、別にそういうわけじゃ」

「わかったからもういい」

鷲巣はまた口を尖らせると、乱暴に本を広げ、亨に背を向けた。

何がなんだかわからなかった。

「なんだよ！」

やけになって声を上げ、亨もくるりと背を向けて本に戻った。

でも、読み進めても読み進めても文章は頭に入ってこなかった。何度も元の場所に視線を戻してしまう。堪《たま》りかねてそっと肩越しに鷲巣の様子を窺《うかが》った。同じ姿勢のままぴくりともしない。ページを捲《めく》る音もしない。本当に読書しているのかどうかさえわからない。

そのとき、どたどたと廊下から足音が聞こえてきた。図書委員の顧問の守田《もりた》先生だった。ハンカチで額の汗を拭《ぬぐ》いながら、暑いなあと鷲巣の真似《まね》をしたように寝ぼけた声を出す。壁の時計は二時五三分を指していた。閉室時間七分前だ。もう借りに来る生徒もいないだろう。

「亨くん、向こうの窓閉めて」

こちらに顔を向けようともせず、つっけんどんに鷲巣がいう。亨はいい返すことができず、黙って従った。手分けをして戸締まりをする。鷲巣はわざと大きな音を立てながら窓を閉めていった。先生はその雰囲気にまったく気がつかないようで、馬鹿のひとつ覚えのように暑い暑いと繰り返す。

窓を閉めてゆくにつれて、空気がどんどん淀《よど》んでいった。でも太陽の光だけはガラスを通してレーザーのように室内を直撃してくる。今日一日で、図書室にあるすべての本の背表紙が一気に色褪《いろあ》せてしまったような気がした。

荷物を廊下に出す。亨は読みかけの『アメリカ銃の謎』を借りることにした。貸出カードに日付をスタンプする。最後に鷲巣が施錠《せじよう》し、先生に鍵を渡した。先生はだらしなく手を振りながら、一言投げやりにお疲れといって戻っていった。

ふたりだけが残された。

雑音が一瞬途切れ、じいわ、と一匹の蟬が鳴いた。

ほぼ同時に、亨と鷲巣は歩き出した。簀の子の廊下を黙って進む。

最悪だった。

ようやく新校舎の靴箱まで辿《たど》り着いても、校内には人影がなかった。先生たちも職員室に籠もってしまったのかもしれない。亨と鷲巣の上履きの音だけが妙に響く。

どうしたらいいかわからないまま、亨は靴箱の前で立ち止まった。鷲巣はまだこちらを見ようとしなかった。口を固く結んだまま、視線を泳がせながら上履きを脱ぎ始める。自分の靴を取り出し、腰を落として床に置いた。俯《うつむ》いた拍子に髪が軽く揺れた。ほんの数秒、鷲巣の顔が見えなくなった。

その後ろ姿が、何だかすごく、哀《かな》しそうに見えた。

「あ、ぼく、ちょっと用事があるから」

亨は急いで靴を履き替え、その場から駆け出した。振り返らずに必死で走った。どこへでもいい、とにかく逃げ出したかった。

旧校舎の裏手まで一気に駆けてきて、ようやく足を止める。荒く息をつき、そっと辺りを見回す。誰もいない。

体育館の脇に腰掛け、深呼吸をした。二回、三回、と繰り返す。

胸の内に重い感情がどっと溢《あふ》れる。

どうも鷲巣は苦手だった。他の女子となら普通に喋ることができるのに、なぜか鷲巣と話すときは身体のどこかが緊張してしまう。ときどきわざと軽口を叩いてみることもあるのだが、そういうときに限って裏目に出る。

だいたい、人の呼び方が気に入らなかった。なぜかいつも下の名前で呼びかけてくる。他の女子はみんな名字で呼びかけてくるのに、鷲巣だけ馴《な》れ馴れしい感じだ。他の生徒に対する距離の置き方が自分と違っていて、それがどうしても気になって仕方がない。

体育座りの格好のまま、ぼんやりと旧校舎を眺める。

窓はすべて閉まっていた。廊下を歩く人影もない。各階のトイレの裏窓がよく見える。そういえば、二階の東側のトイレに幽霊が出るとみんなが騒いでいたことがあった。何年生の頃だったろう。そんなくだらないことは覚えているのに、なぜか一年と二年のときの教室の位置が思い出せない。

鷲巣は塾に行ったりするのだろうか。

そんな疑問がぽっかりと頭に浮かんでくる。

いつもクラスで一番か二番になるくらい頭はいいらしい。一組の壁に貼《は》ってある漢字テストの点数グラフを見たときも、確かに鷲巣はトップだった。普通に学校でテストを受けるだけなら、いまのままでも充分なのだろう。町の私立中学を目指しているという噂《うわさ》も広まっている。亨が聞いたのは一か月前だ。なんでも放課後に鷲巣が小高先生に会いに応接室に行ったのだという。一階の校長室の隣にある部屋だが、亨は中を見たこともない。鷲巣のお母さんも学校に来て、三人で何かを話していたらしい。もちろん、それが本当かどうかはわからない。鷲巣自身も私立に行く素振りはまるで見せない。

この小学校に通っている生徒のほとんどは、このまま地元の中学校に進むことになる。どうしてわざわざ遠くの私立中学校に行かなければならないのか、亨にはよくわからなかった。通学だって大変になる。

新しい中学に行っても、鷲巣は一番になれるだろうか。

それとも、もっと頭のいい他の生徒に追い越されるのか。

塾に行くことになった、という啓太の声が耳の奥で蘇《よみがえ》ってくる。絶対に塾には行かないと思っていた自分も、毎週月曜の夜にはＬＬ教室でヘッドホンをつけている。

勉強する、ということが、突然なぜかとてつもなくしんどいことのように思えた。

どんどんしんどくなってゆくのかもしれない。

きっと、勉強がわからなくなって嫌になることが、これから何度もあるのだろう。これまでも勉強していてわからないことはあったが、授業を聞けばわかるようになった。間違えた計算問題もやり直せば正解が出た。一〇〇点を取れなかったテストでも、教科書やノートを捲れば答が書いてあった。だが中学校の授業がいまと同じとは限らない。これからたくさん間違えるのだろう。五〇メートル競走で一生懸命走っても運動神経のいい奴には敵《かな》わないように、運動だけでなく勉強も図工も音楽もすべて自分の限界に突き当たるのだろう。亨には具体的にそれがどういうことなのか想像できなかった。でも、それだけ不安も大きくなる。あの鷲巣でさえ、中学では落ちこぼれになるかもしれない。

みんな、差がついてゆくのだ。

みんな。

もうしばらくしたら、少しずつ。

亨は腰を上げた。

もう一度辺りを見回してから正門のほうに向かう。曲がり角のところで校舎の壁に背をつけ、そっと向こうを探った。鷲巣の姿はない。

もう校舎を出たはずだ。でも、まだ近くにいる可能性があった。亨の通学路は途中まで鷲巣と同じだ。ゆっくり歩いていってもどこかで追いついてしまう。そうなったとき、知らないふりをして歩き続けることはできそうにない。

週予定表、と書かれたクラブの連絡板の前を過ぎ、コンクリートの渡り廊下を跳び越え、足音を忍ばせながら、亨は校門のところまで歩いていった。二宮金次郎《にのみやきんじろう》の石像が、いつもと変わらない姿で薪《まき》を背負いながら読書をしている。フジツボの痕《あと》のような白い汚れが頭から胸にかけてべったりとついている。長いこと雨ざらしにされて削られたようで、顔の表情さえはっきりしない。今日は強い陽射しを浴びて、海岸の瓦礫《がれき》のように見える。

正門の青いゲートはまだ全開だった。塗装が剝《は》げ、角の辺りは錆びてぼろぼろになっている。そのゲートのレールに両足を並べて乗せた。右手のほうを窺う。細いその一本道に、鷲巣の姿はやはり見えない。でも油断はできない。

なぜだかよくわからない。ふと気になって、亨は左手のほうを向いた。

そして、目を瞠《みは》った。

なぜか見慣れたその景色が、突然まるで知らない世界のように思えた。

学校に通いながら何千回と見た景色だった。亨の家から続く一本道は、ちょうど小学校の正門の前で別の広い道路と合流している。その新しい道が緩やかにカーブしながらずっと向こうへと続いている。黒い瓦《かわら》屋根の家が並んでいた。製材所の看板と屋根が見える。文房具屋がある。その向こうにバス停がある。突然亨は気がついた。ここから見える建物や場所のどれひとつにも、自分は足を運んだことがない。ここから左に広がっている場所に、一度も行ったことがない。

自分でも信じられなかった。あの文房具屋の中を、自分は一度も覗いたことがない。工場の裏手がどうなっているのか、自分はまるで知らない。路地の向こうにどんな家が建っているのか、まるでわからない。六年もこの学校に通っているのに、自分の世界はこの正門までだった。どうしていままで一度も行ったことがなかったんだろう。そういえば、学校の行き帰りの途中で立ち寄る雑貨屋も、本屋も、公園も、友達の家も、なぜか校門を出て右側に集中していた。学校の周りはそれなりに知っていると思っていたのに、こんなに身近に未知の世界があったことが驚きだった。

右を向く。もう一度左を見る。まだ鷲巣と会ってしまう可能性があった。少し時間を潰したほうがいい。

でも、そんな計算は関係なかった。自分でも知らないうちに、亨は左へと足を踏み出していた。

3

区切りのいいところまで書き終えてから、私はキーボードの上の手を休め、プリントアウトした。一息ついて椅子《いす》に凭《もた》れる。電卓で文字数を換算してみると、いつの間にか三〇枚を超えていた。思い出すままに書き留めたメモも一〇枚以上になっている。書いてゆくうちにどんどん記憶が鮮明に蘇《よみがえ》ってくるのは意外だった。

あまり深く考えずに書き出したのが、却《かえ》ってよかったのかもしれない。

「ウソを書きましょうよ、もっと」

数か月前、編集者からいわれた言葉を思い出す。

もともと小説とノンフィクションの仕事を分けようと思い立ったのも、本来ウソの産物であるべき小説でウソが書き辛《づら》くなってきたからだ。最初の本を出した当時、理系出身ということがあまりに大きく宣伝されすぎてしまった。その反動がやがて現れた。小説中の重要なアイデアが疑似科学であることから、一般読者を惑わす科学者の姿勢が問われるようになった。もちろん私は物語をつくるためにウソを書いた。だがさまざまな事件がちょうど刊行時期と重なり、社会全体が科学のウソに敏感になり始めていた。一度事態が回転し始めると、私には反論の機会がなかなか与えられなくなった。当時の私は極度に緊張しており、すべてに対して警戒し、文章を書くときもインタビューに答えるときもがちがちに理論武装していたように思う。そのさまを編集者はそばでよく見ていたわけだ。だからこそ、ウソを書けというアドバイスになったのだろう。

手元の原稿を読み直す。

これまでとはまったく異なるタイプの小説になりそうな気がした。物語を全身で受け止めていたあの頃の感覚が戻ってくるような気がする。

このまま続けよう。さらに進めて何が起こるか試してみるのだ。

メモを机の脇に置いた。ここからあの博物館が登場することになる。

いまの私には、なぜあんなところに博物館があったのかわからない。いや、実際、本当に博物館があったのかどうかすら定かではないのだ。

それはまるで洋館だった。

金持ちの外国人が住んでいるような、奇妙で古い洋館。

学校の校門を出て左の町並みへと足を踏み出してから、大袈裟《おおげさ》かもしれないが私は一歩踏み出すたびに目を瞠《みは》っていた。バス停を通り過ぎると今度はそうめん屋の赤い看板が見えてきた。電柱も、信号も、道路標識も、その向こうに広がる山の形も、すぐ脇を走り抜けてゆく自動車の排気ガスの臭いすら、そのときの私には新しいものに思えた。

一〇分ほど進むと、大きな白い建物が並木の向こうから姿を現した。それは学校で、三階の窓に「地区大会優勝をめざせ！」という紙が貼《は》られていた。校門のところまで歩いてきて、それが高校だと初めてわかった。

校舎を回り込むようにして右に折れた。そこで道は一気に狭まり、店舗の姿は消えた。学校のコンクリート塀が道に迫《せ》り出していて、実際よりさらに道が狭く見えた。歩いてゆくと、もっと細い脇道がいくつも現れ、気が向いたところで私はその一本に入った。住宅の間を進んでゆくと、ときどき思い出したように田圃《たんぼ》が現れた。建築中で白い木材が剝《む》き出しの家も二、三軒見かけた。

いつの間にか、私の右手には雑木林《ぞうきばやし》が広がっていた。

黒ずんだ木塀で囲われていたので、誰かの土地だということはわかった。だがその塀も雨風に晒《さら》されてずいぶん経《た》つらしく、節は欠け、木と木の隙間は朽ちて広がり、全体が湿って見えた。

蟬《セミ》の声が激しかった。私はその敷地の大きさに感心しながら、ぼんやりと進んでいった。やがて木戸が現れ、そこから先は単純な竹細工の柵に変わっていた。不思議なことに木戸は開いていた。道はまだ続いていたが、他の住宅もその辺りから急速に疎《まば》らになり、あとは梨畑が広がるだけで、寂しげな雰囲気に変わっていた。

私は戸口から林の中を覗《のぞ》いた。太陽の光が満ちているこちら側に比べ、木塀を一枚隔てた向こうの空間にはいかにも柔らかな蔭《かげ》が溢《あふ》れていた。樹々は乱雑に生えているようだったが、よく見るとあちこちに木漏《こも》れ日《び》が溜《た》まっており、その点を繋《つな》げてゆくと一本の道が浮かび上がるのがわかった。それは林の奥まで続いていた。木戸を潜《くぐ》った。途端に蟬時雨《せみしぐれ》が八方から降り注ぎ、私の身体を包んだ。鳴き声のプールに浸《つ》かった感じで、私はちょうど水中を歩くときと同じように、見えない粒子を搔《か》き分けながら淡い木漏れ日の道を進んだ。すでに私には道がはっきり見えていた。自分にしか見えない抜け道のような気がした。自分にしか見えないのだから、これは自分の道だとどこかで思っていた。人が歩いた形跡も、他の獣道も、とにかく生き物の痕跡はまるで見当たらなかった。後ろにひとつひとつ刻まれてゆく自分の運動靴の跡だけが人工的で、それが妙に場違いな気がしたことをはっきりと覚えている。

どのくらい歩いたのかわからない。時間の記憶がないのだ。とにかく林の中を歩いていった。そして最終的に、そこに辿《たど》り着いたのだった。唐突に視界が開け、私は目を細めた。

それが、あの建物だった。

暑い陽《ひ》射《ざ》しをちょうど真後ろから受けるように、それは建っていた。周囲の緑の眩《まぶ》しさに比べ、その建物だけがひんやりと冷たく浮き上がって見えた。蒼《あお》い色の石を積み上げた外観。右側の壁から正面玄関の部分にかけて広く蔦《つた》が這《は》っていた。その石が青石《ブルーストーン》という名であることを知ったのは後年のことだ。

正面に立つと、その建物は完全な左右対称の意匠をしていることがわかった。中央部にはまるで教会のような塔が聳《そび》えていた。奥行きがどのくらいあるのか見て取ることはできなかったが、それほど大きいとは感じられなかった。塔の頂《いただき》を仰いでみたが、逆光に黒く滲《にじ》み、細かい装飾はわからなかった。足元に視線を落としたとき、先程からどこかおかしいと心の隅で感じていた理由がわかった。雑草が建物のすぐそばまで生えていたのだ。踏み固められたり刈り取られたりした形跡はまったくなかった。それは、森の中に突然建物が降ってきたような、奇妙な光景だった。

正面玄関の扉も開け放たれていた。

少し躊躇《ちゅうちょ》してから、思い切って扉に近づいてみた。入口の上にステンレス製のプレートが掲げられていた。銀色の輝きが石造りの外装に似合わない感じがした。そこにはただ「THE MUSEUM」と横書きで記されていた。

ミュージアム――それが「博物館」という単語であることは小学生の私にもわかった。LL教室で習っていたのだ。私は改めて周囲を見渡してみた。やはり案内板らしきものはそれひとつしか見当たらなかった。なぜ博物館がこんなところにあるのだろう、と不思議に思った。小学校の近くなのだから、誰かが話題に出してもおかしくない。それなのに一度も噂《うわさ》を聞いたことはなかった。しかも看板にはただ「ミュージアム」とあるだけで、何を展示しているのかさえわからない。最近できたのかもしれないとぼんやりと考えた。建物自体は古く見えたが、スチールの看板はまだ真新しく、汚れひとつついていなかったからだ。

忍び足で扉に近づき、その奥を覗き込んだ。狭いトンネルのような通路が一〇メートルほど続いており、その向こうに広い部屋があるようだった。

私は、音を聞いた。

ぶうううん。

かっ、かっ、かっ。

私は息を詰めた。

ぶうううん。

うなりだった。ゆっくりと、一定のリズムで、そのうなりは耳に届いてきた。建物の中から響いてくる音であることは間違いなかった。何かが空気を切って動いている音だった。さらに耳を澄ましていると、ぶうううんの後、唐突にかちっという鋭い音がした。緊張して唾を呑《の》み込むと、信じられないほど大きな音が頭蓋骨《ずがいこつ》の裏に響いた。私はそのままさらに一〇秒ほど待ったが、うなりが繰り返されるだけで、その鋭い音はもう聞こえなかった。

戸口に鞄《かばん》とベニヤ板を置き、建物の中に入った。誰かに叱《しか》られるかもしれない、とはまったく考えなかった。

扉の向こうはアーチ天井の通路だった。両側の壁は大理石で、ポスターが整然と貼られていた。どれも大阪の万国博覧会の写真だった。パビリオンや太陽の塔を写したもので、わずか一〇年ほど前の建物なのにひどくデザインが古くさく見えた。だがポスター自体は折り曲げられたり丸められたりした様子もなく、ぴんと張っており、印刷所から出てきたばかりのようだった。真新しい紙とレトロな写真の取り合わせがひどく不思議だった。

天井には絵が描かれていた。空に向かって伸びる樹々の枝、その向こうに広がる青空と雲、そして高く浮かぶ熱気球。ちょうど森の中から上空を仰ぎ見ているような構図の絵だった。私は上を向いたまままゆっくりと歩いていった。だが不意に、奇妙な感覚に囚《とら》われた。絵に描かれている枝が、わずかに揺れているような気がしたのだ。足を止め、目を凝らした。やはり細かい葉が風に靡《なび》いて揺れているように見えた。私は眩暈《めまい》を感じて慌てて目を逸《そ》らした。

私はホールに足を踏み入れていた。大理石を敷き詰めた広い空間の中心に円型の囲みがあり、その中に車輪のような模様が黒曜石で描かれていた。そしてその模様の上を、鋼《はがね》の線で吊《つ》り下げられた銀色の球がゆったりと、実にゆったりとした速度で振り子のように滑り、揺れ動いていた。

糸の先を求めて上を向き、私は息を呑んだ。塔が遥《はる》か上まで続いていたのだ。外から見たときよりずっと高く感じられた。最上部まで吹き抜けで、その内壁を螺旋《らせん》階段がぐるぐると昇っており、しかもそれに沿って絵がずらりと飾られていた。建物を描いた風景画が多いようだったが、暗くてそのときはよくわからなかった。球体を支える糸は遥か天井へと続き、陰に隠れて見えなくなってしまっていた。

私はホールを見渡した。室内は八角形で、そのうちの横の二辺が取り払われ、左右の回廊へと続いていた。どちらの回廊も長く、赤い絨毯《じゅうたん》が真《ま》っ直《す》ぐに続き、それに沿って何体もの胸像が一列に並んでいた。天窓から淡い光が射し込んでおり、両側の壁には大きな木製の扉がそれぞれ四つずつ見て取れた。どれも固く閉ざされていた。

ホールの右側の壁には文章が刻まれていた。いま思うとそれはフランス語だったのだが、当時の私にはわからなかった。左横の壁からは塔の上まで続く螺旋階段が始まっていた。向かい側の壁には、回廊にあるものと同じようなどっしりとした大きな扉があった。そしてその両脇の壁には、ごく普通の大きさのドアがついていた。どれも閉まっていて中を見ることはできなかったが、観音開《かんのんびら》きになっている木製の大きな扉のほうは、別の広間に続いていることが予想できた。

人の姿はどこにもなかった。辺りを見回しながら、振り子に近づいていった。車輪の模様に沿って、小さなピンが何百本と立てられている。その一部が外側に向けて倒れていることに気づいた直後、ステンレス球の下につけられている細い針がピンのひとつに触れ、それを倒した。扉の外で聞いた鋭い音がホールに響いた。

私は身体の向きを調整し、ぶううううんという音をもう一度見つけ出した。うなりは振り子の動きと完璧に同調していた。しばらくじっとそのまま振り子に見入っていた。やがて、その動きと音は、同調していてもまったく別のものだとわかった。見れば見るほど、聞けば聞くほど、うなりは振り子が切る空間以外から出ているように思えた。入口の通路を抜けてきたときに感じた眩暈が、また頭蓋骨の中に蘇ってきた。

船酔いのような感覚に襲われ、目の前がぐるぐると回り始めた。いや、そうではなかった。床が凄《すさ》まじい速度で横にスライドしているのだった。ホール全体が、自分の身体が、周りを取り巻く空気が、一斉に高速で疾走していた。その中でただひとつ、ステンレス球だけが取り残され、じりじりと別の方向へ押しやられていた。ステンレス球は糸を張ったまま向こうへ、向こうへと動いてゆき、ピンに触れた。

かちっ。

その音とともに床は静止した。視界の隅で何かが変化するのを感じ、私は振り返った。するといきなり「神殿」という文字が目に飛び込んできた。わけがわからなくなり、私は瞬《まばた》きをした。間違いなく数十秒前に見たときはそこにアルファベットの文章が書かれていたのに、壁の文字が完全に変化してしまっていた。私は両手で懸命に目を擦《こす》った。だが再び目を開けてみても、壁の文字は日本語のままだった。私は壁際《かべぎわ》に駆け寄り、手を伸ばして大理石に刻まれた文字に触れた。確かに日本語が石に彫られていた。漢字の撥《は》ねの部分が綺麗《きれい》に石を抉《えぐ》っており、指先でその窪《くぼ》みのざらざらした感触を確かめることさえできた。私は上を仰ぎ、その詩を読んだ。

神殿の円《まる》き柱は
中空の
鋳鉄《ちゅうてつ》を

束に重ねたり
新しき神殿の
パイプ・オルガン
鳴り響く

鉄骨は
鉄と鋳鉄と鋼鉄と
銅と青銅とで作られて
建築家は円き柱に骨組を
管楽器に弦楽器を重ねるごとく
見事重ねて完成す

偉大なり！　美しきかな！　汝《なんじ》が神殿
おお、我が神よ！
熱と電気と蒸気とが、
しなやかに形を変えて
肢体のうちを駆け巡り
十万の粒子となった光の波が

やさしげに、肢体を撫《な》でるとき
あるいはまた
ガラス・レンズにて
凝縮された光の束が
激しく厳しく肢体を打ちすえ
おののかせ、痙攣《けいれん》させるとき
力強きかな！　汝が神殿
骨組みと円柱と円屋根《まるやね》がなにごとかを語るとき
妙《たえ》なるかな！　汝が神殿
空間の広がりと多様性において
壮麗なり！　汝が神殿

太陽はそこで
光と火に変身し
大地は
神秘のなかで
電気と磁気の火花へと姿を変える

「誰かいますかあ！」

少し怖くなって、私はわざと大声を上げた。だが返事はなかった。かちっ、と脇で音がした。ピンがもう一本、振り子によって倒されたところだった。

もう一度叫んだ。ほとんど声は掠《かす》れ、悲鳴に近くなっていた。

何かが動いた。今度こそはっきりと、私は短い叫び声を上げていた。急いで振り向くと、左の回廊を小さな黒いものが素早く横切り、並んでいる胸像の後ろに隠れるのが見えた。

もうたくさんだった。私は身を震わせ、深呼吸してから、足を踏み出した。影が入り込んだ胸像に神経を集中させながら、足音を立てないように赤い絨毯の上を進んでいった。五体目の胸像の前で足を止め、首を伸ばしてその背後を探った。大理石でできている台座の後方に手を伸ばし、まさぐってみた。

ぱたんと音がして、何かが飛び出してきた。

驚いて手を引いた。抽斗《ひきだし》が台座の中から現れていた。どうやら仕掛けがあったらしい。なぜ開いたのかわからなかったが、私はそっとその中を覗いた。小さなコインが一〇枚ほど無造作に入っていた。どれも歪《いびつ》で、薄汚れていた。かなりの年代物のようだが、表面も擦れていて、何が彫ってあるのか判然としない。そのコインを取り出そうと手を伸ばし――

そこでようやく、黒猫に気づいた。

金色の首輪をつけた小さな黒猫だった。胸像の後ろの狭い隙間から、警戒するような目をこちらに向けていた。

艶《つや》やかな黒毛だったが、前脚の先はまるで白手袋を塡《は》めたように色が抜けていた。よく見ると胸元もツキノワグマのようにV字型の白い模様があった。瞳は淡い草色で、ヒゲがぴんと長く伸びていた。顔立ちは全体に整っていて、高貴な雰囲気さえあったが、同時に何か悪戯《いたずら》をしでかしそうな頭の良さも感じられた。

私は少し首を傾《かし》げてみせ、相手を刺激しないよう気をつけながら手を差し出した。

ところが、猫はするりと私の腕をすり抜けて、駆け出していった。慌てて私は立ち上がり、猫の行方を目で探した。すでに猫はホールまで逃げており、振り子のところまで走っていったかと思うと、囲みの柵を潜《くぐ》り抜けた。無意識のうちに私も猫を追いかけて回廊を走っていた。猫を目で追いながら走っていた。猫は柵を潜ると後ろ脚のばねを利かせて扇状に並ぶピンを軽々と飛び越え、さらに大きく振れ戻ってくるステンレス球をわずかの差でうまくかわし、リズムをつけて向こう側のピンを跨《また》ぎ、大きくジャンプして柵に跳び乗った。その身軽さに私は驚き、感動していた。すごい！　と快哉《かいさい》を叫ぼうとした瞬間、黒猫が柵から跳んだ。

その行方を目が捕らえ——私はその場で立ち止まった。

黒猫は女の子の腕に抱かれていた。

いきなり出現したその少女に、私の思考回路は完全に停止してしまった。

少女は深い青色のワンピースを着ていた。猫と同じ色の黒髪が、一ミリの癖もなく真っ直ぐに肩まで伸びていた。目は大きく、少しばかり吊り上がっていて、その視線はとても大人びていた。背丈はその頃の私とほとんど変わらないくらいだったのに、視線だけが十《とお》も離れているような気がした。じっと見つめてくるその視線から、私も目を逸《そ》らすことができなくなっていた。いつの間にか胸の鼓動が速くなっていた。

少女が動いた。少女は猫を抱いたまま、こちらを見つめたまま、背筋を伸ばしたまま、無表情のまま、かつん、かつん、と靴音《はら》を立てて、私のほうに近づいてきた。動き出した瞬間、少女の黒髪がまるで空気を孕んだかのようにふんわりと広がり漣《さざなみ》を立てた。私は唾を呑み込んだ。建物に入ってから退《ひ》いていた汗が再び滲み出してきていた。私は少女の視線に絡め取られていた。少女の瞳は髪の毛と同じように黒かった。だがじっと見つめ返しているうちに、単なる黒ではないことに気づいた。黒の向こうに緑青色《ろくしょういろ》が滲んでいた。虹彩《こうさい》の中心は深い焦茶色《こげちゃいろ》だった。瞳の表面は光を受けて反射していた。少女の髪も、猫の体毛も、その瞳と同じように複雑な色彩の混合だった。

かつん、という音が途切れ、少女が足を止めた。私との距離は五メートルほどになっていた。少女の唇が開いた。白い前歯が一瞬見えたが、すぐに唇の向こうに隠れてしまった。少女の顎が微《かす》かに動いた。何かを喋《しゃべ》ろうとしていた。私は焦《あせ》った。心臓の鼓動が身体の内側で反響していた。少女が何か言葉を発する前に自分から話さなければならないと思った。私は自分でも気づかないうちに口を動かしていた。

「きみは……誰？」

少女はちょっと驚いたような表情をした。ホールの中の空気が止まった。そして少ししてから目を細め、私を見つめたまま笑みを浮かべていった。

「みう」

猫が啼《な》いたような声だった。

——そして私は家に戻った。

六時五〇分から『ドラえもん』の放送があったのだ。観逃《みのが》すわけにはいかなかった。いまにして思うと可笑《おか》しい。つまり私はその白日夢のような奇妙な体験よりも、『ドラえもん』の番組という日常生活にきっちり組み込まれた冒険を選んだのだ。

もちろん私には『ドラえもん』のほうが大事だった。何事もなかったかのように私はアパートに帰った。母親は驚いた様子で、いままでどこに行っていたの、と尋ねてきたが、図書委員の当番だったというと納得したようだった。私は少し早めに夕食をとり、『ドラえもん』を観て、さらにいくつかのテレビ番組を観た。その日にやるべき計算ドリルのページを片づけ、エラリー・クイーンの『アメリカ銃の謎』を少し読んだ。初めて読む大人向けのクイーンは少し難しかったが、大袈裟で船来風のその文章に浸《ひた》っていると、自分が大人になったようで気分がよかった。途中、ロデオショーの興行主が「しーんし、淑女諸君！」というのがとても可笑しかった。「レディース・アンド・ジェントルメン！」という台詞《せりふ》を翻訳したに違いないのだが、英語のイントネーションを忠実に引き写そうとするあまり絶対に誰も使わないような不思議な日本語になっていて、だからこそ語感が面白く、すっかりその台詞が気に入ってしまった。おかげで何度も心の中で「しーんし、淑女諸君！」と繰り返してしまい、肝心の小説の内容がなかなか頭に入ってこなかった。ロデオの騎手が撃たれ、会場の平面図がおもむろに現れたところで、私は布団《ふとん》を敷いて寝た。

あの後、私は建物を飛び出した。少女の声を聞いてから、私はちょっとしたパニック状態に陥った。少女が何をいったのか、最初の数秒は理解することができなかった。黒猫が少女の口を借りて啼いたのかと思った。だが猫は少女の腕の中で心地よさそうに背を丸め、むにゃむにゃと口を動かしながら目を閉じているばかりで、少女のほうはといえば啼いた後も私をじっと見つめ続け、微笑《ほほえ》んだまま私の反応を待っているという具合だった。まったく予想もしていなかった少女の声に、私は喋ることができなかった。口を開け、喉に力を込めたが、どうしても空気が喉仏から先に通っていかなかった。少女の視線に完全に縛りつけられていた。私はなんとか動こうと心の中でもがいた。頭の中に無数の明滅が閃《はし》り、一〇億の疑問と一〇〇億の主張が一斉に押し寄せてきて、私の中で緊張が弾《はじ》けた。

次の瞬間、私はわけもわからず逃げ出していた。入口の扉に立てかけておいたベニヤ板と鞄《かばん》を摑《つか》み、一目散で林の中を走った。見慣れた道まで辿り着いたとき、ようやく立ち止まり、荒く息を吐いて胸を押さえた。

さらに私は小学校の校門まで全速力で走って戻った。鞄を置き、ソメイヨシノと二宮金次郎を認めると、現実の世界に戻ってきたという実感が湧いた。汗も拭《ふ》かずにそこに座り込み息をついた。鞄の中身はひっくり返っていた。

どのくらいそこで休んでいたかわからない。気がつくと私の息は静まっていた。周りを見回すと校内は静まりかえっており、物音ひとつ聞こえなかった。

私はのろのろと起き上がり、空の青さが濃くなりつつある夕方の道を帰った。一年生のときから何百回、何千回と往復した一本道だった。ガソリンスタンドの前を過ぎ、シャッターの閉まったみかん工場の横を抜け、いつも時間が固まっているような電器屋と雑貨屋を横目で見て、何年も変わらずに竹竿《たけざお》を干してあるトタン屋根の古い家を眺め、田圃の畔《あぜ》を流れる水の音を聞きながら、私は家に帰った。道の曲がり具合も信号のタイミングもすべて私の身体は覚えており、帰るペースはいつもと寸分も違うことはなかった。私は一度として振り返らなかった。自分が走ってきた方向を振り返らないまま、築一五年以上経つアパートに戻った。


——これが、私の記憶しているあの日の一部始終だ。

年月が加工したかもしれない。単なる夢が、いつの間にか脳の中で事実として認識されてしまっただけなのかもしれない。現実にあり得そうもないいくつかの場面は、後に神経細胞が勝手に創造してしまった断片かもしれない。

今朝、ふと思い立って、以前に購入していた出身地の博物館・美術館ガイドを書棚から引っ張り出してみた。だがどんなにページを繰ってみても、あの博物館は見つからない。巻末に掲載されている地図を丹念に調べてみても、あの場所に博物館が建っていた痕跡を発見することはできない。つまり現時点であの博物館はこの世に存在しないということになる。

故郷の町役場にでも行って古地図を見れば、簡単に解決できることなのかもしれない。いつか調べてみようと思いながら、もう二〇年近くが過ぎてしまった。昔の友達とはほとんど音信不通になってしまっている。あの博物館のことを誰かに訊《き》いて確かめることはできなかった。

まともに考えれば、これはただの夢物語だ。いくら記憶が鮮明だとはいえ、誰かに話して即座に信じてもらえる類《たぐい》の話ではない。これまでエッセイに書かなかったのも、あまりにもこの記憶が奇妙だからだ。

ただし、ここでひとつ付け加えておくべきことがある。いまから六年前、まだ大学院生だった頃、私はほとんど偶然に、あの玄関ホールに書かれていた詩を発見した。たまたま書店で手に取った本に掲載されていたのだ。それは一九世紀にパリで開かれる万国博を予言したサン＝シモン主義者の詩の一部だった。あのとき見たものが、本に紹介されていた訳と一字一句同じだったかどうかまでは覚えていない。だが「壮麗なり！　汝が神殿」というフレーズははっきりと覚えていた。それを本屋で見た瞬間、私はあのときの思い出がいっぺんに蘇ってくるのを感じた。

もし博物館の記憶が偽物《にせもの》だとしたら、なぜ私はサン＝シモン主義者の詩を知っていたのだろう？　それとも、本を見たその瞬間に偽の記憶が構築されたのだろうか？

わからない。

だがいずれにしろ、私はそれ以後、あの博物館を訪れることはなかった。

いまに到るまで、二度と。

——あの次の日、夏休みの第一日目。私は朝早くラジオ体操に行き、再び布団に潜り込み、朝食を食べて宿題をこなし、午後には啓太の家で「編集会議」に熱中した。さらにその翌日は夏休み前に立てた計画通りに勉強をして、それを終えると「カンヅメ」と称して父親の部屋に閉じ籠もり、いかにも作家らしく座椅子と炬燵机《こたつづくえ》で新作推理小説を書いた。

私はそれから、まるで小学校最後の夏休みをカレンダーに封じ込めようとするかのように、それまで経験したどの夏よりも遥かに規則正しく毎日を過ごした。

午前中は九時から一一時半まで勉強。計算ドリルと教科書の復習。昼食の後、平日は学校のプール。あるいは啓太の家で雑誌作り。三時から五時まで二回目の勉強。社会科のワークブックと漢字の書き取り帳。自由行動。夕食。テレビは一時間一〇分（もちろんその一〇分は『ドラえもん』だ）。読書一時間。自由行動。就寝。ときとしてその決定された未来を崩すのは快感だったが、決して大きく逸脱しようとはしなかった。アガサ・クリスティー好きの母親と一緒に『ナイル殺人事件』を観に行った。私は鶯巣の顔を思い出しながらも、しかし鶯巣と一緒に観に来なくてよかったと心から思った。鶯巣と一緒に映画館に行くことは、その頃の私にとってとんでもない大罪で、羞恥心《しゅうちしん》を知らない野蛮な行動だった。女の子と映画に行くなど天地がひっくり返ってもするべきことではなかった。私は母親と一緒に映画を観ながら、安全なスリルに満足していた。

すぐに一週間が過ぎ、二週間が過ぎ、八月は刻々と削り取られていった。毎日が暑かった。家ではいつも扇風機が気怠《けだる》く首を振っていた。青いプロペラがぐりぐりと回転し、それを覆《おお》う金網についた埃《ほこり》はいつまでも拭き取られないまま風に吹かれて細かく震えていた。

あの博物館について記憶を手繰《たぐ》るとき、私はいつも「めもりあある美術館」という小説を思い出す。

小学生のときに国語の授業で読んだ短編だ。少年がふとしたことで不思議な美術館に導かれる幻想的な物語である。その美術館には少年の人生を描いた無数の絵が飾られているのだ。大きな部屋の壁に延々と額縁が並ぶ光景が教科書の挿絵になっていた。子供の頃、私はその短編にひどく心を惹《ひ》かれ、何度も何度も読み返した。小学校を卒業して教科書を押入の奥にしまい込んだ後も、時折り思い出しては自分の奇妙なあの体験と比較したものだ。

もちろん比較したからといって何かがわかるわけではない。実際、何もわからなかった。だが私はときどき考える。あの夏、もう一度あの場所へ戻ったらどうなっていたのだろう。

あの博物館を探しに行ったら何が起こっていただろう。

ウソを書きましょうよ、もっと。

編集者の声が頭の中で蘇る。

ここまでのメモに、私は再び目を落とした。そしてもう一度じっくりと原稿を読み返した。読みながら、余白にメモやアイデアを赤ボールペンで書き足していった。同時に字句や語尾も微調整してみる。不思議だった。すぐにでも第二章に取りかかれそうな気がする。

まったく違う小説になる、という予感があった。

生命科学を題材に書いてきたこれまでのミステリーやサスペンスとはまったく違う小説になる。題材だけではない。登場する人物も、書き方も異なる。読者層も変わるだろう。

私は担当編集者に宛ててメールを書いた。今度の長編のプロットを完全に変更すること、近いうちに全体のストーリーラインと冒頭部分の原稿を送ることを記し、送信した。すぐに原稿のウィンドウを開き、キーボードを叩《たた》きながら、ボールペンで修正した部分を画面上に反映させていった。最後まで終えたところで私は改行し、明滅するカーソルを見つめた。

覚えている。夏休みに入って二度目の火曜日だった。久しぶりに強い雨が朝方に降った。すぐに晴れ上がったが、いつもより多めの湿気が家の中にいても感じ取れた。

私は啓太のマンションの前で足を止めた。ふたりで作っていた新雑誌の編集会議の日だった。私はマンションの入口の真正面に立った。そして左を向き、小学校へと向かう一本道を見つめた。

そう。確かにあのとき、私は細いその道を、道と一緒に続く電信柱の列を、空に湧き上がる雲を見つめた。蟬の声が四方から立ち籠め、路上で陽炎《かげろう》のように揺れていた。

そして、そう。ここからだ。

私は左に道を進みたかったのだ。全身のすべての細胞がそう欲していた。啓太の家を過ぎ、小学校の正門も通り越して、さらに向こうへと行きたかった。再びあの博物館へ行きたいと欲していた。編集会議などいつでもできるではないか。だがあの博物館はこの夏が終わる前に訪れないと永遠に失ってしまう。そう思った。立ち止まって逡巡《しゅんじゅん》している間にも、どんどん博物館が遠ざかってゆくような気がした。いま踏み出さないと追いつけなくなる、あの少女にもう一度会うことができなくなる。私は頭を強く振った。左のつま先が疼《うず》き、左のこめかみがじりじりと鳴り、身体の芯《しん》が左へ左へと傾いてゆくのに抗することができなかった。私は唐突に、手塚治虫《てづかおさむ》のマンガを思い出していた。親《しん》戚《せき》の家で何気なく手に取り、あまりの恐ろしさに寝つけなくなったあの物語、男が真っ二つに裂けて死ぬあの物語を思い出した。私は目を瞑《つぶ》り、歯を食いしばった。悲鳴を上げたくなるのを必死で堪《こら》えた。重心がぐらりと揺らぎ、蟬の声が一オクターブ上がり、あのうなりが鼓膜の裏に共鳴し――

さあ、文章にしてみろ、と心の中で私は自分にいい聞かせる。小説を書くことが仕事になってしまった自分を鼓舞する。

私はキーボードで、次の文章を打った。

――左へ、と足を踏み出した。

この感覚を忘れてはいけない、忘れてはいけない、私はそう何度も声に出して呟《つぶや》いた。腕にざわざわと心地よい興奮が沸き立つのを感じながら、私はその熱が冷めないように、慌ててそこから続いてゆく物語を書き続けた。

4

その博物館はそこにあった。

あの日とまったく変わらない姿で、しっかりと亨の目の前にあった。

林を抜けたところで亨は足を止め、手のひらを額の上に翳《かざ》した。建物を正面から見つめる。太陽が空のてっぺんで強く照り輝いている。前に来たときは逆光でよく見えなかったので、ようやく亨は博物館の顔つきをちゃんと見ることができた。蔦《つた》の葉一枚までが印画紙に焼きつけられたようにくっきりと眩《まぶ》しい。

今回も正面の入口は開いていた。

大きく息を吐く。空気が蒸していて、周りの緑が強く匂う。蟬《セミ》の声がうるさい。亨は姿勢を正した。手を翳したままゆっくりと左右を観察してみる。人の気配はなかった。

心を落ち着かせ、亨は一歩ずつ踏みしめながら近づいていった。

入口のすぐ前まで来ても日陰にはならなかった。外壁の蒼《あお》い石が、太陽の光を細かく反射している。

何気なく壁に触れてみる。でも、なんだかよくわからない違和感を覚えて、すぐに手を離した。

「………？」

指先を擦《こす》り合わせながら、何がおかしいのか考える。石のざらざらした感触は見た目と同じだ。でも、温度がない。熱くもなければ冷たくもない。空を見上げた。これだけ陽射《ひざ》しを浴びているのだから、熱を吸収していてもおかしくない。それなのにまるっきり熱さや冷たさの感覚が伝わってこない。自分の頬に手の甲を当ててみる。こちらは確かに体温を感じ取ることができた。亭はもう一度壁を触ってみた。場所によって違うのかと思い、外壁と扉の表面で比べてみた。でも、どちらからも何も伝わってこない。

用心しながら亭はゆっくりと入口の扉を潜《くぐ》った。中に入る。前と同じように、そこは狭い通路になっていた。両側の壁をぺたぺたと触りながら進む。傷ひとつなく磨き上げられた大理石に、亭の顔が映っていた。その向こうにはもう一方の壁に反射した亭の顔が見える。さらにその向こうにも薄暗く亭の顔が見える。エッシャーの世界だ、と亭は思った。大理石を隔ててもうひとりの自分と手を合わせる。やっぱりここにも何の温《ぬく》もりもない。

途中に掲示されているポスターはすべて貼《は》り替えられていた。ということは、誰かがここを管理しているはずだ。無人のはずはない。それならどうしてこんなに無防備なんだろう。

今度のポスターは外国のものだった。最初の一枚には楕円形《だえんけい》をした大きなドームが描かれていて、その周りにいろいろな国の建物がアレンジされている。昔の陸上競技場のドームだろうか、と一瞬思ったが、下のほうに「Exposition Universelle de 1867」と書かれていて、エクスポジションという言葉から万国博の会場だということがなんとなく理解できた。別のポスターには温室のような形の大きな建物が描かれていた。馬に乗った正装の男の人たちが描き込まれている。こちらには〈1851〉という年号が記されていた。ポスターは全部で一〇枚あって、どれも年代が違っているように見えた。そのうちの一枚に指先で触れてみる。確かに紙なのに、何かが違っているような気がする。天井を仰いでみた。この前は気球と木の枝の絵が動いて見えたのだ。でも今日は、どんなに目を凝らしてみても、何の変化も見て取れない。

ホールで木の軋《きし》む音がした。

反射的に通路の陰に身を隠す。ホールの左奥の小さな扉がほんの少しばかり開いていた。向こう側は見えないが、誰かが動いている気配がする。

「さあ、ジャック、遊んできなさい」

男の人の声が聞こえた。穏やかな口調だ。

扉の隙間から猫が現れた。あの黒猫だった。足首の白い模様に見覚えがある。黒猫は少し歩いてから扉のほうを振り返り、ふてくされたように、みう、と啼《な》いた。

亨は息を詰めた。

扉の向こうから、ほんのわずかに人影が見えた。亨は目を疑った。そこにいるのは外国人だった。五〇歳くらいで、灰色のスーツに身を固めている。顔は少し面長《おもなが》で、銀色の口髭《くちひげ》と顎鬚《あごひげ》が落ち着いた感じだった。いかにも紳士という雰囲気だった。ついいましがた聞こえてきた日本語と、その姿がどうしても結びつかない。

紳士が顔を引っ込める。扉を閉めようとしていた。亨は慌てて声を上げた。

「待って下さい！」

扉の動きが止まり、紳士が顔を出した。こちらを向いて驚いたような表情を浮かべる。一瞬しまったと思ったが遅かった。

覚悟を決めて紳士のもとへと駆け寄った。靴音がホールに鳴り響く。黒猫が警戒したように跳び退《と》いた。

紳士の前に立ち、息を整える。何を話したらいいのかわからなかった。あんなに勉強したのに、LL教室で習ったいい回しはひとつも浮かんでこない。

紳士はふっと微笑《ほほえ》んだ。

「何かをお探しかな？」

綺麗《きれい》な日本語だった。

どうしてこんなに流暢《りゅうちょう》に日本語を話せるのか、亨にはわからなかった。こちらが普通に日本語で話しかけてもかまわないのだ、ということはすぐに頭の中で理解できた。でも、身体がそれについてこない。あの女の子のことを訊《き》きたかったのに、口をぱくぱくさせるのが精一杯だった。

「どうした。何を調べたいのか、いってみるといい」

紳士は背筋を伸ばしたままゆっくりと尋ねてくる。こちらを見るその瞳と声は優しかったが、決して亨の目の高さまで屈《かが》もうとはしない。紳士の胸が立派に見える。

「あ、あの」

やっと声が出た、と思った直後、亨は自分自身まるで予期していなかった質問を口にしていた。

「あの振り子は、なんですか？」

紳士の顔から微笑みが消えた。怪訝《けげん》そうに眉を寄せて亨の背後の振り子を見る。恥ずかしくなって亨は俯《うつむ》いた。なんて馬鹿なことをいってしまったんだろう。

ところがその紳士は、まるで舞台俳優が出すような朗々とした声で笑った。

「よろしい、ヒントを教えよう」

そういってぽんと亨の肩に手を置く。振り子の前に導いてくれた。なぜ笑われたのかわからないまま、亨はゆっくりと揺れる振り子と紳士の顔を交互に見つめた。肩に置かれた大きな手から、どっしりとした重みが伝わってくる。

「これはフーコーの振り子という」紳士は穏やかにいった。「フランスの物理学者レオン・フーコーに因《ちな》んでつけられた名だ。フーコーは一八五一年、後に皇帝ナポレオン三世となる大統領ルイ＝ナポレオンの援助のもと、この振り子を使って地球が自転していることを公開実験で証明した。天動説がまだ打ち捨てられていなかった当時——いや、もちろんコペルニクスの地動説は知られていた。だがなにしろ地面が動いていることは自覚できないからね——その実験は民衆に大きな衝撃を与えた。そう、現在からわずか一三〇年前のことなのだよ。以来、この振り子は数々の万国博覧会や博物館で公開され、地球が自転しているという事実を広く啓蒙《けいもう》する役目を果たした。まさしく人類の英知を象徴する、本館のエントランスホールにふさわしい展示だ」

亨は振り子を支える鋼線《こうせん》を目で辿《たど》り、ホールの天井を見上げた。永久にこの球は振れているのだろうか、と素朴な疑問が湧いた。いつか止まってしまうのではないだろうか。それに、なぜ自転していると振り子の向きがだんだん変わっていくのかよくわからない。

だが紳士はこちらを見透かしたように付け加えた。

「ここから先はきみ自身で学ぶことだ。振り子は慣性の法則に従って動いている。そして振り子を支えているのはたった一点、鋼の線が結ばれている塔の上のフックだけだ。このふたつの条件によって、私たちには振り子の揺れる方向があたかも回転しているように見える。フーコーの著した本を読みなさい。一八七八年の『レオン・フーコー科学論文選集』に業績が収められている。天体の動きに興味があるのならば、ニコラウス・コペルニクスによる一五四三年の『天球回転論』、ヨハネス・ケプラーによる一五九六年の『神秘的宇宙』、あるいはガリレオ・ガリレイによる一六三二年の『二つの偉大なる世界体系に関する対話』にも目を通すとよい。サー・アイザック・ニュートンによる一六八七年の『プリンシピア　自然哲学の数学的諸原理』も刺激的だ」

「でも、そんな本、ぼくには読めないと思うんですけど」

紳士はまた笑った。楽しくて仕方がないという感じだった。

「なるほど。きみはまだ黒川満月《くろかわまんげつ》博士と会っていないと見える。それにミウとも」

「みう？」

あっ、と亨は心の中で叫んだ。あの子の名前だったのか！

逸《はや》る気持ちを抑えながら慎重に訊く。「あの、もっと質問していいですか」

「もちろん」

「ここには誰もいないんですか？」

「きみがまだ知らないだけだ。この博物館では大勢の人が働き、研究をしている」

「でも、ぼくらだけしかいないじゃないですか」

「きみが願えば見えてくる。必要なときに、きみが必要とする人間が見えてくる。いつだってそうだ。すべてはきみの好奇心から始まる」

紳士のいっていることが亨にはよくわからなかった。でも、どことなく謎めいたいい方なのに、嘘やごまかしの気配は感じられなかった。自分をからかっているのではない、と直感でわかった。たぶんこの人は学者だ。父の知り合いの偉い先生とどこかで通じる雰囲気がある。

いつの間にか黒猫がやってきて、亨の足に尻尾《しっぽ》を擦りつけていた。

——願えば見えてくる。

亨の心に少し余裕が生まれた。

「もうひとつ質問していいですか」

「遠慮することはない。訊きなさい」

「ここは何の建物なんですか？　ミュージアムって、博物館ですよね？　まだ完成していないいんですか？　いつからオープンするの？」

紳士はおもむろに顎鬚をさすった。「この建物に興味があるのかね？」

「はい」

「あそこの胸像や、あの絵に、きみは興味があるのかね？」

「はい」目を逸《そ》らさずに答える。

「満月博士かミウを訪ねるといい。館内を案内してくれるはずだ」

「でも、案内って、どこを見ればいいんですか？　扉は全部閉まってるじゃないですか。入れないんでしょ？」

「閉まっている？　試してみたのかね」

「試してないけど、でも、ほら……」亨はホール正面の大きな扉を指さしてみせた。

「試してみるといい」

紳士がそういって微笑む。足元の黒猫がひと啼きし、扉のほうに歩いていった。亨は少し考えてから後に続いた。

扉はどっしりとしたオーク材で、花や草の複雑な模様が彫り込まれていた。真鍮《しんちゅう》の取っ手を握りしめ、前後に力を加えてみる。でも、やっぱりびくともしない。

「開きません」

「いや、開くはずだ。合い言葉をいってみなさい」

「合い言葉……？」

紳士は微笑んだままいった。「そうだ、合い言葉だ。新しいところへ飛び込んでゆきたいと願う気持ちをその言葉で表現しなさい。願えば、その扉は開く」

「でも、合い言葉って……」

「知っているはずだ。きみは知っている」

確かに、ある言葉が即座に頭に浮かんだ。でもあまりにも子供じみているので亨には自信がなかった。

「さあ、いってみなさい」紳士が促す。「大きな声で」

口の中でぼそぼそと呟《つぶや》いてみる。

「もっと大きな声で」

もう一度呟く。今度は少し息を多めにして。

「もっと大きく、気持ちを込めて。扉に向かっていいなさい」

やけくそになって、亨は喚《わめ》いた。

「ひ、ら、け、ゴ、マ！」

轟音《ごうおん》が周囲から湧き上がった。

目の前の扉がゆっくりと開いてゆく。それと同時に、撥条《ぜんまい》と歯車の軋む音、弦楽器、インベーダーゲーム、シンバル、トビウオの水飛沫《みずしぶき》、鯨《クジラ》の噴水、鷲《ワシ》の羽ばたき、飛行機のジェット音、パイプオルガン、啄木鳥《キツツキ》の、蟋蟀《コオロギ》の、蛙《カエル》の鳴き声、獅子《シシ》の咆吼《ほうこう》、無数の衝撃が一気に解放されて弾《はじ》けたような荘厳《そうごん》な響きがホールに満ちた。

一瞬の眩しさを覚えて亨は目を細めたが、すぐにそれは錯覚だとわかった。白い微粒子、いや太陽の微光が一面に舞っていた。扉が開いてゆく。亨は立ち現れてくるその光景を見つめた。轟音が身体に絡みつきながら徐々に後方へと退《ひ》いてゆく。波打ち際《ぎわ》の白い泡のように広大な水平線へと引っ張られてゆく。亨はその引力に負けまいと両足を踏ん張った。扉が開いてゆく。背筋からうなじへと興奮が駆け抜けてゆく。

それは遥《はる》か彼方《かなた》まで続く巨大な回廊だった。終点が見えない。ひたすら向こうまで一直線に続いている。高い天井は古い教会のように壮麗な装飾が施され、上部に一列に並ぶ窓から光が射し込んでいる。両側の壁には上下二段に廊下が張り出していた。そしてその両壁には、延々と陳列棚が並んでいた。化石や動物標本、瓶詰めの不思議な生き物、その他とても確認しきれないほどいろいろなものが詰め込まれている。でもそれより何より亨が目を瞠《みは》ったのは、目の前で雄々しく鼻を持ち上げるアフリカゾウの勇姿だった。そしてその向こうには長い首を捧げてこちらを窺《うかが》う巨体がいくつも並んでいる。ウルトラサウルスにアパトサウルス、その奥はステゴサウルスかもしれない。

両の扉が全開すると同時に、轟音は遠方へと消え去った。足元で黒猫が寝ぼけたような声を上げた。それが無人の回廊に谺《こだま》した。

夢だ。亨は自分にそういい聞かせた。

これは夢だ。こんなことが現実にあるはずがない。

「ジャックに案内してもらうといい」

紳士の声で我に返る。振り向くと、紳士は亨の足元の黒猫を目で指し示した。

「もともとはネズミを捕ってもらうために雇ったのだが、最近はその遊び相手もなかなか見つけられずに退屈している。きみが必要としている人のところに連れていってくれるだろう」

それでは、と紳士は手を挙げた。立ち去ろうとするのを見て、亨は慌てて声を上げた。

「待って！」

「どうした？」

「あの……、おじさんの名前を教えて下さい」

紳士はひとつ頷《うなず》いて答えた。

「ガーネット。リチャード・ガーネットだ。きみの名前も聞こう」

「亨です」

「ではトオル、何かわからないことがあったら、いつでも訊きに来るがいい。私はきみの知的好奇心を助けるためにいる」

「はい！」

5

エジプト、ブーラーク（一八六二年）

　赤茶けた太陽が西の空に大きくかかっている。オギュスト・マリエットは、ふたりの人夫とともに博物館予定地の敷地前に立ち、やってくるはずの客人を待ち続けていた。ブーラークの町は夜へ向かって混雑の度合いを増しつつある。日中の暑いこのエジプトに住む人々にとって、夜の時間は貴重だ。男たちは第二の仕事場へと向かう。商人たちは驢馬《ロバ》を牽《ひ》き、どこへともなく歩いてゆく。路地の喫茶では老人たちがたむろし、水パイプを吸いながら盤ゲームを始める。そして異国からやってきた旅行者たちは馬車に乗って我が物顔に街道を駆け、食事を楽しみ、ダンスに興じ、いかがわしい遊びへと繰り出す。今宵《こよい》も黒いサテンを纏《まと》ったベリーダンサーたちが貨幣の泉を飲み干し、やがて褐色の肉体を西洋の男たちの前に晒《さら》すだろう。

　集《たか》ってくる蠅《ハエ》を時折り手で払いながら、マリエットは馬車の音が聞こえてくるたびにそちらへ首を伸ばし、姿を確認しようとした。苛立《いらだ》ちが募る。この地に来て、ほんの三〇分や一時間の遅れなど気にならなくなったが、それでも今日は癇癪《かんしゃく》が収まらない。マリエットが毒づくたび、横に立つ人夫たちがびくりと身を縮める。だが構ってなどいられない。

ファイユームの発掘拠点で伝令から手紙を受け取ったのは一昨日《おととい》の夜だ。イギリス皇太子アルバート・エドワード殿下の侍従という者からで、ブーラーク訪問の申し入れだった。二〇歳になるエドワード殿下は、どうやらインドへのご旅行の途中にカイロに立ち寄られたらしい。お付きの者たちとともに最高級のシェファーズ・ホテルに滞在しながら、遺跡を見て回られているという。どこかでブーラークのことを聞き及んだのだろう、夕刻に博物館予定地を訪れるので、ぜひ出土品の数々をご紹介いただきたい、と侍従の手紙には書かれてあった。一読してマリエットは自分の顔が強張《こわば》るのを感じた。イギリス、というその国の名に、身体が自然と反応したのだ。

これまでフランスは、そしてマリエットは、イギリスに何度も痛い目に遭わされてきた。ロゼッタ・ストーンばかりではない。コプト人の間でヨーロッパ全域に対する不信感が広まっているのも、イギリス人たちがコプトの僧侶たちを酒に酔わせてその隙に大量の文書を奪い取ったためだ。マリエットがルーヴルの命を受けてエジプトはアレクサンドリアの土を初めて踏んだとき、コプト僧侶たちの対応はあまりにも冷たかった。教会に入ることすら叶《かな》わなかった。まったく写本を手に入れることができず、進退谷《きわ》まりカイロに渡ってくるしかなかったのだ。発掘現場からレリーフが盗まれたこともある。

あれもイギリス人貴族が裏で糸を引いていた。イギリスがエジプトを凌辱《りょうじょく》している。身構えずにはいられない。いや、それだけに留まらなかった。否《いや》が応でもその手紙は、昨年の暮れ、ナポレオン三世皇帝閣下に謁見《えっけん》した際の会話を思い出させた。

もとはといえばカルナックの発掘現場で突然感じた眼の痛みを治療するための帰国だった。パリに戻っても、すでにルーヴルに居場所はない。部下だったドヴェリアが主任学芸員に昇格し、自分は位こそ高いものの形ばかりの閑職に割り振られてしまった。これでは事実上の追い出しだ。サッカラの出土品を大量に送った見返りがこれか。もちろんドヴェリアのせいではない。だが癇癪ばかりが先に立つ。倉庫を博物館へと改築するここの作業も遅々として進まなかった。なにしろ人夫たちは穴を掘って基礎の柱ひとつ立てるのに四、五日を費やすという有様である。そして自分は眼の痛みが収まらず、炎天下で現場に立つこともままならない。黒内障だった。

結局、妻エレオノールの勧めに従い、一時帰国して静養に努めるしかなかった。パリでは電気を用いる最新の治療を受けたが、さほどの効果はなかったように思う。だが皇帝閣下に謁見できたのだから、無駄な帰国ではなかったというべきかもしれない。マリエットは皇帝閣下の乳姉であるコルニュ夫人を通じ、閣下からの招待を受けることに成功した。むしろ閣下にとってもこの機会は好都合だったようだ。その席でマリエットは、エジプト総督であるサイード副王との会見の仲介を要請されたのだ。

すぐにマリエットは事の重大さを悟った。是が非でも皇帝閣下のエジプトに対する興味を持続させ、いや、さらに煽《あお》り、サイードとの会見を成功裏に導かなければならなかった。前副王のアッバースと違って考古学に理解を示すサイードをマリエットは心から敬愛していた。そしてサイードが財政難に陥っていることも痛いほどわかっている。これ以上いまの状況が続けば、エジプトの遺物は目先の金のためだけにヨーロッパ各地へと散逸し、取り返しのつかないことになるだろう。それを食い止め、保護できる財源を確保しなければならない。

皇帝閣下はマリエットの業績を知っていた。サッカラのセラペウム発掘の評判が耳に届いていたのだ。それなのにルーヴルを離れている自分の立場は皮肉としか思えなかったが、とりあえず抑えた。皇帝閣下はローマの将軍カエサルにご興味を抱かれている様子だった。幸いであった。マリエットは初めてアレクサンドリアの地に訪れたときの話で閣下を笑わせ、クレオパトラの悲運の物語を詳細に述べ、またこれまでに発掘された出土品と、それにまつわる神秘の物語を聞かせた。皇帝閣下は身を乗り出しながら聞いた。続いて自らの発掘調査の現状を報告し、さらに数々の重要な世界的遺産が砂の中に埋もれていること、そしてその発掘はマリエット自身でなければ達成し得ないことを申し立てるのはさほど難しいことではなかった。

「皇帝閣下」とマリエットはその席で申し述べた。「エジプトの遺物は悠久の歴史を刻む貴重なもの。その価値を真に理解できるのは、このフランスの他にあり得ないでしょう。どうか財政援助を。他国の力がまだ及ばぬうちに、エジプトに我がフランスが手厚く接し、友好関係を築き上げるのです。必ずやこの援助は閣下のご興味を満足させる結果を生むことでしょう」

頃合いを見計らい、万国博、という言葉をおもむろに出すと、皇帝の目がさらに輝きを増した。

今年五月一日よりロンドンで再び万国博覧会が開催される。一八五一年、すなわち一年前にロンドンの水晶宮《クリスタル・パレス》で幕を開けた大博覧会は、五三年のニューヨーク博、そして五五年のパリ博を経て、すでに世界的な大会として定着しつつある。皇帝閣下はかねてから商業と貿易の大展覧会を目論み、フランスの威光を世界に知らしめようとされてきた。初の開催地たる栄誉こそイギリスに奪われてしまったものの、今後は規模、内容、すべての面において挽回《ばんかい》を図らなければならないと皇帝は考えているはずだ。マリエットはこの万国博にエジプトの考古品を出展する予定になっていた。だが近い将来、必ずパリで再び万国博が催される。マリエットは言外に仄《ほの》めかした。エジプトに影響力を持てば、会場内に巨大なエジプトパークを建設し、フランスの威光を全世界に示すこともできるだろう、と。

これが皇帝の心を決めた。先月エジプトに戻ってすぐにマリエットは事の次第をサイードに告げ、パリ出座を願った。おそらく五月、まさにロンドンで万国博が開催されている最中、サイードはパリで皇帝に謁見し、財政援助を謹《つつし》んで承ることだろう。それによって、発掘調査とその保護管理の新しい時代の第一歩は踏み出されるはずだ。盗賊や小賢《こざか》しい商人たちをこれ以上のさばらせておかずに済む。

だがマリエットは、謁見の最後に皇帝から直接聞いた噂《うわさ》に心を掻《か》き乱された。あの大英博物館がマリエットの出土品を狙っている、というのだ。

「――あれでは？」

人夫のひとりが声を上げた。

マリエットは急いで男の指す方向を目で追った。雑踏の流れが乱れ、人々が道の脇に退いてゆく。その奥から白塗りの馬車の姿が現れてくる。夕陽を背にして縁が黄金色に輝いている。紋章や旗が見えた。間違いない。

西側からやってきたのは意外だった。カイロからの方角ではない。どこかに寄ってきたのかもしれない。空を浮遊している蠅どもが一斉に音を立て、波のように東へと消えてゆく。

マリエットは口元を引き締め、足を揃《そろ》えた。横の人夫たちも慌てて背筋を伸ばす。皇太子の真意がどこにあるのか、まだマリエットは測りかねていた。本当に若造の気紛《きまぐ》れだけだろうか。まさか出土品の偵察ではあるまい。だが従者たちの中には考古学に詳しい者が紛れ込んでいるかもしれない。その者が密《ひそ》かに品定めし、母国に連絡する可能性もある。

いや、それでなくとも不愉快だった。ファイユームからわざわざ呼び出され、気紛れな物見遊山《ものみゆさん》の相手を務めなければならない。一刻の猶予《ゆうよ》もならない時期なのだ。来年にはようやく念願の博物館が完成する。開館式はサイードをはじめ、エジプトとフランス両国から有力者を多数招き、盛大に執りおこなわなければならない。彼らを驚嘆させ、エジプトの魅力を最大限に伝えるような遺物で館内を溢《あふ》れさせるのだ。そのためにも発掘のスピードをさらに上げる必要がある。それなのに、このような雑事のために発掘現場から離れなければならないとは！

馬車がマリエットたちの前に止まった。御者《ぎょしゃ》が降りてきて扉を開ける。マリエットは憤慨しながらも深々と頭を下げ、だがあくまでフランス語で述べた。

「お目にかかれて光栄に存じます、殿下」

皇太子が馬車から降りてくる。だがその姿を一目見た瞬間、マリエットは信じられずに思わず目を剝《む》いてしまった。慌てて表情を抑え、続いて降りてくる従者らを見た。やはり同じだ。

衣服が土埃《つちぼこり》で汚れている。

どこかで馬車が横転でもしたのか。

付添者のひとりが前に出て、マリエットにフランス語で話しかけてきた。どうやらこの男が手紙を差し出した侍従のようだ。だがマリエットは彼の口から出る社交辞令を右から左へと聞き流した。それよりも皇太子の服装の汚れに興味がある。マリエットは密かに観察した。ブラシで擦《こす》り落とした形跡はあるが、やはり近くで見ると袖口《そでぐち》や靴の汚れが目立つ。髪にも砂が絡みついているようだ。もちろん櫛《くし》で整え直しているが、長時間にわたって砂と陽と風に晒されたことは明らかだった。

従者の長々しい挨拶《あいさつ》が終わった頃には、マリエットは無謀にも質問を口にしてみる決心をつけていた。

「殿下、いささか不躾《ぶしつけ》ではございますが、少々お召し物に砂がついておられるようにお見受けいたしますが？」

従者たちの顔色が変わる。だが皇太子はフランス語を理解したのだろう、わずかな間をおいてから軽く笑うと、わざと汚れた部分を見せるかのように腕を広げて見せた。

従者が憮然《ぶぜん》とした表情でいう。

「ムッシュー・マリエット、ご容赦いただきたい。殿下はこれまでギザにおられ、クフ王の大ピラミッドを登頂あそばされた。殿下たっての願いにより至急こちらへ赴いた次第だ」

ほう、とマリエットは感嘆して息を漏らした。確かに多くの旅行者はカイロのガイドにそそのかされて頂上まで登ろうとする。だが体力に自信のある男でも、急な斜面にてこずるのが普通だ。多くは息を切らし、登り切るのに二、三〇分かかってしまうのだが。

マリエットは自ら先頭に立ち、さっそく敷地内へと皇太子らを案内した。万が一に備え、人夫たちを入口に置いておく。歩きながら皇太子は顔を綻《ほころ》ばせていった。

「あの頂上からの眺めは絶品だ。見渡す限りの大地！　砂と岩！　そしてナイルの瑞々《みずみず》しさ、岸辺の緑の美しいこと！　付添たちのほとんどは半分まで登ったところで諦《あきら》めてしまった。勿体《もったい》ない！　あの景観を見逃すとは。生涯忘れられそうにない——頂上が狭いことにも驚いたよ。わずか数人しか立つことができない。あれほど巨大なピラミッドの頂点は、たった数歩分の面積しかないのだから！」

感激を人に伝えたくて仕方がない様子だ。マリエットは丁重に指摘した。

「殿下、あの頂上にはもともと被《かぶ》せがあったのです。ピラミッドの頂上には四角錐《しかくすい》の石が据え置かれたはずですが、古代の盗賊どもに奪われてしまいました。ピラミッドの各側面にもかつて化粧岩が施されていたのですが、こちらは後世に他の建築材料として再利用されてしまったために、ほとんど残っておりません。わずかにカフラー王のピラミッドの頂上部分にその面影を残すのみです。おそらくあのクフの大ピラミッドも、建立《こんりゅう》当時は白銀色に輝いていたことでしょう……殿下はこのエジプトの地がお気に召されたので？」

皇太子は足を止め、当然だというように頷《うなず》いた。そしていった。嫌いになる人間などこの世に誰ひとりとしていないだろう？

マリエットは深々と頭を下げた。イギリスの皇太子ともなれば、着替えの衣服などいくつも持ち歩いていることだろう。ピラミッドを降りてから馬車の中で汚れた服を取り替えることもできたはずだ。実際、マリエットがこれまで案内した子女の中にはちょっとした汚れにも敏感で、カイロの蠅の多さに顔をしかめ、駱駝《ラクダ》が臭いと鼻をつまみ、砂漠地帯に入って服の袖をしきりに気にする者もいた。だが少なくともこの皇太子は些末《さまつ》事《じ》にこだわっていない。あのヴィクトリア女王によって厳格に教育され、内向的で神経質な性格だと聞き及んでいたが、どうしてどうして遊び上手、このエジプトの叡智《えいち》を全身で楽しんでいる。そしてマリエットはそのような遊びへの情熱が嫌いではなかった。

——この皇太子、なかなかやりおる。

当初の怒りはどこかへ消えていた。

マリエットは博物館の説明を適宜加えながら、皇太子たちを中庭へと案内した。まだ工事中であり、あちこちに建材が積まれ、人夫たちがその間をゆっくりとしたペースで歩きながら作業を続けている。それほど広い敷地ではないが、ブーラークの大通りに面した一等地だ。裏手を降りてゆけばすぐナイル川にあたる。遺物を船で運搬するのにも容易であった。いずれここにエジプト考古学の粋を結集させるつもりだった。ここへ来れば三〇〇〇年にわたる見事な遺物たちを一望にできる。それは人々に畏敬《いけい》の念を起こさせ、また遺物保護を促進することだろう。

工事現場の乱雑な様子に不安げな表情を浮かべていた従者たちだったが、煉瓦《れんが》の山を抜けて中庭の部分に出ると一斉に驚嘆の声を漏らした。

彼らにはまさに宝の山に見えることだろう。

これまでマリエットが発掘した遺物のうち、巨大で室内での保存がいまのところ不可能なものがすべてここにある。鑑賞のための気配りはまるで施しておらず、ただこの場所に詰め込んであるだけだが、それでもどの程度素晴らしいものであるかは充分に理解できるはずだ。

ルクソール西岸のドゥラ・アブー・アル＝ナガで出土したイアフヘテプ王妃の石棺、ギザのカフラー王倚像《いぞう》、サッカラのカァー・アペルの像――もっとも、これは発掘現場の村長に顔が似ているので、人夫たちから〈村長の像〉と呼ばれている。マリエットはその呼び名が気に入っていた――、タニスで出土した神像。従者たちは顔を輝かせ、それらの出土品に駆け寄ってまじまじと見つめる。マリエットはその光景に満足した。

皇太子はアラバスター製のスフィンクス像を熱心に観察していた。まさにそれはマリエットの自慢の発掘品であった。発掘調査の人生を決定づけた遺物でもある。エジプトにやってきたちょうどその年、サッカラでこのスフィンクスが砂から頭を出しているのを発見し、それがセラペウムの発見を導いたのだ。セラペウムでの出土品のほとんどはルーヴルへ送ったが、最初に見つけたこのスフィンクスはまだ手放せない。もともとマリエットはスフィンクスの魅力に取り憑《つ》かれていた。あのギザのスフィンクスが持つ謎めいた眼差し――ここにあるスフィンクスはそれに及ばないものの、柔和な顔つきが心を和ませる。

「いや、実に見事なものだ！」

「博物館の落成が待ち遠しいですな！」

「今日はギザのスフィンクスを見ましたぞ！　あれがたったひとつの岩山からできていることを発見されたのはムッシュー・マリエットだそうですな！　素晴らしい成果

だ！」

一通り出土品を見て回った後、従者たちは口々に賞賛の声を上げた。無邪気な反応にマリエットは安堵《あんど》した。大英博物館の一件とは何の関係もなさそうだ。

しばらく彼らの熱心な質問に答えていたが、ふと気がつくと皇太子の姿がない。まさかと思い、ナイルへの細道を見下ろす。皇太子が係留所へと駆け降りているところだった。

「殿下！　そちらに出土品はございませんぞ！」

マリエットは叫んだ。従者たちが慌てて後を追う。係留所にはちょうど昨夜カルナックから到着したばかりの平底船が停泊していた。甲板《かんぱん》には木箱がまだ積まれたままだ。本来なら今日中にでも引き揚げるはずだったのだが、この訪問騒ぎで一日延ばさざるを得なかったのである。皇太子は何かに興味を覚えたらしく、そちらに軽い足取りで進んでゆく。仕方がない。マリエットも細道を下った。勝手に木箱を開けられたりしてはかなわない。

従者たちを無視して皇太子は平底船の脇まで来ると、何を思ったのかそこに生えているアカシアの木を手で叩《たた》き始めた。甲板上には荷揚げのためのクレーンが立てられており、その頂上からアカシアの木まで二本の太いロープが張り渡されている。皇太子はいきなりその木の幹とロープに手をかけ、片肱《かたひじ》上がりでよじ登った。ロープの上に足を乗せ、そっと立ち上がり、両腕を水平に広げた。ようやくアカシアの下まで辿《たど》り着いた従者たちは、声を上げることもできずはらはらしながら頭上の皇太子を見守っている。マリエットは足を止めた。殿下の突拍子もない行動に呆気《あっけ》にとられた。とんだやんちゃ坊主だ。

皇太子は小さくかけ声を上げると、摺《す》り足でロープの上を歩き始めた。綱渡りをしようというのか。だがロープは水平ではない。平底船のクレーンが高く、徐々に勾配《こうばい》がきつくなっている。

わずか五、六歩進んだところで皇太子は急にバランスを崩した。ひやりとした瞬間にはすでに皇太子の身体は地面へと落ちていた。従者たちが血相を変えて駆け寄ってゆく。だが皇太子は起き上がるとさも愉快だというように笑い、唐突に従者のひとりを指さした。驚きの声が上がる。マリエットは再び駆け出し、土手へ降り切って皇太子らのほうに向かった。なんということだ！　どうやら殿下は付添の者たちに綱渡りの技を競わせようとしている！

観念したのか、指名された若い男は袖をたくし上げると木によじ登った。ロープの張り具合を足の先で確かめる。だがすでにその時点で上体がよろめいていた。案の定、ロープに重心を預けてすぐに落ちてしまった。その格好がみっともなく、残りの従者たちも思わず口に手を当てて笑いを堪《こら》えた。

マリエットがアカシアの木に着いたときには三人目の男が挑戦を始めていた。この男は小柄だが筋肉が引き締まっており、首も据わっている。男は重心を腰に落とし、土踏まずの部分でロープをしかと捉え、そろそろと摺り足の要領で足を進めていった。二メートル、三メートルと距離を伸ばしてゆくにつれ、次第に従者たちの間から声援が上がるようになっていった。先の男より遥《はる》かに巧《うま》い。ロープの撓《しな》り具合も計算に入れて重心を移動させている。だがロープの傾斜が大きくなってくると腰が落ち着かなくなってきた。全体の半分ほどまで進んだところでついに持ち堪《こた》えられなくなった。危うく川に落ちるところだったが、ロープを離れる瞬間に岸辺のほうに跳んだため事なきを得た。皇太子が賞賛の拍手を送る。

その後、さらに三人が続いて挑んだが、いずれも無様な結果に終わった。マリエットより一〇から二〇も若い男たちが何の踏ん張りも見せずに落ちてゆく。

全員が敗北を喫したところで、皇太子は楽しそうに笑い、そして唐突にマリエットのほうを向いていった。

「ムッシュー・マリエット！　次はあなたの番だ！」

「なんと……？」

面食らった。

そうだ！　そうだ！　と歓声が上のほうから聞こえてきた。見ると作業中だったはずの人夫たちがいつの間にか集まって、中庭からこちらを見物している。口々にマリエットの名を叫び、拳《こぶし》を挙げて声援を送っている。

すでにマリエットはその気になっていた。トルコ帽を脱ぎ、近くの者に渡した。靴紐《くつひも》を解き、素足になった。ロープを摑《つか》み、張り具合を確認する。やや撓《たわ》み気味だが足場としては充分な強度だ。周囲を見渡す。太陽の赤い陽射《ひざ》しがナイルの水面を染め上げている。凪はない。

一息で木を登り、ロープの上にゆっくりと両足を乗せた。ささくれた繊維をしっかりと足の裏に馴染《なじ》ませる。上体を立てたまま両腕を水平に伸ばし、静かに腰を上げてゆく。足の裏でロープの撓みを確かめてゆく。

辺りが静まった。

摺り足で慎重に進む。発掘現場で木組みを往復し、船から船へと積み荷を運搬する毎日なのだ。瓦礫《がれき》や砂地、足場の悪い場所での作業には慣れていた。いちいち腰が引けていたのでは小石ひとつ掘り出すこともできない。

ロープが足の裏に吸いついてくる。クレーンの頂上までマリエットの神経は行き渡っている。確実に足を進めてゆく。三分の一を過ぎた辺りで、ナイルの水面の反射が目に入り始めた。赤い夕陽が漣《さざなみ》で細かく刻まれ、マリエットの目をちらちらと刺激する。眼球の奥が痛み出した。だが目を擦ることはできない。両腕を広げ、腹の底で呼吸のリズムを取りながら、足を差し出し続ける。

ロープの傾斜が厳しくなってきた。平底船の揺れがロープを通じて次第に大きく身体に伝わるようになってきた。波の揺れに合わせて緩やかに重心を傾けながら、腰をゆっくりと落とし、上体のバランスを保つ。ナイルの上を過ぎ、平底船の甲板の上まで辿り着く。最後の数歩は一気に駆け抜け、クレーンの足場に跳び乗った。

歓声が上がった。

両の拳を天に突き出す。ハアッ！　と大声を上げた。夕暮れのナイルが眼下に広がっている。白鷺《シラサギ》の群れが岸辺のヤシやイチジクの茂みに宿っている。遠くから船の汽笛が聞こえてきた。蒼紫《あおむらさき》にけぶり始めた空に、ひとつ、あちらにひとつ、と星の瞬《また》きが浮かび上がっている。彼方《かなた》の山は闇に包まれようとしている。

まるであの日のようだった。初めてカイロを訪れてすぐ、城塞《じょうさい》の上から町並みを見下ろしたあの日の夕暮れをマリエットは忘れられなかった。あのとき、辺りは信じられないほど静かだった。大地の熱を吸い取って膨張したかのような赤い太陽が、砂漠の向こうに落ちようとしていた。ピラミッドはその陽射しを受けて黄金色に光り、その脇を流れるナイルは小さな漣を立て、ギザへと続くナツメヤシの街道は長い影を伸ばしていた。遥か南にはメンフィスの森が見えた。そして眼下に広がるカイロの町は、乳白色に発光する霧で覆《おお》われていた。茶褐色の家々は細かな霧の粒子を含みながら、静謐《せいひつ》にその場に佇《たたず》んでいた。まるで水面から突き出た奇形の岩のように、寺院《モスク》の尖塔《せんとう》があちこちで霧から顔を出していた。人々の姿は見えるがなぜか音は聞こえてこない。すべては霧が包み込んでいた。

美しい。エジプトの地を踏んで初めてそう思った。

マリエットはそのとき、知らぬ間に涙を流していた。コプト文書の収集という使命を受けながらもそれが果たせぬことへの悔しさではない。ただ目の前に広がる光景の美しさにマリエットは心を打たれていた。マリエットは城塞の上で大きく両手を広げ、深呼吸した。エジプトの空気が全身に染み渡っていった。マリエットは決意していた。コプト文書などより大切なものがある。己の生涯を賭けるべきものがある。自分は生まれ変わる。そう思った。

そしていま、クレーンの頂上でカイロの町を見渡しながら、再びマリエットは腹の底から声を上げた。皇太子もこの空を、この地を、この町をピラミッドから見たのだ。その広い地にまだ誰も見たことのない遺物が埋もれている。その偉大なる歴史が地中から滲《にじ》み出して、このナイルを、この天を染めている。この風を動かしている。この自分を衝《つ》き動かしている。誰がこのエジプトの魅力に逆らうことができよう?

クレーンを一気に滑り降り、甲板を渡って、マリエットは皇太子のもとへ駆け降りた。もう一度大きな喝采が上がる。皇太子は上気した顔でマリエットを褒め称《たた》えた。

「簡単なことです、殿下。なにしろ、毎日こんなことばかりしているのですから」

マリエットが英語で答えたことで、一瞬従者たちの間にばつの悪い空気が走った。だがマリエットはすかさずこう付け加えた。

「殿下も炎天下で発掘なさってみますか? すぐに綱の上で剣舞が踊れるようになりましょう。なんならわしが雇ってもいい」

皇太子は大笑いした。

それにつられて、取り巻き連中も笑みを浮かべた。終《しま》いにはその場にいる全員が、そして中庭から見下ろしている人夫たちまでもが笑い声を上げた。温かい笑いで周囲が満たされた。マリエットも笑った。久しぶりに心の底から笑った。イギリス人がすべてこうであればいい。ほんの一時ではあるが不快な過去が和らいだ。

「さあ、殿下！」マリエットはいった。「今日はこのままでは帰しませんぞ！　殿下はエジプトがビール発祥の地ということをご存知か？　古代エジプトでは労働の報酬としてビールが振る舞われた。殿下、先程の綱渡りの労働に、私がビールでおもてなしいたしましょう！」

6

次々と目の前に現れる剝製《はくせい》や骨格標本に、亨はさっきから圧倒されっぱなしだった。アフリカゾウやウルトラサウルスはとうの昔に通り過ぎ、アパトサウルスもステゴサウルスもメガテリウムもフタバスズキリュウもマンモスも越して、インドサイとホッキョクグマとキリンの脇を抜け、いま目の前にあるのは巨大なシロナガスクジラのヒゲだった。きゅっ、きゅっ、という甲高い音がさっきから回廊に響いている。何だろう、と思って亨は歩を止め、それが自分の足音だということにようやく気づいた。ぴかぴかに磨き上げられた白と黒の市松模様の床に、運動靴のゴムが擦《こす》れていたのだ。その音さえ聞こえないほど、亨は標本に熱中していた。

最後の靴音が回廊の高い天井に反響し、ゆっくりと空気に溶けて消えてゆく。その余韻に耳を澄ましながら、入口のほうを振り返った。亨が住んでいる県の教職員公舎をゆうに三棟分は歩いてきた感じだ。一番最初に見たアフリカゾウの姿はもう小さくてよく見えない。しかも、これだけ来たのに回廊はまだまだ先へ続いている。

どの標本もポーズが絶妙だった。何年か前、親戚《しんせき》の家で黄色い縁取りの表紙が印象的な外国の雑誌を見たことがある。動物や植物や古代遺跡がびっくりするほど美しい写真で紹介されていて目を離せなくなった。いま見ている標本は、あの写真を大きく引き伸ばして三次元にしたような感じだった。飛び跳ねようとする瞬間、獲物を追いつめようとする瞬間、子供を守ろうと足を踏ん張る瞬間。その動物だけが取れるポーズを、しかも一〇〇分の一秒くらいのごく短い間しか取らないようなポーズを、本当に巧《うま》くとらえている。標本の周囲三メートルは風のうねりや草木の匂いまで、一緒に瞬間凍結してここに持ち込まれたんじゃないかと思うほどだ。

標本は回廊の棚や床や壁や天井と比べて信じられないほどくっきりしている。回廊の中の空気自体はどこか煤《すす》けていて、何世紀も前からそこに留まっているようなぼんやりした感じなのに、そこに置かれている標本は妙に陰影がしっかりしていて、周りから立体的に浮き上がって見える。あの雑誌の写真もどうやって撮ったんだろうというくらいすべての部分にピントが合っていた。きっと拡大したら羽根の脈や魚の鱗《うろこ》の年輪まで見えただろう。もっと大きくすれば、もしかしたら空気の中の黴菌《ばいきん》や水の中のプランクトンまで見えたかもしれない。でも、ここにある標本はもっと鮮やかだ。

入口にあったアフリカゾウの剝製も、ざらついた皮膚の表面にはアフリカの砂埃《すなぼこり》がついていた。脇腹や耳の先の辺りはところどころ水に濡《ぬ》れたように黒っぽく色が変わっていた。目を凝らしてぐるりと一周しても、縫い目を見つけることはできなかった。剝製のはずなのに重量感があって、本当に皮膚の中には内臓が入っているようだった。ゾウの大きさを初めて実感した。この身体が倒れてきたら絶対に自分は押し潰される。剥製のアフリカゾウは高々と鼻先を上げ、耳を大きく広げ、前脚の一方を少し持ち上げて、どこか亭には見えない天空を見つめ、いまにも口を開けて声を上げようとしていた。腹の肉は少し波打ち、尻尾《しっぽ》の先は鞭《むち》のように撓《しな》ったまま空中で止まっていた。きっとあと五秒遅れていたら、と亭はおかしなことを思った。あと五秒遅れていたら、ゾウのすごい声が建物中に大反響して、壁があちこちで罅割《ひびわ》れてしまっていただろう。

シロナガスクジラの骨格標本を見上げた。骨だけになってもどっしりとしたその巨体は、鼻先を少し下に向けたまま、回廊の幅をほとんど占領する形で浮かんでいた。あまりにも大きすぎて全体を見渡せない。のけぞるような格好で亭は後ろに二、三歩下がった。焦茶色《こげちゃいろ》のヒゲが目の前を覆《おお》い尽くしている。バイオリンの弓になる、というのを本で読んで知っていたが、いったいこれだけでいくつの弓ができるのか想像もつかない。亭の側には直線的な糸の部分を向けているが、口の内側のほうには弓というより掃除機のフィルターが何十万倍にも大きくなった感じの網目が見えた。でも網目は単純な格子《こうし》模様じゃない。亭は目を細め、視線を左右に傾けてみた。絨毯《じゅうたん》のデザインみたいだが、葉脈を組み合わせたようにも見える。立つ位置を変えると模様が微妙に変化した。

みゃあお、

と足元で声がした。

黒猫が顔を上げ、気怠《けだる》げにこっちを見ている。大きく口を開けて欠伸《あくび》をすると、ふんと息をしてうずくまり、横を向いてしまった。

亭はしゃがんで、ジャックと呼ばれていたその猫の顔を覗《のぞ》き込んだ。

黒いからブラック・ジャックだ。ふと、そんなつまらないことを思う。

ジャックに話しかけてみたい気分に駆られた。

満月博士って誰？

ミウって小学生なのかな？

どこの学校に通ってるんだろう？

「……訊《き》けるわけないか」

立ち上がり、辺りを見回す。亭は一番近くの扉に歩いてゆき、ドアノブに手をかけた。

おやっと思った。鍵が掛かっていない。

思い切って扉を押してみた。

「…………？」

亭は目を瞬《しばた》いた。わけがわからない。目の前が真っ暗だった。何も見えない。

後ろを振り返ると、ちゃんとシロナガスクジラのヒゲがあった。

もう一度扉の向こうを見つめる。やはりまったく光が届かない。扉から向こうが完全な暗闇になっていた。そっと指先を入れてみる。何の感触もない。

「あっ」

ジャックがいきなり足の間をすり抜け、扉の向こうに駆けていった。消える！　と咄《とっ》嗟《さ》に思ったが、ジャックは優雅な足取りのまま、何もないのっぺらぼうの暗闇を進んでいった。

亨は、ゆっくり、右足を扉の向こうに入れてみた。足の先で探ると、なるほど床の感触がある。思い切ってそこに体重を乗せてみた。床は受け止めてくれている。もう一歩、左足を進めてみる。

闇の中に入った。いままで歩いてきた回廊のほうが、扉を隔てて別世界になった。上も下もわからない。扉の四角い枠が、空間にぽっかり浮かんでいる。扉から光が射し込んで来ているはずなのに、自分とジャックの姿しか見えない。不思議な感覚だった。まるで砂のように細かな「暗黒物質」が詰まったプールの中で立っている感覚。ちょっとでも息をすれば肺に砂粒が入り込み、ちょっとでも身体を動かせばぎっちりとした圧力が全方向から跳ね返ってきそうな、踵《かかと》の辺りに力を入れていないと浮かび上がってしまいそうな、そんな感覚。

「おい、待ってよ！」

亨はジャックを追った。でもジャックは聞こえていないのか、立ち止まろうともしない。

走っていると、後ろから何かが亨を追い越していった。絨毯のようなエイだった。幅は亨の背丈ほどもある。両翼も尾も波立たせないまま、滑走するように亨の足元を抜け、ジャックの足元を抜けてゆく。亨は走りながら、その姿を呆然《ぼうぜん》と見つめていた。エイの背中の淡い斑点《はんてん》や、ざらざらとした肌の感触も、はっきりと見て取ることができた。確かにその姿は本物だった。ホログラフィや光の幻影なんかじゃない。まるで一個おきに原子を抜き取って密度を小さくしたような、そんなふんわりとした、それでいてはっきりと質感のある、もうひとつの世界に棲《す》むエイだった。エイは滑走を続けたまま、遥《はる》か前方へと姿を消した。

ジャックは音も立てずに走ってゆく。亨も自分が足音を立てていないことに気づいた。回廊であれほど響いた自分の靴が、いまは床と擦れても音を返してこない。もう入口の扉がどこにあったかもわからなくなっていた。

ジャックとの距離は縮まらない。ジャックはひたすら走り続ける。亨もひたすら走った。走っているうちに、自分が本当に走っているのかどうかわからなくなってきていた。同じところで足踏みしているようだった。そしてすぐにその感覚もなくなっていった。本当に自分には身体があるのか、本当に自分は生きているのかもわからなくなってきた。そうだ、これは夢だったんだ、と亨は思った。こんな博物館があるわけがない。啓太の家で、自分は小説を書きながら、きっと眠り込んでいるに違いない。自分のパートを書き終えて、啓太が次の章を書くのを待っているうちに眠ってしまったんだ。そうだ、だから目を醒《さ》ませばきっといつもの生活に戻る、目の前に啓太が現れて、しょうがないなあ、と、いつもの間の抜けた口調でいうのだ、きっとそうに違いない、目を醒ませば何もかもがすっきりする、そうだ、きっと目を醒ませば——

「しょうがないなあ、もう」

亨は目を瞬いた。

「ちゃんとライトを用意しなきゃ。明度の設定がマイナス5になってたんだよ」

いきなり目に飛び込んできたのは、白と黒と灰色のペンキをぶちまけた壁だった。違う。壁じゃない。もう一度目を瞬く。

それは大きな絵だった。ペンキを撥《は》ね散らかして乾かしただけの現代絵画。図工の教科書で見たことがある。なんとかポロックという人の絵だ。こんなのだったら誰でも描けるよなあ、と啓太とふたりで大笑いしたことがある。

「そんなにいつも、ぼーっとしてる人なの?」

左の耳から聞こえてくる声。亨はぎゅっと目を瞑《つぶ》り、瞼《まぶた》の裏に力を込めた。ゆっくりと開く。声のほうに視線をずらす。

——あの子だった。

「初めまして、じゃないよね。この間わたしを見て逃げたでしょ」

その子は亨のほうをじっと見つめたまま、少し笑みを浮かべていた。この前見たときと同じだった。黒と緑青色と焦茶色の複雑な虹をした瞳、細くて真《ま》っ直《す》ぐな髪。左の頰にえくぼができていた。違うのは服だけだった。いまは浅黄色のワンピースだった。亨を見つめている。眉毛が少し動いている。真剣な眼差しのふりをしながら、いまにも口元から笑いが弾《はじ》け出してきそうなのを堪《こら》えている。

ジャックがその子の足元に身体を擦《す》り寄せ、さっきまでとはうって変わった優しい声でひと啼《な》きした。

みいう。

そうだ。名前。

「あ、あの、ミウっていうんだよね」

「猫の生まれ変わりだと思った？」

「え？　そ、そんなわけじゃ」

「美しい、に宇宙の宇。黒川美宇」

亨は心の中で美宇という字面《じづら》を思い描いてみた。漢字の形が左右対称だ。

「あのさ、ここは何の……」

「博物館か、でしょ」

ほっとして息をつく。こちらが感じている疑問を向こうも察してくれている、とわかって、温かい安堵《あんど》が身体に染み渡ってくる。一呼吸置くと、今度は次から次へと質問が溢《あふ》れてきて止まらなくなった。

「いったいどういうこと？　ここはどうなってるの？　恐竜とかクジラの骨があって、ゾウのすごい剝製があって、エイが泳いでいて。廊下が延々と続いていて、なのに誰もいない。玄関のホールは何？　あの螺旋《らせん》階段は？　あそこには絵が飾ってあったよ。壁にいきなり詩みたいなのが浮き出てきたのはなぜ？　どうしてこんなに中が広いの？　むちゃくちゃだよ。お客だって誰もいないし。休館日なの？」

「お客ならたくさん来てるわ。気がつかないだけでしょ」

「ウソだろ。誰もいなかったよ」

「だって、現にあなたも来てるじゃない。あなたもお客さんのひとりだもの。ね、名前は？」

　亨は名乗ったが、美宇がのんびり謎掛けしているのがじれったくなった。

「そんなことよりさ、だからここは何の博物館なの？　さっぱりわからないよ」

「わからない？」

　美宇は得意そうに右手の人差し指を立て、にっこりと笑みを浮かべた。

「ここはね、ミュージアムを展示するミュージアムなの」

　亨は周囲を見回した。そこはごく普通にあるような美術館の展示室だった。白い壁とグレーの絨毯の床。コンクリートが剝《む》き出しになった天井。上に備え付けられたライトがまちまちの方角を向いて、展示されている絵を照らし出している。真下の絵を照らさずに、わざと明後日《あさって》の方角の絵に光を当てているところがいかにも現代美術館っぽい。部屋は広い長方形で、白いパネルでうまく仕切られていた。亨の前にあるのはなんとかポロックだったが、左手のほうにはアメリカの星条旗が何枚も重ねられている絵や、これもどこかで見たことのある菱形《ひしがた》の抽象画が架けられていた。キャンバス全面を灰色に塗り潰しただけの「作品」もあった。右手の床には波を象《かたど》ったような金属製の彫刻が置かれている。一番奥に扉が見えたが閉まっていた。ＢＧＭや人の話し声は聞こえない。

美宇はジャックを抱え上げると亨の隣に立った。

「この部屋を見て、どう思う？」

「どうって……」

そういわれても何を答えればいいのかわからなかった。特に心に引っかかることはない。強いていえば、室内が広すぎて冷たい印象を受けることぐらいだ。素っ気なくて、寒々としている。部屋の広さの割には作品の数が少ないような気もするが、まあこんなものかもしれない。もうひとついえば、展示されているものが有名すぎる。たぶんみんな複製なんだろう。正直なところ、見ても感動できないし、どこがいいのかもわからない。

亨は素直に答えた。「どうも思わないや」

「じゃ、次の部屋に行きましょ」

あっさりと美宇は頷《うなず》いて、奥の扉のほうへ歩いてゆく。

さらに質問が湧いてきたが、亨はとりあえず黙って美宇の後に従った。美宇はさっさと部屋を横切って扉を開け、亨を次の部屋に促す。

「こっちはどう？」

亨は眉根を寄せた。

今度の部屋は少し小さかった。さっきの部屋よりはレトロ調だが、そんなに古いわけでもなさそうだ。床は絨毯ではなくタイル敷きだった。室内を区切るパネルはなく、四方の壁に絵が飾られているだけだ。風景画や人物画がほとんどだが、今度は亨の知っている作品はない。

何の違いが重要なんだろう。確かに古さは違うものの、どっちも美術館のありふれた一室にしか見えない。

「そうじゃない、もっとよく見て」美宇がこちらの心を見透かすようにいう。「違うところを見つけて」

しばらく眺めているうちに、美宇が何をいおうとしているのかぼんやりとわかりかけてきた。

肩越しに振り返り、さっきの部屋をもう一度眺める。現代美術。こちらは昔の風景画。たぶん美宇がいっているのは絵柄の話じゃない。絵の飾り方だ。部屋の造り方の違いだ。壁紙の色？　照明？　天井の高さ？　美宇が囁《ささや》く。「思いついたこと、なんでもいいからいってみて」

納得のいかないことばかりだったが、亨はいつの間にか美宇のペースに乗ってみようという気になっていた。美宇はこちらを馬鹿にしたりからかって遊んだりしているわけではなさそうだ。

い、い、しーんし、淑女諸君！　亨の心の中であの台詞《せりふ》が響いた。

相手がそのつもりなら、名探偵が謎を解いてみせよう。

「壁が……」探りながら、一言ずつ声を出してゆく。「壁のデザインが違う。だから雰囲気が違って見える」

「どんなふうに？」

「あっちの部屋はのっぺらぼうだ。白いパネルに白い壁。模様は何もない。だけどこっちは違う。三つの帯に分かれてる。真ん中の赤い布貼《ぬのば》りのスペースに絵が架かってる。カーテンみたいな生地で、すごく豪勢な感じだ。足元のほうは木でできてる。上は白い。ペンキを塗ったたんじゃないかな。壁と天井の間も違う。あっちの部屋のほうは……なんていえばいいんだろ、ええと、すぐにくっついている。でもこっちは壁と天井の間に模様がある」

「刳形《くりかた》装飾ね。カーブした木の模様」

「足元の木のところは腰羽目《こしばめ》。他には？」

美宇がさらりと難しい言葉を口にした。クリカタやコシバメの漢字が亨にはわからなかった。美宇のいい方はつっけんどんだが、冷めてはいない。どうやら答がまるっきりハズレているわけでもなさそうだ。

「絵の架け方が違う」

無意識のうちに口調が速まる。ふたつの部屋を何度も見比べ、指さしながら亨は説明を続けた。

「あっちの部屋のほうが、全体的に絵をゆったり架けている。こっちはもう少し絵と絵の間が狭い。それに……、そうだ、絵の中心が一直線に揃《そろ》ってる。でもあっちの部屋は絵の下が揃ってるんだ。床からの高さが同じ。こっちは絵の中央の高さが同じ」

「それから？」美宇の声が熱を帯びてくるのがわかる。

「絵の並べ方も違う。ほら、あの壁も、あれも！　こっちの部屋は全部一番大きな絵が壁の真ん中に置かれてる。それで端のほうに行くほど絵が小さくなってる。左右対称だよ」

「さすが、トオル！」

どきりとした。

自分の名前を、美宇が口にした。

「このふたつの部屋はね、一世紀分の違いを表してるの。こっちが一九世紀の美術館。あっちが二〇世紀――いまの美術館。あっちの部屋にある絵は大きいものばかりだったじゃない？　でもこっちは大きい絵も小さい絵も飾ってあって、左右対称に架けてある。あと額縁もよく見て。どれも綺麗《きれい》な彫りものがしてあるでしょ。さっきの部屋の額縁はステンレス製。飾りっ気なんてゼロ。さあ、次の部屋は一八世紀。どうなってると思う？」

美宇が目で奥の扉を示す。今度は亨のほうが先に歩を進めていた。小走りに部屋を横切る。

開けると、そこは絵画の標本箱のような部屋だった。亨は息を呑《の》んだ。また狭くなっている。その窮屈な部屋の壁全面に、これでもかというくらいたくさんの絵が飾られていた。人物画に、風景画に、神話の世界。ジャンルもごちゃまぜだ。まるでジグソーパズルのピースを合わせるような感じで、いろいろな大きさの絵が壁を覆い尽くしている。大理石の彫刻も乱雑に置かれていた。

「これまでと比べて絵の数が増えたでしょ。でも違いはそれだけじゃない」

「わかってる。ちょっと待って、いま見つけるから」

亨はその光景を隅から隅まで舐《な》めるようにして眺めていった。もう見方はわかっている。

絵がたくさんあるということを除いても、こんな架け方の美術館はこれまで見たことがない。なんとなく左右対称に飾られているものの、あまりきっちりとルールは守られていない。というより、ちゃんと左右対称にできる大きさの絵が見つからなかったんだろう。それより一枚でも多く飾ろうという一所懸命さがひしひしと伝わってくる。額縁と額縁の隙間はどこも二、三センチしかない。

「そう……まずひとつ。額縁だろ、額縁がみんな同じ飾りだ。大きさは違うけど規格が一緒だよ。上のほうにタイトルが書いてある。一九世紀のほうは同じ部屋の中に飾られている額縁でも模様がみんな違ってた」

「そう、それもこの部屋の特徴。額縁の飾りも控えめよね」

「ふたつめ。大きい絵のほうが上にある。下に小さい絵が詰まっている」

「当たり。そうしたほうが見やすいものね」

「まだある。三つめ。壁の上の白い帯がなくなってる。代わりにほら、波の形の彫刻があるだろ」

美宇が目を丸くした。「そうそう、その通り」

「テストは合格?」

美宇は笑い声を上げげた。何が可笑《おか》しいのか亨にはわからなかった。

「この部屋はね、一八世紀の中頃にできたドイツの絵画館。一か所に絵を集めてみんなに見せることがようやく軌道に乗り始めた頃。まだ絵の架け方がごちゃごちゃでしょ。一七世紀のやり方を引きずっているわけ。一七世紀にはね、美術館っていうのは存在しなかったの。お金持ちや王侯貴族が自分でコレクションして、ちょうどここみたいな部屋を造ってお客に見せていただけ」

「え?」

「じゃあ、最後の小部屋にどうぞ」美宇はまた扉を開けた。「一六世紀の収集室。珍品陳列室とか驚異の部屋とかいわれていた部屋。キャビネ・ド・キュリオジテ、ドイツ語でいうならヴンダーカマー」

入るなり、亨は圧倒されて声が出なくなった。

それはガラクタの洪水だった。天井を覆う剝製や骨や貝殻。亨はその部屋に一歩入り込んだ瞬間、物の熱気に当てられて顔が火照《ほて》るのを感じた。四方を見回す。壁という壁はもちろん、天井も窓も扉も、すべての平面に物が展示されていた。左手の棚には大きな本が何百冊と積み重なり、右手のキャビネットには鳥の剝製がひしめいていた。向かい側の壁には何段もの棚が設《しつら》えてあり、中には細かい木製の標本箱がぎっしり詰め込まれている。なんだかよくわからない文字がラベルに書かれていた。窓枠にはヘビとカメの乾燥した標本が架かっている。

そして天井。亨は上を見上げたままぐるりと一回転し、眩暈《めまい》を感じるほどの標本の数を全身で浴びた。巨大なワニの剝製、魚や爬虫類《はちゅうるい》の干物、ヒトデやサンゴ、色とりどりの貝殻、萎《しな》びた海草、異国のフルーツ……。雑多な標本が貼りつけられている。まるで騒々しい銀河だ。標本たちが見えない線を引いて、星座のように天井を彩《いろど》っている。すごい、と亨は掛け値なしに思った。この部屋を造った人はすごい！

亨は思い出した。ほんの数年前まで、自分の机の中はここの縮小版だったはずだ。おばあちゃんの家に遊びに行ったときに拾った綺麗な石、蟬《セミ》の抜け殻、サイダーの王冠、スーパーボール、デパートで買った恐竜の切手、ロボットのプラモデルシリーズ……。すべてのものがごっちゃになって抽斗《ひきだし》の中に入っていた。あれと同じだ。この部屋の持ち主がわくわくしながら物を集めていたのがよくわかる。この人は自慢したかったはずだ。こんなに自分はコレクションしているということをみんなに見せたくて仕方がなかったはずだ。見た人はきっとその人に圧倒されたはずだ。唐突に亨は理解した。これが美術館の始まり？　美術館と博物館はもともと同じだった？　机の抽斗の中、あれが美術館や博物館の原点？

「これは個人の陳列室。昔の人はね、こうやって自然界の珍しいものや気に入ったものをなんでもかんでもひとつの部屋に集めて小さな宇宙を作ってたの。分類なんて概念はなかった。生物を体系的に分類しようなんて思うようになったのは一八世紀の終わり頃だもの。とにかくこういう人たちは、外国から採集されてきたものとか不思議な形をしたものとかを取り寄せてはみんなに自慢してたの。変なものもたくさんあるでしょ。ほら、あれは羊の形をした木の標本。昔は木から羊が生まれると思われていて、それはその証拠だった——さあトオル、こっちに来て。ミュージアムの歴史を見せてあげる」

美宇は棚の裏側に隠れていた小さな木戸を開けた。また扉だ。光が射し込んでくる。美宇が腰を屈《かが》め、向こう側に入って手招きをした。ジャックが駆けてゆく。

今度は巨大な回廊だった。最初に入ってきたところとは違う、今度は絵ばかりが飾ってある長い長い回廊。陽光が木の床を明るく照らしている。高い天井は半円状にカーブし、一定の間隔で梁《はり》が渡されている以外はガラスの天窓になっていた。真っ青な空と雲が上に広がっている。さっきの回廊ほどではないにしろ、歩くと二、三〇分はかかりそうな長さだ。もう驚かないぞ、と亨は自分にいい聞かせた。でも目まぐるしく変化する室内についてゆくのが精一杯だ。

「ここはね、ルーヴル美術館のドノン翼二階、通称グランド・ギャラリー。ルーヴルはもともと宮殿だったってことは知ってる？　ほら、見て。ルーヴルのサロン展の様子」

その水彩画は描きかけだった。大きな広間に五、六〇の絵が立てかけられている。人物が小さく描き込まれていた。なぜか水色だけが塗られていて、展示されている絵の中の空や海の部分だけが浮き上がっていた。

「一七世紀にはもう美術の展覧会は始まっていたんだけれど、一八世紀になるとこういったサロンがいくつもできて、絵の批評家も現れ始めたの。それで一八世紀の半ば、ひとつの建物の中に美術品をまとめることが必要だっていわれ始めて、ようやく一般客が入れる美術館が作られるようになったってわけ。ルーヴル宮殿に美術館が本格的にできたのはフランス革命時代の一七九三年。たった二〇〇年前のこと」

すぐに亨は、ここに飾られている絵がひとつのテーマで統一されていることに気づいた。美術館の絵だ。絵を飾っている室内の絵が延々と続いている。

美術館そのものの歴史が展示されている。亨にとって、それは新鮮な体験だった。絵を見るのではなく、絵の展示方法を見る。国語の教科書で読んだ「めもりあある美術館」を思い出していた。あの小説では主人公の少年の歴史が何百、何千枚もの絵になって美術館に飾られていた。でもここに飾られているのは美術館の人生だ。世界中の美術館の、誕生からいままでの長い歴史。美宇が「ここはミュージアムを展示するミュージアム」といっていた意味がようやくわかってきた。

「そう、『ミュージアム』っていうのは、日本語の『博物館』のことだけじゃない。美術館も、動物園も、水族館も、植物園も、みんなミュージアム。ものを集めて展示するのがミュージアムなの。死んでいるものとか、もともと生き物じゃないのを展示しているのが博物館や美術館。生き物を展示しているのが動物園や水族館。そう考えるとわかりやすいでしょ？」

廊下を進むにつれて、絵画展示室の絵ばかりではなく博物館の様子を描いた絵や写真も増えてきた。美宇がこちらの歩くペースに合わせながら的確に説明してくれる。

「世界初の公共ミュージアムはね、一六八三年にできたイギリスのアシュモリアン博物館。いまもオックスフォードに残ってる。面白いのはコレクションの成り立ち。その頃、ちょうどイギリスは船でいろんな大陸に大航海に出掛けてる時代で、外国の珍しいものとか植物なんかを持って帰ってきてたの。アメリカ大陸が〈発見〉されたのは一四九二年でしょ。それで一番注目されたのが野菜や果物だった。トマトとかポテトなんて、その頃初めてヨーロッパに紹介されたの。それまでトマトケチャップなんてなかったのよ。あと、珍しい花も大事にされた。貴族の人たちが自分の邸宅の庭でエキゾチックな花を栽培して喜んでたわけ。で、そういった花とか野菜を外国から採ってくる庭師の人たちが出てきた。プラントハンターっていうんだけど、なかでもジョン・トラデスカント親子が有名で、このふたりは植物だけじゃなく海外の珍品も集めて自宅に飾ってたわけ。それで、このコレクションはエリアス・アシュモルって人に受け渡されて、それがオックスフォード大学に寄付された。これがアシュモリアン博物館の由来。庭師が博物館を創ったなんて、イギリスっぽいでしょ。で、国の財産としての収集品を一般の人に公開したのは大英博物館とルーヴル美術館が最初なの。大英博物館はハンス・スローンっていうお医者さんのコレクションがもとになってるの。だからね、大きな博物館も最初は誰かの個人的なコレクション。あの一六世紀の好奇心陳列室が元祖」

美宇の口から専門家のような言葉がぽんぽん飛び出してくることを、亨はもう当たり前のように受け止め始めていた。美宇の説明はまったく淀《よど》まなかった。まだいくらでも知識のストックがあるという感じだった。どうして自分がそんな不思議なことに納得しているのか、亨自身にもわからなかった。たぶん美宇の謎めいた登場の仕方と、あの虹の瞳と、それからこの不思議な建物のせいだろう。

ふと目を上げると、そこにはこの回廊にそっくりな美術館を描いた絵が掲げられていた。細長い廊下、高くて半円状の天井。光が射し込んでいる。両側の壁には無数の絵画が飾られていた。天使やマリア様が描かれた宗教画。すべての柱には白い大理石の女神像が埋め込まれている。帽子を被《かぶ》った男の人や白いドレスの女性、トム・ソーヤーみたいな子供がめいめいに絵を見ている。座り込んで絵をスケッチしている人や、大きなキャンバスを立てて絵を描いている人もいた。帽子を被って絵を見ているのも不思議だったが、それより美術館の中で絵を模写しているのが亨には驚きだった。光が射し込むゆったりとした空間。その絵から目を離していま自分が立っている廊下を見渡した。絵の中の光景が三次元になって重なる。実際の回廊は重々しい装飾が取り除かれてすっきりしていたが、間違いなく絵の中と同じ場所だ。帽子を被った紳士たちがいまにもあちこちから涌《わ》き出てきそうで、亨は慌てて目を擦った。

「地図！」

美宇が唐突に叫んだ。ぶうん、と音がして、目の前の空間に建物の平面図が現れた。ホログラフィだろうか。亨は辺りを見回してみたが、どこから投影しているのかわからない。

美宇が中央の丸い部分を指先でちょんと押す。またもぶうんと音がして、そこが少し光った。美宇がいった。「最後の一枚へ」

次の瞬間、周囲の景色が変わっていた。

亨はよろめいて、腰を何かに強く打ちつけた。大きな音が響く。無意識のうちにそれを摑《つか》む。真鍮《しんちゆう》の手すりだった。足元を見ようとして、亨は息を呑んだ。床が遥か下にある。手すりにしがみつく。

ぶうううううん、と空気が振動した。真下にあの球体が見えた。ゆっくり左右に揺れている。ようやく自分がどこにいるのかわかった。玄関の八角形ホールだ。あの塔の内側をぐるぐると回っていた螺旋階段の、ほとんど最上部だ。ジャックが横で欠伸《あくび》をする。

「ほら」

美宇は壁に架かっている小さな油絵を指した。

不思議な絵だった。丘の上に、古ぼけた緑色の建物が見える。遠くてよくわからないが、廃墟《はいきょ》のようだ。正面玄関の扉は半分崩れているし、壁のタイルもところどころ剝《は》げ落ちている。その手前には藤色の花がたくさん咲いていた。その花には見覚えがあった。なんという名前だったろう、と記憶を辿《たど》り、たぶんシャクナゲだろうと見当をつけた。

そのシャクナゲの庭に、スフィンクスの像がぽつんとある。翼をつけたスフィンクスだ。こちらも錆《さ》びて薄汚れていて、雨に濡れてできた黒い筋が何本も流れている。周りに人の姿は描き込まれていない。花は綺麗なのに、どこか心寂《うらさび》れた雰囲気だ。

「青磁宮殿」

美宇がぽつりという。「……青緑色の陶磁器のタイルが使われているから、そういう名前になったんだと思うけど」

「これも博物館なの？」

「そう。この世で最後の博物館」

「最後？」

亨は思わず美宇の横顔を見つめた。なぜか美宇は哀《かな》しげな表情をしていた。

亨はそっと辺りを観察した。慎重に立ち上がり、手すりに摑まったままホールの中を見渡す。いま亨がいる踊り場が、長い螺旋階段の最終地点だった。すぐ上に塔の屋根がある。振り子を吊《つ》るす鋼《はがね》の糸がしっかり鉄のフックに巻きつけられていた。下までは五、六階建てのビルくらいの高さがある。螺旋階段に沿ってたくさんの額縁が並んでいた。

どれも美術館や博物館の全景を描いた絵だ。下のほうから上に登ってくるにつれて建物のデザインが新しくなっているように見える。でも、ざっと見渡した限り、亨の知っているミュージアムはない。

最後の螺旋一周半分は額縁に絵が入っていなかった。ずっと空白が続いて、最後にぽつんとこの絵が飾ってある。最後の博物館、という不思議な美宇の言葉も、この飾り方を見ると妙に真実味を帯びて聞こえる。延々と続いている途中の空《から》の額縁がなぜか痛々しかった。その痛々しさをこの絵が全部背負っているような気がした。

「これ、いつ頃の博物館なの？」

「そうね……。いまからざっと八〇万年後」

「八〇万年？」

亨は素《す》っ頓狂《とんきょう》な声を上げてしまった。

「といっても、建てられたのはもっとずっと前だけどね。正確にはどのミュージアムが最後のミュージアムなのかわからない。たまたまこの博物館が最後に目撃されたってだけの話」

「誰が見たの？　未来人？」

「タイムマシンを発明した人よ」あっさりと、美宇がとんでもないことをいった。「青磁宮殿っていうのは、その人がつけた名前」

「タイムマシン？　ちょっと、ちょっと待ってよ。ほんとに？　誰が作ったの？」

「さあ。名前は知らない」美宇はどうでもいいじゃないという感じで肩を竦《すく》めた。

八〇万年という時間がどのくらいのものなのか、亨にはまるで想像できなかった。

「さあ、これでだいたいわかったでしょ。どこへ行ってみたい？」

「え？」

「いままでたくさんミュージアムを見たでしょ。どこへ行ってみたい？」

混乱した。行く？　ミュージアムへ？

そのとき、亨の頭にぽんと絵が浮かんだ。

入口に貼ってあったポスター。万国博覧会。広い敷地。大きな展示場。たくさんのアトラクション。下の端に書かれていた年。一八六七年。

明治維新の一年前。

亨の生まれた年の、ちょうど一〇〇年前。

「行こう！」

美宇が弾んだ声を上げた。

「え？」

「行こう、いますぐ！」

「行くって？」

「パリへ！　あのときのパリへ！」

美宇が亨の手を取った。走り出す。螺旋階段を勢いよく駆け下りる。亨はつんのめりそうになりながら走った。ふたりの靴音がかんかんかんと響く。無数の絵が亨と美宇の横を飛び去ってゆく。ジャックが先頭に立った。目が回りそうになるのを必死で堪《こら》えながら、亨はしかし心臓が力強さを増してゆくのを感じていた。階段を下りる靴音が心臓を急《せ》き立てる。新しい期待が胸の中で膨らんできていた。ぞくぞくとした興奮が背中に走る。いつの間にか亨は、美宇をむしろ引っ張るようにして、ジャックを追って長い螺旋階段を駆け下りていた。

7

がくん、という衝撃とともに、亨は意識を取り戻した。

背後から大勢の人に押され、流れのままに歩き出す。喜びの歓声や驚きの溜め息《たいき》が周りから聞こえてくる。自分がどこにいるのかわからない。人が密集していて周りがよく見えない。頭が少しくらくらした。手のひらで目を擦《こす》り——その手を誰かがそっと握った。はっとして目をやると、すぐ隣に美宇がいて、大丈夫だからというように頷《うなず》いていた。

大きく横から弾《はじ》き飛ばされて、人混みから抜け出す。そして初めて亨はそこで、強い風が頰を打つのを感じた。

そこには街と川が広がっていた。

亨たちが立っているのは巨大な楕円《だえんけい》形のドームの屋上だった。ぐるりと建物の屋上を一周回れる通路が続いている。そこはちょうどエレベーターの出入口だった。周りの人たちはみんな白人だった。男の人は誰も彼もアルセーヌ・ルパンのような帽子を被《かぶ》り、黒かグレーのスーツを着ている。ステッキを持っている人も多い。女の人はぞろりとしたドレス姿だ。スカートが風に煽《あお》られて音を立てている。頭には布製の小さな帽子を留めている。みんな驚きの表情を浮かべて周囲の景色に見入っている。亨もそれにつられて街を見渡した。

夕暮れ時だった。空が遠い。細い雲に半分隠れた太陽が広い街並みを横から照らしている。ほとんどの建物は高さが揃《そろ》っていて、上から眺めるとまるで石でできた草原だった。そのところどころに、セイタカアワダチソウのように教会の屋根や煙突が突き出て、周りの屋根に長い影を落としている。煙突から立ち上った黒い煙が、風に靡《なび》いて左の方角へと流れている。のんびりとした穏やかな光景だった。白と青の大きなドームを持った建物。その向こうには尖《とが》った塔のある教会。川沿いに眺めてゆくと遠くに見覚えのある建物があった。高いふたつの塔。本で見たノートルダム寺院だった。川には何本も橋が架けられ、行き交う人や馬車が見えた。自動車の姿はない。川には何艘《そう》ものボートが見えた。小さい蒸気船がぽくぽくと音を立てている。エッフェル塔のことを思い出し、慌てて探してみたが、どこにも見当たらない。

信じられなかった。これが一八六七年？　これがパリ？　どうやってここまで飛んできたのか亨にはさっぱりわからなかった。あの博物館の入口通路に飾られていたポスターの前に立っただけだ。茶色く煤《すす》けた昔風のポスターの前まで駆けてきて、そのとき亨は少し息が上がっていた。同じように息を切らした美宇が、ジャックに指を向けて、あなたはここでお留守番、ごめんね、と告げた。ジャックが抗議の声を上げた。でも美宇はそれに構わず、疲れた顔の中に笑顔を見せて、いい？　と亨にいった。そしてポスターを指先で押した。そこまでは覚えている。どうしてそれだけのことでタイムスリップできるんだろうか？　本当にこれはタイムスリップなのか？　ここがあの絵にあったドームの屋上なのか？　それともここはまだあの博物館の一部で、手品か何かに騙《だま》されているのか？

亨は美宇と一緒に展望通路を回った。写真や映画ではない。一歩進むごとに確かに街並みは少しずつ、ほんの少しずつ立体的に動いてゆく。風や陽射《ひざ》しの強さも微妙に刻々と変わってゆく。通路の手すりを握り、その鉄の硬くて冷たい感触を確かめる。どう考えてもここにあるのは全部実物だ。

亨は通路を歩いている間、何度も美宇への質問が喉まで出かかった。でもそのたびに必死でそれを堪《こら》えた。一度口に出したら、いまここにいる理由を尋ねたら、その瞬間に「魔法」が解けて、あの博物館へ逆戻りしてしまうような気がした。自分の現代的な服装をじっと見つめただけでも「魔法」は消えるかもしれない。こんなに簡単に過去へ戻っているんだから、何かとんでもない落とし穴があるに違いない。そう思った。

しばらく歩くうちに、亨はあちこちからの視線に気がつくようになった。景色を鑑賞しているはずの人たちが、ちらちらと、ときにはあからさまに、亨たちのほうを見ている。好奇心を剝き出しにした目、値踏みするような目、なぜか賞賛するような敬意に満ちた目。こちらを見ながら互いに耳打ちし合うカップルもいる。どういうことだろう。

「気にしないで」美宇がそっと亨の脇をつついた。「みんな珍しがってるだけ。堂々としていればいいの」

昇降場所まで戻ってくると、美宇が手を引いた。ちょうどやってきたエレベーターの中に他の人たちと一緒に滑り込む。四方と天井が壁でなく、ただの鉄格子《てつごうし》でできているのが新鮮だった。檻《おり》の中に入ったような気分だ。係の男の人が大きな音を立てて扉を閉めると、鐘を鳴らし、備え付けのレバーを倒した。

鋭い蒸気音が下のほうから聞こえてきて、同時にあの、最初に感じた「がくん」という衝撃がきた。小刻みに揺れながら台座が下がり始める。一緒に乗っている人たちをそっと観察してみると、一様にわくわくするような表情をしている。鉄格子をわざわざ拳《こぶし》で叩《たた》いて丈夫なことを確かめている紳士もいた。もしかしたら、みんなエレベーターに乗るのは初めてなのかもしれない。下がってゆく速度はじれったくなるほどだったが、誰も速さを気にしている様子は見せない。

「トオル、ほら、下を見て」

美宇が肩を何度も叩く。何気なく下に目をやり、亨は驚いて小さく声を上げた。

そこは、博覧会の会場だった。広い通路がドーナツ型にゆっくりとカーブして前後に続いている。その中に大小さまざまな機械がぎっしりと展示されていた。たくさんの声や物音が反響し合い、場内は熱気に溢《あふ》れていた。巨大なピストンが車輪とクランクの動力で激しく上下している。ボイラーのようなものもあった。機関車まで並んでいる。見物台のような空中通路が会場に沿ってずっと張り渡され、大勢の人がその上を歩いている。なぜかみんな室内でも帽子を被っていた。エレベーターが下がってゆくにつれて、細かな機械も見えるようになってきた。鉄と木が混じり合ったもの、冷たさと温《ぬく》もりが一緒くたになったもの、そんな不思議な物たちで溢れている。そのごちゃごちゃ加減が騒々しくて、熱いような、冷たいような、鋭くて電気が迸《ほとばし》るような、そんなぞくぞくとした感覚が身体の奥から湧き上がってくる。鋼鉄の巨大なピストンの動きに合わせて心臓の鼓動が速まってゆく。

「ここはね、パリ万博の主会場」美宇がいう。「パレって呼ばれてたの。宮殿のことね。楕円形の建物で、七層構造に分かれてる。ここは内側から数えて六番目の機械ギャラリー。この時代、パリを治めているのはナポレオン三世。この人はね、楕円形で世界全体を表そうとしたの。楕円の中心から放射状に国別のコーナーを作って、層ごとに芸術・文化・家具・衣服・製品・機械・食品といったようにテーマ別に配置させたの。だから見に来た人たちはいつまでもぐるぐる展示場の中を回って、世界一周ができる」

「この他にも会場があるってこと？」

「この内側に、まだ五層もね。見に行きたい？」

魔法は続いていた。亨は答えた。

「もちろん！」

本当に無数の展示品が場内を埋め尽くしていた。駆け足で見ていっても追いつかない。どこへ行っても驚くことばかりだった。あちこちで機械の実演をしていて亨は目を奪われた。何に使うのかよくわからないものもあったが、チョコレート製造機や砂糖の精製機は見ていて飽きなかった。自動販売機らしきものもあって、人だかりができていた。何を売っているのかと思って近づいてみると、ただの水だった。みんな美味《おい》しそうに喉を潤《うるお》している。

見渡す限りの本の展示コーナーもあった。その場で印刷から製本までしている。活字を組むところも初めて見た。大きなハンドルをぐるぐると回す印刷機械も気に入った。見本の書籍がやたらに大きくて重い。インドのコーナーでは実物大のゾウの彫刻が据え置かれていた。いったいどうやってこんなものを運んできたのだろう、と思うようなものがごろごろしている。

美宇は博物館の中で一六世紀のコレクターの部屋を見せてくれたが、まさにここはその巨大版だった。驚異の部屋、と美宇はいっていた。他になんといっていたっけ？　ヴンダーカマー。そのドイツ語のほうがこの博覧会の雰囲気に合っているような気がした。ヴンダーカマー、と心の中で呟《つぶや》いてみる。なかなかいい響きだった。

宝石類や衣服の展示コーナーには女の人が群がっていた。綺麗《きれい》な陶器もずらりと並んでいる。その辺りになると、博覧会というよりデパートのバーゲンセールのようだった。そんな感想を漏らすと、美宇がへえ、と驚いたような声を上げた。

「そうなの、デパートはね、パリが発祥の地なの。博物館とか博覧会のノウハウを取り入れて、売り物を眺めさせて楽しませるようにしたわけ。たくさんの人を入れて、店内を見て歩かせるタイプのデパートができ始めたのは一八五〇年代くらい。この時代とほとんど同じ」

　ぐるぐる場内を回る間、亨は何度かヨーロッパ人以外の姿を見かけた。トルコ、中国、ロシア。みんな綺麗な民族衣装を着こなしていた。どれもテレビでしか見たことがない姿なので新鮮だったが、逆にパターンに嵌《はま》りすぎていて、なんだかファッションショーや演劇の舞台の一場面のようにも見えた。どの国の人たちも二、三人で固まりながら場内を見学して歩いていて、それをヨーロッパの人たちが遠巻きに眺めていた。外国の人たちの周りにはいつも一定の空間ができていた。ヨーロッパ人の中には眼鏡を取り出ししげしげと観察する人もいた。

　突然、美宇が反射的に物陰に隠れた。

　亨も慌ててそれに倣《なら》った。隠れる直前、特徴のある姿が見えた。

　侍《さむらい》だ。

　大小の刀を腰に下げた侍がふたり、こちらを見ていたのだ。

「……あれは日本人？」

　亨がそっと訊《き》くと、美宇は頷いた。

「幕府から派遣されてきた人たちでしょうね。日本もこの万博に出品していたから。わたしたち、見られちゃったかな？　まあ見られても大丈夫だと思うんだけれど」

「大丈夫って、何が？」

と、そのとき。

いきなり後ろから大きな声がして、亨は腕を摑《つか》まれた。思わず悲鳴を上げてしまう。美宇もびくりと身体を震わせた。振り向くと、髭《ひげ》を生やした男の人が驚きの表情を浮かべていた。亨の肩を揺さぶり、必死で何かを話しかけてくる。

亨はどうしたらいいのかわからなかった。男の人が何をいっているのかもわからない。男の人は懸命に自分と亨を交互に指さす。あまりにも大きな声で、男の人の唾が亨の顔にかかってきそうだ。

すると突然、頭の中で奇妙な音が聞こえた。レコードの針が飛ぶような、歪《ゆが》んだ雑音。そして次の瞬間、男の声が一直線に耳に飛び込んできた。

「どうやって生きて戻ってきた？　おい、アピスは？　アピスはどうなった？」

はっとして美宇を見る。美宇は慎重に亨とその男の人を見比べながら、亨に目配せした。亨は慌てて男の人の手を振り払った。

「す、すみません、あの、人違いじゃないですか？」

「そんなはずはない！」

男の人は憤慨したように両手を挙げた。亨は思わず口に手を当てた。言葉が通じている？　外国の人と会話している？　ガーネットさんのときと同じだ。

「忘れたのか？　きみは……そう、トオルという名だ。きみはミウ。間違っているはずはない。わしはオギュスト・マリエット。本当に覚えていないのか？　アピスのことも？　アピスのミイラも？」

　亨は驚いた。どうしてこの人は自分たちの名前を知っているんだろう。男の人はトルコ風の服装だった。口髭から頰髯《ほおひげ》、そして顎鬚《あごひげ》をこんもりと生やしている。ヨーロッパ系の白人のようだが日焼けが激しかった。赤茶けた肌。胸板が厚く、がっしりとした身体つきをしている。まったく記憶になかった。一度も会ったことがない。

　亨が困惑していると、その男の人は突然、何かに気がついたように息を吞《の》み、いきなり言葉を切った。目を丸くしたまま亨と美宇の顔を見比べ、

「いや、そうか……。そういえばそうだった……しかし……」

　と独り言をしきりに呟く。

「あの……」亨はおそるおそる探りを入れた。「ぼくたちのこと、知ってるんですか？」

「ああ、知っている。なるほど、不思議だ……。あのときとまるで変わっていないように見える……」

　そして、マリエットと名乗ったその男の人は、また亨の手を摑むと、有無をいわせない迫力で引っ張った。

「とにかくついてきてくれんか。見せたいものがある」

　展示場の外にも万国博は広がっていた。いろいろな国の建物が目の前に凝縮されてい

る。それも、ベニヤ板や張りぼてで造ったような安っぽい建物じゃない。ちゃんと煉瓦《れんが》を積み重ねて、色を塗って、飾りつけをしてある本格的な建物だ。それが一日で見渡せる中にぎゅっと詰まっている。世界中がいっぺんに集まってきた感じだ。屋上から眺めたときよりずっと迫力がある。

ゆっくりとカーブする歩道に沿って、亨と美宇はマリエットさんの後をついていった。展示場の中より混雑しているパビリオンもある。道を歩いている人はフランス人だけではなかった。マリエットさんのようなトルコ風の服装の人も多い。チャイナドレスの人もいる。ターバンを巻いて裾《すそ》の長い服を着ている人も見えた。突然甲高い警笛が鳴って、思わず亨は耳を塞《ふさ》いだ。通りの向こうから、蒸気バスが黒い煙をもうもうと吐き出しながらやってくる。重々しい金属製の車体は、かなりの威圧感があった。後ろに大きな客車を牽《ひ》いている。シルクハットを被った男の人たちが屋上に二〇人くらい立って、道行く人たちを見下ろしている。亨たちは脇に退いて、通り過ぎるのを待った。ちょうど亨たちの前に来たとき、バスはもう一度警笛を鳴らした。その音と蒸気のピストンの音が、びりびりと身体に響く。

「うるさくてかなわん」

マリエットさんは顔をしかめると、横道に亨たちを案内した。少し小さめの家の間をすり抜けてゆく。再び大きな通りに出たとき、正面に現れた白い建物に亨は驚きの声を上げた。ものすごい人だかりがその前にできている。

マリエットさんが満足げに頷いた。「あれがエジプトパークだ」

目の前にあるその建物は、神殿だった。

巨大な石の門。てっぺんには翼をつけた太陽が描かれている。その向こうにはスフィンクスが両脇に並ぶ参道が続き、そして一番奥には、高さ一〇メートル以上はありそうな大神殿が亨たちを待ち構えている。神殿の手前には四本の太い柱が立っている。どの柱にも人の顔が刻まれていた。建物の壁には一面にレリーフが施されていて、しかも綺麗に彩色してある。亨がいままで持っていたエジプト遺跡のイメージとはまるでかけ離れていた。よく写真やテレビで見る神殿は、何の色もついていなくて、岩肌がそのまま見えていたのに、いま目の前にある建物は白く化粧されている。

「エドフのホルス神殿をモデルにしておる。パリの職人どもめ、花崗岩《かこうがん》で建てるなどと最初ぬかしおった。エジプトの神殿は砂岩でできていることを知らんのだ。ルーヴルのドヴェリアが、なんとかここまでのものにしてくれたが……」

マリエットさんは人だかりを掻《か》き分けながらずんずん進んでゆく。門を抜けてスフィンクスの参道を通る。どのスフィンクスも本物にしか見えない。発泡スチロールやプラスチックの模造品ではなく、ちゃんと石を削って造ってある。

「この神殿の奥には隊商宿《キャラバンサライ》とレストランがある。エジプト人たちの日常生活を客に見てもらっているのだ。カーペットの実演販売もおこなっておる。右手は駱駝《ラクダ》の廏舎《きゅうしゃ》と副王の宮殿だ。その向こうにはスエズ運河に関する資料館がある。スエズ運河は知っているか？　資金繰りのためには宣伝も必要ということだ」

マリエットさんは周りのパビリオンをひとつひとつ指さしながら説明してくれた。神殿の前にはエジプト人が何人か立っていて、入場券をチェックしていた。マリエットさんは行列を横目で見ながら、そのエジプト人たちに片手で合図して、亨たちを中に入れてくれた。門を潜《くぐ》る。

薄暗いホールの中に、スフィンクスやファラオの石像が整然と並んでいた。壁には古代エジプトの紋様や神様たちの絵がいたるところに描かれている。松明《たいまつ》が両脇に等間隔に並んでいる。そのちらちらとした紅《あか》い炎の中で、フランス人の観客たちが熱心に石像や壁画に見入っていた。女の人はみんな眉根を寄せて、隣の男の人をしっかりと摑んでいる。男の人たちも啞然《あぜん》とした表情で壁画に目を向けていた。大袈裟《おおげさ》なくらいみんな怖がっている。マリエットさんがいった。

「すべてわしが発掘した遺物だ。このために半年間エジプトを飛び回った——デンデラやアスワンでの発掘がなんとか間に合ったからな、これだけのものを一か所に集めることができたのだ」

ホールにはいくつか木製の展示ケースも据え置かれていて、そこにもたくさんの人が集まっていた。棺《ひつぎ》も置かれている。人が多すぎてよく見えない。

「こちらだ」

マリエットさんは奥の部屋へと亨たちを急《せ》かせた。

その部屋に一歩踏み入れた途端、亨はなぜかひんやりとしたものを感じた。ホールよりさらに暗い。松明が一本、部屋の奥に置かれているだけだ。見物客の数は少なかった。ほとんどの人がぐるりとひとまわりした後、小声で気味悪そうに囁《ささや》き合いながら出ていってしまう。

「トオル」

すぐ横に立っていたガラスのケースをぼんやり眺めていると、さっきからずっと黙っていた美宇が、いきなり亨の袖《そで》を引いて緊張した声を上げた。「見て、ほら」

その声に促されて、何気なく部屋の一番奥に目をやった亨は、いきなり背筋に寒気を感じた。息を詰めて、目を凝らす。暗くてよくわからない。それなのに身体が反応していた。マリエットさんが背中を押す。亨は反射的に足に力を込め、抵抗していた。近づきたくないと身体が訴えていた。暗闇の中からだんだんとその姿が浮かび上がってくる。

「そうだ。あれだ。もっとよく見てほしい」マリエットさんは周囲の目を気にするかのように、押し殺した声でいった。「きみらは、これを見に来たはずだ」

それは、牡牛《おうし》の石像だった。

唾を呑み込む。

亨の背丈ほどの高さがある大きな牛。全身が黒光りしている。左の前脚を一歩前に出し、まるで闘牛士に襲いかかる直前のように顎を引き、カーブした角《つの》を前に突き出している。上目遣いにこちらをじっと見つめるその顔は、無表情なのにものすごい威圧感があった。前脚の間には石の板が埋め込まれている。そこにヒエログリフが描かれているので古代エジプトの像だとわかる。でも、その全身はリアルで、他の彫像とはぜんぜん違って見えた。びくりとして亨は顔を退けた。マリエットさんがそっと亨の耳元で囁いたのだ。

「聖牛アピスだ」

「アピス……?」

五メートルくらいの距離まで近づいたとき、亨は不意に、青色の煙が見えたような気がして、慌てて目を擦った。牛の背中の辺りから、まるで翼が広がるように、紺青色《こんじょういろ》の薄い煙が立ち上ったのだ。目を瞬《しばた》くと、それはもう消えていた。美宇の顔を窺《うかが》う。気味悪げに眉を顰《ひそ》めている。でもいまの煙に気がついた様子はない。マリエットさんも見ていなかったようだ。何だろう? 錯覚だろうか? 松明の炎が隙間風を受けて揺れている。その光が像の表面で反射していた。炎の動きを見間違ったのか?

たぶんそうなんだろう。亨は自分を納得させた。でも、黙っているのがなんだか怖くなって、むりやりそこで足を止めてマリエットさんに訊いた。これ以上近づきたくなかった。

「これを見に来たって、どういうことですか? こんな石像、いままで見たこともないし……」

「これはレプリカだ。わしがスケッチと記憶を頼りに石膏《せっこう》で造ったまがいものだ。セラペウムで発見した実物はどこかに消え失せた。おそらくきみらは……」マリエットさんはそこで言葉を切り、それから慎重な口振りで付け加えた。「この実物を探している」どういうことだろう。

「やっぱり人違いだと思うんですけど……」

「人違いではないといっただろう！　わしには何もいえんのだ。そのぐらいわからんのか！」

でも、といいかけて、亨はやめた。とても反論できる雰囲気ではない。

怒らせてしまった理由がさっぱりわからなかった。

でも、一番困っているのはなぜかマリエットさんのようだった。しばらく気まずい沈黙が続いた後、マリエットさんは大きな息を吐いて、頭を振った。

「いや……、仕方のないことだ。許してほしい……」そして、最初のように大きな声に戻った。「そうだ、他に見たいものはあるか？　エジプトパークにはまだまだ素晴らしいものがあるのだからな！」

「あの、おじさんは……考古学者なんですか」

「そうだとも！」

「ミイラとかも、発掘するんですか？」

「ミイラ？　ミイラか！　ついてくるがいい、最高のミイラを見せよう！」

またしてもマリエットさんはずんずん進んでゆく。その後を追いかけながら、亨は美宇と顔を見合わせた。美宇も困った顔をしている。

「なんだろう？　この人……」

「しっ、聞こえるわよ」

「五月にはミイラの公開解包もおこなった！」マリエットさんは大きく両手を広げてみせる。「凄《すさ》まじい人だかりだったぞ。きみたちにも見せてやりたかったくらいだ」

なんだかわざと明るく振る舞っているような感じだ。

「ミイラ？　包帯を取るんですか？」

「そうだ。デイル・エル・バハリのハトシェプスト神殿から見つかった貴族のミイラだ。保存状態もよくてな、観衆は見とれておった！　あまりに反響が大きかったので、つい先だっては皇帝閣下をお招きして二度目の解包をお披露目したくらいだ。ちょうどエジプトのイスマイール副王もこちらに来ていたのでな、同席していただいた。ウージェニー皇妃に一目惚《ひとめぼ》れしてしまったのが端から見てもわかったな」

そういって豪快に笑う。

「あのゴンクール兄弟も来ていた。デュマ・フィスの姿も見えたな。終わってから質問攻めにされたぞ。そう、青年がひとり、最後までわしを離そうとしなかったな。隣の茶室にも感銘を受けたらしいが、ミイラはそれに引けを取らない、といって興奮しておった。確かゴーティエとかいう名だったが……」

「えっ、ちょっと、待って下さい」亭は思わず声を上げた。「茶室って、日本の茶室があるんですか？」

「おお、あるとも！」

マリエットさんは立ち止まると、胸ポケットからお金を取り出して、亨たちに押しつけてきた。二フラン銀貨が一枚。

「これで入場券を買うがいい。見物を終えたらここに戻ってくるんだ。他にも案内してあげよう。クルップの大砲は見たか？　それに、今夜は花火が上がる。実に美しいぞ。さあ！」


神殿の奥に建っているキャラバンサライには、本当にエジプト人たちがたむろしていた。赤茶けた煉瓦で造った四角い建物で、二階の出窓についている草で編んだブラインドが面白い。人がたくさん集まっているベランダのほうに回って、亨は美宇と一緒に首を伸ばして中を覗《のぞ》いてみた。おじいさんがひとり、のろのろとした手つきでカーペットを作っていた。奥のほうでは男の人がふたり、ゲーム盤を挟んで向き合っている。髭を剃《そ》っている人もいた。なんだかみんな生気がない。それをフランス人たちががやがやと話しながら見ているのは不思議な感じがする。

サライから離れて、亨は美宇と一緒に歩きながらぼんやりと呟いた。「あのマリエットって人、何だったんだろう……。悪い人じゃないとは思ったけど」

「あのエジプトパークの総責任者なんじゃないかな。普通に並んでいたら、あの神殿に入るまでに二時間くらいかかったと思う」

中国パビリオンのけばけばしい門を通り過ぎる。亨はポケットから銀貨を取り出した。月桂冠《げっけいかん》を被った男の人の横顔が浮き彫りになっている。縁に沿ってナポレオンⅢという文字が読めた。

「お金、どうしよう。せっかくだから見てみたいな」

「まあいいけど……。あれじゃない？　日本のパビリオン」

美宇が左の奥のほうを指す。確かにそれは日本の家屋だった。会場の一番隅に、植木に囲まれるようにして、瓦《かわら》屋根の平家《ひらや》が見える。

道を折れて、亨たちはその正面まで駆け寄った。びっくりするほど本格的な造りだ。小さな池と橋までついている。ちゃんとした日本人の大工が建てたに違いない。

他の人たちの間をすり抜けながら橋を渡る。屋敷の中にはどうも入れないらしく、観客たちはその脇を通って奥のほうに向かっていた。生け垣のところに笠《かさ》を被った男の人がひとり立っていた。貨幣と入場券を引き替えている。列に並びながら、亨はそっとその人を観察した。ハッピなのか普段着なのかよくわからない青色の和服を着て、腰に刀を差している。本物の刀だろうか。ずいぶんと背が低いのが驚きだった。浅黒くて、目つきが鋭い。むっつりと押し黙ったまま、無愛想に入場券を手渡している。フランスの女性と並ぶと、なんだかものすごく汚く見える。

「あれが日本人？」

「目立っちゃだめ。話をしないで」美宇がなぜか強い口調で咎《とが》める。

順番が来て、亨はその男の人に黙って銀貨を手渡した。男の人は乱暴にそれをむしり取る。間近で見ると、その人はやっぱりまるで違う国の人のようだった。じろりとこちらを睨《にら》んでくる。狐《きつね》に噛《か》みつかれるような感じで、亨は少し怖くなった。刀の柄が一直線に亨の顔を向いている。

急いで券をもらって中に入った。生け垣の仕切りを抜ける。

その途端、突然真っ赤な提灯《ちょうちん》が亨の目に飛び込んできた。人工の池が敷地を区切るように流れている。その向こうの中庭に、ドレスと日傘の女の人とシルクハットの男の人が集まっている。

そこには藁《わら》葺《ぶ》き屋根の一軒家が建っていた。軒先に大きな提灯がずらりとぶらさがっている。柱は檜《ひのき》だ。正面の壁が取り払われて、まるで舞台のセットのように中が見える。見物客たちは縁台のすぐ側《そば》まで近寄って、中をじろじろと覗き込んでいた。シルクハットの向こうで黒髪が動いた。亨は目を瞠《みは》った。

お盆を持った着物姿の女性が、部屋の中を歩いていた。

マリエットさんのいっていた茶室だった。

橋を渡って中庭に入る。亨の耳にもフランス人たちの話し声が聞こえてきた。見ろ！　あの肌！　カフェを塗ったようだ！　あの腰の瘤《こぶ》は何なのでしょう？　奇病かしら、恐ろしい……。刺繡《ししゅう》のなんと精巧なこと……！

大人の観客の間から、茶室の中をなんとか覗き見る。さっき立ち上がった女の人は、縁台に膝をついて、お猪口《ちょこ》を近くのフランス人に差し出していた。お酒かもしれない。あとのふたりは部屋の真ん中でキセルを吹かしながら楽しそうに話していた。周りの視線を気にしている様子もない。

何なんだろう、これは？

さっきからずっと感じていた居心地の悪さの原因がようやくわかった。フランス人たちは、まるで動物園でパンダを見るのと同じような感じで異国の人と接しているのだ。あの女の人たちは嫌な気持ちにならないんだろうか？　それとも仕事だと思って割り切っているんだろうか？　茶室の中は昔の調度品や工芸品がたくさん並んでいた。箪笥《たんす》の模様や後ろの屏風《びょうぶ》の絵は綺麗だった。女の人たちも、丸っこくてやっぱり背が低いものの、しっかりと自分に誇りを持っている感じだ。だからこそ余計に、周りのフランス人がいやらしく見える。

でも、と亨は不意に気づいた。もしかしたら自分もこれまでフランス人たちと同じことをしてきたのかもしれない。ザ・ドリフターズのギャグを真似《まね》して、道を歩いている外国人にいきなり声をかけたこともあった。相手はすごく嫌な気持ちになったに違いない。

「行こう、トオル」美宇がそっと耳打ちする。「他にも面白いところがあるから」

亨は頷いた。ここだけは長居をしないほうがよさそうだった。会場の中を歩き回っているほうがよっぽどましだ。

ところが、橋を渡って帰ろうとしたとき、唐突に声が飛んだ。

亨は足を止めた。正真正銘の日本語だとわかるまでに、少し時間がかかった。耳の中で翻訳されているのではない、ちゃんとした日本の発音。

「待てといっておる！」

振り返ると、庭の隅のほうから、侍の姿をした男の人がひとり、足早にこちらに向かってくるのが見えた。まずい、と美宇が小さく呟くのが聞こえた。でも侍は鋭い目つきでこちらを睨んだまま、どんどん近づいてくる。

「おぬしら……どこから来た？　儂《わし》の言葉がわかるか？」

侍は亨たちの前に回り込んで、逃げ場を塞いだ。頭のてっぺんで髪を結っているちょんまげ姿で、顔は卵のように丸い。背が低くて、まだ二、三〇歳くらいだ。でもその目つきだけは射貫かれそうなほど激しかった。亨は美宇の顔を窺った。美宇もこれは予想外だったようだ。眉を顰めて、話しちゃだめ、と目で訴えている。亨は迷った。でもここで何も話さなかったら何をされるかわからない。

「……日本です」

仕方なくそう答える。美宇が、声にならない叫び声を上げるのがわかった。でももう遅い。侍は亨のほうを睨《ね》めつけてくる。亨のいる時代では絶対に出会わないような強い視線だ。

「生まれは？」

もうどうしようもなかった。

亭は素直に自分の住んでいる市の名前を答えた。侍が首を傾《かし》げたので、急いで城下町だった頃の呼び名を付け加える。ほう、とようやく侍は親しげな声を上げてくれた。

でも、すぐに侍は厳しい顔に戻った。

「どこから、と尋ねるべきではないな、おぬしらには」

そして、突然、こういった。

「いつから来た？」

ぎくりとして美宇と顔を見合わせる。

美宇は口をきつく結んで、必死で首を振る。確かに、下手なことをいわないほうがいい。でもどうすればいいのかわからなかった。いい淀《よど》んでいると、侍のほうが間を接《つな》いだ。

「いわなくともよい。事情があるのだろう。……だがな」

侍は身を屈《かが》め、ぐっと顔を近づけてきた。間近に迫ったその顔から、汗と埃《ほこり》が入り交じった臭いがした。

「もし知っているなら教えてくれんか。幕府は、いつ倒れる？」

息が詰まった。

心臓の鼓動がどんどん速まってくる。侍は目を逸《そ》らさない。答えるまでずっとこのまま亭の心の中を覗いてくる気かもしれない。どうしてこの人はわかってしまったんだろう？　どうすればいい？　必死で亭は頭を働かせた。この万国博は一八六七年のはずだ。ポスターにそう書いてあった。亭の生まれた年の一〇〇年前。明治元年は一八六八年。幕府が倒れる、というのが正確にいつのことを指すのか亭にはわからなかったが、大政奉還なら今年、一八六七年だ。この侍にいってしまってもいいのか？　未来を教えることになる。どうすればいい？　美宇はじっとこちらを見つめている。声が聞こえてきそうだった。だめ、話しちゃだめ、トオル――！

「……来年です」

目を閉じて、亭は身構えた。

ウソをついてもすぐに見破られてしまいそうだった。この場を切り抜けるにはこれしかない。でも、今年だとはとてもいえなかった。せめて時間を引き延ばすことしかできなかった。明治元年は来年なのだから間違ってはいない。

何秒経《た》っただろう。

ふう、と大きな溜め息が聞こえた。

亭はうっすらと目を開けて様子を窺った。侍が背筋を伸ばすのが見えた。空に顔を向けて、もう一度ゆっくり息を吐く。刀の柄を摑んだ手が、ほんのわずかに震えていた。

「……そうか」侍は静かにいった。「わずかだな。では、儂らが夷狄《いてき》の地にいる間に、幕府は倒れるのだな」

亨はなんといったらいいかわからなかった。

「ぼうず、すまなかった。勝手な願いだが、いまのことは、ここにいる者たちに決して話さんでおいてくれるか」

黙って頷く。

「よし……。それとは別にな、いろいろと教えてくれんか。なに、立ち入ったことは訊かん。おぬしらの知っていることを、少しだけ話してくれればよい」

侍はそこで、いままでとはうって変わった優しげな笑みを浮かべた。

亨は不意を衝《つ》かれた。

ただの怖い人じゃない。そう思った。幕府が倒れるといわれて、それをしっかりと受け止めている。受け止めた後、笑顔まで作っている。ただの人じゃない。

侍は亨たちを屋敷の軒下のほうに連れていった。そこからだと入口と周りの歩道が見渡せる。辺りは薄暗くなってきていた。歩道のあちこちに立っているガス灯が点《つ》き始めた。亨たちは軒下の板貼《いたば》りに腰掛けた。美宇は諦《あきら》めの表情を浮かべていた。やっぱりまずかっただろうか。侍は美宇と亨の顔を見比べながらいう。

「儂の名は渋沢篤太夫《しぶさわとくだゆう》。おぬしらの名は」

それを聞いた美宇が、一瞬、ぎょっとしたような顔になる。

「知ってるの？」

亨がそういいかけると、美宇は小声で制した。「さっきから怪しいと思ってたんだけど……。あんまり重要なことは喋《しゃべ》らないようにして」

亨が代表して美宇と自分の名前をいった。渋沢というその侍は、面白い響きだ、といって苦笑した。

「いくつだ」

十二です、と答えると、今度は目を丸くする。確かに、この時代の人たちからすれば、自分たちの背丈は大きいほうなのかもしれない。

「おぬしの父君は何を生業《なりわい》とされているのか」

「研究者です。大学で働いていて」

「……学者ということか？　他の者たちは何をしている？　やはり農地を耕しているのか？」

「うーん、だいたいは会社員だと思います」

「カイシャとは何だ」

これには返事に困った。仕事をしてお給料をもらうところ、と曖昧《あいまい》に答える。

「資金はどこから得ているのか」

「ええと、株と銀行だと思います……よくわからないですけど」

侍はそれで合点したらしく、感心したような声を上げた。

「エンタープライズだな。スエズ運河の事業もそうであったらしい。つい先日、そういったものがあることを銀行家から聞いた。民の投資によって事業を運営し、そこで得られた利益を民に還元するわけだ。なるほど、将来の日本にはカイシャが溢れているわけだな」

心臓の鼓動はまだ収まらない。侍は次から次へと質問をしてくる。好奇心が止まらない様子だった。最初は丁寧に答えていた亨も、だんだん心配になってきた。途中から美宇が口を挟み出した。それには答えられません、ときっぱり告げる。侍は最初、ひどく驚いた。でもすぐに美宇のいうことに納得した様子で、拒否された質問は引っ込めるようになった。

はやく終わらせたほうがいいのかもしれない。助け船がどこからか来ないかと、辺りを見回す。ちょうど門の前に人だかりができ始めていた。道が交差して広くなっている。そこにハッピ姿の日本人が四人、梯子《はしご》や鼓《つづみ》を置いたり茣蓙《ござ》を敷いたりして、何かの準備をしている。そのうちのひとりは、まだ子供だった。小学校二、三年くらいかもしれない。と、そこで、ざわめきが起こった。ハッピ姿の人たちが慌てて茣蓙の上に並んで正座する。渋沢という侍もそれを見てすっくと立ち上がった。

道の向こうから、刀を差して笠を被った侍が四人、連れ立ってゆっくりと歩いてくる。亨はその先頭に立っている人物に驚いた。まだ子供だ。背筋をぴんと伸ばして堂々とした歩き方だったが、身体が小さいのでどこか危なげな感じがする。まるで七五三だ。

侍が呟く。「民部公子《みんぶこうし》だ」

「民部公子?」

「慶喜《よしのぶ》公の弟君だ。今年一四になる。おぬしらと歳《とし》はさほど変わらん」

慶喜、という名前は亨も知っている。一五代将軍だ。徳川幕府最後の将軍。その弟。民部公子と呼ばれたその子が近づいてくると、フランス人の野次馬たちが道を空けた。どうやらその子が高貴な生まれだということは知っているらしい。一行は観客たちの最前列に陣取って、ハッピ姿の男の人たちに手で合図する。亨はその子の鋭い目つきに驚いた。入場券を配っていた人も、この渋沢という侍も、どこか似た目つきをしていたが、その子の目は特別だった。人間というより……まるで肉食動物だ。

ハッピ姿の男の人たちは深々と礼をする。そして一番端に座っていた人が立ち上がって拍子木《ひょうしぎ》を鳴らし始めた。朗々と口上を唱えてゆく。日本語なのに何をいっているのか亨にはよくわからない。でも、ハマイカリ一座、というのだけは聞き取れた。

「ここは舞台の後ろだ。向こうに出よう。おぬしらも見物するがいい」

侍は亨たちを裏手の門から出して、口上主の正面の位置まで連れていってくれた。フランスの見物客に物怖《ものお》じせず、強引に割り込んでいって場所を確保してくれる。

男の人の口上はかなり長かった。観客はみんな言葉がわからないらしく、五分も過ぎる頃には退屈そうな表情になっていた。でも、いったん笛と太鼓《たいこ》の囃子《はやし》が始まると、一気に活気づいた。口上をしていた男の人が曲に合わせて長い竹竿《たけざお》を取り出し、それを肩の上で立ててみせた。

「イヨッ！」

男の人が威勢のいいかけ声を上げる。パリの人たちが拍手する。でもそれだけでは終わらなかった。後ろの茣蓙に座っていた子が、いきなり立ち上がると草履《ぞうり》を脱ぎ、男の人の膝に乗ったかと思うとするする竹竿を登り始めた。どよめきが上がった。男の子が登ってゆくにつれて竿が撓《しな》り始める。観客が一斉に後ろに下がった。亭は信じられない気持ちでその曲芸を見上げた。ほんの一〇秒足らずで男の子は一〇メートル近い竹竿のてっぺんまで登り詰めてしまった。ぐらぐらと竿が揺れている。下で支えている男の人は片手しか使っていない。

「ハアッ！」

男の子がかけ声とともに両手を放した。観客の中から悲鳴が上がった。両足だけで身体を固定して、その子は大きく背中を反らした。ぐうん、と竿が撓ってくる。落ちる！と思った瞬間、竿が逆方向に戻り、今度は両手で竿の一番上を摑み、両足を広げてみせる。

大きな喝采が起こった。亭も美宇も手を叩いた。見ると、観客たちの一番前で、慶喜の弟といわれたあの子も懸命に拍手を送っていた。本当に楽しそうな笑顔を浮かべている。さっきまでの近寄りがたい雰囲気はもうどこにもない。

侍が呟いた。

「もしおぬしらがずっとここにいるのなら、公子の話し相手になってほしいところだが……おそらく叶《かな》うまい。そうなのだろう？」

竿の上から少年が飛び降りる。下で支えていた男の人が、うまくそれを抱き留めた。もっと大きな拍手が起こった。

「ぼうず、儂らは民部公に陪《ばい》してパリスにやってきた。だがな、おそらく早々に帰国せねばなるまい。どうやら時の流れは薩摩《さつま》とイギリスを選んだらしい。攘夷《じょうい》が実を結んだわけだな。慶喜公が今後もご無事であればよいが……」

亨は横に立っている侍の顔を見上げた。軽業の演技に満足したような笑顔を浮かべている。でもその瞳はもっと遠くを見ているようだった。空に瞬《また》き始めた星のほうを向いているようだった。亨もそれにつられて空を見上げた。

どおん！　と大きな音が破裂した。

亨は首を竦《すく》めた。見物客たちが一斉に上を向く。

花火が溢れていた。

亨を、みんなを、万国博の会場全部を呑み込んでしまいそうなほど大きな花火が、すぐ目の前で上がっていた。火薬の臭いが辺りに立ち籠める。赤や青や紫の閃光《せんこう》が、彗星《すいせい》のように、滝のように、太陽のように広がって、夜空を照らしていた。歩道を歩いていた人たちもみんな空を仰いでいる。ひとつ上がるたびにみんなの顔が、会場全部が、その色に染め上げられる。

あちこちから音楽が聞こえてきた。陽気でテンポの速いラッパが響き渡り、太鼓が打ち鳴らされる。一気に辺りが騒々しくなる。

でくる。

「ここにおったか！」

声がして亨と美宇はほとんど同時に振り返った。そこにはあのエジプトパークのマリエットさんがいた。顔が赤い。お酒でも飲んだのかもしれない。上機嫌で亨の腕を摑んでくる。

「さあ！　今夜は踊りがある！　エジプトのダンスを見せてやろう！」

「拙者《せっしゃ》も同伴してよろしいかな？」

にやり、と笑って侍がいう。マリエットさんは一瞬意表を衝かれたようだったが、すぐに何度も頷いて、侍の手も取った。「もちろんだとも！」

人混みを掻き分けながら、マリエットさんに連れられて道を進む。エジプトパークの前の辺りが、炎の光で煌々《こうこう》と明るく浮かび上がっている。

亨たちが着いたとき、もうその広場は踊りの真っ最中だった。シンバルやドラムが激しく打ち鳴らされる。キャンプファイヤーのように組まれた木が勢いよく燃え、花火の舞う夜空にもうもうと煙を噴き上げていた。その周りでエジプト人の男の人や女の人たちが踊っている。黒っぽい衣装をつけて腰をくねらす女の人もいたが、ほとんどはさっきキャラバンサライで見たようなおじさんたちだ。お酒の瓶を片手に外れた音程で歌をがなり立てている。楽団もみんなエジプト人だった。

美宇が耳を押さえながら隣で何かいった。

「え？　聞こえないよ！」

「すごい音っていったの！」

「さあ、トオル！　ミウ！　踊るぞ！」

ぐい、と腕を引っ張られた。いきなり亨は輪の真ん中に連れ出されていた。ラッパがいっそう高く鳴り響く。歓声がどっと上がった。

戸惑っている余裕さえなかった。マリエットさんは亨の両手を取り、めちゃくちゃなステップで踊り始めた。足が絡まってつんのめりそうだ。でもマリエットさんはそんなことお構いなしだ。

いつの間にか渋沢というあの侍も出てきて、ステップを踏んでいた。

頭の上で花火が広がる。色のついた光の破片ひとつひとつが、全部自分のもとに落ちてきそうだった。花火に身体ごと呑み込まれてしまいそうだった。マリエットさんは陽気に声を上げていた。何度も何度も回るうちに、亨も楽しくなってきていた。こんなめちゃくちゃな踊りもあっていいと思った。自分の身体が極彩色に染まる。マリエットさんも、渋沢という侍も、美宇までもが染まっている。亨は夢中でステップを踏み続けた。

どのくらい時間が経ったのかわからない。やがて花火が終わり、観客が退《ひ》いてゆくなか、侍は大きく手を挙げて亨たちに別れの挨拶《あいさつ》をしてくれた。

「いいか、ぼうず、いまおぬしから聞いたことは、儂にとってみれば天上の世界のことのようだ。だがな、そこまで時を繋《つな》ぐ者が必要だ。おそらく儂らがその役目を担うことになる。またおぬしと会うために、せいぜい長生きすることにしよう。待っておれよ！」

そういって、わっはっは、と侍は笑った。

気がつくと、亨は大きな絵の前に立っていた。

薄暗い展示ホール。天窓から群青色《ぐんじょういろ》の弱い光が射し込んでくるだけで、大理石が敷き詰められた部屋の隅はもう闇に紛れてしまっている。陽が沈んで夜空が見え始める、ほんのわずかな隙間。藍《あい》と緑と黒と赤紫の水彩絵の具がパレットの上で混ざり合い、薄く引き延ばされたような、そんな細かい粒子が漂っている空気の中で、亨は美宇と一緒に、壁に飾られた二枚の大きな絵を見上げていた。

それぞれ幅三メートルほどもあるその二枚の絵は、構図も筆遣いもよく似ていた。対になっている作品だろう、向かって右のほうの絵には青いカーテンが、左のほうには赤いカーテンが描き込まれている。部屋が暗いのでどちらもカーテンの色は沈んでいた。両方とも巨大な建物の内部で、高い天井と太い石柱が見える。昔の美術館なのか、その建物の壁や床に、目一杯の美術品が飾られている。飾られている美術品の内容は絵によって違っている。青いほうに飾られている絵は古いローマ時代の遺跡の風景画で、赤いほうはいまから二、三〇〇年くらい前の、たぶん歴史的なヨーロッパの建物の絵だ。両方併せて絵の数は一〇〇枚くらいになる。遺跡や建物の絵はどれも薄水色の空を背景にしていて、その水色だけがなぜか暗いホールの中で妙に浮き上がって見えた。

亨の隣で美宇がそっと教えてくれた。

「青いほうは『古代ローマ』、赤いほうは『現代ローマ』っていう絵。これを描いたジョヴァンニ・パオロ・パニーニっていう画家は、こんなふうに建物の絵がすごくうまかったの。たくさん大きな絵を残してるんだけど、これは面白い仕掛けがあって特に有名。絵の中に絵があるでしょ。昔のローマの名所をこうやって一堂に集めたわけ。絵を飾っているところを描いて、いっぺんにたくさんの場所を鑑賞できるようにしたの。まるでカタログみたいでしょ」

美宇がほとんど聞こえないほど微《かす》かな息を漏らした。

「この絵、わたしはけっこう好きなの。見ていて飽きないし、いろんなところに行けそうで。たった二枚の絵なのに、見ていると得した気分になるし、それに……なんだかこの絵、博物館そのものだと思わない？　たくさんのものが集まっていて、ごちゃごちゃして、でもそれが楽しくて、いろんなものを見ながら好きなところへ行ける。自分の興味次第で、ひとつの場所から、どこへでも」

どこへでも。

亨は「古代ローマ」という青い絵のほうに近寄り、絵というより一枚の壁画のようにそれを見上げた。細かく描き込まれたたくさんの絵画は、形を歪めた二次元の平行四辺形になって、ぺたりと平面に貼りついている。手を伸ばしても届かない高さだったが、もし自分の背がもっと高かったら、それとも梯子《はしご》か階段があれば、美宇のように指先でピッとあの絵のひとつを押して、古代ローマの世界に飛んで行けそうな、そんな気がした。いくつもいくつも描かれている絵の額縁が、まるでドラえもんの「どこでもドア」のようだった。

「どこへ行ってたんだ、美宇」

後ろからゆったりとした声がして、亨と美宇は同時に振り返った。

まるまる太った小柄な男の人だった。通路の向こうからこちらへ歩いてくる。その横にはジャックもいた。

「パパ！」

美宇がぱっと顔を輝かせて駆けていった。美宇のお父さんらしいその人は美宇の頭を撫《な》でて、おっほお、とまるで芝居のような笑い声を上げた。亨はその光景を不思議な気分で眺めた。美宇とまるで顔が違う。

美宇が何か囁《ささや》き、丸いその男の人が亨のほうを向いてうんうんと頷いた。亨もなんとなく会釈《えしやく》する。美宇の二言三言の説明を聞くと、おっほお！　とまた奇妙な声を上げ、まん丸い笑顔を作った。

わかった。あの人が満月博士だ。

「トオルくんか。私の博物館へようこそ」

声と同じようにゆったりとした動きで歩いてくる。薄暗がりの中でよく見えなかったが、全身がすべて丸い曲線でできているような感じの人だった。ガーネットさんとは対照的だ。背はそれほど高くない。グレーのチョッキに青いネクタイ、白のワイシャツ、という格好で、腕にはリストバンドをしている。ワイシャツやチョッキが身体に合っていないのは暗くてもよくわかった。シャツはぴっちりと肌に貼りついて、チョッキも繊維が伸びている。首の辺りはきつく絞められていて、顎の皮膚がシャツのカラーに被さっている。頭髪は薄く、口髭を生やしていた。笑顔を作ると両目が三日月のように細くなる。それにしても満月という名前は出来過ぎのような気がした。誰かが付けたあだ名なのかもしれない。

満月博士はにこにこと笑みを浮かべたまま、美宇の肩に手を置いていった。「この子の案内に、満足されたかな？」

「え、ええ」

どう答えればいいのかわからず迷っているうちに、ずっと思っていたことを思わず口にしてしまった。「どうしてそんなにいろいろ知ってるんですか。猛勉強したんですね、きっと」

満月博士は大袈裟に肩を竦めてみせた。

「猛勉強か。そいつは大変だ。この子には無理だろう。なにしろ遊んでばかりいるからね。ただし取り柄もある。面白いことに真《ま》っ直《す》ぐなことだ——トオルくん、娘はどうやらきみとウマが合ったらしい」

本当にそうだろうか。亨はちょっと怪しい気がした。美宇が満月博士の陰でくすぐったそうに笑っている。

満月博士の仕草や風貌はどうも日本人らしくなかった。かといってどこの国の人に近いのか亭には見当がつかない。強いていえば——マンガの国の住人といった感じだ。

「きみは……物語が好きだろう」

いきなりいわれて、亭はどきりとした。

博士は笑みを浮かべたままだ。

それを見ていた亭は、ふと、喋ってしまいたい衝動に駆られた。そうです、将来は小説家になりたいんです。エラリー・クイーンとか、江戸川乱歩《えどがわらんぽ》とか、横溝正史《よこみぞせいし》みたいなミステリー作家になりたいんです、と矢継ぎ早に思いのたけを博士の笑顔にぶつけたくなった。

満月博士は何度も頷いた。なるほど、なるほど、とでもいうような感じで、三日月の目をしたまま一歩前に出た。天窓の淡い群青色の光が博士の顔を少しばかり、ほんの少しばかり照らし出した。博士の頰と鼻に影がうっすら広がり、その色が微妙に変わって、表情自体は同じなのに博士の雰囲気が変わった。

「もちろん、私は小説のことはよくわからない。昔、いくつか読んだような気もするんだが、どうも忘れてしまってね……。なにしろこの博物館を任されているので、とても時間が足りないんだよ。きみもわかるだろう、この博物館は古いところと新しいところがあっちこっちで繋がっているからね、故障も多いのさ。それに収蔵品はどんどん膨れ上がる。とても追いつかない。だから、あまりゆっくりと小説を読んでいる暇がないのさ……。だがね、いいかい、そんな私にもひとつだけアドバイスできることがある」

「……なんですか？」

「見せ方だよ。小説でいうなら、物語の見せ方だ」

「見せ方……？」

「そうとも」

博士はひとつ頷いて、髭を撫でた。「いいかい、面白さというものにはふたつの種類がある。見せるものそれ自体の面白さ、それから見せ方の面白さだ。いや、本当は一種類しかない。どうしてかというと、見せるものそれ自体の面白さというのは、もともと見るほうに見方の合点がいっている場合だからね……。わかるかい？」

よくわからなかった。ただ、博士が何か重要なことをいっているような気はした。

「例えばきみがすごいアイデアを思いついたとする。誰もそれまで考えたことのなかった画期的なアイデアだ。それを書いただけでも、たぶん読者は驚いて、きみの本を買うだろう。だがね、それだけじゃだめだ」

昼と夜の間のわずかな時間が過ぎ去ろうとしている。たぶん空にはもう月と星が見えているだろう。群青と薄紅の空は東のほうから闇に覆《おお》われてゆき、たぶんあと数分もすれば誰も気づかないままに夜へと変わってしまうだろう。亨は色の名前をあまり知らない自分がもどかしかった。いま博士の顔を染めている微妙な色合いや、この展示ホールに満ちている目に見えない粒子の濃さや、そしてたぶん天井の向こうに広がっている空の変化を、うまく文章に書き留められたらいいのに、と思った。美宇は博士に軽く凭《もた》れながら、所在ない感じで亭のほうに目を向けていた。博士の言葉を聞いているのか聞いていないのかさえわからなかった。黒髪が頰にかかっていた。

「きみは今日、博物館の歴史を学んだだろう。あれは見せ方の歴史なんだ。いかに人に心地よく見せるか。いかに効果的に、わかりやすく、楽しく、面白く見せるか。いかにびっくりさせるか。もちろんいい絵や歴史的な遺物はそれだけで人を惹《ひ》きつける。だがね、考えてごらん、それだけがぽつんと部屋の中にあったって、見る人を満足させないだろう？　もしかしたらきみはその絵を見て感動するかもしれない。でも、その後きっと思うはずだ。この人の絵がもっと見たい、この絵の場所に行ってみたい、これはいつの時代なんだろう、その頃はみんなどうやって暮らしていたんだろう、どうしてこの画家は緑色が好きなんだろう、この絵を買った人はどういう気持ちで絵を見ていたんだろう……。ひとつの絵から、きみの興味でいろんなことが繫がってくる。繫がりが重要なんだよ。目に見えないこの繫がりが、実は面白さのもうひとつの秘密なんだ。繫がりを示してやるのが見せ方なんだ……。だから、いいかい、作家は見せ方に注意しなきゃならない。博物館と同じようにね」

闇が天を覆った。

すっかりホールの中は暗くなり、博士の姿はいつの間にかぼんやりとした残像になってしまっていた。

「美術品や遺物は世界でただひとつしかないかもしれない。だがね、見せ方は人の数だけある。だからきっと小説は面白いのさ。小説だけじゃない。学問も、博物館も、みんな面白い。私の知っている秘密はこれだ。……難しいかな？」

「いえ……、わかります、なんとなく」

「それはよかった」

暗がりの中で、博士が明るい声を出した。最後に博士がにっこりと微笑《ほほえ》むのが、なぜか亨にはわかった。

「もう遅い。明日また来なさい」


亨が家に着いたのは、夜七時半だった。

母親は、どこへ行ってたの？　と少し硬い声で訊いてきたが、それほど大事にはならなかった。啓太の家に行くといって出掛けたのだから、それほど心配しなかったのかもしれない。そうか、まだこんな時間なんだ、と亨は却《かえ》って拍子抜けした。家を出たのがずいぶん昔のことのような気がした。

夕食はパイナップルの入った酢豚だった。いつものように、まだ父親は大学から帰っていなかった。食べ終わってからテレビを少し観て、それから亨は自分の部屋に籠もり、今日の分の勉強をした。部屋といっても狭いアパートのことで、いつもは開け放している襖《ふすま》を閉めただけだ。母親はその後もテレビを観ていたらしく音が聞こえていたが、一〇時過ぎには静かになった。電気が消えたのがわかった。父親が帰ってくるまで仮眠したのだろう。

勉強が終わったところで、亨は部屋の明かりを消した。一〇時四二分。窓のカーテンを開ける。月はほとんど新月だった。満月博士の目のように細いカーブを描いて浮かんでいた。それでも亨には淡い月の光が確実に射し込んでくるのがわかった。ふくらはぎがじんじんと熱い。歩きすぎて筋肉が疲れていた。机に戻り、ぼんやりと目の前を見渡してみる。

夏休みの計画表。少しさぼっているラジオ体操出席表。辞書とノートと教科書。マンガを描くためのペン先のセットと筆。作りかけの「ドラえもんひみつ道具カード」。

そのときようやく気づいた。いつからそうなっていたのか、抽斗《ひきだし》の隙間から青白い光が漏れていた。

亨はその隙間に手を翳《かざ》し、手のひらがうっすらと照らされるのを見つめた。目の前の抽斗だけではなかった。右側に備え付けられている三段の抽斗からもそれぞれ光が漏れている。少しずつ色が違っていた。一番上は白っぽく、中段は萌葱色《もえぎいろ》で、下の段は少し穏やかな感じの薄い橙色《だいだいいろ》だった。デスクライトを点《つ》けたら掻き消されていたかもしれない、ほんのりとした発光。

亨は、そっと一番下の抽斗に手をかけた。音を立てないように、慎重に、慎重に、ゆっくりと取っ手に力を込める。

光はゆるゆると消え去っていった。

息をつく。抽斗を開けると、昨日までと変わらないプラモデルの山が見えた。四年生の頃に集めたロボットのシリーズだ。四、五〇体集め、あと四体で全部揃うというあたりで飽きてしまい、そのままずっと放っていた。いいかげんに片づけないと、と思っていたのに、あんな温かい色を出すとは驚きだった。一体を手に取り、温《ぬく》もりを確かめてみる。まださっきの光の熱がプラスチックの表面に残っているような気がした。窓の外に目をやる。月がもっと満ちていたら、この机の抽斗もタイムマシンの入口になるだろうか。

満月博士の言葉が蘇《よみがえ》ってくる。

自分は頭の中にいくつの抽斗があるだろう。

前に藤子不二雄先生の『まんが大学』を読んだとき、胸に突き刺さるような言葉に出くわした。その本の中で藤子先生は「のび太の恐竜」というドラえもんの一編を例に挙げて、マンガの描き方を事細かに教えてくれていた。のび太が恐竜の卵を孵《かえ》してピー助というフタバスズキリュウの子供を育てる話だ。藤子先生はそこでアドバイスしていた。恐竜の話を描くんだったら、恐竜博士になるくらい恐竜について勉強しなさい。

なんてすごいんだろう、と思った。物語を作る人は一冊書くごとに博士にならなければならないのだ。大学で働いている父親だってひとつのことしか専門ではない。作家になるなら父親の数倍、いや、数十倍は物知りにならなくてはならないだろう。しかも知っているだけじゃだめだ。見せ方だと満月博士はいっていた。見せ方も考えないといけない。

自分にできるだろうか?

自分は頭の中にいくつの抽斗があるだろう。いま、確かに自分は啓太と一緒に雑誌を作っている。いくつもいくつも同時進行でいろんな小説を書いている。でも、いつかアイデアが出なくなるときが来るかもしれない。どんなに唸《うな》っても小説が書けなくなるかもしれない。自分の抽斗は五つや六つで終わってしまうかもしれない。慌てて釘《くぎ》とトンカチで抽斗を作り足すかもしれない。

その抽斗は……あの博物館のように楽しいだろうか? いつまでも?

亨はその夜、カーテンを開けたまま寝た。母親が布団《ふとん》を干したらしい。綿の中に昼間の太陽の陽射しがまだ残っていて、なかなか眠りに就けなかった。

8

亭がようやく寝息をたて始めたその頃。

美宇は、父親の仕事部屋にいた。

「オギュスト・マリエットに会えたのかい？」

満月博士の言葉に、こくりと頷《うなず》いてみせる。

わざと埃《ほこり》を払うような仕草をしてみせてから、美宇は椅子《いす》に座った。目の前のテーブルの上にはいつものように古美術品や書類、フォリオ本、得体の知れない剝製《はくせい》などが乱雑に置かれている。応接用テーブルの上でさえこの有様なのだから、父親の仕事机の上はもっと恐ろしい惨状だ。書類の山の間から父親の顔が見える。例によって手書きタイプでデータをまとめているようだった。右側の空間に一〇個近いウィンドウが開かれているが、どれも作業中のままだ。救いなのは経時的にテーブルの上が変化してゆくことだろう。収蔵先が決まり、ラベルがつけられ、担当者に配分されたものから順にディレクトリが変わってゆく。なにもわざわざ机の上に散らかす必要はないのだが、こればかりは父親の好みだ。もっとも、このやり方は美宇の好みとはかけ離れている。

美宇は頬杖《ほおづえ》をついた。「わたしたちと前に会ったことがあるみたいだった……。いきなりアピスはどうなったって訊《き》かれちゃって」

「これから会うのさ。このミュージアムを通して」

「そうかもね」

「どうあれ、マリエットとあの少年を引き合わせることには成功したわけだ。美宇のおかげだな」

「かなり強引な展開で、だったけど。入口の通路にポスターを貼《は》っておいたのはパパ？」

「ちょっとした仕掛けだよ……。それより、マリエットと会ったとき、あのトオルという少年の反応はどうだったかね？」

「最初は驚いてたみたいだけど……、すぐに慣れたのにはこっちもびっくりした。わたしの説明にもすんなり納得してくれて」

「あの少年は古代エジプトが好きになる。面白いと感じるようになって、自分から調べ始めるさ」

ウィンドウがふたつほど消えてなくなり、美宇の目の前にあったフォリオ本が図書閲覧室のほうに移動していった。

「ねえ、パパ。今回の目的は何なの？　まだ教えてもらってないけど」

「マリエットのノートと日記の再生だ」満月博士は手元を向いたまま美宇に話し続ける。

「それに付随して、セラペウムの再生もテーマに入っている」

「あの、わたし、エジプト考古学はあまり得意じゃないの。いったいマリエットってどんな人なの？　なんだか迫力があったけど、まさか体育の先生？」

「不思議なたとえだね、それは……。もちろんオギュスト・マリエットはエジプト考古学者だよ。生まれは一八二一年、フランスのブーローニュだ。子供の頃から絵や文章を書くのが好きだったらしい。デザイナーを志して一八歳のときにイギリスに渡るが、これは成功しなかった。二年ほどで故郷に戻り、教員の資格を取って地元の中学校に勤めるようになる。この頃から歴史小説や論文などを書くようになって、地元の新聞にもよく投稿したようだ。その手腕が認められて新聞社でも働くようになる。やがて古代エジプトの遺物に関心を示すようになり、ルーヴル美術館の学芸員になった。ここでコプト文書の調査を命じられ、一八五〇年に初めてエジプトを訪れる。だがすぐにその調査を断念して、遺跡の発掘調査に乗り出す。サッカラやルクソール西岸、メイドゥム辺りでかなり貴重な遺物を発見しているよ。ルーヴルにある有名な書記座像も、エジプト博物館で人気の高い〈村長の像〉やカフラー王の石像も、マリエットが発見したものだ」

　美宇は頬杖をついたまま聞く。

「遺跡を発掘する能力はずば抜けていたらしい。ルーヴル美術館のエジプト考古学者ドヴェリアの回想録に拠《よ》れば……」

「あっ、その人の名前、口にしてた」

「そのドヴェリアがこんなエピソードを書き残している。彼がエジプトを訪れて、マリエットとアビドスの遺跡を見学していたときのことだ。マリエットが突然ある場所を指さした。試しにそこを掘ってみると、古代のレリーフが現れた。その一部始終を見ていたエジプト人たちは驚いて、マリエットを聖者と呼んだそうだ……実際、マリエットが発掘した遺跡や遺物は膨大な数にのぼる」

「ふうん」

「ただし、賞賛ばかりではない。今日《こんにち》の考古学的な見地からすると、彼の発掘はいかにも大雑把だった。なかなか熱血漢でもあったようで、後にルーヴルからも締め出された。ただし、彼の性格ばかりが原因じゃない。そういう時代だったのさ、エジプト考古学にとってね。すべてが曖昧《あいまい》で、大雑把で、直観的だった。彼はいろいろと噂《うわさ》を立てられたようだ。業績を横取りされたことも一度や二度ではないらしい。あの宝石がほしい、あそこを見学に行きたい、といったような、フランスの偉いさんたちからの難題にも対応しなければならなかった。コレラで妻を亡くしている。マリエットの最大の業績は、海外へ流出するままになっていた遺物をエジプト側が管理できるように体制を整えたことだろうね。盗賊たちに美しい遺物が破壊されるのが我慢ならなかったんだろう。彼はエジプト博物館を建て、その初代館長になった。二代目は彼の弟子のガストン・マスペロだ。マリエットとマスペロは、一八六七年パリ万博の準備中に初めて顔を合わせている。当時のマスペロは高等師範学校のエリートだった——美宇たちは会ったかい？」

「さあ。気がつかなかった」

「マスペロがエジプト博物館の館長だった頃、ひとりの若い査察官をイギリスの貴族に紹介している。その査察官は貴族と意気投合して、当時まだ誰にもその存在を知られていなかったツタンカーメンの墓をルクソール西岸で探した。マスペロは最初否定的だった。ルクソール西岸の王家の谷はすでに掘り尽くされたとマスペロは思っていた。だがその若い男は貴族から費用を出してもらいながら発掘を続け、一九二二年にようやく墓を探し当てた。ハワード・カーターという男だ」

「マリエットはそのときまだ生きていたの？」

「いや、一八八一年に死んだ。晩年は病気や資金難に苦しめられたようだ。彼の履歴と業績についてはこれを読みなさい」

美宇の前にウィンドウが現れた。目次をざっと眺める。人差し指で意味もなく表示をぐるぐる回してみた。

ふと思い出して呟《つぶや》く。

「あのアピス像、なんだか怖かったな……」

「セラペウムで発見されたものだろう。マリエットの仕事だ。それも後にルーヴルで展示される」

「違うの、レプリカだっていってた。実物はどこかに消えてしまったんだって。マリエットさんが後で記憶を辿《たど》って造ったんだって」

「……レプリカ？」満月博士が顔を上げた。「レプリカが展示されていた？　アピス像の？」

「うん」

満月博士は手を止め、真《ま》っ直《す》ぐ美宇を見つめた。「詳しく話しなさい、美宇」

美宇が顛末《てんまつ》を報告すると、満月博士は低く唸《うな》って口髭《くちひげ》を撫《な》でた。

「ふむ……、そのレプリカは貴重だ。これまで知られている公式の記録には一度も現れたことがないはずだ」

手元の紙に書きつける。一八六七年パリ万博の出品目録がウィンドウの中をスクロールしていった。美宇も首を伸ばしてそれを眺める。牡牛《おうし》のアピス像は登録されていない。

「複製品なのであえて記録しなかったのかもしれんな……。万博が終わった後はエジプトに持って帰ったんだろうか？　いや、すぐに破棄されたんだろう。記憶を頼りに造った像なんて学術的には何の価値もないからね……。どの時代のアピス像なのか？　セラペウムのどの位置に置かれていたかも調べてみたいが……。こちらに移動させる必要がある……。美宇、それは本当にサッカラのセラペウムから発掘されたアピスだったんだね？　間違いなく？　異様な雰囲気だった？」

「ねえ、パパ」美宇は堪《たま》りかねていった。「あの牛がどうしてそんなに重要なの？　この研究の目的は何？」

「いいかい、美宇、マリエットが考古学者として初めて挙げた業績が、サッカラのセラペウムの発見とその発掘調査だ。セラペウムとは聖牛アピスの埋葬場所だ。巨大な通廊が地下に造られていた。歴代のアピスのミイラはそこに納められていたはずだ。地下は二層構造で、上部の通廊には二五個の石棺があった。地上にはおそらくかつて祭祀《さいし》用の神殿が建てられていた。美宇が見たレプリカは、サッカラの調査で発見された遺物を象《かたど》ったものだろう。確かにマリエットはほんのわずかな数のアピス像を見つけている。ルーヴルに展示されているのがそれだ。だがね、美宇、マリエットは上部通廊ではたった一体のミイラしか見つけることができなかった。残りの二四個の石棺には何も残っていなかった。ミイラも、副葬品も」

部屋全体が暗くなった。美宇の座っていた椅子も、目の前にあった乱雑なテーブルも、闇に呑《の》み込まれた。ただ美宇と満月博士それぞれの手元にあるウィンドウだけがちかちかと光っている。美宇は指先で光度を調節した。ゆっくりと、黎明《れいめい》が訪れるように、空が明るくなってゆく。小高い丘の上に建つ神殿がぼんやりと姿を見せ始める。

「パパ、もうひとつ質問」美宇はその神殿を見つめたまま訊いた。「トオルにこのミュージアムを見せたのはなぜ？」

「あの子は作家になる」

「どういうこと？」

「もちろん、本来ならこのミュージアムはもっと多くの人に見せるべきだ。それこそ全世界中の人たちにね。このミュージアムはそのためにある。だがね、美宇、いまはまだその段階じゃない……。それは美宇も知っていることだね？」

美宇は自分の父親のほうを向いた。父親はその神殿を遠い目で眺めていた。

「ここはあまりにも非現実的な世界だよ……。そうだろう？　何もない空間に、こうやって突然別の空間が現れる。知らない人が見たら一種の魔法だろう。もっとも、魔法とさして変わりはないんだが……。ミュージアムはもともとてつもなくファンタスティックで、それでいてとてつもなくリアルな場所だ。だからこそ、まずは作家が重要なのさ。いまの私たちにとってはね。このミュージアムが、〈現実〉として機能するようになるためにはね」

9

駅ビル脇のファミリー・レストランに着いたのは約束の五分前だったが、すでに先方は到着していた。入口から客席を見渡すと奥のほうで眼鏡をかけた男性が大きく手を振っているのが見えた。その横にはカメラマンらしき男が座っている。

「いやあ、お忙しいのにお引き受けいただいて、本当に助かりました」

挨拶《あいさつ》を交わして席に座る。眼鏡の男は嬉《うれ》しそうな顔で、さっそく雑誌の最新号を鞄《かばん》から取り出した。サラリーマン向けの総合誌で、「今月の一冊」欄に先日刊行した私のサスペンス小説が取り上げられることになったのだ。一ページの記事なのでかなりの宣伝になる。男は人なつっこい笑みを絶やさない。

注文を取りに来たウェイトレスが顔なじみのような気がして不思議に思っていると、先生お久しぶりですといきなりいわれて驚いた。私が以前に勤めていた大学の学生だった。なるほど、こんなところで学生さんとも会うんですねえ、とライター氏はひどく感心したように何度も頷《うなず》く。

テープレコーダーが回り出したところで学生がアイスコーヒーを運んできた。ライター氏はしきりに恐縮する。学生のほうも少し興味があったらしく、こちらの手元を覗《のぞ》き込んで、あっ、この雑誌知ってますよお、と声を上げた。なんだかこちらも気恥ずかしくなる。

インタビューは快適に進んだ。ライター氏はしきりに頷く。もちろん私はそれがインタビューをうまく進めるためのテクニックであることを知っている。相槌《あいづち》を打ち、ときに感心したような声を上げ、なるべく相手に喋《しゃべ》らせておいて、タイミングを見計らいながら質問を狙い撃ちする。インタビューの間、カメラマンはじっと横で座っていた。こちらの話に乗ってくるでもなく無視するでもない。その絶妙な存在感がいかにもプロらしかった。

やがて話は私の資料集めの方法に移っていった。サラリーマンにとっても情報収集術は重要な課題らしい。

「僕なんてまるっきり文系ですから、巻末の参考文献一覧を見ただけで畏《おそ》れ入っちゃうわけですよ。読むだけでも大変だったんじゃないですか？」

「いや、読むよりも必要なものを集めるのが大変なんですよ」

ちょうど先週書いていたパリ万国博のシーンについて私は話すことにした。ウェブ古書店を通して当時のフォリオ本やガイドマップを探したこと、いくつものイラストを突き合わせてパビリオンの建っていた位置を確定したこと、万国博覧会についての本はいくつも出版されているが、調べようと思ったらやはり第一資料がもっとも情報量に富んでいて、しかも信頼できたこと、等々。第一資料にこだわってしまうのは、私が理系の研究室で論文を書く訓練を受けたためかもしれない。

「でも、こういうことって理系でも文系でもそれほど変わらないと思うんですね。DNAの塩基配列を調べてミステリーの題材にするのも、昔の地図を調べて舞台を設定するのも、書く立場からすれば難しさや労力といった点では同じですよ。読者の人が理系の話ばかり難しがるのは不思議議ですよね」

「うーん、まあどちらも基礎知識は必要になるでしょうね。用語とか、概念とか、時代背景とか。ただ、普通の人はその最初がわからなくなって躓《つまず》いちゃうことが多いと思いますよ。今回の本でも専門家の方にかなり取材されていますよね？　もともとご専門分野だから問題ないんでしょうけど、一緒についていく編集者は大変でしょうねぇ」

　ライター氏はそういって笑った。

「じゃあ最後に、外で写真撮らせてもらってよろしいですか。駅前の辺り、けっこう絵になる感じがしたんですが」

　いいですよ、と答え、私たちはほぼ同時に立ち上がった。レジで彼が会計を済ませるのを何気ない素振りで待った。カウンターの奥では先程の学生が忙しそうに皿を運んでいる。こうして打ち合わせや取材時に飲食費を先方に支払ってもらうのも、最初のうちは慣れずに困った。一度これと同じような場面をたまたま大学の教員に目撃され、後で皮肉られたことがある。なんだか大学にいるときよりずいぶん態度が大きそうでしたねえ。

ようやくカメラマンの出番となり、私は噴水の前に立った。通行人が怪訝《けげん》そうな顔でこちらに視線を送ってくる。これも慣れてしまったことのひとつだ。カメラマンの指示に従って何度か立ち位置を変えながら、私は頭の隅でぼんやりとインタビューの内容を反芻《はんすう》した。

このところ身に沁《し》みてわかるようになったことがある。所詮《しょせん》物語作家というものは素人《しろうと》であり、また素人の立場を貫かなければならない宿命にある、ということだ。

最初の本が出た直後、私の作家としての立場は少し特殊だったのだと思う。生命科学の専門家がミステリー小説を書いた、という惹句《じゃっく》を出版社側も好んで使ったが、作家と科学者の専門性が混同されていた。私自身も振り回された。作家業のペンネームで専門的な科学のコメントを求められるときなど、当時はずいぶん居心地の悪い思いをしたものだ。コメントに専門性が求められるということは、つまり誤った発言をすれば責任を問われるということである。その枷《かせ》は当然小説にも敷衍《ふえん》される。

勉強すればするほど自分が専門から遠ざかってゆくことに気づいたのは、二作目の本が出た直後だ。一所懸命勉強し、間違いのないように小説を書く。そこまではいい。書き終えてから私は次の小説に取り組まなければならない。毎回同じ題材ばかりを取り上げるわけにはいかない。こちらも飽きてくるし、自分の幅も広げたい。別の分野の資料を探して読む。だがそうしているうちにも以前に書いた分野の研究は進んでゆく。とてもそれらをフォローする余裕はない。最新データがわからなくなる。しかし記者がインタビューに来るときは、すでに私が次の分野に移った時期なのだ。責任を持ってコメントを返すことはできない。やがて、ごく短期間だけ専門的になった分野が、私の背後に死体のように累々と連なってゆく。つまり小説を書けば書くほど私は素人になる。

　これには少なからずショックを受けた。一時は専門家たる科学者を目指そうとした自分が、結果的にではあるものの専門性を「売り」にする小説を書いたことによって、永久に専門性を失ってしまったわけである。その頃から私は、大学を辞めることを真剣に考えるようになった。専門家でないものが研究者の演技を続けることはできなかった。

　もちろん、私が専門を失おうが大学を辞めようが、編集者や読者は知ったことではないだろう。事実、私が専門性云々《うんぬん》といった思いを漏らしても、担当編集者はきょとんとした表情を見せるだけだ。だが……。

　撮影は五分程度で終了した。ゲラ刷りが出る日を確認してから私は別れた。

　マンションに戻ると、郵便受けに角形封筒が放り込まれていた。地元の教育委員会の名が印刷されている。

　その場で封を切って中を覗き込んだ。ご査収下さいとの文面が見える。やはり依頼していたコピーだ。

　急いでエレベーターに乗る。軽い上昇感が迫《せ》り上がってくるのを感じながら、封筒の中身を取り出す。見つかったのだ。

今回の長編小説を書き始めてから、やはりどうしても「めもりあある美術館」が気になってしまい、私は原文を探し出すことにした。誰が書いていたのか、何年生の教科書に載っていたのかさえ覚えていなかった。実家に電話してみたが、昔の教科書は倉庫の奥にしまい込まれているらしく、とても取り出せない。ところが先週末、地元の教育委員会に問い合わせたところ、意外と簡単にことが解決した。そこは当地で使われていた教科書をほとんど保管しているらしく、私の年齢と照らし合わせて、その中から該当する年度のものを拾い出してくれたのだ。

期待しながらコピーの第一面に目を落とした。だが、そこにある字面《じづら》に私は愕然《がくぜん》となった。

「……なんだ？」

思わず声が出る。

タイトルが違っていた。「めもりあある美術館」ではない。「めもあある美術館」とある。

エレベーターが到着した。私は慌てて自室に戻った。立ったままコピーを捲《めく》って内容を目で追う。わずか一六ページ。確かにストーリーの骨格は記憶にあったものとほぼ同じだった。素朴な筆致の挿絵も見覚えがある。だが最初の予感通り、それは私が覚えていたものとは何かが決定的に違っていた。この「めもあある美術館」は、いまの自分に何の感興ももたらさなかった。時代遅れの素朴な作品にしか見えなかった。

二度読み終えてから、私はようやく仕事部屋に行き、椅子《いす》に腰を下ろした。一気に熱が冷めたような感じで、頭がぼんやりしている。何度か目を瞬《しばた》いてみたが元に戻らない。

こうなることは想像の範疇《はんちゅう》ではあった。私は勝手に「めもりあある美術館」を頭の中で再構築し、それを反復しながら勝手に感動を創り上げていたことになる。よくある話だ。ただそれだけに過ぎない。

ただそれだけなのに、なぜか身に応《こた》えていた。

のろのろと手を伸ばし、机上のパソコンを立ち上げる。いつもと同じ手順を踏んで画面が切り替わってゆくのを、背凭《せもた》れに身を預けながら眺める。

もっと勉強しろ、というあの週刊誌の一文が頭に蘇《よみがえ》った。

あれから私は、コラムで言及されていた文学者や評論家たちの本をウェブ書店でまとめて購入し、少しずつ時間を見つけて読んだ。

テキスト論をはじめとするこれらのことは、文学を学問的に学んだ人たちにとって、おそらく共通の基礎知識なのだろう。ちょうど私が大学の生化学の講義でまずはじめに細胞内の小器官を学び、あるいは有機化学でシュレディンガーの波動方程式を学んだのと同じことなのだ。もし、細胞小器官の名前もわからない男が生命科学について滔々《とうとう》と述べ立てたとしても、生命科学側の人たちは彼を信用しないはずである。だが、私はちょうどそれと同じことを文学の領域で延々とおこなっていたのかもしれない。

以前、ふと思ったことがある。文学の中で「感動すること」に関する研究はどれだけ進んでいるのだろう。

あるいはこういい換えてもいい。小説を読んで面白いと感じ、哀《かな》しみを覚え、笑い、怒り、楽しみ、昂揚《こうよう》する、そういった心の変化、読者にとってのごく個人的な体験を、文学はどのように論理的に捉えているのだろう。

モニタが無表情にこちらを向いている。私は椅子に座り直し、「めもあある美術館」のコピーを脇に退《の》けた。マウスを操作して長編小説の原稿ファイルを開く。文章の最後の部分を読み返す。両手をキーボードの上に置く。

心に引っかかったいくつかの表現を書き直す。リターンキーを押す。

記憶によって、いとも簡単に感動の本質は変わってしまう。環境と経験と年齢によって、感動は変質してゆく。生まれ育った個々人の歴史によって、受けてきた教育環境によって、何かを感じ取る心はいとも容易《たやす》く変化してしまう。

リターンキー。

リターンキー。

改行。

新たな文章を打ちつけてゆく。書きながら、私は前作のことを思い出していた。

国際テロが絡むスリラーだが、ここでテロリストたちは遺伝子組み換えを施したインフルエンザウイルスをアジア各国にばらまこうとする。もっとも物語の主眼はそこにはなく、テロ集団の目的も実はマスコミ操作にあり、主要登場人物も通信社の記者やニュースキャスターたちなのだが、とにかく第一回目の原稿を渡したときからこれはだめだと思った。編集者は私がインフルエンザウイルスのことなどすべてお見通しなのだと思っていたらしい。私は研究でインフルエンザウイルスを扱ったことはない。酵母や大腸菌、ファージ辺りまでだ。小説ではインフルエンザウイルスの表面抗原《こうげん》の変異機構がトリックの要《かなめ》になる。新しいアイデアで読者を驚かせたかった。その感染機構をマスメディアと対比させ、互いの特徴を際立《きわだ》たせたいと思っていた。新しい論文を読むときの興奮。タンパク質の新しい機能が発見されたときの驚き。その作用が美しい模式図で表現されたときの感動。それは決してドラマチックな感動ではない。しかし紛れもなく感動のひとつだ。研究室で細胞を見た瞬間にも、あるいは高校受験の際に数式が解けた瞬間にも、他に代えられないそのときの感動があるはずだ。そのことを伝えたかった。

だがうまくいかなかった。

発表媒体の性格上、物語にわかりやすさが求められた。「一般読者」という得体の知れない集団に向けて書く必要があった。この中には専門家も含まれていればサラリーマンや学生も含まれる。もちろん同じ業種の人たちがすべて同様の思考回路を持っているわけではない。結局は読者の数だけ好みが分かれるということになるのだが、ではどこにわかりやすさを求めるかといえば、それは小説的な機能としての「感動」しかなかった。けれんを盛り込み、ときにはあからさまに物語の定石を踏襲した。だがそれは作為ではないのか。連載が半ばを過ぎた辺りで聞いた編集者の言葉に、私は愕然とした。いやあ、泣けますねえ。これで科学の蘊蓄《うんちく》が短ければ感動が薄れなくていいんですけどねえ。

編集者はウイルスの糖鎖《とうさ》抗原の変異機構には感動できず、物語的な常套《じょうとう》処理には感動した。私の力不足もあっただろう。だがそのとき私は割り切れないものを感じた。割り切れないまま書き続けるのが苦痛になった。

リターンキー。

電話が鳴った。

ふう、と私は大きく息を吐いた。

頭を切り換える。もう一度深呼吸してから、私は受話器を取った。

——有樹《ゆき》の声だった。

今夜、行ってもいいですか、というういつもの問いかけ。了解の返事をしてすぐに切った。

時計を確認する。午前一時までにまだ充分時間がある。それまでに次のシーンをひとつ書き終えることができるだろう。

頭を振って、キーボードに両手を置く。そして私は、再び小説書きの作業に没頭した。

10

エジプト、メンフィス(紀元前五二三年)

外では砂嵐《ハムシーン》が吹き荒れている。暴風のうなりが神殿の中にまで聞こえてきていた。壁や石柱がぎしぎしと軋《きし》む。祭司たちが神殿に戻ってきた直後に始まったのだ。今朝方から続いている神殿の張りつめた空気が、まるで堪《たま》りかねて一気に解き放たれメンフィスの町全体を覆《おお》い尽くそうとしているかのようでもあった。

祭司たちは連れてきた仔牛《こうし》をその場に立たせ、数歩下がった。まだ生まれて三日にしかならないその黒い仔牛は、しかしすでに体軀《たいく》以上の重量と威厳を感じさせる。四本の脚でしかと神殿の床に立ち、目の前に立つ血走った瞳の男に怯《おび》える様子も見せず、ゆったりと尾を揺らしている。

「この牛がアピスか!」

いまやこの黒い大地の王となったカンビュセス二世は、しばしその仔牛を眺め渡した後、大袈裟《おおげさ》に腹を抱えて笑った。「この小さな牡牛《おうし》がこの国の神だというのか!」

祭司たちは身を硬くしたまま、カンビュセスとアピスを上目遣いに窺《うかが》った。彼らが呼ばれる前には、ふたりの役人がカンビュセスによって刺殺されたと聞いている。いま自分たちの前にいる王は正気ではなかった。明らかに「神聖な病」に冒されている。少しでも迂闊《うかつ》な言葉を口に出せば斬られるかもしれない。

ハムシーンはいよいよ酷《ひど》く荒れ狂い、音はいや増してきている。周りに控えていた従者たちもあまりの強風に眉を顰《ひそ》めていた。このメンフィスの地において、これほどのハムシーンは何年ぶりか知れない。

三日前の夜にアピスが誕生したときの様子を、祭司たちはその場にいた者たちから詳細に聞いていた。その夜は確かに月が皓々《こうこう》と大地を照らしていた。そしてひとつの廏舎《きゆうしや》で、牝牛《めうし》が一頭、突如として立ち上がり、頭を振り乱し始めた。男たちがやってくると、牝牛は体軀を引きずるようにして中庭に進み、天を仰いだ。すると稲妻のような一閃《いつせん》の光が天上から降り、牝牛を貫いた。廏舎全体が青白い光に照らし出され、男たちは思わず目を覆った。

やがて光が退《ひ》き、男たちがそっと様子を窺うと、牝牛は大きく腹を震わせていた。そして絞り出すように一声啼《な》くと破水が始まった。男たちは出産の準備をする間もなかった。牝牛の後ろから仔牛の前脚が、そして頭部が現れ、その場にいた者たちは一様に驚きの声を上げた。仔牛の額に白い刻印が見て取れたのだ。濡《ぬ》れた頭部にはっきりと三角形の白い印が刻まれていた。男たちは息を吞《の》み、事の重大さを知って身震いした。仔牛の上体がひねり出されたそのとき、男のひとりが偶然に仔牛と目を合わせた。信じがたいことに、その仔牛は生まれながらにしてすでに明白な意識を持ち、目を見開いて、この世の光景を探ろうとしていた。そしてまだ己の体軀を母親の胎内に宿したまま、頭を擡《もた》げて強く男を見据えたのだ。男は悲鳴を上げた。仔牛の意志が耳元ではっきりと聞こえたのだ、我は生誕する、汝その手を我に差しのべよ。

その声は他の者には聞こえなかった。だが男は慌てて仔牛のもとへ駆け寄り、前脚を手に取った。温かな液体が男の手のひらにまとわりついた。男は目を瞑《つぶ》り、それ以上仔牛の瞳と目を合わせることがないよう祈りながら、思い切り前脚を引いた。牝牛が苦痛と恍惚《こうこつ》の入り交じった声を上げた。ずるり、と仔牛の体軀は引きずり出された。男は尻餅《しりもち》をついたまま後ずさった。牝牛が荒く息を吐いて振り返った。生まれたばかりの我が子の背を舐《な》めようと首を伸ばした途端、だが膝をつき、そのまま横に倒れてしまった。子宮からは血が溢《あふ》れ続けていた。牝牛は小刻みに痙攣《けいれん》しながらも、自らの仔へと舌を伸ばそうとしていた。

仔牛は立ち上がった。一度全身を震わせた後、何の苦労もないかのように四肢で己の体重を支えた。黒い毛が羊水と血にまみれ、月の光を浴びて光っていた。もう一度、今度は身にまとわりつく汚《けが》らわしいものすべてを払うかのように、大きく軀《からだ》を震わせた。液体が一気に飛散し、仔牛の周りで星辰《せいしん》の如《ごと》くに瞬《またた》いた。男たちはすでに仔牛の背を目で確認していた。その背には確かにハゲワシの翼の形が浮き上がっていた。もはや疑いようはなかった。額の刻印。背の翼の紋様。その意味するところは明らかだった。即座に聖牛アピスの誕生が神殿に伝えられた。

祭司たちは即座にその場に出向き、仔牛を念入りに調べた。仔牛の舌にはスカラベの黒い紋様が見て取れた。これもアピスの聖なる印のひとつだった。祭司は男たちから詳細に事の次第を聞いた。彼らを戸惑わせたのは、ひとりの男の証言だった。アピスの声なるものを聞いたというのだが、その男以外は誰もそのような声は聞いていなかった。ようやく生まれた聖牛アピスが、そのような異《い》なる力を持っているのだろうか？　祭司たちは耳を澄ましてみたが何も聞こえなかった。ただし生まれた仔牛が聖なる印を備えており、アピスであることは確かだった。アピスの誕生は何を措《お》いても駆けつけて祝宴を催さなければならない慶事である。おそらく男はアピスの誕生に立ち会った驚きで気が違ったのだろう。そう祭司たちは結論づけた。

そして祝宴が始まった。メンフィス中の者たちが宴《うたげ》に興じた。この聖なる地で生まれたのだ、特別なアピスに違いない。祭司らをはじめ町の人々すべてがそう思い、興奮し、熱狂した。ところが昨夜、ペルシアの王にしてエジプトを制覇したカンビュセス二世が、ここメンフィスに突如として帰還してきたのだ。

ともに帰ってきた兵たちの数があまりにも少ないことに役人たちは驚いた。帰還の時期も早すぎる。今回の戦《いくさ》はエチオピアという地の果てへの大遠征であったはずだ。勝利したにせよ、敗北したにせよ、これほどの短期間で戻れるはずがなかった。帰還したカンビュセスは目を血走らせ、疲弊し、高笑いしたかと思うと怒鳴り散らし、心が定まっておらず役人たちも近寄れない。

兵から密《ひそ》かに事情を聞いた役人は言葉を失った。行程のわずか五分の一を進んだところで隊の食糧が尽きたのだという。需要品輸送のために連れていった動物たちを解体して食べ、路上の草までも口にして兵たちは飢えを凌《しの》いだが、砂漠地帯に入るとそれも叶《かな》わなくなった。ところがカンビュセス王はさらに進軍を続けた。絶望的な飢餓に見舞われた兵たちの一部が正気を失い、それが瞬く間に隊の中を伝播《でんぱ》していった。兵たちは一〇人一組で籤《くじ》を引き、当たった者を残り九人で食べたという。カンビュセスはやむなく引き返すしかなかった。帰還した兵たちの目は虚《うつ》ろだった。

折しもアピス誕生の祝宴のさなかである。町の人々の歓声が神殿まで届き、それに気づいたカンビュセスは怒り狂った。

「予がメンフィスにいた頃は、一度も斯様《かよう》な宴はなかったではないか！　それなのにいま帰還してみるとどうだ！　役人や町の者どもは浮かれて昼夜騒ぎ回っておる！　これは予に対する侮辱であろう！　答えよ、予が将兵を多数失ったいま、なぜおぬしたちはこのような宴を催しておるのだ！」

「誤解でございます」役人は説明に努めた。「聖牛アピスが誕生したのでございます。永《なが》い年月を置いてようやく現れる神でございます。国民が揃《そろ》って歓喜し、これを祝うのは当然のことでございましょう」

「虚言を申し立てるでない！」

役人が言葉を費やせば費やすほど、カンビュセスは人の心を失っていった。

「おぬしらの神のことはよく知らぬ。だが、たかが仔牛が神などではないことはペルシア生まれの子にもわかるぞ！　騒がしい宴を催すばかりか虚言を並べ立てて予を欺《あざむ》き、陰で嘲笑《あざわら》おうというのか！　おぬしらの述べていることが真か偽か、他の者に訊《き》けばすぐにわかる！　祭司を呼べ！　そしてこの者たちを死刑にせよ！」

そして祭司たちは異国の王の前に連れてこられた。祭司たちはしかし、死罪となった役人たちと同じ説明をするしかなかった。死を覚悟しての弁明であった。メンフィスの者たちにとって、いや、黒い大地に住む者たちにとって、アピスはプタハ＝オシリス神に通じる重要な神である。なんとしても自分たちの信仰を異国の王にも理解してもらわねばならない。

死刑宣告の声が広間に轟《とどろ》くかと思われたそのとき、だがカンビュセスは頬を引き攣《つ》らせていった。

「ならばそのアピスとやらを予の前に曳《ひ》いてこい。予が確かめてやろう。人間の手に飼い慣らされた神が真にこの地に現れたのか、予が見定めてやろう。曳いてこい、いますぐにだ！」

そしていま、祭司たちは仔牛とともにこの神殿の広間にいる。カンビュセスの目は血で洗われたかのように異様な輝きに満ち、目の縁は窪《くぼ》み、頬はこけ、上半身は絶えることなく震えている。「神聖な病」は明らかに昨夜より進行している。もはやどのような名医をもってしてもこの王の病を癒《いや》すことはできないだろう。王が気を失わずに立っていられるのも、ひとえに己のその狂気故《ゆえ》かもしれない。

カンビュセスの高笑いは外のハムシーンの轟音《ごうおん》に掻《か》き消された。それが不満であるかのようにカンビュセスは口を閉じ、再びアピスを睨《ね》めつけた。

アピスは泰然としていた。カンビュセスの落ち着きのない言動に振り回されることはなかった。聞いていないわけではないのだ。見ていないわけでもない。いや、それどころか、アピスはその目でしかとカンビュセスの顔を見据えている。その瞳の奥からは、灼《や》けつきそうなほどの聖なる力が発せられている。祭司たちはその熱を肌でじりじりと感じていた。このアピス、成長した暁《あかつき》には見る者すべてをひれ伏させずにおかないだろう。いまでさえあれほどの眼力を持つのだ、これから如何《いか》なる聖牛に成長しようというのか。真の聖牛の力をようやく祭司たちは知りつつあった。

突然、カンビュセスが短剣を鞘《さや》から抜いた。祭司たちが息を呑む間もなかった。カンビュセスがアピスの脇腹を狙って剣を突いた。

だがすでに乱心していたカンビュセスは、剣を確かに構えることができなかった。剣の先は腹ではなくアピスの股《もも》を切り裂いた。アピスは目を見開き声を上げた。赤い生血が迸《ほとばし》り出て、カンビュセスの半身がたちまち染め上げられた。血を浴びながらカンビュセスは哄笑《こうしょう》した。アピスが倒れた。懸命に前脚を動かし立ち上がろうともがいている。

だが空《むな》しく脚の爪が床を鳴らすばかりだった。広間の床にアピスの血が広がってゆく。カンビュセスは高々と短剣を振り上げた。

「見よ！　おぬしらのアピスとやらは予の一撃で血を流しておる！　これが神か！　これがおぬしらの神か！　刃物で切られて応《こた》えるようなものが神であるというのか！　おぬしらにはこの程度の神がふさわしかろう！　だが予を愚弄することは許さん！　誰かこの祭司たちを鞭打《むちう》て！　祝祭をやめさせよ、予を愚弄するのをやめさせよ、宴を続ける者があれば容赦なく斬って捨てよ！　いますぐにだ！」

祭司たちは戦慄《せんりつ》した。従者たちは嗚咽《おえつ》の声を漏らしていた。アピスはびくびくと腹を動かし、懸命に息をついている。だがその目はまだ生命を失っていなかった。強い視線で哄笑するカンビュセスの横顔をしかと捕らえていた。祭司たちはその目に戦慄していた。ハムシーンがさらに強く吹き荒れる。その轟音は広間の中でカンビュセスの狂気の笑い声と混じり合った。祭司たちには強大なハムシーンが、オシリス神の怒りの声のように思えた。

11

それから亨は毎日、その博物館に通い詰めた。

亨は驚異の部屋《ヴンダーカマー》という言葉が気に入っていた。日を追うごとにその言葉がどんどん脱皮して大きくなってゆく。その言葉に貼《は》りついていた見えない薄皮が一枚ずつ剝《は》がれて、その下にあるもっと大きな、もっと深い、もっと複雑で、もっと圧倒的な「驚異」が膨らんで現れてくる。毎日午後二時頃、学校のプールを終えて校門を左に曲がり、木戸を抜けて亨はミュージアムの建物に入った。八角形のホールでフーコーの振り子の動きを眺めていると、呼ばなくてもいつの間にかジャックを引き連れた美宇が隅に立っていた。亨は手を挙げて挨拶《あいさつ》し、美宇も手を挙げてそれに応《こた》えた。

そして亨はさまざまな扉を抜けて、さまざまな部屋を、美宇とともに見て回った。玄関ホールを抜けて、真《ま》っ直《す》ぐに続く大回廊を進み、気が向いたところで左右の扉のどれかを開ける――ただしそのとき亨は常にひとつの儀式を強制された。どんなミュージアムに行きたいか、何を見たいかを、心の中で唱えるのだ。

イメージは曖昧《あいまい》でもよかった。単に恐竜の卵の化石が見たい、とか、ルーベンスの二枚の絵が見たい、といった希望でもよかった。ルーベンスの絵といっただけでは特定できないはずなのに、ちゃんと亨はあの絵の前に行くことができた。

アントワープのノートルダム大聖堂の中は、思っていたよりずっと明るくて、白く清潔な感じだった。焦茶色《こげちゃいろ》の椅子《いす》や赤い絨毯《じゅうたん》は記憶になかった。もっと広々として、大理石の床が見えていたような気がしたのに、ずいぶん印象が違って拍子抜けした。

ただ、正面にはあのマリア様の絵がちゃんと架かっていて、その両側にはあのルーベンスの二枚の絵が確かにあった。大聖堂に来て、ようやく亨はその絵がどんなふうに置かれているかを知った。実際それは二枚の絵ではなかった。三面鏡のように折り畳める三枚の絵が一組になって、それが左右に架かっていたのだ。左側が十字架に上げられるキリスト、右側が十字架から降ろされるキリストだった。カーテンはどこにもなく、もったいぶった感じはまるでなかった。

「どうしてこの絵が見たいって思ったの？」

美宇がつまらなそうに首を傾《かし》げるので亨は驚いた。そして、やっぱりそうだったんだと納得した。美宇はあの『フランダースの犬』を知らない。ということは、この時代の人間ではないのだ。そうでなかったら、ルーベンスの二枚の絵を知らないはずがない！

いつでも扉の向こうには広大な空間が待ち構えていた。あまりにも広すぎて、たいていの場合、一日だけでは扉の向こうのすべてを見て回ることは不可能だった。

そしてどの扉の向こうにも、人の影はまったくなかった。あのパリの人混みは何だったんだろう、と不思議になるくらいだった。亭と美宇は（そしてジャックは）、行列に並んで整理券をもらうこともなく、密集する大人たちの汗くさい臭いに辟易《へきえき》することもなく、思う存分に見たいところを見たい時間だけ楽しむことができた。

まず亭は美術館をよく選んだ。エッシャーやマグリットやダリの絵をたくさん見た。それと一緒に展示されている他の絵も見た。

自分たち以外に誰もいないので、最初のうち亭は「名画」といわれるものを前にして、本当にこれは「名画」なんだろうかと不安に駆られることもあった。しかし二、三日経《た》つと、だんだんと誰もいないところで絵を見ることの面白さがわかるようになってきた。じっくりと見つめ、ときには大理石の床に座り込んで仰ぎ、ときには美宇と話をしながら、近づいたり遠ざかったり顔を斜めにしたりして絵を見た。畏《かしこ》まってみせる必要も、無意味に頷《うなず》いたり、澄まし顔を作ったり、息を詰めたりする必要もなかった。やがて亭は「なんだ、へったくそな絵だなあ！」と大声で本音をいうことの心地よさを覚えた。一度この味をしめるとなかなか抑えることはできなくなった。美宇と勝手な感想をいい合った。

そしてときどき亭は、向こうから視界に飛び込んでくる絵というものに出会った。同じように壁に架けてありながら、同じような額縁に飾られていながら、明らかにそれだけ輝きや存在感が違う、そんな作品に何度か出会った。そういう絵は強引にぐいと亭の顎を摑《つか》んで振り向かせる力を持っていた。それはよく知っている「名画」の場合もあれば、まったく聞いたことのない画家の絵の場合もあった。他の絵とそういう絵のどこが違うのか、亨にはよくわからなかったが、周りに人がいようといまいと、絶賛の言葉がそこにあろうとなかろうと、自分の胸を衝《つ》いてくる絵があるのだということを知った。嬉《うれ》しい発見だった。

いくつもの部屋を訪ね歩いているうち、亨は唐突に、この世界で生きている人間は自分と美宇のふたりだけなんじゃないか、という錯覚に囚《とら》われることもあった。絵や展示品に気持ちが集中していて、それがふと途切れたとき、美宇と大笑いしてその声が遠くまで響くのに気づいたとき、そんな妙な感じがするのだ。建物の広さが身体に迫ってきて、誰もいない部屋に詰まった空気の圧力で息苦しくなることさえあった。

不思議なことはまだあった。ミュージアムの中を歩いていると、一日に一度か二度、外への出入口だとわかるドアを見かけた。窓が磨《す》りガラスになっていて外の様子が見えないときもあったが、はっきりと眺め渡せる場合もあった。ミュージアムの窓から見た最初の景色は、どこまでも続く緑の丘陵だった。道路も電信柱もなかった。ただし草はちゃんと刈り揃《そろ》えられていて、誰かが整備した形跡はあった。もちろんそれは亨の住んでいる町の風景ではなかった。木の枝が風にそよいでいて、景色は確かに生きて動いていた。それなのになぜかその景色が偽物《にせもの》のような気がして、なんだかまるで高画質のブラウン管を見ているようで、細かいつぶつぶが集まって本物っぽい形と色を合成しているようで、じっと見ていると眩暈《めまい》を起こしそうだった。

「大丈夫、どれでも触っていいんだから」

通い始めてから五日目、美宇にそういわれたとき、さすがにすぐには言葉が継げなくなった。

瞬間的に、騙《だま》されてたんだろうか、という不安が頭を過《よ》ぎった。でも美宇に改まってそういわれると、どう反応したらいいのかわからなくなった。つまりここにあるものは全部ニセモノだってことじゃないか？　自分はニセモノを見て感動したりへたくそだといったりしていたのか？

美宇が首を振った。違う、トオル、ニセモノなんかじゃない。

「……でも」亨はようやくいい返した。「本物なら触っていいはずないだろ。勝手に触っていいミュージアムなんて、聞いたことがない」

「ニセモノじゃない、でもね、トオル、よく考えてみて。例えば——これ」

美宇はゴッホの自画像の前に立った。壁に架かっているのではなく、展示台の上に置かれていて、絵の裏にも回り込めるようになっている。

「ゴッホの絵だってことはわかるでしょ。ほら、これは裏にも絵が描いてあって、だからこんなふうに両側から見られるように展示してある。実際はメトロポリタン美術館の収蔵品なんだけれど、この部屋はメット——メトロポリタン美術館とそっくりの間取りになってるの。架かっている絵も同じ。このゴッホの絵が展示されている位置も同じ。もちろん絵は定期的に交換されるし、部屋の内装も時代によって少しずつ変わるんだけれど、いま実際にあるメットとまったく同じに作ってあるの。つまり、いま亨は本当のメットにいるのと変わらないわけ」

「おかしいよ、それは。だって、建物は本物そっくりかもしれないけど、絵はニセモノなんだろ」

「絵も本物と同じに見えてるでしょ。トオル、この絵の本当の本物を見たことある？」

「ないけど……」

「絶対にふたつの区別はつかない。そう作ってあるの。だからこの絵は本物と変わらない。本物と見分けがつかないってことは、本物と同じってことでしょ？」

「本当にゴッホが描いたのは一枚だけじゃないか。同じ絵が二枚あったら、どっちかは本物でどっちかはニセモノだよ」

「誰も見分けがつかないほど似ていたら？　ニセモノを作った人もどちらがニセモノかわからなくなってしまったら？　精巧にニセモノを作って、もし運搬中に二枚がごっちゃになってしまったらどうする？　本物とニセモノの区別なんてつかなくなるでしょ？」

「そんなはずないよ。絵の具だって、額縁だって、いつ作られたものかくらい調べればわかるんだろ？　昔の木でできた額縁ならそっちが本物じゃないか」

「額縁の木の年代も同じだったら？　検査したとき同じだという結果が出るとしたら？」

「そんなことできっこないよ！」

「それがこのミュージアムなの。わたしたちの目に見える部分は、少なくとも本物とまったく同じように見える。それって本物を目の前にしているのと同じことでしょ？」

「……よくわからないや」

「心配しないで。わたしもよ」美宇はにっこりと笑った。

何を最初に触ってみたい？　と訊《き》かれ、半信半疑ながらも反射的に亨が思いついたのは、あのなんとかポロックという人の現代絵画だった。ペンキが撥《は》ね散ったガレージの壁のような絵だ。亨は絵の前に立って、手を伸ばし、直前で怖《お》じ気《け》づいて、美宇に「本当にいいの？」と訊いた。美宇が大きく頷くのを見ても亨はなかなか指先を絵の表面につけられなかった。躊躇《ちゅうちょ》していると、えい！　と美宇が突然手を差し出して、亨の手のひらをべたりと絵につけてしまった。叫んだときにはもう遅かった。そして自分の手のひらの中に軟らかくて硬いような不思議な感触の粒と線の束を感じ、そっと絵の表面をさすってみた。絵の具の軌跡が、撥ね上がったときにできた粒が、薄い皮膚を通して伝わってきた。大きく盛り上がっているところを亨は指先でこりこりと穿《ほじ》ってみた。美宇が笑った。亨も笑った。

それから一時間ばかり、亨は目についたあらゆる絵画を手で撫《な》でていった。モネの筆《ふで》捌《さば》きの素早さに驚き、フレスコ画のニスのべたつきそうな感触に眉を顰《ひそ》めた。絵の表面が意外に撓《たわ》んでいたり、細かい罅《ひび》が入っていたりすることを亨は初めて知った。『モナ・リザ』に触るときはさすがに緊張した。でもこれはよくわからなかった。感触がないというか、筆の特徴があまり表面に出ていないような気がした。むしろレオナルド・ダ・ヴィンチだったら、茶色いクレヨンのようなもので描かれたいろいろなデッサンのほうが何十倍も魅力的だった。

絵ばかり見ていたわけではない。航空宇宙博物館や科学博物館には機械や乗り物もたくさんあって、触ってもいいことがわかると亨はありったけの記憶を掘り起こし、面白そうなものを片端から見て回った。アポロ11号のコロンビアやスーパーカーのランボルギーニに乗った。D51《デゴイチ》の機関室にも乗り込んでみた。

他にも、単純に楽しそうな展示品を見つけたときは、勝手にケースから取り出して美宇と遊んだ。エジソンの電球に光を点《とも》し、グラハム・ベルの電話機で会話してみた。からくり時計や昔のオルゴールを動かした。バベッジという人が作ったらしい大きな計算機をがしゃがしゃと使ってみた。剥製《はくせい》の縫い目を広げて中身を調べたり、水族館の水槽を裏側から覗《のぞ》いてみたりもした。

江戸川乱歩の土蔵にも入った。入口の扉からすぐに二階への階段が伸びていた。外国のペーパーバックや日本の古い帳簿のような本がぎっちりと棚に収まっていた。「エラリー・クイーンズ・ミステリ・マガジン」のシリーズが目に入ったとき、亨は足を止めた。有名な外国の推理小説誌だということは、雑誌の記事で読んで知っていた。その実物がここにあった。手を伸ばそうとして、止《や》めた。どうしてかよくわからないが、何か神聖なもののような気がして、いまの自分が触るのはおこがましいように思えたのだ。

　ちょうどその日、なぜか亨は不思議なミュージアムに足を運んでいた。パフォーマンス・ミュージアムと看板に書かれたその区画は、最初どういう博物館なのかよくわからなかった。昔の歌手や俳優の写真がずらりと並んだ入口を抜けると、チャップリンのシルクハットや『スター・ウォーズ』のミレニアム・ファルコンが置いてあった。豪華なドレスが何着もスポットライトを浴びている。『オペラ座の怪人』というミュージカルの舞台装置を再現したジオラマには目を奪われた。あっという間に舞台の上が地下道に変わったり、天井からシャンデリアが落ちてきたりする。他のコーナーには、白いマントのような不思議な衣装があった。説明文には「一九〇〇年、ロイ・フラーが〈サーペンタイン・ダンス〉で使用したケープマント状のドレス」とあった。中に棒が縫い込まれていて、それを持ってひらひらさせるとケープがチョウの羽根のように揺れる仕組みだ。後ろからスポットライトを浴びて踊るのだそうだ。なんだか『魅せられて』を歌っている人の衣装に似ている、と亨は思った。

　その展示コーナーを回ったところで、亨は黄金の剣を見つけた。

　いつの間にか、亨はその剣に見入っていた。ガラスの展示ケースの中に収められたそれは、三〇センチくらいの短剣だった。刃の腹の部分に、黒い線が太く引かれていて、その中に金色の象形文字《ヒエログリフ》が記されている。鍔《つば》の部分の装飾に、亨は特に惹《ひ》きつけられた。牡牛《おうし》の頭部が浮き彫りになっていたのだ。ちょうどふたつの角《つの》で刃を挟み込むような形になっている。その牡牛の目は深い青色だった。

なんでもない舞台用の小道具のはずなのに、なぜか亨は目を離すことができなかった。あの万国博の会場で見た牡牛の像が心に残っていたからかもしれない。

「ラダメスの剣、か」

隣からケースを覗き込んできた美宇がそう呟《つぶや》いた。亨は横に貼りつけられていた説明プレートと剣を交互に見比べた。そこにはこう書かれていた。

カルーソーの「ラダメスの剣」

一九〇八年、ニューヨークのメトロポリタン歌劇場において公演されたオペラ『アイーダ』で使用された小道具。テノール歌手エンリコ・カルーソー（一八七三－一九二一）が演じる古代エジプトの衛兵隊長ラダメスが、プタハ神殿を模した舞台の中で神官から授かる剣。

アルトゥーロ・トスカニーニが指揮を執《と》ったこの公演は大成功を収めた。ラダメスを演じたカルーソーはこの剣を気に入り、公演終了後も自宅の居間に飾って手放そうとしなかった。「柄《つか》を握ると力が漲《みなぎ》ってくる。まさに神に祝福された剣だ」と友人たちに語っていたという。後世のテノール歌手たちはその伝説を信じ、カルーソーにあやかろうとして、カルーソーの死後この剣の取得に躍起になった。長年所在が確認できなかったが、一九七六年にミラノの古物商で発見された。

（パフォーマンス・ミュージアム蔵）

顔を上げると、剣の入ったケースの向こうには、マネキンに着せられて古代エジプトの衣装が飾られていた。剣道の防具に似た鎧《よろい》に、ヒエログリフの模様をあしらった前掛け。王の像がデザインされた冠。奥には白黒の写真が大きく引き伸ばされていた。展示してある衣装を身につけて腕を組んでいる男の人。いかつい顔で、口をきりりと結び、いかにも勇ましそうにこちらを見つめている。亨はカルーソーというその歌手がどれだけ有名なのかわからなかった。オペラもまるで興味がなかった。でも、目の前にある黄金の剣は、ただの小道具と思えないほど美しく見えた。

「そんなに気に入ったなら、取り出してみればいいのに」

その美宇の一言で、心が動いた。ラダメスの冠を被《かぶ》る。そして剣を握った。意外と剣は軽くて、刃渡りも大きくないのでちょうど手に馴染《なじ》む感じだ。

「いざ！」

「いざ！」

美宇がアーサー王の剣を取った。亨がラダメスの剣を構えた。かん！　と乾いた音がして剣がぶつかり合う。亨は博物館の展示室から展示室へと駆け回り、美宇とチャンバラに夢中になった。ジャックが付き合いきれないといった顔で大欠伸《おおあくび》をしていた。

月曜日は少し焦《あせ》った。午後六時半からのLL教室に遅れるところだった。ぎりぎりのバスに飛び乗り、駅前に着くまでの二〇分で予習をした。商店街を走り、本屋が入っているビルの四階まで駆け上がった。いつもは授業の開始時間まで本屋で立ち読みするのを楽しみにしていたのに、その日はとても余裕がなかった。部屋に入ったときには全員着席していて、ちょうど先生がマイクのボタンを調整しているところだった。先生は亭を見て大袈裟《おおげさ》なジェスチャーをしてみせた。急げ、急げ！　ようやく席に着くと、自分の心臓の鼓動がやけに大きく身体の中で響いた。どくどくどく、がどくんどくんどくんになり、どくん、どくん、へと収まってゆくと、それに反比例するように、その日に見た絵や彫刻が頭の中で大きくなっていった。亭はヘッドホンをつけ、お手本の発音に合わせて口を動かしながら、この先生は小学生の頃どんなミュージアムに行ったんだろうか、と思った。

毎晩寝る前に、亭はその日にミュージアムで見たものをメモした。扉の向こうの地図も描こうと努力してみた。見て回った部屋を順番に思い返し、何メートル辺りのところで扉を抜け、どこを曲がり、どんな展示品を見たか、こまごまと記した。

亭は、その後の「編集会議」にはちゃんと出席した。合作はいつもの探偵が主人公の推理小説で、啓太が名探偵の章を、亭が怪人アキュレット博士の章を担当していた。亭の章は終わっているので、あとは啓太のほうの原稿と突き合わせればよかった。四コママンガは啓太の部屋で仕上げた。亨の個人連載のひとつは前から続いている「こちら私立警視庁」で、六人の小学生が毎回難事件を解決する話だ。もちろん『こちらマガーク探偵団』や『ヒッチコックと少年探偵トリオ』シリーズを真似《まね》したのだ。今回はアキュレット博士が特別出演する「話題作」の予定だった。

「で、もうひとつの連載は？」

啓太が訊いてきた。「なんだかさあ、ちょっと推理ものが多いような気がするんだよなあ。別のジャンルがいいなあ」

「あ、それならもう考えてあるんだ」

「へえ」

「博物館の話」

マンガにホワイトをかけていた亨は筆を置いていった。「博物館がどうやってできたかを調べる冒険家の話。山奥に不思議な博物館があって、昔にあったいろんな博物館と四次元の世界で繫《つな》がってる。主人公はその中を探検して、地球上に博物館が生まれたわけを探るんだ」

「へええ？」啓太は目を丸くした。「先月は『怪奇・蝙蝠《コウモリ》屋敷の謎』とか書いてたのに、今度はＳＦ？」

「怖いシーンもあるよ。その博物館には呪われた宝石が飾ってある。それを手に入れた王様たちは代々謎の死を遂げている。実はその宝石には宇宙を支配しようとする邪悪な怪物が乗り移っていて、そいつは裏でいろんな悪霊を操ってる。その悪霊が博物館の館長の魂を乗っ取ったり、美女を差し向けて主人公を誘惑したりする。でもその冒険家は黒猫と一緒にそういう罠《わな》を乗り切っていく。博物館に展示されてるいろんな小道具を使ってね。実はその博物館には宇宙誕生の秘密が隠されていて……」

二度目に美宇と会ったあの日以来、雨は一滴も降らなかった。ニュースでアナウンサーが水を節約しましょう、といっていた。学校のプールはいつも満員だった。右の端に区切られた七番コース以外ではろくに泳ぐこともできなかった。一時間ごとにやってくる休憩タイムでも、みんなは自然とプールサイドのほうに寄ってきてしまっていた。コンクリートの上に座っていると、すぐに足の裏や尻が熱くなって、皮膚が灼《や》けてくっついてしまいそうだった。慌てて腰を上げると、すぐに海水パンツの跡が蒸発していった。コンクリートの上にはいまにも陽炎《かげろう》が立ちそうだった。

「それで」

と、亨はようやく口に出した。

それは博物館に通い始めて八日目だった。プールを終えて、やはり亨は校門を左に曲がり、木戸を抜けてフーコーの振り子の前で美宇と会った。その日訪れたのはパリにある自然史博物館の大温室だった。そこは天井まで鉄筋とガラス造りで、しかもガラスはどれも少しずつ歪《ゆが》んでいて、まるでシャボン玉のように虹色の光を反射していた。奥にある一番大きな温室に入ると、そこには熱帯雨林の丘や滝まで再現されていて、池には爬虫類《はちゅうるい》が泳いでいた。滝の裏側に回り込むと、水越しに大きなヤシの木が見えた。ときどき天井から雨が降り注いで、池の表面がそのたびにささくれ立った。

美宇は人工の岩の壁に手をつきながら、その池をぼんやりと眺めていた。

ずっと訊こうと思っていた。亨はズボンのポケットに手を当てた。折り畳んだメモの感触を確かめながら、勇気を振り絞った。美宇は庭のほうを向いたままだ。睫毛《まつげ》が長い。ふと、亨はそんな場違いなことを思った。どこからか小鳥の啼《な》き声が聞こえてくる。怒るだろうか？　美宇は怒るだろうか？　わからなかった。亨は腹に力を込めた。そして、なんとか言葉に出した。

「それで、教えてほしいんだ。このミュージアムが、本当は何のためにあるのか」

12

エジプト、サッカラ（一八五一年）

すでに深夜零時を過ぎただろう。松明《たいまつ》の炎が音を立てて揺れ始める。風が少し強くなってきているようだ。オギュスト・マリエットは松明をボンヌフワに渡した。ボンヌフワの顔には不安と緊張が浮かんでいる。

麻のロープを身体に巻きつける。ハムザウイが後ろに回り、器用に結び目を作ってゆく。いま一度マリエットは慎重に周囲を確認した。夜霧が出ていた。月の光は弱く、遠くまで見渡せない。階段ピラミッドのシルエットが辛《かろ》うじてわかる程度だ。昼間は東に見えるはずのメンフィスの家並みも、ナイルの輝きも、目に眩《まぶ》しいナツメヤシの緑も、いまはすべて闇に呑《の》み込まれている。耳を澄ました。砂が北からの風に煽《あお》られて、微《かす》かに金属のような音を立てている。コヨーテの啼《な》き声が漂ってきた。だが人の気配はない。マリエットたち以外の松明の光も見えなければ、動物の足音も聞こえない。アッバースの使者が見張っている様子はない。誰にも気づかれてはいないはずだ。

ハムザウイがぐいとロープを引っ張った。身体に食い込んでくる。マリエットは腹に力を込め、それに応じた。

松明を再び受け取り、マリエットは大きく頷《うなず》いてみせた。

「お気をつけて」緊張に耐えられないのか、ボンヌフワが声を圧《お》し殺していう。

「もちろんだ」

松明で足元の立坑《たてこう》を照らす。十数メートル下まで続いているようだが、はっきりとは見て取れない。昨日、発掘の途中でこの部分が崩れたのだ。駆けつけて調べてみると、地下の洞穴に通じているようだった。マリエットの決断は早かった。すべての人夫たちがこの穴のことを知る前に、急いで人夫頭のハムザウイと入口を隠した。筵《むしろ》を敷き、砂を盛り、頃合いを見計らってから人夫たちに作業終了の合図を出した。夜になっても噂《うわさ》が広まった形跡はない。

人夫たちがすべて寝静まったのを確認してから、マリエットたちはこの場に集まった。いわなくてもこの穴が何を意味するのか、すでに三人にはわかっていた。これを見つけるために昨年から発掘を進めてきたのだ。

間違いなく、マリエットたちはいま、セラペウムの真上に立っている。

ボンヌフワがロープを握りしめ、小さく頷いた。マリエットはゆっくりと、後ろ向きで穴の中に身を沈めていった。

一瞬、松明がぼうと大きな音を立てる。風がさらに強くなってきたようだ。砂が顔にかかる。だが払うことはできなかった。両手は塞《ふさ》がれている。目を細め、マリエットは一歩ずつ足場を確かめながら穴を降りていった。

マリエットの頭の中に、この一年間が一気に蘇《よみがえ》り始めていた。一年前、初めてマリエットはサッカラの地を踏んだ。考古学への思いを抑えきれずギザの大ピラミッドの下で夜を明かした後、ブーラークの市場で買った驢馬《ロバ》に乗り、老いた二頭の騾馬《ラバ》を牽《ひ》いて、ナツメヤシの茂るメンフィスの町を抜け、かつて神聖な地といわれたサッカラへと真《ま》っ直《す》ぐやってきたのだった。途中、俄《にわか》に天がかき曇り、突発的な雨に見舞われた。やがて雲が去り、ジェセル王の階段ピラミッドに辿《たど》り着いたとき、マリエットは神殿の外壁跡をはっきりと見た。埋もれていた基盤が水捌《みずは》けを遅らせ、そこだけ雨上がりの砂漠の中で黒く浮き上がっていたのだ。襲いかかってきたベドウィンの盗賊たちを追い払ってすぐ、マリエットは誓った。このサッカラで己の新しい一歩を踏み出すことを誓った。

発掘の開始点はまずサッカラでなければならなかった。コプト教会との交渉が長びいている間、マリエットはいくつかの貴族の邸宅を訪れていた。その先々で巡り合ったアラバスター製のスフィンクス像に強く惹《ひ》かれていたのだ。アレクサンドリアで、カイロで、そしてギザのフェルディナン・ド・レセップス子爵《ししゃく》の庭でも、まったく同じ姿をしたスフィンクスをマリエットは見ていた。滑らかに磨き上げられたふっくらとした顔、見るものを安心させる大きな肩、どっしりした四肢。サイス朝時代のものに違いなかった。持ち主たちは口を揃《そろ》えていった、サッカラで見つけたのだと。

そして翌日。そのときは信じられない思いだったが、スフィンクスは向こうからマリエットを呼び寄せた。砂地からわずかに頭を覗《のぞ》かせていたのだ。それを見つけた瞬間、なんであるかをマリエットははっきりと確信した。慌てて手で砂を掻《か》き分けた。強い風に煽られ、絶えることなく砂が運ばれてきた。一秒でも手を止めれば永久にそれは砂の中に埋もれてしまいそうだった。マリエットは掘り続けた。目の前の砂を除《の》けることしか考えられなかった。どのくらいの時間が経《た》ったかわからない。爪の間に砂や小石が入り込み、指先がぼろぼろになった頃、ようやくスフィンクスは肩までその姿を露《あらわ》にした。貴族たちの庭で見たスフィンクスと様式は一致していた。間違いない。確かに彼らはここでスフィンクスを発見し、持ち帰った。その新たな一体をマリエットは発見したのだ。

そのときになってようやくマリエットは騾馬にシャベルを括《くく》りつけていたことを思い出し、急いでそれを取ってスフィンクスの周囲を掘った。やがて硬いものにぶつかり、丁寧に砂を掻き分けてゆくと、石で造られた台が出現した。献酒台だった。ヒエログリフが描かれていた。ブーローニュにいた頃、市の博物館でヴィヴァン・ドノンのコレクションを相手に碑文解読に費やした時間は無駄ではなかった。マリエットはそこにオシリス＝アピスを意味する文字をはっきりと読み取った。

その瞬間、大きく身震いしたことをマリエットは覚えている。スフィンクスの頭に手を当て、吹きすさぶ風を全身で受けながら、マリエットは熱い興奮が脊髄を駆け上がってくるのを感じた。荒涼たる砂と岩の大地を見渡し、大声で吼《ほ》えた。かつて読んだギリシアの著述家ストラボンの記述が頭の内で明滅していた。その記述が目の前に現れた一体のスフィンクスと重なった——メンフィスにはさらにセラピス神殿がある。だがこの地は風に運ばれてきた砂が堆《うずたか》く積もり、そこにあるスフィンクスの大半は完全に隠れ、またそうでないものも部分的に埋もれている。この現状を閲《けみ》するならば、神殿に至る道はおそらく突風が吹き荒れ、参拝者は危険に見舞われたことであろう——

「これだ！」

マリエットは叫んでいた。

「見つけたぞ！　ここがセラピス神殿への参道だ！」

カイロに来て知り合ったボンヌフワにさっそくこのことを連絡すると、すぐ発掘に乗り気になってくれた。そればかりか人夫頭のアフムド・ハムザウイを紹介してくれたのだ。ハムザウイはその日のうちに三〇人を集めてきた。いまでも忘れない。スフィンクス発見から五日目。日の出とともにマリエットは彼らと発掘を始めた。許可などもちろんなかった。だがマリエットは確信していた。これはルーヴルを説き伏せるだけの輝かしい発掘になる。直観は的中した。開始後わずか四時間にして、最初のスフィンクスから西に六メートル離れたところに二体目のスフィンクスを発見した。数日後、スフィンクスの数は一六に達した。ほぼ一直線に、整然と並ぶスフィンクスの群れ。何もなかった砂漠に参道が出現しつつあった。この道を辿れば必ず突き当たる。遙《はる》か昔に埋もれ、忘れ去られたセラピス神殿へ、そしてアピスのミイラを納めたセラペウムへ、この道が必ず導いてくれる――

「……いかがです？」

上からボンヌフワが呼びかけてくる。

マリエットは松明を少し上げ、その声に応《こた》えた。

立坑の幅は一度狭まったが、すぐに大きく広がっていった。数メートル降りたところで足場を失い、マリエットは完全にロープに身を任せた。どうやらある程度の空間に出たらしい。そのことを松明で上に知らせながら、慎重に炎の動きを観察する。外の風は、もはや届かない。下から吹き上げてくる様子もなかった。乾いた空気が淀《よど》んでいるだけだ。二〇〇〇年前の空気かもしれない。

周囲を照らそうとしてみたが、うまくいかなかった。時折り岩肌が炙《あぶ》り出されるくらいだ。それほど広い洞穴ではなさそうだが、人工のものであることはわかる。自然にできたものにしては岩肌が滑らかすぎる。明らかに加工が施されたのだ。

永遠に降り続けなければならないのかと思ったその直後、足が砂に触れた。松明で合図する。ロープの動きが止まった。静かに靴の先で下を確認する。さらさらとした砂が堆積していた。穴が開くときに落ちてきたのだろう。静かに片足を降ろしてゆく。砂の中にめり込んでいった。だが足首が埋まったところで沈降が止まった。もう一方の足を、半歩前に降ろす。こちらはあまり沈まない。明らかに砂山の下には硬い床があった。セラペウムの内部に到達したのだ。

上を仰いだが、降りてきた穴の形は見えない。月光もここまでは及ばないようだ。降り立った姿勢のまま、動かずにマリエットは声を出した。

「どのくらい降りた？」

意外と反響する。上からボンヌフワの声が返ってきた。

「一二メートルです」

それほど深くまで降りたわけではない。マリエットは足で周囲の床を探った。砂山が音も立てず崩れてゆくのがわかる。床は剝《む》き出しの岩盤だった。小石が転がっているようだが、ある程度の舗装はなされているようだ。床自体の凹凸は少ない。ゆっくりと方向転換し、埋葬品の欠片《かけら》でも見えないかと松明を翳《かざ》したその瞬間、いきなり目の前に巨大な壁が立ち現れた。マリエットは思わず小さな声を上げた。

上からボンヌフワの声が聞こえてくる。

「旦那《だんな》、何か見えますか？」

「……待て」

「こっちからじゃ暗くてなんにも……」

「待てといってるだろう！」

マリエットは怒鳴った。うわん、と自分の声が響いた。

大きな石棺がそこにあった。

アピスの墓室に降り立ったのだ。

高さは四メートル近くはあるだろう。奥行きまではまだ見て取れない。見事に磨き上げられた御影石《みかげいし》だった。とりあえずヒエログリフは見当たらない。そのまっさらな表面を、息を殺しながらそっと指先で撫《な》でてみる。貼《は》りついていた砂埃《すなぼこり》がこぼれ落ちてゆく。アピスのミイラを納めた棺《ひつぎ》に違いない。

だが松明を上方に掲げて、棺の蓋《ふた》がずれているのを認めた瞬間、マリエットは眉を顰《ひそ》めざるを得なかった。すでに盗賊に荒らされた後なのか。

一刻も早く石棺の中を覗いてみたかったが、高すぎて手が届かない。炎が棺の向こうをわずかに照らした。マリエットは見逃さなかった。奥にはさらに闇が広がっている。逸《はや》る気持ちを必死で抑えながら、身体に縛りつけられているロープを外しにかかる。アピスは代々このセラペウムに葬られたはずだ。ならば墓室がここひとつだけであるはずがない。同様の部屋が、棺が、あの闇の向こうに潜《ひそ》んでいなければならない。焦《あせ》る必要はない。それはわかっていた。だが指先がいうことをきかない。松明を持ちながらなので尚更《なおさら》だ。ハムザウイがきつく縛りすぎたのだ。思わず悪態が口を衝《つ》いて出る。ロープは身に食い込んだまま離れない。上からボンヌフワの不安げな声が聞こえてきた。

「どうなすったんです？　何があるんです？」

再びマリエットの脳裏にこれまでの記憶が溢《あふ》れてくる。スフィンクスの参道発掘は、当初考えていたよりも困難を極めた。ボンヌフワとハムザウイの協力がなかったならば、このセラペウムまで辿り着けなかったかもしれない。サッカラの大地は手強《てごわ》かった。硬く固まった砂岩は鶴嘴《つるはし》を受けつけず、海のようにうねる砂塵《さじん》は掘り進めた道を瞬《また》く間に埋め尽くした。参道は西へと続いていた。だが西に進むにつれ、砂岩の丘がマリエットたちの前に立ちはだかってきた。必然的にスフィンクスを発見するには深く掘らなければならない。唯一の希望は、スフィンクスが一直線に並んでいるという確たる予測だった。垂直に溝を掘り下げ、谷間から砂を掻き出し、上に運ぶ。毎日がこの繰り返しだった。深さが一五メートルに及んだ地点もある。絶壁に設けた道を、人夫たちは砂袋を抱えて上り下りしなければならなかった。砂が崩れるのはしばしばで、それが大事故になりかけたことも何度かある。

それでもまさに一センチずつの執念で溝を進めていった。途中で思いもかけない発見にぶつかったこともある。五〇体目のスフィンクスの近くから第五王朝時代の墓が出てきた。中に納められていた書記像は着色が見事に残っており、まさに芸術品と呼ぶにふさわしい逸品だった。人夫たちはこれで勇気づけられた。

だが発掘開始から二か月も経たずに、最大の難関が訪れた。一二月に入って一三四体目のスフィンクスを掘り出した後、突如として次のスフィンクスの場所を見失ってしまったのだ。当然存在すべき西の方角には、いくら掘っても何も出てこない。そこだけすでに掘り返されてしまったのかとも思い、さらに溝を進めてみたが、やはり何もない。一週間が過ぎ、二週間が過ぎても、花崗岩《かこうがん》の破片ひとつ発見できなかった。

さすがに人夫たちの表情にも絶望と疲労の色が見え始めた。マリエット自身、これまでの確信が揺らぎかけた。まさか、この道は未完成のまま棄《す》て置かれたのか？　それとも盗賊を欺《あざむ》くための罠《わな》だったのか？　自分はその罠にまんまと嵌《はま》ってしまったのか？

そして二五日、クリスマスの日に奇蹟《きせき》が訪れた。一三五体目のスフィンクスがついに現れた。それは南へ直角に折れ曲がった方向に埋もれていた！　それに沿ってさらに掘り進めると、案の定一三六体目が発掘できた。しかもその近くからは意外な遺物が掘り起こされたのだ。ローマ時代の彫刻である。全部で一一体あった。刻印された文字を読むと、すべてギリシアの著名な哲学者や著述家たちで、半円形の台座も見つかった。それほど大きいわけではなかったが、スフィンクスの参道の脇に置くといかにも異様である。

だがそれは逆説的にセラピス神殿への希望を掻き立てた。アピス信仰はその発生こそ古王国時代と古いが、形を少しずつ変えながら三〇〇〇年以上を生き延び、最終的にはギリシア・ローマの神々と統一された。またアピスを産む母牛への信仰は、処女懐胎という記号として後世に受け継がれ、最終的にキリスト教の基盤を作ったとマリエットは考えていた。アピス信仰はギリシアからの影響も受けていたはずだ。ギリシア人たちがこの地へ参拝し、石像を置いた可能性は充分に考えられた。

さらにはそのすぐ東側に二体のスフィンクス像が現れた。参道に並ぶものよりひとまわり大きい。ヒエログリフは第三〇王朝時代のファラオ、ネクタネボ二世のものであった。動物崇拝が盛り返してきた時期だ。その横には巨大な門も一部遺《のこ》されていた。さらには悪魔のような容貌の奇怪な彫像が一体、門の脇で発見された。低く潰れた鼻、歯を剝き出しにしてこちらに吼えかかる口元。ライオンの毛を身に纏《まと》い、巻き毛の髭《ひげ》を生やした不格好な侏儒《しゅじゅ》である。人夫たちは怯《おび》えた。呪いが降りかかるなどと騒ぎ立て、その彫像に触れようとしなかった。だがマリエットは笑い飛ばした。歴とした古代エジプトの神、ベスの彫像であった。戦いの霊で、音楽と踊りと酒を好む。太陽の守護者でもある。そしてまさしくその門の奥に、傾斜した石畳《いしだたみ》が見つかった。神殿への道に違いない。

そこで資金が切れた。マリエットはルーヴルに手紙を書き、さらなる援助を申請した。出土品もいくつか送りつけた。

マリエットの噂はすでにカイロでも広まっていた。ルーヴルからの返事を待ちながらテントで出土品の吟味《ぎんみ》をおこなう毎日だったが、その頃から絶えずヨーロッパの旅行者やいかがわしい商人らがサッカラに現れるようになった。

マリエットはベドウィンどもによる盗掘を警戒した。だが真に警戒すべきは発掘におよそ理解のない副王、アッバースであった。アッバースは何度も使者を寄越し、出土品の検閲を要求するばかりか、エジプトの遺物は自分にその権利があるといいたててきた。マリエットはそのたびに鞭《むち》で使者を追い返した。許可証を取得していないことは仕方がなかったが、もちろん未許可でありながら発掘を続けている者は大勢いる。噂が大きくなりすぎていたのだ。いつの間にか黄金が出たという噂がカイロ中を駆け抜けていた。

眼炎の治療のため一時カイロに赴き、再びサッカラに戻ってきたとき、仮設テントが強風で吹き飛ばされていた。実際に風のしわざだったのかどうか定かではない。だがマリエットはボンヌフワらとともにギリシア彫刻像の脇に家《メゾン》を建て、その屋根にフランス国旗を高々と掲げて周囲に宣言した。「ここはフランスだ！　治外法権だ！」

　だがやがてエジプト側とフランス領事との関係がこじれ始め、ついにアッバースは強硬手段に出た。発掘作業の全面禁止を命じ、さらに出土品すべてを引き渡すよう要請してきたのだ。すでにマリエットは資金調達の目処《めど》を待たずに発掘を再開していた。アピス神像の安置所跡が砂岩の山の下から姿を現し、その中には石灰岩《ライムストーン》でできた見事なアピス像が隠されていた。神殿の塔門の土台も見つかった。いよいよセラピス神殿は間近に迫ってきていた。いまこの場所をアッバースに明け渡すわけにはいかない。エジプトの検査官も夜はやってこない。彼らを出し抜いてセラペウムの遺物を手中に入れるしかなかった。

　そしていま、あの闇の向こうに、すべてが待っている。

　身体に巻きついているロープはどうしても解けない。マリエットは悪態をつき、腰のナイフを取り出して切った。床に落ちたロープが砂埃を上げる。松明を掲げ、石棺の向こうを見据えた。

　巨大な闇。

「旦那？　どうなすったんです？　ロープは？　ロープが切れたんですか？　旦那！」

一歩踏み出す。

もう一歩踏み出す。

巨大な石棺の脇を抜け、マリエットは闇へと進んだ。

アーチ状の墓室の入口を抜けると、一気に闇が深まった。広い空洞に入ったようだ。四方を照らしてみたが何も見えない。天井も高いようだ。試しに声を張り上げてみた。

一斉に反響が起こった。四方から跳ね返ってくる。声の群れはマリエットの耳を打ち、だが次の瞬間には明らかな方向性を持って、波のように拡散していった。左と右。余韻が数分の一秒ずれた。右の奥に大きな脇道。

もう一度声を上げる。同じ反響が起こった。

手探りしながら右へと歩を進める。床に小石が散らばっている。どこまでも空間は続いているように思えた。

徐々に目が馴染《なじ》んでくる。闇の奥からぼうと全体の影が浮かび上がってくる。

巨大な通廊。

「ボンヌフワ！　ハムザウイ！」

マリエットはふたりの名を呼んだ。遠くから返事が返ってくる。遠くまでやってきたことにようやく気づいた。

通廊の両側にはいくつもの小部屋が掘られていた。その内には石棺が見える。墓室の群れであった。松明の光が彼方《かなた》まで届かないのをマリエットはもどかしく思った。遠くの部屋は闇に紛れてよくわからない。だがそれぞれの部屋の中には供物《くもつ》や石碑がぎっしりと詰まっているようだった。

ついに見つけたのだ。

マリエットは興奮に身を震わせた。広大な空間。闇に沈んだまま数千年も封印され続けた地下墓地。

だがすぐ脇の墓室を松明で照らしたとき、マリエットは息を呑み、一瞬冷たい予感が胸の中でうねるのを感じた。慌ててその石棺に駆け寄る。果たして蓋は外れて横に落ちていた。先程の棺より小さい。松明を掲げ、中を照らす。

何もなかった。

「ばかな」

その長方形の空間には骨ひとつ、布ひとつ落ちていなかった。完璧な無だった。隣の墓室を探る。ここも棺が開いていた。続く部屋も調べる。やはり棺の周りの供物は手がつけられていないのに、中身だけが完全に失われていた。中を手で必死に探りながら、ばかな、ばかな、とマリエットは呟《つぶや》き続けていた。アピスのミイラは消えていた。

どこへ行った?

興奮と同時に強い不安が身体中を駆け巡っていた。あの大ピラミッドの中にあるクフ王の玄室と同じだった。棺はあるのにその内部は掻き消えている。遅すぎたのか。自分は生まれてくるのが二〇〇〇年遅すぎたのか。何も納めない棺。ただ空間のみを抱く棺。

むしろ棺ごと消えていたらどんなに救われるだろう。歯ぎしりし、夢に魘《うな》されることもない。

マリエットは再びふたりの名を呼んだ。その声はセラペウムの中を谺《こだま》した。空疎に棺の中の空間で増幅され、繰り返された。暴れ回るその音は、マリエットを祝福すると同時に、嘲笑《あざわら》っているようにも聞こえた。

13

「教えてほしいんだ。このミュージアムが、本当は何のためにあるのか」

美宇は流れ落ちてゆく水の動きを見つめたままだった。亨が質問した後も、しばらく温室の池に顔を向けたまま口を噤《つぐ》んでいた。五秒経《た》ち、一〇秒経っても、何もいわなかった。眉も、唇も、頰も、視線の先も、何も動かなかった。

亨は突然、いまこの瞬間に魔法が解けるんじゃないかと思った。何の前触れもなく、ぱん！と音がして、この温室が弾《はじ》け、暗闇になって、瞬《まばた》きすると林の中でひとりぽつんと立っているんじゃないか、そんな恐怖が一気に襲ってきた。

「いつから思ってたの？」

はっとして顔を上げ、亨は美宇の顔を見た。

「いま思いついた質問じゃないでしょ。ずっと考えてたんでしょ？　いつ質問しようかって」

読まれていたのだ、全部。ようやく亨はそれに気づいた。

いつから？　この温室を見て回っているとき？　今日フーコーの振り子の前で会った

とき？　それとも──何日も前から？

「地図を書いてきたんだ」

ポケットからルーズリーフの束を取り出す。今日の昼前、家を出る直前に、小さく折り畳んでポケットに突っ込んだのだ。プールの更衣室で着替えたりしたのでくしゃくしゃになってしまっていた。手で皺《しわ》を引き伸ばす。

「どんなところに行ったか、全部書き出してある」紙を捲《めく》ってそれぞれの地図を見せる。「完璧じゃないけど、なるべく思い出して正確に書いたつもり。ここが八角形の玄関ホール。両側に短い通路がある。正面の扉を開くと一直線に長い廊下が続いている。最初にあるのがアフリカゾウの剝製《はくせい》。次がウルトラサウルスの化石。その次がアパトサウルス。順番に印を入れてある。最初に入った扉は、たぶんこれ。次の日はもっと手前の扉に入った。ここ。AからPまで、入った扉に番号をつけてある。横に書いてあるのは日にち。それで──」

美宇はじっと亨の顔を見つめたままだった。地図には目もくれようとしない。焦《あせ》った。

「──それでこれが扉の向こうの地図。ほら、ここから繫《つな》がってる。これは四日前に行ったところ。アメリカのワシントンDCにあるスミソニアン。調べたんだ。お父さんの部屋でガイドブックを見つけた。自然史博物館だよね？　二階のここがホープ・ダイヤモンドのあった部屋、一階のこっちには剝製とジオラマがあって、お父さんのガイドブックに載ってる案内地図と突き合わせてみたけど、間取りは一緒、展示品の置いてある場所も一緒。でも、どうしてもわからない。最初に入った部屋はここなんだ。ホープ・ダイヤモンドの部屋の、この扉から入った。間違いない。覚えてる。二階のここだよ。ほら、ガイドブックを見ると、部屋を出てすぐこっち側に折れたら新しい廊下が続いている。でもこのミュージアムの間取りだと、扉のこっちには長い廊下が続いているだけだった。どうやってもこの扉の向こうとこっちを地図で繫げられない。間取りが合わないんだよ。扉のこっち側と向こう側が繫がらないんだ！」

美宇はまだ何もいわない。やっぱり怒ってるのか？

「この日もそうだ。入って左手のほうの壁に、大きなステンドグラスがあった。陽が射し込んでたのを覚えてる。はっきり覚えてるよ。この壁の向こうは外のはずだ。でも扉を抜ける前に見たのはそんな間取りじゃなかった。隣には部屋があった。つまりこういうことなんだ。地図を描いてみてわかった。ミュージアムのあの長い廊下からどこかに行くと、ぜんぜん別の間取りになるんだ。繫がらないはずなのに繫がってる。こんな建物、どうやったって造れっこない。この地図が証拠だよ。どうやっていったい……」

「それで？」

亨は言葉を切った。いきなり美宇が口を挟んだのに不意を衝《つ》かれた。

「それで？　だからどうしたの？　それが訊《き》きたいこと？」

亨は頭を振った。美宇はじっとこっちを見つめている。

「……違う」

咄嗟《とっさ》に否定したが、何が違うのか自分でもさっぱりわからなかった。美宇は何を考えている？　どうすればいい？　何をいえばいい？　美宇が視線を逸《そ》らさずに問い詰めてくる。

「トオル、ずっとそんな質問を考えてたの？　そんなことが本当に訊きたいの？」

「違う……、違うんだ」何が違うんだろう？　「本当に訊きたいのは……そんなことじゃない」

「じゃあ、何を訊きたいの？」

必死で頭を働かせる。全身がかっと熱くなる。

「本当の問題は」

「本当の問題は？」

考えろ！　考えろ！

「本当に問題なのは」

「本当に問題なのは？」

い、い、
考えろ！

「――みんなが知ってる場所じゃないと行けないってことだ」

美宇の眉が動いた。

「みんなが、知ってる、場所」

亨は美宇の顔を見つめ返しながら、もう一度自分の言葉を繰り返した。繰り返しながら、今度は亨がじっと美宇の顔を見つめる番だった。見逃さなかった。亨は見逃さなかった。確かにいま美宇は反応した。頭をフル回転させる。どういう意味だろう？　いま自分がいった言葉はどういう意味だろう？

「そう、扉の向こうにあるのはみんなが知ってる場所だ。みんなが行ったことのある場所だ」

美宇の眉がまた少し動く。形勢が逆転したのを亨は感じていた。美宇は驚いている。いい当てられて驚いている。次の言葉を探ろうとしている。

「――ガイドブックに載ってるところだ」

美宇の眉の端がぴくりと撥《は》ねる。失敗だ。そうじゃない。昔の驚異の部屋《ヴンダーカマー》にも行ったじゃないか！　そんな単純な答じゃない。もう一歩先は？　もう一歩先の答は？

「扉の向こうにあるのは――」

答がわかった。

「――地図があるところ、だ」

美宇の眉間《みけん》に小さな皺ができた。

一気にアイデアが弾けた。亨は大声を上げていた。

「そうだよ、図のあるなしなんだ！　図のあるところにだけ飛べるんだ！　地図とか、部屋の様子を描いた絵とか、設計図とか、そういったところにだけ行けるんだ！　扉の向こうは実物のミュージアムなんかじゃない、誰かが作った四次元の世界なんだ！」

美宇の眉間の皺が深くなる。亨は次々と浮かび上がってくる思いつきをそのまま口に出して叫んだ。

「このミュージアムにいる人たちは、みんな未来からやってきたんだろ？　あのガーネットさんも、満月博士も、みんな未来人なんだろ？　ここは未来の技術で作ったミュージアムなんだろ？　きっとホログラフィか何かで実物そっくりのものを作れるんだ、そうだろ？　でもそっくりのものを作るには設計図がないといけない、地図とか基《もと》になる絵とかがないとそっくりに作れない、だから地図があるところだったらぼくらはどこへでも飛べる、でも逆にいうと、どんなに有名なところでも地図が残ってないところには行けない、そうだろ？　そうなんだろ？」

「トオル」

美宇の黒い瞳が、ほんの少しばかり深緑色に変化したような気がした。濡《ぬ》れた闇の中から熱帯の草が滲《にじ》み出すように、美宇の瞳を染め変えた。それだけで美宇の表情が変わった。

美宇がいった。

「アピスの謎を一緒に解く気はある？」

「……アピス？」

「そう、アピス」

美宇が動いた。

ジャックが啼《な》いた。鼻の先をひくつかせ、尾の先をぴんと立てて、背筋を伸ばして美宇に続いた。亨は慌てて地図をポケットにしまい、後を追って人工岩を駆け降りた。美宇は滝の脇を抜けてヤシの木の正面に立つと、ガラスの天井を見上げていった。

「パパ、神殿を見せて！」

室内が光った。亨の両耳に一瞬、巨大な音が響いた。亨は反射的に目を閉じ、顔を庇《かば》った。何の音かわからなかった。爆弾の破裂音のようにも、オーケストラが奏でるシンフォニーのフィニッシュのようにも、天上の世界の祝砲のようにも聞こえた。何の余韻も残さないままその音は耳の中から消えてなくなり、完全な無音になった。瞼《まぶた》の裏がちりちりと赤く明滅する。おそるおそる亨は目を開けた。強い光が飛び込んでくる。とても手を退《の》けられない。ものすごく強い直射日光だ。

直射日光？

亨は声を上げた。空を見上げる。真っ青な空と太陽。眩《まぶ》しさに目を細め、風下に顔を向けた。砂っぽい風が横から吹いてきたのだ。靴がじゃりっと音を立てた。いつの間にか床が黄土色の荒地になっている。手を額に翳《かざ》し、目を細めたまま、亨はゆっくり顔を上げた。

見渡す限りの大地。

頭の中がくらくらした。まるで車に酔ったみたいだ。岩と砂の地面が続いていた。砂の下には硬い岩盤が隠れていて、ところどころ灰色っぽい岩肌が露出している。遥《はる》か遠くに森の影が見えた。見上げると空は大きな刷毛《はけ》でポスターの絵の具を一面に刷《は》いたように青い。青色は下に近づくにつれて少しずつ白みがかり、ぼんやりした地平線の向こうに霞《かす》んでいる。その地平線に三角の形をした大きなものがふたつ並んで見えた。まさか、ピラミッド？

視線を動かすと眩暈《めまい》がする。どうしてだろう。自分の手と景色を見比べた。ピントがどこかおかしい。遠くのほうがよく見える。ミュージアムの窓から外を眺めたときと同じだ。まるで精密に作られた立体写真の中に、身体ごと入り込んでしまったような感じだった。本物のようなのに、どこもかしこも何かが違う。じゃあこの眩しさは？　この風は？　この砂は何だろう？

すぐ右にも不思議な形のピラミッドが聳《そび》えているのに気づいた。階段状のピラミッドだ。クフ王のピラミッドとはずいぶん雰囲気が違う。茶色い煉瓦《れんが》が積み重なってできているのがわかる。ところどころ崩れていて、段差のところは砂を被《かぶ》っている。ピラミッドの向こうには神殿の残骸のようなものが広がっていた。家や人の姿はどこにもない。美宇は？　真後ろを振り返って、亨は息を呑《の》んだ。

真っ白な神殿。そしてその正面に、美宇がジャックを抱いて立っていた。

「来て、トオル」

美宇はジャックを抱いたまま、神殿の階段を一歩ずつ上ってゆく。天井や中の柱が何本か見えた。壁にも何か絵が描かれているように見える。だが直射日光が射し込まない部分は暗くて様子がよくわからない。エジプトらしい模様の石柱と、白い染料で塗られた壁。石のブロックを積み重ねた土台部分。白い石灰岩の階段。後方の崩れた階段型ピラミッドと目の前の神殿を見比べた。古いピラミッドのそばに建っているのが不思議になるほど、この神殿は真新しく見える。美宇はどんどん建物の中に入ってゆく。亨は階段を駆け上がり、美宇に続いた。

中はやはり薄暗かった。それほど大きい部屋でもない。学校の理科室ふたつ分くらいだった。壁に沿って柱が並んでいる。天井もあまり高くなかった。陽射《ひざ》しを採り込む窓や穴はどこにもない。

驚いたのは壁の絵だった。鮮やかな色彩で、人々や動物の姿がぐるりと四方の壁に描かれている。エジプト独特の絵柄だった。横を向いて立つ男の人たち、犬や鳥の顔をした人々。

亨は正面の絵に目を奪われた。白黒まだらの牛が一頭、大きく描かれていた。竪琴《たてごと》のような形の角《つの》の間には赤い丸が塡《は》め込まれている。大勢の人たちがその牛を左右から見守っていた。祈っているようにも見える。牛のすぐ脇にはテーブルが描かれていて、その上にはなんだかよくわからないものがたくさん載っていた。果物かもしれない。

全般的に壁の絵はあまりに色鮮やかすぎた。印刷したカラー写真を貼《は》りつけたようだ。

美宇は抱いていたジャックを床に離した。ジャックは尾を立てたまま柱の間を抜け、隅のほうにいってしまった。

「ここはね、トオル、人工現実の世界なの」

美宇はそういうと、白い石柱の一本を手のひらで叩《たた》いた。ぴたんと音がする。

「……人工現実？」

亨はゆっくり室内を見渡した。風は入ってこない。いまごろになって身体が暑さを感じ始めていた。日本の暑さとはまるで違う。湿気のない、乾いた暑さだ。汗は少しも滲んでこない。人工現実？ 亨は神経を集中させて室内を見た。まだ軽い眩暈がする。柱は左右併せて八本あった。美宇を真似《まね》て、一番近くにある石柱に指先を触れてみる。細かいざらつきが伝わってきた。静かに手のひらを当て、そっと表面を撫《な》でる。確かに石のような感触だった。これが人工現実？

でも、見えているものは、確かに何かが違う。

いままで見てきたミュージアムの中と、何かが決定的に違う。視覚だけ何かが間違っている。本物みたいに見えるのに、どこか本物らしくない。

「そう、リアリティが問題なの、トオル」

こちらの気持ちを読み取ったのか、美宇が頷《うなず》いていった。「この神殿、どこかおかしいでしょ。〈同調〉の度合いがまだ低いから。本物っぽさが足りないの」

「同調……？」

「ここも、いままでトオルに見せてきたところも、すべて人工現実の世界であることに変わりはないの。でも〈同調〉の度合いが違う。パリ万博も、ルーヴルも、さっきのパリの温室だって、うまく〈同調〉してた。でもここはそうじゃない。トオル、現実と人工現実の違いは肌でわかるでしょ。リアルの度合いなの」

「待ってよ」亨は遮った。「人工現実っていうのは、異次元の世界のこと？　ぼくらは異次元の世界に来てるの？」

「よく聞いて理解して。トオル、これはね、全部コンピュータの中の世界なの」

「コンピュータ……？」

　まだ異次元の世界といわれたほうが亨には納得しやすかった。コンピュータがなぜいま見ている風景と繋がるのかわからない。美宇は少し首を傾《かし》げ、目を泳がせた。どういうふうに説明しようかと言葉を探している様子だ。

「トオルもたぶん知ってるでしょ、インベーダーゲーム。あれはコンピュータの演算結果がモニタに画像として映し出されてる。トオルがボタンを押したりスティックを動かしたりすると、その指令がコンピュータに入力されて、その結果が画像に反映されるわけ。それをもっと複雑にしたものを考えてみて。わたしたちの周りが全部モニタだと思ってみて。トオルが動くとそれに合わせて画像が動くと思ってみて。ものすごく大がかりなコンピュータゲームだということがわかる？」

「……でも、こんなに綺麗《きれい》な画像が作れるはずがないよ」

「コンピュータの計算能力と記憶能力をアップさせればうまくいくの。本当は難しいテクニックがたくさんあって、本物らしく見せる方法がいろいろ開発されたからこんなにうまく見えるんだけど、話し出すと切りがないから、詳しいことは後で教えてあげる。基本的にはこういうこと。わたしたちの動きがずっとコンピュータに伝えられていて、視線を動かしたり、手でものを触ろうとしたりすると、その動きに合わせてコンピュータが周りの環境を作ってくれるの。例えば、こうやって歩くとするでしょ」

　美宇は柱に手を当てたままその周りをぐるりと歩いてみせた。

「こういう動きを再現するために、本物の柱は必要ない。わたしが手を伸ばしたらそれに合わせて固い物体がここに現れればいい。指先で触るんだったら指先の面積に相当する分だけ物体があればいい。手のひらをくっつけるときはその面積が広がればいい。歩くときは床が回転すればいい。そうすればわたしたちは狭い空間にいても飛んだり跳ねたりできる。とにかく周り三六〇度が理屈の上では人工現実の世界になり得るってことは理解できる？」

「……じゃあ、本当のぼくらはいまどこにいるのさ？　やっぱりあの林の中で突っ立ってるの？」

「そういうわけじゃないの、トオル。ええと、ちょっと難しくなるけどね、これまでいろいろなミュージアムを見て回ったでしょう。あのときあなたは本当にミュージアムの中にいたの。本物の、実際のミュージアムの中に」

「人工現実だっていったじゃないか」

「人工現実だけど、同時に本物なのよ。ふたつの間に〈同調〉が起こったから」

「…………？」

美宇が続ける。

「人工現実感を作り出す研究はずっと続けられていたの。ここから先はトオルにとって未来の話になるけど、わたしたちがいまいるこの時代から二〇年後には研究の基盤がそれなりに作られて、一般の人たちにも人工現実感という概念がある程度まで現実味を持って知られるようになってくる。娯楽施設にも一部の技術が応用されるようになるの。研究者たちは、世界を認識する総合的な感覚をなんとかリアルに再現しようとしていた」

二〇年後というと、ノストラダムスの大予言の年だ。亨には途方もない未来の話に思えた。

「映像は早いうちから開発が進んで、目の動きと視野をうまく連動させることもできるようになったの。触覚もまあまあ。でもそれ以外の感覚は再現するのが難しかったのね。温度とか、風の動きとか、匂いとか、そういったものは機械でコントロールしにくいから、必然的に研究が後回しにされた。もっとも、外の砂漠を見てもわかるように、実際は変化の乏しい気候だったらある程度まで再現できるようになったんだけど——当時の技術ではとても無理だった。だから結局、そのときの研究者がモデルとして選んだのは室内だったの。陽射しが刻々と変わるような空の下じゃなくて、環境が変化しにくい部屋の中をまずしっかりと人工現実で構築しようということになったの。

それで、モデルのひとつとして推奨されたのが、ルーヴル美術館の一角だったわけ。正確にいうとドノン翼の二階、前にトオルと行ったあのグランド・ギャラリーと、それに繋がるいくつかの部屋。ダ・ヴィンチの「モナ・リザ」の部屋も含まれてる。美術館の中は構造も比較的単純だし、照明も一定で、しかも美術品を見せるっていうはっきりした目的がある。人工現実の技術でルーヴル美術館を作ろうというプロジェクトが全世界的に始まったの。実際のギャラリーは詳しく写真やビデオに撮られて、素材として使われた。たくさんの研究者が競ってこの研究に参加したの。研究のお祭りみたいなものね。もちろん、美術館を作ること自体が研究の目的じゃなかった。こういうのはランドマーク・プロジェクトといって、みんなが面白がるテーマを作って、それの実現に向けておこなった研究の過程を他の分野にも応用していくわけ。最終地点に向けて研究を進めることで、人工現実技術の基礎を向上させようというのが狙いだった」

「……応用って、例えばどんな？」

「考えてみて。もし本物そっくりの部屋を人工現実で再現できるようになったら、少ない空間でゴージャスな暮らしができる。四畳半のスペースで豪邸に住める。インテリアだって好きなように換えられる。ううん、そんなつまらないことばかりじゃない。あらかじめデータさえ確保しておけば、部屋にいながらどんなところにだって行ける。外国に住んでいる人と一緒にパーティだってできる。映画も迫力満点になる。危険な原子力プラントでの作業はロボットに任せられる。人間はロボットのアイカメラから入ってくる情報をリアルに受け取って、ロボットをきめ細かく遠隔操作すればいい。身体の不自由な人もスポーツを楽しめる。もっと応用を利かせて、人間の人工現実を作り出すこともできるようになるかもしれない。自分の身体を人工現実の世界で自由に変換できるようになったら、男になったり女になったりもできるかもしれない。自分自身と対話することもできるかもしれない。とにかくあらゆることに応用可能なの。だって、わたしたちは五感を通してこの世界と関わってるんだもの。その五感を人工的にコントロールできるなら、わたしたちの生活は好きなように変えられる」

　亨は美宇の話についていくのが精一杯だった。美宇のいっていることはなんとなくわかる。ただ美宇の使っている言葉は難しかった。神経を集中していないと置いていかれそうだ。

「もちろん、そこまで技術は進まなかった。途中でとんでもないことがわかったから、研究の方向は大幅に修正しないといけなくなった。本当に偶然の発見だったの。ある研究グループが、ルーヴル美術館の人工現実世界の決定版を作り上げた。それまで開発されてきた技術を統合して、さらに画期的なシステムを付け加えた。専門のコンピュータと特別な部屋を使って、三六〇度の視界にかなりリアルな情景を合成することに成功したの。そのグループが考えたのはこうだった。スクリーンに映画を投影するように画像を映し出すからいつまで経ってもリアルに見えない、だったら本当に自分たちが見ているようなシステムで色を作り出せばいい。

その研究グループは、電気信号の指示によって特定領域の波長の光を吸収できるデバイスを開発したの。それを可塑性《かそせい》の高い面に貼りつけて、その特殊なモニタで覆《おお》われた部屋を作り上げた。視点からの距離も自動的に計算してドットの細かさを調整できるプログラムも作った。この技術がブレイクスルーになったの。シミュレーションの段階ではうまくいくことがわかっていたから、研究者たちはみんな喜んで実際の装置をすぐ作り上げた。初めて実際に装置を動かしたとき、そこにいた研究者たちはみんな驚いたの。本当にリアルなルーヴル美術館が目の前に現れた。実際にルーヴルを歩いているのとまったく変わりがなかった。それまで問題になっていた微妙な光加減の変化も、素早い瞳の動きと映像の連動も、すべて完璧だった。しかもこのシステムは音の反響も計算して出力できるようになっていたから、靴音がギャラリーに響くのも臨場感を与えた。研究者たちは夢中でギャラリーを歩き回って、どこかにおかしなところがないか確かめようとした。

そして研究者のひとりが、小さいギャラリーの中に足を踏み入れたの。部屋の向こうには扉があって、その向こうに次の部屋が見えた。もちろんそれはダミーで、本当はそっちの部屋のデータはコンピュータに入っていなかった。ただ扉のこちら側から見える視野が計算で出力されていただけだった。でもその研究者はあまりに周りの景色がうまくできていたんで、そのことを忘れてしまっていた。次の部屋もシミュレーションされていると勘違いして、扉の向こうに入ろうとした。本当は入れないはずだったの。扉の向こうに行こうとした瞬間、見えない壁にぶつかって跳ね返されるはずだったの。でも、何の抵抗もなくその研究者は次の部屋に入れてしまった。入ってから研究者は気がついて、大声を上げた。他の研究者がやってきて大騒ぎになったの。そして、自分たちが作ったはずのない部屋にも自由に出入りできることがわかったのよ。彼らの人工現実は現実と〈同調〉していた――つまりトオル、こういうことなの、極限にまでリアルに空間を再現すると、その時代のその場所と〈同調〉できる」

亨はごくりと唾を呑み込んだ。「……信じられない」

「みんなそう思った。危険だということでいったんそのシステムは閉鎖された。でもあまりにおかしな話なんで、やがてたくさんの追試験がおこなわれるようになったの。結果は同じだった。ルーヴル以外の場所でも〈同調〉が起こることがわかった。それだけじゃない。過去にあった場所にも〈同調〉できることもわかった。わたしたちは人工現実の技術を開発しているつもりだったのに、気がついてみたらタイムスリップの方法を発見してたわけ」

「それが、このミュージアムに……？」

美宇は頷いた。

隅にいたジャックが起き上がって、とことこと床を歩いてきた。トオルと美宇の間を抜けて、柱の陰にうずくまった。亨はふと、ジャックにもこの人工現実の世界がちゃんと見えているんだろうかと思った。見えていなければ部屋の大きさに合わせて歩くはずがない。ここに入ってきた動物は、みんなこの世界に違和感なく溶け込めるんだろうか。圧倒されながら、亨は必死で美宇の言葉を反芻《はんすう》した。いきなりたくさんのことを聞いて脳が驚いている。ようやく浮かんできた質問を亨は捕まえて、考え考え口に出した。

「……ごめん、よくわからない。……タイムスリップっていうけど、同調するための条件なんて、けっこういろんなところで当てはまるんじゃないかな。……だって何十年も景色が変わらない場所はいくらでもあるだろう？　例えば山の中とか。そこに行ったら誰でもタイムスリップできるってこと？」

「できるかもね。もし本当に景色が変わってなかったら」

「………？」

「現実には難しいかもしれない。草木だって生長する。川が流れていれば洪水で石の位置が変わるかもしれない。新しく鳥が枝に巣を作るかもしれない。本当に一年前とぴったり同じ環境が保たれている場所なんて、この世に存在しないんじゃないかな。人工的に作られた室内ならともかくね」

「じゃあ……」

「実際、そういう現象は昔から偶発的に起こってたのよ。一九七六年にはアメリカの劇作家がそのことに気づいて、古いホテルの一室で一九一二年に遡《さかのぼ》った記録がある。彼は作家だから昔の人の服装や持ち物を考証して、自分が行きたい時代の服を古着屋で買って、そのホテルの部屋で行き先を念じた。そうしたら本当にタイムスリップした」

「……待って。もしその方法でタイムスリップできるんだったら……未来にも行けるんじゃないの？　ある部屋の間取りを考えておいて、一〇年後に必ずそれと同じ間取りの部屋を作ると決めておいて、そしてその部屋を人工現実で再現したら……一〇年後と〈同調〉できる。未来へタイムトラベルできるんじゃない？」

「理屈の上ではそうなるわ。でも誰も成功した人はいない。いるのかもしれないけど、それを報告した人はいない。少なくとも同時代にある建物を人工現実で再現すると、同時代の部屋と〈同調〉することはわかってる。同じ間取りのまま何年も放っておくと決めてある場所でも、未来のその場所に〈同調〉したためしはない」

「でも〈同調〉する条件がよくわからないよ。同じだったらOKなの？　いくら室内っていっても、完璧に一年前と同じ条件にはなっていないんじゃないかな？　だって、埃《ほこり》が溜《た》まるだろ。掃除したら絨毯《じゅうたん》の毛羽の方向が変わるかもしれない。部屋の中に入っている空気もずっと同じわけじゃないだろ。おかしいよ、やっぱり。人工の場所でも完璧に同じ状態を再現するなんて不可能だ」

「わたしたちが認識できなければ〈同調〉に影響を与えないのかもしれない。正直いって、その辺りのことはわたしたちにもよくわからないの。明らかに〈同調〉する場合としない場合がある。その違いが具体的に何なのか、わたしたちは指摘できない。でも感覚でわかる。五、六歳以上の健常人だったら違いを察することができる。ほとんどどこの国の人でもね。実験でそういう結果が出てるの」

「それで」亨は最初の疑問をようやく思い出した。「結局ここは……このミュージアムは、何のために？」

「ルーヴル美術館をランドマークに据えたのが、その後の方向性を決めたの」美宇は再び柱に手をつき、その表面を撫でた。「リアルにしすぎると〈同調〉してしまうんだから、危なっかしくてこの技術は安易に使えない。屋外のシミュレーションなんてもってのほか。人間や動物を再生することも倫理上の問題がある。で、ミュージアムに注目が集まったわけ。いい？　よく聞いて、トオル。博物館は失われた遺物を取り戻すのに絶好の装置なの」

あっ、と亨は叫んだ。

美宇のいいたいことがようやくわかった。

「これまでたくさんの美術品や遺物が歴史の中で失われてきた。火事や地震、洪水。戦争や爆弾テロ。どこかの頭のおかしい人がナイフで切り裂くこともある。そうでなくても時間が経つと自然にものは壊れていく。絵は色褪《いろあ》せるし、素材は罅割《ひびわ》れてくる。どんなに素晴らしいものでも時間には勝てない。いつの時代でも復元の作業は本当に困難なの。でも、その失われたものがもし昔のミュージアムに展示されていたら？　そのミュージアムの一室だけでもいい、間取りと内装が完璧にわかっていたとしたら？　その部屋を人工現実の技術で再現して〈同調〉させればいい。わたしたちはその時代、その場所に行ける。〈同調〉した部屋は、きっと隣の部屋にも繋がっている。だから扉を開ければ——」

「そうか！　いまはもうない展示品を見られるんだ！」

「そう。失われたはずの遺物に辿《たど》り着ける」

「……すごい」

亨は背筋にぞくぞくと興奮が閃《はし》るのを感じていた。美宇が話しているアイデアは魅力的だった。

「わたしたちの仕事は、昔のいろんな文献を漁《あさ》って、実際の考古学の研究成果もそれに組み合わせて、昔のミュージアムや遺跡をできるだけリアルに再現することなの。これまでに〈同調〉したミュージアムの管理もね。パパはその総責任者なの」

「じゃあ、ここは？　アピスっていうのは？」

「ここはエジプトのサッカラっていう場所にあった聖牛アピスの神殿。礼拝堂といってもいいかもね。外にあった階段型ピラミッドは、ギザのクフ王のピラミッドに先立つことおよそ一〇〇年、紀元前二六〇〇年頃、つまり第三王朝のジェセル王が建てた世界最古のピラミッド。この場所に、古代エジプト人が祀《まつ》っていた聖牛の神殿と墓地があったの。トオルも気づいている通り、ここはまだ〈同調〉してない。外の風景はわざと〈同調〉しないように作り物っぽく合成しているけど、神殿のほうは〈同調〉させようとしてもこれが精一杯。たぶん実際の造りと違うから、リアルさがいまひとつ欠けてるんだと思う。本当の神殿は完全に失われていて、土台も柱も、現地には欠片《かけら》さえ残ってないんだから、仕方ないけどね。この神殿は、専門の考古学者が想像して描いた仮の間取りを基にしてコンピュータが作り上げたものなの。この下にセラペウムっていう広い地下空間がある。神聖な牛たちはミイラにされて、代々その中に埋葬されていた」

「牛のミイラ？　牛もミイラにされたの？」

「そう。古代エジプトでは、特に末期王国時代になると、動物信仰が盛んだったの。なかでも牛は特別な存在で、特定の印が身体にあるものは聖牛として敬われた。でも牛を敬う風習は古王国時代から続いていて、このサッカラの近くにあるメンフィスって町はアピスを代々飼育していたの。メンフィスは白い城壁が目印の神聖な町で、神官や役人たちが暮らしていたし、ファラオが住んでいた時代もけっこうあった。アピスが生まれると神官たちがメンフィスに連れてきて、特別な場所で飼っていたらしいの。きっとアピスはすごい副葬品と一緒に埋葬されていたんだと思う。でもね、トオル、一八五一年にここが発掘されたとき、未開封の石棺はたったひとつしかなかった。あとの棺《ひつぎ》には骨一本入っていなかった。たぶん、みんな墓荒らしに盗まれてしまったのよ。でもあまりにもがらんとしていたから、本当にセラペウムがアピスの埋葬所だったのか疑問に思っている人もいるくらい」

「…………」

「アピスは歴代の王とも強く結びついていたはず。アピスの神殿やセラペウムを探って副葬品を発見すれば、当時のエジプトの様子がかなり詳しくわかるはず。トオルはピラミッドの中にファラオのミイラが納まっていなかったことは知ってるでしょう？　クフ王のピラミッドの中には宝石も何も入っていなかったことも知ってるでしょう？　どうしてミイラがないのか、未だにわかっていないの。ファラオの副葬品にしたって、うまく発見できたのはツタンカーメンくらいで、あとはごく狭い範囲の時代のものしか見つかっていないし、数も少ない。セラペウムを復元すれば中王国時代から末期王国時代にかけての文化が一気に解明されるはずなの。トオル、わたしと一緒に謎を解いてみる気はある？　セラペウムを復元してみる気はある？」

「……どうしてぼくを？」

亨は美宇の真《ま》っ直《す》ぐな視線に少したじろぎながら訊いた。「どうしてぼくを選んだの？　他の人じゃなくて？」

「万博でいわれたでしょ、マリエットっていう人に」

「……待って」

亨は思わず手を挙げ、美宇の言葉を止めた。あの頰髯《ほおひげ》を生やした男の人。万博のエジプトパークで見た牛の石像。アピス。セラペウム。あのときマリエットさんはなんといった？

「……つまり」亨は慎重に考えを口に出した。「……いつかまたあのマリエットさんに会うってこと？　あの牛と再会する？」

それは……つまり、自分たちはセラペウムの再現に成功するということなのか？　まだエジプトや聖なる牛について何も知らない自分が？

美宇はジャックを抱き上げた。その黒い顔に頰を擦《す》り寄せてから、亨を見て小さく頷いた。

「そう。確実にね」

14

次の日、亨は早めにプールを切り上げ、学校の図書室に足を運んだ。もちろんエジプトの本を探すためだ。

タオルを首に引っかけたままグラウンドを横切り、校舎に入る。中の空気は湿気が多く、淀《よど》んでいた。水に浸《つ》かったばかりなのに首筋から汗が噴き出してくる。人影はない。さっさと亨は上履きに替え、一階を抜けて、渡り廊下を駆けた。たんたんたん、と簀《す》の子《こ》の音が響く。校舎の中より外のほうがまだ気持ちがいい。

プレハブの中に入るのには少し覚悟が要った。予想通り、新校舎より熱気が籠もっていた。さすがに廊下の窓は全部開放されている。図書室の扉も開いていた。廊下から貸出カウンターが見えた。

「あれっ、亨くん」

鷲巣がこちらを向き、驚いたような声を上げた。亨も少し驚いた。鷲巣が当番の日だっただろうか？　思わず頭の中でスケジュール表を確認する。

「五年生の美和《みわ》ちゃんがね、風邪《かぜ》ひいちゃったんだって。で、ピンチヒッター」

「へえ」

鷲巣、暇なんだなあ、と軽口をいいそうになり、慌てて口を噤《つぐ》んだ。終業式の日に気まずい思いをしたので、なんとなく遠慮してしまう。

図書室の中を見渡すと、先客がふたりいた。体育着姿の女子で、服の色を見るとどちらも四年生だ。机に上体をぐったりと伸ばして寝入っている。陸上部か何かに入っているのだろう、練習の帰りがけにやってきたのかもしれない。いつの間に運び込まれたのか、閲覧コーナーの隅に扇風機が置かれていた。倉庫に眠っていたものを守田先生が出してきてくれたのかもしれない。錆《さ》びかかった首をゆっくり左右に振っている。風向きが変わるたびに、寝ているふたりの髪が煽《あお》られて、息をするように揺れていた。

あまり大きな音は立てられない雰囲気だ。鷲巣が目配せで奥の机を示す。了解して亨はそちらの机に水泳バッグとタオルを置いた。本を探すことを手振りで合図してから、さっそく書棚を調べる。

まずは歴史の棚の辺りに見当をつけて、背表紙の列を目で追う。エジプトの本は五冊しかなかった。古代エジプトの世界、という歴史の本があったのでまずそれを取り出してみたが、図解やイラストが少なく、索引も載っていないので、どのページに目当てのものがあるのかよくわからない。アピス、セラペウム、といった言葉を探すには少し苦労しそうだった。とりあえず棚に戻し、次にハワード・カーターという人の伝記を取る。ツタンカーメンの墓を発見した人だ。テーベという地名は出てくるのだが、サッカラは見当たらない。マリエットの名前も出てこない。続いて古代エジプトの生活がイラストで描かれた大判の本を広げた。牛を使って畑を耕している場面があったが、アピスと関係があるとは思えなかった。いちおう、何かの役に立つかもしれないと思い、こちらは机に広げておく。

残る二冊はピラミッドとミイラの本だった。どちらにもアピスの話は載っていない。あの階段ピラミッドも登場しなかった。意外と調べるのに手間取りそうで、亨は少し不安になった。わからないことを図書室で調べるのは、考えてみればこれが初めてのことだ。これまで亨にとっての図書室や図書館は、小説を読むための場所だった。ところがいざこうなってみると、調べ方がさっぱりわからない。図書委員をやっているのに我ながら情けない。

そういえば『ナイル殺人事件』はエジプトの遺跡が出てきたな、と途中で思い出し、小説コーナーに行ってアガサ・クリスティーの本を探してみる。でも一冊も見つからなかった。誰かがごっそりと借りているのかもしれない。『ABC殺人事件』や『オリエント急行の殺人』といったタイトルがあったことは覚えているのだが、『ナイル殺人事件』の原作、『ナイルに死す』が図書室にあったかどうか思い出せなかった。やはり読まず嫌いはだめだなと思う。クリスティーも読んでいれば、いまごろ基礎知識くらいはついていたかもしれないのだ。母親の本棚を探してみたほうが早いかもしれない。

そっとカウンターのほうを窺《うかが》ってみる。鷲巣は本を読んでいた。カウンターの陰に隠れてその手元はよく見えない。

きっと鷲巣なら『ナイル殺人事件』の原作を読んでいるだろう。古代エジプトのことも知っているかもしれない。

でもいい出しにくかった。映画の誘いを断った手前、いまさら内容を訊《き》くわけにもいかない。

仕方がないのでいろいろと他の棚も探索してみる。ミイラの呪いが出てくる推理ものも見つかった。これはいま書いている小説のほうに使えるかもしれない。机のほうに取り分けておく。

さらに、百科事典や世界の地理といった本まで引っ張り出し、いちいち索引を調べてみた。ジェセル王の階段ピラミッドの写真は見つかったが、セラペウムまでは説明がない。

結局、一番最初に手に取った本を読むしかなさそうだった。もう一度書棚から取り出し、椅子《いす》に座ってページを開く。目次を眺めただけでも、古代エジプトには三〇〇〇年以上の長い時代が含まれていることがわかる。ただ亭にはその時間が実感できなかった。キリスト誕生からいままでよりも長い時間。映画の『ベン・ハー』より三〇〇〇年も前の時代から始まる歴史。読み通すのには少し根気が要りそうだ。

メモ帳と鉛筆を側《そば》に引き寄せ、第一章から読み込んでゆく。古代エジプトの歴史は王朝の交代に沿って三〇か三一に区分されるらしい。もっと大きな分類もあって、初期王朝時代とか、古王国時代、中王国時代、新王国時代、末期王国時代、プトレマイオス朝時代、さらにそれぞれの中間の時代があるようだった。なんとなく日本の歴史の区分――室町時代とか安土桃山《あづちももやま》時代とか――に似ている。古代エジプト最初の王はナルメル王で、紀元前三一〇〇年くらいに、この王が「上エジプト《かみ》」と「下エジプト《しも》」を統一したのだそうだ。「上《かみ》」「下《しも》」というのが最初のうちよくわからなかった。ナイル川に沿っていろいろな都市が並んでいて、いまの首都カイロより下側（南側？）を「上エジプト」、上側（北側？）を「下エジプト」というのだが、どうしても上下関係がごっちゃになってしまう。本を四分の一くらいまで読み進めたところで、そうか、ナイル川の上流のほうが「上」で下流が「下」なんだ、とようやく気づいた。

ジェセル王もちゃんと載っていた。古王国時代の人で、第三王朝。階段型ピラミッドが世界初のピラミッドだということも書いてある。有名な三つのピラミッドを造ったのはクフ王、カフラー王、メンカウラー王で、みんな第四王朝。クフ王以外は亨には馴染《なじ》みのない名前だった。ツタンカーメンは新王国時代の人で、クレオパトラはプトレマイオス朝。ツタンカーメンとクレオパトラの間には一三〇〇年近くの隔たりがある。クレオパトラが死んで古代エジプトが終わったというのもいまさらながら知った。クレオパトラのことを「クレオパトラ七世」と書いてあるのも驚きだった。ということは、他に六人もクレオパトラがいたんだろうか？

結局、歴史の本とカーターの伝記、そしてミイラの呪いが出てくる推理小説の合計三冊を借りることにした。あまり収穫はなかったが、探し方が悪いのか、それともどこへ行ってもこんなものなのか、よくわからない。とりあえず来週、ＬＬ教室に行く途中で市立図書館に寄って、もう少し探してみようと思った。本職の作家の人たちはどうやって資料を集めているんだろう。

壁に架かっている時計を見上げると、調べはじめてから五〇分も過ぎていた。散らかした本を片づけ、カウンターの鷲巣のところに借りる本を持ってゆく。いつの間にか四年生の女子たちはいなくなっていた。

鷲巣は手際《てぎわ》よく貸出カードを抜き取り、返却欄に日付のゴム印を押していった。

「今度はエジプトの話を書いてるの？」

「まあね」

曖昧《あいまい》に返事をする。嘘をついているわけではないのに、なぜか後ろめたい。

亨はふと、ミュージアムのことを鷲巣に話したらどうなるだろうと思った。あの林の奥に鷲巣を連れていったら。

はい、と鷲巣が三冊揃《そろ》えてこちらに差し出してくれる。それを受け取るとき、鷲巣の読んでいた本が見えた。『ナルニア国ものがたり』の五巻と夏目漱石《なつめそうせき》の『吾輩《わがはい》は猫である』だった。夏目漱石、というのに亨は威圧感を覚えた。

鷲巣が何かいった。

「えっ？」訊き返す。

「だから、できあがったら見せてほしいなあって」

「何を？」

「小説。啓太くんと作ってるんでしょ？　新しい雑誌。いつできるの？」

　鷲巣が亨の小説を読むようになったきっかけは、本当に偶然だった。もともと亨はずっとマンガを描いていた。無地の落書き帳を買ってきて、それに藤子不二雄の真似《まね》をしたSFギャグを連載していたのだ。一番後ろのページに予約表を作り、友達の注文に応じてそこに貸出の順番を書き入れていた。

　四年生のとき、クラスの女子がノートを借りたまま六組に持って行って、そのまま忘れてきてしまったのだ。一週間経《た》っても返してくれないのでどうなったのかと亨が訊き、ようやく思い出してくれた。ところがその六組で見つからない。亨はペンネームでマンガを描いていたので、いったんなくなってしまうと戻ってくる可能性は低い。せっかく苦労して描いたのに諦《あきら》めるしかないのか、とがっかりしていたところ、鷲巣がノートを持って亨のクラスに現れたのだ。

　ノートは六組のロッカーの脇に落ちていたのだそうだ。鷲巣は拾って読み、登場人物が二組の人間のもじりばかりだということに気づいた。しかも予約表を見て、そこに載っていない名前が作者だと推理し、亨だと探り当ててしまった。

　それ以後、亨の予約表には必ず鷲巣の名前が入ることになった。マンガをやめて小説を書くようになってからも同じだった。面白いのはその順番で、鷲巣はいつも表の一番下に名前を書き入れた。どうしてかと訊いたとき、鷲巣はいった。だって、一番後ろなら、ノートが回ってくるまでに二、三週間かかるじゃない？　その頃は亨くん、次のノートが半分くらい進んでるでしょ。わたしの感想に惑わされなくていいじゃない？

「……そうだなあ、来週かな、できあがるのは」

亨は答えた。鷲巣がわざわざ小説の話題を振ってくれたのがわかった。原稿のことを話すのなら、気まずくならなくてすむ。

鷲巣も鷲巣で気まずかったのかもしれない。

「うん、もうすぐ〆切《しめきり》で、来週に製本するからね。まだレイアウトが残ってるんだ。ページを振ったり、イラストも入れたりしなきゃならないし。もうちょっとかかるかな」

ようやく言葉が滑らかに出てくるようになる。少し気が晴れた。

亨は本を水泳バッグの中に濡れないようしまい入れ、タオルを首に掛けていった。

「来週の登校日に持ってくるよ」

エジプトの本を探してきたことを美宇にいうと、驚いた顔をされてしまった。

「なんだ、それなら学校の図書室なんかよりずっといいところを紹介したのに」

そのいい方に亨は少し引っかかった。悪気はないのかもしれないが、なんとなく学校の図書室を馬鹿にされた感じだ。

「ずっといいところ？　そんなのあるのかな」

ついそんな口の利き方をしてしまう。

ところが美宇は気にする様子もなかった。立ち止まり、いままで歩いてきた回廊を振り返ると、別のことを考えているのか小首を傾《かし》げるような仕草をして、

「やっぱり、戻るのは面倒くさい……よね」

とひとり納得し、天井に向かって、地図！　と声を張り上げた。

この前と同じように、ホログラフィの複雑な見取り図が出現した。細かい線が幾重にも折り重なって虹色に輝いている。ちょっと見ただけではどんな図なのか理解できない。美宇は慣れた感じでその一か所を指先で押そうとした。咄嗟《とっさ》に亨は声をかけた。無造作にこんなすごい技術を見せられるのは癪《しゃく》だ。

「ちょっと待ってよ。少しくらい教えてくれてもいいだろう？　これ、どうやったら出るんだ？」

「あれ？　教えてなかったっけ」

「ぜんぜん」

「ごめんごめん」

と美宇は宙に止めていた指先を戻し、代わりにもう一方の手で空気を撫《な》でるような動作をした。ホログラフィは見えない雑巾《ぞうきん》で拭《ふ》かれて消えた。「じゃあ、今度はトオルがやってみて」

「どうやって？」

「呼び出せばいいの。簡単でしょ」

どうぞ、と美宇が空中を指し示す。気に入らなかった。亨はわざと大袈裟《おおげさ》な調子で唱えた。「地図！」

目の前の空間に、虹色の模様が現れた。出てくる瞬間に低い音が聞こえた。目を細め、ミラーボールのようにどんどん色が変わってゆくその「地図」を見つめる。どうも美宇がさっき出していた図とは違うようだ。

美宇が口を開きかけたが、手を挙げて止めた。一から一〇まで解説されたのでは面白味がなくなってしまう。亨はゆっくりと身体を横にずらしてみた。動きに合わせて色が微妙に変化する。

高さや角度をいろいろ変えてみるうちに、どうやらこの「地図」は何十枚もの見取り図が折り重なったものだということがわかってきた。それぞれの見取り図は〈同調〉しているミュージアムに違いない。少しずつ色が違っていて、それが重なっているので全体的に虹色に見えるのだ。扉を隔てて別のミュージアムと繋《つな》がっているところは、他よりも少し明るい色で表示されている。目の焦点を変えると色のひとつが浮き上がってきて見やすくなる。だんだん要領はわかってきたが、どうしてもひとつだけをくっきりと表示させることができない。美宇が堪《たま》りかねたように側《そば》で囁《ささや》く。

「図書閲覧室に行きたいと強く念じて。どこに行きたいか教えてあげなきゃ」

紫っぽい色の図が、海底から顔を出すように浮き上がってきた。中心に大きな円があって、その周りをいくつもの正方形や長方形が取り囲んでいる。これが閲覧室？　亨は不思議に思った。と、その途端に図がぼやける。どうやら疑ってはいけないらしい。これが閲覧室なんだと自分にいい聞かせる。円型の図の中に細かい線が見えてきた。中心から放射状にいくつもの長方形が並んでいる。上と下に通路のようなものが出てきた。下の通路は一直線に延びてどこかの扉と繋がっている。透明な板がもう一枚向こうに現れて、別の見取り図が現れた。八角形のホールと、両横のギャラリー。長く長く一直線に延びる廊下。亨はすぐにわかった。このミュージアムだ。閲覧室の通路は八角形のホールの一辺とリンクしていた。ガーネットさんがジャックを連れて出てきた、あの小さな扉かもしれない——ということは、あの扉の向こうに閲覧室があったんだろうか？　扉の向こうには通路があって、円型の閲覧室に繋がっていたんだろうか？

指先でその通路の部分に触れた。

図面が光った。虹色の波紋が起きて、一瞬のうちに見取り図全体に広がっていった。と、見取り図が突然こちら側に倒れてきた。亨は思わず目を閉じ——

開けた。

目の前の光景にごくりと唾を呑《の》む。目を瞬《しばたた》き、高いドーム型天井を見上げる。こんな驚きの体験をもう何度しただろう。見たこともない驚異の空間に飛べるとわかったいまでさえ、脳味噌《のうみそ》が突然の刺激に慣れない。亨は目を擦《こす》り、もう一度天井を見上げた。分度器の目盛りのように一定の間隔でドームの中心から曲線に沿って延びる数十本の梁《はり》。

その線と線の間に作られた数十の細長い窓。ドームの最上部はガラスの採光口になっていた。穏やかな光がドーム全体を照らしている。

これまでに見たどんな図書室とも違っていた。柱ひとつない広々としたドームの中に、どっしりとした木製の書架が放射状に並んでいる。中心部にはドーナツ型のカウンターが据えられていた。貸出窓口かもしれない。そしてぐるりと周りを取り囲む壁には、三階までびっしりと書棚が塡《は》め込まれていた。どこを向いても視界を遮るものがない。どこを向いても本がある。高い天井。広い室内。市立図書館や学校の図書室とは何から何まで違っている。美宇の言葉にかちんときた自分が恥ずかしかった。もしかして、これが本当の図書館の姿？

にゃお、と猫の啼《な》き声が聞こえた。グレーの背広を着た白人の男性が、通路にしゃがみ込んでジャックの頭を優しく撫でている。白髪の交じった口髭《くちひげ》と顎鬚《あごひげ》、穏やかな雰囲気。亨はすぐにわかった。ジャックを撫でながらその人はこちらを向いて微笑《ほほえ》んだ。

「ミュージアム・ライブラリーへようこそ、トオル」

「ガーネットさん！」

「必要になったらいつでも来なさいといっただろう？　何をお探しかな？」

ガーネットさんはジャックを抱きかかえて、こちらにゆっくり歩いてきた。ジャックは目を細めながら背広の胸に耳の辺りを擦りつけている。

「ガーネットさんはね、この閲覧室で一番よく本のことを知っている人」美宇が耳打ちしてくれた。「ジャックはガーネットさんのほうが好きみたい。見て、あの気持ちよさそうな顔」

「さあ、ジャック、飼い主のところへ戻るんだ」

ガーネットさんがジャックを美宇に渡そうとする。ところがジャックは嫌だと一声抗議すると、身をよじって床に飛び降り、勝手に歩いていってしまった。美宇が口を尖《とが》らせる。

「なに？　あの態度。誰が餌《えさ》をあげてると思っているんだか。いつまで野良猫《のらねこ》のつもり？」

「ミウ、あれはあれで彼なりの愛情表現なのさ。それに仕方がない、彼は本の匂いが好きだからね。この中を散歩するのが楽しいんだろう。それにネズミも捕まえてくれる。立派な館員だよ――ところで、今日は何かな？」

美宇はすぐに本題に入った。「あのね、ガーネットさん、いま古代エジプトのことを調べてるの」

「新しいプロジェクトかね？　こちらのお友達も一緒に？」

「そう、トオルも一緒。サッカラのセラペウムを再現同調させたいの。正直な話、どの辺りから手をつければいいのかわからなくて。トオルにもここの使い方を教えてあげたいし」

「セラペウム……？」

ふむ、とガーネットさんは顎を撫でた。「ミウ、それはアレクサンドリア図書館とも関係した仕事かね」

「アレクサンドリア図書館？」

亨もその名前は前に聞いたことがあった。火事で焼けてしまった、古代の世界最大の図書館だ。

「セラペウムは何もサッカラだけにあったわけではない。古代エジプトでは聖牛信仰が浸透していたからね。おそらくいくつか造られたのだろうが、考古学的に著名なのはサッカラとアレクサンドリアのセラペウムだろう――トオル、きみはアレクサンドリアがどこにあるのか知っているかね？」

「あっ、はい、ナイル川の一番先のところですよね」学校の図書室で歴史の本を読んだばかりなので、そのくらいはわかった。「地中海に流れ込む辺りで……」

「その通りだ。ギリシアから来たアレクサンダー大王が建てた町で、彼はかの地をこよなく愛した。紀元前三二三年、彼は遠征中に死去するが、将軍ラゴスの息子プトレマイオスがあとを継いで王となる。プトレマイオスは前三二〇年にエジプトの首都をアレクサンドリアへと移転させ、自らの住居もそこへ定めた。アレクサンドリアは貿易の町として栄え、ギリシア人やユダヤ人などが数多く流入し、否応《いやおう》なく地中海文明の一部に組み込まれていった。ただしラコティスの村と呼ばれた区域にはエジプト人たちが昔ながらの生活習慣を守りながら暮らしていた。ギリシアとエジプトの人々との間には小さな衝突が日常的に起こっていたらしい——つまり、新しく王となったプトレマイオスの課題は、ギリシアとエジプトの融和を図り、人民の感情を逆撫《さかな》ですることなく王朝の権威を浸透させることだった。そのため彼はふたつの政策を推進した。ひとつは町づくりだ。城壁を周囲に張り巡らせ、ファロス島の灯台を建て、町の機能を充実させた。そしてもうひとつはギリシア人にもエジプト人にも受け入れられる国教を定め、皆の信仰をひとつにまとめることだった。信仰の対象として駆り出されたのがアレクサンダー大王とセラピス神だ。プトレマイオスは偉大なる先王の霊廟《れいびょう》を建設し、またラコティスの区域にセラピス神殿やセラペウムを建てた。では、セラピスとは何か知っているかな？」

亨は美宇の顔を窺った。まだそこまでは勉強していない。美宇がちょっと考えてから答える。

「オシリスとアピスが一緒になった神様でしょ」

「オシリスは女神イシスの夫で、もともとエジプトでは肥えた土壌に植物が育つさまを象徴する神だったが、やがて冥界の神となる。弟のセト神によって二度にわたって殺され、イシスがばらばらになったその遺体を繋ぎ合わせたという一連のオシリス神話も有名だ。オシリスとイシスの間に生まれた息子が天の神ホルスだ。オシリスは聖牛アピスに象《かたど》られるとされ、オシリス＝アピスとして信仰された。このギリシア読みがオソラピスで、さらに転じてセラピスと呼ばれるようになる。

セラピスを新たな国家神として定めるようプトレマイオスにアドバイスしたのは、

『エジプト史』の編纂《へんさん》に携わったマネトだ。プトレマイオス王はこれを聞き入れ、さらにセラピスがギリシアの酒と豊穣《ほうじよう》の神ディオニソスと同一であるとの見解を人々に浸透させた。すなわち、ギリシアとエジプトの民いずれもが無理なく信仰できる対象を創造することに成功したのだ。セラピス神はやがてオシリス神の役割を担い、さらに預言や治療の神としても崇《あが》められるようになり、地中海全域にその信仰は広がってゆく。従って聖牛アピスの礼拝所をセラピス神殿と呼び、その埋葬所をセラペウムと呼ぶようになったのは、プトレマイオス王朝以後のことだ。——サッカラのセラペウムではギリシアの賢人たちの石像が発見されている。ホメロスやタレス、ヘシオドス、デメトリオスらだ。セラペウムそのものとはまったく異なる様式の遺物が出てきたのだから、発掘者は驚いたようだがね」

美宇がひとり頷《うなず》く。「マリエットだわ」

亨はどうにもわからなくなって、質問をぶつけた。

「……あの、ガーネットさんは、エジプト考古学者なんですか?」

「私が? そうではない。もともとはただのカタログ職人《カタローガー》だ。最近はこの閲覧室の監督官でもあるがね。利用者を案内したり、世話したりする係だよ」

「でも、そんなに詳しくエジプトのことを話すじゃないですか」

「本を読んでいると、自然と身につくようになるのさ」

「……そんなものですか」

「そんなものだ」

「ガーネットさん、さっきアレクサンドリア図書館っていったでしょ？　よくわからないんだけど……どうしてアレクサンドリア図書館が出てくるの？」

「そう、その話だ。アレクサンドリアにはその後、ムーセイオンと呼ばれる一大研究センターや王立の大図書館が設立された。もちろんムーセイオンとは学芸の女神であるミューズに由来する言葉だが、これが今日《こんにち》私たちが用いているミュージアムという言葉の語源となる。また、アレクサンドリア図書館は地上のすべての民の本を集めることを目的として、世界中の為政者たちから本の寄付を募り、また停泊している船に書物があった場合は複写して蔵書の増加が図られた。異国の本はギリシア語へ翻訳された。当時の知識人たちは自由にそれらの蔵書を利用できたという。その蔵書数は四〇万とも七〇万ともいわれている。そして、この図書館には分館があったことが知られているんだ――〈娘図書館〉と呼ばれていたようだがね――それがラコティス区域のセラピス神殿の中に設けられていたんだよ」

「待って下さい」亨は口を挟んだ。「セラピス神殿は牛のミイラを祀《まつ》るところじゃないんですか？　どうして図書館が……？」

「伝統だったようだね。エジプトでは神殿の中に図書館を設ける習慣があった。プトレマイオスが登用したアブデラのヘカタイオスは、その著書の中で、テーベにある新王国時代の王ラメセス二世の霊廟、すなわちラメセウムの中にやはり図書館があったことを記していたようだ。もっとも、ラメセウムの一部は遺《のこ》っているが、考古学的調査では図書館の跡は発見されていない。ともあれ、セラピス神殿の〈娘図書館〉には、アレクサンドリア図書館がすでに所蔵済みの重複本が納められていたらしい。重要な書物は筆写によって複数の巻が保管されていたんだろう。神殿の回廊の下部に書棚が備え付けられ、四万二千八百巻もの書物が保管されていたということもおぼろげながらわかっている」

「アレクサンドリア図書館って、火事で燃えてしまったんですよね」

もうひとつ質問してみる。ガーネットさんはわずかに頷いた。

「アレクサンドリア図書館がどのような経緯で消えてしまったのか、未だによくわかっていないんだよ、トオル。一般的には、紀元前四八年のアレクサンドリア戦役の際に、カエサルが船に放った火が突風に煽られ、海岸沿いの家並みを焼き、その火が原因で図書館も焼失したといわれている。だが私はこれに疑問を持っている。従来、アレクサンドリア図書館は当時の海岸沿いに位置していたと考えられてきた。山沿いまで火が回るとは考えにくいからね。だが火災について記したリウィウスらの原典にあたると、造船所に小麦と本の保存倉庫があり、そこにたまたま四万巻の本があって、これが火災で燃えたと書かれているだけだ。もしかするとこれらは輸出入のための書物で、ムーセイオンや図書館自体は火災を免れたのかもしれない。その戦役から約二〇年後に、ストラボンという学者がアレクサンドリアを訪れ、ムーセイオンの図書館で研究をしたことがわかっているんだ」

「じゃあ、図書館はどこにあったんですか？」

「わからない。火災を免れたとしても、なぜ失われたのかはまったく不明だ。一方、セラピス神殿内の〈娘図書館〉は本館消失後も生き延びた。しかし紀元三九一年、キリスト教徒たちの焼き討ちに遭い、完全に破壊された。現在私たちのもとに遺されているのは、通称ポンペイの柱と呼ばれるたった一本の柱だけだ」

「そうか！」美宇が突然声を上げた。「セラピス神殿の構造はある程度保存されていたはず。ということは、サッカラのセラピス神殿とアレクサンドリアのセラピス神殿は、よく似ていた可能性が高い。だとしたら、もしサッカラのセラピス神殿やセラペウムを詳しく調査して、再現同調できるくらいにまで作り込むことができれば……」

「そうだ、ミウ、アレクサンドリアのセラピス神殿への〈同調〉も比較的スムーズに進行できるだろう。そうすれば……」

美宇が言葉を継いだ。「〈娘図書館〉を復元できるかもしれない」

ようやく亨にも事の重大さが理解できた。

「そう、アレクサンドリア図書館の蔵書の一部が手に入る。だがそれだけではないよ、ミウ。これはまだ仮説の域を出ない話だが、もしかしたらアレクサンダー大王の棺《ひつぎ》を発見することもできるかもしれない」

「アレクサンダー大王？」

ガーネットさんが意味深な目配せをした。

「アレクサンダー大王の遺体は発見されていない。かのシュリーマンはトロイアの発掘で成果を挙げた後にアレクサンドリアの調査に乗り出したが、不首尾に終わった。アレクサンドリアは何度も地震や津波に襲われ、時代を経るにつれて海岸線が大きく変形し、かつての町並みはほとんど水中に没してしまっている。このような地形の変化が考古学的調査を困難にしているようだ。アレクサンダー大王は遠征の途上で病に倒れた。ストラボンに拠《よ》れば、プトレマイオスがそのソマをアレクサンドリアに運んで葬ったようなのだが……」

「ソマって？」

「遺体のことだ。どこにその遺体《ソマ》が安置されたのか、一切わかっていない。少なくともアレクサンドリアに建てられた霊廟には安置されていないようだ。だが私は他に探索すべき場所がひとつあると考えている」

「どこですか？」

「聖牛信仰が盛んだったとしたら、アピスの近くに王を葬るという発想が生まれてもおかしくない。前例がある。ラメセス二世の第四王子であるカエムワセトのミイラが、サッカラのセラペウムで発見されているんだ。カエムワセトは宰相として活躍し、ラメセス二世の政治を陰で支えた優秀な人物で、ジェセル王の宰相イムヘテプらとともにエジプトの四大賢人に数えられている。彼の木棺はセラペウムの下部通廊に納められていた。もちろん彼の霊廟は別の場所にある。つまり私の仮説はこうだ。大王の棺はアレクサンドリアのセラペウムの近傍に置かれたのかもしれない。かつて王《ファラオ》は死ぬとオシリス神と同一視されたという。プトレマイオスはアレクサンダー大王に対する信仰心を利用して国家の確立を図ろうとした。新たな守護神となったセラピス神にアレクサンダー大王を重ね合わせたかもしれない。アレクサンドリアのセラペウムを〈同調〉させ、徹底的にその近傍を発掘調査してみることだ。未だ知られていないアレクサンダー大王の棺に辿《たど》り着く可能性は大いにある」

すごい、と思った。穏やかに語るガーネットさんの話に、亨はすっかり惹《ひ》きつけられていた。もしガーネットさんのいう通りだとしたら、自分たちがセラペウムを調べることで世紀の大発見ができるかもしれない。美宇も顔を輝かせている。

「来なさい。文献の場所を教えてあげよう」

ガーネットさんについて、亨は美宇と一緒にホールを出た。いくつかの部屋を抜け、何回か折れ進んだところで、広々とした直線の廊下に突き当たった。両脇の棚にびっしりと本が収まっている。壁の上部に「キングズ・ライブラリー」という英語の文字が見えた。ガーネットさんは左側の棚に寄ると胸ポケットから鍵束《かぎたば》を取り出し、ガラス扉を開けていった。

「セラペウムに関する文献はそれほど多くない。まずはオギュスト・マリエットの報告に目を通すのがいいだろう。古代エジプト文明や地中海文明における聖牛信仰の文献を辿ってみるのもいいかもしれない」

　ガーネットさんはいくつかの本を手早く棚から取り出し、近くの閲覧台に置いてゆく。そのひとつの赤い本に、マリエットの名前が見えた。

「セラピス信仰はアレクサンドリアから地中海全域に広がっていったんだ。地中海にはもともと聖牛に関する神話や伝説があったから受け入れられやすかったんだろう。クレタ島のミノタウロスの神話は知っているかね、トオル」

　聞いたことがあった。生け贄《いにえ》を食べる牛の怪物がいて、迷宮に閉じこめられている。少年の勇者がそれを退治しに行って、最後は糸を辿りながら迷宮を脱出する話だ。

「そうか、あれも牛ですね」

「クレタ人たちのミノア文明が栄えたのは紀元前二〇世紀から一五世紀頃だが、エジプト文明とも交流があったようだ。牛の背中を跳び越える競技がハトシェプスト女王に伝えられている。こちらを見なさい」

　ガーネットさんが別の大きな写真集を広げた。青い空の下に石造りの遺跡がある。ガーネットさんはページを捲《めく》ってゆく。

「クレタ島にあるクノッソス宮殿だ。ここに壁画の一部が復元されている。牛跳びの図だ」

　そこには赤茶けた壁画の写真が載っていた。大きく脚を開いた牛の側面図。角《つの》を突き出し、尾を立てている。その周りに人間の姿が三つ描かれていた。長い黒髪を結って後ろに垂らした上半身裸の人だ。三人とも格好がそっくりで、別々の人なのか同一人物なのか区別がつかない。最初の人は牛の前に立ち、両手で角を掴《つか》んでいた。ふたりめの人は牛の背中で宙返りをしている。三人目はそのふたりめをちょうど支えるような形で、牛の後ろに立って両腕を前に出している。確かに連続してみると、牛の頭から後ろにとんぼを切っているように見える。

「——ああ、そうだ」

そしてガーネットさんは顎鬚を撫でた。

「もうひとつ、アピスに関して有名な逸話があったよ」

「なんですか？」

「カンビュセス王に降りかかった祟《たた》りだ」

ナイターは白熱しているらしい。

母は巨人軍の試合を毎晩欠かさずテレビで観ていた。「野球は筋書きのないドラマなのよ」というのが母の口癖だった。水島新司《みずしましんじ》のマンガが大好きなのだ。でも母はお酒を一滴も飲まない。いつも麦茶とアイスクリームで観戦している。

亭はあまり野球には興味がなかった。時間が延長されて、その後の番組が遅れるのが嫌だった。たまたま新聞のテレビ欄で知ったマジックショーを観ようとしたときも、四〇分延長されて痺《しび》れを切らしそうになった。その日は巨人軍が圧勝で、母も機嫌がよかった。野球が終わってから一緒にショーを観た。俳優のようにハンサムなマジシャンで、引田天功《ひきたてんこう》の脱出マジックよりずっと豪華で、スピーディだった。何もない箱から「ワン、ツー、スリー！」のかけ声だけでオートバイやライオンが現れる。本当に一瞬の出来事だった。すごかったのは飛行場からの中継だった。アスファルトの滑走路にセスナ機を置いて、周りを布の壁で覆《おお》い、「ワン、ツー、スリー！」とそのマジシャンが唱える。一気に布の壁が倒れたときには、もうセスナ機は跡形もなく消えている。亨がテレビの前で驚きの声を上げると、母は、どうしてこの人、ディケンズの小説の主人公と同じ名前なのかしら、とよくわからないことをいった。マジックショーが終わった後、母は夜のニュースを梯子《はしご》して、さらにプロ野球ニュースまで観た。映るのは同じ場面なんだから一回観れば充分なのに、と訊いたら、いい場面は何回観てもいいの、といわれた。なるほどそうだよなあ、と亨は思った。

その週末、亨は父親と一緒に祖母の家に出掛けた。車で三時間の距離だ。祖母は相変わらずで、すぐにデパートに行こうといい出した。おもちゃを買ってあげるからというのだが、さすがにもう子供っぽいものはほしくなかった。ただ、祖母の喜びぶりがよくわかるので、素直に嬉《うれ》しそうな顔をしておいた。

結局デパートでは手品のセットをひとつとエラリー・クイーンの本を買ってもらった。創元推理文庫の『エジプト十字架の謎』だ。子供向けに書き直されたものは読んでいたが、どうしても文庫でもう一度読みたかった。ページを捲って「読者への挑戦」があることをまず確認した。祖母は目を丸くして、「こんなものを読むようになったんだねえ」

と心底驚いたような声を上げていた。夜は祖父と将棋を指した。

寝る前に『エジプト十字架の謎』の本を眺め、どうして創元推理文庫は「エラリー・クイーン」で、ハヤカワ・ミステリ文庫は「エラリイ・クイーン」なんだろうと思った。「イ」のほうが断然格好いいような気がしたが、国名シリーズもドルリー・レーン四部作もないハヤカワ・ミステリ文庫にはあまり魅力を感じなかった。表紙見返しの刊行リストや(『くたばれ健康法!』って、変なタイトルだ)巻末の目録記事(『グレイシー・アレン殺人事件』の紹介だけ苦し紛れな感じで気の毒)を何度も見返した。肝心の中身は帰ってから読むことに決め、それから布団《ふとん》の中で小説の続きを書いた。

遠くから鈴虫の声が聞こえてきていた。父親や祖父母はもう寝てしまったようで、家の中は静かだった。いつもと違う布団と枕《まくら》、いつもと違う畳の色、いつもと違う襖《ふすま》の模様。でも亨はすぐに、書きかけだった物語の続きを進めることができた。主人公が博物館で謎の美女と出会うシーンで中断していたのだ。美女の姿を書き加える。美女は黒猫を抱いている。博物館の中に月の光が射し込んできて、主人公と美女を照らす。主人公は声をかけることができない。美女は何も話さない。その胸の黒猫が主人公のほうを向いて一声啼く――にゃあお！　その瞬間、隠し扉が開き、主人公は博物館の持っている本当の財宝を目にする……。

悪魔の化身サーベルタイガーが現れて火を噴き、主人公たちに襲いかかるところで亨は原稿を終えた。つづく、の文字を書き入れる。興奮が迫《せ》り上がってきて抑えきれなくなり、亭は布団を跳《は》ね退《の》けて立ち上がった。無性に動きたくなって、ぐるぐると部屋の中を歩き回る。叫び声を上げたかった。我ながら傑作だった。絶対にこれからもっと面白くなる。そう感じた。啓太もきっと驚くだろう。

まだアイデアが次々と湧いてくる。頭からこぼれてしまいそうだ。すぐに連載二回目を書きたかったが、いまはまだだめだと自分にいい聞かせた。すぐに書いてしまったら、きっと勢いだけの小説になってしまう。資料も揃えないといけない。連載なのだから山場の位置も調整が必要だ。もっと考えることが大事だということがわかっていた。でも身体の興奮は収まらない。

障子《しょうじ》を開ける。網戸越しに風が入ってくる。草の匂いが染みついた濃い空気。亭は深呼吸し、その空気をいっぱいに吸い込んだ。鈴虫はまだ鳴いている。裏山のなだらかな斜面が浮かび上がっていた。空に星がいくつも瞬《またた》いている。裏山の形だけ黒く残して、広い夜空が明るく銀色に光っている。どこからか微《かす》かに、風に乗って、風鈴の音。

啓太の目線がどんどん最後へと向かってゆく。息を詰めて啓太の表情を見つめた。変化を一瞬でも見逃したくなかった。啓太の瞳が上へ、下へ、と行き来して、左のほうへ、原稿の最後へと向かってゆき、そしてついにぴたり、と止まった。「つづく」と書いてある部分だ。啓太はどんな反応を返してくれる？　五秒、一〇秒。亭は待った。啓太の右手が動く。頭をぼりぼりと掻《か》き始める。それから原稿をぱらぱら捲って最初のほうを見直す。さあ、どうする？

ようやく啓太は、ふう、と大きく息を吐いた。

「これさあ……」

「うん？」

「ホープ・ダイヤモンドとか、サーベルタイガーとか、出てくるよな」

「うん」

「その、いろいろ書いてあるだろ、誰がダイヤを持ってたとか、どんな呪いがあったとかさ」

「うん」

「これ……、全部調べたのか？」

「そうだよ」

「図書館か何かで？」

ミュージアムの図書館で調べたのは内緒だった。アメリカのスミソニアン自然史博物館で展示を見て、呪いのダイヤモンドということで興味が湧いたのだ。ミュージアムでは実際にケースから取り出して重さを確かめてみた。本当の博物館でそんなことをしようとしたら、すぐに警備員が飛んでくるだろう。それは少し横長の形をしていて、世界最大のブルーダイヤモンドといわれている割にはそんなに大きいと思えなかった。手のひらにすっぽり入ってしまう。でも予想以上にずしりと重いのが印象的だった。それに、最初に持ったとき、ダイヤモンドがすごくひんやりしていることに亨は驚いた。まるで氷だった。ダイヤモンドはね、熱伝導率が高いの、と美宇が解説してくれた。亨が手の中で転がすたび、それは眩《まぶ》しいくらいにきらきらと光を反射した。透き通った薄藍色《うすあいいろ》の中から何度も虹が浮き上がった。

「そうかあ……」啓太は原稿を机に置くと、両手で顔を拭《ぬぐ》い、もう一度大きく息をついた。「時間、かかったろうなあ」

「書くためには調べなくちゃね。藤子不二雄先生の本にあっただろ、恐竜のことを書くなら恐竜博士になれって」

啓太は大きく首を振った。原稿の最初の一枚を捲って、赤色のボールペンで書いたところを指さす。

「この、途中で入る変な文章は？」

「猫の視点なんだ。美女が飼っている猫から見た景色なんだよ。赤い目をしているだろ、だから文字も赤なんだ」

「へえ……？」

「猫は夜でも周りが見えるだろ。下から見上げるから物の形も普通とは違って見えるし、たぶん人間の言葉もわからないからおかしな感じに聞こえると思う。それで、そんなふうに書いたんだ。実はこの赤い字にもトリックがあるんだけど……そうだな、連載の三回目くらいに明かすかな。読んでみてどんな感じ？」

「あんまり、こういうの読んだことないからなあ……。まあ、後で利いてくるのかもしれないなあ……。確かに、いきなり赤い字が出てくるとおやっと思うよ」

「そうそう、それだよ、それ！　小説はね、見せ方なんだよ！」

亨は思わず大きな声を上げていた。啓太は呆気《あっけ》にとられたような顔でこちらを見ている。でも言葉は止まらなかった。話したくて仕方がなかった。啓太はこの原稿を面白いと思っている。この連載を面白いと思ってくれている。それがわかった。亨はいつの間にか興奮しながら満月博士の受け売りを喋《しゃべ》っていた。

「見せ方を計算しないと、面白くならないんだ。小説は見せ方だよ。ただ書いてるだけじゃだめだよ！」


「で、つまり、カンビュセス二世はかなり極悪非道な王様だったってこと」

美宇がそういって鉛筆を置く。これまでごちゃごちゃと書いてきたメモを順番に机の上に並べた。全部で一一枚。机の隅で寝入っていたジャックが、ひとつ不平を漏らして床に降りた。

改めて全部を見渡すと、こんなに調べたのかと自分でも驚く。亨はふうっと息をついた。これをそのまま夏休みの自由研究にしてしまおうかとさえ思う。

「カンビュセスの『神聖な病』って何だったんだろう」

「てんかんだといわれているみたい。でも、それが直接の原因じゃないでしょうね、この酷《ひど》さは。ファラオのミイラを掘り出して傷つけたり焼いたり。気に入らない人をすぐに殺したり。ギリシア人のアレクサンダー大王がエジプトの人たちに圧倒的に支持されたのも、ペルシア出身のカンビュセスへの恨みが残っていたからかもね。なにしろエジプトからペルシア人を追い出してくれたんだから」

ここ数日、亨は毎日ミュージアムの閲覧室に通い詰め、美宇と一緒に聖牛アピス信仰にまつわる本を探して読み漁《あさ》っていた。ガーネットさんはいつも側《そば》にいてくれるわけではなかったが、必要なときには顔を見せてくれた。

ガーネットさんってどういう人なの？ と亨は美宇に一度訊いたことがある。どんな質問をしても表情を変えずに頷いて、目的の本がある場所まで連れていってくれる。全宇宙のことが頭に入っているんじゃないかと思うほどだった。

「ガーネットさんはね、もともと大英博物館の監督官だったの。パパが頼み込んで、このミュージアムに連れてきたわけ。大学とかに行って勉強したわけでもないのに、本当にいろんなことを知ってる。とにかく記憶力が抜群でね、ローマ法王の名前を順番に暗唱できるくらい。でも、けっこう可愛《かわい》いところがあるでしょ。猫好きだし。奥さんからは仔猫《こねこ》ちゃんって呼ばれているんだって」

へえ、と亨は目を丸くするしかなかった。

円型閲覧室にある本は全部、出版された当時の姿をしていたが、すごいのは日本語でも読めるようになっていることだった。扉のページを指で撫でると、いろいろな項目が現れる。その中の「日本語」を押すと翻訳文が本文のページすべてに貼《は》りつけられるのだ。ちょうど半透明なセロファンがページに被《かぶ》さった感じだった。下の原文も見たいときは、ほんの少しだけ眼に力を入れれば浮き上がってくる。他にも便利な機能があった。必要なところはページの隅を押すと別の紙に印刷してくれる。わからない言葉が出てくると、そこを薬指で押すだけで机の横に分厚い辞書が現れ、豪快な勢いでページが捲れて、調べたい部分が緑色に光った。

ガーネットさんの話では、他にも細かい機能がいろいろついていて、例えば翻訳の正しさをチェックしたり、いくつも翻訳があるときは互いに比較したりすることもできるらしい。亭はとりあえず日本語で読めればよかった。ただ、昔の本はけっこう風情があって、使われている文字の形や挿絵も綺麗《きれい》なので、疲れたときは読めない原文を眺めたりもした。

ドームにはちゃんと意味があることもわかった。美宇といろいろ話し合っていても、あまり声が響かない。それなのにドームの隅でジャックが欠伸《あくび》をすると聞こえてくる。声が反響しないので人がたくさん入ってもうるさくならず、ひそひそ声のようなざわめきが全体的に聞こえるようになるのだそうだ。却《かえ》ってそのほうが本を読んだり調べものをしたりするのには落ち着くのかもしれない。もうひとつ、ガーネットさんから聞いたところでは、ドームだと空気の循環が起こるので本が傷《いた》みにくいらしい。

ともかく、ここでまず亭が挑戦した本は、ヘロドトスという紀元前五世紀頃の人が書いた『歴史』だった。カンビュセス二世のことがかなり詳しく書かれている。

カンビュセスはもともとペルシアの王だった。最初から暴君だったらしい。位の高いペルシア人を一二人も、頭を下にして生き埋めにさせたり、妹と強引に結婚して、後でカンビュセスは家来のひとりに、「ペルシアの国民は自分のことをどう思っているだろうか」と訊いた。家来が「お酒が過ぎると世間では申しております」と正直に答えると、カンビュセスは怒って、ではそれが本当かどうかわからせてやろう、といっていきなりその家来の子供を弓で射た。矢がその子の心臓に突き刺さっているのを確かめさせると大笑いして、どうだ、酒に酔ってなどいないだろう、国民のほうが間違っているのだ、といった。

その後カンビュセスはエジプトに攻め入って、そのときの政治の中心地、メンフィスを占領した。メンフィスに入ったカンビュセスはエジプトの王になったが、ここでも前の王プサムテク三世を奴隷《どれい》の格好で働かせたりしている。

アピスの話が出てくるのは、カンビュセスの弟との絡みだった。弟のスメルディスがよくできるので嫉妬して、エジプトからペルシアへ送り返してしまった。その後カンビュセスは夢を見た。スメルディスが自分の玉座に座っている夢だ。カンビュセスは心配になって、家来をペルシアにやって弟を暗殺させる。

カンビュセスはさらに国を広げようとしていろいろなところに遠征したが、結局うまくいかなかった。メンフィスに帰ってくると、ちょうど聖牛アピスが生まれて人々がお祭りをしていた。カンビュセスはこれに八つ当たりして、アピスを殺してしまう。

その後、ペルシアのパティゼイテスという僧が王の座を乗っ取ろうと企んだ。自分の弟がカンビュセスの弟のスメルディスとたまたま同じ名前で、しかも瓜二つ《うりふた》だったので、この弟を本物のスメルディスだといって周囲を騙《だま》し、ペルシアで王位につけてしまった。そして軍隊に、これからはスメルディスが王だからカンビュセスのいうことは聞かないようにと通達まで出した。

このことを伝令から聞いたカンビュセスは、弟が死んでいなかったと思い込んで、暗殺者として以前に派遣した家来を呼び出した。おまえは嘘の報告をしたのかと問い詰めると、家来は、いいえ、ちゃんと命令に従ってスメルディス様を殺しました、と答えた。そこでカンビュセスはもう一度伝令を呼び、おまえは誰に遣わされたのかと訊いた。すると、僧からです、その僧はスメルディス様の命だと仰《おつしや》っていました、との答が返ってきた。これでカンビュセスはパティゼイテスとその弟の企みを知って、前に見た夢が現実になったと驚き、パティゼイテスを殺しに行くため馬に飛び乗ろうとした。

ところがそのとき、たまたま刀の鞘《さや》がはずれ、カンビュセスの太股《ふともも》に深く刺さってしまった。ちょうどその場所はカンビュセスがアピスを斬りつけたところと同じだった。ようやく正気に戻ったカンビュセスは、弟を殺してしまったことを後悔したが遅かった。傷が化膿《かのう》し、骨が腐って、この傷が原因でカンビュセスは死んだ。

「アピスの祟り、アピスの呪い……」

美宇はメモを前に、腕組みをして唸《うな》った。「本当かなあ。なんだかできすぎた話」

「それより、わからないことがひとつあるんだ。この頃はアピスの祟りなんてのが普通に信じられていたのかな。アピスってそんなに悪い神様なの？」

「うーん、そんなはずはないと思う。アピスは冥界の神様オシリスと繋がってるけど、オシリスはもともと死と復活の象徴だもの。ガーネットさんもいってたように、ファラオは死ぬとオシリスと同一視されたくらいだから、悪いイメージじゃなかったはず。たぶん古代エジプトでは、明確に邪悪な神というのはいなかったんじゃないかな……。あえていうならセト神かもね。オシリスの弟で、守護者であると同時に破壊者。プトレマイオス朝の頃になると悪い側面のほうが大きく取り上げられていたみたいだけど……、でもアピスとは直接繋がらない。アピスが祟るなんて、一般的じゃなかったと思う」

亨も腕を組んでメモを見つめた。どうもそこが引っかかる。もし自分がこれを小説に書くなら、祟りの理由をちゃんと説明するところだ。そうしないと読者は納得しない。昔の人はそういうことをあまり気にしなかったんだろうか。

「まあ、これは宿題にしときましょ。トオル、見せたいものがあるの、来て」

美宇はそういって立ち上がり、奥の部屋のほうを指さした。メモ帳と鉛筆を持って従う。美宇についていこうとすると、机の下で寝そべっていたジャックが駆け寄ってきた。ところが途中で突然ぴんと耳を立てたかと思うと、机の下にUターンしてしまった。蹲《うずくま》ってこちらの様子を窺っている。ヒゲがぴくぴく動いていた。

「どうしたんだろう」

「怖いんでしょ、きっと」

「怖い？」

「アピス像を万博会場から持ってきたの。さあ」

美宇が促す。ジャックを置いたまま、亨はその部屋に足を踏み入れた。

少し狭い展示室。そこにアピスに関係する遺物が無造作に並べられていた。いくつかの石像と、絵の描かれた石碑。遺跡の壁から剝《は》がしてきたらしいレリーフ。ついいましがた倉庫から出してきたような雰囲気だ。一番隅にひときわ大きい石像があった。それが目に入った瞬間、亨は首筋が疼《うず》くのを感じた。あのアピス像だ。

たぶん、ほとんどはサッカラやアレクサンドリアのセラペウムから出土した遺物だろう。どこかの神殿から持ってきたものも混じっているかもしれない。これまで本を読んできたからなんとなく察しがつく。写真を見て知っているものもある。

亨はゆっくりと歩を進め、近いものから順に観察していった。裏や脇にも注意しながら、ひとつひとつ、ゆっくりと見ていった。石像は亨の肩くらいまでのものもあれば高さ一五センチくらいのものもあった。どれも立派な体格の牡牛《おうし》で、片脚を前に出し、歩く姿勢をしている。角《つの》の間には円盤を挟んでいた。太陽の印だ。石碑に描かれたアピスはどれも白と黒のまだら模様で、背中に翼のマークをつけ、やはり角の間に太陽を掲げていた。それぞれ彫刻の具合を確かめ、ときどき石の表面を触りながら、一歩一歩、ゆっくりと、亭はあのアピスへと近づいていった。進むにつれて首筋の疼きが強くなってゆく。美宇の顔を盗み見たが、美宇が同じ疼きを感じているのかどうかわからなかった。途中、石碑の後ろに回り込むとき、扉の陰にジャックの姿が見えた。ジャックは耳を立たせたまま、扉から顔を半分だけ出して、じっとこちらを見つめていた。

そしてとうとう、あの石像の前に来た。

ちりちりという感覚は首筋から背中全体にまで広がってきていたが、亭は奥歯に力を込め、正面に立って、その全体像を見据えた。美宇がすぐ側《そば》にやってきて、ほとんど身体をくっつけるようにして一緒にアピス像に顔を向けた。

黒光りした軀《からだ》。アレクサンドリアのアピス像よりもひとまわり以上大きい。目が亭たちを睨《にら》みつけている。

負けずに睨み返してやった。

たっぷりと三〇秒もそうしているうちに、ようやく少し余裕が出てきた。目を逸《そ》らさないまま、ゆっくりと一周し、脇腹や尻の辺りまで観察してみる。ただ、やっぱり手を伸ばして触るほど大胆にはなれない。

他のアピス像とかなり違うこともわかってきた。まず姿勢が独特だ。頭を下げて、いまにも突進しそうなポーズを取っている。他の石像や絵はどれも、普通に歩いている状態を表現していた。顔が真《ま》っ直《す》ぐ前を向いているのだ。ところがこのアピスだけ上目遣に睨むような顔をしている。前脚もそれに合わせて少し動きのある格好だ。

体格も他のアピスと比べるとずいぶんいい。筋肉がついていて、家畜というより闘牛のようだ。角も大きめで、塡《は》めこまれた太陽も重たそうに見える。エジプトの壁画や石像は、確かきちんとした設計図があって、職人がそれに合わせて造っていたはずだ。だからいつも型に嵌《はま》ったようなポーズを取っていることが多い。本にはそう書いてあった。でもこのアピス像は少し違う。ひとつの決まったパターンに沿って造られたようには見えない。

左右の前脚の間にヒエログリフが刻まれている。亨には読めなかったが、王の印であるカルトゥーシュは判別できた。鳥や脚の形をしたヒエログリフが、丸を引き伸ばした形の線で囲まれている。カンビュセス二世の名前が書かれているはずだ。マリエットさんはこれを読んで、カンビュセスの在位期間を解読したのだ。

不意に、亨は奇妙なことに気づいた。

「……ちょっと待って。おかしいよ、これ」

「どうしたの？」

石像を見つめたまま、ゆっくりと言葉を探す。「これ、カンビュセス王の時代のアピス像だよね」

「マリエットさんはそういってたけど」

「ニセモノなんじゃないかな。もしかしたら違う時代の彫刻なのかも」

「どうして？」

「カンビュセスはアピスを殺したんだろ、生まれたばかりの仔牛《こうし》だったときに」

「それで？」

「だったら、埋葬されたアピスは仔牛だったはずだよ。なんでこの像は仔牛じゃないんだろう。これは成長した後の牛じゃないか。どうして仔牛のままの像を造らなかったんだろう」

「そうか……。いわれてみると確かにおかしいかも」美宇が横で首を傾げる。「エジプトの彫刻はどちらかというと写実より理想主義なところがあるから、実際は仔牛だったアピスでも立派な牡牛の姿にして遺《のこ》したのかな」

「だとしても、他とポーズが違う」

「うん……。暴れ牛のポーズね。ヒエログリフでも牛を象《かたど》った文字は二種類あって、頭を立てた大人しい牛と、角《つの》を前に向けた暴れ牛があるの。図像学的には暴れ牛に王の力強さの意味が込められているとされているけど……、どういうことなんだろう」

「……仔牛だったらどんな感じになるのかな」

「そのほうがよっぽどいいかもね」

美宇は両手で身体を掻き抱いて、大袈裟に身震いした。

「やっぱり、どうもこの石像は苦手だな……。ジャックが近寄らないのもわかる気がする。トオル、いまのアイデア、試してみましょ。この像を解析して、骨格の形を割り出してみる。一般的な家畜牛の成育シミュレーションと照らし合わせて、骨格を若返らせてみるわ。そうしたら子供時代の姿の石像が作れる。……写実主義のエジプト彫刻も、たまには面白いかもよ」

15

エジプト、サッカラ（一八五二年）

そのガスは、突然発生した。

最初のうち、マリエットは何が起きたのか把握できなかった。家《メゾン》で発掘メモを整理していると、人夫たちが発掘中にいつも歌っている労働歌が突然途絶え、すぐに外が騒がしくなった。事故が起きたのか、とそのときは咄嗟《とっさ》に思った。また砂岩が崩れ、誰かが生き埋めになったのかもしれない。慌てて庭に出てみると、人夫たちが必死でこちらへ駆けてくるのが見えた。その中にはボンヌフワの姿もある。だがおかしい。どれも事故が起きたときの切羽詰まった顔ではない。人夫たちは一様に何かに怯《おび》えている。

「どうした！」

だが人夫たちはその問いに答えようともせず、マリエットのメゾンの前を走り抜け、我先にとテントの中に入ってゆく。誰かの悲鳴のような声が耳に届いた。怒りだ、神の怒りだ。

マリエットは柵を越えて庭から跳び降り、自分のテントへ逃げ込もうとしているボンヌフワの腕を掴《つか》んだ。ひっ、と声を上げたボンヌフワは、こちらがマリエットだということにも気づかず、手を振り解《ほど》こうともがいている。

「落ち着け！　何があった！」

ようやく正気に戻ったボンヌフワは、がちがちと歯を鳴らしながら発掘現場のほうを指さす。

その方角に目を向け、マリエットは息を呑《の》んだ。

青い煙が立ち上っている。

異様な煙が発掘現場の上空に広がっている。蒸気か、地下のガスか。だがなぜあんな色をしているのか。風に煽《あお》られ西のほうに流れているが、それでも色はまだ空に溶け込まず、はっきりと煙の境界が見て取れる。濃密な気体だ。しかもまだ続々と地中から湧き上がってきているようで、青色は次第に濃くなってきていた。

いったいどこから？

はっとしてマリエットはボンヌフワの襟首《えりくび》を捻《ねじ》り上げた。方角からするとセラピス神殿でも礼拝堂でもない。あの場所しか考えられない。「……まさか、あの入口からか？」

「は、はい」

「なぜだ？」

「わかりません」ボンヌフワは涙を浮かべていた。「誓って、誰も手をつけていません。

本当です。ちゃんと見張ってました。それなのに、突然」

ボンヌフワ自身も気が動転しているようだ。マリエットは周囲を見渡した。人夫たちはひとり残らずテントに入り込んでしまっている。誰も出てこようとしない。

ボンヌフワがすがるような目でいった。

「まさか、呪われてるんじゃ……」

「なんだと？」

「誰かがいい始めたんです。古代の神の呪いだと。暴いてはならないものを掘ってしまったから……」

「くだらん！」

襟首を突き放す。発掘で地割れか何かが生じ、地底のガスが一時的に漏れ出してきたのかもしれない。有毒ではなさそうだが、安堵《あんど》するにはまだ早い。たとえ人体に影響がないとしても、ガスが遺物と化学反応を起こし、顔料を変色させて考古学的価値を下げてしまう可能性もある。出土品のいくつかはまだセラペウムの部屋に保管してあるのだ。特にカエムワセト王子の副葬品は貴重だ。パピルスもある。

ぐずぐずしている暇はなかった。あれほど目立つ煙が噴いていたら、エジプトの役人がいずれ飛んでくる。

マリエットは人夫たちのテントに行き、出入口の布を乱暴に開け放った。奥のほうで固まっている彼らを一喝する。

「誰か煙が出始めたところを見た者はいるか！」

おずおずと、痩せた手が後方から挙がった。他の人夫たちが前を空ける。というより、その男を避けようとしたのかもしれない。マリエットはその初老の男に顔を近づけた。男の額には脂汗《あぶらあせ》が浮かんでいる。

「どこか変なところを掘ったのか、おまえたち？」

めっそうもねえ！　と男は酷《ひど》く訛《なま》ったアラビア語で答えた。都市部と農村部のアクセントが混じっている。哀願するような目で男は無実を訴え続ける。どうやらマリエットが定めた場所を忠実に掘っていただけのようだ。彼らにセラペウムの入口を知られるはずはない。

「呪いだ」

「俺たち、神の怒りを買ったんだ」

「恐ろしい」

口々に人夫たちが呟《つぶや》く。マリエットはもう一度大声を上げ、彼らを黙らせた。苛立《いらだ》ちが胸の中で膨れてくる。

待機を命じ、テントの外に出る。そこにはボンヌフワとハムザウイがおどおどした表情で立っていた。中を窺《うかが》っていたらしい。マリエットはハムザウイに、人夫たちをなだめるようにいい渡し、さらに煙に近寄らせるなと付け加えた。

「ボンヌフワ、ついてこい。確認が必要だ」

「勘弁して下さい！」ボンヌフワは悲鳴を上げた。「悪いことはいいません、今日は大人しくしていましょう。あれが鎮《しず》まるのを待ちましょう」

舌打ちし、マリエットはふたりを残して発掘現場へと進んだ。

砂岩の丘を越えると、煙の出所がはっきりと見えてきた。やはりセラペウムの入口だ。普段は砂で覆《おお》って隠してあり、掘っても意味のない場所だと人夫たちには思わせている。この入口を知っているのはマリエットを除けば三人しかいない。ボンヌフワとハムザウイ、そして考古学に関心の高いフランス領事のルモインだ。セラペウム内の発掘作業は、いまのところマリエット自身が夜にひとりでおこなっている。セラピス神殿や礼拝堂が砂山の中から出てきたので、人夫たちを使った日中の発掘はそちらに集中させていた。これもすべては秘密の漏洩《ろうえい》を防ぐためだ。人夫たちがどこで喋《しゃべ》るかわかったものではない。それに彼らが金目のものを持ち逃げしないとも限らないのだ。

ようやく先日、ルモイン領事の努力によってサッカラの発掘権を正式に獲得したばかりだった。文書には出土品のすべては副王に所有権がある旨《むね》しっかりと書き添えられていたが、もとよりアッバース副王のいいなりになるつもりはない。すでに考古学的に重要な遺物はルーヴルに送ってしまっている。セラペウム内から出土したものも、いまは空《から》の墓室に保管したまま人目に触れさせていない。セラペウムの発見はこれまでひた隠しにしてきた。この騒動でアッバースに踏み込まれるのはなんとしても避けなければならない。

振り返り、人夫たちのテントの様子を確かめる。やはり誰ひとりとしてこちらを窺っている者はいない。マリエットはヤシの木に縛りつけていたロープの束を外し、いつものようにセラペウムの入口へと伸ばした。地下通廊までの往来はこのロープでおこなっている。

青い気体は一定の速度で砂の中から滲《にじ》み出していた。煙のように見えるが、臭いも刺激も感じられない。マリエットは用心のため呼吸の数を減らし、目を細めながら入口に顔を近づけた。身体が煙で包まれる。視界は濁らないものの、細かい粒子が身体に絡みついてくる感覚だった。まるでナイルの中で泳いでいるようだ。古代の魔術？　マリエットは激しく頭を振った。

慎重に入口の砂を掻《か》き分けてゆく。入口の穴を広げると、一気に煙が立ち上ってきた。思わず顔を背ける。

意を決してロープを立坑《たてこう》に垂らし、下へ降りる。セラペウムの中に入ってゆくにつれて空気が重くなっている気がした。いつものように空《から》の石棺の脇に降り立ち、少し迷ってから思い切って常備してある松明《たいまつ》を取り出し、火を点《つ》けた。

何も起こらなかった。やはり引火性の気体ではない。これで安堵感が増したが、まだ気を抜くわけにはいかない。墓室を出て「偉大なる通廊」と呼んでいる上部通廊を進む。

耳を澄ます。どこかで煙が漏れ出る音がしているかもしれない。神経を集中させたまま、とりあえずマリエットは出土品を保管してある墓室のほうへと足を向けた。「K」

と番号を振った下部通廊の部屋から、カエムワセト王子のミイラと黄金のマスクが出土している。聖牛の埋葬所であったはずのセラペウムに、なぜ王子が埋葬されていたのかわからない。だがいずれにせよ見事な副葬品で、損傷をもっとも避けなければならない出土品だ。それがいま下部通廊の入口に当たる墓室に保管してある。

ゆっくりと西へ進む。この「偉大なる通廊」は全長が三五〇メートルある。最初にマリエットが降り立ったのがここだ。松明が微《かす》かに墓室の入口を照らす。第二六王朝のアハモセ二世時代の部屋だ。耳を澄まし、歩数を数えながらさらに進んでゆく。すぐに左手に階段が現れるはずだった。セラペウムの本来の入口と下部通廊へ通じる道だ。

だがそちらへ曲がろうとして、マリエットは気配を感じ、足を止めた。息を止め、神経を集中させる。松明の炎がうるさく感じられ、その音を心の中で相殺《そうさい》する。確かに感じた。

通廊の突き当たりに何かがある。

足音を殺しながら、ゆっくりと進む。まだよく見えない。突き当たりにはマリエットが「U」と名づけた墓室がある。以前に調べたところ、やや小さな石棺とともに、アピスに捧げられた石碑が置かれていた。その石碑には手厚くアピスが葬られたことが記されており、カンビュセス二世の治世年代が刻まれていた。もちろんアピスのミイラは一欠片《ひとかけら》も残されていなかった。盗賊に荒らされた後だったのだ。そしてこの墓室だけは他と異なり、供物《くもつ》などの細々とした品がほとんど置かれていなかった。

気配はその墓室から漂ってきている。

わずかにマリエットは肌寒さを感じ始めていた。初めての体験だった。常にこのセラペウム内部は気温と湿度が一定に保たれており、肌で感じるほどの変化が起こったことはこれまで一度もなかったのだ。鳥肌が立っているのが自分でもわかる。松明が一瞬、不規則な音を立てた。何かに絡みつかれたかのように全身の関節が軋《きし》む。

ごろり、と岩の崩れる音が響いた。

マリエットは立ち止まり、松明を翳《かざ》した。すでに墓室「U」の前まで来ている。やや低くなった天井の岩肌が炎に煽られ紫色に染まっている。だがその炎の影が波紋のように放射状に広がってゆくさまを見て、マリエットは息を詰めた。青い気体が流動し、その軌跡が影となって現れているのだ。

再び岩の崩れる音。思い切ってマリエットは声を出した。

「誰だ！」

炎が揺れ、再びもとに戻る。マリエットは待った。だが返事はない。静かに一歩踏み出す。もう一歩。そのとき炎の光が何かを捕らえた。

壁が崩れている。

Uの墓室の壁が一部崩れているのが見えた。岩がいくつか床に転がっている。

さらに数歩進む。唐突に炎が壁の向こうにあるものを照らした。

牛の頭部がこちらを睨《にら》んでいる。

「……ばかな」

思わずマリエットは声に出していた。墓室Uの東には数十センチの壁を隔ててすぐに別の部屋があるはずなのだ。何度も測量したのだから間違いない。下部通廊の「I」と番号を振った部屋がそこに位置しているはずだ。

だがいまマリエットの目の前には崩れた壁があり、そこからアピスの石像が顔を覗《のぞ》かせていた。

寒気が増した。

松明を引き寄せる。青い粒子が身にまとわりついてくるような気がした。空《あ》いているほうの手で空気を掻き払いながら、マリエットは墓室の中に足を踏み入れた。

アピスの石棺に異常はない。なぜ壁が崩れたのかわからなかった。じっくりと天井や両脇の壁を照らしてみたが、他に罅《ひび》や亀裂はない。突然そこだけが崩れ落ちたように見える。アピス像はかなり大きかった。実際の牡牛《おうし》とほぼ同尺だろう。黒曜石製らしく、松明の光を反射させている。床に散らばる大小の石を跨《また》ぎ、マリエットはアピス像に近づいていった。周囲に残っている壁の残骸を静かに剝《は》がしてゆく。礼拝堂で発掘した石灰岩のアピス像とは、明らかに形が違っていた。ぐいと角《つの》を向け、顎を引いて、上目遣いにこちらを見据えている。

ふとマリエットは、何か音が聞こえたような気がして手を止めた。人の声のようでもあり、動物の啼《な》き声のようでもあり、蒸気の噴出音のようでもある。石像に松明を近づけてみた。わからない。だが青い煙はこの石像から滲み出しているという錯覚に囚《とら》われ、なぜかそれが頭から離れなくなってしまった。どう見ても石像はただの石像だ。ならばこの奇妙な寒気と一瞬の耳鳴りは何だ？

じっとマリエットはその像を見つめた。まだ青い気体は収まらない。おそらく入口の穴を抜けてまだ空へと立ち上り続けていることだろう。

気体の発生源を突き止められないのであれば仕方がない。まずはセラペウムへの入口を封じ、取り急ぎ気体の漏出を少しでも封じなければならない。このアピス像の調査はその後だ。

だが一方、マリエットは心の隅で、このアピス像が原因だと直観していた。人夫たちの怯えた声が脳裏に蘇《よみがえ》ってくる。マリエットはアピス像の足元にヒエログリフが刻まれているのをはっきりと見て取った。カンビュセス治世の時代だ。もう一度松明を大きく掲げ、マリエットはいま目の前にあるそのアピス像の全身をしかと見据えた。細部までしっかりと頭に叩《たた》き込んだ。メゾンに帰ってから、発掘ノートにこの石像のスケッチを残さなければならない。真夜中を過ぎてから再びここに戻って詳細なスケッチを何枚か描こう。壁を丹念に取り払い、隠し部屋の内部を隅から隅まで調べよう。マリエットの頭にヘロドトスの記述が浮かんできていた。カンビュセス王の残虐非道な行為の数々が、アピスの仔牛《こうし》にまつわる因果が、一字一句まで正確に頭の中で再現された。そしてマリエットはそのヘロドトスの記した文字の隙間から、奔流のように次々と新たな文字が溢《あふ》れ出て己の身を沸騰させるのを感じていた。なぜだ？　マリエットはその疑問をもはや制御できなかった。なぜアピスのミイラは消えたのだ？　なぜ石碑にはカンビュセスのアピスが手厚く葬られたなどと書かれているのだ？　二〇〇〇年前にここを荒らした賊どもはどこへ行ったのだ？　そして奴《やつ》らが盗んだはずのミイラとその副葬品は、いったいどこへ消えたのだ？

マリエットはきびすを返し、入口の立坑へと駆けた。遡《さかのぼ》る疑念を振り払うにはそうするしかなかった。

16

玄関先に出てきたときから、今日の啓太はどこか違っていた。

自分の部屋から、やあ、と手を挙げて出てきたとき、その手はひどく弱々しく見えた。顔には汗が貼《は》りついていて、生気がなかった。笑顔もおざなりだ。早かったなあ、というので、思わず亨は啓太の家の時計を探してしまった。廊下に架けられているいわさきちひろの時計は午後一時三分前を指していた。約束よりたった三分早いだけだ。

玄関を上がり、啓太の部屋に入っても、啓太はこちらを向こうとしなかった。

「いま、俺の原稿、出すから」

そういって啓太は自分の机の抽斗《ひきだし》を開け、がさがさと紙袋を取り出す。ばさり、とテーブルの上に放って寄越した。

テーブルを挟んで絨毯《じゅうたん》の上にあぐらをかく。啓太は自分から話そうとしない。亨は鞄《かばん》の口を開け、持ってきたよ、原稿、といって担当分のページを出し、テーブルの上に広げていった。でも啓太は興味がなさそうに手元をぼんやり見ているだけだ。

「ちょっとさあ、今日は校了日だろ。しっかりしてよ」

「……ああ」

「具合でも悪いの？」

「何いってんだ」

そういって、また黙ってしまう。

啓太のお母さんが冷たい麦茶を持ってきてくれる。このときも啓太は少し口をつけただけで、いつものようにごくごくと喉を鳴らそうとはしなかった。

「編集、やるよ」

「……ああ。見せてよ、おまえが書いてきたやつ」

啓太が気怠《けだる》げに右手を出す。どう反応したらいいかわからなかった。とりあえず持ってきた原稿を渡す。目次とクイズコーナー、読者欄、広告と奥付だ。啓太はベッドに寄りかかりながら、亨の書いた原稿を何もいわずに眺め始めた。

そういえば、と亨はようやく思い出した。前回の編集会議のときから、啓太は少し変だったかもしれない。こちらが興奮して話をしているうちに、いま考えてみると啓太の口数がだんだん少なくなっていったような気がする。

でも、そのときは気がつかなかったのだ。満月博士の受け売りを喋《しゃべ》っているうち、いつの間にかそれが自分のアイデアのように感じて、つい早口になってしまった。

前回の編集会議は結局、互いの新作を読み合って、足りないところを確認して終わった。啓太の原稿が少し遅れていた。読切の西部劇と合作連載の分は完成していたのだが、啓太単独の新連載の推理小説がまだだった。今日の会議までに啓太はそれを終わらせることを約束したので、亨のほうはこまごました部分を担当することになったのだ。帰ってから亨は父親の部屋を漁《あさ》り、「文藝春秋」というなんだか偉そうな雑誌（藝という字が特に偉そうだ）を持ち出して、目次のページを真似《まね》て作ってみた。両開きになる格好だ。小説のタイトルの脇にアオリ文句もつけてみた。そうして昨日の夜までに分担をすべて終え、亨は今日、原稿を持ってきた。

それなのに、啓太はこちらの原稿をだらだらと眺めているだけで、自分のを見せようとしない。

「……あのさ、新連載の原稿は？」

「原稿？　ああ、あれかあ……。ごめん、書けなかった。落とすよ」

「えっ？　どうして？」

「今朝までやったんだけどさあ……」

原稿を落とした理由をそれ以上話そうとはしない。途中まででもいいから載せようといっても、目を逸《そ》らすばかりで受けつけない。

沈黙。

これでは何のために来たのかわからなかった。

「発行、遅らせる？」

啓太はむっとしたような口調でいい返した。「落とすっていってるだろ」

その一言で決まった。啓太の新連載は次号に回すしかない。ページ数をもう一度調整する必要があった。亨は目次を作り直すことにした。嫌な雰囲気だった。作業を進める間も啓太は黙りこくったままだ。これまではいつも校了日の編集はどこか浮き立った感じだったのに、今日は息が詰まりそうだった。啓太は目を合わせようとしない。こちらから話しかけても避けようとしている。五年生までとは何かが違っていた。どこかで歯車が嚙《か》み合っていなかった。

原稿をまとめ、丁寧にふたつに折る。ホチキスを啓太に差し出したが、おまえがやれよ、といわれ、亨は束になる部分を慎重に綴《と》じた。ぱちん、ぱちん、と大きな音が啓太の部屋に響く。

完成だった。六年生になって初の雑誌。

「……できたよ」

そういっても啓太は大した反応を見せず、こちらの手元をぼんやり見ているだけだった。亨の言葉が宙に浮いてしまった。

「ね、どうしたのさ」

「……あのさあ」

何だか疲れたような口調で、啓太はいった。「もう、やめたいんだ、俺」

「……え？」

「だから、もう、一緒に雑誌作るのやめたいんだ、おまえと」

「……なんで？」

今度ははっきりと、ふっ、と馬鹿にしたような笑いを見せた。

「あのさあ。俺、見たんだ」

「何を？」

「おまえがバスに乗るところ。月曜日。黄色い鞄、ぶらさげてたろ」

どきりとして口を噤《つぐ》む。

「あれ、英語の塾の鞄だよな。マークが入ってたからわかった。チラシで見たよ」

「………」

「おまえ、塾に行ってるんだな。俺が夏期講習に行くっていったとき、何も教えてくれなかったよなあ」

「……それは」

「みんなに黙って、ひとりだけ英語の勉強してたんだな」

「違うよ。わけがあるんだ。別に隠してたわけじゃ……」

「隠してたじゃないか！」

いきなり啓太は大声を上げた。

「英語の勉強かよ。俺なんか算数やってるんだよ。計算ドリルとか、文章問題とか、そんなのやって、テストの点数すこしでも上げようとしてるんだよ。でもおまえは英語やってるんだろ。いまの勉強は完璧で、だから英語なんだろ。みんなに隠れて勉強して、それで中学に入ったらみんなと差をつけようってんだろ。汚いよ、やり方がさあ」

違う、来年イギリスに行くんだ、だから英語の塾に通ってるんだ、そういおうとした。

でも啓太の次の言葉でそれはいえなくなった。

「あのさあ、俺、もう嫌なんだ、おまえと本を作るのがさあ」

「……だから、どうして」

「もう嫌なんだ。おまえはどう思ってるか知らないけどさ、俺だって一生懸命書いてるんだよ。面白くしようと思って、何回も書き直したりさ。でも、おまえが持ってきた原稿を読むと、いつも思うんだ。敵《かな》わないんだよ。うますぎるんだ、おまえ。簡単に書いてきちゃうじゃないか。誰がどう見たっておまえの小説のほうが面白いよ」

「そんな……」息が詰まりそうになる。「だって……啓太のこの前の西部劇は良かったし、合作だって……」

「うるさいんだよ！　もういいんだよ、俺が一番よくわかってるんだよ！」

「………」

「おまえ、鷲巣に雑誌を見せてるんだろ。おまえのだけじゃなくて、俺たちの昔の雑誌も貸してるんだろ。知ってるんだ。俺の許可を取ったのか」

「え……？」わけがわからなかった。「だって、それは前にも話したじゃないか。二週間ずつ持っていて、その間は誰に貸してもいいって……」

「でも俺には黙ってたよな、鷲巣に貸してることは。俺に一言もいわなかったよな。なんでだよ。鷲巣とできてるのか、おまえ。そうなんだろ、できてるんだろ」

「ちょっと、ちょっと、待ってよ、そんなこと……」

「そうなんだろ、鷲巣とふたりで俺の小説を笑ってんだろ、おまえのほうが面白いもんなあ。俺は引き立て役だよ、いいよそれでさあ。俺、最近、誰にも貸してないんだ。貸した奴《やつ》ら、みんなおまえのほうが面白いっていう。やってられないよ。何がエラリー・クイーンだよ、何が藤子不二雄だよ！　どうせ違いすぎるんだよ、才能が違いすぎるんだよ！」

才能。

何もいえなくなった。

頭の中がぐるぐる回っている。

才能？　わからなかった。才能？　そんなものが本当にあるんだろうか？　啓太になくて自分にある才能？　それが原因でいま啓太と喧嘩《けんか》している？　才能？　才能って何だ？

「……帰ってくれよ」

ぼろり、と啓太の目から涙が溢《あふ》れた。

啓太が泣くのを見たのはこれが初めてだった。自分が泣かせた。

「雑誌持って、帰ってくれよ。もう一緒にやりたくないんだ。俺、まだ小説を書きたい。だけどおまえと一緒じゃ嫌なんだよ。はやくこれ持って帰ってくれよ！」

啓太は泣きながらできたばかりの雑誌を摑《つか》むと、こちらに叩《たた》きつけた。避《よ》ける間もなく、雑誌の角が額に当たった。啓太が喚《わめ》いた。

「はやく！　出てけよ！」

翌日の登校日は、久しぶりの曇りだった。

景色や天気が人の心を表すなんてことが、小説の世界だけじゃなく現実にもあるんだな、と亨は登校の途中でぼんやり思った。雲は灰色がかっていて、動きも鈍い。風は生《なま》温《ぬる》かった。ただ、湿り気は感じないので、雨になる心配はなさそうだ。これで降られたら、いくらなんでも「演出過多」だ。そこまで自分は単純じゃない。

背負っているランドセルの中には、できあがった宿題や夏休みの予定表に混じって、昨日作った新雑誌が入っている。家を出る直前まで、持ってこないつもりだった。昨日の夜に抽斗の中に入れ、鍵までかけて寝た。どうしてランドセルの中に入れてしまったのか、自分でもよくわからない。たぶん、鷲巣との約束が気になったからだろう。鷲巣との約束を守ることは、自分と啓太にとっていいことなんだろうか、悪いことなんだろうか？　歩くたびにランドセルの中ががさごそと音を立てて揺れる。家の玄関を出たときには、学校に行くまでに結論が出るだろうと思っていたのに、オロナミンCの看板や竹竿《たけざお》の家を過ぎ、電器屋やみかん工場を過ぎても、考えがまとまらなかった。結局なにも事態が変わらないまま、学校の下駄箱に着いていた。

なるべく俯《うつむ》き加減にして、目立たないようにしながら、亨は階段を上った。途中、三階まで来たところで、わざわざ五年生の教室の前を抜け、反対側の階段に行って四階に上がった。なんとなく啓太や鷲巣の組の前を通るのは避けたかった。

三週間ぶりの教室はいつもよりずっとざわついていた。やっぱりけっこうみんな日焼けしている。なかにはひとり、東京の親戚《しんせき》の家に行って、行列に並んで『銀河鉄道999《スリーナイン》』の映画を観た、と自慢する奴もいた。わざわざ並んで観るのが通らしい。

チャイムが鳴って入ってきた小高先生は、まったく日に焼けていなかった。なんでも肌が赤くなりやすい体質なのだそうで、そういえば運動会でも大きなつばの帽子を被《かぶ》っている。

学級会は予想通りの内容だった。宿題の提出と夏休み予定表の確認、それから始業式の日についての注意事項。小高先生が話し始めても、教室の中はまだざわついていた。空席が四つ。旅行にでも出掛けているのかもしれない。四人も休むことなんて普通はまずない。もし風邪《かぜ》が流行《はや》っていて、これだけ空席が出たら、みんな気持ちが張りつめるはずなのに、今日は誰も気にしない。小高先生も出席簿へのチェックは事務的だった。

小高先生が黒板に連絡事項を書き留めてゆく。始業式の日の防災訓練。自由研究の提出の仕方。給食費。チョークの音はあまり聞こえない。みんなはちょっとずつ無駄話をしながら、予定表を広げて、空欄に注意を書き込んでゆく。鉛筆を持ちながら亨は窓越しにグラウンドのほうを眺めた。誰もいないトラックにスプリンクラーが水を撒《ま》いている。普段なら授業時間のはずなのに、ランニングのかけ声もホイッスルの音も聞こえてこない。不思議な感じがした。予定表に目を落とす。きっちりと枠で区切られた毎日。土日は水色で色分けされている。その水色の帯は、表の終わりまであと二回しか残っていない。三一日にはもう予定が書き込まれている。図書室の当番。鷲巣と一緒の日だ。もう、今年の夏休みの半分は消えてしまった。

これが最後の夏休みだねえ、と祖母がデパートで呟《つぶや》いた言葉を思い出す。そのときは一瞬、何をいわれたのかわからなかった。来年も夏休みはやってくるじゃないか。本気でそう思った。

祖母がいいたかったのは、これが小学校最後の夏休みだということだった。たぶん、そんなに深い意味はなく、思ったことを口にしたんだろう。

複雑な感じがした。中学生になっても夏休みはやってくる。今年の夏だけが特別なはずはない。ちっとも特別なんかじゃない。

でも、頭の隅では別な意見がちかちか信号を出していた。わかっている。ちょっとずつ、何かは変わっていく。来年の夏が今年と同じはずはない。来年は家族でイギリスに行くのだし、啓太とはもう雑誌を作ることもないかもしれない。別の中学に行く鷲巣とはもう会えないかもしれない。それはわかっている。ただ、それを簡単に小学校最後の夏休みだなんて祖母に思ってほしくなかった。なんだかすごく軽い感じがした。ちょうど一二歳で小学校六年だからだといわれているようで、どうしても納得できなかった。

そんなに今年の夏は特別でなくちゃならないんだろうか？　祖母がふと呟いてしまうほど、それは当たり前のことなんだろうか？　いま自分がこんなことを考えているのも、みんな小学校最後の夏休みが原因なんだろうか？

小高先生は注意事項を書き終えると、ぱんと手をはたいてこちらに振り返った。

「さあ、早く掃除をしてしまいましょうね。終わったら帰りの会をやって、それで今日はおしまい」

気配を察して、亨は小高先生の顔を見つめた。

急に教室の中が静かになった。みんなの考えていることが、なんとなくわかるような気がした。きっとみんなも気配を察して口を噤んだのだ。小高先生がいうかどうか、確かめようとしている。

「あと二週間、たくさん勉強して、たくさん遊んで、充実した毎日を過ごしてね」

いうだろうか？　小高先生でも祖母と同じことをいうだろうか。みんなもじっと小高先生の顔を見ている。小高先生にはいってほしくなかった。きっとみんなもこのまま続けたいんだろう。小学校最後の、なんていう台詞《せりふ》がつかないただの夏休みを続けたいんだろう。でも小高先生にいわれたら、永久にこの夏休みは変わってしまう。小高先生が口に出したら最後、きっとこの夏休みはその言葉で縛りつけられて、八月三一日が終わると同時に永久に帰ってこない。だから、いってほしくない。

そう願いを込めようとしたところで、でも何も気づいていない小高先生は、にっこりと笑顔を浮かべた。

その瞬間、亨は次に来る言葉がわかった。そして初めて「先生」という職業にも限界があることを知った。

小高先生はいった。

「みんなにとっては、小学生生活最後の夏休みです。あと二週間、存分に満喫してほしいな。はい、掃除を始めましょう！」


空はまだ曇っている。

亨は花壇の前に腰掛け、新校舎の時計を仰いだ。一一時一〇分前。ついさっきまでプールから水飛沫《みずしぶき》の音や声が聞こえてきていたが、いまは静かだ。たぶん一〇分間の休憩タイムに入ったんだろう。

中途半端な時間だった。帰ってもすぐには昼ご飯にならないだろう。一時間くらいプールで泳いでから帰ればちょうどいいのだが、なんとなく今日は億劫《おっくう》だった。水泳バッグは持ってきているが、どうも気が進まない。登校日だからプールは混んでいるに違いなかった。啓太や鷲巣がいる可能性もある。

昨日は美宇に会わなかった。

用事があって仕方なかった日を除けば、あのミュージアムに行かなかったのは昨日が初めてだった。

昨日は家に帰ってから、ほとんど部屋に籠もっていた。寝転がって、新しく作った雑誌を読んだ。これまで書いてきたマンガや小説も、棚から引っ張り出してきて読み返した。啓太にいわれた「才能」という言葉がずっと頭の中を回っていた。

祖母のところで買ってきたクイーンの『エジプト十字架の謎』を読もうともしてみたが、雑念が入って集中できなかった。ふたりでひとり？　エラリー・クイーンはお互いに喧嘩したことがないんだろうか？　国名シリーズとドルリー・レーン四部作は別々の人が書いたとガイドブックには書かれていた。人気に差が出たりしないんだろうか？　藤子不二雄も『ドラえもん』と『魔太郎がくる!!』では絵柄が違うことくらい亨にもわかっていた。よく「コロコロコミック」ではドラえもんのコーナーで藤本《ふじもと》先生と安孫子《あびこ》先生ふたりが一緒にガッツポーズをとっている写真が載っている。でも、『ドラえもん』を描いているのは藤本先生だ。安孫子先生はどんな気持ちで写真に写ったんだろう？　やっぱりふたりでひとりなんだろうか？　自分と啓太くらいの短い合作期間ではわからないほどの太い絆《きずな》ができあがっているんだろうか？

立ち上がる。ランドセルを背負って、水泳バッグを持つ。まだ決心がつかないまま、なんとなくプールの入口に歩いてゆく。ピーッ、と笛が鳴った。みんなが一斉にプールに飛び込んでゆく音が聞こえてくる。フェンスがあって上の様子は見えないが、たぶん休憩タイムが終わった合図だ。

――やっぱり今日はやめておこう。

そう思ってきびすを返しかけたとき、いきなり女子更衣室の扉が開いた。一組の女子が三人、喋りながら水着姿でどやどやと出てくる。予感が当たった。三人組から一歩遅れて出てきたのが鷲巣だった。

最悪。

どうも鷲巣とはタイミングが合いすぎる。

鷲巣が立ち止まった。いつも後ろでひとつに束ねられている髪が、いまはほどけて肩にかかっている。

「あれ？　これからプール？」

「……うん、ちょっとね」

水泳バッグを上げてみせる。こういうのを、きっとご都合主義というんだろう。けいこおー、先に行くよおー、と三人組が階段の手前で声を上げる。三人は顔を見合わせ、何事か素早く囁《ささや》いてから、消毒液のプールをつま先で飛び越えて上のプールに駆けていってしまった。そのうちのひとりが階段を上ってゆくときこちらを振り返り、亨は思わず目を合わせてしまった。急いで視線を逸らす。

「雑誌、できた？」

やっぱり痛いところを衝《つ》いてくる。ランドセルが一気に一〇キロくらい重くなった感じだ。

「……うん、まあね」

「予約は？　どのくらい入ってるの？」

「ええと、まだ五、六人かな」

何をいってるんだろう。予約どころか、そのことで啓太と気まずくなっているのに。

「ふうん、じゃあ読めるのは、夏休みが終わってからかな」

「あっ、でも、もっと増えるかもしれないから」

なぜか口が勝手に喋っていた。

「今回はけっこういい感じでね、うん、我ながらいい出来なんだ。啓太もそうだと思うよ」

馬鹿だ。話せば話すほど泥沼だった。

「啓太の西部劇がすごいんだ。読んだらびっくりすると思うな。うん、だから今回のはみんな読みたがっててね。たぶん予約は二〇人くらい入るんじゃないかな。だから鷲巣のところに行くのは……」

「ね」

顔を上げる。

「啓太くんと、何かあったの」

胸に、ずん、ときた。

心臓が鳴っている。信じられなかった。こんなに自分が参っているなんて気づかなかった。

「……何もないよ」

反動が込み上げてくる。悔しかった。わかったふうな口を利かれたことが嫌だった。こんな鷲巣の目をいままで見たことがなかった。まるきりこれは訳知り顔の表情だ。何もわかっていないのにわかったようなふりをする嫌らしい顔だ。

もうたくさんだった。反論なんかさせてやらない。もう一度きっぱりといった。「何もないよ。関係ないだろ」

鷲巣が目を剝《む》く。

最悪だ、やっぱり、と亨は思った。そして突然気がついた。

たぶん、自分は鷲巣が好きだ。

「……ふうん」

鷲巣は目を伏せた。一回、肩が大きく揺れた。深呼吸したのかもしれない。二の腕に少しばかり鳥肌が立っているのが見えた。

目を伏せたまま鷲巣がいった。「プール、入るの？」

さっき訊《き》かれたばかりの質問だ。鷲巣は動揺している。それがわかった途端、泣きたくなった。それなのに、自分の口はまた何かいっている。

「今日はやめる。用事があるから」

「……そう」

鷲巣は明後日《あさって》の方向を仰いでいった。「じゃ、しょうがないかな」

鷲巣がプールのほうに歩き出す前に、亨はその場を離れていた。一気にグラウンドを突っ切って走る。

すぐにでもミュージアムに行きたかった。美宇と調査を続けたかった。アピスやセラペウムの話をしたかった。鷲巣に何がわかる？　鷲巣なんかに何がわかる？　校門を出て左に曲がり、あの林を目指す。頭の中が熱くなる。息が苦しい。早く気持ちを鎮《しず》めないといけない。でもひとつだけわかっていることがあった。ぐちゃぐちゃになっていた。頭の中でぽっかりと一か所だけ冷静なところがあって、それがこめかみの辺りを刺していた。鷲巣がわかっていないんじゃない。そう、小高先生がわかっていないのでもない。わかっていないのは自分だ。わかっていないのは自分だ。小説のことも、相手の気持ちも、世の中のことも、わかっていないのは自分だ。

17

ミュージアムの入口を抜け、万国博のポスターが並ぶ通路を過ぎると、もう美宇がフーコーの振り子の前で立っていた。

「待ってた」

そういうと美宇はいきなり亨にランドセルを置くよう促し、そして手を摑《つか》んで駆け出した。

「地図！　セラペウムへ！」

そして次の瞬間には、陽の光が降り注ぐあのサッカラにいた。

思わず目を擦《こす》る。いつもと同じだ。〈同調〉の度合いが違う場所に入ると目が反応する。

ゆっくりと周りに感覚を合わせてゆく。

あのセラピス神殿の代わりに、いま亨の目の前にあるのは地下へと続く白い階段だった。両側は石が積み上げられていて、セメントかコンクリートで補強されている。階段も綺麗《きれい》に切り揃《そろ》えられた石造りだった。奥にアーチ型の入口がぽっかりと開いていた。

「来ないから心配した」

「……え？」

はっとして、美宇の顔を見つめる。でも美宇はすぐに、いつもの口調に戻った。

「いい、トオル？　ここが本来のセラペウムの入口。この前いったこと覚えてる？　アピス像がどうして仔牛《こうし》じゃなかったのかって」

「……うん」

「いまからそのシミュレーションをやってみる。セラペウムの中に置いて、周りも〈同調〉させてみる。途中で何かアイデアが出たらなんでもいって。わかった？」

頷《うなず》く。

もう一度頷く。今度は強く。

望むところだった。少しでも多くアピスの話がしたい。美宇と話して啓太や鷲巣のことをどこかに吹き飛ばしたい。

美宇がどんどん階段を駆け下りてゆく。亨も急いでその後を追った。途中で追いつき、手を取って一緒に走る。

セラペウムの中に入った瞬間、また目に疼《うず》きを感じた。美宇は立ち止まらない。早足で一直線に地下道を進んでゆく。置いてけぼりを食うわけにはいかない。手を握ったまま亨も暗い道を進んでゆく。

少しずつ瞳孔が広がってきて、地下道の様子が見えてくる。

何の飾りもない横穴だった。ちょうど亭の肩の辺りまでは白い石が積み重なっていて、そこから上は黄土色の岩肌が剝《む》き出しになっている。十数メートルおきにランプが灯《とも》っている。天井は大人でも充分に立って歩けるくらい高い。昔の防空壕か、田舎にあるトンネルみたいだ。

進むにつれて靴音が響き始めた。通路の床は滑らかで、壁よりもずっと磨き上げられている。

かなり進んだところで道は突き当たった。左のほうにはさらに大きな道が開けている。右は岩を積み重ねた壁で、潜《くぐ》り戸《ど》のような小さな口が開いているだけだ。美宇は迷わず左に曲がる。

天井がさらに高くなってくる。亭は頭の中でセラペウムの地図を思い浮かべた。美宇と図書閲覧室で調べながら何度も見たのだから、嫌でも記憶に残っている。いま自分たちは南のほうに向かっているはずだった。

一気に視界が開けた。「偉大なる通廊」だ。

広い地下道の中を、一定の間隔を置いて篝火《かがりび》が焚《た》かれている。道の両側にはずらりと墓室の入口が並んでいた。篝火が驚くほど遠くまで続いている。

本に載っているイラストでは何度も見たが、自分の目で見るのとでは大違いだった。マリエットさんが初めてこの光景を見たときの興奮がようやく実感できたような気がした。数千年の間、これだけ大きな地下道が保存されてきたことが信じられない。

「トオル、セラペウムの構造は覚えてる？　ここが上部通廊の中で一番長い道ね。全長約三五〇メートル。ほぼ東西に一直線に掘られている」

もちろん、いわれなくても覚えていた。セラペウムは使われていた時代によって大まかに三つに区分できる。一番古い時代は第一八王朝から第二〇王朝、新王国時代のもので、ツタンカーメンやラメセス二世がいた頃だ。このときはまだ地下道のようなセラペウムではなく、アピスが死んだらそのたびに墓を掘って棺《ひつぎ》を埋めていた。次の時代になって、少し小さめの地下通廊ができてくる。マリエットさんが「下部通廊」と呼んだところで、ちょうどセラペウムの入口の下にあり、南北の方向に延びている。マリエットさんがカエムワセト王子のミイラや黄金のマスクを見つけたのもここだ。そして上側の地下通廊がその後の時代になる。

「古代エジプトの最後の時代に使われたのが、この上部通廊」

美宇は大きく両腕を広げてみせた。「第二六王朝からプトレマイオス朝、それからローマ帝国の支配下になるまで。あのアレクサンダー大王も、クレオパトラも、この通廊の時代に生きていた」

「カンビュセスも」亨は付け加えた。

「そう、カンビュセスもね。トオル、どこの部屋かわかる？」

当然だった。亨は大きく左手を挙げた。そして名探偵のように、エラリー・クイーンやエルキュール・ポワロのように、ゆっくりと人差し指を伸ばして、美宇を見つめたまま、通廊の左をぴたりと指した。「東の突き当たり。そうだろ?」

「その通り」

通廊から墓室の中がよく見える。石棺が何の飾り気もない空間に放置されていた。そのひとつに近寄って中を覗《のぞ》いてみたが、やはり空《から》っぽだった。

「マリエットさんが爆破したのはどこだっけ」

「あっちだと思うんだけど……」

なぜかいまのうちに見ておきたい気がして、亨は美宇の指す方向に走った。すぐに目的の棺は見つかった。左の上部に大きく穴が開いている。

棺の厚さは一〇センチ近くあって、蓋《ふた》はいくら力を入れてもびくともしない。なるほどと思った。資料で読んだことがある。マリエットさんたちはどうしてもこの蓋を持ち上げることができなくて、結局爆竹で吹き飛ばし、中に納められていたミイラを取り出したのだ。

「上部通廊で盗賊に荒らされていなかったのはここだけだったみたいね」

「でも、ミイラくらいは残っていてよさそうなものだけど」

亨は念のため穴から棺の中を観察してみた。すべて取り出された後で、何も残っていない。

「埋葬品ならともかく、どうしてミイラまで盗《と》っていったんだろう」

「さあ、薬にでもしたのかも」

その話は聞いたことがあった。中世になってから、ヨーロッパでミイラの粉を飲むのが大流行したらしい。万病に効く薬だと思われていたのだそうだ。そのためエジプトでミイラを発掘するのが追いつかないほどだったという。そのフィーバーが江戸時代の日本にも伝わってきた、という話も本で読んだ。

でも、亨にはいまひとつ納得がいかなかった。

「牛のミイラまで薬にするかなあ」

「粉にしちゃえば同じでしょ」

「それはそうだけど……」

首を傾《かし》げる。この疑問は宿題にしておこう、と亨は思った。後でガーネットさんに訊《き》いて、調べ直してみるのだ。

さらにいくつかの石棺を見てから、亨は通廊を引き返し、突き当たりのカンビュセス王の墓室に行く。横に長い長方形の部屋で、向かって左側にやはり空《から》の石棺がある。その前には石碑が立てかけられていた。上の角を丸く削った特徴的な形だ。以前にも図書閲覧室の脇の部屋で美宇と見たことがある。石碑の上半分には絵が描かれていて、男の人がアピスに供物《くもつ》を捧げていた。下半分にはヒエログリフが刻まれている。確かアピスが死んだときの王の在位年が書かれてあるはずだ。

本に書いてあった説明を改めて思い出す。昔のエジプト人やギリシア人は、セラペウムやセラピス神殿によくお参りに来たらしい。それで記念に石碑を奉納していったり、参道の脇に建った土産物屋《みやげものや》でいろいろ買って帰ったりしたという。なんとなくこの石碑はお寺の絵馬に近いものがあるような気がした。セラペウムの中には石碑を置く場所もちゃんと設けられているのだ。

この石碑が、王の在位期間を確かめるのに役に立ったらしい。プトレマイオス朝時代のマネトという人が、歴代の王の名前を一覧表にして、三〇〇〇年の歴史を三〇の王朝に分けた。その区分がずっと流用されてきたのだが、どの王がどれだけの期間エジプトを統治していたのか、具体的なところまでは書かれていないので、考古学者たちは詳しい年表を作ることができなかった。ところが出土したアピスの石碑を丹念に突き合わせてゆくことによって、それぞれの王の在位期間がわかったのだ。これもマリエットさんの業績のひとつだ。

美宇が部屋の外へ一歩退いた。亨もそれを真似《まね》て後ろへ下がる。

「いい？ ここはいま現在のセラペウムの構造をもとに、コンピュータで再現したものなの。マリエットはあのアピス像をどこで発見したのか書き残していない。たぶん発掘メモには書いてあったんだと思うけど、一八七八年の洪水で失われてしまっている」

「確か、青い煙が出たっていう騒ぎがあったと思うんだけど」

「一八五二年ね。このセラペウムを発掘していたとき、突然変な煙が四時間にわたって出てきて、人夫たちが怯《おび》えたって話。うん、そのときに発見したはずだけど、人夫たちは誰ひとりとしてアピス像を見ていない。マリエットはひとりでこっそり見つけたんだと思う。でもアピス像はその後、発掘現場から消えている。いつ消えたのか、どうして消えたのかも、いまのところわからない。あの万国博のレプリカ以外に手がかりはない」

あの万国博にまた戻ってマリエットさんに訊いてみればいい、と亨は思ったが、美宇にはその発想が思い浮かばないらしい。どうしてなのかわからなかった。

「レプリカを造ったくらいだから、かなりちゃんとスケッチしたんだと思うな……。いったんは掘り出したのかも。でもどっちにしろ、マリエットがあれを見つけたのはこの部屋だと思う。アピス像はカンビュセス二世の時代のものだったんだから」

美宇が空気を指で撫《な》でる。四角い枠が宙に現れた。

「まず、ここに置いてみる」

その声と同時に、アピス像が墓室の中に出現した。

亨は心臓の鼓動が速くなってくるのがわかった。見るのはこれで三度目なのに、まだ身体が慣れない。

「これが万国博で見た石膏像《せっこうぞう》……」美宇は手元の枠を操作しながらいう。「まずは実際の黒曜石に置き換えてみる」

光沢が増した。篝火の光がアピス像の表面でゆらゆらと揺れ動く。黒光りするその全身は、薄暗いセラペウムの中でいっそうこちらに迫ってくる感じだ。丸い目玉も濡《ぬ》れているように見える。

「次に、この像が本物そっくりだと仮定して、牛の骨格を決めてみる。見ていて」

石になったアピス像が、今度はいきなり半透明になった。中から白い骨格が浮き出してくる。コンピュータの作ったイメージ映像だ。頭の中ではわかっていたはずだったのに、こうして見せられるとかなりどきりとする。

骨格はどこか歪《ゆが》んでいるように見えた。頭蓋骨《ずがいこつ》や角《つの》の大きさが少し違うような気もするが、具体的にどこがおかしいのかよくわからない。美宇がいった。

「やっぱり標準的な牛の体格とは合わないみたい。彫刻だから多かれ少なかれデフォルメされてるのは仕方がないかもね。マリエットがレプリカを造るときに寸法を間違えたのかもしれないし、それにエジプト美術はもともと写実主義じゃないから」

「これは普通の牛の姿じゃないってこと？」

「厳密にはね。でも、この格好をなるべく残しながら、年齢を下げてみる。ちょっとずつ、生まれたばかりの姿に……」

そういい終わらないうちに、アピスの骨格が掠《かす》れ始めた。

輪郭が周囲の空気に溶け出したかと思うと、全体が細かく震え始める。その振動はどんどん速くなっていった。一〇秒も経《た》たないうちに、アピスの軀《からだ》は黄土色の残像だけになってしまった。でもそれからぼんやりとした立体像が浮かび上がってきて、ぴたりとピントが合う。少し全体的に小さくなったような気がした。またすぐにピントがぶれ始める。ゆったりとした周期ごとに、アピスの姿が立ち現れてくる。ポーズはそのままで、脇腹の肉が引き締まり、首の肉が萎《しぼ》んで、角が退行してゆく。

アピス像は仔牛にまで戻っていた。余分な脂《あぶら》は完全に消えてしまっている。ずいぶん華奢《きゃしゃ》になって、重心が落ち着かない感じだ。アピス像の中から骨格が消えた。振動が収まっていくと同時に石の硬い感触が表面に浮かび上がってくる。

と、仔牛になったアピス像が横に揺れた。細い脚で軀を支えきれなくなったのだ。亨が叫ぶ前にそのまま石像は倒れていた。

普通だったらそのまま粉々に壊れてしまっていたかもしれない。でも目の前の石像には罅《ひび》ひとつ入っていなかった。立っていたときと同じ姿勢のまま、片脚を前に出し、顎を引いて、小さな角を前に向けて床に転がっている。

その姿を見て、亨は妙な違和感を覚えた。こんなにも細い軀になったのに、可愛《かわい》らしい感じがまるでしない。どっしりとした最初の体格のときにあった威圧感が消えていない。そういえば、と亨は思い出した。アピスはカンビュセスに股《もも》の辺りを切られたはずだ。ということは、ちょうどこんな姿で床に倒れながら、頭のおかしくなったカンビュセスを見つめていたのかもしれない。

アピス像の目は、なにもない空中を見つめていた。

美宇が手で操作する。

「セラペウムの〈同調〉に入る。ちょっと目が回るかもしれないけど我慢して」

急にセラペウムがうねり始めた。

一斉に岩肌が虹色に輝き出す。いままで当たり前のようにそこにあった岩の壁が、砂っぽい床が、いくつもの篝火が、全部ひっくるめてぐにゃぐにゃとした液体に変わり、内側から無数の色を放出し始めた。花火の真ん中に放り込まれたようだった。次々と色が弾《はじ》け、空間が窪《くぼ》み、ねじれ、すべてが目まぐるしく変わってゆく。あまりの騒々しさに思わず亭は両耳を手で押さえ、しゃがみ込んだ。目を閉じ、悲鳴を上げかけて、

——気づいた。

顔を上げる。感覚がおかしい。

すごい色と形の洪水。美宇の顔が見えた。こっちを向いて、手を差しのべている。

もう一度目を閉じてみる。音がやんで、静けさが戻った。小さく声を出してみる。はっきりと聞こえた。

「目が回るっていったでしょ」

もう一度目を開ける。がちゃがちゃとした騒音が戻ってくる。でもさっきまでよりはずっと小さい。美宇の手を摑んで立ち上がる。不思議だった。猛烈に騒がしいはずなのに、自分の声が聞こえた。

どんどん視界は変わってゆく。色と形の洪水だった。それが直接目を通じて脳に入り込んできている。あまりにも刺激が強いので、頭の中が混乱して、視覚の神経と聴覚の神経が混線していた。目で見ているものがものすごい大音響になって、頭の中で響いている感じだ。目を擦る。オーケストラが舞台に上がってから最初にやる音合わせ、あれ

とちょうど同じだった。まるでばらばらな音がセラペウムの中をあっちこっちへと駆け回っている。違う、本当に音が溢《あふ》れているわけじゃない。頭の中で音が作られているだけだ。その証拠に、目を閉じると何も聞こえなくなる。

「ここだけを見て、トオル」

美宇は自分の鼻先を指さした。

「慣れるまで大変だと思うけど、身体に異常はないから安心して。これはね、ようやく最近出たシミュレーションプログラムを走らせているところなの。いろんな形状や色を総当たりでこの場所に当てはめていって――といっても、チェスゲームの人工知能みたいに、無駄な手はどんどん省いていくらしいんだけど――そうやって〈同調〉度の高いところを少しずつ探っていくわけ。もちろん、このセラペウムみたいにほとんど時間の変化を受けていないところだからこそ応用できる技術なんだけどね。最初のうちはやたら派手な色が入り乱れて、景色もめちゃくちゃに歪むから、船酔いみたいになる。でも、ほら、だんだん……」

美宇は周りの様子を探るように視線を泳がせる。

確かに形の変化はだんだん収まりつつあった。セラペウムの元の姿がぼんやりと浮かび上がりつつある。でも輪郭や境界は細かく振動していて、しかも場所によってその振動の度合いがかなり違っていて、まだ落ち着いた感じがしない。亨の立っている辺りの床はかなり揺れて見えるのに、石棺はかっちりと姿を現している。篝火だけはなぜか洪水に巻き込まれずに燃え続けている。

目が慣れるまで、亨は手を翳《かざ》し、美宇の顔だけを見るようにした。ゆっくりと壁の色が黄土色や焦茶色《こげちゃいろ》に統一されてゆく。ときどきスポットライトのように赤や青の原色が混ざるが、ちかちかする感じは少なくなってきた。

やがてセラペウム全体は、大きなリズムの中に入っていった。

アピス像が若返ったときと同じように、振動するときとピントの合うときが交互に、一定の間隔で現れ始めた。ちょうどセラペウムを描いた何百枚もの絵がゆっくりと動いていて、ある一瞬だけそのうちの数十枚がぴったりと重なり合い、次の瞬間にはまたそれぞれ離れてゆく、そんな感じだった。そしてぴたりと合う絵の枚数が一回ごとに増えてゆく。少しずつセラペウムの中が変わってきているのに亨は気づいた。さっきまで崩れかけていた壁の一部が直っている。罅《ひび》割れを修理したところも白いセメントが周囲の色と混じり合って見分けがつかなくなっていた。天井の黒っぽい汚れが消えてきている。松明《たいまつ》の炎がつけた煤《すす》がなくなってきているのだ。

セラペウムの中が少しずつ復元されてきている。

岩肌がだんだん滑らかになってゆくのを見て、ふと亨は不思議に思った。いつまで経っても絵やヒエログリフが現れる気配がない。

「壁にはヒエログリフは書かれていなかったのかな」

「なんにも見つかってないわ、いまのところ」

どうしてだろう、と亨は思った。いままで漠然と、昔のセラペウムは豪華な壁画で飾られていたと思っていたのだ。

「お墓だから？　でもお墓にはたいてい絵とかヒエログリフが書かれていたはずだよね？」

「うーん……、確かに古王国時代の貴族の墓には綺麗な壁画が残されているけど……」

篝火《かがりび》の炎が少しだけ明るくなったような気がした。すぐ脇の火はいつの間にか濃い赤色から橙《だいだい》に変わり、しかも中からもっと明るい黄色が薄く滲《にじ》み出していた。ときどき血のような色の火の粉《こ》が湧き起こり、螺旋《らせん》を巻いて天井に上っていった。

「ルクソールの王家の谷にはいくつもファラオのお墓があって、そこには壁画が残ってるの。いろいろなところで見つかってる貴族の墓にも、当時の暮らしぶりが描かれてるわ。神殿の壁もそう。でもピラミッドの中で絵が見つかったことはないと思う。ヒエログリフだけ。ピラミッド・テキストっていうんだけれど。だからピラミッドは特殊なのかもね。もっとも、ピラミッドがお墓かどうかわからないけど」

まだ頭の中で音が鳴っている。セラペウムの振動はだんだん鼓動のようになっていった。

「クフ王のピラミッドにも、ヒエログリフがあったんだっけ？」

「棺の置いてある部屋の壁はまっさらで、何も書かれてないはずよ。その上の重量軽減の間といわれているところに、赤い顔料でクフ王の名の殴り書きがあっただけ。ただ、クフ王が生きていた時代の書き方とはちょっと違うなんて意見も出ていて、怪しまれてるけどね。ピラミッドの中にヒエログリフが刻まれるのは、第五王朝のウナス王のピラミッドからよ」

「ウナス……？」

聞いたことがあった。うまく思い出せなかったが、このサッカラにあるピラミッドのひとつにそんな名前がついていたような気がする。

「ジェセル王の階段ピラミッドの西南に位置する小さなピラミッド」美宇が補足する。

「いまはだいぶ崩れちゃっているけどね。マリエットの弟子だったガストン・マスペロが発掘して、玄室の壁一面にヒエログリフが書かれていることを発見したの」

いつの間にか、床から小石がなくなっていた。カンビュセス時代の石棺はほんの少しばかり左にずれていた。蓋はしっかり閉まっている。表面に貼《は》りついていたはずの砂埃《すなぼこり》は綺麗に搔《か》き消えている。若返ったアピス像がさっきと同じ状態で転がっている。

「そのヒエログリフって、どんなことが書いてあるんだろう」

美宇が肩を竦《すく》める。「調べていないからわからないな……。呪文みたいなのがずらずら書いてあるって、どこかで読んだけれど……」

「呪文？」

「祭司たちが儀式のときに唱えた言葉を写し取ったんじゃないかな。いちおう解読されているみたいだけれど、それほど意味の通った内容じゃないみたい。何度も同じ言葉が繰り返されたり、それに……」

美宇が声を潜めた。

「人を食べる話が書いてあるとか」

「……人を？」

そのとき、棺の横に置かれていた石碑が消えた。

亭はセラペウム全体を見渡した。頭の中の騒音は小さくなって、もう脳の溝の間でちりちりと震えているだけだ。篝火がセラペウムの呼吸に合わせて強くなったり弱くなったりを繰り返している。

なぜか亭は不安に駆られた。いったい、どこに〈同調〉しているんだろう。

「もちろん本当に食人の習慣があったわけじゃないと思うけれど……。おまじないの一部なのかも。ああ、そうそう、それに、わざと間違えて書かれたところもあったらしいの。未完成の文字もあったみたい」

まるで、誰かの心臓の鼓動に〈同調〉しているみたいだ。

「……わざと？　どうして？」

「さあ……。正確に書くと何かよくないことが起こると思われていたのかも。なにしろ呪文だから……」

はっ、とそこで美宇は口を噤《つぐ》んだ。

顔を見合わせる。

亨は頷いた。美宇も直感したのだ。

数十の篝火が、一斉に炎を伸ばした。

天井が赤く染まり、どくん、という鼓動が亨の頭の中で聞こえた。

火が元に戻った。セラペウムの中が暗くなり、揺れが鎮《しず》まった。

美宇が後ろを振り返る。亨も気づいた。人の気配がする。

誰かがやってくる。小さな小さな足音が聞こえてきた。草履《ぞうり》が石畳《いしだたみ》と擦れる音。ひとりじゃない。三人か四人。確かに聞こえる。

足音が通廊を曲がった。

美宇が微《かす》かな悲鳴を上げた。「偉大なる通廊」のほうに向かってくる。みんなで足を引きずるようにして、何かに怯えるように乱れた足取りでやってくる。

息を殺す。目を凝らした。何も見えない。

慌てて床に目を走らせる。足跡は見えない。砂が乱れる様子もない。でも近づいてくる。こちらに向かって進んでくる。すぐ近くまで来ている。

そのとき、唐突に、姿がすぐ目の前で浮かび上がった。亨はびくりとして思わず顔を庇《かば》った。

四人のエジプト人だった。坊主頭に丸い帽子を被《かぶ》り、長くて白い服を着た男たちが、自分の両脇を過ぎてゆく。四人は必死になって黒いものを運んでくる。その黒いものが亨の身体と重なった瞬間、エジプト人たちの足音がものすごい音量で頭に響いた。

急いで後ろを振り返る。四人は黒いものを床にそっと下ろそうとしていた。美宇がまた短く叫んだ。そこにはあのアピス像が横たわっていた。黒いものがその石像にゆっくりと重ねられてゆく。ようやく亨はわかった。四人が運んできたのは死んだ仔牛だ。脚の付け根が大きく抉《えぐ》られている。まだ血のこびりついた肉や内臓がはみ出している。男たちが静かに死体を下ろしてゆく。

ぴたり、とその姿がアピス像と重なった。

その途端、四人のエジプト人と仔牛の死体は掻き消えた。

炎がまた大きく揺れた。美宇の顔が暗がりに浮かび上がってくる。唇が少し震えていた。

セラペウムは鎮まりかえっている。どこかでまだ振動しているのかもしれないが、亨にはわからない。もうほとんど〈同調〉しているのかもしれない。炎の列だけが偉大なる通廊の中で動いている。なんだか大きな動物の胃袋のようだ。何も聞こえない。

わざと間違って書かれたピラミッド・テキスト。

わざと成長した姿で造られたアピス像。

最後の美宇の言葉がまだ耳の奥に残っていた。

正確に書くと何か――

「あの……」

「わかってる、トオル」美宇がいった。頭の中が混乱しているのが見ていてわかった。

「わかってる……ああ、でも」

「止めるんだ。いますぐ、これを」

「わかってる、でも」

音がして、美宇は言葉を切った。

鼓動が、聞こえた。

もう一度、アピス像から、鼓動が、聞こえた。

脇腹が動いた。

周期的な鼓動に合わせて、黒曜石の姿で固まっているはずのアピスが脇腹を上下させた。いつの間にか後ろ脚の付け根に切り傷がついていた。鋭い剣で斬りつけられた痛々しい傷口は、そのまま彫刻として石に再現されていた。仔牛の石像が呼吸していた。止まりそうな心臓を絞り出すように動かしていた。

その鼓動と一緒に、篝火の炎が揺れた。

一回呼吸するごとに傷口が縮まってゆく。フィルムの逆回しを見ているように、深く抉られた傷が消えてゆく。アピスの表面が炎の橙色の光を反射し始めた。濡れているようだった。ぬるぬるした液体を被ったように。

まるで、生まれたばかりのように。

前脚が、びくり、と動いた。

美宇が一歩後ずさった。信じられないといった表情で、亨とアピスを交互に見つめている。

仔牛が大きく身震いした。亨も思わず数歩下がった。生きている。いままでとは違う。コンピュータに作られたはずの石像が勝手に動き始めている。

仔牛の体表から蒸気が発散し始めた。いきなり仔牛の軀に体温が宿ったようだった。青い色の蒸気がゆっくりと立ち上ってゆく。仔牛は勢いよく胴体をねじ曲げ、前脚で床を蹴った。

上体が起き上がった。大きく頭を振り上げる。蒸気が音を立てて飛び散った。そして目が亨たちを捕らえた。

美宇が声を上げた。

そのときには亨も美宇もさらに一〇メートル以上後ろへ下がっていた。直感が的中していた。あのアピスが取り憑《つ》いている。カンビュセスに殺されたアピスの霊が取り憑いている。仔牛はじっとこっちを見つめたまま、後ろ脚をかつかつと蹴り、なんとか四本の脚で立とうとしている。全身からどんどん青い蒸気が立ち上っている。視線は亨たちを捕らえたまま動かない。

何度目かの蹴りで後ろ脚が床を摑んだ。ぐい、と上体が前に倒れ込み、ばねのように前脚が伸びて重心が持ち上がった。美宇が亨の腕を摑んできた。震えているのがわかった。止めるんだ、はやく、と亨は心の中で叫んだ。でも声に出なかった。美宇の作ったはずの操作窓はどこかに消えてしまっていた。

アピスが成長していることに、そのとき亨は気づいた。立ち上がったアピスはもう仔牛ではなかった。角《つの》が少しずつ伸びている。どくん、どくん、と篝火が鼓動するたびにひとまわりずつ大きくなってきている。最初のアピス像の形に戻ろうとしていた。あのどっしりとした理想の姿に、生き返った仔牛が〈同調〉しようとしている。角の大きさに、亨は初めて気づいた。まるで牙《きば》だった。マンモスかバッファローの牙。大きく外側へ湾曲し、それからぐいと中央に寄って、鋭い先端が真《ま》っ直《す》ぐ前に向いている。こんな大きな角を持つ牛を見たことがなかった。

アピスが前脚を出した。

顎を引き、角をこちらへと向けた。

アピスは前脚に体重をかけ始めていた。頭をさらに下げ、角を突き出す。青い蒸気が二本の角の先端から弧を描いて後方へと伸びてゆく。

美宇が腕を強く握りしめる。

アピスが動いた。

亨は目を瞑《つぶ》った。やられる。

そのとき。

「美宇！」

大声がして、亨は反射的に顔を上げた。いつの間にか誰かが亨たちの前に大きく両手を広げて立っている。背広。あの声。

満月博士だった。

満月博士が、牡牛《おうし》の前に立ちはだかっていた。

アピスが突進してくる。満月博士は動かない。亨たちを庇ったまま動かない。アピスが近づいてくる。セラペウムが大きく鼓動する。

亨はもう一度、目を閉じた。美宇をぐいと抱き寄せ、しゃがみ込んだ。

博士が叫ぶのが聞こえた。

「美宇！」

「パパ！」

18

エジプト、サッカラ(一八五二年)

マリエットは机の下から鞭《むち》とナイフを取り出した。立ち上がり、それらを腰巻に差して、窓際《まどぎわ》に寄る。外の様子を窺《うかが》う。東の風がいつもよりやや強い。霧は出ていないが、雲が月を覆《おお》っているようだ。

それらしき人影はない。だがマリエットはすでに確信していた。扉を開け、そっと外の闇に紛れる。足音を立てないよう気をつけながら、砂岩のほうに迂回《うかい》しつつセラペウムの入口へと向かった。気配はさらに濃密にマリエットの肌を刺激する。

砂岩を登り切ったところで身を屈《かが》め、セラペウムの入口付近を探る。やはり直感は正しかった。ヤシの木に二頭の騾馬《ラバ》が繋《つな》ぎ止められており、近くにぱんぱんに張った麻袋が五つ置かれていた。セラペウムへの立坑《たてこう》は開けられ、ロープが中へと垂れている。人の姿はない。

ベドウィンどもに違いなかった。

夕刻の煙騒ぎでこの場所を探し当てたのだ。人夫たちが近寄らないのを幸いとばかりにやってきたのだろう。

いま駆け降りていってロープを切れば、賊どもをセラペウム内に閉じ籠めることはできる。だがそれからどうする？　奴《やつ》らを捕らえるには、数人がかりで再び中に押し入らなければならない。それはアッバース副王をはじめカイロ中にセラペウムの存在を教えてしまうことに等しい。アッバースにみすみす遺物を呉《く》れてやることはできなかった。あのアピス像の調査はまだ始まってさえいないのだ。

穴から出てきたところを奇襲するしかない。

マリエットは身を屈めたまま砂岩を滑り降り、ヤシの木の後方に回った。騾馬は所在なげに互いに身を寄せ合っている。ナイフで一気に綱を切った。一方の騾馬がぶるりと鼻息を漏らす。カバの尾の皮で作った鞭で尻を軽く叩《たた》いてやると、二頭とも岩場の向こうへと走っていった。わずかな足音は風が西へ運んでくれた。

落ちている麻袋を確認する。まだどれも口は縛られておらず、無造作に扱われた感じだ。おそらく、セラペウム内ですぐに目についたものを適当に放り込んだのだろう。予想通り、カエムワセト王子の副葬品が入っている。黄金のマスクはなかった。破損を恐れたのかもしれない。五つの袋すべてを見たが、さすがに重量のある石碑の類《たぐい》は入っていなかった。どうせ賊には石碑の価値などわからないだろう。干涸《ひか》らびた供物《くもつ》類も盗まれていない。

まずはこの袋を安全な場所に避難させる必要がある。

袋を持ち上げかけたとき、砂の擦《こす》れる音がすぐ後ろでした。

振り返る。その瞬間、何かが頬を掠《かす》めた。

鋭い痛みが広がってくるのを自覚し、同時にマリエットは袋を放し、大きく横へ跳んでいた。砂地の上で回転しながら頬に触れる。指先に温かい液体がついた。まさか。

起き上がり、ナイフを握った。セラペウムの入口を探す。穴から賊の顔が覗《のぞ》いている。目を凝らす前に、ふっ、という鋭い音が破裂した。反射的に身を逸《そ》らす。すぐ横を空気が飛んでいった。ナイフを持つ手で顔を庇《かば》い、腰を落とす。ベドウィンが？　まさか。

迂闊《うかつ》だった。吹き矢を持っているとは。

人影が一気に穴から躍り出た。マリエットは再び跳び、左手で砂を摑《つか》んでその影に打ちつけた。鈍い呻《うめ》きが聞こえたが、次の瞬間にはもうひとつの影が穴から這《は》い出してきていた。ナイフを腰に戻し、鞭に持ち換える。ふたりめの影に素早く鞭を据えた。体勢を立て直し、低く腰を据えたままひとりめの懐《ふところ》に突進する。鞭を振り上げて相手の鼻先を叩く。今度は大きな悲鳴を上げて男が倒れた。

だがそのときにはすでに三人目が穴から上体を出し、麻袋へと手を伸ばしていた。鞭を振ってその指先を跳ねとばす。低い姿勢のまま袋のほうへと走った。だがすんでのところでふたりめの男がマリエットの足をすくった。バランスを崩し、倒れる。その直後に強く背中を踏みつけられ、思わずマリエットは声にならない叫びを上げた。指先が袋に届く。だがその指先すら、ざらついたベドウィンの草履《ぞうり》で押さえつけられた。

誰かが低い声で何事かいった。マリエットには聞き取れなかった。怒りと焦《あせ》りが入り交じった罵声《ばせい》。マリエットは押さえつけられたまま声を絞り出した。

「貴様らに呉れてやるものなど小石ひとつないぞ！　去れ！」

脇腹を蹴られる。マリエットは呻いて腹を抱え、一回転しながら、しかし再びナイフを引き抜いて投げつけた。

絶叫が響いた。その隙にマリエットは立ち上がり、最初の男に飛びかかった。

後ろからふたりめがマリエットに覆《おお》い被《かぶ》さってきた。すんでのところで身をかわす。

最初の男が麻袋に手を伸ばした。そのときマリエットにはすでに、三人目の男が穴から這い上がろうとしているのが見えた。鞭を打ち、男の手を袋から遠ざけると同時に、マリエットは大きく跳んだ。袋の脇に着地し、鞭で威嚇《いかく》する。

「おまえらの好きにはさせんぞ！　遺物は絶対に渡さん！」

だが、そういい放った直後、マリエットは己の身体の異常を感じ取った。指先が痺《しび》れている。眼球の裏が圧迫されていた。

ふっ。

次の風の音に、マリエットは出遅れた。足元にある袋をふたつ抱えて跳んだときにはすでに衣服に針が刺さっていた。

必死で頭を働かせる。さっきの吹き矢には何が仕込まれていた？　毒が塗られていたのか？　まだ身体は大丈夫なのか？

ふたりめの男がマリエットのナイフを振りかざしてきた。避《よ》けきれない。腕に痛みが閃《はし》った。袋を懐にかくまう。だが背中を強打され、ひとつを取り落とす。指の痺れが少しずつ強くなってきている。目の中で赤い点が明滅し始めた。

心配はない。マリエットは自分にそういい聞かせた。数時間もすれば血が毒を薄めてくれるだろう。だがその数時間のうちにセラペウムの遺物は失われ、そして永遠に人類のもとへは還《かえ》ってこなくなる。こいつらが遥《はる》か彼方《かなた》へと運び去ってしまうだろう。

三人目の男が残る袋を抱え上げ、走り出そうとしていた。マリエットは怒号を上げて足のばねに力を傾注し、男の後方に飛びかかった。男ががむしゃらに暴れる。もつれ合いながら砂塵《さじん》の上を転がる。もうひとりがこぼれ落ちた遺物を拾い、逃げ出そうとするのが見えた。咄嗟《とっさ》にロープを引き、男の足を払う。遺物は転がってセラペウムの立坑の中に消えた。

マリエットは即座に懐の中の袋を穴に投げ入れた。破損するだろう、だが修復すればよい、この世から消えてなくなるよりはましだ。落とした袋も拾い上げ、放り込む。残りは三つ。起き上がり、鞭を撓《しな》らせ、囲い込んでこようとする影を振り払う。あとふたつ。あとひとつ。

最後の袋を男から引き剝《は》がし、投げようとしたそのとき、脇腹に激痛が生じた。手で押さえる。生温《なまぬる》い液体が滲《にじ》み出してくるのがわかった。眩暈《めまい》が酷《ひど》くなり、身体を支えきれずに数歩進んだ後、マリエットは頭から倒れた。

大きな衝撃とともに、マリエットの身体は反転し、穴に落ちた。無数の痛みが身体を圧する。最後の衝撃の後、大量の砂がマリエットの顔に降りかかってきた。荒い粒子が肺の中に入り込む。

男どもの呼ぶ声が上方から細切れに聞こえてくる。マリエットはなんとか立ち上がり、手探りで墓石を探し当て、それに体重をかけた。手のひらで顔を拭《ぬぐ》い、頭を振って砂を払い、そして入口付近にいるはずの賊どもに向かって声を振り絞った。

「失せろ！　おまえらに呉れてやるものはないといったはずだ！」

足音が遠のいてゆく。あとは風が砂を軋《きし》ませるいつもの音楽が聞こえるだけとなった。

マリエットは笑った。これでいい。今晩はここに留まることにしよう。万が一奴らが戻ってきたら、そのときこそ容赦はしない。

脇腹を押さえる。生温いものは止まるどころかさらに溢《あふ》れてきている。さらにマリエットは可笑《おか》しくなった。奴らの毒が流れ出てゆく。こんなにも素早く、こんなにも大量に！

近くに散らばっている麻袋を掻《か》き集め、それらを引きずりながら、マリエットは偉大なる通廊を進んだ。

だが、その突き当たりの部屋までやってきたとき、マリエットは呆然《ぼうぜん》として、袋を取り落とした。

そこにアピス像の姿はなかった。

慌てて部屋の中を探る。崩れていたはずの壁は綺麗《きれい》に戻っていた。何度もその壁を手で叩いて確かめる。そんなはずはない。

奴らが盗み出したのか？　だが、どうやって？　あの巨大な石像を上に持ち上げたのか？　だが床には引きずった跡はなかった。なぜ壁も元に戻っている？

消えたのだ。忽然《こつぜん》と。

マリエットは大きく頭を振った、これは幻覚なのだ。そうに違いなかった。奴らの毒に冒され、見えるはずのものが見えなくなっているのだ。

気を失ってはいけない。自分にいい聞かせる。もう一度頭を強く振り、朦朧《もうろう》としかける己の意識を摑んで懐に抱きしめる。

気を失ってはいけない。いま意識を失えば、またベドウィンどもがやってくる。倒れている自分を踏み越えてカエムワセトの副葬品を盗んでゆくだろう。気を失ってはいけない。

だが容赦なく傷の痛みは襲ってくる。閉じようとする瞼《まぶた》を、マリエットは気力でこじ開けた。声を上げ、夜を威嚇した。目を開けなければならない。なんとしても瞳を見開いていなければならない。目を開けるのだ、そういい聞かせる。口に出し、何度も何度もいい聞かせる。目を開けろ、目を開けろ、目を――

19

はっとして、亨は目を開けた。

すぐ脇を何か大きなものの影が横切る。びくりと身体が反応し、起き上がった。また同じ影が、今度は逆方向から素早く通り過ぎる。

振り子だった。

銀色に光る、振り子の丸い玉。

慌てて辺りを見回す。いつの間にかミュージアムの中に戻っていた。あの八角形の玄関ホールだ。窓からいつものように陽射《ひざ》しが降り注いでいる。

暖かで、明るい。拍子抜けするほど開放的だった。いままでセラペウムの暗い穴の中に籠もっていたからかもしれない。

少し離れたところに、美宇が倒れていた。

駆け寄って揺り起こす。服に少し砂がついていたが、怪我《けが》はないようだった。よかった、と安心してから、今度は自分の身体が気になった。あちこちを叩《たた》いてみる。どうにか大丈夫だ。

満月博士はどうなったんだろう。

そう思い、もう一度ホールの中を見渡そうとしたとき、美宇が目を醒《さ》ました。

「……パパは？」

「わからない」

亨は首を振った。そう答えるしかなかった。

それを聞いた途端、美宇は起き上がり、天に呼びかけるように叫んだ。

「パパ！」

返事はない。

少し間を置いてから、また美宇は呼びかけた。声がホールに響く。でも変化はなかった。ただ陽射しが降り注ぎ、振り子が一定の間隔で揺れているだけだ。かちっ、と音がして、床に立っているピンが一本倒れた。

美宇の顔が蒼《あお》ざめていた。大きく頭を振ると、亨の脇を過ぎ、大回廊への扉に駆け寄っていった。取っ手を乱暴に引く。

美宇は小走りに回廊に入り、また叫び始めた。美宇の声が回廊中で反響する。陽射しが眩《まぶ》しい。白くてきらきらしていて、回廊の標本を照らしている。でもそれだけに却《かえ》って、美宇の叫び声が痛々しい。

「待ってよ！　ちょっと！」

堪《たま》らなくなって亨は美宇の後を追いかけた。美宇はパパ！　パパ！　と叫び続けながら、やたらめったらにいくつものドアを開けていった。中を覗《のぞ》き、叫んで、また次の扉に駆け寄って叫ぶ。亨は後ろから美宇を掴《つか》み、強引に手を引いてこちらを向かせた。

美宇の目には涙が溜《た》まっていた。

「こんなことあるはずがない。パパがいないなんて。パパだけじゃない、誰もいないなんて！」

「待ってよ、落ち着いて。どうしたのさ？　誰もいないのはいつものことだろう？」

「そうじゃないの、トオル、ぜんぜん違うの」美宇は何度も頭を振った。「本当はね、このミュージアムにはたくさんの人が関わってるの。わたしだって正確な数は知らない。でも八〇〇人以上いると思う。トオルが知らないだけ。トオルが会ってなくても、わたしは会えるの。そうなってるの。でも誰も出てこない。パパだけじゃない。誰にも会えない！　どうして？　どうして誰もいないの？」

八〇〇人？　亨自身、頭が混乱していた。どこにそんな大勢の人がいたんだろう？　美宇がすぐに誰もいないと決めつけてしまうのもよくわからない。

「待って、ちゃんと探してみれば、きっとどこかに――」

にゃあお、と声がした。

「ジャック！」

アパトサウルスの後ろ脚の隙間からジャックが顔を出す。美宇がつんのめるようにして駆け寄り、ジャックを抱きしめた。

「ジャック、みんなどこに消えたの？　パパは？　みんなはどこ？」

美宇がジャックの顔を真剣な目つきで覗き込む。でもジャックは美宇の胸の中で苦しそうに鼻を動かすだけだ。

亭は大回廊を見渡した。延々と続く真《ま》っ直《す》ぐな廊下。どこまでも続く標本と陳列棚。ここに初めて入ったときのことを亭は思い出した。がらんとした無人の博物館。古めかしい臭いが充満していて、何世紀も人が入ったことがない感じなのに、なぜか標本だけは鮮やかで、リアルで、セピア調の空気とアンバランスだった。ジャックがいたから、最初にガーネットさんに会っていたから、寂しさは感じなかった。でも、もしあのとき、誰にも会わなかったらどう感じていただろう？　この長い長い廊下を、ひとりで歩いてゆくのに耐えられただろうか？　物だけが並ぶ廊下で、死んでしまったものの残骸だけがひたすら陳列されているこの廊下で、いつまでも単純に面白がっていられただろうか？　生きているものが自分だけだと気づいて、必死で人の影を見つけようと走り回ったかもしれない。これまで、扉を開けて美宇といろんなミュージアムに出掛けた。どこに行っても人影はなかったが、いつも美宇が横にいた。扉の向こうのミュージアムはどこも入り組んだ構造で、遥《はる》か彼方《かなた》の部屋まで一気に見渡せるようなところはなかった。だから目に入る空間はいつも限られていた。

でもここは違う。

初めて亭は、このミュージアムの広さを実感した。気の遠くなるような広さと、絵画や標本やレプリカからじわじわと滲《にじ》み出ている無色透明の独特な気配を、ようやく実感した。暖かいのに、陽射しが明るいのに、ぽかぽかとしているのに、亨は突然真っ暗な宇宙空間へ放り込まれたような孤独感を覚えた。表面的にはミュージアムはいつもと何も変わらない。でもいまは、誰もいないことが怖い。

美宇がジャックをきつく抱きしめながら叫んでいた。その声が回廊に響くたびに亨は、無人の回廊がさらに広がり、さらに膨らんでいって、宇宙そのものを包み込み、永遠にすべての生き物から自分が切り離されてゆくような気がした。

「パパ！　パパ、パパ！」

物語を作るとき、主人公が犯した過ちが事態を深刻にさせるようなプロットはいけない。間抜けな主人公に読者は共感を抱かない――

そんなアドバイスを読んだことがある。そのときはなるほどと思ったものだが、少し考えてみると、人間が困難な状況に陥るのはたいてい自分で判断を誤ったときではないだろうか。それを責めるのは酷《こく》だという気もするが、確かに物語の中でそういった状況に遭遇すると苛立《いらだ》つから不思議だ。だからこそ私たちは毎日のように自分に苛立ち、後悔しているということか。

今朝方まで進めていた小説のシーンがふと頭に思い浮かび、そんなことを考えた直後、電話が鳴った。

会話が途切れる。全員がいっぺんに緊張した面持《おもも》ちに変わった。

最初に立つべきだったのかもしれない。そう気がついたときにはすでに一瞬遅かった。今回の本を担当した編集者が目配せをした。彼は二回目のコールが鳴り終えたところで椅子《いす》から立ち上がり、室内に備え付けの電話の前まで行くと、まるで願掛けをするかの

20

ように三回目の呼び鈴が鳴り終わるまでその場で待った。音が切れると同時に受話器を取った。「はい」

他のふたりの編集者はじっと彼のほうを見つめている。待機用に借りていたホテルの部屋は、妙に静まりかえった。いままでわざとらしく会話を続けてきたのが嘘のようだ。担当はみんなに聞かせるためだろう、受話器からの呼びかけにはっきりとした口調で、はい、そうです、担当の熊谷《くまがや》です、と答え、さらにここが私の待機場所であることを伝えた。

担当編集者は受話器に向かって何度か返事を重ねる。私は腰を浮かしかけた。てっきりすぐに電話を代わってもらえると思っていたのだ。だが担当は待てというように手で合図すると、再び見えない相手に向かって頷《うなず》き、それから息を吸い込んで、なるほど、といった。なるほど、受賞は——

挙げられた男性作家の名前を、私は妙に冷静な気持ちで聞いた。下馬評の女性作家でもなければ二〇〇〇枚の冒険小説の作者でもない、端正な描写で知られる時代小説作家の名前だった。

終了だ。

担当編集者は受話器を降ろすと大袈裟《おおげさ》に肩を落とした。「残念でした」

あとは消化試合——

私は頭を下げた。わざわざ来ていただいたのに、といいかけると、隣に座っていた編集者が少し怒るような口調で、そんなことありませんよ、といった。これまでもそうだったが、落ちた瞬間にどう振る舞えばいいのかわからない。何をしても芝居がかって見えるような気がする。いや、みなさん、冗談がお好きですね、といってさっさと帰宅し、仕事をしたほうがよほどましだろう。

担当編集者は、電話で受けた説明をかいつまんで話した。気を遣っているのはよくわかった。好成績ではなかったようだ。どうやら早い段階で選考から外されてしまったらしい。聞いているうちに、素直に受賞者を讃《たた》えたい気分になってきた。

さて、どうしましょう、と担当がいう。どうしましょうも何も、こちらが訊《き》きたいくらいだったが、せっかくだから食事でもということになり私は素直に従った。

ホテルの地下の中華料理店では、ほとんど私が喋《しゃべ》っていた。

受賞作について、あそこがいい、ここがいい、と最大限の賛辞を述べ、それから最近の文壇事情などを聞いては頷き、へえと驚き、仕事で観た映画の話などをした。話しているうちに自分がどんどん醒《さ》めてゆくのがわかった。

夕食を終えてすぐに解散となった。紹興酒を数杯飲んだだけなので、酔いは軽い。タクシーでマンションに向かった。シートに凭《もた》れかかりながら、やれやれと思った。まだ今日は恐ろしいほど時間がある。原稿が書けてしまう。

暗いマンションに戻ると、ファックスが一枚届いていた。

B5判の紙に、手書きで二行。その下にいつものミッキーマウスのイラストと、ひらがなで書かれた名前。ね、どうだった？　受賞していたら、遅くてもいいからTELしてね、と。

なんてことだ、と思った。

自分は動揺している。

十数秒間、笑った。

電話は掛けられなかった。本の山を跳び越して廊下に戻り、三日前から玄関先に放置していた段ボール箱の封を開けた。中には大型の封書がぎっしりと詰め込まれている。出版社から送られてきた、新人賞の応募原稿だ。

二年前から新人賞の下読みを担当していた。私自身、この賞の第一回目に応募してデビューのきっかけを得たのだが、まさか自分がその選考に関わるようになるとは思ってもいなかった。出版社側の意向もあって、この賞の受賞者は、一定期間予備選考に関わる習わしになっている。

一番上の封筒を手に取り、中から原稿を取り出してみた。規定通りA4の紙に縦書きで記されている。表紙には赤いマジックペンで編集部のつけたナンバーが大きく書かれており、その迫力に少し気圧《けお》される感じでタイトルとペンネームが印字されていた。

ほんの五年前には、自分のデビュー作もこうやって読まれていたことになる。当時はまだパソコンも買えず、一枚一枚感熱紙を手差ししながら、ワープロで五〇〇枚を書き上げた。「公募ガイド」などという便利な雑誌も知らず、応募要項の素っ気ない注意書きだけではさっぱり原稿の書き方が想像できず、印字のレイアウトにまる一日悩んだりした。すべてが手探りだった。

何気なく表紙を捲《めく》り、履歴欄の一行目が目に飛び込んできた瞬間、私は一瞬にして酔いが醒めるのを感じた。

息が詰まる。

まさか。

慌てて封筒を取り、宛名書きの筆跡を確かめた。フェルトペンで律儀に書かれた四角い文字。最後の払いがやや長くなる癖があるらしく、その部分だけ横に線が飛び出ている。じっとその文字列を見つめ、記憶を辿《たど》った。わからない。もう二〇年も前だ。思い出せない。それに、仮に覚えていたとしても、小学生のときとは筆跡も違ってきているはずだ。

だが、その本名は同じだった。

住所を見る。九州だった。しかし略歴の欄には出身地として見慣れた県と市の名がある。

――間違いない。

啓太だ。

「どうして……」

私は紙に印字されているその経歴を何度も読み返した。地元の公立高校に行ったところまでは知っていたが、それから先はいまの私にとってまったく未知の世界だった。一浪したらしい。東京の私立大学に入っている。経済学部だ。卒業してからそれなりに大きい事務機器メーカーに就職していた。入社して三年目に九州支局へ転勤している。

最後に新人賞への応募歴が連ねてあった。驚いたことに、この賞への応募は今回が初めてではなかった。第二回目の募集、つまり私がデビューした翌年から毎年応募してきている。最初の二年間は他の新人賞にも応募していたが、それ以後はここ一本に絞っていた。毎回ペンネームを変えている。ひとつだけ、タイトルの下に一次選考通過と書かれていた。他社への応募だ。

顔を上げ、もう一度頭を振った。信じられない。どうしようもなかった。どうしてこんなみっともないリストを付け加えたのだろう。ないほうがよっぽどましだ。私は、ぱん！　と原稿の束を手で叩《たた》き、表紙のタイトルに向かって嘆いた。

「おい、どうしてだよ？　どうしてこの賞に応募してくるんだよ？　だいたい受賞したら俺とパーティ会場で顔を合わせるんだぞ！　わかってるのか？　そいつを狙ってわざと応募してきているのか？　おい！　いってみろ！　どういうことだ！」

原稿を捲った。本文の一ページ目を開ける。

自分には冷静にこれを判断する能力はない。評者として不適格だ。明日にでも編集部に事情を話し、この原稿だけ他の下読み委員に回してもらおう。それしかない。そう思いながら、だが私はいつの間にか本文を読み始めていた。評価できないのだ、評価してはいけないのだ、そう心の中でずっと唱えながら、しかし読むのを途中でやめることはできなかった。

廊下に座り込んだまま、私は読み続けた。途中、二度便所に立ち、読み続けた。最悪だった。出来が最悪なのではない。すらすらと読める。だからこそ始末に負えなかった。私立探偵と少女の逃避行の物語だった。少女は記憶喪失で、無垢《むく》で、超能力を身につけていた。しかも身体だけはしっかりとした大人で、実在の女優によく似ていて、「わたし、おじさんの瞳が好きなの。もっと見つめて欲しいわ」などというどこの世界の言葉かわからない台詞《せりふ》を矢継ぎ早に繰り出した。一文字一文字が癪《しゃく》に障《さわ》った。八つ当たりであることは充分承知していた。怒りを声に出し続けながら、しかし私は止められなかった。同時に私は自分自身に対して驚いていた。こんなにも自分は怒っている。小説を読みながら、こんなにも感情を掻《か》き乱されている。だが、と私は思った。たとえ個人的な理由にせよ、これほど激しい感情の変化を、私の小説は読者にたった一度でも与えたことがあるか。

いつの間にか私の目は潤《うる》んでいた。まぎれもない涙だ。私は啓太の印刷してきたテキストを必死で追いながら、しかしすでにそこに書かれているはずの物語など少しも読んでいなかった。文中で何が起こっているのかさえイメージできなくなっていた。代わりに私の頭に次々と浮かんできたのは、啓太と過ごした子供時代の出来事だった。この涙は何なのだろう。涙を流す理由が思いつかなかった。そして唐突に私は、啓太の小説を読んでいるから泣いているのだと気づいた。私は何も理解していない啓太のテキストに反応して、明らかに感情を掻き乱され、見えない物語に涙を流していた。啓太は二〇年、この日を待っていたのかもしれない。制裁を加える日を待っていたのかもしれない。

最後まで読み終えてから私は起き上がり、机まで飛んでいってカレンダーを調べた。頭の中で今後一か月の予定を立て直してみる。最大で空けられるのは連続六日間だ。今月の二七日からである。それまでに連載の原稿を上げられるか？

徹夜のまま、私は他の応募作を三編読んだ。予想通り、こちらはどれも啓太の小説のようには心を動かされなかった。読み終えたところでカーテンを開ける。すでに陽が高くまで昇っていた。シャワーを浴び、服を着替えてから時計を見る。出版社に電話をすると、出社してきたばかりの担当編集者が捕まった。

「急な話ですみません。エジプトに行きます」

電話線の向こうで担当が訝《いぶか》しげな表情を浮かべているのがはっきりとわかった。

「……なんていいました？」

「取材です、いま書いている長編の。どうしても現地に行っておきたくて」

「……ええと、ちょっと待って下さいよ。どうしたんです？」

「取材費もこっちで出しますから。ご迷惑はかけません、ひとりで行きます」

電話の向こうで、編集者が大きく息を吐き出すのが聞こえた。

「……たぶん、かなりお疲れなんだと思います。焦《あせ》らなくてもいいんじゃないですか？少し休むくらいでもいいと思うんですよ。今回の書き下ろし、冒頭部分はこれまでと雰囲気が違って、新しい感じが出てました。ですから、昨日のことならあまり気にしないでですね、今後に向けて……」

「だから取材に行くんですよ」

伝えるべきことだけ伝え、受話器を置いた。

またすぐに電話がかかってくるだろう。留守電のボタンを押してからパソコンを立ち上げ、座って原稿のファイルを開いた。画面を見つめる。

数秒考えてから、今日書くべき原稿を書き始めた。

21

今年も「愛は地球を救う」というテレビ番組をやっている。亭は畳の上に寝転がりながら、テレビの画面を見つめていた。巨人・広島戦の五回裏だ。24時間テレビを観ようと思っていたのに、始まってすぐナイターになってしまった。仕方がないので結局、母親とふたりで観戦することになったのだ。新聞を手繰《たぐ》り寄せてぼんやりとテレビ欄を見る。裏番組ではドリフターズと「Gメン'75」をやっていた。Gメンも面白そうだが今日は母親に合わせてナイターにしておくことにした。

大きな歓声が上がり、ブラウン管のほうに目を戻す。誰かがタイムリーヒットを打ったらしい。観客はみんな汗を流し、熱狂して、大声で喚《わめ》いている。それがどこかやけくそのような感じだ。うるさいのに、画面がひどく遠い。どこか遠くでみんなが騒いでいる。

――もう少ししたら、八月が終わる。

登校日が過ぎてからの一週間、何をしていたのか自分でもよく覚えていなかった。プールに行っていないことだけはわかっている。たぶん規則的に起きて、勉強し、本とマンガを読んで、勉強し、テレビを観て、勉強し、寝たのだろう。その証拠に、計算ドリルも社会科のワークブックも漢字の書き取り帳も、ちゃんと予定通りにページが進んでいた。机の上にはしっかりとその成果が置いてある。どれもあと一週間分を残して。でも、特に何かをやり遂げたという満足感はない。こんなにあっけなく夏休みは終わってしまう。

読書感想文も書いた。課題図書の一冊で、超能力者が出てくる推理小説だった。児童書のシリーズで、古くさい挿絵が何枚も入っていた。仲良しグループが小学校で起こった幽霊騒ぎを解決するという話だったが、途中で犯人はわかるし、トリックもありきたりでつまらない。なにより小学生を馬鹿にしたような書き方が我慢できなかった。どうせこのくらいのトリックしか理解できないだろう、と作者が手を抜いているのがはっきりわかる。推理ものでも課題図書に混ぜておけば子供が喜ぶだろうという大人の考えも透けて見えた。よほどエラリー・クイーンの『エジプト十字架の謎』で感想文を書こうかと思ったが、きっと小高先生はクイーンなんて知らないだろう。それに首なし死体がごろごろ出てくる話だ。小学生の読書感想文にふさわしくない。

原稿用紙五枚を書くのに半日近くかかった。小説ならその一〇倍は速く書けるのに、雑念が涌《わ》いてきてうまく考えがまとまらなかった。書いている途中、何度も啓太の顔が頭に浮かんだ。啓太のいった「才能」という言葉がまだ心に引っかかっていた。啓太の顔を振り払うには、亨自身が一番嫌いな書き方でがしがしと鉛筆を進めなければならなかった。もし自分が主人公だったらどうだろう……。この作者のいいたかったことは何だろう……。お手本に載っているような文章。ばかばかしい、と書きながら思った。下手な推理小説に、作者のいいたいことなんてあるわけがない。自分が主役だったら、最初の五〇ページで犯人を捕まえてみせる。でもそんなことは書かずに、適当な意見を並べておいた。小高先生は本当にこんな感想文を面白がって読むんだろうか？

テレビの画面がコマーシャルに変わった。亨はトイレに立った。帰ってきたとき、母親が麦茶をコップに入れていた。

唐突に、母親がいった。「小説を書くのはやめたの？」

どきりとした。

「……どうして？」

「なんだか、この間、いやいや本を読んでいるように見えたから」

母親はふたり分のコップを両手に持ち、突然とても懐かしそうにいった。

「あのね、お母さんも昔、絵本とか書いていたことがあってね」

月曜日、亨は学校のプールに行った。登校日以来、ずっと休んでいたが、そろそろ母親が不審に思う頃だった。ぶらぶらと水泳バッグを揺らしながら、亨は周りの景色を見て学校への道を歩いた。暑さはそろそろ峠を越した感じで、田圃《たんぼ》では稲の穂が大きくなって垂れていた。雀《スズメ》除けの銀色のビニールテープが長く張り渡されて、風に揺れてきらきらと光っていた。トンボの姿が見えた。

プールはかなり混んでいた。でも、夏休みが始まった直後のような活気はどこにもなかった。亨はあまり周りを見ることもせず、淡々と一時間泳いで、休憩タイムになったところで上がった。

「おっ、見える見える」

更衣室に入ると、一組の男子が三人、隅のほうに集まってこそこそと何かをしていた。亨に気づいて三人は一瞬ぎょっとしたように顔を上げたが、すぐに壁の穴のほうに顔を戻した。

このプールはずいぶん古いので、更衣室の壁もコンクリートの表面があちこち崩れている。小さな穴が開いているところもあって、その中には女子更衣室を覗《のぞ》けるものもあるという噂《うわさ》だった。

一組の男子はかわるがわる穴を覗き込んでは笑いを嚙《か》み殺している。少し気になったが、亨はなるべくそちらを見ないようにしながらさっさと着替えた。

そうしているうち、外から女子の声が聞こえてきた。

「おっ、来るぞ」

「誰だろ、おい」

三人が肱《ひじ》で小突き合い、ひとりが抜き足で扉に寄り、隙間から外の様子を窺《うかが》った。

「鷲巣と栗本《くりもと》だよ」

囁《ささや》き声でその男子が報告する。その声に、亨は一瞬手を止めてしまった。この前見た鷲巣の水着姿が、すぐに頭に浮かんできてしまう。それがあまりにも速かったので、亨は慌ててタオルで髪の毛を拭《ふ》いて気を紛らわした。

プールではぜんぜん気がつかなかったのに、いったいどこにいたんだろう。

女子更衣室の扉が開閉する音が聞こえた。

「入ったぞ」

「待てよ、俺にも」

「おっ、おっ、なんか動いた」

亨はタオルを首にかけ、バッグを摑《つか》んで更衣室を出た。わざと大きな音を立てて扉を閉めてやる。

運動靴をつっかけてプールの門を出る。更衣室のほうを振り返ると、女子のほうも扉がぴったり閉まっていた。磨《す》りガラスの向こうに人影は映っていない。もう奥のほうに入ってしまったのだろう。

亨は花壇と鉄棒のほうに迂回《うかい》した。赤いカンナの花がもう咲いている。それをなんとなく眺めながら校門へ向かった。

まだ決められなかった。

これからどうするか。

校門を出た後、右に行くか、左に曲がるか。

ぼんやりとあの日の記憶を辿《たど》る。セラペウムからミュージアムに戻って、その後いったい自分が何をしたのか、ほとんど思い出せない。美宇が必死でみんなを探していたことは覚えている。ジャックをようやく見つけ、美宇が泣きそうになりながら抱きしめていたことも覚えている。ミュージアムの中がなんだか広すぎて怖くなったことも覚えている。でもそれから自分がどんなことをいって美宇と別れ、帰ってきたのか、まるで思い出せない。

もしかしたら自分は美宇を置いて、あの場から逃げてきてしまったのかもしれない。まさかそんなはずはない、と必死で頭を振ってみても、身体の底から恐怖が湧き上がってくる。

本当は、すぐに取って返して、美宇と一緒にもっと満月博士たちを探せばよかったのだ。どうしてそうしなかったんだろう。わからなかった。でも、たぶん心のどこかで、関係ないと自分にいい聞かせてしまった。美宇はどうせ未来から来た人間だ、困ったら勝手に未来に帰るに違いない、だからこちらの責任じゃない。どこかでそう思っていた。卑怯《ひきよう》だということはわかっていた。ただ、考えているうちに時間が過ぎてしまった。いまさらどんな顔をして美宇に会いに行けばいいだろう。

何もしなくても、時間は過ぎていく。

もう亨は校門の前に辿り着いていた。どんなにゆっくり歩いても、いつかは辿り着く。左右を見渡した。車の往来は少ない。

終業式の日もここでこうやって悩んでいたような気がする。

あのときは鷲巣を避けるために左の道を選んだ。

今度は美宇を避けるために右を選ぶんだろうか？

家に続いている、何百回と通った道を？

そのとき不意に、ぽんと肩を叩《たた》かれた。驚いて振り向くと、そこには鷲巣が立っていた。

鷲巣はまだ乾いていない髪の毛を指で払いながら、ちょっと上のほうに視線を向けていった。

「ね。屋上に行ってみない？」

屋上に出る扉は、鍵が掛かっていなかった。

「一組はね」と鷲巣がいった。「ほら、屋上の掃除も担当でしょ。だから、いつ鍵が開いているか、なんとなく知ってるの。昼休み過ぎから下校のチャイムが鳴るまではけっこう開けっ放しになっていることも多いみたい。風通しをよくするためだって」

鷲巣は慣れた感じでサッシの桟を跨《また》いだ。亨もちょっと考えてから足を踏み出した。

敷き詰められたアスファルトがところどころ盛り上がって罅割《ひびわ》れている。日光と雨に晒《さら》されて、ふやけたまま固まったような感じだった。脇のほうには黒ずんだコケのようなものがこびりついている。とても綺麗《きれい》な場所とはいえない。給水塔も埃《ほこり》まみれで、誰かの手形が残っている。屋上の周りにはぐるりとコンクリートの壁が張り巡らされていて、雨が作った黒い線が縦にいくつも走っていた。それに遮られて見晴らしはあまりよくない。亭が立っている場所から見えるのは、濃い緑で覆《おお》われたみかん山の上半分と、かなり遠くの町並みだけだ。

でも、風が吹いていた。

それに、空が真上にあった。

鷲巣が広い屋上のちょうど中央に立って、どう？　とでもいうように肩を竦《すく》めた。鷲巣のいっていることがわかるような気がした。どう？　あまり綺麗じゃないでしょ。でも、たまに来るのもいいと思わない？

亭は鷲巣と並んで一番奥の壁まで歩いていき、壁が低くなっているところにふたり並んで凭《もた》れた。そこからの眺めはさっきまでとずいぶん印象が違った。校門の前のパン屋や、登下校のときにいつも通るみかん工場の屋根が見える。

教室から見える風景とはまるで違っていた。グラウンドやプールの向こうに広がる住宅街ではなくて、商店やバスの迂回所や工場や事務所が詰まった町。後ろにみかん山がすぐに聳《そび》えて、いろいろなものが狭い土地に押し込められたような景色。看板の裏側や、棄《す》ててあるトラックがよく見える。隠そうとしてあるところもここからなら全部見える。

「よく、ここに来るの？」

「うーん、ときどき」

遠くに視線を向けたまま、鷲巣は少し首を傾《かし》げて答えた。「こっち側の景色を見たいときかな。ほら、富士山が見えるでしょ。たぶん、うちの学校で、富士山が見える教室はないと思う。だから貴重かもね」

そういわれて初めて気がついた。目を向けると、確かにずっと彼方《かなた》のほうにうっすらと青い影が見える。

その景色は、そんなに悪くなかった。

なるべく何気ない素振りになるよう注意しながら、亨は忠告した。

「……さっき、一組の奴《やつ》らが覗いてたよ」

「知ってる」鷲巣は富士山を見つめたまま頷《うなず》く。「そっちからはどうかわからないけど、男子更衣室の声って女子のほうからだとすごくよく聞こえるから、誰が覗いてるかすぐにわかった」

「あっ、そうなんだ」

「あそこの穴からはね、絶対に着替えなんて見えないの。だって、すぐ前がロッカーなんだから。だからね、ときどき悪戯《いたずら》するわけ。穴の前でモップを動かしたりして。そうすると影が見えるらしくて、男子が大喜びするのね。こっちは笑いを堪《こら》えるのが大変」

ふうん、といった後、亨は自分でも間抜けな声だなと思った。

鷲巣は黙ってしまった。

風が少し強くなったような気がする。

亨はそっと後ろを振り返った。屋上には自分たち以外に誰もいない。誰も自分たちのことには気づいていない。

いつも鷲巣の無神経さに腹が立ってきた。恥ずかしいのは鷲巣がみんなのいる前でわざわざ話しかけてくるからだと思っていた。でも、いまは誰も見る人がいない。絶対に他の生徒から見られることはない。

それなのに、恥ずかしいのはなぜだろう。

鷲巣の後ろ髪の先から水滴が落ちて、鷲巣の服に吸い込まれてゆくのが見えた。その肩の辺りをそっと眺めながら、亨は不意に、鷲巣のほうが自分より背が高いことに気づいた。

「ね」

突然、富士山のほうを向いたまま鷲巣はいった。「わたし、中学校の試験に受かると思う?」

「えっ?」

富士山のほうを向いているのに、鷲巣は富士山を見ていなかった。鷲巣は続けた。

「あのね、この間、模擬テストを受けたの。商工会議所の部屋が会場で、他の学校の子も来ていて、すごく緊張した。だって、商工会議所なんて初めてだったし、たくさん受験生がいるし。制服を着てる子もいて、あれはたぶん精華《せいか》学園の子だと思う。みんな試験が始まる前までドリルとかワークブックとか出して勉強していて、うちの学校から受けたのはわたしだけだったから休み時間も誰とも話せなくて、すごく疲れた」

「………」

「最初は算数のテストで、次が理科・社会で、最後が国語だったの。算数は楽勝だったんだけれど、次の社会がさんざん。人口のグラフを読み取れっていう問題が難しくて、最後はどうでもいいやっていう感じになっちゃった。みんなの鉛筆の音が周りから聞こえてきて、なんだか自分だけ頭が悪いみたいに思えてきて。で、時計を見ながら、わたし本当にこの中学に入りたいのかなあ、なんて考えちゃって。それに、もしわたしが受かったとしても、ここにいる誰かがわたしの代わりに落ちるんだなあって思ったら、なんだか気が重くなって」

　亨は黙って聞いていた。そうするしかなかった。独り言のような、頭に浮かんできたことをそのまま口に出しているような、でもときどき力が入ってコントロールできなくなる、そんな話し方をする鷲巣を見るのは初めてだった。

「でね、最後の国語のテストのときは、自分でも何を考えているのかわからなくなっちゃって。宮澤賢治《みやざわけんじ》の小説が出たんだけれど、その問題がどうしても頭に引っかかっちゃって、前に進めなかった。『やまなし』っていって、クラムボンが笑ったとか、っていう問題が、どうしてもわからなかった。そんなことわたしにわかるわけないって思った。いままでそういう問題、たくさんあったけれど、そのとき初めて思った、そんなこと読者にわかる話。この作者はこの小説を通して何をいおうとしたと思いますか、っていう問題、たくさんあったけれど、そのとき初めて思った、そんなこと読者にわかるわけがないって。もしかしたら、何にも考えないで書いたかもしれないじゃない。いいたいことなんてなかったかもしれないじゃない。でも問題に出ているから書かなきゃいけない。問題を作った人は、本当に作者のいいたいことがわかっているのかなって思った。そこがどうしても引っかかって、もうテストができなかった」

「………」

「それで、今日の朝、結果が返ってきたの。もっと頑張ろう、だって」

また鷲巣の話が途切れた。

どうしたらいいだろう、と亨は思った。

鷲巣は何を話したいんだろう。

「ね、亨くん」

鷲巣の次の質問は予想外だった。

「亨くんは、どうして小説を書いてるの」

「えっ」

「いまも書いてるんでしょ。何か読む人にいいたいことがあって書いてるの？」

もう書いていない、とはいえなかった。啓太とあんなことがあってから一行も書いていない。あれほど溢《あふ》れ出てきた連載小説のアイデアも、いまはメモと一緒に抽斗《ひきだし》の中に入れてしまった。

「……わからない。あまり考えてないよ」

咄嗟《とっさ》にそう答える。でも違うような気がした。いいたいことがあるような気もするし、ないような気もする。ただ、鷲巣がいうような、テストで出るタイプのいいたいことはない。そんな大層なものはない。

「面白い話を書きたいだけだよ」

「そうだよね、やっぱり」

やっぱり、と決めつけられて、亨はまた何かが違うような気がした。

「そうだなあ……。推理小説を書いているときは、トリックで驚かせようとは思うかな。怪奇ものだったら怖がらせようとか、クラスの奴をモデルにしたときはそいつを笑わせてやろうとか、そんなことは考える」

「あのね、こんなことというと気を悪くするかもしれないけれど、亨くんたちの雑誌を読んでいるとき、これを書きながら亨くんはどんなこと思っていたんだろうって推理するのが好きだった。ああ、社会の授業で習ったことをヒントにしたんだな、とか、ここはシャーロック・ホームズの真似《まね》だな、とか。マンガも載ってたけれど、絵柄がいろいろ変わるじゃない？　藤子不二雄だったり、手塚治虫だったり。ほら、『うわさの姫子』の真似をしたときもあったでしょ。モデルになった人の喋《しゃべ》り方とか、クセとか、そういうのをトリックに使ってたのも面白かったな。そういうアイデアの元を探すのがけっこう好きだった」

好き、という言葉に、亨はどきりとした。

自分のことではなくて雑誌の話なのに、少し焦《あせ》った。

ただ、その後すぐに、鷲巣が「だった」といっているのに気づいた。啓太との雑誌がもう廃刊になることをすっかり受け入れているようないい方だった。

「亨くんにとっては、トリックが作者のいいたいことなんだよね、たぶん。でもそういうのもあると思う。いいたいことなんて、きっとそんなものかも。ああ、また気に障《さわ》ったらごめんね――なんていうのかな、ほら、作家の人って、和服を着て原稿用紙の前に座ってうんうん唸《うな》っているイメージがあるじゃない？　ときどきぼりぼり頭を掻《か》いて、原稿用紙を丸めて捨てて、後ろで編集者が時計を見ながら先生はやく！　なんていって。あれ、どうして悩んでいるんだろうって思ってた。うまく書けないから？　それとも、いいたいことが浮かばないから？　別にいいたいことなんてなくたっていいのに。毎回いいたいことを書かなきゃならないなんて、けっこう大変じゃないかな」

「……ぼくがあまり考えていないだけかも」

「そんなことないと思う。小説の種類にもよるんじゃないかな。エラリー・クイーンはきっと読者への挑戦状が書きたかったんだと思う。あれが『いいたいこと』だったんだよ。だから、そこを楽しんだ読者には、作者の『いいたいこと』が伝わったんじゃないかな……。でもね、その模擬テストが終わってから、わたし変なことを考えるようになっちゃって」

「変なこと？」

「うん……あのね、笑わないでね。テストの後、家に帰ってから、ずっとあの国語の問題が引っかかっていて。本を読んで休もうと思ったけど、できなかった。いつもと違うことが頭に浮かんじゃって。なんだか、本の最後にみんなあの『この作者は何をいいたかったと思いますか』っていう質問がくっついてるような気がして。そう思っちゃうともうだめ。前の日まで読んでいた本も読めなくなった。あのね、亨くん、こんなふうに考えたことない？　例えばね、すごく感動的な本があって、それを読んで感動したとするでしょ。でもその作者は、読んでいる人を感動させようと思って書いているのかな」

亨は答えられなかった。鷲巣が何をいっているのかわからなかった。

「ああ、どういったらいいんだろ。わたしが思ったのはね、推理小説の作者がいろいろ考えるみたいに、普通の小説を書いている人も、いろいろ考えているのかなあって。ここで感動させよう、とか。わたしたちが気づかないだけで。……そうだとしたら、本を読んで感動するのって、なんだか変なんじゃないかなって、そう思って。『ナルニア国ものがたり』とか『エルマーとりゅう』とか『ドリトル先生』とかを書いた人が、みんなそんなこと考えながら本を書いていたらどうしようと思って。なんだか、すごく、怖くなって」

亨は鷲巣の横顔を見つめた。髪の毛が乾いてくっついている。鷲巣は俯《うつむ》いて、下の道路をじっと見つめながら、もどかしそうに喋っている。

鷲巣はいま、すごく重要なことをいっている。亨はそう感じた。これまで自分が考えもしなかったとんでもない世界の秘密を鷲巣は喋っている。

でも、なんと答えたらいいかわからない。

口から出てきたのは、自分の気持ちとはまるで別方向の言葉だった。

「……そんなこと思わなければいいじゃないか。ただ感動して終わりだろ？　いい本だったと思うかもしれない」

「うん、たぶんね……。でも、もしそうだとしたら、そのほうがもっと嫌。そんなの道徳の教科書よりタチが悪いよ」

次の言葉が継げなかった。

ショックだった。

「ね、亨くん。これからもずっと小説を書いていくの？」

また話題が変わった。亨はうまく考えがまとまらなかった。大きく頭を振って、乱暴に答えた。

「どうかな。わからないよ」

「作家になる？」

「なれるわけないだろ」

「でも作家になりたいでしょ？」

もう一回頭を振る。大きく息を吸って、鷲巣と同じように壁に凭れて肱《ひじ》をつく。鷲巣がもう一度訊《き》いてくる。

「作家になりたいんでしょ？」

「うん……、まあね」嘘はつけなかった。

鷲巣がまたこちらを向いた。その目は真剣だった。

「もし作家になったとして、どんな本を書いていると思う？　いまわたしたちが読んで面白いと思うような本を書いてると思う？　それともお父さんとかお母さんが読むような、ちょっと難しいのを書いていると思う？」

「さあ……。推理小説を書いていると思うよ。だって、他の本に興味ないもの」

「何冊も書く？　推理小説を、何冊も、何冊も、書く？　そのとき、何かいいたいことがあると思う？」

「……どうしたのさ」

ふっ、と鷲巣の目から緊張がとれた。

「……ううん、なんでもない」

頭を振って、鷲巣は髪を掻き上げた。

「なんだかわたし、疲れてるのかな」

「ごめん……ぼくは受験じゃないから」

「なんで？　謝ることなんかないのに」

「……そうか」

「なんかね、最近、本を読んでもあまり面白くないから」

そういうと、鷲巣はまた話を変えた。

「亨くん、わたし、中学の試験、受かると思う?」

小さな声だった。この世界で、鷲巣と自分の周りでしか聞こえないような、小さな声。亨は鷲巣を見返した。ふと、こんなに近くで鷲巣の顔を見るのはいままでなかったことだと思った。でも、最初の頃に感じていた恥ずかしさや居心地の悪さは、なぜか綺麗に消えていた。いまこの瞬間だけなのかもしれない。鷲巣がいろいろ訊いてくるので、気持ちが驚きすぎてしまったのかもしれない。でも、なぜかいま、亨は静かに返事をすることができた。

「……うん、鷲巣は、受かると思う」

「ありがとう」

鷲巣がにっこりと笑った。

「変だよね。そんなのわからないよ、っていうのが普通だものね。……でも、なんだか、そういってもらうと、嬉しい」

鷲巣は背筋を伸ばした。

「ね、これからも、小説読ませてくれる?」

うん、と亨は答えた。


その後、何も喋らずに、ふたりでしばらく町並みを眺めた。

ちょうど真下に校門があった。その前の広い道路を亨はずっと眺めていた。白や黒や赤の車、トラック、バス。停留所からうちの学校の生徒が乗り込むのが見えた。三年生か四年生だろう。帽子を被《かぶ》っていないので学年がよくわからない。バスは音を立ててドアを閉め、怪獣が咳《せ》き込むように震えて発進した。道路を左へゆっくり走ってゆく。その姿をなんとなく目で追い……亨はいつの間にか、左に広がる住宅街を眺めていた。そうめん屋。ミュージアムまでの道のりを目で辿った。高校の白い建物。赤い煉瓦《れんが》の家。ほとんどできあがった新築の家。高い塀と林。

その向こうは高いビルに隠れていて、ミュージアムの姿は見えなかった。亨にはそれが偶然ではなくて、どこか神様か何かがあらかじめ計算した配置のように思えた。亨はビルの向こうの見えない空間をずっと見続けた。

それから一緒に校舎を降りた。ずっとふたりとも黙っていた。

校門まで来ると、鷲巣はそこで唐突に道路の左のほうを指さしていった。

「あっち、行くんでしょ？」

少し驚いた。

「屋上にいたとき、あっちのほう、見てたから。気になるところがあるのかなと思って」

ばれていたのだ。

どうしよう、と思ったが、鷲巣はそこで小さく笑みを浮かべると手を振ってさよならの合図をした。

「じゃあね」

「……どうして？」

「だって、亨くん、向こうに行きたいんでしょ？　わたし、帰るから」

てっきり鷲巣は訊いてくると思ったのだ。左のほうに何があるか。

一瞬、どういえばいいのか迷った。

鷲巣にミュージアムのことを話してしまおうか。鷲巣は感づいている。何か特別なものがあることに気づいている。それなのに、ここでさよならしようといっている。

鷲巣にこれまでのことを打ち明けるべきだろうか？

「なんだか、亨くん、迷っているみたい」

そういわれて、亨は鷲巣の顔を見た。鷲巣は笑っていた。優しい笑顔だった。

「亨くんが行きたいのなら、そっちに行ったほうがいいと思う。わたしにはよくわからないけど……、きっと亨くんには大事なことなんだろうなって思った。だって、ずっと見てたでしょ、向こうを」

鷲巣は手を振った。

「じゃあね」

亨も少しだけ手を挙げて、それに答えた。

「うん……、じゃあ」

鷲巣はくるりと後ろを向き、そのまま歩いていった。

その背中を、しばらく亨はそのまま見ていた。鷲巣は一度も振り返らなかった。でも亨を意識しているのはわかった。背中がぴんと伸びて、真《ま》っ直《す》ぐに前を見て、鷲巣は歩いていった。

みかん工場の脇に入り、その姿が見えなくなったところで、亨は大きく息をした。深呼吸した。

そして、回れ右をして、走った。

いつも走っている、と亨は思った。ミュージアムに行くとき、いつも自分は走っている。自転車がちゃんとあるのに、今年の夏はずっと走っている。どんなときでも、わくわくしているときも、嫌なことがあったときも、ミュージアムに行くときは走っている。その走った距離がこの夏休みの長さだ、と亨は頭の隅で思った。

22

アフリカゾウが歪《ゆが》んでいる。

扉を開けてしばらく、亨は何度も目を瞬《しばたた》いた。ごしごしと瞼《まぶた》を擦《こす》り、玄関ホールやフーコーの振り子とその姿を見比べた。

おかしい。

いつもと違う。

いつもならこの大回廊への扉を開ければすぐに、鼻を高々と上げたアフリカゾウの剝《はく》製《せい》が、片脚をこちらに踏み出し、口を開けて、いまにも大声を出しそうなポーズで出迎えてくれるはずだ。確かにいまも目の前にアフリカゾウが見える。でもいつもの姿じゃない。全体がぼやけ、ひしゃげて、しかもその歪みの度合いが少しずつ変化している。ぼやけ具合は場所によってまちまちで、鼻の先は揺れていてほとんど見えないのに、右脚の膝は皮膚の表面に貼《は》りついた泥のつぶつぶまで浮かび上がっている。ゾウの顔は斜めに潰れていた。肌の色も波の形にうねっていて、まるで光の虫が中で動いているようだ。床には何かの破片が散らばっていた。それもよく見ると動いていて、くっついたり離れたりしている。少し大きな塊がゾウの指先に触れたかと思うと、すごい速さで脚を這《は》い上がり、一体になった。

まさか。

一気に不安が増した。

亨は声を上げて美宇を呼んだ。

待つ。大回廊に声が響いて、ゆっくりと消えてゆく。返事はなかった。

早足でアフリカゾウの脇を抜ける。横から見ると、ゾウだけじゃなくその周りの空気も一緒に揺れていた。空気がゾウとくっついたり離れたりしている。境界線がはっきりしなくて、まるで二次元と三次元と四次元の世界がぐちゃぐちゃに混じり合っている感じだ。壁にはいくつもの大きな引《ひ》っ掻《か》き傷が残っていた。それだけじゃない。歪んだ場所もかなり多くあることがわかってきた。アフリカゾウの後ろに置かれているウルトラサウルスの骨格も、肋骨《ろっこつ》の辺りが霞《かす》んで背景と区別がつかない。両脇の壁に並んでいる陳列棚も、ところどころが揺れて滲《にじ》んでいる。標本瓶が壊れて中身が出ていた。こぼれ落ちた臓器に亨はぎょっとした。赤い血がべっとりとついて、端のほうには硬い毛が生えている。これまでホルマリンに浸《つ》かって白くふやけていたはずなのに、その一部分だけは生き返って、もとの身体と繋《つな》がろうとしている。

心の中でどんどん嫌な想像が膨らんでくる。このまま歩いていては危ない。咄嗟《とっさ》にそう思った。近くに見えた螺旋《らせん》階段を駆け上る。

二階の迫《せ》り出し通路に出て、鉄製の手すりから身を乗り出して通廊を見渡した瞬間、ものすごい眩暈《めまい》が襲ってきた。世界がぐるぐると回って真っ逆さまに急降下してゆく。必死で亨は手すりに掴《つか》まった。頭を大きく振って目を強く瞑《つぶ》る。

いま見た光景が信じられなかった。右下に見えたペリカンの標本は、羽根の筋ひとつひとつまでがくっきりと見えた。中央の筋から左右に細い線が何百本も広がって、その線がさらに細かく刻まれていることまで瞳に飛び込んできた。それなのにそのすぐ脇にあったペンギンの標本は、消しゴムで擦った跡のように上半分が空気に溶け込んでいた。消えたりぶれたりしている部分は大きな道を作っていて、その道は回廊中を勝手に走り回っていた。そしてピントのあった部分となわばり争いをするかのようにぶつかり合って、あちこちでめちゃくちゃな色を噴き上げていた。

「トオル！」

声がして、亨はそっと目を開いた。瞳の裏がずきずきする。ぼんやりとした視界の中に何か動いている。

美宇だ。

小さな扉から美宇が駆け出してくる。もうひとつ、小さな黒い影がその足元をすっと抜けて走り寄ってきた。ジャックだった。胸に飛び込んでくる。抱き留めようとして手すりを放した途端、亨はバランスを失って倒れてしまった。

亨のところまでやってきた美宇は、大きく息を吐くとその場にへたり込んだ。ほっとした表情と、疲れや焦《あせ》りや切羽詰まった緊張が、顔の中で混ざっている。美宇に話しかけようとして身体を起こしたそのとき、大回廊の奥のほうから大きな音が聞こえた。

美宇と一緒にその方向を見る。一瞬、また目が回りかける。

シロナガスクジラの全身骨格が、大きく震えながら形を変えようとしていた。がらんどうの身体が左右に振れ、肋骨が互いにぶつかって鳴っている。口の中のヒゲがものすごい勢いで振動していた。重なり合って虹色に輝いたかと思うと、一気にくすんで最初の焦茶色《こげちゃいろ》より汚れてしまう。

ジャックが短く啼《な》いた。亨も気づいた。一瞬、青い煙が見えた。骨格の隙間から蒸気のようなものがうっすらと立ち上って、回廊の天井近くで渦を巻き、それから周りの空気に溶け込んで消えていった。

振動が収まった後も美宇はじっとそのクジラを見つめていた。目を凝らし、骨格の隅々にまで神経を集中させている。たっぷり三〇秒近く経《た》ってから、ようやく美宇は息をついた。

「しばらくは戻ってこないかも。でも油断は禁物」

「どういうこと？　どうしてこんなことが……」

「しっ」美宇が素早く人差し指を亨の唇に当てた。「もっと声を小さく」

美宇の指の温度が唇の柔らかい皮膚を通して伝わってくる。亨は驚いて息を詰めた。

すっ、と美宇が離す。

温《ぬく》もりが唇の表面に残った。

「ついてきて、トオル。まだ近くにいるかもしれない。あまり一階に下りないほうがいい」

ジャックが美宇の後を追った。亨も続く。

美宇は途中でドアを開け、展示場の中に入った。三つほど部屋を抜けた後、美宇は出口の脇に身を寄せた。亨もその後ろにつく。美宇が首を伸ばし、展示廊下のほうを窺《うかが》う。

照明が消えているのか、薄暗くて見通しが利かない。

「あいつはね、ここのセンサーじゃ感知できない。だからいつものように地図を呼び出してジャンプできないの。いきなり鉢合わせしたら敵《かな》いっこない」

美宇は囁《ささや》くような声でいった。

「あの日、トオルが帰ってから、ずっと探したの。パパやみんなを探した。何度も制御室のプログラムで確かめたけれど、やっぱりわたしたち以外に誰もいなかった。何度確かめても同じだった。みんな消えちゃったの。残ったのはジャックとわたしだけ。ううん、ジャックはもともとこのミュージアムの住人じゃない。わたしが大英博物館から連れてきたの。本当はトオルと同じで部外者なのよ。だからミュージアムに残ったのはわたしひとり」

「……どうしてこんなことに？」

「わからない。ここまでミュージアムに影響があった〈同調〉なんて初めてだから。とにかくここの人工現実感がどんどん狂い始めてきてる。展示物があんなふうになってしまうなんて、まず考えられない。プログラム自体が破壊されているの。昨日までずっとラボで調べてた。わたしはあまり修復の技術はないけど、なんとかやってみた。でもだめ。パパがいないと無理」

「……アピスのしわざ？　あのアピスが暴れているの？」

美宇は険しい顔つきで頷《うなず》いた。「次の段階の復活を目指してるんだと思う」

「え……？」

素早く美宇は身を翻《ひるがえ》して、一気に廊下に出ると走り出した。瞬間、亨は出遅れた。美宇の最後の言葉がわからなかった。次の段階の復活？　亨は走った。そこはエジプト考古学の展示廊下だった。木製の古ぼけたケースがかなり密集して置かれている。ケースの中にミイラの棺《ひつぎ》やアラバスター製の壺《つぼ》が見える。両脇の棚にはパレットや石細工のウシャブティが詰め込まれている。一〇〇年以上もそのまま放って置かれた感じだ。その間を縫うようにして駆けた。ジャックはケースからケースへと跳び移りながら亨たちの後をついてくる。

いきなり目の前のケースが大きく歪み、ざらつき始めた。振動が周りの空間にまで広がってくる。間一髪で亨はそれをかわした。走りながら振り返ると、ジャックがジャンプしようとしているところだった。震える空間が風船のようにどんどん膨れあがる。一センチ上をジャックはぎりぎり跳び越えた。たん！　と軽快な音を立ててジャックが別のケースの上に降りる。

その空間はいきなり膨張をやめたかと思うと、何の前触れもなく右側に一気に伸びた。空気が傷ついて太い線が浮かび上がる。その線の先端は側《そば》にあった陳列棚まで届き、中の石像にまで達していた。線は空気の薄い黄色を引き伸ばし、その色を石像の顔になりつけていた。まるで油絵の表面をナイフで引っ掻いたように色が混ざる。

美宇は途中で木の扉を開け、そこに飛び込んだ。亨たちが入ったところですぐさま閉め、鍵をかける。鍵が威力を発揮するのか亨にはわからなかったが、とても悠長に訊《き》ける雰囲気ではなかった。美宇がまた走り出す。今度はリノリウムの廊下が一直線に続いていた。片側にいくつも研究室のようなものが並んでいる。展示室や図書閲覧室でないところに入ったのはこれが初めてだった。

亨は走りながら、次々と現れる部屋を盗み見ていった。確かに美宇が前にいった通り、このミュージアムには大勢の人がいたのかもしれない。展示場に現れないだけで、裏方では研究者がいろいろ働いていたのかもしれない。でも人の姿はまったくなかった。コーヒーカップや書類や機械がそのままの場所に置かれていた。ついさっきまで仕事をしていた人たちが、一瞬のうちに消えてしまったようだった。まるでマリー・セレスト号だ、と亨は思った。セラペウムでアピスが復活した直後、満月博士がアピスにやられたその直後に、ミュージアムから人が蒸発した。

あのとき、亨と美宇はセラペウムを実際の二五〇〇年前の姿に〈同調〉させようとした。アピス像の骨格を解析して、カンビュセスに殺されたときのアピスの骨格を再現しようとした。でも、たぶん、それが完璧すぎたのだ。亨自身うまく説明できないが、直前に美宇と話していたことがヒントだ。古代エジプトの人はピラミッドの中のヒエログリフをわざと間違えて書いていた。完璧に書くと、何かが起こるということを知っていたのかもしれない。その封印を美宇のコンピュータは破ってしまった。本物以上に本物のアピスを作ってしまった。だから起こった——

でも、何が?

突き当たりの扉を、美宇が開けた。

照明の光が廊下に射し込んでくる。それなのに亨はあの眩暈がいきなりぶり返してくるのを感じた。もうちょっとで扉というところで足が止まってしまった。壁に手をつき、目を細める。扉の向こうの光景を見て亨は呻《うめ》いた。

あの円型閲覧室だった。ドーム型の天井、細長い窓。部屋の姿は前と変わらない。それなのにひどく揺れて見える。

空気があちこちで振動していた。漣《さざなみ》のような塊がいくつも漂っている。うなりが聞こえてきた。ずううんという振動音がドーム全体から湧き起こっている。そのうなりが対流を作って振動の塊をゆっくりと動かしている。

亨は片手を額に翳《かざ》した。振動の波が気持ち悪いほどくっきりと目に飛び込んでくる。

その振動が動いてどこかの本棚に触れるたび、そこに収められている本から文字のひとつひとつが浮き上がって、それを印字するのに使ったインクの粒子と一緒に辺り一面に広がり、他の振動とぶつかって、言葉の意味がぱちぱちと火花を散らし、色や匂いや音や温度に化学変化してドーム中を飛び回り、すごい勢いでその粒のいくつかが亨の目玉に飛び込んでくる。いままでよりずっとひどい眩暈が起こって、身体全体が粒子と一緒に弾《はじ》けてしまいそうになった。亨は悲鳴を上げた。

「本の〈カー〉までこんなに……?」

美宇が急いで扉を閉める。何をいったのか亨にはよく聞き取れなかった。とても立っていられなくなり、その場にしゃがみ込んだ。リノリウムの床が冷たい。目を閉じて何度も深呼吸する。

ようやく落ち着いて、目を開けると、ジャックが亨の膝の辺りを爪でかりかり掻きながら顔を上げ、こちらを見つめていた。

「大丈夫? トオル」

「……なんとか」

「もうこんなに進行しているなんて……」美宇も戸惑ったような声を出す。「閲覧室でならトオルに手っ取り早く話ができると思ってたのに……これじゃ本も見せられない。どうしよう」

美宇が頭を振る。何かをいいかけては口を噤《つぐ》む。混乱しているのがはっきりとわかった。

「立って、トオル」

「アピスの復活ってどういうこと？　どうしてこんなことに？」

「アピスを止めなきゃ」

「どうやって？」

「わたしたちがやらなきゃならないことはふたつ」

そこまでいって、ふっと美宇は目を逸《そ》らした。小さく首を振る。

「……でも無理。できっこない。今日までずっと考えたけど、無理なの」

「だから何を？　どうすればいいの？」

「……エジプトに行って、あのアピス像を探す」

「え？」

「もうひとつ、カンビュセス王が殺した牛のミイラも。きっとサッカラのどこかに埋まっているはず。それを見つけ出して、ここへ持ってくる。あのアピスは本物と〈同調〉させることによってコンピュータが作った人工現実の化け物だもの。だからあいつを倒すには、本当に本物のアピス像を持ってきて、それにあいつの本物のミイラをこのミュージアムに据えて、〈同調〉に揺さぶりをかけるしかない。うまくいかないかもしれないけど、絶対にあのアピスに影響は出る。食い止められるかもしれない」

「ちょっと待ってよ、アピス像はなくなったんだろ？　マリエットさんが見つけられなかったものを、どうやってぼくらが探すのさ?」

「わからないわよ、そんなこと!」

いきなり美宇が叫んだ。

「だからいったでしょ、わたしにもわからない、でも見つけなくちゃならないの、いますぐ! ミュージアムが壊れちゃう前に! トオルの世界が壊れちゃう前に!」

壊れる?

世界が?

耳の奥でじんと美宇の声が鳴った。

美宇は大きく深呼吸し、頭を振った。落ち着いて、落ち着いて、と口の中で唱えているようだった。

「いい? トオル、ヒントがひとつある。いまのふたつが無理だとしても、代わりの案を考えなくちゃならない。いまのところわたしが思いつくのはこれだけ。よく聞いて。わたしたちがセラペウムの実験に使ったアピス像は、マリエットが造ったレプリカだった。ということは、マリエットは少なくとも発掘場所を知っている。本当はその現場に行けばいいんだけど、その時代のセラペウムにはもう危なくて〈同調〉できない。でもね、トオル、マリエットはあのアピス像を発掘したときにノートを取っているはず。ノートならある程度の期間、残っていたことがわかっているの」

「……ノート?」

いきなりいわれて、亨は面食らった。

「後で実物大のレプリカを造ったくらいだもの、かなり詳しくアピス像をスケッチしたんだと思う。たぶん、後で論文とか報告書にまとめるためにね。だからマリエットのノートには、アピス像の大きさや色や形がちゃんとメモされているはず。そのスケッチを手に入れて、もう一度アピス像を造り直してみるの。人工現実じゃない、本物の石を削って、本当の本物に仕立て上げる。そうすれば復活したアピスに影響が出るかもしれない」

美宇のいっていることはよくわからなかった。美宇が口走った「次の段階の復活」も、「カー」も、どうしていまミュージアムがこんなことになっているのかさえも理解できなかった。美宇に訊きたいことが山ほどあった。でも頭がついていかない。美宇はどんどん話を進めてゆく。

「で、ノートがどこにあるかが問題なの。たぶん、一番みつかりそうな場所はマリエットのメゾンだと思う」

「……メゾンって？」

また新しい言葉だ。

「サッカラの発掘現場の近くにマリエットが建てた家。いまでもその残骸が残ってるんだけれど、でも当時のメゾンの中がどんな具合だったかさっぱりわからない。資料も残っていない。あったのかもしれないけれど、閲覧室があんな状態で、探し出せなかった。

なんとかいま残ってる廃墟《はいきょ》を手がかりにして〈同調〉させようとしてみたけれどだめ」

「……じゃあ、どうやってマリエットさんのノートを？」

「トオル、お願い。一緒に来てほしいの」

美宇が亨の目を見つめてきた。黒と緑青と焦茶が混じり合ったその目は、少しばかり潤《うる》んでいた。

「たぶん、もうあまり時間がないの。すぐに行かなくちゃいけない。でも、もしかしたら面倒なことになるかも。下手をすると帰れなくなって……」

「待って、そんなことどうでもいいよ。一緒に行く。当たり前だろ？　だからどこへ？」

すうっ、と美宇は息を吸い込んでからいった。

「博物館よ、トオル」

博物館？

美宇はジャックを抱いたまま、もう一方の手で亨の手を取った。走り出す。リノリウムの廊下を引き返し、展示廊下に戻る。美宇はさっきと反対の方向に曲がった。

展示室を五つ過ぎたところで美宇はまた曲がった。大回廊の二階の通路に突き当たる。その螺旋階段を駆け下り、回廊の一階に出た。亨はなるべく周りを見ないよう、足元だけに神経を集中させた。すぐに美宇が壁際《かべぎわ》に背をつける。大きな空気の振動が目の前を通り過ぎていった。

美宇はまだ亨の手を握りしめていた。美宇の胸の中でジャックが少し苦しそうに顔をしかめている。

美宇ははあはあと荒い息を吐きながら、すぐ横にある小さな扉をちらりと見た。

亨は直感した。この向こうに、これから行くところがある。

どちらかというと貧弱な扉だった。詳しい材質は亨にはわからなかったが、軽そうな褐色の木でできている。取っ手は真鍮《しんちゆう》製だったが、留め金が少し緩んでいた。

亨も美宇もまだ息切れが収まらない。美宇は壁に背を付けたままの姿勢で、声を低めながらいった。

「この向こうはね、マリエットが建てた博物館に繋がっているはず。カイロのすぐ近くにある、ブーラークっていう繁華街の大通り沿いに建てられたの。開館は一八六三年の一〇月。でも一八七八年にナイル川の大増水が起きて、二か月も浸水してしまう。まだアスワンダムなんてできていない時代よ。保管されていたマリエットのノートも、このときほとんど泥水に流されてしまったの。だからマリエットは、自分の発掘の成果をちゃんとした報告書にまとめることができなかった。あんなにすごい発見を次々としたのに、マリエットの業績はほとんど文書として残されていないの。洪水のために」

「じゃあ、ノートは……?」

「実はね、あの閲覧室からなんとか救出できた資料があったの。ブーラークの博物館のパンフレット」

美宇は亨の手を放した。そのときようやく亨は、いままでずっと美宇と手を繋いでいたことに気づいた。手のひらが汗ばんでいる。

美宇はごそごそと自分の胸元を探った。居心地が悪いのか、ジャックが小さく抗議の声を上げる。すぐに美宇は服の下から小さな赤い本を取り出した。ぼろぼろで、何度も折り畳まれた跡がついている。全部で十数ページしかなさそうな薄い小冊子だ。美宇はジャックを抱いたまま片手でそのパンフレットを広げ、中を亨に見せた。

そこには一枚の写真が載っていた。

博物館の展示室を写した白黒写真だった。印刷が悪くて、細かいところまではよくわからない。長方形の狭い部屋で、真ん中に坊主頭の男の彫像が展示されている。その彫像の上半身は裸で、お腹が丸く突き出ていた。左手に杖《つえ》を持っている。壁際には黒っぽい陳列棚が並んでいる。中に入っているのは細々したウシャブティや石碑だった。天井と床には模様がついている。右のほうに通路が見えた。カーテンで仕切られている。ずいぶん貧弱な博物館に見えた。

「これはね、マリエットが作った博物館のガイドブック。でも、部屋の写真が大きく載っているのはここだけ。あとは収蔵品の紹介なの。だから、これがいまのところたったひとつの希望。いつ撮られた写真なのかわからないけど、もうそんなこと構っていられない」

美宇はもう一度本を胸元にしまった。

「今朝からこの扉の向こうで〈同調〉させていたの。まだわたしも中を確かめてない。こんなぼやけた写真でどこまで〈同調〉できるかわからない。ただでさえいまこのミュージアムはずたずたにされているんだから。同調システムがうまく作動していないかもしれない。でもこれしか方法がないの。洪水にやられる前の博物館に行って、マリエットのノートを取ってくるしかない」

美宇はそこで言葉を切った。ジャックを床に降ろし、頭をゆっくりと撫《な》でる。ジャックはすべてわかっているとでもいうように美宇の手を受け入れた後、尻尾《しっぽ》を立て、こくりと頷いた。

亨は指に力を感じた。はっとして美宇の顔を見つめる。美宇の手だった。美宇がもう一度手を握りしめてきていた。

亨も握り返した。手のひらが熱くなる。

美宇はこちらを見つめ、短くいった。

「いい？」

頷く。

「ジャックもいい？」

ジャックが答える。

美宇が真鍮の取っ手を引いた。

23

一歩そこに足を踏み入れた途端、むっとするような熱気が亨に襲いかかってきた。乾燥機の中に飛び込んだみたいだ。走り回って出ていた汗が一気に蒸発した。

目を細める。部屋の中は橙色《だいだいいろ》の光で照らされていた。いつも見ている夕焼けの光ではなかった。もっと強くて、激しくて、なんとなく太陽に近い感じだ。肌がひりひりした。普段の夏の暑さとはまるで違う。

これが、エジプト——？

目を細めたまま部屋の中を見渡す。

亨の前にあるのは、さっきの写真で見た展示室だった。部屋の真ん中に、木の彫像がある。周りを鉄製の柵で囲ってあるところも写真と同じだ。

木像は夕陽が射し込む方向をじっと見つめていた。影が後ろに長く伸びている。

木像の視線につられて、亨は左に目をやった。

「……そんな」

美宇が声を上げた。亨の手がきつく握られる。

そこでようやく亨も気づいた。音が聞こえる。意識し始めた途端、その音はどんどん大きくなって、ついにはひっきりなしに耳に飛び込んでくるようになった。

この暑さ。この雑音。いままで美宇と訪ね歩いた美術館や博物館は、どこも空調が効いていて静まりかえっていた。それなのにここは違う。

それに――

窓から人の歩いている姿が見えた。

庭があって、その向こうは大通りだった。人がたくさん歩いている。ときどき馬車が通り過ぎてゆく。蹄《ひづめ》の音や車体の軋《きし》む音が部屋の中にまでしっかり聞こえてくる。雑踏のざわめきが途切れることなく亨の耳に届いてくる。

「同調システムがやっぱりおかしくなってる」美宇は呆然《ぼうぜん》とした顔で外を見つめた。「危険だから外部環境にはわざとフィルターをかけるようになっているはずなのに……」

「万国博のときも人がたくさんいたじゃない」

「あれは特別なの。〈同調〉させているのは万国博の敷地だけ。外部に繋《つな》がっているゲートを調節して、そこにあの時代の人たちを取り込んでいるだけ。トオルがミュージアムの中に入れるのと一緒。完全に外部に開放しているわけじゃない。だからあの会場からわたしたちは出ちゃいけないことになっているの。一緒に会場の屋上からパリの町を眺めたでしょう、あの風景はね、コンピュータが作った偽物《にせもの》なの。パリ全体にまで同調系が広がっているわけじゃない。でもここは……」

通りを歩いているのはほとんど肌の色の濃いエジプト人だった。男の人が多い。長いパジャマのような服を着ていて、頭には鉢巻か水泳帽のようなものをつけている。服装はくすんだ茶色か汚れた白、そうでなければちょっと縞《しま》の入った焦茶色《こげちゃいろ》がほとんどで、派手な模様や色はどこにもなかった。みんな背が小さい。女の人はあまりいなかったが、黒い布を頭に被《かぶ》っている姿が少しばかり見える。驢馬《ロバ》を連れた商人のおじいさんが目に入った。馬車を避けるようにして博物館の塀のぎりぎり近くを歩いている。驢馬の背には大きな籠《かご》が括《くく》りつけられていて、その中には木の実か何かが山盛りになっていた。ときどきその木の実がこぼれ落ちるのを、おじいさんはのんびりと後ろから拾っていった。おじいさんの顔も褐色で、白い口髭《くちひげ》が顔から浮き上がっていた。ここに亨や美宇がいることにも気づかずに、ただ通り過ぎてゆく。驢馬の落とす木の実を拾うために。ゆったりと流れてゆくエジプトの人たち。その向こうを、ぴかぴかに磨き上げられた馬車が通り過ぎてゆく。みんな横から突き刺さってくるような赤い夕陽に照らされている。亨は実感した。これはコンピュータが作り出した映像なんかじゃない。本物だ。本物のエジプトだ。

「それより、マリエットさんのノートを探さなきゃ」

いつまでもずっと見とれてしまいそうだ。慌てて頭を振る。美宇も頷《うなず》く。とりあえず展示室と廊下を区切っている赤いカーテンの側《そば》まで行き、裾《すそ》をそっと上げて奥の様子を探る。

テーブルが等間隔に据えられていて、その上にそれぞれ小さな石像が展示されていた。電灯がないので薄暗い。廊下は二〇メートルほど延びてから、別の展示室に繋がっている。その部屋の前に、少し広い別の廊下が直角に交わっている。

亨は唾《つ》を呑み込んだ。ここから先は、コンピュータが作った場所ではないはずだ。〈同調〉したこの部屋に続いて現れた別の世界だ。なんとなく薄気味悪い。美宇が一歩踏み出した。亨も覚悟を決めて足を出す。みしり、と木の床が軋んだ。

なるべく音を立てないように、ゆっくりと進む。

木で模様が組んである床は、全体的にうっすらと砂埃《すなぼこり》が積もっていた。靴の先で擦《こす》ってみると、どこかざらりとした感触がある。あまり頻繁には掃除していないらしい。廊下の脇に飾ってある石像は、手を伸ばせばすぐに触れる距離にあった。ケースも柵もないことに亨はちょっと驚いた。昔はこの程度の保護で充分だったんだろうか。でも、石像はどれも傷がほとんどなく、修復の必要もないくらい綺麗《きれい》だ。ここにある出土品は全部、マリエットさんの手で発掘されたものに違いない。

交差している廊下を美宇は左に曲がった。正面の展示室は大きくて、奥にはもっと面白そうな部屋があったが、まずはノートだ。

すぐに廊下はちょっと広めの部屋に突き当たった。玄関ホールらしい。両開きの大きな扉はきっちりと閉められて、錠前がぶらさがっている。扉のガラス窓を隔てて、大通りがさっきよりも近くに見える。ざわめきもよく聞こえた。

「近くに管理室があると思うんだけど……」

「あれじゃない？」

目についた扉を指さす。金色のプレートが架かっていた。アルファベットのようで、ちょっと違う。亨には読めなかった。その下にはミミズがのたくったような文字が刻まれている。

美宇がほっとした表情を浮かべる。「館長室だわ」

「これ、何語？　読めるの？」

「フランス語とアラビア語」

美宇は取っ手を摑《つか》んで回した。かちり、と音がする。顔を見合わせた。美宇がゆっくり取っ手を引く。鍵は掛かっていない。

こんなにうまくいくとは思っていなかった。急いで中に入る。八畳くらいの部屋だった。いろいろなものがごちゃごちゃと置かれている。真ん中の大きな机には本や書類が山積みになっていて、後ろの本棚にも箱や大きな本がぎっしり詰め込まれていた。奥のほうにも箱が積み重なっている。中には石像か何かの破片が入っているようだ。

美宇は机に駆け寄って、上に広がっている書類をひっくり返し始めた。亨も本棚から本や箱を引っ張り出して、マリエットさんが書いたものを探す。抽斗《ひきだし》の中に、書類を束ねたものが何冊も入っていた。どれもフランス語で書かれていて、内容はさっぱりわからない。ぱらぱらと捲《めく》ってみたが、出土品の絵が描かれているものは一枚もない。

ルクソールやタニスという場所での発掘ノートは美宇が見つけた。ところが肝心のサッカラのものはメモひとつ見つからない。手に取れる部分は全部ひっくり返して、一五分も過ぎる頃にはふたりともぐったりとなっていた。

「やっぱり、サッカラの発掘ノートだけはマリエットのメゾンにあるのかも……」美宇は頭を抱えてその場にしゃがみ込む。

「ここはいつの時代なんだろう」

「たぶん一八六六年。あの万国博の一年前。書類の日付を見ても、それ以降のは見当たらないもの。あの写真はたぶん六六年のものだったのよ。もしそうだとしたら、いまはマリエットがまだサッカラのメゾンに住んでいた時期。……ああ、どうしてこうタイミングが悪いの。洪水のときにはノートをこっちに持ってきているくせに、いまはサッカラに大切に保管されているなんて。もうどうしようもない……」

美宇がさらに背中を丸める。ジャックも扉のところでうなだれていた。

「待ってよ。まだ終わったわけじゃないだろ。マリエットさんのメゾンに行けばいいじゃないか」

「だから無理なの」美宇はしゃがみ込んだまま、ぼんやりと頭を振る。「資料がなくて再現できないの」

「そうじゃなくて。行けばいいじゃない」

「行くって？」

「だから、ここからマリエットさんのメゾンに行けばいいじゃないか。事情を話して、手伝ってもらうんだ。サッカラに行けばアピスの手がかりもきっと摑める……」

「馬鹿なこといわないで！」

驚いて口を噤《つぐ》む。美宇はきつい顔で亨を見上げていた。

「博物館の外に出たら、何が起こるかわかったもんじゃない。それに……」

そこまでいって、美宇はいきなり言葉を切り、また膝に顔を埋めた。「ううん、なんでもない。こっちのこと」

お互いに気まずい雰囲気のまま館長室を出る。

さっきよりも濃い夕陽が玄関ホールに射し込んでいた。橙色の光が空気まで焦《こ》がしている。汗がぜんぜん出てこないのに無性に喉が渇いていた。むやみに心は焦《あせ》っているのに、考えや身体はそれに反応しない。どうすればいいんだろう？ミュージアムはどうなってしまうんだろう？

「……まだわからないよ。もっと探してみようよ。展示室にしまってあるのかもしれないし」

そうね、と投げやりな感じで美宇が返事をする。

来た方角へ引き返し、廊下の交差するところまで戻ったそのとき、突然ジャックがヒゲを動かした。

「どうしたの、ジャック？」

ふーっと警戒の声を上げて毛を逆立てる。美宇の後ろに回り込んで、左手の広い展示室をじっと見つめた。美宇はジャックを抱き寄せようとする。亨は展示室の中を覗《のぞ》いた。

息が止まった。

慌てて美宇の肩を叩《たた》く。どうしたの、といいかけた美宇も、それを見てはっと息を呑んだ。

人がいた。

大きな展示室の中に、背広姿の白人がひとり、陳列ケースの前にしゃがみ込んでじっと中を覗き込んでいた。

その男の人が、こちらを向いた。

だん！と大きな音が、展示室の隅で響いた。美宇がびくりとする。ちょうど死角になっていたところに、亨たちと同じくらいの年齢の少年が立って、きつい目でこちらを見つめていた。チョコレート色の肌。エジプト人だ。右手に棒を持っている。

「誰だ、おまえら！」

ずかずかと大股《おおまた》でこちらに近づいてくる。

いきなり美宇が身を翻《ひるがえ》した。最初に入った部屋のほうに駆けてゆく。亨は慌てた。

「待ってよ！」

美宇の後を追う。エジプトの少年が走り出すのがわかった。すごい勢いで近づいてくる。亨は怖くなった。美宇はミュージアムに繋がる扉のノブに手をかけている。後ろから美宇を摑もうとした。振り解《ほど》かれる。扉が開くと同時に美宇はその隙間に身体を滑り込ませた。信じられなかった。美宇がひとりで逃げようとしている。少年が部屋に入ってきた。こちらに飛びかかってくる。亨は必死で扉の隙間に割り込んだ。美宇が扉を閉めようとする。その瞬間、亨は見た。ジャックがこちらに駆けてきている。跳んだ。扉の隙間めがけて空中を滑ってくる。すぐ後ろに少年が迫っていた。少年が手を振り上げた。棒が空気を切った。ぶん、と鋭い音が亨のすぐ目の前で聞こえた。亨は叫んだ。

「ジャック！」

美宇が扉を閉めた。

蒼《あお》ざめた顔で美宇は扉に凭《もた》れ、そのままずるずると座り込んでしまう。信じられなかった。美宇がジャックを置き去りにしたことが信じられなかった。どうして、といおうとしたとき、またあの眩暈《めまい》が頭を直撃してきた。亨は慌てて目を瞑《つぶ》り、美宇の横にしゃがみ込んだ。

美宇の荒い息が聞こえてくる。

「……どうして」亨は目を閉じたままいうのが精一杯だった。「どうして逃げたの？いくら驚いたからって、いきなり走り出すなんて！」

「……ごめんなさい」美宇の声が掠《かす》れている。

「とにかくジャックを助けないと！」

亨はずきずきする頭を押さえながら扉を開けた。

誰もいない。

四《よ》つん這《ば》いのまま展示室に入る。美宇が躊躇《ためら》ったので強引に手を引いた。

「ジャック！」

立ち上がって探す。廊下に出て、さっき少年がいた部屋のほうに進む。

展示室の中を見渡す。あの少年はいない。ジャックの姿も見えない。背広姿の男の人がひとり、さっきと同じように熱心にケースの中を見つめている。

「きみたちもこれを見に来たのかね？」

いきなりその男の人は顔を上げると、亨たちに話しかけてきた。

亨は息を潜《ひそ》めた。身体が硬直してしまう。男の人は口髭をもぞもぞと動かしながら、じれったそうに手招きをする。

「さあ、きみたちも見たまえ！　どうだ、この輝き！　素晴らしい！」

そっと美宇が亨に耳打ちしてくる。「あの人、どこかで見たことがある」

「さあ、こっちへ！」

男の人はさかんに手を振る。ジャックのことが気になった。でも、とても断って探しに行けるような雰囲気ではない。

男の人は額が広く、卵を逆さにしたような顔で、どこか神経質そうな雰囲気だった。亨の父親より年上だと思うが、外国人の年齢はよくわからない。ただ、着ている服が上等だということくらいはわかった。さらさらした白いシャツに、黒い蝶《チョウ》ネクタイ。どちらもほんのわずかな夕陽の光を反射して、輝いて見える。髭もきっちり手入れされていた。すごい金持ちなのかもしれない。ガラスケースの脇にはぴかぴかのシルクハットが置いてあった。

　おそるおそる近寄って、男の人の手元を覗き込んだ。

　ケースの中には、不思議な形をしたものが置かれていた。蠅《ハエ》の姿を象《かたど》ったものが三つ、鎖で繋がれている。蠅の大きさは一〇センチくらいで、どれも金色に輝いている。染みや曇りはどこにもなかった。羽根が逆V字型になっていて、複眼の部分がちょうどコクピットのように見える。まるで昔の戦闘機か遠い宇宙から来たUFOだ。

「イアフヘテプ王妃のペンダントだわ」美宇が呟《つぶや》いた。「マリエットの発掘隊がテーベで見つけて……」

「この意匠を見たまえ！」男の人は興奮した口調でいった。「三四〇〇年前のものだとは思えないほど大胆な形だ！　まさに逸品だよ。そうだ、こちらも見るがいい」

　そういってケースの下の段を指さす。ブレスレットと小さな斧《おの》、それに短剣が入っていた。亨は目を瞠《みは》った。この剣は前にも見たことがある。黄金の刃に、黒い線とヒエログリフの模様。記憶を辿《たど》った。確か美宇と一緒にチャンバラをしたときに使った剣だ。オペラの小道具だったはずだ。

　どうしてそれがここに？

「同じくイアフヘテプ王妃の棺《ひつぎ》から見つかったというじゃないか。剣のほうを見るがいい。このラピスラズリの深みのある色。黄金の輝き！　素晴らしい。この世の至宝だ」

確かに綺麗だった。普通に美術館に来たときに見つけたら、亨もたぶん溜《た》め息《いき》をついて見つめたかもしれない。でも、それより、こんなところで短剣に出会ったのに面食らった。あのオペラの剣はマリエットさんの発掘品を模していたのだ。

牡牛《おうし》の浮き彫りがケースの中から亨たちを見つめ返している。偶然かもしれない。でも、ひょっとして……、この浮き彫りはアピス？

「昨日は閉館までずっとこの前に座っていたよ。いくら見ても見足りなくてね……。ところが残念なことに、明日の朝にはアレクサンドリアに発《た》たなければならないときている。そこでブーラーク最後の日をここで過ごすために、むりやり館長から許可をもらったというわけだ。休館日に押し掛けるのは私くらいだと思っていたが……、きみたちもどうやらその口だな？」

「え？　ええ、まあ」

いきなり訊《き》かれて、亨は戸惑った。でも男の人は勝手に納得して、何度も大きく頷いてみせる。

「ときに、きみたちはどこの国から来たのかね？　中国ではあるまい。いやいや、当ててみせよう……アジアの南か、あるいは……」

日本からです、と亨が答えると、男は感心したようにしきりに髭を撫《な》でた。

「これは奇遇だ！　私もつい昨年、日本を訪れたばかりだよ。そうか、日本にもエジプト考古学の素晴らしさは伝わっていたのか！　だがそれにしては解《げ》せんな。きみたちの姿は日本人らしくない。身体つきも違う」

ますますわからなくなってきた。いったい何者なんだろう。美宇は一歩後ろに退いて、訝《いぶか》しげに眉根を寄せている。

亨は訊いてみた。

「日本のどこに行ったんですか？」

「横浜だよ！　素晴らしい港町だった！　旅の途中に四週間立ち寄った。インドから中国、そして日本に行って、アメリカに向かった。刺激的だったよ。いま、その旅行記をまとめているところだ。日本では煙を吐き出す恐ろしい島を見た……硫黄《いおう》の島だというじゃないか！　そう、そうとも、日本ではタイクーンにもまみえた。上品な出で立ちに感服したよ」

「タイクーン？」

美宇がまたそっと耳打ちする。「大君《たいくん》のことよ。この時代なら、一四代将軍徳川家茂《いえもち》」

「ええっ？」

びっくりして、思わず大声を上げてしまう。本当だろうか。男の人は目を輝かせながら日本での体験を喋《しゃべ》り始めた。だんだんうっとりした表情になってくる。悪い人には見えないのに、どことなく嘘っぽい感じがした。思い込みの激しい人なのかもしれない。

「いま私は古代の哲学に学ぼうとしているところだよ。この歳《とし》になって、ようやく学問の素晴らしさに目覚めた。ソルボンヌで時間の許す限りコースを取っているところだ。アラビア語、サンスクリット、ギリシア哲学……。ここに来て自分の夢は間違っていなかったことがわかったよ。この素晴らしい宝物を見たかいはあった。きみたちくらいのときにもしこれを見ていれば、もっと違った人生を送れたかもしれない。私もいつか、考古学に身を投じてみたいものだ……。そう思わせるものがここにはある。そうだろう?」

「すみません、ちょっと訊いていいですか?」美宇が演説に割り込んだ。「さっき、ここに男の子がいましたよね? 猫を連れていたと思うんですけれど、どこに行ったか知りませんか?」

「ああ……あの子か」

男の人は話の腰を折られて不満そうだった。「そういえばどこかに行ったな。猫を放り出しに行ったんじゃないか」

「そんな」

「すぐ探しに行こう。それより、おじさん、さっき館長の許可をもらったっていってましたよね。マリエットさんはいまどこにいるんですか?」

「おや、知らなかったのかね。サッカラの発掘現場だと聞いている。明日にはテーベに向かうらしい」

「やっぱりそうだ」

予想していた通りだった。「マリエットさんはノートを持っているんだよ、きっと！　サッカラに会いに行けば……」

美宇の身体が強張《こわば》るのがわかった。「……だから無理なの」

「どうして？　ここまで来たんだ、行くしかないだろ。あのミュージアムが潰れちゃうんだろ。それに、ジャックも探さなきゃ……」

「わたしはトオルとは違うの」

「どういうこと？」

「怖いの、トオル！　わからないと思うけど、でも、怖いの、外に出るのが！」

「え……？」

美宇は顔を逸《そ》らした。手が展示ケースの端をきつく握りしめている。その指の関節が小さく震えていた。

亨は突然、これまで自分が美宇のことを何も知らなかったことに気づいた。

美宇がいつ起きて、どこで寝て、どんな生活をあのミュージアムの中でしているのか、何を食べて、亨と会っていないときは誰と一緒にいるのか、ぜんぜん知らなかった。なんとなくいままで、美宇は未来人だと思っていた。あのミュージアムごとタイムマシンでやってきたのだと思っていた。でもそれは答になっていない。未来人だって生活するはずだ。お父さんとお母さんから生まれるはずだ。美宇はちっとも満月博士と似ていない。お母さんはどこにいるんだろう？　友達はどこにいるんだろう？

「待ちなさい、ふたりとも」

男の人が静かにいった。

「何があったのか知らないが、どうやらきみたちは大切なものを探しているようだ」

男の人は、さっきまでとは雰囲気が違っていた。その声は穏やかで、優しげで、頼りがいのありそうな、大人の人の口調になっていた。

「本当に必要なものなら、探したほうがいい。本当に自分が探し求めているものなら、諦《あきら》めてはいけない。困難や恐怖など、夢に比べれば何ほどのものか。最近、私はそう思うようになってきたんでね」

「待って下さい。あの、あなたは」

それまで俯《うつむ》いていた美宇がはっと目を開いた。男の人の顔をまじまじと見つめる。探るように、一言ずつ、その人に訊いた。

「もしかして……ハインリヒさん、っていうんじゃありませんか？」

「いかにも」男の人は満足そうに胸を張った。「私はハインリヒ・シュリーマンだ」

さあ、と男の人は亨たちの肩に手をかけ、部屋を出るよう促した。嫌だという間もないうちに背を押されて廊下を進む。玄関ホールの扉は錠が開いていた。さっきの少年が鍵を持っていたのかもしれない。

「私もそろそろ帰る時間だ」

男の人は胸ポケットから時計を取り出して針を見た。銀色に光る、まるでホームズやルパンが持っていそうな懐中時計だった。「あの子に閉めてもらわないといかんな」

男の人は博物館の扉を開けた。

美宇が小さな悲鳴を上げた。外の雑音が一瞬のうちに最大になって耳に届いてくる。おじいさんたちのお喋り、商人の売り声、驢馬の足音、金物がぶつかる音、布の擦《す》れる音、虫の羽音、そして、遠くから、鳥の啼《な》き声と汽笛。一一〇年前に詰め込まれた音が一気に解放されて、博物館の中に押し寄せてくる。亨は顔に微《かす》かな風を感じた。埃と光を感じた。太陽はもう沈みかけている。空は紺青色《こんじょういろ》に変わっている。細い雲の端だけが茜色《あかねいろ》に染まっている。

「さあ、出ないのかね」

男の人が、そっと亨たちの背を押した。

亨と美宇は、扉が閉まるぎりぎりの線まで進んでいた。あと一歩踏み出せば、博物館の外に出る。美宇は震えていた。見てわかるくらい肩を震わせていた。どうしよう、と美宇が口の中で呟いているのが聞こえた。ああ、トオル、どうしよう、怖い、怖いの。

「大丈夫だよ」

亨は美宇の手を握りしめた。今度は自分からだった。いままでずっと、美宇が亨の手を握ってきた。だから今度は亨からだ。

いままでミュージアムの中をずっと、美宇が案内してくれた。だから、ミュージアムの外を案内するのは自分だ。

「心配ないよ。大丈夫、絶対に」

亨は踏み出し、美宇の手を引いた。

24

どうやらずっと眠ってしまっていたらしい。

倒していた椅子《いす》を少しばかり上げ、私は背筋を伸ばした。ジャンボジェットの機内は暗くなっていた。いつの間にか映画も終わっている。私は上にある電灯のマークをぼんやりと眺めた。低い振動音が絶え間なく身体に響いてくる。足がむくんでいるのがわかる。

マニラ、バンコクを経由してエジプトのカイロまで、合わせて二〇時間以上の旅だ。気圧の関係か、成田を飛び立ったと同時に猛烈な眠気が襲ってきてバンコクまで熟睡してしまった。普段ならその程度の睡眠時間で充分に回復するはずなのだが、なぜか今回はずっと身体が疲れている。

荷物はやや大型の旅行バッグひとつだけだ。最小限の着替えと日用品、あとは一冊のメモ帳しか入れていない。ノートパソコンも、原稿のゲラ刷りも、本もない。カメラやビデオ機器さえ今回はあえて置いてきた。とにかく仕事に関係するものを一切断ち切って飛行機に乗った。これからの六日間で書かなければならない原稿は、すべて昨夜までに仕上げ、各出版社に送ってある。新書のノンフィクションもようやく第一稿を上げたところだ。長編のほうは、これまで進めた原稿を渡した。主人公の少年と少女が約一三〇年前のエジプトに赴くところで終わっている。

この続きを書くために現地を取材する、というのが今回の旅の名目だった。

もちろんそれは名目でしかない。今回は通常の意味での取材ではない。しかし、それでは何が目的なのか、というと、自分自身判然としないのだ。

有樹にだけは搭乗の直前に短いメールを送ったが、あとは担当編集者以外の誰にも今回のことは伝えていない。失踪したと思われる可能性もあるが、そうしたことに構っている余裕はなかった。

私はもはや、物語で感動することができない。

だが不思議なことに、その一方で私は、半年ほど前から小説を読んで泣けるようになった。

もちろん、本を読んで胸を熱くしたことは何度かある。だが、実際に涙を流したことなど皆無だった。それなのにいまは自分でも驚くほど泣ける。あれほど物語の作為性が気になっていたのに、今度はその作為そのものに涙腺《るいせん》が反応できるようになったのだ。小説だけではない、映画でもテレビドラマでも泣ける。私はいろいろと試してみた。音楽、絵本、あるいは壁に架かっている人生訓でも泣けることがわかった。劇的であればあるほど効果的だった。泣け、という演出上の作為が透けて見えた瞬間、スイッチが入り、涙が一気に溢《あふ》れてくる。ああ、この作者はうまくツボをついている、うまく演出している、そんなことを思いながら私はぼろぼろと泣く。

これはもしかしたら、テレビのバラエティ番組を観て、お約束の展開や繰り返しのギャグに反応するのに近いのかもしれない。タレントの十八番《おはこ》のお笑い芸を見るたびに笑うのと同じように、同じ刺激を与えれば私たちの脳は何度も感動するのかもしれない。

もし私が脳神経科学の分野に参入できたとしたら、きっと感動を司《つかさど》る生理反応の解明を目指したことだろう。

だが――

それでは私がここ数年進めてきた仕事は何だったのだろう。

おそらく私は、何か新しい感動を小説に求めていたのだと思う。

物語の感動とは違う何かを小説の中に盛り込みたかったのだと思う。

ずっと前から漠然と思っていたのかもしれない。感動にはさまざまな種類があることを、子供のときからなんとなく気づいていたのかもしれない。奇妙なことに、小説とは一見何の関わりもない研究室の生活をこなすうちに、その意識がはっきりと私の頭に浮かぶようになった。論文を読み、実験を繰り返し、データをまとめる。その過程で私は小さな面白さや驚きや不思議な気持ちを積み重ねてきた。それらは小説を読んだときに得られる感動とはまったく別種でありながら、やはり私に純粋な感動をもたらしてくれた。

それは、物語の作為など最初から組み込まれていない感動だった。論理への感動であり、技術への感動であり、概念への感動だった。私はデビューしてからしばらくの間、そういった別種の感動を、なんとか小説として読者に提示したかったのだと思う。

だが、もしかするとそれは、ただの回避だったのかもしれない。

空を見て美しいと思い、恋人を抱いて愛《いと》しいと思い、物語に浸《ひた》って感動に震え、その気持ちを臆することなく口にする、たったそれだけの行為すらできなくなってしまった自分へのいいわけだったのかもしれない。

そう思ったところで、機内の照明が点《つ》いた。

食事が運ばれてくる。トレーを倒し、私は座席の前ポケットに入っているヘッドホンを取り出した。コードを肱掛《ひじか》けのジャックに差し込む。

音楽が聞こえてきた。音が小さくてよく聞こえなかったが、どうやら一昔前のヒット曲らしい。バターの包みを開けながら、何気なくメロディに心を向ける。いったん音楽が静まり、次の曲が始まった。

どこかで聞いたことがある――ぼんやり思った次の瞬間、男性ボーカルの甘い声が、意味を持つ言葉となって私の脳の中に浮かび上がった。

それは、ディズニー映画『アラジン』の主題歌だった。

タイトルは確か“A Whole New World”だったはずだ。

何年前だったか、この映画を私は劇場にひとりで行って観た。いまでもこの曲が流れる場面をはっきり覚えている。アラジンは異国の王子になりすまし、魔法のカーペットに乗ってジャスミンというお姫さまの寝室のバルコニーに忍び込む。そして「ぼくを信じて」といってお姫さまの手を取り、カーペットに乗せて飛び立つ。お姫さま、あなたにまったく新しい世界《ア・ホール・ニュー・ワールド》を見せてあげましょう——

　初めてこの曲を映画館で聴いたとき、これこそ「作家」の歌だ、とひどく感激したものだ。アラジンのカーペットに乗って世界を飛び回るお姫さまは、目の前に現れるパノラマに驚き、顔を輝かせて歌い返す、信じられない眺め《アンビリーバブル・サイト》、言葉にできない気持ち《インディスクライバブル・フィーリング》、と。

　私はあのとき映画館で、自分の考えている物語の理想をスクリーンに見ていた。いままで知らなかったものを見る驚き、感じたことのなかった気持ちが湧き立つ戸惑いと喜び、想像もしなかった世界が広がっていることを実感する昂揚感《こうようかん》。

　目を閉じないで《ドント・ユー・デア・クローズ・ユア・アイズ》、というアラジンの囁《ささや》く台詞《せりふ》がヘッドホンから聞こえ、私は瞑《つぶ》りかけていた瞼《まぶた》を開けた。そして窓のブラインドを開けた。

　雲の波が、夜の空に広がっている。青白い空気の底から、ほんのわずかに金色の光が浮かび上がってきていた。昨日はぐれた光の欠片《かけら》かもしれない。夜になる前に隠れそびれた光が、次の夜明けを待って雲の隙間から顔を覗《のぞ》かせている。

　スクリーンの映像が頭の中に蘇《よみがえ》ってきて、窓の外の雲と重なった。

　この歌が本当に素晴らしいと思ったのは、アラジンがただお姫さまに驚異の体験を与えてあげているだけではないということだ。彼はジャスミンと一緒に魔法の絨毯《じゅうたん》に乗り、一緒に世界中を飛び回る。そして最後には満月を見ながらジャスミンと肩を寄せ合い、その美しい光景をふたりで眺め、分かち合う。

顔を輝かせていたのはジャスミンだけではない。その表情を見るアラジンもまた喜びに溢れていた。私はそこに心を打たれた。アラジンを作家に、ジャスミンを読者に喩《たと》えるなら、作家と読者は「与える」「与えられる」の関係ではないのだということをこの歌は示していた。作家と読者はまったく新しい世界《ア・ホール・ニュー・ワールド》を共有するのだ。そう、ちょうど次のフレーズだ。私は窓の外にどこまでも広がる雲の水平線を見つめながら、そのハーモニーを一緒に心の中で口ずさんだ。

——すべてが新しいこの世界をきみと分かち合いたい《レット・ミー・シェア・ディス・ホール・ニュー・ワールド・ウィズ・ユー》——

私はこれまで、誰かに unbelievable sights を見せてあげたことがあるだろうか。

私は今後も、誰かのために unbelievable sights を見せてあげられるだろうか。

読者に。

そして、本当に愛する誰かのために。

25

博物館の扉から飛び出したその瞬間、美宇は目を瞑《つぶ》り、亨の手を握りしめた。亨はその手を引き、一気に段差を飛び降りて、雑草が少し生え残っている黄土色の地面に着地した。運動靴の底に土の固さが跳ね返ってくる。少し屈《かが》んで着地の衝撃を和らげ、力を足に溜《た》めてから、すっ、と膝を伸ばす。

美宇が片目を開けた。

口は何かを叫んだ形のまま固まっていた。頬は強張《こわば》り、眉と眉の間にちょっと皺《しわ》を寄せ、両手を広げたまま、博物館を飛び出した姿のまま、固まっていた。そして、もう一方の目を、そろそろと開けた。

美宇の目が動く。

左右を見て、自分の足元を見る。そして、亨の手を握っている自分の手を見る。

「わたし……なんともない」

美宇は心の底から驚いたような顔をした。

「当たり前だよ」

「何も変わらない」

「外だって中だって同じだよ」

「なんともない……！」

美宇は目を大きく見開いて呟《つぶや》く。驚きの表情の中に喜びの笑顔が混じった。でもすぐに恐れと不安の表情が浮かび上がってくる。美宇自身、どう反応したらいいのかわからずに戸惑っている様子だ。

美宇は後ろを振り返った。亨も振り返って、そこにあるものを見た。灰色の壁の博物館。四角い扉に四角い窓、平べったい屋根の四角い外観。博物館を外から眺めるのは新鮮だった。

風が頬に当たる。

強い臭いが鼻を衝《つ》いた。美宇も感じたのか、鼻先を擦《こす》る。土と動物と果物の匂いが混じり合って、それが強い陽射《ひざ》しにかんかんに照らされて干上がったような、そんな臭いだ。

「行こう」

美宇の手を引いて最初の一歩を踏み出したその瞬間、不安が頭の中を過《よぎ》った。もしここに帰ってこられなくなったら？　もしマリエットさんに会う途中で道に迷ってしまったら？　もう二度と日本に戻れなくなるかもしれない——でも亨はもう博物館のほうを見なかった。その「もし」を頭の中から振り払った。

門の脇に立って街の様子を眺める。かなりの人混みだ。

「どっちだろう」

「ナイル川に沿って南に行かなきゃ」

人の波がやってくる方向だった。亨は美宇と一緒に歩き始めた。荷台を牽《ひ》く驢馬《ロバ》がのっそりと横を通り過ぎてゆく。毛並みは荒れてがさがさだ。鼻の先だけ少しばかり濡《ぬ》れていて、そこに何かがくっついている。なんだろう、と思ったそのとき、黒いものがいきなり目に飛び込んできた。反射的に手で払う。うなりが頭の周りをものすごい勢いで飛び回る。蠅《ハエ》だった。目を開けると、すれすれのところを影が飛んでいった。いつの間にか音がふたつに増えている。なんとか追い払ったが、油断するとまた襲ってきそうだ。よく見るとあちこちで蠅が飛んでいる。

どうやら半袖《はんそで》を着ているのは自分たちだけのようだ。みんなパジャマのような袖の長い服を着ている。亨はこっそり自分の腕を嗅《か》いだ。どうして自分にだけ蠅が集《たか》ってくるんだろう。他の人と違う匂いがするのかもしれない。腕にはぜんぜん汗が浮かんでいなかった。どちらかというと乾き切ってひりひりするくらいだ。

美宇の手を握りしめながら歩き続ける。真正面から人がやってくるたびに脇に避《よ》けた。なかにはすれ違うときに亨たちをじろじろと睨《にら》みつけてくる人もいる。ふと横を見ると、目の下に深い皺のできたおじいさんが、喫茶店の軒先からじっとこちらを凝視していた。

この道は住宅街や繁華街に通じているらしかった。馬車も多いところを見ると、ちょうどバス通りのようなものかもしれない。途中、何本か脇道を見つけたが、どれもようやく馬車一台が通れる程度の広さしかなかった。四、五歳くらいの子供たちが、道端で石を投げて遊んでいるのが見えた。

道の両脇には四、五階建ての家が並んでいる。煉瓦《れんが》が崩れかかった建物もあれば、ほとんど新築に近いマンションもあって、年代が入り乱れていた。新しい建物にはバルコニーがあって、しゃれた鉄の柵がついている。模様はエジプトというよりヨーロッパ風だった。古い建物は土で塗り固めたような壁でできていた。窓は木の扉で、一階は喫茶店か食料品売り場になっている。造られた年代がばらばらなのに、なぜか高さはそれなりに揃《そろ》っているのが不思議だった。路地裏の家は大通りに面しているものに比べると小さかったが、やっぱり路地裏の中ではちゃんと背が揃っている。屋根はみんな平らだった。きっと雨が降らないからだろう。

「ほら、あれ」

美宇が肩を叩《たた》く。前を向くと、橋が架かっているのが見えた。

石造りの橋だ。ちょうど真ん中の辺りが少し盛り上がって、そこを麻袋を背負った驢馬が三頭、横に並んでのんびり歩いている。その後ろから警笛が飛んで、驢馬の一頭が少し脇に寄った。黒い馬車が闊歩《かっぽ》しながら通り過ぎてゆく。

亨は心の中で歓声を上げた。あそこまで行けば、少しは遠くまで見渡せるかもしれない。

どいて！　と思い切って亨は声を上げ、エジプト人たちを掻《か》き分けた。美宇の手を引いて、隙間に身体を割り込ませる。

ざわめきが立ち始めた。さっきまで亨たちを圧倒していたエジプト人たちが、今度は自分から退いてゆく。亨はどんどん前に進んだ。エジプト人たちが驚いてこっちを見ている。それが面白くなってきていた。片方の腕を振り回し、もう一方で美宇を引っ張ってゆく。亨は景気づけにもう一回叫んだ。「橋まで行きたいんだよ、どいて！」

「そうだそうだ！」

美宇の声に、亨ははっとした。いつの間にか美宇の横顔が亨の横に並んでいた。悪戯《いたずら》っぽい笑顔を浮かべ、亨のほうを向いてぱちりと片目を閉じた。

「え？」

ウインク？

美宇の走るスピードが上がった。追い越されそうになる。亨の手が引っ張られる。亨もスピードアップした。大声を上げながら走る。繋《つな》いだ手を美宇と一緒に振り回す。馬車が驚いて方向を変えた。太った男の人が目を丸くして驢馬を止めた。建物の窓から人が乗り出してこちらを見下ろしている。亨は笑いながら美宇と一緒に叫んだ。

「どいて！　どいて！」

橋の石畳《いしだたみ》を駆け上がる。真ん中まで辿《たど》り着き、亨は手すりに登って美宇を引き上げた。一気に視界が広がった。

ナイル川が亨たちの足元にあった。

地平線まで、うねりながらナイル川は続いていた。

ナイルに沿って左側には町が広がり、右側にはヤシの木や草が、その向こうには砂漠が広がっていた。あの三つの大ピラミッドが並んでいた。

不思議な光景だった。もう太陽は沈んで、残り火のような茜色《あかねいろ》がピラミッドの遥《はる》か向こうを染めている。亨の真上に広がる空には、星がいくつか見え始めていた。振り返ると亨たちの後方には雲が広がり、黄色から橙《だいだい》、茜色、そして紫へと変化していた。空気は群青《ぐんじょう》で、砂漠やナイルにいくつもの色が染み渡ろうとしている瞬間だった。ナイルにはいくつもの舟が浮かんでいた。大きな車輪を脇につけた汽船が、うっすらとした煙を上げて、水面にV字の跡を残しながら進んでいる。斜めに帆を揚げた小さな舟があちこちに見える。もとは白かったはずのその帆は、消えた太陽の光を溜《た》め込んで、ほんの少しばかり赤みがかっていた。

目の前のナイルはひたすら水を溜めて、ゆったりとうねり、枝分かれしたり合流したりを繰り返しながらどこまでも延びていた。亨の立っている橋から少し向こうには細長い島があって、その川縁《かわべり》で白い服を着た人が三人ほど寝そべっている。牛が五、六頭、水浴びをしている。ナイルの両岸には、まるで輪郭線を描くようにヤシの木が生い茂っていた。特に右側の岸には川に沿ってヤシの並木通りが広がっていて、その下を馬車や人が往来している。コンクリートの土手もなければ舗装もされていない。その道はずっと南まで続いている。カイロの街並みにも亨は目を移した。高層ビルなんてどこにもない。奥のほうに寺院の屋根がいくつか見えるだけだ。丸くて先が尖《とが》った屋根が突き出している。目一杯、亨はエジプトの空気を肺に吸い込んだ。これがエジプトの眺め――！

「サッカラには、どうやって行けばいいんだろう？」

「カイロから南西の方角。確か四、五〇キロあったと思うけど……」

美宇が右手前方を指さす。ピラミッドよりもさらに遠く、遥か地平線まで、砂漠しか見えない。亨は目を凝らした。三角形の影を探した。あの地平線の向こうに階段ピラミッドがあるんだろうか？　六段になったジェセル王の階段ピラミッドが？

「おい！」

突然、どこからか声がした。

びくりとして周りを見回す。

亨は驚いた。いつの間にか周りに人が集まってきている。驢馬を牽く人は立ち止まり、馬車も速度を落とし、子供たちが詰めかけて、人垣ができている。みんな隣の人とざわざわ喋《しゃべ》っている。そのたくさんの顔を急いで見渡した。でも亨たちに呼びかけようとしている人は見当たらない。

「おい！　こっちだ！」

また声がする。子供の声だ。

「下だよ！　下！」

橋の真下に、小舟の帆が風を受けて広がっていた。舟の姿はその下に隠れてほとんど見えない。小さな手が隙間から見えた。綱を引いてマストを動かす。帆の下から縞模様《しま》の茶色い服を着た男の子が現れた。右手を挙げて大きく振っている。

そしてその横には、黒い猫と白い仔猫《こねこ》が座っていた。こちらに顔を向けている。

「あの子だ！」

「ジャックもいる！」

男の子が左のほうを指さす。見ると、橋の袂《たもと》から川辺に降りる階段があった。降りてこいという意味だろう。

慌ててもう一度周囲を見回す。人垣はさっきより大きくなっていた。みんな好奇心いっぱいといった顔でこちらを見つめている。亨たちの服装が珍しいのかもしれない。手を伸ばしてくる人もいる。金目のものなんて持っていないのに、もうとても掻き分けて進める雰囲気ではなかった。手すりを伝って逃げようと思っても、子供たちが登ってきていて、完全に道を塞《ふさ》がれている。

美宇がいきなり誰かに足を摑《つか》まれ、バランスを崩しかけた。反射的に亨はその手を蹴った。喚《わめ》き声が上がる。

まずい、と思ったが遅かった。

一斉にみんなが怒りの表情に変わった。強い口調で抗議してくる。手を振り上げる男の人もいた。

亨は舟にいる少年に向かって叫んだ。

「無理だよ！　動けないんだ！」

「飛び降りればいいだろ！」

「そんな！　無茶だよ！」

足元に目を落とす。水面までは一〇メートルくらいの高さがありそうだった。舟は帆がついているといってもほとんどボートと大差ない。ロープや麻袋が放り出されている以外、クッションになりそうなものは何も見えない。

男の人たちが美宇に手を伸ばしてくる。亨は必死でそれを払いながら、目の前の人垣と後ろの水面を見比べた。このままだと捕まって引きずり降ろされるか、逆に突き落とされてしまう。

亨は思い切って美宇の腰に手を回し、ぐいと自分のほうに引き寄せた。もう一度後ろを振り返って舟を見下ろす。真下に大きな帆が広がっていた。風を受け止めてハンモックのように広がっている。

男の子が叫んだ。「いい、いまだ！」

亨は歯を食いしばった。目を閉じ、美宇と一緒に、手すりを蹴った。

身体が宙に止まった。

次の瞬間、ずぼっ、という大きな音とともに、亨たちの身体は帆の布に包まれていた。

どよめきが上のほうから聞こえる。美宇がしがみついてくる。ずるずると身体が布を滑り落ちてゆく。いきなり世界が傾いた。重さのバランスが崩れたのか、帆が大きく揺れる。亨は歯を食いしばった。横にすべてがスライドしてゆく。水飛沫《みずしぶき》の音がどこからか聞こえる。転覆する？　まさか！

いきなり布が反対方向に大きく跳ね返った。美宇が悲鳴を上げた。身体が一回転する。ぐらぐらと重心が行き来する。心の中で祈った。持ち堪《こた》えろ！

ばっ、と世界が広がり、亨たちは布の中から飛び出していた。木の板に思い切り腰をぶつける。男の子の声がすぐ間近で響いた。「ようし！」

木が大きく軋《きし》む音がして、舟の動きが変わった。薄目を開ける。美宇が亨の上で頭をさすっていた。いきなりジャックの顔が割り込んでくる。亨の顔をじっと覗《のぞ》き込み、そして目を細めると、頬をひと舐《な》めした。

生温かかった。

「ジャック！　よかった！」美宇がジャックを抱え上げる。

橋が少しずつ遠ざかってゆく。集まっていた人たちが驚きながらこっちを見つめている。いま頃になって亨は背筋が寒くなった。あそこから飛び降りた？　ちゃんと着地できた？　自分でも信じられない。

「おまえら、サッカラに行きたいんだって？」

男の子はロープをマストに括《くく》りつけながらいった。

その手先を見て亨ははっとした。男の子の左手がない。

手首から先がなくなっている。棒が突き出ているだけだ。

「どうして知ってるの？」美宇はそれに気づかないのか、変わらない口調でいう。

「さっき、あの金持ちの親父《おやじ》に聞いたからな」

「シュリーマン？」

思い出した。亨は反射的にその名前を口に出していた。手のことを頭から振り払う。なんでもない。なんでもないと思え。

「あの人、本当にシュリーマンなの？　トロイの木馬の？」

「なんだい、そのトロイの木馬って」

美宇がそっと亨の腕をつつく。「シュリーマンがトロイア遺跡の発掘を始めるのは一八七一年から。この時代はまだ、ただの考古学好きな商人のはずよ」

男の子は器用にオールを取り出して、舟の後ろに取りつけた。ぎい、と大きな音がする。

「あの親父はただの成金さ！　暇に飽かせてお勉強してるんだ。まあ、やたらと昔のことに詳しかったけどな。おかげで俺の仕事が増えたってわけだ。——さあ、あの親父も帰ったことだし、仕事も終わった。どうする？　おまえたち、サッカラに行きたいんだろ？」

美宇が身を乗り出した。「連れてってくれるの？」

「俺もいまからマリエットさんのところに行くからな。まあ、ついでさ。それに、おまえたち、道もろくに知らないようだしな。ふらふら歩いていると身ぐるみ剝《は》がされるぞ。どんな奴《やつ》が狙っているかわからない……」

「どうやってサッカラに行くの？」

その男の子は大笑いした。大きく腕を広げてみせる。

「決まってるだろ、この舟でさ！　四、五時間で着いちまうよ！」


帆のついたこういう舟を、ファルーカというらしい。

ファルーカは風を帆に受けて、ナイル川の流れに逆らいながら、ゆったりと南に進んでいた。少しずつ気温が下がってきている。暑さが日本とそれほど変わらなくなって、亨はほっとした。

夕暮れから夜へ、刻々と変わってゆくエジプトの風景を、ずっと亨は眺めていた。ブーラークの町を過ぎて、ピラミッドとスフィンクスの脇を抜け、古い町並みを通ると、やがて川の両側は緑の生い茂る畑になった。川辺には高いヤシの木が生えて、葉が風に揺らいでいる。水車が音を軋ませながら水を汲《く》み上げている。動力は驢馬だった。まだ小学生にもなっていないくらいの子供が鞭《むち》を持って、円い機械に繫がれた驢馬の尻をつまらなそうに叩いている。汲み上げるバケツは木でできていて、もう五〇年か一〇〇年以上も前からずっと使われているようだった。こんもりと茂る木がときどき水際《みずぎわ》に現れた。枝に白いふわふわしたものがいくつもついている。何かの花だろうと思っていたら、突然その中のひとつが動いた。シラサギが丸まって木の枝に留まっているのだ。

水辺の植物や鳥は夜の空気を吸い込みながら、北から吹いてくる風を受けて眠りに就こうとしている。

少し遠くに目を向けると、果てしなく砂漠が広がっていた。目の前の緑とあまりにもかけ離れていた。ナイル川を中心に緑のベルトができていて、ちょっとでもそこから外れるともう死んだような砂の世界だった。日本にいるときは見たこともない「いのち」の境界線。普段考えたこともない、生きることと死ぬことの境。

光が少しずつ、少しずつ遠のいてゆき、そしてふっと蠟燭《ろうそく》の最後の炎が消えて煙に変わるように、亭の前に広がるすべての景色は、やがて夜に覆《おお》われた。それでも完全に闇にならなくて、ヤシの木の幹も、ナイルの漣《さざなみ》も、ファルーカの帆も、そして隣にいる美宇や、その足元で並んで身を寄せているジャックと仔猫も、それからあの男の子も、まるで蛍《ほたる》の光が当たっているように浮かび上がって見えた。

亭は空を見上げた。たくさんの星が見える。さっきまでどんどん暗くなっていたのに、今度は夜になった途端、空が明るくなる。

ぎい、とオールの音が響く。

男の子は舟の一番後ろに陣取ると、オールで舟の行く先を調節しながら、ときどき思い出したように鼻歌を歌った。男の子の名前はハッサンといった。マリエットさんの発掘の手伝いをしてお金を稼いでいるようだ。五歳くらいのときから知り合いの人に連れられて、テーベの発掘場に行っていたらしい。籠《かご》いっぱいの砂を抱え上げて運び、捨てる。それを一日何百回と往復するのだという。一度、神殿の柱の跡を偶然見つけて、それ以来マリエットさんに名前を覚えてもらったのだそうだ。

「で、いまは伝令係なんだ」ハッサンは得意げに鼻を擦った。「舟で急ぎの手紙とか食べ物を運んだり、今日みたいにお客さんの相手をしたりもするんだ。発掘品のことも知らないと案内できないから、こう見えてもいろいろ教わったんだぜ。ちょっとしたことなら英語とフランス語で話せるんだ。ハロー、サー！」

ふと亨は、ハッサンが伝令係になったのは手の怪我《けが》が原因なんだろうか、と思った。

「そういえばおまえたち、ここの言葉がうまいな。どこから来た？」

そういわれたとき亨は心臓が縮まりそうになった。亨自身、本当はなぜ言葉が通じるのか、その理由がわからなかった。ミュージアムの何かの装置がまだ働いたままになっていて、外に出ても効いているということなんだろうか。美宇の顔を窺《うかが》ったが、居心地悪そうに俯《うつむ》いているだけで、ハッサンに説明しようとはしない。

「日本っていうところから来たんだ。それも未来の」

「へえ……？」

ハッサンは眉根を寄せて、亨と美宇を交互にじろじろ見た。顔だけじゃなく、服や靴や髪型まで品定めしてくる。美宇が亨のほうを睨んだ。

「おまえたち、名前は？」

亨と美宇も自分の名前を伝えた。ハッサンは美宇の名前に驚いたようだった。みう、みう、と何度か口に出して首を傾《かし》げ、それからいきなり腹を抱えて笑った。

「可笑《おか》しいや。それって猫の名前みたいじゃないか！　なるほどな、確かに未来から来たって感じがするよ！」

その笑い方があまりにも豪快だったので、亨も美宇もつられて笑ってしまった。美宇がジャックの横に寝ている仔猫をさすりながらいう。

「ね、この仔はあなたが飼っているの？」

「飼っているわけじゃないさ。さっき、たまたま舟に入ってきたんだ。きっと、どこかで親とはぐれたんだろ。かなりの空《す》きっ腹《ぱら》だったから、放っていたら明日には死んでたかもな」

「ジャックがこの仔を気に入ったみたい」

「そうか。こいつ、ジャックっていうのか。よっぽどいいもの食わせてるんだろうな。そこらの毛皮より毛並みがいいじゃないか」

確かにジャックに比べると仔猫のほうは毛が荒れていて、脇腹の辺りはすごく痩せていた。毛も砂で汚れている。ジャックは仔猫の毛を舐めてあげている。いままで孤高の紳士を気取っていたジャックを、亨は少し見直した。

それから沈黙が舟の中におりた。

ハッサンはオール漕《こ》ぎに専念し始めた。美宇がジャックを抱く。亨は仔猫を抱き上げて、舟の縁に凭《もた》れた。仔猫は何度も小さな啼《な》き声を上げる。まだお腹が空《す》いているのかもしれない。ビスケット一枚でも持っていればよかったなと思う。

もうしばらくしたらサッカラに着くだろう。

でも、マリエットさんに会っていったいどうすればいいのか、亨にはよくわからなかった。

美宇は発掘ノートを手に入れてアピス像を造り直すといった。でもその前は、サッカラでアピスのミイラを探すともいっていたような気がする。

「次の段階の復活……っていってたよね」

亨は美宇がミュージアムでいいかけていた言葉を思い出し、そっと口に出して訊《き》いた。

「わたしもよくわかってないの。いまはそう呼んでいるだけ……」

「どういうことなのか、教えてよ」

ジャックの頭を撫《な》でながら、美宇は呟くように答える。

「とにかくあのアピスがミュージアムの中に入り込んで、人工現実の均衡を破ったの。たぶんあいつはあそこを〈カー〉の拠《よ》り所にしようとしているんだと思う」

「ええと、待って。そのカーっていうのは何？」

円型閲覧室で美宇が叫んだ言葉だ。

「古代エジプトの宗教観に関わる言葉。〈バー〉と〈カー〉——どこかで読んだことはない？」

　そんな気もするが、あまり記憶になかった。アピスやセラペウムとは関係ないと思って飛ばし読みしていたのだ。

「どういったらいいんだろう……」

　美宇は空を見上げて、考え込むように眉根を寄せた。

「トオル、いままで感じたことはない？　ミュージアムに宿っている、たましいのようなもの」

「……たましい？」

　空を見つめる美宇の横顔は、星の光を受けて蒼白《あおじろ》く見えた。睫毛《まつげ》がすっと伸びている。

「そう、たましい。たぶん展示品のひとつひとつが持っているものなの。長い時間をかけてゆっくりと滲《にじ》み出て、いつの間にか溶け合ってミュージアムの中を満たしている。生きているものなんてひとつもないのに、ミュージアムの中だけで感じる、いのちの気配」

「……よく感じるの？　いつもミュージアムにいるから？」

「ううん、わたしは感じたことはないの。人から聞いて、そういうことがあるんだなって知っているだけ」美宇はそっと首を振った。「ある人がね、こういってた。夕暮れどき、自分の他に誰もいないミュージアムで、射《さ》し込む陽の光を浴びながらじっと彫刻を見ていたとき、そんなたましいを感じたって」

「……それが〈カー〉と関係あるの？」

　でも美宇は、直接それには答えなかった。

「古代エジプト人が復活を夢見てミイラを作ったことは知ってるわね、トオル。でも、不思議に思ったことはない？　古代エジプトの時代は三〇〇〇年も続いてる。後期の人たちは、ミイラを作っても誰ひとりこの世に復活しないことなんてわかっていたはず。それなのにずっとミイラが作られている。人だけじゃない。アピスみたいな牛もそうだし、あのサッカラにはトキのお墓もあって、そこからは壺《つぼ》に納められたミイラが一五〇万体も見つかっている。エジプト人は復活を夢見ていた。だけどそれと同じくらいに、復活なんて起こらないと悟ってたのよ。後期になってミイラ作りは単なる習慣になってしまったの。みんな徳を積むためにミイラを作ったり奉納したりしてたの。たぶんトキのミイラはそういう奉納品だと思う。絵馬とかおみくじみたいなもの——でもね、トオル。ごく初期の時代の古代エジプト人は、復活するための魔術を知っていたのかもしれない。ジェセル王やクフ王がピラミッドを造っていた頃、文書の記録がほとんど残っていない伝説の時代ね。その頃は本当に魔術が使われていて、死者を復活させることもできたのかもしれない。だんだんそれが忘れられていったんだとしたら？　わざと間違って書かれたピラミッド・テキストは、その頃の名残なんじゃないかな」

　ぎい……、ぎい……、とオールの音が響く。ハッサンは明後日《あさって》のほうを向いて、ゆったりとしたメロディを口ずさみながら舵《かじ》をとり続けている。美宇の話が聞こえているのかどうかわからない。聞こえていても興味がないのかもしれない。

「アピスが復活してから、古代エジプト人の死生観について調べたの。どんどん本が読めなくなって、あまりうまく理解できなかったけれど、大まかにいえばこうなる。わたしたちは、死ぬと魂が天国に昇っていくと考えるでしょう。でも古代エジプトの人たちはね、身体には〈バー〉と〈カー〉というふたつのものがくっついていると考えていたの。ううん、違うな。どちらかというと、カーにバーと身体がくっついている、という感じかな」

ジャックが美宇の膝で小さく喉を鳴らした。

「カーっていうのはね、神様が与えた生命力の本質のようなもの。人間だけじゃない、動物も食べ物もみんな本質のカーがある。それで死ぬと肉体が滅びて、バーは冥界に行く。でもカーは死んだ後もこの世に生き続ける。死んだ後でもカーは生きていたときと同じ食べ物が必要なのね。だから昔のエジプト人は、よくお墓に供え物をしたし、壁にたくさんの食べ物の絵を描いたりした。別に本物の食べ物じゃなくてもいいの。だって、人間のカーは食べ物のカーを食べるんだから」

「バーっていうほうは?」

「その人の人格みたいなものかな……。肉体以外が持っている特徴がバーなの。食欲もあるし、人を好きだと思ったりもする。生きているときに肉体がほしがるようなものを求める。それでね、昔のエジプトの人はこう考えたの。バーとカーが再び合体したとき、不滅になって、そのいのちは永遠に生き続けられる」

「……だから身体が必要だったってこと？　ミイラを作ったのはそのため？」

「そう。でもね、この世では誰も復活なんてしなかった。生き返って、永遠に生きるファラオなんて出てこなかった。古代エジプトの人は冥界があると考えていたの。バーとカーが合体したとき、〈アク〉っていう身体ができて、それで初めて永遠に冥界で生活できるんだと思った。冥界はこの世とほとんど変わらなくて、ただ飢饉《ききん》で苦しめられたりしなくて、ちゃんと普通に畑を耕して働いていれば幸せな生活ができると考えた。だからミイラはそういう手順のひとつだった。……でも、これってエジプト人はごまかしていたんだと思う」

「ミイラは生きていたときの姿をそのまま保存しているわけじゃないでしょ。綺麗《きれい》だった女の人も、威張っていたファラオも、しわくちゃになって、干涸《ひか》らびて。だからそんなミイラの中ではバーとカーが一緒になれなかったのかもしれない」

「……何を？」

「きっと、昔のエジプト人もわかっていたのよ。自分たちはミイラしか作ることができなかった。完璧な姿で死んだ身体を保存することができなかった。だからバーとカーが合体したアクは、この世じゃなくて冥界で暮らす。でも……、もし完璧な身体をこの世に残すことができたら？」

「……どういうこと？」

「……え？」

「バーとカーは、この世で一体になるかもしれない」

あっ、と心の中で叫んだ。

美宇のいっていることがわかった。

「もっと先を考えればこうなるの。もし残っていた身体が完璧以上のものだったら？ その人が生きているときに理想としていた姿が保存されたら？ きっとバーとカーがもう一度入り込んで、生きていたときよりずっと大きな力を持って、しかも永遠に生き続けられるようになる……」

「それが、あのアピスだってこと？」亨は声を潜めた。「コンピュータで理想のアピス像を再現したから、バーとカーが乗り移ったの？ それが復活？」

帆が大きく音を立ててる。いつの間にか風が強くなってきていた。見ると川下のほうから雲が迫《せ》り出してきている。星は隠れて、さっきよりも辺りは暗くなっている。

このまま真っ暗になってしまいそうだった。

サッカラに着くまで、あとどのくらいかかるのかわからない。気は急《せ》いていた。でもいまは何もできない。

亨は目を閉じた。少し眠かった。

26

本気で走り始めると、驢馬《ロバ》のスピードは意外に速かった。最初のうち、亨は鞍《くら》から振り落とされないようにするのが精一杯だった。必死でしがみつき、手綱《たづな》を握りしめた。ハッサンがそれを見て大笑いする。美宇のほうはなぜかすんなり乗れたのに、これではずいぶん格好悪い感じだ。意外と美宇は、亨よりずっと運動神経がいいのかもしれない。でも、こんなところで置いていかれるわけにはいかない。しばらく道を進むうちに、なんとか亨もコツがわかってきた。驢馬の背中が上下するのに逆らおうとするからいけない。リズムに合わせて身体を揺らせば、尻の辺りががくがくしなくて済む。

ハッサンが先頭になって、亨たちはナツメヤシの林の中を走り抜けた。亨の驢馬は薄ネズミ色で、少し歳《とし》を取っている。美宇があてがわれたのは白と黒のまだらだ。ハッサンによると、マリエットさんはこのサッカラに四頭の驢馬を持っていて、それぞれ古代エジプトの四賢人の名前をつけているらしい。亨の驢馬はイムヘテプで美宇のはヘムオン、ハッサンが乗っている一番大きな驢馬がアメンヘテプで、マリエットさんがいつも利用しているもう一頭はカエムワセトだそうだ。

「長ったらしい名前だから、いい換えてるんだ。おまえらのはイムとヘムだよ。ちゃんと乗りこなせたら、立派なファラオになれるぜ！」

サッカラの係留所に着くと、ハッサンはそういって驢馬を貸してくれたのだ。いつもなら盗まれないようにファルーカに乗せて移動するらしいが、今回はブーラークまで大きな荷物をいくつも運んだので、驢馬を乗せるスペースがなく、仕方なしにお金を払って役人に監視をお願いしたのだそうだ。

林を抜けると、すぐに辺りは岩と砂だらけになった。だんだん勾配《こうばい》がついてくる。ハッサンの驢馬は、前方に見える丘を目指していたが、その向こうに何があるのか、まだ見えない。

「ジャック、運転が乱暴だったらタクシー代を値切りなさいよ！」

美宇が驢馬を近づけてきて、笑いながらいう。ジャックと仔猫《こねこ》は亨の驢馬の鞍についている小さな籠《かご》に仲良く入って、顔だけ外に出していた。もっともだとでもいうように
ジャックが一声啼《な》く。

「なんだよ、もう大丈夫だよ！」

そういい返してやる。ようやく慣れてきて、亨も冗談を受け流す余裕が出てきた。

風が少しずつ強くなってきているのが気になる。雲が勢いよく亨たちを通り越して前方の空へと飛んでゆく。星はほとんど見えなくなっていた。

傾斜の角度が大きくなって、驢馬が速度を落とした。亨は手綱を使って驢馬を美宇の

横につけ、一緒に並んで丘を登った。まだ美宇から聞いていないことがある。復活の話の続きだ。

ミュージアムで美宇は、次の段階の復活、といった。それがまだ気になっていた。

「そう、たぶん、問題はただの復活の先だと思う」

美宇は手綱を操りながら答えた。

「あのミュージアムはね、コンピュータが作ったもうひとつの現実の世界。前にトオルにいったでしょ、限りなく本物に近づければ、本物と変わらなくなるって。トオルにはどちらが本物かわからなくなる、そうしたらどっちも本物になるって」

亨は頷《うなず》く。

「でもね、それはあくまで形だけのこと。さっきの〈バー〉と〈カー〉の話でいえば、いのちに必要な三つの要素のうち、たったひとつだけ。コンピュータが作り出すのは肉体だけなの」

「だからバーとカーがあのアピス像にくっついたんだよね？　そういったじゃないか」

「考えてみて。ミュージアムは人工現実の空間なの。あくまでコンピュータが作り出した世界。いくらでも人工的に姿や形を調節できる。この世から喪《うしな》われたバーとカーが求めている理想の肉体をいくらでも作れる」

「うん」

「ミュージアムの中にはいろんなものがあるでしょ。美術品や工芸品ばかりじゃない。

曰《いわ》くつきのおかしな品物だってたくさんある。再生復活してほしくないものだってあるの。いい？　そういうものに全部バーとカーが戻ってきたら？　このミュージアムにあるすべてのものが復活したら？　しかも理想の姿で？」

遠くから何か不思議な音が聞こえてきているのに亨は気づいた。金管楽器が擦《こす》れ合うような、小さな鳥がさえずるような音だ。

美宇は続ける。

「それだけじゃない、あの人工現実の世界はね、本当の現実世界と地続きなの。展示品を集めるときにその特徴を利用しているからわかるでしょ。でもそれってすごく危険なことなの。いまのところアピスはミュージアムの中でしか生きられない。コンピュータの中だけで復活している。でも、もしアピスが境界を飛び越えて、トオルたちのいる本物の世界に入ったら？　今度はきっとミュージアムの世界のほうが、トオルたちの世界に影響するようになる。バーとカーがトオルたちの世界に一斉に降りてくる。ううん、それにもしアピスがトオルたちの世界をコンピュータと同じように自由に変えられるようになったら？　アピスが好きなように現実の世界を理想化して、そこらじゅうの物質を復活させたら？　おかしなバーとカーをやたらめったらに呼び寄せたら？　どうなるのかわたしにも見当がつかない」

「……それが次の段階の復活ってこと？」

亨は唸《うな》った。美宇のいっていることは難しすぎる。でも美宇はどんどん話を続けてゆく。

「きっとカンビュセスのアピスは、死ぬときに再生復活を願ったんだと思う。でも、もしかしたら、単に生き返るだけが望みだったたんじゃなかったのかもしれない。世界をめちゃくちゃにすることを望んでいたのかもしれない。自分の肉体から離れてゆくものを呼び寄せるのと同じように、他のすべてのものを呼び寄せようとしたのかもしれない。ひょっとしたら、トオルたちの世界に復讐《ふくしゅう》して――」

「待ってよ、わからないよ！　何かヘンだよ！　本当にそんなことが起きるの？　どうしてわかるの？」

「じゃあ、どうしてパパたちはいなくなったの？　アピスが復活するためにはパパたちが邪魔だったのよ。世界を壊すためには、ミュージアムのコンピュータを自分だけで独占することが必要だった。だからみんなを消したんじゃない！」

「どうやって消したのさ？　人間を消すなんて！」

「それは……」美宇は唇を噛《か》んだ。張り上げた声が一気に萎《しぼ》んだ。「それは、いまはいえない」

そこでハッサンの声が聞こえた。

「お喋《しゃべ》りもいいけど、ちゃんとイムとヘムの手綱を引っ張ってくれよ！　ほら、見えてきたぜ！」

ハッサンは丘を登り切っていた。いったんこちらを振り返ってから、勢いよく驢馬の脇腹を蹴る。かけ声を上げて走り出した。すぐに丘の向こうに見えなくなってしまう。

亭も真似《まね》して脇腹を蹴った。ぶほっ、とイムが一声啼いて斜面を駆け登る。一歩一歩イムが進むたびに砂埃《すなぼこり》が風に煽《あお》られて、絨毯《じゅうたん》のようになって丘を這《は》い上がってゆく。不思議なあの音が少しずつ大きくなってくる。仔猫が籠の中で啼く。

視界が開けた。

そこには大きな影が聳《そび》えていた。

ジェセル王のピラミッドだ。夜なのに階段型の輪郭がよくわかる。北から吹いてくる風が砂漠の砂を巻き上げて、それがピラミッドに当たり、階段の段差のところで引きちぎられて、太い帯になって回り込み、空へと広がってゆく。きゅきゅきゅきゅきゅきゅという音が遠くから聞こえてくる。砂の擦《す》れる音だ。風に吹かれて砂が音を立てている。

ずいぶん前のほうに進んでいたハッサンが振り返って叫んだ。「はやく！　こっちだ！」

ハッサンの行く方向に小さな光が見えた。窓の光だ。ちらちらと揺れている。

「行こう！」

美宇と一緒にハッサンの後を追う。風と砂埃。星と雲。いままで見てきたエジプトの人たち。ナイル川やピラミッド。博物館の中の暑さ。亭はふと思った。この全部が美宇のいうような「人工現実」と地続きの世界なんだろうか？　それともここはやっぱり本物の一八六六年のエジプトなんだろうか？　どこまでが人工現実で、どこからが本物なんだろう？

近づくにつれてマリエットさんの家の形がぼんやりとわかってきた。日干し煉瓦《れんが》を積み重ねた手作りの家だ。窓はただの穴で、ガラスや格子《こうし》が塡《は》め込まれているわけでもない。場所によっては木の板が貼《は》りつけられていたが、風でがたがた音を立てている。右のほうにはバルコニーのような空間があって、その手すりには少し身体の大きい驢馬が一頭、紐《ひも》で繫《つな》がれていた。ただ、バルコニーといってもどこか中途半端で、建てるときにそのまま放り出してしまったスペースのようにも見える。煉瓦が崩れかけているところもあるのに、補修している様子もない。もしハッサンに案内されずにひとりで来たら、この家も古代遺跡だと思ってしまったかもしれない。

先に着いたハッサンは驢馬から飛び降りると、手綱をバルコニーの手すりに軽く巻きつけ、マリエットさんの驢馬の横に並べた。亨たちがようやく到着すると、駆け寄ってきて驢馬から降りるのを手伝ってくれる。

「ムッシュー、客人です！」

どたどたとバルコニーの階段を駆け上がって扉を叩《たた》く。

窓から漏れ出る明かりが動いた。

マリエットさんだ。

亨は緊張した。万国博で会ったことがあるといっても、あれはこの時代より後のことだ。マリエットさんにとっては今回が亨たちと初対面になる。美宇のほうを横目で盗み見ると、やっぱり硬い表情で光の動きを見つめている。

どうやって自己紹介すればいいだろう？

扉が開いた。

橙色《だいだいいろ》の光が風に煽られて大きく揺れた。その光が夜の暗闇の中ですごく明るく見えた。ランプを持ったマリエットさんが、そこに立っていた。

「客人です」

ハッサンがもう一度そういって、亨たちのほうを指さした。思わず亨は背筋を伸ばした。マリエットさんが怪訝《けげん》な顔でこちらを睨《にら》みつけてくる。ランプの光がゆらゆらと揺れて、マリエットさんの顔に波打つ影を作った。マリエットさんの髭《ひげ》が動いた。

「……どなたかな？」

「日本から来ました」

亨は思い切って声を出した。

「お願いです、助けてほしいんです。セラペウムのことでお訊《き》きしたくて。大変なことになっているんです！」

「セラペウム……？」

マリエットさんは眉間《みけん》に縦皺《たてじわ》を作りながら、ランプを少し掲げた。光が伸びた分だけ影が大きくなった。

マリエットさんはターバンのように頭に布を巻きつけていた。着ているものはブーラークで見たエジプト人の服に近い。上下に分かれているが、どちらも裾《すそ》がゆったりとしている。そのときようやく亨は気づいた。マリエットさんはもう一方の手で細長いものを握っている。杖《つえ》か鞭《むち》かもしれない。

「ハッサン、この子供たちをどこから連れてきた？」

「博物館からですよ。どうしてもムッシューに会いたいって」

マリエットさんの額の皺がさらに深くなる。こちらに向き直ると、マリエットさんがいった。

「もうおまえらに呉《く》れてやる宝はないぞ。すべてしかるべき場所に保管してある。残念だったな」

「違うんです、待って下さい！」美宇が叫んだ。「わたしたち、そんなものがほしいんじゃありません！」

「ならば何が望みだ」

マリエットさんの声は威圧的だった。「もう黄金など一欠片《ひとかけら》もないぞ。あるのはおまえらにとって石くれだけだ。おまえらの考えているような財宝などない。あったとしてもすでに運び出した。早く帰るがいい。おまえらのような餓鬼には心底迷惑しておる！」

「誤解です。話を聞いて下さい！」

亨も堪《たま》らず声を上げた。「ぼくらが探しているのはアピス像なんです！　カンビュセスが殺したアピスの石像です！」

家の中に戻ろうとしていたマリエットさんが動きを止めた。振り返り、亨を睨みつけてくる。

「……なんといった？」

「セラペウムでアピスの石像を見つけたんですよね？　でも消えてなくなったんでしょう？　ぼくらも探しているんです。アピス像が大変なことになってるんです。助けて下さい、お願いします！」

「……なぜアピス像を知っている？」

今度は美宇が答える。「マリエットさん、あなたは来年のパリ万国博でエジプトパークを主催するんです。そこにアピス像のレプリカを展示します。わたしたち、その展示を見たんです。信じられないかもしれないけど、本当にあなたと会ったことがあるんです」

「説明します。だから、話を聞いて！」

にゃあ、と足元で啼き声がした。

ジャックがバルコニーに跳び上がった。仔猫がそれに続いた。あっと思う間もなく、ジャックとその仔猫はマリエットさんの足にすがりつき、かりかりとズボンの裾を引《ひ》っ掻《か》き始めた。必死で訴えようとしている。

マリエットさんの目がジャックたちとハッサンとこちらの間を何度も行ったり来たり

する。ハッサンが肩を竦《すく》めてみせた。

マリエットさんは顎でしゃくった。中に入れという合図だ。亨と美宇は急いでそれに従った。

マリエットさんの家の中はかなり汚かった。薄暗くてはっきり見えないが、本や箱があちこちに積み重なっていて、まるで倉庫のようだった。どこもうっすらと砂埃を被《かぶ》っている。マリエットさんはさすがに勝手がわかっているようで、ランプを手にどんどん奥に入ってゆく。亨は何度も足を引っかけそうになった。発掘道具らしい袋や鍬《くわ》も乱雑に放り出されている。

廊下を曲がると、少し大きめの部屋に出た。真ん中に木製のテーブルが置かれていて、壁の棚は本や書類やよくわからない破片でいっぱいだった。マリエットさんはテーブルの真ん中にランプをどんと置くと、椅子《いす》に座っていった。

「話せ」

それから亨と美宇は交互にこれまでのことを話した。隙間風が入ってくるらしく、ランプの炎がゆらゆらと揺れ続けて、その光が天井や棚に影を作り、それが大時化《おおしけ》のように動いた。お互いの顔が光の加減で伸びたり縮んだりして見える。物陰で何かが動いているような気配がして、ときどき美宇は気味悪そうに周りを窺《うかが》った。亨も一度、壁の隅に細長いものを見た。ムカデかもしれない。でもマリエットさんやハッサンはまったく気にする様子がない。

まるで魔法使いの家だ。そう思いながらも亨は話を続けた。

マリエットさんは途中まで、身を乗り出しながら熱心に聞いていた。さかんに相槌《あいづち》を打って、髭を撫《な》で、ときどき質問を挟んだ。どうしてアピス像のことを知っているのか探りたがっていた。未来から来た、といったときには目を剝《む》いたが、ハッサンはそのときにも驚いたりしないで、ジャックと仔猫に葉っぱをあげていた。

アピス像が「復活」したことを説明した辺りから、マリエットさんは無口になってきた。亨たちを見つめながら、椅子の背凭《せもた》れに身体を預けて、口元をきつく結び、腕組みのポーズを取った。ときどき低く唸り、それからしかめ面になる。

一通りの説明を終えるまでに、一時間近くかかっていた。

「なるほど……なるほど」

亨たちが話し終えると、マリエットさんは目を閉じ、考えごとをするように腕組みをしたまま何度か頷いた。「話はわかった……。到底納得できる話ではないがな」

「でもこれは本当の話です！」

「わしにはきみらのいっていることが本当なのか嘘なのかわからん……。あまりに荒唐《こうとう》無稽《むけい》だからだ」

「そんな」

「だが、誰も知らないはずのことをきみらが知っているのも事実だ」

マリエットさんは立ち上がり、机の上を引っ掻き回すと、手のひらサイズの手帳を取り出した。親指に唾をつけ、ページを捲《めく》って亨たちの前に差し出す。

そこには、アピスのスケッチがあった。

「そうです、これです！」美宇が叫ぶ。

「ここに日付が記してある。一八五二年に、きみらのいっているアピス像を発見した直後に書いたメモだ。このアピス像のことはいままで誰にも話していない。歴代の副王にも、人夫たちにも。妻にとて話さなかった。もちろん、このハッサンにもだ。そうだな？」

ハッサンがメモ帳を覗《のぞ》き込んでくる。神妙な顔で首を振った。

「話さなかった理由はただひとつだ。わしでさえたった一度しかこのアピス像を見ていないからだ。この日は午後五時過ぎに立坑《たてこう》から青い煙が発生した。わしはひとりでセラペウムの中に入り、このアピス像を見つけた。『U』の墓室だ」

マリエットさんは壁際《かべぎわ》の箱をどけて、そこに貼りつけられた図を示した。破れかかっているがセラペウムの見取り図だということはすぐにわかった。マリエットさんは長い通廊の東端の部屋を指さした。

「壁が崩れて、アピス像はそこから顔を出していた。手で触れてはいない。見ただけだ。その姿を頭に叩き込んでからセラペウムを出た。この間、おそらく一〇分もなかった。とにかくすぐに外へ出て、正体不明の青い煙を人目から隠す必要があった。立坑を砂で覆《おお》ったが、それでも完全には滲《にじ》み出してくる煙を防げなかった。わしは人夫たちに、神の祟《たた》りではないから心配するな、ただし有毒である恐れがあるので近寄らないように、と伝え、それからボンヌフワを通して皆にいくばくかの報酬を与えた。逃げ出されたり妙な噂《うわさ》を立てられては発掘が進まなくなるからな。その後わしは人夫たちを見張りながらこのメゾンでこのスケッチを描いた。だが夜に再びセラペウムを訪れたとき、石像は消えていた」

「どうして消えたんですか？」

「わかるか。ベドウィンの盗賊どもが中を荒らしておったが、奴《やつ》らが持って逃げたはずはない。なにしろ壁も元通りになっていた。むろん、最初に見たものは幻などではない。わしはそう信じておる。だからこそわからんのだ」

美宇が訊く。「まだレプリカは造っていないんですね？」

「今日のいままでそんなことは考えてもいなかった！　だがどうやらきみらの話では、わしはこのアピス像を展示するわけだな？」

そこでおかしなことに気がついた。もし自分たちがここに来なかったら、マリエットさんはアピス像を万国博に展示しなかったことになる。もしそうなったら、自分たちがアピス像を見ることもなかったはずだし、ミュージアムが壊されることもない……。

頭がこんがらがってくる。美宇もそれに気づいたらしく、顔をしかめた。

「結局、わたしたちはアピス像に操られていたってわけね……。ノートのデッサンから石像を造り直して間に合うか……」

　美宇はきびきびとした口調に戻っていった。

「マリエットさん、わたしたちアピスを探しているんです。アピスのミイラのほうはどこに行ったんだと思いますか？　最初からセラペウムになかったんですよね？　盗まれたんですか？　もうどこにも残っていないんですか？」

「それもわからんのだ。なぜアピスのミイラが失われたのか……。むろん、仮説なら立てられるが」

「なんですか？」

「これまで誰もいっていないことだが……食べられたのかもしれん」

「えっ？」美宇が絶句する。

意表を衝《つ》かれた感じだった。亨も次の言葉が継げなかった。アピスは食べられた？　そんな説は聞いたことがない。どの本にも載っていない。

　でもマリエットさんの目は真剣だ。

「ある時代、聖牛アピスは死んだ後に解体され、当時の王によって食されたことが文書の中で仄《ほの》めかされておる。アピスの力をその身に授かるための儀式だったのかもしれん。もし食べられたのなら骨以外は残るまい。ミイラ作りは形式的な行事として遂行されただろう。あり合わせの動物の遺骸を組み合わせ、布で巻いて姿だけ牛に似せる――それを埋葬することによってアピスを食べる行為を正当化したのかもしれないのだ。その儀式がいつの時代から始まり、いつまで続いたのかはわからん。だが仮にそのような儀式が執りおこなわれたのなら、ミイラ自体に価値などない。後年破壊されたり、盗賊によって捨て去られたりしただろう。あるいはもともと入棺されなかったのかもしれん」

「……じゃあ、カンビュセスのアピスも？　でも石碑に書いてあったんじゃないですか？　手厚く葬られたって」

「その石碑自体が儀式である可能性もあるのだ。もっとも、ヘロドトスの記述を信じるなら、カンビュセスが死んだアピスを喰《く》ったとは思えんがね」

「………」

「わしはこのような肉食の儀式は意外と早い時代から習慣化されていたのではないかと思う。初期王朝の頃からだ。ひょっとするとギザの三大ピラミッドに王のミイラが納められていないのはそのためかもしれん。これもわしの仮説だが……クフもカフラーもメンカウラーも、死んだ後に次の王に食されたのではないか？」

ぐらり、と美宇の身体がよろける。慌てて亨は両腕で支えた。美宇は机に手をつき、肩を落とした。

「そんな……。それじゃ絶望的」力なく首を振る。「どうしても石像を探さないと……」

マリエットさんはまだ何かいいたそうだった。眉間に皺を寄せ、片手を挙げようとした。でも美宇はそれを止めるように声を上げた。

「マリエットさん、セラペウムに案内して下さい」

「いったはずだ。もはやセラペウムにはアピス像はない」

「とにかくなんでもいいから手がかりがほしいんです！」

マリエットさんは憮然《ぶぜん》とした表情で息を吐いた。

「気の済むまで好きにするがいい」

27

カイロ空港に飛行機が降り立ったのは、現地時間の午前六時だった。入国審査ゲートの前はかなり混雑していた。両替をしたり、ビザの取得方法を訊《き》いたりして、予想以上に時間を取られたが、なんとか到着ロビーまで進むことができた。ロビーに出ると、空が明るくなっていたのには少し驚いた。着地したときはまだ冥《くら》く、曙光《しょこう》は空港のアスファルトに到達していなかったのだ。日本を発《た》ってから初めて見た陽《ひ》射《ざ》しだった。

外に出ると、タクシーの運転手らしき男たちが寄ってきた。断片的な英語と日本語でしきりに呼びかけてくる。道沿いに並ぶ白と黒のタクシーは、どれもかなり年季が入っているように見えた。選ぶコツがあるのかもしれないがよくわからない。運転手の顔を見て決めるしかない。

ちょび髭《ひげ》を生やした比較的若い男を適当に選び出し、ホテルの名を告げた。助手席に乗り込む。シートの表面はざらついていて、スプリングやマットのあらゆる隙間にまで砂埃《すなぼこり》が潜り込んでいそうだった。ダッシュボードの樹脂が日に焼けている。男は陽気に笑いながら凄《すさ》まじいハンドル捌《さば》きで車の列を抜け出し、クラクションをけたたましく響かせて車道に出た。半分開いた窓から車の排気ガスが入り込んでくる。

料金カウンターが壊れていることにそのとき気づいた。ホテルまでいくらだと尋ねると、男は値段をいった。頭の中で換算してみる。かなり高い。もっと低い値段を要求し、そして午前中いっぱい専属ドライバーになってくれと付け加えた。どこに行くんだい、ガイドもできるよ、という男の問いに私は、サッカラの階段ピラミッドとセラペウムだと答えた。

いくら払えばいいのかわからないが、勘を働かせるしかない。事情通の人間が見れば、危なっかしい行為に映ることだろう。だがいまはとにかくホテルに荷物を置き、すぐにでも本来の目的地に向かいたい。何度か値段をいい合い、ある程度きりのいい数字で手を打つ。

物語が動いているのを、はっきりと私は感じていた。

男はやたらとクラクションを鳴らし、威勢のいい運転で道を進んでゆく。空港の周りはほとんど砂漠だったが、その中に黄土色の古ぼけたビルが唐突な感じで点在している。空港から市街までどの程度の距離なのかさえ判然としない。広い幹線道路に出ると、男は矢継ぎ早に質問を繰り出してきた。観光か、初めて来たのか、日本人か、なぜひとりなのか、云々《うんぬん》。私が小説を書いているというと、男は俄然《がぜん》興味を示し始めた。自分を小説の中に出してくれという。小説が映画になることがあるのか、とも訊いてきた。どうやら映画好きらしい。映画の話を振ると、贔屓《ひいき》の女優の魅力を喋《しゃべ》り始めた。それに相槌《あいづち》を打ちながら、私は半分開いたままの窓から飛び込んでくる乾いた空気を受け、次第に青一色へと変化してゆく広々とした空を眺めた。宇宙の彼方《かなた》までこのまま続いていそうな感じだった。すでに少し眩《まぶ》しいくらいだ。あと一時間もすれば体温に近い暑さになるだろう。

歌をかけてもいいか、と男が訊いてくる。私がいいと答えると、男はカセットテープを取り出し、デッキに押し込んだ。男性ボーカルの歌声が流れてくる。スピーカーの調子が悪いのか、音がかなり割れていたが、男は気にしていなかった。曲に合わせて口ずさみ始める。ムード歌謡のようなメロディで、サビの部分が何度も繰り返される。

大通りを降りてカイロ市街に入ると、巨大な看板が目立ち始めた。アラビア語がデザインされてあちこちに躍っている。ゴシック体のようなアラビア語は妙に新鮮だった。ほら、と男が無造作に窓から手を出して示した。日本でも大宣伝しているハリウッドの大作映画の看板と並んで、どぎついタッチで描かれた肉感的な女性の絵があった。男のいっていた女優なのだろう。その迫力は何か有無をいわさぬものがあった。交通量が次第に増して、あちこちからクラクションが響き始める。

物語は進んでいる。

いま私は物語を求めている。そのはずだ。物語の感動を求めている。切実に。

ＴＯＹＯＴＡと大きく刻印されたトラックがタクシーの前に割り込んでくる。だがそれは日本で馴染《なじ》みのあるトヨタとはまるで違う印象だった。一瞬私は、繁殖した適応力豊かな動物の群れに入り込んだような錯覚を受けた。私は不思議に思った。車というのはどんな光景にも溶け込んでしまう。

28

あのときと同じように、亨は美宇と一緒にセラペウムの中に走っていった。違うのはいまが夜だということ、マリエットさんやハッサンやジャックたちが一緒にいること、そして松明《たいまつ》を自分たちで掲げていることだった。マリエットさんとハッサンがすぐ後ろから続いて入ってくる。壁のところどころに備え付けられている松明を、マリエットさんたちは順に点《とも》していった。亨たちの後ろから光が湧き起こって、長い影が行く手に伸びる。

「偉大なる通廊」に出たところから、マリエットさんが先頭に立った。亨はさっきから喉の渇きを感じていた。服も砂っぽい。セラペウムの中に入って風はやんだが、代わりに暑さがぶり返している。松明の煤《すす》がときどき手に落ちてきて、亨は焦《あせ》った。しっかりと柄を握りしめる。下手に動かすと自分の顔に炎がかかりそうだ。

「ここだ」

通廊の突き当たりをマリエットさんは照らし出した。

あのときと同じように、「U」の墓室があった。壁の色や石棺の位置、天井から床へかけての側面の曲がり具合まで、全部あのとき見たものと同じだ。

美宇が墓室の壁に駆け寄っていった。ぴたぴたと両手で叩《たた》いて固さを確かめる。どう見ても、そこが一度崩れたことがあるとは思えない。

ジャックたちはハッサンの足元に寄り添いながら、緊張した面持《おもも》ちでヒゲを震わせ、辺りを窺《うかが》っている。

マリエットさんはポケットからあの発掘ノートを取り出した。みんなで円くなってデッサンの絵を確認する。目の前にある墓室と見比べた。一番大きな図は、ちょうど亭が立っている辺りのところに視点を置いて描かれていた。壁の三分の一くらいが崩れて、縦長の隙間ができ、そこからアピス像が姿を見せたことになっている。マリエットさんは他にも角度を変えてアピス像を描いていた。正面から見た頭部、側面図、それから足元に刻まれていた碑文、背中とお腹の辺りのデザイン。あちこちに線が引っ張ってあって、筆記体でメモ書きされている。

「でも、崩れた形跡なんてどこにもないわ」美宇がもう一度壁を調べる。「ここ、掘ってみましたか?」

「そんなことをしなくともわかる。その壁の裏は、すぐに別の墓室になっておる」

「トオル」

最後までいわれなくてもわかった。美宇と一緒に通廊を回り込む。狭い階段があって、少し下ると部屋に出た。そこから右に曲がって、突き当たりの墓室に入る。湿度が高くなっていた。

　大丈夫かあ！　とマリエットさんの声が響く。美宇が大声で返事をした。壁を叩く。壁の上のほうから鈍い音が聞こえてきた。マリエットさんが向こう側から壁を叩いてくれているのだ。何度か音を出し合って、美宇が「U」の墓室の裏手にあたる壁を見つけた。段差はあるが、確かに壁は薄そうだった。大きなアピス像はとても隠せない。

　もう一度狭い通路を通って、マリエットさんたちのところに戻った。

「ムッシュー、夢でも見たんじゃないですか、とハッサンはいう。マリエットさんは苛々《いらいら》した声を上げてハッサンを叱《しか》った。

「待って下さい」とそれを美宇が止めた。首を傾《かし》げながらいう。「ひょっとして……、もともとアピス像なんてなかったのかも」

「疑うのか？　きみらのほうから訊《き》いてきた話ではないか！」

「違うんです。たぶんマリエットさんは実際にアピス像を見たんだと思います。でもそれは本当の現実じゃなかったんです、きっと」

　マリエットさんは訝《いぶか》しげな顔をした。「……どういうことだ？」

「本当にアピス像があるかどうかなんて、カンビュセスに殺された仔牛《こうし》にしてみればどうでもいいことなんです。だって、最終的に理想の肉体が手に入ればいいんだから。アピスはわざと少しの間だけ幻を見せて、マリエットさんにレプリカを造らせたのかもしれない」

「何だと？」

「仔牛は食べられた可能性があるっていっていましたよね……。本物の肉体がなくなったからこそ、アピスはマリエットさんに幻覚を見せたのかもしれないんです。肉体がないから、アピスはずっと待っていた。誰かがセラペウムを発掘するまで待っていた。誰か特別な人がひとりでその幻覚を見るタイミングが来るまで待っていた。自分のレプリカをちゃんと造ってくれるような人が……」

「……信じられん」

マリエットさんは、そういって絶句してしまった。

「ちょっと、ちょっと待ってよ」よくわからなくなって亨は割り込んだ。「じゃあどうするの？　だって仔牛は食べられたかもしれないんだろ？　アピス像はもともとないかもしれないんだろ？　いまミュージアムで暴れているアピスをどうするのさ！　あいつを倒すためにここまで来たのに……」

「うるさいわね！　わたしもわからないのよ！」

美宇の金切り声が、セラペウムの中にきいん、と響いた。

不意に、ジャックが耳を動かした。天井を見上げ、ふーっと声を上げて、仔猫《こねこ》を庇《かば》うように前に出る。ハッサンが松明で天井を照らした。

「どうしたんだろう？」

でも何も変わったところはない。

みんな黙ってしまった。

考えるんだ。

亨は必死で頭を働かせた。どこかにきっと謎を解く手がかりがあるはずだ。整理して考えろ。でもこれは推理小説じゃない。美宇がみんなを試すために出した問題でもない。ページを捲《めく》っても後ろに答は書いていない。推理小説なら最後に犯人がわかってトリックも解ける。でもいまは犯人なんてどこにもいない。

考えろ。本当にアピスは食べられたんだろうか？　本当にアピス像はもとからなかったのか？　美宇の推理は本当に正しいのか？

「マリエットさん」亨は言葉を出した。まだ自信はなかった。「ひょっとして……、ミイラは別のところにあるんじゃありませんか？」

「……どういうことだ？」

「後で誰かがミイラを違う場所に移したってことは？　盗賊に荒らされるのを嫌がって……」

「馬鹿な。聞いたこともない話だ」

「そうか！」美宇がぱっと顔を上げる。「そういえば、テーベの王家の谷もそうだったはず！」

「そんな話は知らん。王家の谷のミイラとは何のことだ？」

一瞬、美宇がしまったという表情を浮かべた。「あの……ごめんなさい、もっと後の時代の話なんです」

マリエットさんは美宇を見つめた。「後の時代？　わしが知らない未来の話か？」

美宇が居心地悪そうに俯《うつむ》く。マリエットさんは、ふうむ、と声を漏らした。

「マリエットさん、以前にテーベでファラオと王妃のお墓を見つけたことがありますね？　第一七王朝の」

「いかにも。特にイアフヘテプ王妃の遺物は、わしらが発見した遺物の中でも最高の部類だ」

「あれ以来、テーベの人たちは自分の住んでいるところに財宝があるって思い込んでしまったんです。それで盗掘を始めて……」

「ファリード・パシャの密輸ならわしが仕留めたぞ」

「これからも盗掘されるんです。でもガストン・マスペロという人がそれに気づいて、調査をして。それがきっかけで、あるところに歴代の王のミイラと棺《ひつぎ》が保管されていたことがわかるんです」

「……それは、わしの死んだ後か？」

美宇は答えなかった。話したことを完全に後悔しているような様子だ。

「なぜミイラが一か所にまとめられていた？」

「昔の祭司たちが、盗賊を恐れたんです。だからそれぞれのお墓からミイラを取り出して、一か所に隠して……」

「そのミイラとは？　どのファラオがいた？　その隠し場所はどこだ？」

これも美宇は答えない。亨は本を読んで覚えていた。確か、トトメス三世とかラメセス二世といった有名な王もその中に入っていたはずだ。

「未来のことをわしが聞くのはまずいというのか……？　だが、わしはすでに、来年の万国博のことを聞いているぞ？」

美宇は答えない。

「わしの発見が盗掘を助長した……」

はっ！　とマリエットさんは笑い声を上げると天を仰いだ。一瞬、途方に暮れたような表情が浮かんだのに亨は気づいた。

美宇が何かいいかけようとするのをマリエットさんは強く制し、今度は亨のほうを向いて話を元に戻した。

「つまり、アピスのミイラもそのようにして避難させられた、というのか？　墓荒らしを恐れて？」

「はい」亨は頷《うなず》いた。「いま思いついただけです。でも、どうですか？　可能性はありませんか？」

「なるほど……、可能性ならある」マリエットさんが髭《ひげ》をさする。「アピスの埋葬はこのセラペウムだけでおこなわれたわけではない。古王国時代には、ジェセル王の階段ピラミッドの近くに埋められたといわれておる。となれば、なるほど……。後世の祭司たちが墓荒らしを恐れてそちらに埋め直した可能性もある……」

　ジャックがまた怒りの声を上げた。びくりとしてみんなで天井を見上げる。

　いきなりマリエットさんはきびすを返し、「偉大なる通廊」を出口のほうへと歩き出した。ハッサンが慌ててジャックと仔猫を抱え、後に続く。亨も美宇と顔を見合わせ、すぐに追った。

　マリエットさんは歩きながら美宇に尋ねた。

「ひとつ教えてくれ。きみらからわしは未来の話を聞いた。わしが来年の万国博でアピス像を出展することも聞いた。だがな、もしわしが出展を取りやめればどうなる？　きみらはアピス像を見る機会を失う。そうすればきみらの世界で起きている事件とやらも解決するのではないかな？」

「違います」美宇がすぐに答える。「もう時間の輪の中に入ってしまってるんです。わたしたちはもっと違う方法で解決しなきゃいけないんです。これからどうなっても、絶対にアピス像のレプリカを造って下さい。万国博でわたしたちに見せて下さい。でも、今日のことは、わたしたちに絶対に話さないで下さい」

「話したらどうなる？」

「話しません。絶対に。だって、わたしたち、聞いていないんです」

　ふうむ、とマリエットさんは大きく唸《うな》った。右に曲がって出口への通路に入る。

「きみらのいうことはよくわからん……」

亨は思い出した。あのエジプトパークで、マリエットさんは何か戸惑う様子を見せながらアピス像を案内してくれた。あれは今日のことを思い出していたんだろうか？　あの後、やけに陽気に接してくれた。花火を見て、民族舞踊の音楽に合わせて一緒に踊った。あれはどういう意味だったんだろう？　あのときのマリエットさんは、アピスがどうなったか知っていたんじゃないのか？　今日これからどうなるか知っていたんじゃないのか？　でもマリエットさんはぼくらを見ても安心したような顔は見せなかった。どうしてだろう？

出口のほうに進むにつれて、風の音がうるさくなってくる。外から砂埃《すなぼこり》が入り込んできていた。

「風が強くなってきたな。ハムシーンの季節でもないのに……」

外に出て階段を上り、砂岩の上に立つと、風の勢いがよくわかった。ナイルを遡《さかのぼ》っていたときは星も見えていたのに、すごい変わりようだ。

「ストラボンの記述にもある。このサッカラは古代から強風が吹き荒れる土地だった」

マリエットさんは大声を上げた。

「ハッサン！　発掘の用意だ！」

そして天を仰ぐと、聞こえるか聞こえないかの小さな声で、ぼそりと付け加えた。

「二〇〇〇年前にも、こうやって風が吹いていたのかもしれんな……」

29

ホテルにチェックインした後、私はサングラスと最小限の携帯品だけを持ち、再び例の男のタクシーに乗り込んだ。橋を渡ってナイル川を越え、ピラミッド通りと呼ばれる道を行き、左に折れて一気に南下する。ビルはすぐになくなり、途中からいかにもエジプトらしい田舎道に変わった。

男はスピードを上げ続け、道行く驢馬《ロバ》や耕耘機《こううんき》をどんどん追い越してゆく。アスファルトの凹凸がそのままシートに伝わってくる。カセットテープはすでに二巡目に入っていた。

道沿いにペルシア絨毯《じゅうたん》の工場が何軒も現れた。なかには奇妙な日本語の案内看板も見える。男は立ち寄ることをしきりに勧めるが、いまはその誘いに乗ることはできない。もっとスピードを上げてくれ、と私は注文をつけた。男はやや不服そうだったが、いわれた通りアクセルを踏み込んだ。

加速がつく。窓から砂を含んだ乾いた空気がばたばたと入ってくる。それを顔で受けながら私は外を眺めた。物語は進行している。

積極的にそれに身を任せようと私は思った。

ここ二週間ばかり、毎日二〇枚前後のペースで原稿を進めてゆくうちに、私はそれ以前に考えていた諸々の小説作法の問題があまり気にならなくなっていた。私の創った物語の速度が、いま私自身にも作用しようとしている。これを逃してはならなかった。物語の流れと共振したかった。物語が心を揺さぶり、感情を変化させるその瞬間を、この全身で実感してみたかった。

小説の中で、主人公の少年と少女はサッカラに向かっている。物語の鍵はサッカラに収束してゆく。

その物語を書き進めるうち、私の心の中には根拠のない確信が急速に膨らんできた。直観に過ぎない、だがいまはそれがもっとも真実に近いと感じる。

タクシーは走る。その速さが物語の疾走を象徴しているような気がした。

30

亨たちはひたすら砂地を掘り進めた。

ジェセル王の階段ピラミッドが亨たちを見下ろしている。岩地は堅くて、何度もシャベルを突き刺さないといけなかった。砂の塊が割れる。隙間にざらざらと砂が入り込む。ようやく割れた砂岩を掘り起こして風下《かざしも》に放ると、風が次から次へと砂を運んできてそこを埋めてしまう。そのたびに亨たちは砂を風下に掻《か》き出した。マリエットさんだけはぐんぐんと穴を掘り進めてゆく。もう亨と美宇ははあはあと荒い息をあげていた。亨たちの下にあるのは岩と砂だけだ。何の目印もない。それなのにマリエットさんは発掘道具をメゾンから持ち出すと、ここに亨たちを連れてきて、縦横五〇メートルくらいの面積をざっと手で示し、ここに古王国時代のアピスの埋葬所があるときっぱりいった。

「すぐに出てくるわけではない。おそらく棺《ひつぎ》は地下に埋葬されただろう。かなり掘り進めなければならないはずだ。サッカラの発掘チームはすでに解散してしまった。人手はわしらだけだ。それでもよいか」

亨と美宇は黙って頷《うなず》いた。そうするしかなかった。

地面に突き刺した松明《たいまつ》が、風で何度も倒されそうになる。ハッサンは肩にかけた籠《かご》を使って黙々と砂を掻き出している。ジャックと仔猫《こねこ》はぴたりと身を寄せ合いながら、穴の横で亨たちを見守っている。

ここに本当に古王国時代のお墓があるのか。見つかったとしても、本当にその中にアピスのミイラがあるのか。亨には自信がなかった。もうずっと掘っているような気がするのに、ちっとも穴は大きくならない。もしここに埋まっているとしても、四人だけではとても掘り出せない。もっとたくさんの人を使って何日も掘り進めないといけない。たぶんマリエットさんはそのことを充分にわかっている。いま掘っているのは自分と美宇のためだ。

美宇のミュージアムはいつまで保《も》つだろう？　もうぼろぼろに壊されているのか？それともまだ大丈夫なのか？　本当に自分の推理は合っているのか？　大切な時間を無駄にしているだけじゃないか？　いま何時なのかさえ亨はわからなかった。両腕と肩が痛い。空を見上げた。雲が全体を覆《おお》っている。月も星も完全に隠れてしまっている。目を細めながら辺りを見回した。ずっと右の奥のほうに、小さなピラミッドの形が浮かび上がっている。テティ王のピラミッドというらしい。そして亨たちのすぐ後ろにはジェセル王のピラミッドの影が大きく広がっている。ギザの大ピラミッドよりはずっと小さいはずなのに、ここから見上げると影は空に広がって無限に膨張しているようにさえ思える。段差のところに溜《た》まっている砂が風で舞い上がって、ピラミッドから放射状に広がってゆく。

松明の向こうに広がる夜。どこまで続いているのかもわからない。マリエットさんのメゾンはランプが消えている。ふと、亨は、自分たちだけがまたタイムスリップしたような気がした。反射的に身体がぶるりと震えた。ここは一八六六年のはずだ。一九世紀のはずだ。カイロにはちゃんとした建物だってあった。馬車だって走っていた。それなのにいまここにあるのは籠とシャベルとスコップだけだ。自分たち以外のすべては古代エジプトの時代と何も変わっていないのかもしれない。

はっとして、亨は我に返った。美宇がこちらを向いて何かいっていた。風の音に消されて聞こえない。

「え？　何？」

美宇がまた何かいう。

「何？　聞こえないよ！」

美宇が喚《わめ》いた。「どうしたのって訊《き》いたの！」

「……なんだ」

いつもだったら、思わず笑っていたかもしれない。でもいまはそんな余裕もなかった。

「なんでもないよ！」

亨はそういって、シャベルをまた動かした。目の前には砂がどんどん湧いてくる。それを掘って捨て、掘って捨てる。

「………？」

亭は顔を上げた。美宇がまだこちらを見つめている。

「……どうしたの？」今度は亭が訊く番だった。

「トオル」

いきなり美宇は顔を近づけてきた。シャベルを捨てて両手で亭の肩を摑《つか》んでくる。どきりとして、亭は後ずさろうとした。でも美宇は放さなかった。真剣な眼差しでこちらを見つめてくる。

どうしたの、ともう一度亭が訊く前に、美宇はいった。

「トオル、よく聞いて。あなたはね、作家になる」

「……え？」

「作家になって、今日の出来事をきっと小説に書く」

美宇は肩を放さない。亭は気恥ずかしくなって、思わず視線を逸《そ》らした。「何のこと？　どうしたのさ？」

美宇がぴしりといった。「ちゃんとこっちを見て」

はっとした。美宇の瞳は真《ま》っ直《す》ぐこちらの目を見据えている。亭は何度も瞬《しばた》いた。砂が目に入ってきそうだ。でも顔を擦《こす》ることはできない。頰に風が当たる。

美宇の言葉がようやく胸に入り込んできた。

作家？　自分が？

美宇はゆっくりと頷いた。こちらを見つめたまま。

「そう。トオルは作家になる。だからわたしたちが会えたの。トオルが作家になるから、わたしたちは会えたの」

「……どういうこと？」

「いまはいえない。でも、重要なことなの。トオル、あなたが思ってるよりずっと重要なの。あなたはね、作家になってから、今日のことを小説に書く」

「待ってよ。そんな、未来のことなんて……」

「黙って聞いて。恥ずかしがってる場合じゃない。あなたは今日のことを小説に書く。考えて。そのとき、この物語の決着をどうつける？」

一瞬、頭の中が真っ白になった。

美宇はまだ放さない。

「作家になってこの物語を書くとき、どうやって話を終わらせると思う？　すべての物語には始まりと終わりがある、どこかで決着をつけないといけない、読者が納得するような形で、ちゃんと問題を解決して、思い残すことがないように終わらせないといけない。作家になったとき、トオルはどうやってこれを終わらせる？　考えて。ちゃんと考えて。わたしたちはどうなる？　どうやって終わる？」

物語の決着……？

頭がもっとこんがらかってくる。美宇が何をいい出したのかさっぱりわからなかった。

どうしていまそんな話をしてくるのかわからなかった。終わる? 何の話だろう? 物語の決着?

美宇は力を込めて、一言ずつ、いい聞かせるように、いった。

「あなたの、小説を、わたしたちは、待ってる」

ばっ、と亨は美学の両手を振り払った。

「いきなりいわれてもわからないよ、そんなこと!」

自分でも気がつかないうちに、亨は大声で喚いていた。なぜだかわからないけれど無性に腹が立っていた。

「決着ってなんだよ! どうしてぼくがそんなこと決めなきゃいけないのさ! 物語ってどういうこと? 何をいってるの? わからないよ、ぜんぜん! だいたいどうしてぼくが小説を書くだなんて知ってるの? どうしてそんなこと教えてもらわなくちゃならないのさ!」

「わかってるの」美宇はまだこちらから視線を逸《そ》らさない。「トオル、わたしたち、知ってるの」

素っ裸の姿をいままで見られていたような気分だった。信じられなかった。亨は思いっきり叫んだ。

「知らないよ、ぼくは!」

「どうした!」

ぐい、と肩を後ろから摑まれる。マリエットさんが怖い顔で立っていた。

そのとき、ジャックがいきなり金切り声を上げげた。ハッサンがテティ王のピラミッドの辺りを指さす。

「ムッシュー、あれを！」

みんなが振り返った。

砂漠の上に、何かが次々と現れてくる。一定の間隔を置いて、ピラミッドの辺りから線を描くようにどんどん何かの塊が現れてくる。夜なのに、松明の光も届かないのに、その塊はどれも薄く浮かび上がって見える。まるで蛍《ほたる》が集まって形を作るように、ひとつひとつ青白く灯《とも》って、その場所でゆっくりと揺れている。空中に浮かんでいるみたいに。

亨は目を擦った。その形がようやく目の中で焦点を結んだ。

美宇が声を上げる。マリエットさんが喘《あえ》ぎ声を漏らした。

「スフィンクス……？」

間違いなかった。スフィンクスの参道が出現していた。

31

サッカラ遺跡群の発券所に到着したときには午前九時を回っていた。すでに開場しているらしく、白い制服の警官が私たちのタクシーを認めて小屋から出てきた。その肩には黒いライフルがある。だがその物々しい装備とは対照的に、若い警官は無気力な表情だった。

タクシーを降り、チケットを買う。発券所の窓口にはガラビーヤ姿の男が座っていた。セラペウムは改修工事のため数年前から閉鎖されているという。私はジェセル王の階段ピラミッドを見たいのだと説明し、二〇エジプトポンドを支払った。カメラ？　ビデオ？　と訊《き》いてくるのに対して私が首を振ると、男はさも意外だという表情を返して寄越した。わざわざ写真を撮る仕草をして、本当に持っていないのか、と尋ねる。持っていない、と再び答えると、窓口から身を乗り出し、私の衣服に触れて確認しようとする。ようやく納得して男はチケットの半片を寄越した。

遺跡はさらに丘の上にあるという。タクシーに戻り、荒涼とした岩地を登った。次第に階段ピラミッドの頂《いただき》が見えてくる。

遺跡の手前は広い駐車スペースになっていた。まだ時間が早いためか、観光客の姿はひとりも見えない。私は運転手に、ここで一時間待つように伝え、助手席を降りた。高い壁が聳《そび》えている。その中心に長方形の狭い入口があった。その入口に向かって足を進める。

直線的なデザインが施されたその壁は、太陽の光を真正面から受けて、ほとんどその表面に影も作らず、灼《や》けつくような黄土色をしていた。その後方に広がる真っ青な空と対照的だ。神殿などが建てられていた時代に造られた外壁の残りだ。この入口部分はおそらく復元されたものだろう。

緩やかに傾斜する地面を、私は登った。

砂が靴にまとわりつく。だがあちこちに中小の岩がごろごろと転がっており、砂ばかりだと思って油断すると隠れていた岩の硬い角に靴が食い込む。風はほとんどない。人工の音は何も聞こえない。心臓の鼓動だけが大きく身体の中で反響している。

入口を抜けると一気に薄暗くなった。両側から迫《せ》り出す高い塀の間を潜《くぐ》ると、その向こうにはパピルスの姿を真似《まね》た巨大な柱が並んでいた。天井は木の板で覆《おお》われている。かつてはこの列柱が石造りの屋根を支えていたのだ。一直線に私は進んだ。長い回廊の向こうから出口が迫ってくる。太い砂岩の列柱を何本も追い越し、砂を蹴って私は進んだ。出口の向こうは光が溢《あふ》れてハレーションを起こしている。瞳の中の虹彩《こうさい》が耐えきれずにぎりぎりと音を立てるのがわかる。

そして私は、回廊を抜けた。

光が私を包む。

手を翳《かざ》しながら、反射的に細めた目を少しずつ開けてゆく。

息が詰まった。

広大な視界。

平らに整地された大きな中庭。

その向こうに、あの階段ピラミッドの姿があった。

これだ。

圧倒的な光景だった。日干し煉瓦《れんが》のようなブロックを積み重ねて造られた六段のそのピラミッドは、下の部分がかなり大きく崩れて抉《えぐ》れ、また階段部分にも大量の砂が積もり、表面の煉瓦も風に削られている。私は熱い奔流がいまにも全身にうねる兆候を感じ取った。確かにあと一歩のところで制御不能となりそうな怒濤《どとう》の片鱗《へんりん》を感じた。資料の写真やイラストでは決して得られることのなかった物理的な重力を、私は感じていた。そう、これだ。この感覚だ。口の奥から何か言葉が出かかった。だがあと一歩というところでその声は掠《かす》れ、儚《はかな》く喉元を通り過ぎ、乾いた空気に飛散してしまった。あと一歩だ。まだ諦《あきら》めるのは早い。あと一歩で摑《つか》み取れる。欲していたものが摑み取れる。

私は急いで辺りを見回した。中庭の隅にやはり白い服の警官がひとり、所在なげに座っている。左手は復元された城壁、前方にはやや小高い台地が続いている。空には一《ひと》欠片《かけら》の雲も見えない。視野の中に日陰がほとんどない。すべてが太陽の光を全身で受け、その熱を吸収している。

もどかしくなって、私は大股《おおまた》で歩を進めた。サッカラ全体を見渡したかった。中庭を突っ切り、ピラミッドの右手へと大きく回り込みながら日干し煉瓦の具合を観察した。どこかに足場さえあれば、頂上まで登れるかもしれない。だが少しでも力を加えれば煉瓦がぼろぼろと剝《は》がれ落ちてきそうだ。警官の脇を通り過ぎる。警官は座ってライフルを両腕に抱いたまま、胡散《うさん》臭《くさ》げな目つきでこちらを睨《にら》む。

中庭の反対側まで来ると、地面は硬い岩地になり、遺跡の破片らしき岩が辺りに散らばって、ほとんど廃墟《はいきょ》のまま放置されていた。ごく一部、ぞんざいに補強された部分もあったが、それが却《かえ》って荒れた印象を強めている。ピラミッドの地下へと通ずる階段は鉄条網で囲まれていた。覗《のぞ》き込むと投棄された紙くずやボトルが散乱し、ピラミッドの入口はごみ溜《た》めと化している。

さらに迂回《うかい》すれば前方の台地の上まで登ることができそうだ。ピラミッドの中腹辺りまでの高さがある。あそこまで行けばかなり視界が広がるだろう。

ごつごつとした岩を踏みながら私は進んだ。シャツの襟《えり》の隙間を突いて日光が首筋を刺激する。

心臓が速く、しかし確実に、一定の速度を刻むように鼓動している。全身がどく、どく、どく、と脈打っている。脳が熱気を帯びていた。鼓動とともに脳の血流が神経細胞の間を駆け巡るのがわかった。耳の奥が鳴っている。私は足を動かし続けた。鼓動のリズムに合わせて動かし続けた。岩地の傾斜を登る。ここにいるのは警官と私だけだ。動物の影ひとつ見えない。一八五〇年、オギュスト・マリエットはこの地へ来て巨大なこのピラミッド複合体を発見した。砂に埋もれた神殿の跡を見た。何もないはずの砂地に、この複合体の影が浮かび上がる瞬間を捉えた。亨と美宇は、私の創造した主人公たちは、まさにこの場所で物語のクライマックスを迎える。アピスのミイラを求め、この地にやってくる。ならばいま私は何を発見できるだろう？　台地からサッカラを眺め渡せば、物語を発見できるか？　物語に感動できなくなった自分の心を発見できるか？

登り続ける。加速を続ける。日本を発《た》つときでさえ、私は自分が何を求めているのか、はっきりと自覚できていなかった。だがいまはわかる。私は感動を求めている。物語の感動をもう一度、この全身で受け止めたかった。頭でこねくり回した脆弱《ぜいじゃく》な妄想などいっぺんで吹き飛ばしてしまうような、圧倒的な物語の力、物語の存在感、物語の熱気、物語の感動を、子供の頃あれほど自然に享受することのできた感動を、私は何よりも求めていた。

亨たちはマリエットとともにここでクライマックスを迎える。物語のクライマックスを迎える。私の書くその物語は、すべてを蹴散らす物語の感動を生み出すことができるか。私は物語に再び翻弄されたかったのだ。小学生や中学生の頃、私をあれほど熱狂させた物語の感動に、この自分を粉微塵《こなみじん》に打ち砕いてほしかったのだ。物語の力を誇示してもらいたかったのだ。その答がいますぐそこまで迫ってきている。

　斜面を登り切ったところで私は四方を見渡した。ジェセル王のピラミッド複合体の向こうに、ナツメヤシの森が鮮やかにナイルに沿って広がっている。その対岸の砂漠まで見渡せる。左に目を向けると、北側には遥《はる》か遠くに高層ビルの群れがあった。カイロ市街だ。さらに左には小さな三角形の影が見える。ピラミッドだ。私は目を凝らした。ギザの大ピラミッドではない。方向も違う。屈折ピラミッドと赤のピラミッドに違いない。もっと左を眺めると、そこにはひたすら不毛の大地が広がっていた。岩肌は遠くに行くにつれて黄土色から焦茶《こげちゃ》へと変わり、そしてなだらかな丘の稜線《りょうせん》となって、そこから先はくっきり空と分かれていた。その光景はナイル沿いに茂る緑が砂漠と完全に分離するさまと同じだ。

　曖昧《あいまい》な濁りはどこにもない。陽炎《かげろう》もない。すべてがはっきりとした輪郭を持って分断され、己の場を主張している。遺跡の影はきりりとした縁取りを持って地面に貼《は》りついている。私は自分の両手に視線を落とした。手のひらを、そして手の甲を見た。日光に晒《さら》され、皮膚の細かな皺《しわ》ひとつひとつまでが浮かび上がっている。

　どこからか男の声が聞こえる。ようやく私は、それが警官の声だと気づいた。叫びながら制服姿のその男はこちらに歩いてくる。私はそれを無視した。台地を両足で踏みしめ、階段ピラミッドと、そしてその向こうに続く、廃墟と化した遺跡群を見下ろした。鼓動が加速を続けている。私はサングラスを外した。一斉に陽射《ひざ》しが私を刺す。大きく息を吸い込み、そして私は両腕を高々と振り上げた。サッカラのこの光景をすべての細胞で感じ取るために。

天を仰ぐ。心臓の鼓動がすでに制御しきれないほど速まっている。もう少しだ。私はそう自分にいい聞かせた。あともう少しだ。

私は空に向かって大声を上げた。

32

四角い台座に座ったスフィンクスが次々と現れる。二列に並んで、互いに顔を向け合って、ゆっくりと弧を描きながら、セラペウムのほうまで延びてきている。

「ばかな」マリエットさんは亨と同じように目を擦《こす》った。「スフィンクスはすべて運び出した。あそこには何もないはずだ……！」

まるでそれは滑走路だった。ランプが灯《とも》った夜の滑走路が蜃気楼《しんきろう》のように砂漠に浮かび上がっている。亨は慌てて天を仰いだ。風がますます強くなってきている。何か大きなものが降りてくるんじゃないかと思って必死で雲の動きを見つめた。風がうねりながら空を飛んでゆく。砂の絨毯《じゆうたん》がはためきながら広がって消えてゆく。砂の摩擦音がいっそう高くなった。

「〈同調〉してる！」

「えっ？」

美宇は大きく目を開いて叫んだ。「この風！　トオル、〈同調〉してるのよ、昔のサッカラと！　同じ向きで、同じ強さの風が吹いたから、昔の景色が蘇《よみがえ》った……！」

〈同調〉？

まさか？　亨は頭を振った。マリエットさんが呆然《ぼうぜん》とした顔で呻《うめ》く。ハッサンもあんぐりと口を開けてその光景を見つめている。とても信じられなかった。いまこのサッカラが昔と〈同調〉している？　そんな偶然が本当に起きているのか？　確率は？　何億分の一？　何兆、何京分の一？　それとも？

スフィンクスの参道はどんどん延びてきて、セラペウムのすぐ近くまで辿《たど》り着くと、いきなり亨たちのほうに向きを変えた。マリエットさんが発掘で苦労したヘアピンカーブだ、と亨が思った直後、リンのような光がそこから一気に四方に広がった。

炎が立ち上るように、二枚の石壁が現れた。その前に四角い台座が浮かび上がり、横に大きなカルトゥーシュが刻まれた。台座の上にスフィンクスが姿を見せる。

同時にギリシアの賢人たちを祀《まつ》った半円形の置き台が光った。崩れかけていた石も元通りの位置に収まる。と、その右側が大きく膨れて、階段ができ、その先に大きな神殿の入口が姿を現した。アピスや古代の神様の石像が次々と出てきて神殿の中に並ぶ。それを包み込むように石造りの壁が大きく迫《せ》り上がってきて覆《おお》い隠し、天井が繋《つな》がった。

マリエットさんが上擦《うわず》った声で叫んだ。「素晴らしい……！　これがセラピス参道の完全な姿か！」

光はまるでドミノ倒しのように左にも伝わっていった。石垣が並行して現れて、一直線に延びてゆく。途中、大きなタカの石像が出てきた。ホルスの神だ。その正面に光が固まったかと思うと、今度は祠《ほこら》のような建物が現れた。続いてその横にも祭壇が湧き上がる。大きなアピス像がそこに収まる。参道に石が敷かれてゆく。道の真ん中にライオンの石像が二体、まるで来る人を睨《にら》みつけるような格好で現れた。その間にも石垣の周りにいくつもの建物が浮かび上がってくる。どれも白っぽく化粧されて、表面に草の模様が描かれている。

そして唐突に、参道はふっと途切れた。マリエットさんが息を呑《の》んだ。途中でいきなり闇に紛れてしまった。出現した建物が一斉にぐらりと揺らいだ。風が鳴って、また光が強くなる。一瞬、参道の行く手に何か大きな建物の影が白く浮かび上がった。でも風がまた違う音を立て、その途端に掻《か》き消えてしまう。マリエットさんが喘《あえ》ぐ。亨は思わず美宇と顔を見合わせた。確かに見えた。ちょうどセラペウムの真上の辺りだ。いまのが、ほんの少し見えたのが、前に美宇がコンピュータで造ったセラピス神殿……？

「トオル、あれを」

美宇が緊張した声を出す。その視線の指す方向を見て、亨は目を瞠《みは》った。何かが動いている。参道を何か白い影が動いている。

あっ、とハッサンが声を上げる。柱と壁の間から、その影がこちらのほうに出てきた。人間だった。ふたりの人が何かを抱えて歩いている。亨は思わず前に足を踏み出した。よく見えない。目を凝らす。風で影が揺れている。ふたりはこっちに向かって歩いてきている。砂煙も立てずに、幽霊のようにこっちに歩いてきている。

その人たちが持っているものが見えた瞬間、全員が同時に息を呑んだ。亨もその意味がようやくわかった。ふたりの格好に見覚えがあった。坊主頭に丸い帽子。脇の下の辺りで留めてある、スカートのような長い服。首には深緑色の飾りをつけている。セラペウムの中で見た人たちと同じだった。そして、そのふたりが抱えているのは包帯でぐるぐる巻きにされた塊だった。上に向かって二本の棒が生えている。

「……アピス？」

「しっ」

美宇が合図する。ふたりの祭司はどこか焦《あせ》りながらアピスのミイラを運んでいる。足元がときどきふらついている。ひとりはしきりに周りを気にしていた。亨はしっかりと口を噤《つぐ》み、でも瞼《まぶた》をできる限り開いて、その幻を見た。全身が緊張してくる。ふたりの祭司は、消えたり現れたりしながらも少しずつ亨たちのほうに近づいてくる。風の向きが安定しない。風がほんの少し高い音を立てるだけで、まるで電波が届かないラジオの音のように、ふたりの姿は消えかかってしまう。

ふたりの幻影は、ついに亨たちのすぐ近くまでやってきた。肩で息をしている様子まで見える。何か互いに小声で喋《しゃべ》っているのさえわかる。でもその声は聞こえない。

ふたりが抱えているアピスのミイラは、四つ脚を畳んで座るような格好をしていた。頭を上げて、その顔と角《つの》がはっきりとわかるように飾りつけされている。包帯の隙間にあちこち青や赤色の石が埋め込まれている。軀《からだ》は小さい。亨は一気に緊張が高まるのを感じた。赤ん坊のミイラだとしたら、あれがカンビュセスのアピスかもしれない。もう一〇メートルくらいの距離にまでふたりは近づいてきていた。亨たちが掘った穴の手前まで来たとき、ごくりと亨は唾を呑んだ。でもそこからふたりは方向を変えた。穴の縁をちょうど回るようにして、亨たちの脇を通ってゆく。

マリエットさんが動いた。堪《たま》らなくなったのか、手を伸ばしてふたりに駆け寄ろうとする。美宇が慌ててそれを止める。マリエットさんは焦った顔で美宇とふたりを交互に見つめる。美宇は圧《お》し殺した声でいった。「そのままにして！」

ふたりが目の前を通り過ぎてゆく十数秒間、亨も含めて全員はじっと息を詰めて、その様子を見守った。祭司たちの腕の筋肉、服の色や、そこに描かれた模様、目の周りに塗られた黒い染料。アピスを包んでいる包帯の巻き具合まで見えた。亨たちの前を過ぎた辺りから、ふたりの足が地面にめり込み始めた。普通に歩いているようなのに、少しずつ身体が沈んでゆく。昔と地面の高さが違うのだ。ふたりは目配せし合って、立ち止まるとアピスを降ろした。地面に埋もれてアピスが見えなくなる。何か箱のようなものの中に入れているらしい。ふたりは続いてそれを持ち上げると、右のほうに目をやりながら腰を屈《かが》めて、どこかに入るような姿勢を取った。

そこで突然、チャンネルが途切れた。

マリエットさんが呻き声を上げた。ふたりの姿は蛍光灯のように二度ほどちらちらと瞬いて、それから完全に見えなくなった。

急いでアピスの神殿に目を向ける。砂埃《すなぼこり》に覆われながら、全体が闇の中に溶け込んでゆくところだった。スフィンクスの参道が大きく歪《ゆが》んで、一斉に光を消した。

最初に走ったのはマリエットさんだった。発掘道具を抱えると、ふたりが消えた場所まで一気に駆け上がっていった。弾《はじ》かれたようにハッサンと美宇がそれに続く。亨もすぐに穴をよじ登り、いままで掘っていたところからほんの二〇メートル離れたその場所にシャベルを突き刺した。

それからひたすら亨たちは掘り続けた。誰も一言も口を利かなかった。目の前にある岩と砂を取り出して風下に置く、それだけを続けた。亨はもう美宇やマリエットさんやハッサンのほうに脇目を振らなかった。喉がからからに渇いていた。お腹が空《す》いて倒れそうだった。でも手を休めなかった。いつの間にか風が弱くなっていた。あれほどうるさかったうなりも気にならなくなっていた。掘るスピードが速くなった。

そして、マリエットさんの声に、ようやく亨は顔を上げた。木の板が砂の中から顔を出していた。みんなが一斉にマリエットさんのところに駆け寄った。素手で周りの砂を掻き分ける。箱だった。縦一メートル、横幅五〇センチくらいの木の箱が埋まっていた。蓋《ふた》には何も書かれていなかった。亨たちは必死で掻き出した。ようやく半分近くが砂から現れたところで、マリエットさんは乱暴に蓋を引き剝《は》がした。ばりっ、という乾いた音がして、砂が舞い上がった。

「……そんな」

美宇が引き攣《つ》った声を上げる。マリエットさんが唖然《あぜん》とした表情を浮かべた。ハッサンが目をしきりにぱちぱちと瞬かせて、美宇とマリエットさんの顔を窺《うかが》う。美宇は両手で自分の顔を押さえ、がっくりとその場に膝をついた。

「……どうして？　どうして？」

木箱の中は空っぽだった。

亨は突然、眩暈《めまい》を感じた。

どこかが間違っている、そう思った。これは、どこかが間違っている。

亨は途方に暮れて顔を上げた。知らないうちに空に光が戻ってきている。もうすぐ太陽が地平線から昇ってくる。群青色《ぐんじょういろ》の空に、厚い雲が広がっていた。その雲の底からほつれている、綿菓子のようなふわふわとした切れ端が、赤紫色に染まって妙にくっきりと見えた。もうすぐ夜明けがやってくる。でも、どうしてだろう？　何が間違っているんだろう？

美宇は箱にすがりついた。必死で中に手を入れ、ばたばたと叩《たた》く。

「そんなはずない！　みんな見たでしょ？　さっきここに置いたのを見たでしょ？　どうして何も出てこないの？　どうして？　教えてよ！　教えて！」

33

空に向かって、私は叫んだ。

鼓動が加速し、血液が全身を駆け巡る。赤血球が血管の内壁にぶつかりながら押し流されてゆく。その摩擦で私の身体が発熱していた。喉の粘膜は乾き切り、気体が吐き出されるたびにびりびりと震えた。最後の一声が咽頭《いんとう》から離れた瞬間、私はきつく口を閉じ、だが目を見開いて、天を仰ぎ、両腕を振り上げたままの姿勢で声がエジプトに拡散するのを聞いた。風はない。谺《こだま》も返ってこない。ヤシの葉ずれの音も、車の排気音も、機械の振動も、何も聞こえない。

耳を澄まして私は待った。そのままの姿勢で待った。強い光が無言で見渡す限りの大地を照らす。その中心で私は待った。

何も訪れない。

私は焦《あせ》った。両腕を突き上げ、もう一度叫ぼうとした。全身から声を振り絞ろうとした。だが意に反して出てきた声は掠《かす》れ、喉の奥をざらざらとした感触で痛めつけるだけで、頼りなくエジプトの空に消えていってしまった。

馬鹿な。

そんな馬鹿な。

そして唐突に、私はわかった。

亨たちがアピスのミイラを発見できないことも知った。

次の瞬間、ほとんど何の前触れもなく、凄《すさ》まじい可笑《おか》しさが腹の底から込み上げてくるのを感じた。

抗しきれず、私は大きな笑い声を上げた。

両腕を大きく広げたまま、エジプトの光景を全身で浴びながら、いまの自分が可笑しくて堪《たま》らず大声で笑った。なんてことだ、物語の感動などまるでやってこない。私はいま、何も感じていない！

何度も何度も私は拳《こぶし》を天に突き上げた。いかにも感動的なそのポーズをエジプト中に見せつけた。だが何も変化はない。心は冷め切っている。笑いは止まらなかった。自分の心の冷静さが凄まじく滑稽《こっけい》だった。私は笑いながら喚《わめ》いた。どうした！　悔しかったら感動してみろ！　震えてみろ！　小説の主人公のように一瞬だけでも世界を掴《つか》み取ってみろ！　どうした！　おまえの物語はどうした！

これがこの物語の答か！

私はその場に膝をつき、両の拳で荒れた砂地を何度も叩《たた》いた。埃《ほこり》が申し訳程度に散り、私の両手は砂を被《かぶ》って白く汚れた。小石で擦《こす》れて血が滲《にじ》んだ。私は砂を掴み、辺りに撒《ま》き散らした。何をやっても心は変わらなかった。血液がどくどくと流れている。脳が火《ほ》照《て》り、腹筋が痺《しび》れている。私は喚き続けた。いくらでも私は心を動かす用意があった。いくらでも泣こう、笑おう、だがいま私の身体が流している涙は、いま私の口が発している笑いは、精神と完全に分離している！　あの山の稜線《りょうせん》と空のように！　ナイルの森と砂漠のように！

「物語などない！　私の心の中に、物語などない！」

私は起き上がり、全力で駆けた。後方から警官の怒声が追ってくる。私は叫び続けながら高台を走った。神殿の跡地が下に見える。いつの間にか台地は切り立ち、神殿の後ろに聳《そび》える断崖となっていた。岩が足を捕らえる。眩《まぶ》しい。白い光が四方で弾《はじ》ける。眼球が痛い。

ぐらり、と目の前が歪《ゆが》み、そして次の瞬間、目の前が赤色に明滅した。

私は自らの力で、エジプトの堅い大地を蹴っていた。

身体が完全にバランスを失うのがわかった。赤色が瞼《まぶた》の裏で光った後、すべてが暗転した。周囲に支えるものがなくなったのを感じた。頭がゆっくりと下へ落ちてゆく。当然だ。物語を喪《うしな》ったのだから、この展開は作家である私にとって当然だ。途中、身体が岩にぶつかり、大きく跳ね上がるのがわかった。その際に腕のどこかが強く痺れたが、ほとんどそれはどうでもよかった。

ぶうううんん、といううなりがどこかで聞こえたように思った。それも本当に聞こえたのかどうか定かではなかった。あれは地球の回転する音だろうか？　私は考えた。考えようとした。それだけが重要なことのように思えた。物語があろうとなかろうと、おそらく地球は回転している。ならば私が死のうがその音だけは絶対であるように思えた。

心臓の鼓動が、さらに速くなったような気がした。だが、それも一瞬のことだった。

34

——ときどき、気になることがある。

一人称で書かれている小説の危うさだ。

もちろん、手記の体裁を借りた文学は以前から確立している。例えば、かつての漂流譚《たん》や怪異譚は、この手記という形式の効果を巧みに利用していた。未開の地に足を運んだ書き手が、手記を認《したた》めて瓶の中に封じ込め、大海に流す。それを偶然に拾い上げた人間が、小説の語り手であり紹介者である。彼はまず思わせぶりに前口上を始めるのだ。曰《いわ》く、ここに書かれていることはあまりにも奇怪で、到底信じるわけにはいかない。だが故《ゆえ》あって私は公開に踏み切ることにした、と。そして彼はおもむろに、その手記を引用し始める。ここから書き手が登場し、読者は紹介者と同化する。読者はまさに次のページから、前口上を述べた紳士と同じ立場でその手記を読み進めることになる。

だが、洗練された現代の文学で、一人称の記述は却《かえ》って奇妙な効果しかもたらさないように見受けられる。あまりにも主人公が饒舌《じょうぜつ》に思えてしまうのだ。なぜこの主人公は、まるで作家のように文章を書くことができるのだろう。なぜこれほど情景を細やかに描写することができるのか。この主人公はなぜ文章を書き慣れているのだろう。

あるいはこんな場合もあるだろう。仮に、私、と名乗る私立探偵が登場した場合、私たちは物語が最後を迎えても即ち最後のページに辿《たど》り着いてもその主人公が健在であることを無意識のうちに察知しているはずだ。従って、仮にその主人公が物語の最後に死亡したとき、私たちは強い違和感を覚える。

なぜこのような問題が生じるのか。いうまでもない、それらの物語は、主人公自身によって語られているからである。確かに現代の小説では、登場人物たちの心の中の呟《つぶや》きを、自然な形で文字として表現することができる。しかし、仮に小説が終始一貫して一人称で語られた場合、私たちはそこに「語る」という行為が存在することに気づいてしまう。だからこそ一人称の小説で最後に主人公が死亡するのはおかしいと感じてしまうのだ。死んでしまったとしたら、それではいま自分が読んでいる文章は誰が書いたことになるのか、というわけだ。

多くの読者はこの原理を無意識のうちに知っているはずである。どんなに生命の危機に晒《さら》されたとしても、どんな波乱に遭遇したとしても、その主人公は後に回想録をものするだけの時間的、精神的、肉体的余裕があったことになる。その事実に気づいた瞬間、私たちは一人称小説の作為に耐えられなくなる。

35

エジプト、シタデル（一八六九年）

新年早々、宮殿から呼び出しがかかった。

イスマイール副王が至急会いたがっているという。

驢馬《ロバ》に跨《また が》り、マリエットはシタデルまでの道を登った。宮殿には数え切れないほど出向いている。いわば馴染《なじ》みの場所だが、あと数年もすればこの場所へ来ることもなくなるだろう。現在イスマイールは市街の北東に新たな宮殿を建設している。木造の豪奢《ごうしゃ》なその建物は、いずれ内外の要人を呼び込み、エジプトの顔として機能するようになるはずだ。それに伴い市街も北へ延びてゆくだろう。このところ、あちらこちらで大規模な都市整備が進められている。エジプトはまさに大変換期に入りつつある。

だが、その成長は、困難や苦渋と常に背中合わせだ。エジプトの将来は決して楽観できるものではない。

道を登りながらマリエットは市街を見下ろし、いつになく憂鬱《ゆううつ》な気分になった。ずっと体調が優れないためだろう。眼炎だけでなく最近は発熱と嘔吐《おうと》に苦しめられている。糖尿病も完治する気配がない。加えて発掘も資金不足が慢性化し、思うように進まない。愛する妻エレオノールをコレラで喪《うしな》ってからは、子供たちの養育でも気苦労が絶えない。苛立《いらだ》ちが募っていた。

　宮殿に入るといつものように案内人に通された。副王の執務室に伺《うかが》う。

　部屋ではイスマイールがますます太った腹でマリエットを待ち構えていた。立ち上がり、机を回り込んで駆け寄ってくる。大袈裟《おおげさ》なその歓迎ぶりにマリエットは少々気圧《けお》されながら礼を返した。

　六三年にサイードが亡くなり、このイスマイールが副王の職に就いた。サイードの甥《おい》にあたる男で、パリで育ち、サイードと同じく肥満体質ではあるが、自分では色男を気取っている。なにしろサイードはマリエットが惚《ほ》れ惚《ぼ》れするほど勇猛で知性に溢《あふ》れた男だった。イスマイールにその後任が務まるのかと当初は不安だったが、彼はマリエットに会ったその場でそれまで通りエジプト考古学調査における特権を認めてくれた。それればかりか、いずれはブーラークに劣らない博物館をカイロに設立するとまで請け合ったのだ。

　挨拶《あいさつ》を述べた直後、マリエットは喉に痰《たん》が絡み、思わず顔をしかめた。

「どうした。そなたには常に万全の体調で働いてもらわねば困るぞ。なにしろこれからが正念場だ」

そういってイスマイールは椅子《いす》に座り直し、マリエットにも席を勧めた。こちらを心配する言葉がけではあるが顔は明るい。ご機嫌だ。

無理もない。サイード前副王の時代からエジプトの最大懸案事項となっていたスエズ運河の工事が、ついに最終段階を迎えたのである。フェルディナン・ド・レセップス子《し》爵《しゃく》が運河開通を公式に予告した。エジプト国内はもちろん、イギリスやフランスからもこのレセップスの布告は大きな注目を集めた。レセップスから直接聞いた話では、関連会社の株が軒並み急上昇したという。あれほど資金難に喘《あえ》いでいた国庫も、すでにありあまるほどの外貨を調達したらしい。そういえば、とマリエットは足の下に敷かれているカーペットに密《ひそ》かに目を落とした。以前訪れたときより上等なものに替わっている。

もちろん、こじれている外交問題がこれですべて収束に向かうわけではない。特にイギリスとの緊張関係は拭《ぬぐ》えないだろう。だが、とりあえず事業の成功はほぼ間違いないところとなった。もともと運河にほとんど興味を示さなかったイスマイールだ、相次ぐ諸外国からの圧力に辟易《へきえき》していたはずである。それが軽くなるだけでも肩の荷が降りた心境だろう。

今日の会見はスエズ運河に絡んだものに違いない。マリエットはそう睨《にら》んでいた。だが、具体的に何を申し渡されるのか見当もつかない。

「ムッシュー・マリエット!」イスマイールは明るい笑顔を浮かべたまま声を上げた。

「聞くところによれば、そなたは若いときに歌劇台本《リブレット》をいくつか書いたことがあったとか？」

　マリエットは面食らった。いきなり何をいい出すのだ？

「……ほんの手すさびでございます、陛下」

　なぜそんなことを知っているのだろう。そう考える間もなく、イスマイールが言葉を継いだ。

「スエズ運河の完成が間近いことは知っているな？」

「もちろんでございます」

「おそらく八月に、地中海と紅海の水はひとつになる。開通式は一一月ないしは一二月だ。盛大な式を執りおこなうぞ。いま、その準備を着々と進めているところだ」

「存じております」

　それらもすでにレセップスから聞いているところだ。

「だがな、パレードや式典ばかりでは退屈だ。そうではないか？　諸国からの来賓に、大いに楽しんでいただけるような行事をぜひとも催したいのだ。このエジプトの素晴らしさを印象づけてもらえるような」

「……と、申しますと？」

　イスマイールは身を乗り出した。

「オペラだ」

　嫌な予感がした。

「そなたも知っておるだろう。カイロのオペラ座が今年中に竣工《しゅんこう》する。エジプトでもっとも壮麗な舞台を構えた名所となるはずだ。このこけら落としにはぜひ新作のオペラを掛けたい。それも、ファラオの時代のエジプトを舞台としたオペラを、だ。フランスやイタリアから訪れる目の肥えた来賓も満足するような、雄壮で絢爛《けんらん》たる傑作にしなければならん。どう思うかね？」

なるほど。

どこに話が行くのかおおよそ見えてきた。

「陛下、確かにそれは素晴らしいお考えです。しかし……」

「今日呼んだのは他でもない、その新作オペラの原案をそなたに任せたいのだ！ そなたが文才に優れていることは聞き及んでおる！ それに考古学調査においてそなたの右に出るものはおるまい？ 正直なところ、そなた以外に適任者が思い浮かばんのだ！」

急に居心地の悪さを感じる。さて、この場をどう切り抜ければよいか。

巧《うま》い言葉を探そうとしたが思いつかない。

「お待ち下さい、陛下。文才と仰《おっしゃ》られますが、なにしろ先程申し上げた通り、素人《しろうと》の手すさび……」

だがイスマイールの口調はさらに熱気を帯びてきていた。

「音楽のほうも一流の作曲家に頼まなければならんな。なに、案ずることはない。費用はふんだんにある」

「陛下、どうかいま一度……」

「一五万フランまでは用意できるのだ。ワーグナーかグノー、あるいはヴェルディあたりはどうだろうか？　それならばカイロ・オペラ座のこけら落としにふさわしかろう！」

「なんと……？」

マリエットは絶句した。副王はかなりの強気だ。

一五万フランの大作の原案を自分が……？

次の瞬間、マリエットの脳裏に、巨大な舞台に構築された神殿のセットが広がった。松明《たいまつ》の光で揺らめく幻想的な舞台の中央で、歌手が絶世の歌声を披露しているさまが浮かんだ。

その光景は圧倒的だった。

それだけではなかった。さらに次々と別の場面が立ち現れる。メンフィスの喪われた宮殿。麗しいナイルの岸辺。そしてあるいは……あのセラペウムの深い闇。

唐突に、マリエットは大ハリス・パピルスを思い出した。紀元前約一一五〇年、ラメセス四世の治世に書かれたと思われる「大ハリス・パピルス」はテーベで発見された。その全長約四一メートルに及び、これまで知られているパピルス文書の中では文句なく最長のものだ。そこには素晴らしい挿絵とともに、ラメセス四世の父、すなわち三世の時代の出来事と神殿の寄進帳簿が神官文字《ヒエラティック》によって記述されている。そこで語られている伝説めいた物語の数々にマリエットは魅了されていた。ぜひともブーラークの博物館の収蔵品にしたかったのだが、購入が叶《かな》わず悔しい思いをした。

大ハリス・パピルスに描かれていた古代をいまに蘇《よみがえ》らせることは可能だろうか？　古代の雄壮な物語を、当代一流の作曲家の調べによって再現する……。

エジプトの素晴らしさ、古代遺跡の美しさ、荘厳《そうごん》さを多くの人々に知らしめる絶好の機会だ。

「畏《かしこ》まりました、陛下」

マリエットは急いで頭を下げた。すでにマリエットは具体的なイメージが無数に湧いてくるのを感じていた。色彩豊かな物語になるだろう。いますぐにでもスケッチを認《したた》めたいくらいだ。

「よろしい！　誠によろしい！」

イスマイールは満足げに何度も頷《うなず》く。だがその後すぐに声を落とし、ねっとりとした口調に変えるとさらに身を乗り出してきた。

「ところでだ……ムッシュー・マリエット。ウージェニー皇妃のことは覚えているか」

自分の顔が硬直するのがわかった。

「もちろんでございます、陛下」

表情を副王に悟られまいと頭を下げる。どういうつもりだ。

パリ万国博の後の騒動が頭に蘇ってくる。あまり心地よい思い出ではない。

万国博に出品したイアフヘテプ王妃の装飾品を、ナポレオン三世皇妃がことのほかお気に召されたのだ。ただし、それだけならばマリエットにとって迷惑なことではない。むしろ自分の発掘が認められたと単純に喜ぶべきことだ。しかし皇妃は装飾品にあまりにも魅せられすぎた。マリエットの国立図書館要職への栄転と引き替えに、それらを譲ってほしいとイスマイールを通じて申し入れてきたのだ。

むろんマリエットは断った。だが皇妃はすぐには諦《あきら》めなかった。国立図書館が不服なのかとばかりに、今度はルーヴルの名誉学芸員の職を仄《ほの》めかしてきたのだ。

これにはさすがにマリエットも困惑した。さんざんこれまで冷たい対応を受けてきたルーヴルに、王妃の髪飾りひとつ差し出せば戻れるというのか。なるほど七五〇〇フランの年俸はマリエットにとって魅力的ではあった。だが地位や金を得るために万国博に参加したのではない。エジプトの遺産を世に正当に知らしめるためだ。地位や金のために発掘しているのでもない。それはイスマイールにも再三伝えてきたはずのことだ。エジプトの遺物の散逸を防ぎ、国家レベルで保護することこそが重要なのだ。ブーラークの博物館はいったい何のためにあるのか。

万国博の会場から戻ってきた出品物の惨状も、マリエットをさらに苛立たせる要因となった。美しい彫像のいくつかは崩れ、罅割《ひびわ》れ、欠けていた。なかには粗雑に破片を繋《つな》ぎ合わせ、始末に負えない修復がなされたために、却《かえ》って致命的な傷を負っているものさえあった。サッカラのマスタバから発掘した彫像に至っては、表面に白い斑点《はんてん》が浮かんでいた。繊細な表情は喪われ、細かい細工は崩れている。パリの学芸員が無断で石膏《せっこう》鋳型《いがた》を取ったのだ。まさかルーヴルのドヴェリアが指示したはずはない。手紙で確かめてみると、やはり若手の学芸員が無断でおこなったことだという。マリエットは激高した。とても皇妃の無邪気な所有欲を聞き入れる余裕などなかった。

マリエットは強く断りの返事を出した。だがそれによって宮廷との関係は悪化してしまったのだ。皇帝閣下への謁見《えっけん》を取りなしてくれたコルニュ夫人にも被害が及び、夫人は機嫌を損ねてしまった。

徐々に信頼を回復してゆくしかない。だがいまのマリエットにとって、この騒動はほとんど致命的であった。

おそらく今後ルーヴルからの援助は望めないだろう。いま自分は雑務に追われ、ろくに報告書ひとつ仕上げることすら叶《かな》わない。いくら発掘しても、報告書を出さなければその考古学的価値は認められない。正当な学問的評価を受けなければ資金は獲得できない。まさに今日の発掘資金をどこから調達すればよいのか。すでに年末、九〇〇〇フランの借金を都合してもらったところだった。当面の費用や遅滞していた人夫たちへの給料をなんとかそれで凌《しの》いだが、今後の希望は何もない。すべてはウージェニー皇妃の我《わ》が儘《まま》と、それをマリエットに押しつけようとしたイスマイールが原因だ。

だが、イスマイールはそんなマリエットの事情を慮《おもんぱか》る様子もなかった。その目には奇妙な輝きが宿りつつあった。

「実に美しい方だ。あの艶《つや》やかな髪、たおやかな手、麗しい微笑《ほほえ》み……。運河の開通式にはぜひ皇妃をお呼びしたい。そして最大限のおもてなしで迎えたいのだ」

なんということだ。マリエットは内心呆《あき》れた。だがイスマイールはやめない。

「そこで、どうだろう、まず皇妃と余がともに船に乗り、運河を渡る。その後、そなたは皇妃をお連れして、このエジプトの美しい遺跡を案内してもらいたいのだ。デンデラ、テーベ、むろんアスワンまで遡《さかのぼ》ってもよい。とにかく皇妃に最高の思い出を作ってもらうのだ。皇妃がエジプトの地を恋い焦《こ》がれ、再びその足で踏みたいと考えるように」

どうにも不釣り合いだ。あれほど美しい皇妃なら、密かに思いを寄せる男たちが山といるだろう。

イスマイールはさらに声を落とした。

「実はな、開通式の際、カイロからギザへパレードを出そうと考えておる。いまその道を整備しているところだ……。そこを皇妃とふたり、馬車で駆け抜けるのだ」

「………？」

「途中に二か所のカーブを設けた。急なカーブだ。もしかしたら皇妃はよろめかれるかもしれん。もちろん、そのときは余がしかと抱き留めることになるだろう」

信じがたい発言であった。

「すべて陛下のご指示の通りにいたします」

最敬礼する。「必ずやウージェニー皇妃にエジプトの素晴らしさをお教えいたしましょう。このマリエット、すべての行程に付き添い、自らご案内申し上げます」

「素晴らしい！　さすがはそなただ！」

「しかし陛下」とマリエットはイスマイールの口調を真似《まね》て密やかに付け加えた。「まずは陛下ご自身がさらに考古学にご興味を示されますことを……」

「わかっておる！」イスマイールは大笑し、大きく手を振った。「そなたの博物館の運営費、余に任せておけ！」

36

「だめよ、トオル！　そんな物語じゃ！」

　はっとして、亨は上体を起こした。

　目の前に美宇の顔がある。両手で亨の肩を掴《つか》み、がくがくと揺らしている。美宇は切羽詰まった表情で怒鳴っている。耳の奥でその声が反響した。慌てて亨は美宇の手を振り払い、周りを見回した。

「ここは？」

　ミュージアムだった。

　信じられない。亨は頭を強く振った。目を擦《こす》って、頬を自分でぴたぴたと叩《たた》く。ミュージアムの玄関ホールだ。振り子が揺れている。塔のてっぺんから光が射し込んできている。どうして？　亨は自分の身体を見た。服が砂埃《すなぼこり》で汚れている。靴の中もざらざらしていた。亨は首筋についている砂を手のひらで掻《か》き取って、それを見つめた。黄土色の細かい砂粒。どうして？　マリエットさんは？　ハッサンは？

　すぐ横にジャックがいた。やっぱり毛が砂でばさばさに汚れている。黒猫じゃなくて、これではほとんど灰色だ。そしてジャックの後ろに、あの小さな仔猫《こねこ》がいた。亨はその仔猫に手を伸ばし、そっと両手で抱き寄せた。仔猫は頭から背中にかけてずいぶん汚れていた。固く縮れた白い毛は、砂埃にまみれている。

背中の辺りを払ってやりながら、ぼんやりと亨は思った。この猫がいまここにいる、ということは、エジプトに行ったことは夢じゃない。サッカラでアピスのミイラを探したことも夢じゃない。だとしたら、いま自分たちがここにいるのは……？

「トオル、目を醒《さ》まして、よく聞いて」

美宇が膝を立てて亨の前に擦《す》り寄ってくる。

「いったでしょ、よく考えてって。この物語の結着をどうつけるか考えてって」

亨は目を瞬《しばた》いた。いきなり放り出されたようで、流れがまるでつかめない。どうしてミュージアムにいるんだろう？　いま見ているほうが夢なんだろうか？　もしかしたら自分はあのサッカラで倒れて、そのまま気絶しているんじゃないだろうか？

「いい？　わかったでしょ、いまの物語のままじゃだめなの。未来のトオルはね、わたしたちに期待しすぎたの。わたしたちについていけば救われると思ってた。でもね、そんなのは物語のほうが許さない。トオルも見たでしょ？　アピスのミイラは見つからなかった。あんな方法じゃ物語は終われなかった。だから失敗した」

物語？　美宇はさっきから何度もその話をしている。わからなかった。物語って何のことだ？

「まだアピスはここにいる。トオルたちの世界に出ていく前に、わたしたちでなんとかしなきゃ。いい？　わかってる？　わたしたちでなんとかするの」

「なんとか……？」ようやく亨はそれだけいえた。「なんとか……って？」

「ひとつだけ方法がある」

美宇はさらに一歩前に膝を進めてきた。一呼吸置いて、美宇は思い詰めた表情でいった。

「わたしたちが物語の登場人物になるの。未来のトオルが書く小説の登場人物に。いままで起こったことすべてを、物語にしてもらうの」


「なんだって？」

私は叫んだ。

叫んだ直後、まるで谷底に墜《お》ちてゆく途中のように、私の身体が前にのめった。肱《ひじ》が堅いものにぶつかり、額が腕の中に落ちる。歯で舌の先を噛《か》んでしまう。口の中に血の味が滲《にじ》む。私は呻きながら、ようやく頭を上げた。ぼんやりとした視界の中に、手が映ってくる。自分の左手だ。私は慌てて上体を起こした。

私の手はキーボードの上にあった。

左手だけではない。両手とも、ついいましがたまでキーを打っていたとしか思えない体勢でそこにあった。私はおそるおそるその手をキーボードから離し、じっと見つめた。手のひらと手の甲を繰り返し見た。自分の手ではないような、不思議な感覚。

自分の身体の位置を確かめる。私は椅子《いす》に座っていた。机の両脇にはメモや原稿が散乱している。後ろを振り返った。本棚がある。横にはいつものようにテーブルもあった。間違いない。ここは私の部屋だ。私の仕事部屋だ。

私は立ち上がって、服の上から全身を叩き、異常がないか調べた。周りを見渡す。気味が悪かった。見慣れたはずの室内なのに、すべてがよそよそしく感じられる。まるでよくできた人工現実《ヴァーチャル・リアリティ》の世界に入り込んでしまったようだ。私は喘《あえ》ぎながら部屋の中を見て回った。足元がふらつく。いまはいつなのだ？　何月何日なのだ？　カレンダーは八月になっている。いくつかの書き込みは見覚えがあった。確かに私の筆跡だ。電話機の表示は二八日の午後二時三五分となっていた。二八日？　洗面所に行って鏡に顔を映した。無精髭《ぶしょうひげ》がわずかに伸びている。目が充血していた。二八日？　そんなはずはなかった。私はエジプトに行ったはずだ。エジプトのサッカラに立ち、広い光景を眺め渡したはずだ。だが、そうだとしたら、いったいいまここにいる自分は何だ？

仕事部屋に駆け戻る。パソコンの液晶モニタを見つめた。文書作成ソフトのウィンドウが開いている。文字列が並んでいた。その最後の数行を読み直し、私は頭を振った。先程の言葉が、無意識のうちにまた口から飛び出していた。「――なんだって？」

私は椅子に座り直した。マウスを握り、ウィンドウをスクロールした。それは私がこれまで書いてきた長編小説の原稿だった。秋までに仕上げなければならないはずの、書き下ろしで刊行する小説の原稿だった。だがそこには私がまだ書いていないはずのシーンが付け加えられていた。まだ私は主人公の少年と少女がエジプトに行くところまでしか書いていないはずだ。主人公たちは一八六六年のブーラークに行き、そこでシュリーマンと出会い、博物館から外へ踏み出す。そこまでで時間切れとなり、私はエジプト行きの飛行機に乗ったはずだった。それなのに、いま液晶モニタに映っている文書には、そこから先のストーリーが数十ページにわたって追加されている。私は必死で読んだ。自分が書いていないパートを読んだ。少年と少女はサッカラでアピスのミイラを探す。私が考えていたストーリーと同じだった。文体も私のものだ。私が実際に書けばそうなるだろうと思える内容だ。しかし、あと残すところ数ページというところまで辿《たど》り着いたとき、私は自分の目を疑った。少年と少女はミイラを発見できていない。そしていきなり章が変わり、美宇が――私が創作した少女が――とんでもない台詞《せりふ》を吐いている。そこで唐突に原稿は終わっている。その下は空白だけだ。何もない。信じられなかった。なんだこれは？

「封印……？」

亨は美宇の言葉を繰り返した。話についていけない。美宇の顔が近すぎる。亨は美宇を押し戻そうとした。でも美宇は離れてくれない。

「トオルはね、将来作家になるの。わたしたちのことを小説に書く。だから、その小説の中で、アピスも含めて、わたしたちも含めて、みんな物語の中に封印してもらうの。実際の世界に影響しないように。ただのお話にしてもらう」

「待って、待ってよ！」亨は喚《わめ》いた。「いきなり、何をいってるの？　ぼくらが登場人物になるって？　ぼくらは生きてるんだよ？　自分で考えて生きてるんだよ？　テレビの俳優じゃない、別に演技しているわけじゃないだろ？　これはお芝居か何かなの？いままで嘘をついてたの？」

美宇はそれには直接答えなかった。

「いい？　未来のトオルはいまのことを小説に書く。でもちゃんと書いちゃだめ。わざと下手に書くの。そうすれば読者も『これはウソだ』って思う。自分たちには関係ないって思う。現実感がなくなる。それが狙いなの。アピスの力は弱くなる。トオルたちの世界に出ていったとしても、現実性がなくなって、干渉できなくなる」

「だから、ぼくらは俳優でもないし、お話の登場人物でもないんだよ！」

「まだ気がつかないの？　わたしたちはいま、文字で書かれてるでしょ？　しっかりして、トオル！」

「文字で……？」

亨は言葉を返せなくなった。いままでのこと全部がわからなくなってしまった。美宇の目は吊《つ》り上がって、瞳の色もなんだかいつもと違って赤っぽく見える。亭はこっそりと目を動かし、左右を窺《うかが》った。自分たち以外にはやっぱり誰もいない。読者なんてどこにもいない。でも、と亭は思った。もし、自分が知らないだけだとしたら？　いまこの瞬間にも、本当はたくさんの視線が自分たちを見つめている……？

　急に気味が悪くなった。鳥肌が立ってくる。いきなり亭は、自分の身体がばらばらになってゆくイメージに囚《とら》われた。数え切れないくらいの活字に分解されて、どこかに飛んでいってしまう自分。いまも活字の入った血液がぐるぐると身体の中を回っている自分……。

　亭はゆっくりと視線を上に持っていった。なんということのない動作のはずなのに、なぜかすごく難しかった。どうやって自分の身体を動かせばいいのか、咄嗟《とっさ》にわからなくなった。どこまで力をいれればいいのか、どの筋肉を動かせばいいのか、いきなり混乱した。息を潜《ひそ》めて亭は塔の内側を見渡した。振り子を支える鋼線が揺れている。螺旋《らせん》階段が上までずっと続いている。頂上近くの窓から光の筋が何本か入ってきていて、眩《まぶ》しいところと薄暗いところができていた。何度か亭は目を瞑《つぶ》り、また開くことを繰り返して、その光の筋を見つめた。もし美宇のいうことが本当だとしたら、ここにあるものは全部ウソだということになる。この建物も、この光も、未来の自分が想像したことになる。

　でも、亭はそこで、もっととんでもないことに気がついた。もしこのミュージアムがウソなのだとしたら、いままで自分がしてきたことはどうなんだろう？　この広いミュージアムを見て回ったことや、エジプトでマリエットさんたちに会ったことは？　いったい、自分はいつから小説に書かれていたんだろう。ミュージアムに初めて入ったときから？　美宇に会ったときから？　それとも……生まれてからずっと？　自分が出てくる小説は、いったいどこから始まっているんだろう？　どこまでが本当の自分で、どこからが未来の自分が考えたウソなんだろう？　いまこうやって考えているのも小説の中の出来事なんだろうか？

頭が痛くなってきた。考えれば考えるほどわからない。亨は上を向いたまま、小さく声を出した。唇を開いて、舌を動かして、喉に空気を送るのにとても苦労した。でも確かめないわけにいかなかった。亨は、ずっと上の、光の筋より上の、遥《はる》か彼方《かなた》を向いて、訊《き》いた。

「本当なの？　いまぼくを書いてる？　本当なら返事して、い、い、い、い！」

ルビ機能で傍点を入力し終えた後、私は再び我に返った。頭を振り、目を擦って、周囲を見回した。気を失っていたのか、あるいは無意識のうちに行動を続けていたのか。私はモニタの中の文章を見た。さらに進んでいる。驚いた。私は声を上げた。亨が私に呼びかけている！

たっぷり一分以上考えてから、私はおそるおそる声を出してみた。ばかばかしい行為であるとは充分に承知している。だが試してみないわけにはいかなかった。モニタに向かって、私は呟《つぶや》くように、亨、と呼びかけてみた。

この亨という名は、もちろん私の本名やペンネームとは違う。鷲巣や啓太はとりあえず実際の名前を流用させてもらっているが、主人公の少年、つまり子供時代の私の分身だけは、どうしても最初から架空の名でなければならなかった。鷲巣や啓太のほうも、ゲラ刷りにする前に一括して名前を変換しようとは思っている。だが亨のほうは、架空の名前であることの必要性の重みが違った。記憶をフィクションとして昇華させるためには、どうしても最初から自分と違う名を持っていなければならなかった。私はもう一度、今度はしっかりと呼びかける口調で、その名をモニタに向かっていった。気恥ずかしくなった。あり得ないことだ。だいたい、この原稿は自分の意志で書いていたはずだ。カール・コンラート・コレアンダー古書店から持ち出してきた本ではない。これは私の原稿なのだ。いったい自分は何をしているのだろう？

私は待った。モニタをじっと見つめ、変化が起こるのを待ち受けた。だが何も起こらなかった。新たな文書は追加されない。待ち時間が短すぎるのか。ならばいつまで待てばいいのか。あるいは……、単に私の頭がおかしくなっただけなのか？

戸惑っている場合ではない。どうにでもなれ、と思い、私はキーボードの上の両手を動かした。亨の台詞の後、改行し、カギカッコの記号を打ち、さらに短い文を入れた。

「亭、聞こえるか？」

亭は耳を澄ました。亭、聞こえるか？　と未来の自分の声があの光の筋と一緒に降りてくるのを待った。かちっ、と硬い音がした。亭はその方向に目を向けた。ピンがフーコーの振り子の針で倒された音だった。振り子はゆっくりと一定の周期で揺れ続けている。亭たちやミュージアムの運命なんて、ぜんぜん気にしていないかのように。

返事はなかった。

視線を美宇のほうに戻す。美宇は不安げな表情でそっと上のほうを見ていた。美宇も待っていたのだ。返事が来るのを待っていた。それなのに、応答はない。

「ほら！　やっぱり！」亭は声を上げた。「ぼくらを書いている人なんていないんだよ！　思い違いだよ。ぼくらは小説なんかじゃない。しっかりしてよ！」

「おかしい……。だって、そんなはずないのに……」美宇は曇った表情のまま首を傾《かし》げる。

「そんなことといったって、返事がないじゃないか！　だいたい、どうしていきなり小説とか読者とかの話が出てくるの？　どうしてぼくがミュージアムの小説を書くなんてわかるの？　そっちのほうがおかしいよ！　それに、アピスの話はどうなったの？　このミュージアムはどうなったの？」

「たぶん……返事なんか要らないんだと思う」考えながら美宇が答える。「返事なんかしなくても、未来のトオルはわかってくれたはず。わたしたちの声は届いているはず」

「でも……！」

「だって、いい？　考えてみて。わたしたちがこうやって話しているのは、きっと読者にとっても面白くないはず。これって、未来のトオルがわたしたちのお願いを聞いてくれたからだと思わない？　わたしたちが話していれば、読者もだんだん気持ちが醒めていく。わたしたちがただの登場人物だってことを思い出してくれる」

亨はなんと答えればいいのかわからなかった。美宇のいっていることは、どんどん説得力がなくなってきている。

「じゃあ……アピスはもうじきいなくなるの？」

美宇は頷《うなず》いた。「未来のトオルが書き換えてくれるなら、必ず」

でもその声は自信なさげだった。まるで、自分自身にいい聞かせるためにいってるだけのようだ。

亨は立ち上がって、大回廊に続く大扉の前に駆け寄った。しっかりと閉じられている。扉に耳を当てて向こう側の様子を窺った。何も聞こえない。

亨はいつものように呪文を唱えかけた。「ひらけ……」

「待って、トオル！　開けちゃだめ！」

途中で言葉を切る。やっぱり思った通りだ。美宇はまだ迷っている。

美宇が立ち上がる。よろよろとして、なんだか痛々しい感じだ。

「美宇……」

そう声に出してから、亨はこれが初めてだということに気がついた。女の子の名前を、名字ではなく下の名前のほうを呼んだのは、これが生まれて初めてだった。亨は訊いた。

「……何か、隠していることがあるんじゃない？」


私は悪態をついた。いつの間にか文書がすっかり変わっている。私はウィンドウをスクロールし、亨がこちらへ呼びかけてくるところから読んだ。亨は聞こえていない。こちらからの返事は聞こえていない。つい一瞬前まで、私は違うプロットで話を進めていたはずだ。しかし、そうだとしたらなぜだ？　この小説は私が書いているはずだ。私ならこの小説のプロットを自由に変更できるはずだ。そうでなければおかしい。それなのになぜ私の返事は小説の中の亨に伝わらないのだ？

私は立ち上がり、仕事部屋の中をぐるぐると歩き回った。乱雑に積み上げた本や資料や雑誌を跨《また》ぎながら、必死で考えを巡らせた。理由はいくらも思いつかない。私が暫定的に打ち込んだ物語では「読者が納得しない」からか？　あまりにもご都合主義だからか？　だが書くことは自由なはずだ。あとで書き直せばいい。訂正の機会はいくらでもある。破綻しないようにもう一度最初からプロットを練り直せばいい。ではなぜ、いまこの場で書き直せないのか？　すでに確定してしまっているということか？　何かの理由で書き直せないことになっているのか？　あるいは……。

はっとして、私は立ち止まった。

あるいは、この状態も小説のプロットに組み込まれているのだとしたら？

——待て。

私は慌てて周囲を見回した。いままでと何も変わりがない。確かにここは私の部屋だ。何もかもがいつもと同じように見える。

私は息を殺した。頭の中で、ある考えがばちばちと火花を散らしていた。だが光が強すぎてよくわからない。いま私は重要なことに気づいている。だがそこまで辿り着く道のりがまだ定まっていない。私は慎重に、一語一語確かめながら、少しずつ足元を探るようにして、その光へと思考を近づけていった。

小説の中で、亭の住んでいる世界は現実なのだ。本当に存在するということではない。現実のものとして描写され、またその中に棲《す》む登場人物たちはそこが現実であると信じている、ということだ。たとえそれが、作者である私が創った空想の世界であったとしても。それは小説としての現実世界なのだ。

では、私のいるこの世界は？

亭が物語の登場人物なら、いまこうして考えている私は？

いま私を書いているのは誰だ？

無意識のうちに、私は亨と同じように上を仰いでいた。思考の道が到達した。回路が繋《つな》がり、脳の中を光がスパークして駆け巡った。私は大声で叫んでいた。興奮と驚きで全身が震えていた。

「わかったぞ！」

私はすぐさま椅子に座り直した。モニタをもう一度見つめる。わかったのだ。この物語のからくりがわかった。なぜ自分の打ち込んだ文章が亨たちに届かないのかわかった。

私はモニタに向かって叫んでいた。

「違うぞ、美宇！　そうじゃない！」

37

かちっ、とまたピンが倒れた。

「トオルを選んだのは、わたしのパパなの」

美宇が前髪を掻《か》き上げる。大きく息を吐いて俯《うつむ》く。

「トオルがここに来るようにしたのは、パパなの。……ここに初めて来たときのことを覚えている？」

もちろん、忘れるわけがなかった。

終業式の日、亨は初めてここにやってきた。

校門を出て左に曲がり、いままで見たことのない景色に驚きながら、あの雑木林《ぞうきばやし》の木戸を見つけた。日だまりが道を作っていた。あのときの土の感触が、まだ靴の裏に残っている。

「あの日、トオルはすぐに帰っちゃったけど……」

「でも、自分で来たんだよ。二回目も、誰かに連れてこられたわけじゃない」

「ううん、本当は違うの。二回目に来たのは、未来のトオルがそう決めたから」

「未来の?」よくわからなかった。「どういうこと?」

「はっきりしたことはわからない。そう聞いてるだけ。でもね、最初のときのことは知ってる。トオルがここにやってくるところを見計らって、パパはちょうどうまい場所に、このミュージアムを置いたの。トオルにしかわからないような秘密の場所に」

「そんなこと、できるわけないよ」

「前にいったでしょ、ここは人工現実の世界。本当の土地なんていらない」

亭はそっと自分の足元を見た。大理石の床は硬い。

その向こうに、雑草が生えているのかもしれない。緑の匂いが辺りに立ちこめているのかもしれない。

でもいまは、磨き上げられた大理石の床だ。

「どうしてこのミュージアムがあると思う?」

「なくなったものを、取り戻すためだろ? 前にそういったじゃないか」

「もちろんそれも仕事のひとつ。でも、それだけだったら別にわざわざミュージアムを作る必要はないでしょ。もし、昔のミュージアムと〈同調〉させるだけだったら、大学の先生や学芸員の研究室と繋《つな》がっているだけでいい。なのに、ここは展示している。取り戻したものを展示して、ちゃんとミュージアムの建物の中に置いて、全部の部屋を扉で繋いで、来た人がぐるぐる見て歩けるようにしてある。どうしてだと思う?」

「さあ……。わからないよ」

「これはね、物語を展示するためなの」

「……物語？」

「そう」美宇は頷《うなず》いた。「ミュージアムにはね、物語が必要なの。トオル、前に見た驚異の部屋を思い出して。昔の人は、集めたものをたくさん部屋の中に飾っていたでしょ。お客さんが来たらそこに案内する。みんなが見たこともないようなものをいっぺんに見せて、驚かせる。それからどうすると思う？　お話を始めるのよ。あそこにある剝製《はくせい》は、なんという国に行ったときに仕留めたもので、向こうの貝殻はなんという船が太平洋を航海したときに集めたもので、あそこの太鼓《たいこ》はなんという島の人からもらったもので……そんな具合にお話を始める。みんなそれをどきどきしながら聞くの。主人のお話を聞いているうちに、みんなはそのコレクションのすごさがわかってくる。さっきまではただの変てこなものにしか見えなかったのに、だんだん生き生きと輝いて見えるようになってくる。それが物語の力。集めたものは、ただ見せるだけじゃだめなの。どうして展示されているのか、どうして集められたのか、どうしてそれが大事なのか、そういったことが説明されて、わたしたちは初めてその価値がわかる。初めて楽しめる。だからパパは考えたの。見せ方が大事だって」

――いいかい、面白さというものにはふたつの種類がある。見せるものそれ自体の面白さ、それから見せ方の面白さだ――

満月博士の声が亨の頭の中に蘇《よみがえ》ってくる。髭《ひげ》を撫《な》でながら何度も頷くあの博士の顔が目に浮かんだ。

「それでね、パパが考えた方法は、作家に物語を書いてもらうことだった。このミュージアムの収蔵品を作家の人に見てもらって、それについての物語を書いてもらう。ここにはなんでも揃《そろ》っている。円型閲覧室に行けば調べものもできる。ただ展示してあるだけじゃない。ルーヴルの絵ならルーヴルの展示室に、アポロ11号ならスミソニアンに、どれも本当に飾られている場所に置かれている。見学に来る人たちはミュージアム全体を見る。その場の雰囲気を見る。自分の手で触りながら、自分の足で歩いて回る。それってね、感じたり考えたりするのにとても重要なことなの。パパはそういった物語を集めて、ここの展示にくっつけようとした」

美宇が何をいおうとしているのか、やっと想像がついた。

あのとき満月博士が、どうして物語が好きかと訊《き》いてきたのか、その理由がようやくわかった。

「その作家の人が、直接そのものの話を書かなくてもいい。何かの物語を書くときに、ちょっとだけ小道具で出てくるだけでいい。それを読んだ人はそのものについて新しい物語を知る。たくさんの物語を持っている展示品は、それだけ豊かで、面白くて、見ている人にもっと知りたいっていう気持ちを起こさせる。それがミュージアムの本当の働きなんだって、パパはそういってた。だからパパは、作家の人や、作家になる人を選んで、先回りしてこのミュージアムを置くことにしたの。トオルもそうやって選ばれたひとり」

満月博士の声が、耳の中で響く。

――だから、いいかい、作家は見せ方に注意しなきゃならない。博物館と同じように
ね――

ジャック、と美宇が声を掛ける。ジャックは一声上げて、仔猫《こねこ》をその場に置いたまま右の廊下のほうに走っていった。並んでいる大理石製の胸像の後ろに回り込むと、ビニールのシートに入ったノートのようなものを引っ張り出して、端を口でくわえて戻ってきた。美宇はそっとそれを受け取った。シートから中身を取り出す。

あっ、と亨は声を上げた。美宇のところに駆け寄って、それを手に取る。

啓太と作った雑誌だった。でも、紙は黄ばんで、ホチキスの針も少し錆《さ》びついている。表紙の絵は掠《かす》れて、インクが変色していた。まるで何十年も経《た》ったみたいだ。

「これは……？」

「ミュージアムの閲覧室に保管されていた、収集品」

「どうしてここに？」

家の抽斗《ひきだし》に入れっぱなしになっているはずだ。美宇にはこの雑誌のことは一度も話したことがない。小説を書いていることだって、ちゃんと話した記憶はなかった。それが、どうして？

「未来のトオルが、寄贈してくれたの。このミュージアムに」

「えっ……？」

亨はページを一枚一枚捲《めく》っていった。紙は古くなっているのに、染みや汚れはほとんどない。表面は少しざらついているが、大事に保管されていたことがわかる。不思議な気分だった。つい先週作った雑誌が、色褪《いろあ》せて、ほんのり紙の灼《や》けた匂いを漂わせて、いま自分の手元にある。

途中、展示ケースと謎の美女のイラストが目に留まった。

自分が担当した連載小説だ。博物館の秘密を探る冒険家の物語。

この主人公は謎の美女から、呪われたダイヤモンドにまつわる不気味な話を聞く。ホープ・ダイヤモンドというハート型のダイヤをモデルにしていた。美宇に聞いたり、閲覧室で調べたりしたことを盛り込んだのだ。

美宇がいまいっていたことを、自分はもうここでやっていたのだ。

ページを閉じ、もう一度その表紙を見つめる。さっきまで亨は、美宇の話を疑っていた。自分たちが物語の中にいるなんて、とても信じられなかった。でも、この雑誌を見たいま、なんとなく美宇のいっていることのほうが正しい気がしてきた。

美宇は将来のことを知っている。

いつか作家になることも知っている。

自分は将来、小説を書く。

夢のようだった。

「ジャック」亨はそういってしゃがみ込み、手を伸ばした。「お願いがある」

雑誌をシートの中に入れて、ジャックの前に差し出す。

「これ、ちゃんとしまっておいてくれないか」

ジャックはかぷりとシートの端を嚙《か》むと、回れ右して歩いていった。途中、仔猫のところに寄り、顎をしゃくるような真似《まね》をして、胸像のところまで一緒に連れていった。台座の後ろのほうに入ってごそごそと尻尾《しっぽ》を動かす。亨には見えなかったが、きっと隠し戸に入れたのだろう。

しばらくしてジャックが顔を出した。もうその口に雑誌はなかった。続いて仔猫が出てくる。ジャックはお兄さんのように仔猫を舐《な》めてやり、先頭に立ってゆっくり歩いてきた。そして亨たちのところまで到着すると、顔を上げて、みう、と啼《な》いた。

亨は美宇の手を引き寄せた。「開けてみよう」

「何を？」

「この扉だよ、決まってるだろ。大回廊に行って、アピスがどうなったか確かめるんだ」

「だけど……」

「みんなが戻ってるかどうか、それも調べないと。ぐずぐずしてる暇なんてないよ」

美宇の唇は震えていた。「でも、もし、うまくいっていなかったら……？」

亨は少し考え込んだ。

「そのときは、ぼくらでなんとかする」

「ミイラも見つからなかったのに。石像だって……」

「どうにかなるよ」

「どうにか？」

「だって、いったじゃないか、これは物語だって」

「…………？」

「ぼくだったら、絶対この小説はハッピーエンドにする。だから、きっと、どうにかなる」

「……うん」

美宇は小さく頷いた。亨は美宇を引き寄せて、自分の横に立たせた。そっと美宇がこちらを窺《うかが》ってくる。まだ美宇は迷っている。心配している。さっき、未来から返事が来なかったのを気にしている。美宇は、必ず、といった。未来の自分が筋書きを書き換えてくれると言葉に出した。

でも美宇はたぶん、自分の言葉をまだ信じていない。亨も、美宇の言葉は間違っていると直感していた。きっと、扉の向こうは前に見たときよりも酷《ひど》くなっている。開けたらいきなりアピスが襲いかかってくるかもしれない。〈バー〉と〈カー〉が乗り移った展示品が、一斉に飛びかかってくるのかもしれない。とにかく、絶対に元通りにはなっていない。開けないほうがきっと安全だ。

でも、そこまで直感していても、開けないわけにいかなかった。

扉が目の前に聳《そび》えている。

この前ここに立ったのが、もう何十年も前のような気がした。

「ジャック、その仔をちゃんと守りなさい。大丈夫？」

美宇の声にジャックは素早く返事をした。毛を逆立て、ふーっと息を立てながら、脚を踏ん張って扉を見つめている。その少し後ろに仔猫が寄り添っている。どちらも扉の向こうがどうなっているのか察しているようだった。

亨も、知らないうちに自分の足に力を込めていた。何が出てきてもひっくり返らないように、体重を前にかけ、筋肉を強張《こわば》らせていた。ふと見ると、美宇も同じだった。片足を前に出して前屈《まえかが》みになっている。亨は美宇の手を取った。ふたり同時に、ぎゅっと握りしめる。

「開けるよ」と亨はいった。

「ええ」と美宇が答える。

「一緒にいうんだ」

「わかってる」

亨は思った。このミュージアムに来てから、もう何回扉を開けただろう。開けるたびに違う世界に入った。開けるたびに知らない驚異の部屋に足を踏み入れた。たぶんこれが最後になる。開けるともう後戻りできない。

いや、それも違う。亨は思い直した。最後じゃない。きっと、扉はいつも別の世界への入口だ。いつだって扉を開けたら後戻りできない。やめたといって閉めるわけにいかない。どんなときだって、自分の部屋から出るときだって、教室の中に入るときだって、扉を開けたら新しい世界が待ってる。きっと、これからもずっと扉を開け続けて、何度も何度も新しい世界に入って、そこで驚いたり面白がったり大変な目にあったりしながら生きていく。扉は向こうから開くんじゃない。自分で開けなきゃいけない。

だから終わりなんてない。

すうっ、と息を吸ってから、亨は叫んだ。「せえの！」

「ひらけ」

「ゴマ！」

すごい音とともに、扉が開いた。

熱い突風が一気に亨たちを襲ってきた。バリバリと何かの弾《はじ》ける音がすぐ脇をいくつも通り越してゆく。打ち上げ花火があちこちで爆発して飛び去ってゆくような感じだ。亨は思わず目を瞑《つぶ》り、美宇の手を握っていないほうの腕で顔を庇《かば》った。髪の毛が熱気に煽《あお》られて、毛先が焦《こ》げつく。服の裾《すそ》がばたばたとはためく。匂いと音と風の圧力が同時に膨れ上がった。風の塊が頭の遥《はる》か上のほうで笛のような甲高い音を立てる。風が螺旋《らせん》階段を上って塔のてっぺんまで辿《たど》り着いたのかもしれない。後ろのほうでジャックと仔猫が悲鳴を上げているのがわかった。亨は目を瞑ったまま美宇を抱き寄せ、その場に一緒にしゃがみ込んだ。皮膚のあちこちがじりじりと焼ける。亨は叫んだ。美宇も叫んだ。熱風に負けないように全力で声を上げ続けた。そして、声が最高の音量にまで達したその瞬間、ふっ、と糸が切れるように、風が吹きやんだ。

亨と美宇の叫びが残った。はっとして亨は目を開けた。自分たちの声の余韻が塔の中に響いている。あちこちに声がぶつかっているのがわかった。瞳が痛い。思わず目を細める。空気が乾燥していて、見えない粒子が眼を刺す。まだ音は鳴りやまない。自分たちの声だけではないとようやく気づいた。止まることなくあちこちから低いうなりや振動音が聞こえてくる。それがゆっくりと空気の中を漂っている。

亨は目を細めたまま、そっと顔を上げた。

亨は思わず声を上げた。そして、その声が目の前に黄色い霧となって現れたとき、びくりとしてその場に尻餅《しりもち》をついてしまった。慌てて玄関ホールを見回そうとして、グランドピアノを撫《な》でるような音が広がるのに気がつき、身体を止めた。おかしい。目だけ動かして美宇を見る。美宇も呆気《あっけ》にとられたような表情で、両手を床についたままじっと様子を窺っていた。ジャックが喚《わめ》きながらしきりに顔を拭《ふ》く。それを見て、やっと何が起こっているのかわかった。

喋《しゃべ》ると空気の色が変化する。動くと音が鳴る。ジャックが声を上げるたび、青系統の色がオーロラみたいにジャックの周囲に立ち上る。ジャックはそれを必死で払い除《の》けようとしていた。でもそうするたびに、今度は金属を叩《たた》くような音があちこちから聞こえる。

耳元で音が鳴るのを我慢しながら、亨はゆっくりと頭を動かして、玄関ホールの中を見渡した。すごい、と亨は思った。確かに目の前に見えているのは玄関ホールだ。八角形をしていて、螺旋階段がある。壁にはどこかの国の言葉で詩が刻まれている。両側の廊下にはちゃんと胸像が並んでいる。でも、その存在感がさっきまでとまるで違う。自分たちのほうがざらついて見える。粒の集まり具合がすかすかで、空気が中を通り抜けそうだ。床も、壁も、扉も、内側から何か熱のようなものが発散している。しかも、全体がゆっくりと揺れていた。セラペウムでアピス像を作り直したときと同じように鼓動している。

亨は立ち上がった。

扉の向こうの大回廊を見渡す。

前に見たときのような、標本が壊れているところはどこにもなかった。アフリカゾウは鼻を上げたましっかりとこちらを向いていた。その後ろに続くウルトラサウルスやアパトサウルスも、両脇の壁に続いている陳列棚も、半円形の天井も、市松模様の床も、全部が同じようにくっきりとしてそこにあった。どこまでも見える。大回廊のずっと奥まで、壁に設《しつら》えてある棚の姿がちゃんと見えた。どこにも掠れたり薄暗くなったりしているところはなかった。みっしりと詰まった標本ひとつひとつから、虹色の蒸気が溢《あふ》れ出ている。地響きが床から立ち上っている。でも、アピスの姿は見えない。

肝心のアピスの気配が、まだどこにも感じられない。

亨は歩き出した。美宇がすぐに横に並ぶ。後ろからジャックと仔猫がついてくる。靴が床に当たるたびに、つんとする臭いが漂ってくる。まるで玉が弾けるように、色のついた空気が周りでぱっ、ぱっ、と広がる。慣れるしかない。いちいち気にしていると頭が痛くなりそうだ。

いま自分が本当に生きているのかどうかさえわからない。確かに自分はいま、自分で考えているように思える。自分の意志で身体を動かしているように思える。でもそれも未来の自分が決めていることなのかもしれない。

それならそれで、構わない、と亨は思った。

未来の自分は、どっちにしろ自分だ。

いま決めてしまえばいい。将来作家になったらこう書く、といまこの自分が決めてしまえばいい。

だから、これが物語だって構わない。いまアピスを倒さなくちゃいけないことに、変わりはない。

でも、どうやって?

亨は歩きながら、必死で頭を働かせていた。周りに注意を払いながら、一歩一歩慎重に足を踏み出しながら、どうすればいいか必死に考えていた。美宇がいったように、ミイラも石像も見つかっていない。だからコンピュータが作ったアピスの〈同調〉を揺さぶって壊すことはできない。でも、逆に、いまがチャンスだ。〈バー〉と〈カー〉がいろんなものに乗り移ろうとしている、いまがチャンスだ。

静かに頭を動かして周りを探る。あの扉がどこだったか、記憶を手繰《たぐ》った。

38

私はキーボードを叩《たた》き続けていた。

まさに私が叫んだ通りだった。扉の向こうは復旧などしていなかった。それなのに私の両手は、亨たちに扉を開かせる物語を選んだ。遠からず亨たちは聖牛アピスと再び出会うことになる。このミュージアムの中で、必ず出会う。

私にはすでにわかっていた。いまこうして私がパソコンに向かっている状況も、おそらく実際の本では文章によって表現され、読者のもとに提供されているのだろう。

これまで私は、亨や美宇が登場するパートと、マリエットその他が登場するパートを書き続けてきた。だがいまの私は知っている。私とは違う世界で出版されるその本には、私自身を描写するパートが存在するはずだ。そしてこれは直感に過ぎないが、著者自身の（そう、私ではなく著者自身の）独白さえ、ほぼ生の形で挿入されているに違いない。

私も物語の登場人物のひとりなのだ。

私を書いているのは誰か。

いうまでもない。未来のトオルだ。

小学校六年の夏、ミュージアムに何度も通い、聖牛アピスの謎を解こうとした、未来のトオルだ。やがて彼は私とそっくりの経歴を辿《たど》り、成長して作家となる。そして小説作法についてあれこれと考えを巡らせている。その未来のトオルが、いま別の世界で、私という登場人物を含む物語を描いている。自分自身をモデルとして。

　まだ私の脳の中には先程の爆発的な閃光《せんこう》の余韻が残っている。あちこちで神経回路が火花を散らし、なかには焦《こ》げついて燻《くすぶ》っているところさえ感じ取れる。だがその後、私はパニックには陥らなかった。文字を打ち込んでゆくにつれて、むしろ興奮は徐々に喉元から胸へ、そして腹の下へと降りていった。そしてそれは火種となって、全身を内側から燃やし続けた。いま私の脳と肉体は微熱を帯び、しかし決して過負荷に陥らないよう充分に制御を利かせながら、次の言葉を探し続けている。

　書きながら、私は何度か疑問を抱いた。亨たちの行動を書き進めながら、私はいつの間にか私自身のことも同時に考え始めていた。

　物語がここまで来たいま、私自身の役割は何なのだろう。未来のトオルと小学生の亨との間で円環が結ばれてしまったいま、登場人物のひとりである私自身の役割はどうなるのだろう。

　私がこの時点で消えたとしても、おそらく亨たちの物語は最後まで語られるだろう。未来のトオルは最後まで書き進めるだろう。ならば私は何のためにここに存在しているのか。

作家である私という登場人物は、何の貢献をなし得たのか。

私は亨に対して何ができるのか。

そして、未来のトオルに対して、いったい何ができるのか？


亨は近くの陳列棚に歩み寄り、ガラス戸の向こうに陳列されているホルマリン標本の瓶を観察した。ちょうどそこに並んでいたのは、ゴカイか回虫のような気味の悪い生物だった。瓶の中でとぐろを巻いている。ラベルを見ると、どうやら貝の一種らしい。

「どうしたの？」

美宇が訊《き》いてくる。亨は人差し指を立てて「静かに」と注意してから、もっとよく見るためにガラス戸に顔を近づけた。どの瓶も、ホルマリンの量が少ないような気がする。瓶いっぱいまで液が入っていなくて、上のほうにちょっとずつ空気の隙間があるのだ。あの分のホルマリンはどこに消えたんだろう、と亨は思った。

戸の向こうに詰まっている空気は、淡く着色していた。その色がゆっくりと動いている。赤茶けた渦がタツノオトシゴのように尾を丸め、横から流れてきた煙と絡まり合って、また新しい渦を作っては離れてゆく。ガラス戸の向こう側はまるで水槽だった。

亨は手で自分の口と鼻を押さえた。なぜだかその空気の色が、瓶から漏れ出したホルマリンのように思えたのだ。気味の悪い貝のエキスが染み込んでいるようだった。戸の隙間を抜けてこちらに漂ってきそうだ。

と、瓶の中の貝がぐにゃりと動いた。

亨は思わず後ずさった。一匹が動くと、伝染するかのように他の標本もぬったりとした感じで身をくねらせ始める。でも瓶の中から出てくるだけの力はなさそうだ。改めて亨は、おそるおそる顔を近づけた。信じられなかった。ホルマリン漬けにされているのに生き返っている。よく見ると、標本の身体からはやっぱり茶色い液体のようなものが少しずつ涌《わ》いていて、周りのホルマリンがだんだん濃くなってきているのがわかる。

「なんなの？　これ……」美宇が顔をしかめながらいう。

ざあっ、という波の音のようなうなりが聞こえてくる。亨は顔を上げた。回廊の奥のほうから、黄色い小さなものがたくさん飛んでくる。うなりがばたばたという羽音に変わった。

それはチョウの大群だった。黄色と黒で彩《いろど》られたアゲハ。橙《だいだい》や紺色のものもいる。それらが何千、何万と群れを成して飛んでいる。亨は反射的に手で顔を庇《かば》った。次の瞬間、チョウたちが一斉に亨たちの間をすり抜けていった。腕に何匹もぶつかってくる。息をしたら吸い込んでしまいそうだった。羽ばたきの音が洪水のように周囲を流れてゆく。

ようやく群れが通り過ぎ、亨は薄目を開けた。チョウは天井のほうに集まって、ゆっくりと旋回している。密集しすぎて互いの羽根がぶつかっている。何かがおかしい、と亨は感じた。確かにチョウなのに、普通のチョウと何かが違う。

「絵でできてる!」美宇が驚きの声を上げた。「トオル、見て! このチョウ、絵でできてる!」

亨は目の前に落ちていた一匹を拾い上げた。美宇のいう通りだ。キアゲハの形に切り抜かれた、ぺらぺらの紙切れ。ちゃんと黄色と黒の模様が羽根に印刷されている。でもところどころ擦《こす》れたように色が落ちていた。その紙のキアゲハは、手を放すとふらふらと群れのほうへ飛んでいった。亨は自分の手をもう一度見た。鱗粉《りんぷん》の代わりに、インクの染みのようなものが指先にこびりついている。

「このチョウの色、見たことがある」美宇が目を見開いていう。「ビュフォンの博物誌……! あの本に載ってたチョウ!」

「何なの? ビュフォンって?」

「一八世紀の博物学者よ。何十巻にもなる大図鑑を作ったの。その中で紹介されているチョウにそっくり! ページから抜け出してきたみたい……!」

チョウの羽音が大きくなってゆく。群れが波のように大きく揺れ動いている。亨は美宇の手を引き、廊下を駆けた。少しでもチョウの群れから離れたかった。

ガアッ! と大きな啼《な》き声がすぐ近くから聞こえる。びくりとして美宇が立ち止まった。鳥の剝製《はくせい》だった。ガラスケースに収められた木の枝に、五〇羽近い数の鳥が留まっている。その鳥たちがばらばらに羽根を動かし、声を上げていた。亨は呆然《ぼうぜん》としてその光景を見つめた。毒々しい色の冠をつけたものや長い尾をつけているものから、よく写真で見るムクドリやシジュウカラまで、何の繋《つな》がりもない剝製の鳥たちが、狭いケースの中に閉じこめられ、足を木の枝にしっかりとくっつけたまま、上体と羽根だけを動かして亨たちを威嚇《いかく》している。ガラスが小刻みに震えていた。

そして。

轟音《ごうおん》が回廊中に響き渡った。

壁という壁から低周波のように音が発せられて、空気がめちゃくちゃな色で弾《はじ》けた。亨は叫んだ。天井を飛んでいたチョウの群れが、空気の震えに捕まって砕けてゆく。細かく千切れた羽根の断片が、見えない波に呑《の》まれるようにして真っ逆さまに落ち、床に叩きつけられてぱっと粉を舞い上げる。ケースの中の鳥たちは轟音に驚いて首を伸ばし、しきりに左右を見渡している。ジャックが天井を向いて牙《きば》を見せた。その視線が徐々に右から左へと移ってゆく。亨はジャックの視線の先を追った。特に変わったものは見えない。でも、ジャックは何かに感づいている。

まさか、アピス？

ひょっとして、これはアピスの啼き声？

「トオル！」

美宇が叫んで、走り出した。亨もジャックと仔猫《こねこ》を抱えて後に続いた。また轟音が響く。辺りの空気がばちばちと火花を散らす。ジャックが腕の中で怒りの声を上げた。アピスの姿は見えない。どこにも見えない。でもどこかでこっちを見張っている。

「はやく！」

美宇が扉のひとつを開けて中に入った。亨もその中に飛び込む。目の前にいきなり、木の枠でできたガラスケースが現れた。突進してしまいそうになり、慌てて両手でケースを押さえた。左右方向に廊下が続いていた。黄土色に塗られた壁。少し古ぼけたデザインの陳列棚が、雑然と置かれている。壁際《かべぎわ》だけじゃなく、廊下の中央部にも背の高いケースがあって、真《ま》っ直《す》ぐには進めない。亨は手の中のケースに目を落とした。石でできた人形が四つ並んでいる。両腕を胸の前で組み合わせ、杖《つえ》のようなものを持っている。ウシャブティだ。

「ここは？」

前にも似たような場所を通ったことがある。アピスに追われて美宇たちと走った場所だ。

「カイロのエジプト博物館」

名前は知っていた。あのブーラークの博物館が大きくなって、やがてこの博物館になるのだ。でもマリエットさんはここを見ないうちに死んでしまったはずだ。

「どうしてここに？」

「何か手がかりがあるかと思って」

「手がかり？」

「アピスを倒す何かが」

美宇の胸が大きく上下する。亨は側《そば》の壁に架かっていた薄いガラスケースを覗《のぞ》き込んだ。中にはへの字に曲がった平たい木の棒がいくつも飾られている。パピルスをぐるぐる巻きつけてあるものもあった。古代のブーメランだ。

どれも使い込まれた様子で、黒光りしている。表面に細かい砂のようなものがさらさらと流れているのが見えた。その動き方は、まるで生きて動いているようだった。模様が刻まれているところでは砂の色が微妙に変わっている。これもバーとカーが乗り移った影響かもしれない。

亨は思い切って拳《こぶし》を作り、そのガラスケースを叩き割った。

「何をするの！」

美宇が声を上げる。亨は中に手を入れてブーメランのひとつを握った。ざわざわとした感覚が、腕を這《は》い上ってくる。木の表面を流れていた砂は、亨が摑《つか》んだおかげで棒の両端のほうに逃げていって、そこで少し盛り上がった。ケースから取り出して両手で持つ。一瞬、亨の頭に砂漠地帯の光景が浮かんだ。それはすぐに搔《か》き消えたが、両腕がむずむずとして落ち着かない。筋肉がいまにも跳ね上がりそうだ。

「ほら、触ってみなよ！　思った通りだ！」

美宇にブーメランを渡す。それを握った途端、美宇は悲鳴を上げた。反射的に放り出してしまう。ブーメランが床に落ちて、空気に黄土色の跡が残った。

「ね？　そうなんだよ！　バーとカーが帰ってきたのはアピスだけじゃない！　みんな

同じなんだ！」

「え？」

「他の展示品も、前とは違ってるってことだよ！」

「じゃあ……」

美宇がいいかけた瞬間。

亨の前にあったガラスケースが、いきなり歪《ゆが》んだ。

天窓から降り注いでいた日光までが歪んで、びりびりと音を立てて裂けた。咄嗟《とっさ》に亨は壁際へと避《よ》けた。美宇とジャックたちも反対側の壁に寄る。床が盛り上がったかと思うと、その瘤《こぶ》がすごい速度で一気に廊下の向こうまで走っていった。突き当たりで止まると、今度はどんどん膨れて大きくなる。美宇が悲鳴を上げた。周りの景色まで取り込んでいきながら、その塊は牛の形を取り始めた。アピスだ。

姿が完成しないうちに、亨たちは駆け出した。後ろを振り返る余裕はなかった。障害物のように次々と現れるガラスケースを避けながら走った。ジャックが背中に仔猫を乗せて、ケースからケースへと跳びながら追いついてくる。津波のような音が後ろから迫ってきた。視界の端に他とは違う色が映った。はっとして亨は上を見た。自分たちを呑み込もうとするかのように、紫色の煙が広がってきている。スピードを落としたら捕まってしまう。後ろから荒い鼻息がどんどん近づいてくる。周りの棚が揺れ始める。だめだ。追いつかれる！

亭と美宇はほとんど同時に、横にあった空間に飛び込んだ。アピスの啼き声が響いた。大きな圧力がすぐ後ろを通り過ぎる。亭は急いで周りを見回した。展示室の中だ。古ぼけた陳列棚が壁に沿って並んでいる。中には細々したものが入っていたが、とてもいちいち見る時間はなかった。亭は必死で出口を探した。でもどこにもない。三方は壁だけだ。そんな。失敗したことにようやく気づいた。行き止まりだ。

「どうしよう」

「ジャックはどこ？　さっきのブーメランみたいなもの！」

「何かない？　ぶうっ、という鼻息が背後から聞こえた。亭は硬直した。

おそるおそる振り返る。

部屋の入口に、いた。

アピスがそこにいた。

美宇が息を呑んだ。アピスは顔を真っ直ぐ向け、亭たちを睨《にら》みつけている。目玉の中で赤い光が蠢《うごめ》いている。軀《からだ》の表面の模様が、ゆっくりと動いていた。白と黒の模様が、光を反射させながら、波打つように色を変えている。しかも背中に左右対称にある翼のような白い斑《まだら》が、羽ばたくように揺れている。アピスは腸腹の筋肉をゆっくりと波打たせていた。その重量感に、亭は気圧《けお》された。セラペウムで見たときよりもひとまわり大きくなっているように見える。全身から青白い炎が立ち上っている。

アピスが一歩、こちらに脚を出してきた。

亨たちは一歩下がった。

アピスはまた一歩近づく。亨たちも一歩下がる。

一歩。

また一歩。

亨の肱《ひじ》に硬いものが当たった。びくりとして後ろを見る。陳列棚のガラスだ。そんな、と亨は心の中で叫び声を上げげた。たった六歩下がっただけで、もう後がないなんて。

アピスが顎を引く。額の真ん中に浮き出ている白い模様が、真っ直ぐ亨たちを睨みつけてくる。

もう一歩、アピスが前に出た。

亨と美宇は陳列棚に背中をくっつけた。左右を探る。とても逃げ切れそうにない。アピスの二本の角《つの》が、こちらへと角度を下げてくる。また一歩。亨はつま先立ちになり、唾を呑み込んだ。覚悟して目を瞑《つぶ》る。

「…………？」

おかしい。亨は薄目を開けた。襲ってこない。アピスが鼻を鳴らしながら前脚を一歩下げるのが見えた。さらに続けて二歩。

アピスが小さく首を振る。

「……どうして？」

「わからない……」

そういいかけた美宇は、あっ、と音にならない声を上げた。

「なに？」

「もしかして……！」

美宇が目配せで後ろのほうを指す。亨はそっと首を回した。陳列棚があるだけだ。中は雛壇《ひなだん》のようになっていて、大小さまざまな猫の石像が置かれている。どれも背筋をぴんと伸ばして、大きく目を開けて前を向いている。

亨は声を潜《ひそ》めた。「猫を嫌ってる……？」

と、突然、猫のうなり声が聞こえた。アピスが大きく動いた。いつの間に部屋に入ってきたのか、ジャックが横の壁からアピスに飛びかかった。

「ジャック！」

美宇が悲鳴を上げる。ジャックの黒い身体が宙を滑った。空気に鋭い軌跡が残ってゆく。アピスは角を大きく振って横に退いた。ジャックは着地するなり前傾姿勢を取り、大きく口を開けて威嚇の声を上げた。毛が完全に逆立っている。亨は脛《すね》に刺激を感じた。仔猫が足にすがりついてきている。急いで仔猫を抱き上げる。それを横目で見たジャックが、素早く美宇の胸に飛び込んでくる。アピスは荒々しい声を上げてこちらに向き直った。

「近寄らないで！」美宇がジャックをしっかりと抱きしめて喚《わめ》いた。「こっちに来ないで！」

アピスが喉を鳴らした。喉仏か何かわからないが、前に出っ張っている大きなものがごろりと上下する。アピスの全身から蒸気のようなものが湧き上がり始めた。青白い色から黄色へ、そしてだんだん赤い系統の色に変わってゆく。亨は仔猫を抱き留めたまま、もう一度陳列棚にぴたりと背をくっつけた。腕の中で仔猫が震えている。亨はその頭を手のひらで支えるのが精一杯だった。

そしてアピスが、口を開いた。

煙の塊が漏れ出た。アピスの顔の両脇を通って、まるで生き物のように立ち上ってゆく。アピスは亨たちを睨んだまま、ゆっくりと、本当にゆっくりと、草を咀嚼《そしゃく》するように、顎を動かした。

その口から煙が溢《あふ》れてくる。少し口が動くたびに違った色の、違った形の煙が姿を現した。その煙は亨たちの目の前で繋がり合い、脈を打ちながらうねった。だんだん煙の色は毒々しい赤紫に変化していった。小さな火花が飛んだ。煙は雲のようにひとかたまりとなって、微妙に色を変えながらアピスの頭上で揺れた。亨は息苦しくなった。自分の声が吸い取られてしまいそうな錯覚に捕らわれた。

まるで、それは言葉だった。

色と形のついた言葉。

　そして突然、アピスは消えた。

　地鳴りのような音が床に残った。亭と美宇はしばらくの間、棚に背中をつけた姿勢のまま動けなかった。目だけきょろきょろと動かしてアピスの行方を探る。展示品の気配はまだ部屋の中に立ち籠めている。バーとカーは消えていない。

　どうすればいい？

　亭はようやく踵《かかと》を床につけ、大きく息を吐いた。とりあえずアピスは行ってしまった。でも、きっとまたやってくる。どうすればいい？

「ジャック、お願い、このまま私たちと一緒にいて」

　美宇がジャックに頬ずりしながらいう。「きっとあいつは猫が苦手なんだわ。猫のバーとカーだけは自分の思い通りにならないのかも……」

「でも、どうして？」

「猫は神聖な動物だったの。もちろん牛もそうなんだけど、古代エジプト人は特に猫を崇拝してた。太陽神ラーの象徴だったし、猫の女神でバステトってのもいて……。そうか！　バステトは戦いの女神のセクメトとも一緒だと思われていたの。セクメトはプタハ神の奥さんだから、アピスも手が出せなかったのかも」

「プタハ神？」

　亭は思わず訊き返した。ちょうどさっきまで考えていたことが、美宇の口から偶然出てきたのだ。

「プタハ神はメンフィスの町で古くから信じられていた宇宙創造の神様なの。オシリス神の地方版ね。アピスはオシリス神の象徴で、プタハ神はオシリス神と同じ。つまりアピスはプタハ神の象徴でもある」

まだ美宇は気づいていないようだった。いま亨が聞きたいのはそんなことじゃない。

「そうだ、待って」美宇がいう。「もしかしたら、猫の絵とか彫刻を掻き集めてくれば、あいつは近寄れなくなるかも」

確かに美宇のいう通りかもしれなかった。でもそれでは解決にならない。隙を狙われて終わりだ。

「来て！　ひとつ思いついた」

亨は仔猫を抱えたまま部屋を出た。廊下をどちらに向かえばいいのかわからない。でも深く考えている暇はなかった。いま来た道を引き返して、もう一度大回廊に出るしかない。亨は走った。

「どこに行くの、トオル！」

「ここじゃない」亨は後ろからついてくる美宇に叫んだ。「ここじゃないんだ！」

39

亭は右にカーブするその廊下を走った。ショウウィンドウのような展示ブースは、前に来たときよりもずっと輝いて見える。深紅《しんく》のドレスも、古ぼけた黒い燕尾服《えんびふく》も、袖口《そでぐち》や襟《えり》から虹色の蒸気を出して、それがスポットライトを浴びて、劇場のざわめきや歓声、オーケストラの音までもがいまにも聞こえてきそうだ。

「ねえ、トオル！　どこに行くの！」

「プタハ神だよ！」亭は走りながら答えた。「さっきいったろ、プタハ神はアピスと同じだって！」

「でも、どうしてここに？」

「あの剣があるんだ！」

カーブが今度は左に折れた。亭は仔猫《こねこ》を抱いたまま走り続けた。もう一度曲がればあの展示ケースにつくはずだ。

思い出したのだ。美宇と一緒にチャンバラをして遊んだあの剣。演劇博物館《パフォーマンス・ミュージアム》に飾られていた、牡牛《おうし》の頭の浮き彫りがついたあの剣。向こうの展示ブースには、古代エジプト人の衣装も飾られていた。後ろのパネルには、その衣装を着込んで腕組みをした男の人の写真もあった。確かにあのとき、亨は展示の説明も読んでいた。あのときは気がつかなかった。でも、ようやくいま頭の中で繋《つな》がったのだ。あの牛の浮き彫り。説明文に書いてあった古代エジプトの神殿の名前。

ふわふわと裾《すそ》が広がったドレスが目に入った。あの向こうだ。亨は角を回り込み、そのガラスケースの前で立ち止まった。

ラダメスの剣が、そこにあった。

亨はケースの中を見つめた。唾を呑《の》み、大きく息をする。目を離すことができない。追いついた美宇が、横で驚きの声を上げる。

ケースの中に収められたその剣は、刃の縁から金色の薄い炎を立ち上らせていた。刃の中央の部分に貼《は》られた黒いエナメルは宇宙のように小さな星を瞬《また》かせて、そこに書かれているヒエログリフは金色に浮き上がっていた。柄の部分は木製のはずなのに、こちらもきらきらと黄金色に光りながら呼吸している。その周りの空気が静かに動いているのがわかる。それにあの牛の浮き彫り。

オベリスクのような形をした刃を根本で支えているその浮き彫りは、他の部分とまるで違った輝きをしていた。金と銀が混じり合って、見る位置を変えるたびに虹色の模様が現れる。牛の両目に埋め込まれた青色の石は透き通っていて、中でもっと濃い青の火が燃えていた。

「そうか、トオル！　『アイーダ』に使われた剣ね！」美宇が興奮した口調でいう。

「ほら、ここの説明を読んで！　これが出てくる舞台は、プタハ神殿がモデルなんだ！　だからここに牛の浮き彫りがあるんだよ！　この剣、見たことあるだろ？　ブーラークでシュリーマンさんと見た剣だよ！」

「トオル、『アイーダ』はね、マリエットさんが作ったオペラなの！」

「えっ？」それは初めて聞いた。

「だからよく似てるのよ！　マリエットさんはきっと、自分が発掘した剣を思い出してこれをデザインしたんだわ！」

そういうことなら間違いない。亨は仔猫を床に降ろした。そして両手を組んで振り上げ、思い切りケースを叩《たた》いた。

美宇が叫ぶ。でも亨は無視した。もう一度大きく振りかぶって叩く。表面に黄色の線が放射状に閃《はし》った。痛々しい紫色の斑点《はんてん》まで浮かび上がってくる。亨は拳《こぶし》で何度も叩き、ようやくガラスが割れた。罅《ひび》の間から腕を入れ、剣の柄を握った。

ぞくり、と身体が震えた。

少しずつ、少しずつ、剣を取り出す。重かった。前に持ったときとはぜんぜん違う。本物の剣みたいだ。

刃を真《ま》っ直《す》ぐ上に向けて持つ。白い炎が天井に届いた。

亨は剣を両手でしっかり持ち、向こうの展示ブースの前に立った。剣を構える。ガラスの向こうに飾られている衣装をじっと見つめた。剣の柄から冷たい熱のようなものが両手に伝わってくる。

かけ声を上げて、亨はブースのガラスシールドを剣で切った。強い痛みが手に跳ね返ってくる。亨は目を瞑《つぶ》り、歯を食いしばった。シンバルのような音が鳴り響く。切り終わった姿勢のまま、亨は薄目を開けてガラスを窺《うかが》った。

ざっくりと斜めに切り傷がついていた。驚いて剣とその痕《あと》を見比べる。ガラスの表面には原色の鋭い線が何本も切り口に沿って貼りついていた。その直線から鈍い振動音がいくつも重なって聞こえてくる。

亨は逆方向から振りかぶり、X字形にガラスを切った。今度はもっと切れ味が鋭かった。新しい線が刻まれる。さっきと違って深い青色だ。柄についた牛の瞳と同じ色だった。手に返ってくる振動も格段に少ない。亨は柄を持ち替え、突くようにしてX字の交差する部分に刃を叩きつけた。美宇が顔を避けるのが視界の隅でわかった。ばん！　と音がして、青の光が破裂し、ガラスのシールドが粉々に砕けた。粒子がナイアガラの滝のように崩れ落ちてゆく。

亨はブースの中に踏み込み、飾られている衣装に触れた。温かい。剣道でつけるような胴部分の鎧《よろい》は、模様に沿って音を奏でている。前掛けの布は端がゆったりとはためいていた。ヒエログリフを象《かたど》った部分が赤く灯《とも》っている。

亨は背を伸ばし、マネキン人形が被《かぶ》っている冠を取った。金色の火花を散らしている。

亨はその冠をつけた。少し大きい。顎紐《あごひも》を掛けて、頭の上で固定する。じんじんと脳《のう》味噌《みそ》が脈を打つ。光に囲まれて活性化しているようだ。突然、亨の耳に、割れんばかりの大拍手が響いた。

目の前にいる美宇とジャックたちが消えて、一瞬、大きなホールの客席が見えた。まるで宮殿のような金色の飾りと深紅のカーテン。ぐるりと自分を取り囲むように客席がカーブしている。一番上の階までびっしりと席は埋まっていた。正装をした外国の人たちが、みんなこちらを向いてさかんに拍手している。スポットライトが眩《まぶ》しい。

幻が消え、美宇たちの顔が戻ってきた。胸の中に拍手とライトの熱がまだ残っている。剣を支える腕の筋肉が疼《うず》く。

「これはプタハ神殿の剣なんだ。だからきっとアピスを鎮《しず》める力がある」

そう自分にいい聞かせてから、亨は天井を仰いだ。唾を呑み込む。心臓が猛烈な勢いで動いている。大きく深呼吸し、そして亨は両腕を高く掲げ、剣の切っ先を上に向ける。

「アピス！　お願いだ、聞いて！」

空気が震えた。

「きみのしたいことはわかってる！　復活したいんだろ！　カンビュセス王に殺されたから、悔しくてもう一度復活したいんだ、そうだろ？」

「いったい……」

「いいから黙って！」

剣の柄をもっと強く握りしめる。

「復活したいから、ミュージアムをこんなふうにしているんだろ！　自分だけじゃなくて他のみんなと一緒に復活したいんだ！　でも、本当にしたいのはこんなことじゃないはずだろ！」

周りの景色が小さく振動を始めた。

亨は言葉を切り、そのままの姿勢で神経を尖《とが》らせた。額から汗が噴き出てくる。アピスはまだ姿を現さない。でも亨にはわかった。絶対にどこかで聞き耳を立てている。

腕が痺《しび》れる。剣の刃から出てくる蒸気の色が変わった。銀色に薄く赤味が混じり始めている。周りの景色の揺れに反抗するかのように、小さな渦をいくつも作りながら立ち上っている。

「いまきみがやっていることは、きみが望んでいる復活じゃないんだ！　きみのことはぼくが書く！　あと二〇年したら、きっときみのことを小説に書くよ！　それでみんなに読んでもらうんだ！　そうしたらきみのことを大勢の人が知る、たくさんの心の中で、ずっと生き続けられるんだよ！　それが本当の復活じゃないか！　魂を持ってずっと生き続けるってことじゃないか！　だからこんなことをしなくても大丈夫なんだ！」

景色の振動が大きくなってくる。美宇が仔猫を抱え上げ、ジャックと一緒に両腕で胸の中に守る。あちこちのガラスケースが弾《はじ》けてゆく。視界がぶれて、すべての輪郭がはっきりしなくなってくる。空気が灰色がかり、うなるような音が亨たちを包み込む。

「だから落ち着いて！　ここを美宇たちに返してあげて！　満月博士やガーネットさんたちを放してあげて！　誰もきみのことを悪くしたりしないよ！」

　亨は必死で訴えた。天井を向いて、どこかに隠れているアピスを探しながら声を張り上げた。きっとアピスは考えているはずだ。いまの言葉を聞いて考えているはずだ。はやく出てきて、と亨は心の中で願った。こっちに出てきて、話を聞いて。

「もう大丈夫なんだ、約束するから！」亨は力の限り叫んだ。「ぼくは作家になる。絶対にきみを書く。ぼくはきみの小説を書く！」

　咆哮《ほうこう》が響き渡った。

　周りにあった展示ブースが、一斉に膨らみ始めた。風船のように大きく広がって、亨たちのほうに押し寄せてくる。亨は剣を下ろし、横に跳《と》び退《の》いた。剣を入れていたケースから長い触手が伸びて辺りを薙《な》ぎ払った。それはすぐさま太く膨れ上がって、亨たちが立っていた場所を占領した。

　亨と美宇はほとんど同時に駆け出していた。少しでも空間が残っている場所を目で探してそこに飛び込む。いつの間にか亨たちは来た道を戻っていた。後ろから音と風船の束が追ってくる。

「トオル、アピスはわたしたちをおびき出そうとしているのよ！」

　でもこのまま立っているわけにはいかなかった。全速力で走りながら、亨は悔しくなって唇を噛《か》んだ。「わからずや！」

私は書き続けた。

机の横に烏龍茶《ウーロンちゃ》のペットボトルを置き、絶えずマグカップにそこから注ぎ足して、ぐいぐいと飲みながら私はキーを打ち続けた。烏龍茶に飽きるとコーヒーを淹《い》れた。時折り席を立って伸びをし、便所で用を足して、資料を引っ張り出して確認しながら、亨たちの物語を進めた。一定のペースを保ちつつ、決して先走らず、足元を見据えながら、確実に文章を打ち込んでいった。

すでに夜の帳《とばり》が降りてきていた。腹が減ってきたので冷蔵庫を開け、有樹が残していった野菜を適当に取り出し、ざっと炒《いた》めて塩胡椒《こしょう》で食べた。冷凍庫にはハーゲンダッツのアイスクリームが入っていた。これも有樹が入れたのだろう。もらうよ、と扉の前で一言断り、ブルーベリーが入っているカップを食べた。

そして私は、さらに原稿を進めていった。次第に両手の熱が痛みに変わってゆく。何度も途中で手を休め、マッサージを繰り返しながら私は進めた。物語は終わりに近づいている。残りの枚数もおおよそ見当がついた。このままの速度が持続すれば、あと六時間程度で書き終えるだろう。

私の心も、次第に変化しつつあった。

今後この物語の中で、私が何か特別な動きを見せることはないだろう。外部からの交渉はない。これを書き終えるまで、どこかへ出掛けることはないだろう。誰かと会うこともないだろう。もちろん、行きたい場所はある。ミュージアムが建っていたあの雑木林に、できることならいますぐ行きたい。二〇年経《た》ったいまも、あの林がそのまま残っているとは思えない。だが、もう一度あの場所を訪れてみたい。私がかつて一度だけ見たあのミュージアムを、そして亨たちがいま懸命に駆け回っているあのミュージアムを、もう一度この目で見てみたい。

だがそれは叶《かな》わないはずだ。この物語の構造上、その場面が入り込む余地はない。

書きながら、ようやくわかったのだ。私はこの物語において、「作家」の役割を担っている。それも、いま物語を書いている未来のトオルの分身としてだ。それ自体が私の貢献だとわかった。

完全な分身ではない。おそらくトオルは、自分の立場を微妙に変化させ、事実からわずかに逸脱した架空の人物として、私という登場人物を構築しているだろう。それこそが重要なのだ。未来のトオルにとって、そしてこの物語にとって、私がいまの人物設定であることが、いま作家としての人生を過ごしていることが重要なのだ。

そうだろう？　トオル。

きみは、私を必要としているはずだ。

おそらくきみはこれからも、「作家」を小説の中に登場させることだろう。読者がずれの部分に戸惑うのをどこかで喜びながら、自分ではない「作家」を体験してゆくだろう。

　大丈夫だ。

　きみが私を書くとき、そこに物語はある。

　作家が小説の中で作家を書く理由はそれだ。作家であるきみが作家である私を書くとき、私たちは物語になる。

　私たち自身が物語になる。

　物語はどこにも逃げない。ここにある。

　だから、大丈夫なんだ。

　一緒に書いてゆこう。あと少しだ。

　さあ、トオル。

　続きを。


　亨と美宇は大回廊まで出た。戸口から回廊に一歩戻った途端、ものすごい音の洪水に亨は驚き、思わず耳を塞《ふさ》ぐ。楽器を無神経に叩きつけるような甲高い音。動物の啼《な》き叫ぶ声。すべてがごちゃごちゃと混じり合って、それが何の法則性もなく辺りを飛び回っている。

　何か茶色い集団が、亨たちのすぐ目の前を飛んでゆく。雀《スズメ》のような鳥の集団だ。見るとあちこちに鳥や昆虫の群れが涌《わ》いている。イナゴやバッタの集団もいた。亨は上を仰いだ。天井近くには、さっきのチョウの群れの他に、大きさも色もまちまちな剝製《はくせい》の鳥たちが、大きな羽音を立てながら飛び交っている。羽音が鳥たちの周りの空気を刺激して色を作り出し、その色がペンキの滴《しずく》のように下へと垂れてくる。

回廊の奥のほうから何かがうなりを立てて飛んでくる。昆虫の集団だった。亨は美宇に目で合図し、玄関ホールのほうに向かって走った。途中、鳥たちが突然急降下してきて美宇の頭をつついた。亨は剣を振り回してそれを払った。騒音はますます酷《ひど》くなってくる。空を飛べないものも陳列棚の中でばたばたと動き回っている。美宇は耐えられなくなったのか、顔をしかめて走りながら大声で喚《わめ》いた。

「うるさい！」

突然。

ばらばらだった音が、ひとつに収束した。

その変わりようはあまりにも急だった。亨は背筋に寒気を感じて、走る速度を落とした。鳥たちが一斉に二階の廊下の手すりに舞い降りてゆく。昆虫たちはグループごとにまとまりながら、天井に貼りつき、床に降り、剝製の頭や背に留まってゆく。

その動きはどれもリモートコントローラーで操作されているかのように正確で素早かった。潮が引いていくような、ざあっという音が立ち、あれほど騒がしかった回廊が、一瞬のうちに静まりかえった。色に染まった空気の残りが、花火の跡のようにゆっくりと床に落ちてゆく。

そして、ぐうっ、ぐうっ、と鳥が喉を鳴らす音だけが、亨たちの、耳に届いた。

鳥は、みんな亨たちのほうを向いている。

「なんなの？　これ……」

美宇が身体を寄せてくる。亨にも何が起こっているのかわからなかった。鳥たちが翼を畳んで手すりにずらりと並んでいるのは、展示ケースで剝製を見るよりずっと不気味だった。こちらを怖がらせようとしているのか、それとも……。

ガアッ、とどこかで一羽が啼いた。

ガアッ、とまた別のところで啼き声がした。亨は動いている鳥を懸命に探した。黒や茶色の鳥に混じってそこに一羽、白くてふわふわとした感じのものが、長い嘴《くちばし》を上に向けている。シラサギだ。ナイル川のほとりの木に留まっていた鳥と同じだ。

そのサギが長い首を伸ばし、ガアッ、と濁った声を上げた。

あちこちに留まっていたサギたちが、それを合図に啼き始めた。少し遅れて他の鳥たちもさえずり始める。合唱だった。とてつもなくうるさい鳥の合唱だ。またあの騒音が戻ってくる。それよりも酷い。さっきよりも激しい。耳だけでなく目もじんじんと痛んでくる。

そして。

「美宇！」

亭は叫んだ。

回廊の奥のほうで、アピスの角《つの》が動くのが見えた。インドサイの剝製の陰にまだ全身は隠れているが、じりじりとこちらに向かってきている。

美宇はジャックたちをもう一度しっかりと抱え直し、廊下の隅のほうに回り込んだ。様子を窺う。アピスの頭が剝製の横から飛び出した。瞬間的に、おかしい、と亭は感じた。さっき見たアピスと違ってずっと黒ずんでいる。

大きなものが視野の端を掠《かす》める。

「危ない!」

ジャックが威嚇《いかく》の声を上げるのと、亭が叫ぶのがほぼ同時だった。えっ、と美宇がこちらを振り返る。直後、巨大な影が美宇に向かって急降下してきた。亭は駆け寄ろうとした。間に合わない!

美宇が床を蹴って横に跳躍した。次の瞬間、二階に潜《ひそ》んでいたアピスが美宇の立っていた空間に落下してきた。美宇の瞬発力はすごかった。亭だったら押し潰されていたはずだ。でもあと数センチ足りなかった。アピスの前脚が美宇の背中を強く打った。

美宇が悲鳴を上げた。

だん! とアピスが床に降り立つ。その音が回廊中に轟々《ごうごう》と響いた。亭は慌ててサイの剝製のほうを見た。首だけのアピスが床に転がっている。罠《わな》だ。他の発掘品を使った罠だったのだ。

「ジャック！」

美宇が叫ぶ。振り返ると、ジャックと仔猫が宙を舞っていた。美宇が倒れたときに放り出されたのだ。アピスが鼻で太い音を上げる。シラサギが一斉に白い翼を広げて飛び立った。ジャックは空中で一回転して、体勢をしっかりと整え着地した。ばねのように駆け出し、落ちてくる仔猫を口で受け止める。そのままジャックは全速でジグザグ走行を始めた。シラサギの群れがそれを追う。

美宇と亨はジャックの向かう方向へと走った。アピスが鋭い爪の音を鳴らし、声を上げた。鳥たちが啼いている。それに共鳴するかのように、虫たちがばたばたと羽根を動かしている。亨は剣を持ったまま必死で走った。走りながら周りを探った。アピスが追いかけてくる。美宇が亨より少し遅れて懸命に足を動かしていた。ジャックは仔猫をくわえたまま、剝製や骨格標本の間を潜《くぐ》り抜けながらどんどん先へと走ってゆく。シラサギが低空飛行でジャックを狙う。長い嘴が床をつつき、鋭い音が聞こえるたびに、亨はひやりとした。ジャックは間一髪のところで嘴の攻撃から逃れている。

アピスはジャックたちを引き離したのだ。

機関車のようなアピスの足音がどんどん近づいてくる。息が苦しくなってきていた。身体の表面が揺れ動いているウルトラサウルスの脇を抜けた。アフリカゾウの後ろ姿が見えてくる。まずい、と亨は心の中で声を上げた。もう玄関ホールだ。あそこに追いつめられたら、もう逃げ場がない。あとは外に出ていくしかない。アピスの思うつぼだ。

どうして反対方向に逃げなかったんだろう。後悔したがもう遅い。

アフリカゾウを追い越す。

全開になったままの大扉を、亨たちは抜けた。

フーコーの振り子が揺れている。ジャックは円型の時計盤を回り込んだ。サギの群れがそれを追う。ジャックがピンを跳び越して盤の中に入り、身を屈《かが》めた。振り子がジャックの側《そば》すれすれを滑ってゆく。サギたちが戸惑ってばたばたと翼を動かす。振り子が邪魔をして嘴を出せないでいる。

亨は文字盤の左手に、美宇は右へと走った。亨は走りながら振り返った。アピスがホールへの境界を越えた。一瞬、亨は、アピスが自分と美宇を見比べるのがわかった。振り向きながら剣を構える。アピスの目が美宇を捕らえた。しまった、と亨は思った。ほんのわずかだけ美宇のほうがアピスに近い。美宇がようやく後ろを向く。アピスが時計盤の右手へと、猛進しながら方向転換する。美宇は身体をねじり、走りながらアピスを目で探す。アピスの速度がぐんと上がった。

美宇の身体がアピスを向いた。

「うわあああああっ!」

美宇がいきなり両手を獣のように挙げ、大声を出した。亨は息を呑んだ。ほつれた美宇の髪に光の筋が走った。アピスが顎を引き、角《つの》の先端を美宇に向けた。亨は駆け寄ろうとした。今度は振り子が亨を邪魔している。美宇は両手を挙げたまま、声を出し続ける。アピスが速度を上げてゆくにつれて、美宇の声も大きくなってゆく。ほとんど肉食動物が吼《ほ》えているようだった。小さな猫が一気にトラに変身したようだった。でも美宇の身体は美宇のままだ。アピスとは大きさがぜんぜん違う。アピスが真っ直ぐ美宇のほうに突進してゆく。まるで壁だった。鉛の煉瓦《れんが》で作られた厚い壁だ。だめだ、このままでは美宇が潰される。アピスがさらに頭を低く構える。角が一気に美宇の胸元に飛び込んでゆく。亨は叫んだ。

「美宇！」

美宇が両手でアピスの角を摑《つか》んだ。

アピスはまだ止まらない。そのまま美宇の身体は五メートル以上後方へと滑っていった。美宇の靴が床と擦《こす》れる。アピスの爪が大理石をがつがつと踏み鳴らす。美宇たちの周りの空気が朱色に染まる。

アピスが角を突き上げた。

それと同時に、美宇が床を蹴った。かけ声とともに、美宇の身体が跳ね上がり、両足が空《くう》を切った。アピスが勢いよく顔を上げる。美宇は完全に逆立ちの格好になり、アピスが顔を一番高く上げたその瞬間、両手を角から放した。

アピスが啼く。

美宇の身体が、アピスの背中の上で一回転する。亨は目を瞠《みは》った。完全に倒立してアピスの真上を跳ぶ美宇。その姿がいきなり記憶の中の絵と重なった。クレタ島の宮殿に描かれている壁画。ガーネットさんが閲覧室で見せてくれた、牛跳びの儀式の絵。

ばん！　と美宇の足が床に着地する。声を出す間もなかった。アピスが首を振る。美宇の姿を完全に見失っている。

「トオル、はやく！」

美宇の絶叫に、亨ははっとした。

アピスがこちらを向く。体勢を立て直し、角の照準を亨に狙い定める。だめだ。遅れた。亨は剣を持ち替えた。アピスが前脚を素早く出してくる。

アピスの動きが、ほんのわずかの間、止まった。

次の瞬間、アピスの横顔に、フーコーの振り子の球が直撃していた。鈍い音がホールに響き渡り、アピスは体勢を崩した。大きく横によろける。爪が大理石の床を滑る。亨は大声を上げながらアピスに突進していった。剣を振りかざし、そして一気に、アピスの額に刃を突き立てた。

光と音と振動が、その傷口から噴出した。亨は剣を放して後ろにひっくり返った。美宇が駆け寄ってくる。アピスが大声で吼えた。額に剣を刺したまま大きく頭を振る。ホールの中を風が渦巻く。濃い霧が湧き出して辺りを覆《おお》う。深緑色の雲がアピスの軀《からだ》を包み込む。風は大回廊のほうにも流れ、あちこちから鋭い金管楽器の音が響いてくる。亨は手で顔を庇《かば》った。どくどくとまだ心臓が動いている。アピスに剣を突き刺したときの重い感触がまだ腕に残っている。両手が痺れて、指の先から緑の蒸気が立ち上っている。

どこからかジャックと仔猫の啼き声が聞こえてくる。
そして亨は、気を失った。

40

エジプト、カイロ および フランス、パリ（一八六九―一八七一年）

マリエットに対して、またしても根も葉もない噂《うわさ》が流れた。今度の出所は、なんとイスマイール副王の義理の弟だった。マリエットを逆恨みした彼は、マリエットがエジプトの公金をこっそり横領しているとの中傷をいいふらしたのだ。これによってマリエットは資金調達の道を断たれ、発掘も一時中断せざるを得なくなった。イスマイールの調査によって誤解は解かれたが、疵痕《きずあと》は残った。イスマイールはマリエットを慮《おもんぱか》り、息子や娘たちの養育費まで工面してくれた。だが博物館の運営費をはじめ研究に必要な資金は慢性的に不足するようになった。

古代エジプトをモチーフにした新作オペラは、結局こけら落としに間に合わなかった。一八六九年一一月一日、スエズ運河の開通式を約二週間後に控えたその日、カイロ・オペラ座は『リゴレット』で幕を開けた。もちろん開通式は盛大に、恙《つつが》なく執りおこなわれた。それに伴うウージェニー皇妃のエジプト周遊も、マリエットが付ききりで接待し、成功を収めた。もっとも、イスマイールの恋だけは不首尾に終わったが。

その後、オペラの制作は本格的に稼働し始めた。イスマイールはこのオペラを重要視し、単に運河開通記念に終わらせず、エジプトの威光を示す国家レベルの催事として位置づけていた。作曲担当者は史上最高の契約額でヴェルディに決まった。すでに人生の代表作ともいうべき『運命の力』『ドン・カルロ』を作り上げ、それ以後半隠居生活を送っていたヴェルディは、当初この依頼にまったく興味を示さなかった。だがマリエットが台本のスケッチを送りつけるや否《いな》や、ヴェルディは態度を変えた。作曲を快諾し、そればかりか古代エジプトの風俗や習慣、音楽などについて、熱心にマリエットに質問してきたのだ。マリエットは台本で、古代の王宮やエジプトの風景、そして巫女《みこ》たちの神秘的な祭祀《さいし》などについて詳細に書き込んでいた。それがヴェルディのイメージを掻《か》き立てたらしい。マリエットはヴェルディに手紙を送り、自らフランスに赴いて舞台装置や衣装などの制作を手伝う用意があること、また自分の台本はあくまで原案であり、必要に応じて自由にプロットを修正して構わないことを伝えた。この新作オペラのタイトルは、主人公であるエチオピアの王女の名を採り『アイーダ』に決定した。一八七〇年春からヴェルディは作曲を開始し、マリエットは何度も手紙をやりとりした。ヴェルディがこの物語に心を奪われていることはマリエットにも充分伝わっていた。

『アイーダ』の舞台は第二〇王朝、ラメセス三世の時代である。エチオピアとエジプトの戦いを背景に、勇猛な衛兵隊長ラダメスとエジプト国王の娘アムネリス、そして奴隷《どれい》の身でありアムネリスの侍女ながら、実は敵国エチオピアの王女である美貌のアイーダ、この三人が中心となる悲運の物語だ。

　マリエットは自ら書き上げた台本を大量に印刷し、関係者らに寄進しようと考えていた。だがこの財政難ではそれすらも思うようにならず、結局一〇部足らずを刷るに留まった。

　ヴェルディは順調に作曲を進めた。そして七月にマリエットはフランスに戻り、舞台装置と衣装の監修に当たった。大量の資料を抱え、ラメセス三世の時代の神殿や衣服のスケッチを自ら描き、パリの職人たちに注文を出して、その出来映えを確かめた。
もちろんマリエットも、物語が虚構ならではの魅力を表現するものであることは充分承知していた。時代や地理的な設定については大胆な修飾も施してある。エジプトがエチオピアと戦争を繰り広げていたのは必ずしも第二〇王朝の時代と一致しない。宮殿はメンフィスのそれをイメージしたが、その遠景にマリエットはギザの大ピラミッドを描かせた。メンフィスの大地に立ったとき、ギザの大ピラミッドは地平線の向こうに隠れてしまう。だが、そんな細かいことを気にしていては、エジプトの素晴らしさが観客に伝わらない。そもそも観客は学術論文を求めて劇場に足を運ぶわけではないのだ。

　ただし美術に関してマリエットは一歩も退《ひ》かなかった。自分が発見した遺跡や出土品をヒントに、舞台用の大小道具を何度もスケッチした。衣服や雰囲気も重要だった。マリエットの頭には、あの神殿と祭司たちの姿が灼《や》きついていた。一八六六年、マリエットのもとに突然奇妙な少年と少女が現れ、聖牛アピスのミイラを一緒に探してくれと頼んできたのだ。風の吹きすさぶサッカラで、マリエットは彼らとともにセラピスの参道と祭司たちの幻を見た。夜明けと同時に少年少女たちの姿は掻き消えた。サッカラやメンフィスではそのように幻想的なことが起こり得るのだ。マリエットはその子供たちが手を取ってセラペウムの中へ駆けてゆくさまをよく覚えていた。それが第四幕の直接のヒントになっている。あのときマリエットが見た幻覚は真に迫っていた。あの神殿を、あの祭司たちの衣服を、舞台に再現しなければならなかった。

マリエットがパリに到着したとき、すでに市街には不穏な空気が立ちこめていた。二年前にスペインで革命が起こり、その後の王位継承権を巡ってフランスとプロイセンの間で緊張が高まっていた。ついに七月一九日、フランスはプロイセンに宣戦を布告した。軍事力は圧倒的にプロイセンが勝《まさ》っていた。そして九月一日のセダンの戦いでフランスは敗北を喫し、翌日にはナポレオン三世が降伏した。

四日、パリで大規模な暴動が沸き起こった。ナポレオン三世の第二帝政は倒れ、代わって共和主義者らによる仮政府が発足した。だが彼らはプロイセンに対して抗戦の構えを崩さなかった。プロイセンは侵攻を始め、パリを包囲し、さらに戦いが続いた。

マリエットはその間も舞台演出の監修作業をやめなかった。いずれ戦争は終結するだろう。いまはエジプトに帰ることはできない。だがそのときに備えて少しでも作業を進めておくのだ。

その年、パリは寒波に見舞われた。プロイセンによる包囲によって食糧網は閉ざされ、パンの配給も滞りがちになった。寒さに耐えながら舞台装置の構築を進めていたマリエットに知らせが入った。万国博の際にエジプトパークの建設でも世話になった友人、エジプト考古学をともに目指したドヴェリアが結核で死んだのだ。

マリエットはあの冬の一日を思い出した。ドヴェリアが初めてサッカラまで訪れてきた日、マリエットは地元の子供たち二〇〇人を集め、松明《たいまつ》を持たせてセラペウムの「偉大なる通廊」に立たせた。ふたりでセラペウム最大の石棺に入り、マリエットが用意したテーブルを挟んで夕食を共にした。羊肉を食べ、ワインを飲み、歌を歌った。あのときのドヴェリアの驚いた顔といったらなかった。ドヴェリアの声がマリエットの耳に蘇《よみがえ》ってきた。ムッシュー、これほど素晴らしい歓迎を受けたことはありません！　最高の一日だ！

マリエットは次の日、流行の降霊会に初めて参加した。

あの世と話したかった。ドヴェリア。愛する妻エレオノール。病に冒され命を落としていった子供たち。古代エジプトの民は〈バー〉と〈カー〉の存在を見抜き、永遠のいのちとともに生きていた。自分も生命の神秘に触れたかった。マリエットは舞台演出にさらに没頭しつつ、毎夜降霊会に出向き、朝方まで過ごす生活を送った。舞台は完成しつつあった。ヴェルディは一二月までにすべての譜面を書き終えていた。

そして翌年の一月二八日。ついにベルサイユで休戦条約が結ばれた。三月に入り、食糧が尽きたパリは開城、プロイセンに占領された。

マルセイユ行きの列車が復旧すると同時に、マリエットはそれに飛び乗り、エジプトに帰った。だがすでにエジプトでフランスの評判は地に墜《お》ちていた。マリエット自身に関してもまた噂が広がっていた。『アイーダ』の原案料と称してマリエットが多額の公金を受け取り、パリで使い込んでいるというのだ。

またか。マリエットは歯ぎしりした。博物館にやってくる見物客の中にはその噂を完全に信じ込み、もっとコレクションに注ぎ込んではどうかなどと皮肉を漏らす者さえ出てくる始末だった。確かに作曲担当のヴェルディは多額の報酬を受け取っている。だがマリエット自身には原案料などほとんど支給されていない。むしろ旅行費その他で出費のほうが大幅に上回っているほどだ。

加えて、『アイーダ』の台本はほとんど盗作まがいのものだという声が聞こえてくるに及び、マリエットは怒りや驚きを通り越して呆《あき》れてしまった。すでにそれらのつまらない噂をうち消す気力も失せていた。いわせておけばよい。最終的にオペラが成功すればよいのだ。自分の名など関係ない、エジプトの魅力が永遠に人々の心に刻まれることが目的なのだ、そう己にいい聞かせた。癇癪《かんしゃく》をなだめるには、久しく離れていた発掘に没頭するしかない。

だがそう考えていた矢先、またしても恐ろしい知らせがフランスから舞い込んできた。一六歳になる娘のマリー・エミールが危篤《きとく》だという。マリエットはフランスに取って返した。三月半ばにはパリ・コミューン事件が起き、市街では大量の血が流れた。そして娘を看病する暇もなく今度はイスマイールから手紙が届いた。新たな陰謀が沸き起こっている。高官《ベイ》の地位剝奪《はくだつ》の危機を回避するためには、一刻も早くカイロに戻り、事態の収拾に当たること。

再びカイロに来て一週間後、マリエットはフランスから手紙を受け取った。簡潔な文章で事実が記されていた。マリー・エミールは死んだ、と。

41

物語は最後に近づいてきている。

身体の芯《しん》から湧き起こり続けている微熱は治まりそうにない。私はここで手を止め、今日書いてきた原稿をもう一度プリントアウトし、読み直した。時計の表示する時刻は真夜中に近い。この部屋で目を醒《さ》ましてから、ほんの九時間しか経過していない。だが原稿は着実に終局へと近づきつつある。

私にはわかっていた。

もうすぐ私は消えることになる。

物語の登場人物である私の生涯は終わる。最後のページに辿《たど》り着いた時点で、文字によって表現された私は途絶える。その後の私は読者の想像に委ねられるだろう。だがそれはあくまで想像でしかない。未来のトオルがいま書いている本の後ろに追加され、正式な運命として記述されることはない。

私の人生は最後の一文字の後も続くはずだ。だが文字によって確定されないという点によって、私のその後は永遠に封じられる。登場人物としての私の運命は、本として刊行されたとき、表紙と裏表紙の間に閉じこめられる。

奇妙な感覚だった。明日の朝まで六時間程度だ。この世界がそれまでに終わるとはとても実感できない。だが論理的に考えて、私という登場人物は決して明日の朝日を見ることがない。あと一時間程度で確実に私はラストシーンまで書き上げてしまうだろう。従って、明日の朝が来る前に私は消えてしまう。読者の前から。

それでも構わない、と私は思った。

原稿を読み終えてから、私は大きく伸びをした。肩の凝りをほぐす。そしてまたすぐにキーボードの上に両手を置いた。

私の頭の中には、すでに今後登場するシーンがすべてくっきりと浮かび上がってきている。

あと少しだ。私は己を鼓舞した。

自分の役割を全うしよう。

42

ぶうううんん、、、、。

聞き慣れた音が耳に届いた。

地球の自転している音だ。亨は思った。フーコーの振り子が、地球の自転する音と共振している。高い塔の先端から降りてくる鋼《はがね》の線が空気を切るたびに、あの鈍く銀色に光る球が大理石の床の上を滑るたびに、地球の音がU字型の音叉《おんさ》のように調和する。そう、こうやって目を閉じているとわかる。地面が動いている。地球がすごい速度で動いている。ガーネットさんは何という本を薦めてくれただろう。ケプラーとかガリレオの本だったはずだ。いつか絶対に読んでみよう。でも、ケプラーは名字で、ガリレオは名前なんじゃないか？　どうしてガリレオ・ガリレイなのに、みんなガリレイといわないでガリレオっていうんだろう……。

「トオル、目を開けて」

美宇の囁《ささや》く声が聞こえた。

瞼《まぶた》を開くと、そこに美宇の顔があった。

ゆっくりと、亨は辺りを見回した。あの八角形の玄関ホールだ。その脇に美宇とふたりで亨は立っていた。薄茜色《うすあかねいろ》に照らしている。歪《ゆが》みも色の変化もない。夕方の光は、細かい塵《ちり》を薄茜色に照らしている。景色はすべて元に戻っている。大回廊に続く扉が開け放たれていた。アフリカゾウも、ウルトラサウルスも、前と同じポーズでそこにあった。

「あのアピスはね、収蔵物になったの」

美宇の声は優しかった。綺麗《きれい》で、心地よくて、聞いているとふわふわと浮き上がってしまいそうだった。「いま、パパに渡してきたところ。きっといつか、調査が終わったら、このミュージアムに展示されると思う。マリエットさんが造った幻のレプリカとしてね」

少しずつ記憶が蘇《よみがえ》ってくる。大事なことを確かめるのを忘れていた。

「そうだ、みんなは？　満月博士は戻ってきたの？　ガーネットさんも？　ここで働いていた人たちみんな？」

美宇はこくりと頷《うなず》き、それから笑みを浮かべた。

亨は扉に駆け寄り、回廊の奥のほうまで眺め渡した。やっぱり自分と美宇以外に人の姿はない。

「どこ？　誰もいないじゃないか！　本当に帰ってきたの？」

「帰ってきたとも」

男の人の声が聞こえて、亨は振り返った。すぐ後ろに、いつの間にか満月博士が立っていた。亨は歓声を上げた。

「ありがとう、トオルくん。きみのおかげだ」

博士はにこにこと笑いながら、亨の肩に手をかけた。温かな体温が伝わってくる。

「私が前にいったことを覚えているかな」

「前に、いったこと……？」

「そうだ。見せ方についてだ」

亨は大きく頷いてみせた。「はい、覚えてます」

「見せ方が重要なのさ。ミュージアムでも、小説でもね……」

博士はにこにこ顔のまま腰を落とし、亨に顔を近づけてきた。

「いいかい、きみは小説家になる。これは私たちが決めたことではないんだよ。具体的にはいえないが、私たちはある程度まできみの未来を知っているんだ。おそらく、このミュージアムとは関係なく、きみは作家になっただろう。ここをたとえ知らなかったとしても、きみは物語を書き続けただろう。ここへきみを呼んだのは私だ。そのことは許してくれるかい？」

「許すなんて……」亨は博士の目を見つめ返しながらいった。なんとか自分の気持ちを伝えたかった。「ここに来て、よかったと思ってるんです。本当です」

「それならよかった」

博士は腰を伸ばし、亨の肩から手を放すと、ゆったりとホールの中を見渡した。

「トオルくん、おそらくきみは作家になったとき、さまざまなことを調べなければならないだろう」

まるで昔を思い出すような口調だった。

「人間というのは曖昧《あいまい》なものでね、誰かに何かを伝えようとするとき、自分の記憶だけでは不充分なんだ。正確にいわなければならない部分を疎《おろそ》かにしたら、他人はきみを信用しないだろう。それに自分の空想を書くときだって、過去の遺産から完全に自由になるわけではない。だから一文字書くごとに、きみは昔の記憶を辿《たど》り、そして自分の記憶が曖昧なときは、誰かの記憶を利用する必要がある……本を読み、旅行に出掛け、写真や絵を見たり音楽を聴いたりするのさ。

いいかい、覚えておいてほしい。何かを伝えようとするとき、いつでもミュージアムはきみの味方だ。かつて博物学とは、目に見えるものすべてを分類し、それらに名前をつけることだった。世界を文字で分類することだった。だが一方で、博物学者は言葉にならない情熱や感動、驚異を、絵や展示によって表そうとしてきた。芸術家たちもそうだ。文字とそうでないものがせめぎ合う狭間《はざま》、それがミュージアムなんだよ。小説とよく似ていると思わないかい？」

亨はまた頷いた。「はい」

「知りたいという欲求、確かめたいという欲求、表現したいという欲求。そのすべてがミュージアムにある。だからこそミュージアムは、きみの物語を求めているんだよ。切実にね。小さなコイン一枚にも、大きな大きな物語が潜《ひそ》んでいる——でもね、トオルくん、それを伝える人がいなければ、コインはただの小さなコインでしかない。伝える人が必要なんだ。何かを伝えようとする人は、それだけでもうミュージアムの一部なのさ。そう、この世にあるすべての物語は、いってみればミュージアムなんだ」

満月博士のいっていることはよくわかった。亨は何度も頷いてみせた。博士はいい終わるとまん丸い笑顔を作り、それから美宇のほうに戻っていった。

「待って下さい！」

亨は叫んだ。まだ訊《き》きたいことが残っていた。

「教えて下さい、このミュージアムは、どこから来たんですか？　みんなはいつの時代からやってきたんですか？　これからもここに来ることができますか？」

満月博士は足を止めた。美宇と視線を交わし合うと、少し考えるように口髭《くちひげ》を撫《な》でた。

亨は美宇の顔を見た。なぜか哀《かな》しげな表情をしている。

「トオルくん」満月博士は再び口を開いた。「……ひとつ考えてみてほしい。興味が持てない人のことを」

「え……？」

「友達の中にもいるかもしれないね。学校の授業が面白くない。本を読んでも映画を観ても楽しくない。ミュージアムに来ても興味が持てない……。でもね、それはその人の心が曇っているからじゃない。見方がわからないのさ。どうやって面白がればいいのか、どうやって興味を持てばいいのか、わからないんだ。ミュージアムはいままで、そういった人たちに不親切だった。だから、考えたのさ」

「考えた……？」

「そう。このミュージアムを作った人たちは考えた。どうやったら面白くなるだろう？　どうやったら来た人が楽しんでくれるだろう？　どうやったら展示品が秘めているわくわくするような物語に接してもらえるだろう？　その人たちは、自分だったらどうかと考えた。そして気づいたんだ。友達や家族と一緒に見ているときが、やっぱり一番楽しいってね。好きな人と一緒に、感想を話し合いながら、ときにはカフェで休んだり、ミュージアムショップで買い物したりしながら、くつろいだ気分で見て回るのが一番だってね。……そう、だから彼らは美宇を作ったんだ」

「……どういうことですか？」

満月博士は、美宇のほうを向いた。

まるで、告白を促すように。

——そんな。

亨はそのとき、満月博士がいおうとしていることが唐突にわかった。

美宇や、満月博士や、ガーネットさんの正体が、直観的にすべてわかった。

一気に涙が溢《あふ》れてきそうになった。亨は必死でそれを堪《こら》え、美宇を見た。美宇も泣きそうな顔をしている。でも美宇がそこから笑顔を作ってみせたので、亨は堪《たま》らなくなった。

「トオル、わたしはね、このミュージアムの案内役なの」その泣きそうな笑顔で美宇はいった。「ここに来た人が楽しめるように、相手の興味を聞き出しながら、いろいろなところを一緒に回る、それがわたしの仕事なの」

「待ってよ！　そんなこと聞きたくないよ！」

「きみは作家になる」博士が美宇の後に続ける。「だから本当のことを話しておいたほうがいいと思う。……私たちはね、プログラムなんだ。彼らが設計した、人工現実の人間なのさ。だからこそ、ここで働いていられる」

「本当の人間じゃないってことですか？　展示品と同じってことですか？　でも同じじゃないです！　美宇も、ガーネットさんも、博士だって、ただのプログラムじゃないです！　だって、美宇はぼくと変わらないんですよ！」

博士はにっこりと笑った。「それこそが、彼らの望んでいた言葉だよ」

亨は喚《わめ》いた。そうしないと涙がぼろぼろ溢れてきそうだった。

「じゃあ、美宇がぼくと一緒だったのも、仕事だったから？　そういう役割だったから、仕方なくぼくと一緒に見て回ってたの？　そんなのってないよ！」

「違う、トオル、そうじゃないの！」

びくりとして、亨は次の言葉を呑《の》み込んだ。

美宇の目は潤《うる》んでいた。その瞳はどう見ても本物の人間だった。魂と心が宿っている人間だった。美宇の頬は少し紅《あか》みがかっていた。眉根に少し皺《しわ》が寄って、肩は小さく震えていた。美宇は唇をきつく結んで、迫《せ》り上がってきているものを呑み込もうとしていた。そして喉を小さく動かし、強く一回頭を振った。はっとした。こちらに向き直ったその顔には、すごく綺麗な、優しい笑顔があった。

「トオルと一緒にいられてよかった」

「美宇……」

何かいおうと思った。美宇に話しかけようと思った。でも亨は何をいったらいいのかわからなかった。何もいえなかった。

満月博士が、美宇の肩に手を置いた。

「さあ、そろそろお客でいっぱいになってきたようだ。トオルくん、きみのおかげでミュージアムは復旧した。大勢の人が再開を待ち望んでいたんだよ」

「大勢……?」

「そうだよ。ここにはね、実に多くの人が訪れる。素晴らしい物語を求めてね。あらゆる地域の、あらゆる時代の人がやってくる」

亨は両手を広げて叫んだ。「でも、誰もいないじゃないですか!」

「いないって?」

おっほお、と満月博士は声を上げた。そして、片手を耳に当て、遠くの声を聞くような仕草をしてみせた。

「耳を澄ましてごらん、トオルくん。目を凝らしてごらん。ほら、きみの周りにも、たくさん……」

亨は声を上げた。

ざわめきが聞こえた。波立つような音が、次第に大きく、大きく広がりながら、床から立ち上ってくる。亨は周りを見回した。細かい塵がゆっくりと舞っている。振り子が揺れる円型の時計盤を避《よ》けるようにして、思い思いに横に揺れている。音はさらに大きくなって、突然それは無数の人の話し声になった。耳に男の人や女の人や子供やお年寄りの声が飛び込んでくる。でもひとつひとつの内容は聞き取れない。塵が少しずつ増えてくる。増えて、何かの形を取り始める。亨は目を凝らした。ばらばらに動いている塵の中に法則を見つけようとした。振り子が揺れる。そして——

亨の目の前に、大勢の人が現れた。

ミュージアムの玄関ホールで自由に歩き、喋《しゃべ》り合っている人たち。それはまるで、あのパリの万国博だった。大きな白と黒の帽子を被《かぶ》った貴婦人。シルクハットの紳士。シェイクスピアの劇に出てきそうな格好をした、髭の男。着物にちょんまげのおじさん。セーラー服姿の女子高生。それに、焦茶色《こげちゃいろ》でチェック柄のジャケットを着込んだ子供。たくさんの時代とたくさんの年代で溢れ返っている。みんな誰かと一緒に、楽しそうに笑いながら歩いていた。貴婦人は鼻眼鏡のおじいさんと。紳士は若い女の人と。女子高生は同い年くらいのお姉さんと。ジャケットの子供は、シャーロック・ホームズに出てくるハドソン夫人のようなおばさんと。みんなは大扉の前に来ると驚いて口を開け、目を輝かせ、一瞬立ち止まって大回廊を覗《のぞ》き見て、それから足早に扉を通ってゆく。ミュージアムの中へと進んでゆく。

その人垣の向こうに、亨はガーネットさんの顔を見つけた。ガーネットさんは円型閲覧室に通じる小さな扉の脇に立って、静かに笑みを浮かべながら、片手を挙げて亨のほうに挨拶《あいさつ》していた。その肩には黒猫のジャックと、あの仔猫《こねこ》が乗っていた。仔猫は綺麗に身繕《みづくろ》いして、とても素敵な瞳で、こっちを見ていた。

「美宇！　これっていったい……！」

亨は振り返った。

でも、人混みに紛れて、美宇と満月博士の姿は見えなかった。

「美宇！」

亨は急いで人を掻《か》き分け、さっきまで美宇たちが立っていた場所を探した。女の人たちの大きなスカートが視界を邪魔する。亨は焦《あせ》りながら必死でその辺りを見渡した。いない。いつの間にかガーネットさんも消えている。途方に暮れながら亨は叫んだ。

「満月博士！　ガーネットさん！　美宇！　美宇！」

次の瞬間、周りに溢れかえっていた人たちが、音もなく消えた。

ホールの隅に放り出されていたままの水泳バッグを拾い上げ、亨は外へ出た。

樹々の葉の間から見える空が、薄橙色《うすだいだいいろ》に染まっている。

夕焼けだった。夏休みが始まった頃は夕焼けなんてなかったような気がする。空は青から群青色《ぐんじょういろ》に変わって、そのまま夜に移っていったような気がする。それなのに空はいま、うっすらと日に焼けている。もう秋の空が近づいてきていた。

伸びきった雑草を踏みしめながら、亨はゆっくりと歩いていった。ざくざく、と靴の下で草が折れる。いままではもっと力強く押し返してきたのに、草の芯《しん》も元気がない。

風が吹いた。

後ろから、静かな風が追い越していった。

雑木林《ぞうきばやし》がそれを受けて、まるで囁くように、ほんの少しばかり揺れた。

亨は気配を察した。

自分の後ろで何が起こったのかを察した。

すぐに振り向いて、それを確かめるのが怖かった。もし直感が当たっていたとしたら、乾きかけていた涙がまた一気に滲《にじ》んできてしまいそうだった。

置いていかれたわけじゃない。亨は自分にそういい聞かせた。自分は美宇に置いていかれたわけじゃない。ただ、少しばかり離ればなれになるだけだ。美宇が一方的に決めたわけじゃない。

亨はそこに立ったまま、ポケットからハンカチを取り出した。小さく折り畳んであるその紺のハンカチを、丁寧に広げて闘牛士のようにふたつの端を両手で摘んだ。目の高さに掲げる。

そしてそのままの姿勢で、亨は後ろを振り返った。視界のほとんどがハンカチで隠れていた。

「……ワン」

テレビで観た外国のマジシャンのように、亨はカウントした。

「……ツー」

自由の女神やセスナ機を消してしまう、あのマジシャンと同じように、魔法の呪文を唱えた。

「……スリー!」

亨は一気に、ハンカチを除《の》けた。

ミュージアムは消えていた。

跡形もなく。

43

エジプト、カイロ（一八七一年）

馬車が止まる。

オギュスト・マリエット・ベイは、それまで瞑《つぶ》っていた目をようやく開けた。窓から外を眺める。

カイロ・オペラ座の前はすでに人だかりだった。正装の高官や、着飾った貴婦人たち。華やかな色彩がオペラ座の前で咲いている。ざわめきは軽やかで、いまにも踊り出しそうだ。その中を制服姿の将官たちが縫って走り回っている。接待に忙しいのだろう。

マリエットの乗っている馬車は、オペラ座より遥《はる》か前方で止まっていた。あまりの混雑で近寄れないようだ。首を伸ばして前のほうを探ると、高級な馬車がやはり何台も連なっている。そのときひときわ大きな歓声が群衆から上がった。純白に塗られた馬車が、ちょうどオペラ座の正面に到着したところだった。イギリスの国旗が高々と掲げられている。紋章が見えないので誰なのかわからないが、わざわざ招かれた要人に違いない。

「ムッシュー、これじゃずっと立ち往生ですよ!」

御者台《ぎょしゃだい》でハッサンがうんざりしたような声を上げる。

「ここでいい。降りるぞ」

マリエットは杖《つえ》を手に取った。中にカバの尾の皮で作った鞭《むち》が仕込んである愛用の一品だ。これまでこの杖とともにエジプト中を飛び回ってきた。柄を持つと気力が蘇《よみがえ》る。

ハッサンが御者台から降りて、扉を開けてくれた。

外に出ると、柔らかな微風が吹いているのがわかった。マリエットはその風を頰で受け、わずかの間その心地よさに浸《ひた》った。夕刻になっても肌寒くならない。クリスマス・イヴにしては珍しい。オペラ座の中も快適だろう。

ナツメヤシの葉ずれの音が、喧噪《けんそう》を縫って微《かす》かにマリエットの耳にも届いた。

改めてオペラ座のほうを窺《うかが》う。入口付近にはプタハ神殿をあしらった『アイーダ』のポスターが華々しく掲げられている。マリエットがデザインし、色指定までおこなったのだが、遠目からでもよく映えている。満足のいく仕上がりだった。

目を細める。少し眠い。

今日も明け方まで舞台装置の最終調整に関わっていたのだ。いや、ここ二週間ほどまともな時間に睡眠を取った記憶がない。だが背景画の一筆から衣装の一片に至るまで、できる限りの力を注いだ。あとは歌手と楽団に任せるだけだ。

肝心のヴェルディは来ないと伝えられていた。表向きは船に弱いからだとされていたが、どうやら過剰な前宣伝で機嫌を損ねたというのが本当のところらしい。芸術家のくだらない自意識だ。もっとも、かの大作曲家が指揮を執らないのであっても、オペラ座の前の光景を見る限り、今夜の華やかさは薄れそうにない。

そういえば、とマリエットは不意に思い出した。二一年前のクリスマスの日、自分はサッカラで一三五体目のスフィンクスを発見し、セラペウムへの入口を手繰《たぐ》り寄せたのだ。

ずいぶんと昔のことのような気がした。

「ムッシュー、終わる頃にお迎えに上がりますから」

ハッサンの申し出に、マリエットは軽く手を振って答えた。「いや、いい。久しぶりに歩いて帰ろう」

「でも、遠いですよ。きっと暗くなりますし」

「いいんだよ、ハッサン」マリエットは笑みを浮かべてみせた。「歩きたいのだ」

ハッサンは納得のいかない顔をしながらも頷《うなず》いた。

もう一度手を振り、マリエットはオペラ座へと歩を進めた。目が霞《かす》む。今年に入ってから、疲労が身体に溜《た》まると眼にてきめんに現れるようになった。どうやら杖が授けてくれる気力だけではごまかせないほどに、黒内障は進行しているらしい。

「……ムッシュー！　ひとつ訊《き》いてもいいですか」

ハッサンが後ろから声を掛けてくる。マリエットは振り返った。

「ムッシューは、いつからエジプトの遺物に取り憑《つ》かれたんです?」

しばらくその言葉の意味を反芻《はんすう》してから、マリエットはふっと笑った。

だがハッサンは真顔だった。

「ムッシューの生まれた国には、美しいものがたくさんあるじゃありませんか。ほら、今日来ているご婦人方だって、あんなにきらびやかです。それなのに、どうしてわざわざエジプトの土を掘るんです? 前から不思議でした。博物館にいらっしゃる紳士淑女のみなさんも、みんな棚の中を一心に覗《のぞ》き込んで、目を輝かせる。もっと美しいものをたくさん見ているはずなのに。どうしてです? ムッシューは一度も話してくれたことがありません。どうしてムッシューは、ヨーロッパの方々は、こんな薄汚れた土地の遺物に心を奪われるんです?」

一気に記憶が蘇ってくる。

なんということだ、とマリエットは思った。いつの間にか、自分も過去を懐かしむ人間に成り下がっていたらしい。

ハッサンに向き直る。真顔の問いには真正面から答える必要があった。マリエットたちの脇を、トルコ服姿の高官たちが足早に通り過ぎてゆく。

どこから話したものか、その糸口を探りながら、マリエットは言葉を紡いだ。

「……ハッサン、おまえは気がつかないかもしれない。あまりにも周囲に溢《あふ》れているために、敬意を払うことがないのかもしれない。だが、ここエジプトには圧倒的なものが満ち満ちているのだ。決してヨーロッパでは手に入れられないような」

「なんです？　それは」

「生命力だよ。圧倒的な生命力だ」

　マリエットは杖の先で空を指し示してみせた。

「見るがいい。この空の美しさはどうだ。ナイルの豊かさはどうだ。樹々の瑞々《みずみず》しさはどうだ。月や星の輝きはどうだ。それが悠久の昔から続いていることに、ハッサンも気がつくがいい。五〇〇〇年前にこの地に誕生したヒエログリフはエジプトの豊饒《ほうじょう》さを実によく象徴している。五〇〇〇年前にも動物たちは生き生きとこの大地を駆けていた。鳥たちはこの空を飛んでいた。ヒエログリフの文字ひとつひとつがそれを物語っている。その生命力こそが、この土地以外で生まれたものにとっては永遠の憧憬《しょうけい》なのだよ。このエジプトの地で五〇〇〇年前から人類も動物や鳥たちとともに生命を謳歌《おうか》していた。想像するがいい、ハッサン。ここでは生命そのものが美しく、力強いのだよ。なによりもね」

「でも……」ハッサンはまだ納得がいかない様子だった。「ムッシューはこの地にすべてを捧げているように見えます。遺跡をご覧になるだけじゃない、ご自身の手で発掘されて、それを守ろうとなさっています。いまの説明ではなぜムッシューがご自分の生活すべてをエジプトに捧げているのかわかりません」

「捧げている？　それは逆だ、ハッサン。捧げているのではない。逃れようとしても逃れられないのだよ」

「そうは見えません」

マリエットはそこで少しばかり言葉を切った。自然と口元に笑みが浮かんでくる。脳が刺激されて、かつての自分の姿が浮かんできたのだ。

「ハッサン、わしが一八のときにイギリスに渡り、デザイナーを目指そうとしたことは知っているだろう。もともとわしは絵や文章を書くのがこの上なく好きだった――しかしそれは成功せず、結局二〇歳《はたち》でわしは故郷のブーローニュに戻り、資格を取って地元の中学校の教職に就いた。その頃だ、わしの父に木箱が届いたのは。それがわしの人生を決めた」

「木箱……？」

「そうだ。わしの父は市役所に勤めていた。エジプトとは何の縁もない。だが、父も気づかなかったことだが、彼はネストル・ロートの唯一の正当な遺産相続人にあたっていたのだ。その木箱はロートの遺品で、父のもとに届けられたのだよ。わしは最初、その箱に何の関心も持たなかった。長い間それは屋根裏部屋にしまい込まれていた。わしも教職の仕事で忙しかったのだ――それにわしは、ブーローニュに戻ってからというもの、手すさびに小説や論考を毎日のように書き散らかしていた。よく地元の新聞社に投稿したものだ。場所を取るだけの薄汚い木箱に、一片ほどの興味すら割く余裕はなかった。だが父がしきりに中身を検分するよう申しつけるので、ある日わしは屋根裏部屋にのぼり、その木箱をこじ開けたのだ。そこには大量の文書や素描が収められていた。水彩で描かれた絵を何気なく一枚取り出した途端、わしはそれに惹《ひ》きつけられ、目が離せなくなった。それは、ナイルの光景だった」

　マリエットはほんの少しの間、目を閉じた。瞼《まぶた》の裏にあの絵が鮮明に映し出される。画面の中央を悠然とうねってゆくナイル。その両岸に、地図のように配置された古代エジプトの遺跡群。いま思えば、それはごく大雑把な地図であった。ギザのピラミッドやテーベの神殿を配し、ナイル沿いに如何《いか》なる遺跡が存在するのかを一幅の絵で要領よくまとめた素描であった。実際に見える光景とはかけ離れた、空想の産物であった。だが薄暗い屋根裏の中で、かつてのマリエットはその美しさに釘付《くぎづ》けとなった。伸びやかな筆致が、紙面を超えてどこまでも続いているようにさえ見えた。

「……その後すぐに知ったのだが、ネストル・ロートとはシャンポリオンに認められた画家だった。ヒエログリフを解読したあのジャン＝フランソワ・シャンポリオンだ。一八二八年から二年間、彼はシャンポリオンのエジプト調査隊に同行して、さまざまな遺跡や遺物を描き留めた。シャンポリオンが亡くなった後、再びエジプトを訪れ、この地で死んだのだ。木箱に入っていたのは彼の遺《のこ》した記録や古文書だった——それは実に素晴らしかった。震えが起きるほど美しく、雄大で、しかも精緻だった。わしはエジプトに魅せられ、暇さえあれば市の博物館に赴いて展示してあるミイラや棺《ひつぎ》を見て過ごした。それからだよ、逃れられなくなったのは」

ハッサンはマリエットの話に聞き入っていた。道はさらに混雑してきている。だがハッサンは止めたままの馬車のことなど忘れているようだった。

「その木箱の中に、ロートが模写したヒエログリフの記録書があった。その後わしはブーローニュの博物館に通って、その解読に熱中したものだ。必死で書き写しては、各々を比較し、似たデザインのものを突き合わせ、何を意味しているか探ろうとした——ハッサン、屋根裏部屋で初めて見たそのヒエログリフを、わしはいまでもよく覚えている。わしがそれほどまでに入れあげたのも、ロートが模写したヒエログリフがあまりにも美しかったからだ。簡潔な線で描写された動物たちが、紙の上で息づいていた。わしは彼らの体温さえ、指の先から感じることができた。なかでもわしが好きだったのはカモのヒエログリフだった。そうとも、ハッサン。おまえは知らないだろうが、エジプトのカモは実に恐ろしい」

「……どうしてです？」

「一度嚙《か》みつかれたら最後、決して放してはもらえんのだ」

それを聞いたハッサンは、にやりと笑みを浮かべた。

そしてマリエットに一礼すると、素早くきびすを返し、軽々と御者台に飛び乗った。ぴしり、と鞭を鋭く撓《しな》らせ、馬を方向転換させる。

「それじゃあ、博物館でお待ちしていますから！」

マリエットは杖を挙げ、ハッサンに応《こた》えた。馬車は観客たちの流れに逆らいながら遠ざかっていった。姿が消えるまで、マリエットは杖を挙げたまま見送った。

天を仰ぐ。

晴れ渡っていた。

舞台が終わった頃、太陽は落ち、夜の帳《とばり》が降りているだろう。そしてこの天には星々が煌《きら》めいていることだろう。

舞台の最後の場面はセラペウムを模した地下牢だ。ゆっくりと、ゆっくりと舞台は暗くなり、歌声はその闇に消えてゆく。

劇場から出た観客たちは、きっとこの空を見上げるだろう。そしてそのとき初めて、エジプトの本当の美しさを知ることだろう。

今夜だけは物語に浸ろう。そうマリエットは思った。

古代エジプトの世界に没頭しよう。歌姫たちの声に聴《き》き惚《ほ》れよう。

マリエットは笑みを浮かべながら、オペラ座のほうへと歩き出した。

エピローグ

最後の句点を入れ、リターンキーを打ち終えてから、私は息をついて椅子《いす》に凭《もた》れた。モニタを眺めながらマグカップを手に取り、すっかり冷たくなったブラックコーヒーを一気に喉に流し込む。そしてファイルメニューから「保存」を選択した。高速でハードディスクが動き、私の原稿は上書き保存される。

私はマウスを操作し、メールソフトを立ち上げ、担当編集者のアドレスを呼び出した。再びキーボードに両手を置き、連絡事項を書き記していった。原稿の枚数、念のためハードコピーを郵送すること、添付する原稿を書いた文書作成ソフトの名称とヴァージョン。最後に、いま保存した原稿を添付し、メールを送信した。

作業が終了するのを見届けてから、続いて私は文書作成ソフトに戻り、原稿の印刷を指定した。データがプリンタに転送されてゆく。画面の中で、その状況を知らせる棒《バー》の目盛りが、左から右へと伸びてゆく。

プリンタが動き出したのを確認して、私は椅子を立ち、浴室に行って服を脱いだ。全裸になって鏡の中の自分を見た。目の下に若干隈《くま》ができている。だが顔は蒼《あお》ざめてはいない。鏡に顔を寄せ、瞼《まぶた》の裏を見る。充血しているが、酷《ひど》いわけではない。まだ身体は火照《ほて》っている。

私はシャワーを浴びた。髪を洗い、大きく伸びをした。上がって身体を拭《ふ》き、新しい下着を穿《は》く。髪を乾かす。髭《ひげ》を剃《そ》る。そして衣服を身につける。

仕事部屋に戻ると、まだプリンタは原稿を吐き出し続けていた。私はさらに新しいコーヒーを淹《い》れた。これで何杯目になるのか、思い出せない。この半日でずいぶん飲んだような気がする。まったく眠気は感じなかった。時計を見ると、午前一時を回っている。

私の役割は終わった。物語を書き終えた。

もしかすると、未来のトオルはさらに短い章を付け加えるかもしれない。だが、ここまでで亨の物語は終わりだ。小学校六年生の夏に起きた、亨の冒険の物語はこれで終わりだ。おそらく亨はこの後、夏休み最後の金曜日に、学校の図書室で鷲巣と会うだろう。ふたりは当番だからだ。そのときふたりは自然と会話を交わすだろう。私自身、夏休み最後の金曜日に鷲巣と会った。そして話をした。だが、そこで話をした内容は、もはやこの物語と関係がない。

私自身の物語も、終わろうとしている。

コーヒーをゆっくりと飲み終わる頃に、プリントアウトも完了した。私はまだ熱を持っているその紙の束を揃《そろ》え、いくつかに分けてクリップで綴《と》じた。そして便箋《びんせん》を抽斗《ひきだし》から取り出し、担当編集者宛に簡単な手紙を書いた。さらにディスクに原稿のファイルをコピーし、ラベルにパソコンの機種と文書作成ソフトの名前、そのヴァージョンを記入して貼《は》った。やや大きめの封筒を箱から取り出し、原稿と手紙とディスクを入れ、ガムテープで封をした。

おそらく私はこの原稿を微調整してゆくことだろう。ゲラを何度も読み返し、編集者の意見も聞きながら、修正を加えてゆくことだろう。

その間、私は別の原稿を進めるだろう。この小説が終わっても、また明日から新たな原稿を書く。それが仕事だ。

だがそれも、この物語にはもはや関係がない。

私は机に戻り、コードレスホンの子機を取った。短縮ダイアルの番号を押し、耳に当てた。

かなり待たされた後で、回線が繋《つな》がった。

「……はい？」

慌てたような声。私はなるべくゆっくりと返事をした。

「ぼくだ」

少しばかり、間《ま》が空《あ》いた。

「あの……、ちょっと、待って」

有樹は声を潜《ひそ》めてそういった。携帯電話を手で押さえるようなくぐもった雑音。ばたばたという足音。私はそのひとつひとつの音に耳を傾けた。

「どうしたの、いったい……」

詰問《きつもん》口調で有樹がいう。ごそごそと音がするのは、まだ手で携帯電話を隠しているからかもしれない。

「いま、どこにいる？」

「まだ大学。びっくりした、電話してくるなんて。どこからかけてるの？」

「家だ」

「えっ？」有樹は大声を上げた。それから慌ててトーンを落とした。「どうして？　だって、エジプトに行くって……。飛行機、乗ってないの？」

「有樹」

自分でも意外なほど、心が落ち着いていた。どうやら終わりが見えてきた。私のパートの終わりが見えてきた。

「いまから車で出掛けよう」私はいった。「ドライヴだ。明け方までに帰ってくる」

有樹はわけがわからないといったように、えっ？　えっ？　と受話器の向こうで繰り返す。その反応が面白くて、私はつい笑ってしまいそうになった。

「いきなりどうしたの？　何かあったの？　大丈夫？」

「大丈夫さ、もちろん」

「取材のほうは？　仕事はいいの？」

「ああ」私は頷《うなず》いた。「それなら大丈夫だ。いま、原稿が終わった。エジプトのことは、全部うまく収まった。だから時間ができた」

「信じられない……」

「心配しなくていい。詳しい話は後でする。車に乗ってからでもいいだろう？　まだ朝まで時間がある。その間、話はいくらでもできる」

「でも……」

「いまやっている実験は、何時《いつ》までかかる？」

有樹は躊躇《ためら》いがちな声で答える。「カラムを止めておけばいいから、終わろうと思えば終われるけど……、でもどうして？」

「出掛けたいんだ、一緒に。近くにいたい」

「……へえ」

有樹は突然、なんだか意地悪な声を上げた。それから少しして、がらりと口調を変えた。「そんなふうに思うこともあるんだ」

「そんなふうに？」

「いきなり女の子を誘ったりしてさ」

「おかしいかな」

「うん、いつもと違う」

「やめるか？」

「ううん」

そこでまた有樹は言葉を切った。素早く時間を計算しているようだ。「……あと四〇分くらいしたら、来られる？」

「もちろん」

「じゃあ、来て」

ああ、と私は返事をした。有樹は小声で笑った。心から可笑《おか》しいと思っているようだった。満足だった。

物語は終わりに近づいている。

さあ、トオル。

もうすぐお別れだ。

私は受話器を耳に当てたまま、思う。きみに伝わるように、心の中で思う。

最後にひとつだけ、我《わ》が儘《まま》をいっていいだろうか。

終わるところを、私に決めさせてほしいのだ。この章の終わりを。

最後にどうしても、有樹にいっておきたいことがある。

私は受話器の向こうにいる有樹の温《ぬく》もりを感じながら、最後の言葉を、心を込めて、最大限に心を込めて、いった。

愛している、有樹、と。

さて、物語はこれで終わりだ。

映画ならすでにエンドロールが始まっている頃だろう。従って、ここから先に書くことは、物語にとって完全に蛇足だ。それを承知で、あえていくつかのことを書き留めておきたい。

小学校を卒業したその三月、私は両親と一緒にイギリスに渡った。そちらの中学校に通い、ケンブリッジの町に点在しているさまざまなミュージアムを見て回った。そしてちょうど一年後に帰国し、学年を遅らせることなく地元の中学校に編入することができた。

鷲巣は希望の中学校に合格した。小学校卒業後、私は一度だけ鷲巣と会ったことがある。高校三年の夏、まさに八月が終わるその日に、市立図書館の閲覧室で私は鷲巣と出会った。小学生のときとはずいぶん印象が変わっていた。小学六年生のときは鷲巣のほうが背が高かったはずだが、再会したときは身長も私の肩までしかなく、半袖《はんそで》から出た二の腕も色白だった。プールで日焼けしていた頃の鷲巣しか覚えていなかった私は少し驚いた。

閉館時間が迫っていたので、私たちは外に出て、芝生の上に並んで座り、ほんの一〇分ほど話をした。鷲巣はまず、いまでも小説を書いているのかと訊《き》いてきた。私は返答に窮した。一気に小学六年生だったあの夏の記憶が頭の中で蘇《よみがえ》ってきて困惑した。啓太と喧嘩《けんか》したあの日や、鷲巣と屋上で富士山を眺めたあの日が、六年という年月を超えて押し寄せてきた。さらに鷲巣は、大学に入ってから同人誌や小説研究会のサークルに入るつもりか、いまでも作家になろうと思っているか、など、いろいろ尋ねてきた。だが私はあの頃の思い出に絡め取られ、気恥ずかしさとちりちりするような胸の痛みからすぐに抜け出せず、うまく答えることができなかった。実際、正直なところ、これからどうなるのか自分でもよくわからなかった。私が生返事ばかりしたためだろう、やがて鷲巣は言葉を切り、そっと前方の芝生に目をやった。

私も口を噤《つぐ》み、芝生を眺めた。綺麗《きれい》に刈り揃えられたその表面に、風が波模様を微《かす》かに描いた。

鷲巣の肩が、自分の肩の一〇センチ左にあった。

私はあの夏を思い返していた。

鷲巣と、啓太と、自分がいた、あの夏。

夏が始まったあの終業式の日、私たち三人は学校の廊下で顔を合わせた。そして八月最後の日も、私たち三人は学校で再び会った。

私は鷲巣とふたり並んで学校の図書室のカウンターに座っていた。自分が右で、鷲巣が左だった。時折り涼しい風が窓から入ってきていた。利用客がいないので、私はエラリー・クイーンの『チャイナ橙《だいだい》の謎』を読み、鷲巣は何かハードカバーの本を読んだ。互いに相手のことが気になっていることはわかっていたのに、私たちは決して相手の本を覗《のぞ》き込んだりしなかった。私も鷲巣も自分の本を両手で抱え、活字や薄茶色の紙と一緒に呼吸した。目が疲れて本を置くタイミングは、まるで計ったように同じだった。私たちは本を読む合間にときどき顔を上げ、たわいもない話をした。鷲巣は学校の屋上で喋《しゃべ》ったことには一切触れなかった。私もミュージアムのことは話さなかった。ふたりとも話したいことがあるのはわかっていた。いまそれを喋るべきではないということもわかっていた。だからたわいもない話を続けた。

やがてチャイムが鳴り、図書室の閉室時間がやってきた。私たちは立ち上がり、誰もいない図書室の戸締まりを始めた。窓をすべて閉め終え、扇風機を止めようとしたところで、どたどたと急いだ足音がこちらにやってくることに気づいた。守田先生の歩調とは違っていた。私たちは顔を見合わせ、それから戸のほうを向いた。

姿を現したのは、啓太だった。私たち三人は、一瞬、緊張した。身体が硬直し、それからほとんど同時に、互いに互いを目で窺《うかが》い合った。扇風機のうなりが室内に気怠《けだる》く響いた。

「……もう、戸締まりか？」

最初に言葉を発したのは啓太だった。眉根を寄せ、遠慮がちに、だが私のほうを意図的に避けて鷲巣に訊いた。すぐさま鷲巣はまだ大丈夫だと答え、啓太を促した。啓太は思い切ってどすどすと足音を立てながら入ってきて、まず部屋全体を眺め渡した後、棚の脇に掲示されてある分類を吟味《ぎんみ》しながら奥のほうへ歩いていった。

私たちはその場で待った。啓太は参考書の棚の前で立ち止まり、あれこれ本の中身を検分し始めた。その間、啓太は一度も私たちのほうを振り返らなかった。Tシャツの襟《えり》から、あまり日に焼けていない首筋が見えて、それが私に何かを強烈に訴えているように思えた。

五分ほどして、啓太はよしと小さく呟《つぶや》き、二冊の本を手にした。私は慌ててカウンターに行き、啓太からその本を受け取った。どちらも算数の参考書だった。

「続けることにしたんだよ、塾を」

貸出手続きをしていた私は、その声を聞いて顔を上げた。啓太はわざと明後日《あさって》のほうを向きながら、どこか怒ったような口調でいった。「おまえが英語を勉強するなら、俺は算数だ」

啓太は本を手に握りしめてすぐに出ていった。

足音が遠のいたところで、かちり、とスイッチが切られる音がして、扇風機のうなりが小さくなっていった。鷲巣が私のほうを見て、静かな微笑を見せていた。

戸締まりを終え、私たちは並んで新校舎への渡り廊下を進んだ。その途中、ふと鷲巣が立ち止まり、校庭のほうを眺めた。

「もう夏休みが終わっちゃうね」

うん、と私は答えた。

いつも動いていたスプリンクラーは、その日姿が見えなかった。陸上部も野球部もいない無人のグラウンドだった。プールからも歓声は聞こえてこなかった。ぽっかりとした真空地帯が目の前に広がっていた。

唐突に鷺巣はいった。

「あのね、わたし、小さいとき、影が好きだった。夏になると影が濃くなるでしょう。地面に日向《ひなた》と日陰ができて、輪郭線がくっきり見えて。あれがすごく面白かった。自分の影の形を確かめるのも好きだった。友達とよく影踏みしたな。公園だと木陰のところが涼しくて、中に入って昼寝したっけ。ちょっと時間が経《た》つと影の位置が変わるでしょ。いつの間にか暑くなって、慌てて座っている場所を移したり。屋上に出て、校舎の影がゆっくり動いていくのを見てたこともあったっけ。校舎だけじゃなくて、雲の影もグラウンドに映っていた。少しずつ形を変えながら動いていくの。生き物みたいに」

確かにそのとき、夕暮れ時の校舎の影が、真空のグラウンドに伸びていた。私がぼんやりとそれを眺めていると、鷺巣は最後にぽつりといった。

「もう、屋上で影を見ることもできないな」

その一言がなぜか、私の心にずっと残った。

鷲巣の横に座って芝生を眺めながら、あのときと同じだと私は思った。夏休み最後の日、自分は気の利いた言葉ひとつ返せずに黙っている。小学校六年の夏はもう終わったと思っていたのに、なんのことはない、また自分は同じことを繰り返している。

そして私たちは別れた。鷲巣とは帰る方向が正反対だった。自転車を曳きながら図書館の正門まで一緒に行き、そこで手を振って別れた。

私は帰り際《ぎわ》に、自転車のペダルを漕《こ》ぎながら、星が見え始めた夕闇の透き通った空を眺めた。まるで映画のエンディングのような空色だった。いまにも THE END の文字が浮かび上がってきそうだった。私はその空を眺めながら思った。なぜ八月最後の日になると、いつもひとつの物語が終わるような気がするのだろう。明日も明後日も受験勉強をしなければならないのに、時間はずっと続いてゆくのに、なぜ八月三一日だけ特別な気がするのだろう。

それ以来、鷲巣とは一度も会っていない。

満月博士や美宇の予言通り、私は小説を書いて生活するようになった。最初の本を出してから四年間、大学の職と兼業を続けてきたが、ようやく今年になって文筆業一本に絞った。

いまでも啓太とはメールをやりとりしている。驚いたことに、啓太は大学のシステム工学の研究室に残り、講師となった。いまもロボットの研究を続けており、ときどきマスコミでも取り上げられるほどの業績を収めるようになった。私が大学を辞職するとき啓太は笑っていった。人には才能ってものがあるんだよ。おまえには研究の才能がなかったのさ。私は笑って頷き、ああ、そうかもな、と答えた。私はときどき考える。あの小学校最後の夏から和解のきっかけをいつまでも得られず、互いに口をきけない状態が続いたら、自分と啓太はどうなっただろうと思いを巡らせる。中学校の廊下で擦《す》れ違うたびに気まずい思いをしただろう。高校進学で別れても、やはりいまの私と同じように、人生のどこかで再会を果たしただろう。ずっと互いの心にしこりが残り、どこかでそれは衝突へと変わったかもしれない。すべては仮の話だ。ここではない別の世界の話だ。

——そして私は、あのミュージアムの物語を書いた。

これまで私は意識的にあのときの出来事を作品として描くことを避けてきた。あの物語を書いてしまったら最後、自分が作家であることの保証がなくなってしまう、なぜかそんな気がしていたのだ。

だが兼業をやめるに際して、あえてこの物語から書き始めることに決めた。これからも私は小説を書き続けることになる。だからこそこの時点で私は美宇たちとの話を書かなければならない。自分の今後を試すための、これは私なりの決意だった。

最初の本を出したときから、美宇たちのことを思い出さなかった日はない。二冊目の著作を刊行した頃からは、さらに意識するようになった。

直接のきっかけは、あの雑誌だった。

引っ越しのために古い段ボール箱を整理していたとき、あの雑誌が出てきたのだ。小学校最後の夏、啓太と一緒に書いたあの雑誌だ。創刊号にして、その一号で終わってしまった、世界でただひとつしかない手作りの雑誌だ。それを手に取った瞬間、私の耳に美宇の声が戻ってきた。

それ以降、私はその雑誌をビニールのシートに入れ、常に鞄《かばん》の中に忍ばせるようになった。取材に出掛けるときも、文壇のパーティに出席するときも、この雑誌を護符のように持ち歩いている。

あのミュージアムには、私と啓太が書いたこの雑誌が保管されていた。美宇がいったことの重要性に、私はようやく気づいたのだ。美宇は確かに、未来の私がこの雑誌を寄贈したといった。

それはつまり、もう一度私はあのミュージアムに行くということだ。

いつか必ず、この雑誌を寄贈するために、あのミュージアムを訪れるということだ。だから私は必ずこの雑誌を持ち歩いている。あのミュージアムといつどこで出会うかわからない。路地を曲がったら、いきなりそこにひっそりと建っているかもしれない。そのとき雑誌を持っていなかったら、美宇に渡すことができないではないか。

もちろん、それがいつになるかわからない。だが、死ぬまでには必ずその機会がやってくるだろう。それまで私は作家であり続けよう。そして作家としてこの雑誌を美宇に渡そう。

本書で記すべき物語は、すでに終わっている。

だがもうひとつだけ、ここに付け加えておきたいことがある。物語の始まりと終わりについてだ。

この物語のごくはじめに書いたように、なるほど物事には必ず始まりと終わりがある。小説も例外ではない。最初の文字を読み始めるその瞬間が始まりであり、また通常は、最後の文字を読み終える瞬間が終わりということになる。

だが私たちは知っている。多くの小説にその続編が書かれた事実を。

最後の文字が書かれた次の瞬間から、それに続く新たな物語が始まったことを。

そう、本書の物語はこれで終わりだ。だが厳密にいえば、それは終わりではない。次の物語の始まりに繋がっているのだ。

この物語を書きながら、私は何度となく思った。

いつかまた美宇とミュージアムを見て回ることができるのだろうか？　美宇は大人になっているだろうか、それとも当時のままだろうか？　美宇は私のことを覚えているだろうか？　記憶に留めているだろうか？

わからない。そうであってほしいと思うが、いまはまだわからない。

また美宇に会うことがあったら、その物語を再び小説に書こう。

この物語を書き終えた瞬間、私は強くそう思った。

そして、その機会が訪れるまでは、別の物語を書き続けよう。あの雑誌を持ち続け、いつか美宇と再び巡り合う日を待とう。それまでこの物語は終わったままだ。だが決してそれは真の終わりではない。小説にとって、真の終わりなどあり得ない。一度物語が始まったが最後、この世から人類が消えてなくなるまで、真の終わりなどあり得ない。いつかまた続きの文字が書き加えられるかもしれない。それは作者ではなく第三者によって為《な》されるかもしれない。どちらにせよ、一度始まってしまった物語を終わらせることは誰にもできない。ひとつの物語の後ろには、次の物語が続いているのだ。

この小説も、最後の一文字に緊張を孕《はら》んだまま、これから何年も放り出されたままになることだろう。私ですらその後がどうなるのかわからない。だからこそ私は待ち続ける。そのために、書き続ける。

だが、小説の古式に則《のっと》って記すなら――

そう。

それは、また別の物語だ。

本書を、故　藤子・F・不二雄先生に捧げる

謝辞

本書を書くにあたり、さまざまな著作・論文を参考にさせていただきました。ひとつひとつタイトルを挙げてゆくと多くのページを必要とするため、今回は大変失礼ながらリスト掲載を省略させていただきますが、著者の皆様方に深く感謝いたしますとともに、心より御礼申し上げます。

前二作『パラサイト・イヴ』『BRAIN VALLEY』と同様、今回も可能な限り文献を調査し、正確に記すことが必要な場合はそのように心がけました。しかし一方では、物語として昇華するために意図的な事実の誇張・改変を施した部分もあります。作中の描写に関して事実関係の確認を必要とされる方には、資料の提示などできる限り協力したいと思っておりますので、遠慮なく出版社気付でお問い合わせ下さい。もちろん、不注意や勉強不足によるミス・事実誤認がございましたら、その責任の一切は作者である瀬名秀明にあります。

シュヴァリエのサン＝シモン教会の賛美歌「サン＝シモン主義者たちの〈新聖書〉」は、鹿島茂氏の訳をそのまま使わせていただきました。

また、作中で引用したディズニー映画『アラジン』の主題歌 *A Whole New World* の詞は、ティム・ライス氏によるものです。ライス氏は奇《く》しくも本年、エルトン・ジョン氏と組んで、ディズニー・ブロードウェイ・ミュージカルの新作 *Aida* をヒットさせました。

オギュスト・マリエットの伝記 *Auguste Mariette ou l'Égypte ancienne sauvée des sables*（Gilles Lambert 著、JC Lattès 刊、1997）の一部をフランス語から日本語へ抄訳して下さいました藤崎京子様、国立科学博物館および新宿分館をご案内下さり、またミュージアム全般についてご教示下さいました常磐大学コミュニティ振興学部長の大堀哲先生、エジプトに関する資料調査のご協力をいただきましたカイロのインターコンチネンタルホテル（当時。現横浜）の山口かおり様、エジプト取材の際に詳細な情報をご提供下さいましたガイドの Wael M. Atef 様、セラペウムの写真および資料をご提供下さいました紺野文彰様、そして貴重なお時間を割いてアドバイスしていただきました早稲田大学エジプト学研究所所長の吉村作治先生、お世話になりましたすべての皆様に、深く感謝いたします。ありがとうございました。

二〇〇〇年八月

瀬名秀明

解説

辻村深月

物語の「解説」は一体、何のためにあるのだろうか。

瀬名さんの『八月の博物館』を読み終え、今、胸にあるのはそんな疑問だ。圧倒的な物語を前にして、人は何を「解説」してほしい？

『八月の博物館』では、繰り返し、「物語」についてが語られる。物語には、なぜ始まりと終わりがあるのか。なぜ物語の始まりはああも劇的なのか（わかります！　冒頭の主人公は歩いている、ないしは躍動感に溢《あふ》れて走っている！）。そして、人はなぜ、物語に感動するのか。物語の力とは何か。

『八月の博物館』という小説は、それらの問いに正面から向き合い、物語そのもので答えを示す。つまりは圧巻の物語で、そんな小説を前に、果たしてどんな「解説」が必要だというのだろう？

もちろん、私にも、文庫の解説を読んで勉強になったこと、理解できたことがたくさんある。その物語がその著者にとってどんな時期にどんな形式や技法で書かれ、文学史や社会においてどんな位置づけをされているか。それを知ることで、物語に対し、気づきや発見、新たな見方を示された経験が何度もある。その意味で、文庫の「解説」は、おそらく、読者への読み方のヒントだ。

ならば——と思う。私が、この小説をどう読んだかという、ごく個人的な記憶をここに書くことも許されるだろうか。読者にとって、それがこの小説をどう読むのかのひとつの補助線になることを信じて。だからできることなら、この「解説」は解説ではなく、本の終わりに添えられた私的な創作の一章のようなものだと思っていただきたい。『八月の博物館』はそれくらい、私にとって特別な本だ。いつかこんな小説が書きたいと、最初に読んだその日からずっと思い続けている。

そもそも、瀬名秀明という作家は、私にとってとても特別な作家だった。初めて読んだ年、私は高校生で、大学受験に際し、文系と理系の間でまごまごしている迷える受験生でもあった。だから、衝撃を受けた。瀬名さんの小説の纏《まと》う、理系の知識や科学を背景としたその圧倒的な「新しさ」に。そして、その頃、いくつかのインタビュー記事で瀬名さんが藤子・F・不二雄作品——とりわけ、『ドラえもん』について語るのを読んだ。感動した。なぜって、瀬名さんが、私たちが大好きな『ドラえもん』をはっきり「すごい」「面白い」と言葉にしていたからだ。小説に対する熱意と緻密さ、扱う知識への妥協なく誠実なアプローチ。瀬名さんの小説を読めば、そのどれもが桁外《けたはず》れてすごいことが、十代の私にだってわかった。そんな小説を書く瀬名さんが、私たちの『ドラえもん』を「すごい」と言い切ってくれた！　瀬名さんは、私にとって、初めて出会った〝ドラえもん好き〟を公言する大人だったのだ。今では想像がつきにくいかもしれないけれど、当時はまだそうした大人は数少なかった。だから自分もそんなふうになりたいと、激しく憧れた。

　そんな瀬名さんの三作目である本書が刊行された時、私は二十歳《はたち》で、大学生だった。手に取ってすぐ、これまでの二作とはだいぶ趣《おもむき》が違うらしいことがわかった。発売を待ちわびた本の表紙には、既視感がある街並みの屋根が遠くまで続く光景。屋根の上には青空が広がり、その真ん中にぽつんとひとつのドアが浮かび上がっていた。その扉を開け――私は一気に、博物館の向こうの夏に飛び込んだ。

　主人公は小学生の少年。同じ年ごろの美宇《みう》という名の謎めいた少女とある日、出会う。舞台は博物館《THE MUSEUM》。何の博物館かというと、「博物館の博物館」だ（！）。そこを入り口に、未知なる世界へと時を超えて出かけていく。ああ、これってまるで――！　わくわくしながら、その博物館で彼を迎える博士の名がなんと満月《まんげつ》博士だとわかった瞬間、これは、もう！　と大興奮した。子どもの頃から大好きな『大長編ドラえもん』の雰囲気を存分に感じ取りながら、同時にそれは物語に憧れてきた私の物語でもある。子どもの頃に見ていた世界がさらに奥行きと解像度を増して、大人の私を圧巻の物語で包み込む。

主に三つの視点によって構成される本書は、大人の作家である〈私〉と、〈私〉が回想して書く子ども時代の自分を投影した亭《とおる》、そして、十九世紀のフランス人考古学者オギュスト・マリエットの物語が絡み合っていく。少年亭のひと夏の冒険と、古代エジプトの壮大な歴史、博物館が内包する大きな時間と空間が交錯《こうさく》し、やがて、ひとつの強大な謎に、亭も〈私〉も翻弄されていく。

最初に読んだ時、私は、何よりもまず少年時代の亭の物語にのめり込んだ。彼はエラリー・クイーンのミステリ小説に夢中になり、『ドラえもん』のテレビアニメの放送のために帰宅し、友達と小説の同人誌を構想する小学生だ。私もまた、彼と同じ藤子・F・不二雄先生の大ファンだったが、先生の言葉——「恐竜の話を描くんだったら、恐竜博士になるくらい恐竜について勉強しなさい」は、亭を通じて初めて知り、今に至るまで胸に刻み込まれている。二回目に読んだ時にはマリエットの生涯をより深く、丁寧《てい》に辿《たど》り、楽しみ、その後、自分が作家になってからは、〈私〉の語りと視点から目が逸《そ》らせなくなった。けれど——そこからもさらに時が経《た》ち、今、この小説を読む時、私の中で一番比重が大きいのは、実は、〈この小説を読む私自身〉の視点だ。少年亭と最初に出会った二十歳の時から、思えば、私の視点はそこにずっとあった。彼の物語は私の物語であり、そして、あなたたち読者、全員のものに等しくなりうる。

だから、この本を読んだ今のあなたが何歳で、何をしていて、何が好きで、今、誰を愛しているか、覚えていてほしい。今日、右に足を向けて帰ってしまった後の世界で、左の道をもし選んでいたらという記憶があれば、その思いが、いつかきっと、あなたの人生を幾重にも豊かにする。どうか、覚えていてほしい。あなたの物語はそこに宿り、いつか、自分だけの冒険を、思いがけなく開いたその場所に再び返しに行く時が来るかもしれない。小説家になった大人の〈私〉が、少年の日の冒険を書くように。冒険の先で、親友と作った同人誌をその場所に寄贈しに行く日を待つように。

『八月の博物館』は、その意味で、誰の歴史にも存在する。

最初にこの本を読んだ時、私にとって、少年亭が過ごした夏の博物館との別れは、今考えるとまだ「予感」だった。小説の主人公たる亭の気持ちに共感しつつも、大学生の私にとって、それはいつか来るだろうという予感に過ぎない感動だった。けれど――それから時を経て、今の私にとってその別れは予感を越え、すでに歴史だ。

だから今、私があの夏に胸を震わせたこの本の中に文章を書いていることは、かつて別れた博物館に、当時の熱がこもった同人誌を寄贈するのに近い行為だ。いつか私は小説家になる――そう念じ、祈り、信じ、だから、作中の亭少年が美宇に「トオル、よく聞いて。あなたはね、作家になる」と言われた瞬間の、戸惑いと気恥ずかしさを、あの頃の私は今よりずっと自分のものとしてわかっていた。猛《たけ》るアピスに向けて、亭が「ぼくはきみの小説を書く！」と告げる渾身《こんしん》の叫びにこめかみが熱く震え、涙した。今でも、本を開くとあの日のその感動に私は同調できる。それはまさに〈同調〉だ。あの頃の自分を、亭を通じて何度も取り戻す。

その気持ちが今はもう過去になった先の未来で、私もまた作家になり、『八月の博物館』の本の中に文章を書いていること。読者だった私もまた、瀬名さんの描く大きな時間と小説世界の中で、この物語の登場人物として、今この瞬間も書かれているのではないか――そんなふうについ、夢想する。そうであったら楽しい、と感じる。

解説らしいことをあまりしない、これは私的な創作の一章である、と予告しておいたが、少しだけ解説らしい話をすると、このように本の中の物語が、思いがけず私たちが生きるこちら側の世界《げんじつ》に手を伸ばしてくるような〈物語の枠を利用した方式の物語〉を「メタフィクション」という。また、大人の〈私〉が書いた作中作として少年亨の物語が描かれるこの形式を「額縁小説《フレーム・ノベル》」と呼ぶ。もし、本書を通じて、そうした物語の面白さに目覚めたなら、その言葉をヒントに、他の物語の扉も探し、開いてみてほしい。おそらく物語とはそういうもので、そして、博物館とは、そういう場所だから。

あなたが今何歳で、どんな立場でいるかわからないから、とにかく、書いておく。本書に登場した様々な要素、熱く乾いた風が間近に感じられるエジプトの考古学の世界、ピラミッドの圧倒的な質感、オギュスト・マリエットの生涯、『アイーダ』という歌劇、聖牛アピスの秘話、「カンビュセスの籤《くじ》」という言葉で連想されるもの、「驚異の部屋《ヴンダーカマー》」の魅惑的な響き、作中で引かれた、エラリー・クイーンの作品名。亨と美宇が一八六七年のパリ万博で出会い、名乗った瞬間美宇がぎょっとした表情になった渋沢篤太夫《しぶさわとくだゆう》という日本人は何者なのか？　満月博士と美宇、そして猫――博物館の案内人である彼らの秘密が明らかになる時、その名を振り返って心が静かに感動するのはなぜだろう。――ああ、尽きない。まだまだある！

そうした事柄のどれかひとつにでも興味が湧けば、また別の扉を開けてみてほしい。鍵となる合い言葉はもう、本書に記され、あなたも知っているはず。その鍵で、あなたは本を閉じた後も、どこにでも出かけられる。

さあ、今こそ美宇の言葉を思い出そう。

「ミュージアムにはね、物語が必要なの」

「それを読んだ人はそのものについて新しい物語を知る。たくさんの物語を持っている展示品は、それだけ豊かで、面白くて、見ている人にもっと知りたいっていう気持ちを起こさせる」

瀬名さんの物語はいつもそうだ。物語を書くということは、そのことの博士になるほど詳しくなる必要がある。その先に広がる、いくつもの好奇心の扉。だから、私たちは物語を読む。だからこそ、『八月の博物館』を読んでから今日まで、私は思い続けている。憧れ続けている。そう、これは物語を愛する力を継承するということであり、広げたいという願いだ。

いつか私も、こんな物語が書きたい。

（つじむら・みづき／作家）

本作は二〇〇〇年十月、角川書店より刊行され、二〇〇三年六月に角川文庫、
二〇〇六年十月に新潮文庫に収録された。

八月《はちがつ》の博物館《はくぶつかん》

二〇二四年一〇月一〇日　初版印刷
二〇二四年一〇月二〇日　初版発行

著　者　瀬名《せな》秀明《ひであき》
発行者　小野寺優
発行所　株式会社河出書房新社
〒一六二-八五四四
東京都新宿区東五軒町二-一三
電話〇三-三四〇四-八六一一（編集）
〇三-三四〇四-一二〇一（営業）
https://www.kawade.co.jp/

ロゴ・表紙デザイン　粟津潔
本文フォーマット　佐々木暁
本文組版　KAWADE DTP WORKS
印刷・製本　中央精版印刷株式会社

Printed in Japan　ISBN978-4-309-42143-8

クリュセの魚

東浩紀　41473-7

少女は孤独に未来を夢見た……亡国の民・日本人の末裔のふたりは、出会った。そして、人類第二の故郷・火星の運命は変わる。壮大な物語世界が立ち上がる、渾身の恋愛小説。

クォンタム・ファミリーズ

東浩紀　41198-9

未来の娘からメールが届いた。ぼくは娘に導かれ、新しい家族が待つ新しい人生に足を踏み入れるのだが……並行世界を行き来する「量子家族」の物語。第二十三回三島由紀夫賞受賞作。

たんぽぽ娘

ロバート・F・ヤング　伊藤典夫〔編〕　46405-3

未来から来たという女のたんぽぽ色の髪が風に舞う。「おとといは兎を見たわ、きのうは鹿、今日はあなた」……甘く美しい永遠の名作「たんぽぽ娘」を伊藤典夫の名訳で収録するヤング傑作選。全十三篇収録。

ハローサマー、グッドバイ

マイクル・コーニイ　山岸真〔訳〕　46308-7

戦争の影が次第に深まるなか、港町の少女ブラウンアイズと再会を果たす。ぼくはこの少女を一生忘れない。惑星をゆるがす時が来ようとも……少年のひと夏を描いた、ＳＦ恋愛小説の最高峰。待望の完全新訳版。

ぴぷる

原田まりる　41774-5

2036年、ＡＩと結婚できる法律が施行。性交渉機能を持つ美少女ＡＩ、憧れの女性、気になるコミュ障女子のはざまで「なぜ人を好きになるのか」という命題に挑む哲学的ＳＦコメディ！

かめくん

北野勇作　41167-5

かめくんは、自分がほんもののカメではないことを知っている。カメに似せて作られたレプリカメ。リンゴが好き。図書館が好き。仕事も見つけた。木星では戦争があるらしい……。第22回日本ＳＦ大賞受賞作。

カメリ

北野勇作 41458-4

世界からヒトが消えた世界のカフェで、カメリは推論する。幸せってなんだろう？　カフェを訪れる客、ヒトデナシたちに喜んでほしいから、今日もカメリは奇跡を起こす。心温まるすこし不思議な連作短編。

小松左京セレクション 1 日本

小松左京　東浩紀〔編〕 41114-9

小松左京生誕八十年記念／追悼出版。代表的短篇、長篇の抜粋、エッセイ、論文を自在に編集し、ＳＦ作家であり思想家であった小松左京の新たな姿に迫る、画期的な傑作選。第一弾のテーマは「日本」。

小松左京セレクション 2 未来

小松左京　東浩紀〔編〕 41137-8

いまだに汲み尽くされていない、深く多面的な小松左京の「未来の思想」。「神への長い道」など名作短篇から論考、随筆、長篇抜粋まで重要なテクストのみを集め、その魅力を浮き彫りにする。

NOVA 2019年春号

大森望〔責任編集〕 41651-9

日本ＳＦ大賞特別賞受賞のＳＦアンソロジー・シリーズ、復活。全十作オール読み切り。飛浩隆、新井素子、宮部みゆき、小林泰三、佐藤究、小川哲、赤野工作、柞刈湯葉、片瀬二郎、高島雄哉。

NOVA　2021年夏号

大森望〔責任編集〕 41799-8

日本SFの最前線、完全新作アンソロジー最新号。新井素子、池澤春菜、柞刈湯葉、乾緑郎、斧田小夜、坂永雄一、高丘哲次、高山羽根子、酉島伝法、野崎まど、全10人の読み切り短編を収録。

NOVA　2023年夏号

大森望〔責任編集〕 41958-9

完全新作、日本SFアンソロジー。揚羽はな、芦沢央、池澤春菜、斧田小夜、勝山海百合、最果タヒ、斜線堂有紀、新川帆立、菅浩江、高山羽根子、溝渕久美子、吉羽善、藍銅ツバメの全13編。

さよならの儀式

宮部みゆき　41919-0

親子の救済、老人の覚醒、30年前の自分との出会い、仲良しロボットとの別れ、無差別殺傷事件の真相、別の人生の模索……淡く美しい希望が灯る。宮部みゆきがおくる少し不思議なSF作品集。

スペース金融道

宮内悠介　42088-2

「宇宙だろうと深海だろうと、核融合炉内だろうと零下190度の惑星だろうと取り立てる」植民惑星・二番街の金融会社に勤務する「ぼく」は、凄腕の上司とともに今日も債権回収へ。超絶SF連作集。

ここから先は何もない

山田正紀　41847-6

小惑星探査機が採取してきたサンプルに含まれていた、人骨化石。その秘密の裏には、人類史上類を見ない、密室トリックがあった……！　巨匠・山田正紀がおくる長編ＳＦ。

シャッフル航法

円城塔　41635-9

ハートの国で、わたしとあなたが、ボコボコガンガン、支離滅裂に。世界の果ての青春、宇宙一の料理に秘められた過去、主人公連続殺人事件……甘美で繊細、壮大でボンクラ、極上の作品集。

ポリフォニック・イリュージョン

飛浩隆　41846-9

日本SF大賞史上初となる二度の大賞受賞に輝いた、現代日本SF最高峰作家のデビュー作をはじめ、貴重な初期短編６作。文庫オリジナルのボーナストラックとして超短編を収録。

自生の夢

飛浩隆　41725-7

73人を言葉だけで死に追いやった稀代の殺人者が、怪物〈忌字禍〉を滅ぼすために、いま召還される。10年代の日本ＳＦを代表する作品集。第38回日本ＳＦ大賞受賞。

SFにさよならをいう方法

飛浩隆　41856-8

名作SF論から作家論、書評、エッセイ、自作を語る、対談、インタビュー、帯推薦文まで、日本SF大賞二冠作家・飛浩隆の貴重な非小説作品を網羅。単行本未収録作品も多数収録。

屍者の帝国

伊藤計劃／円城塔　41325-9

屍者化の技術が全世界に拡散した一九世紀末、英国秘密諜報員ジョン・H・ワトソンの冒険がいま始まる。天才・伊藤計劃の未完の絶筆を盟友・円城塔が完成させた超話題作。日本ＳＦ大賞特別賞、星雲賞受賞。

スイッチを押すとき 他一篇

山田悠介　41434-8

政府が立ち上げた青少年自殺抑制プロジェクト。実験と称し自殺に追い込まれる子供たちを監視員の洋平は救えるのか。逃亡の果てに意外な真実が明らかになる。その他ホラー短篇「魔子」も文庫初収録。

僕はロボットごしの君に恋をする

山田悠介　41742-4

近未来、主人公は警備ロボットを遠隔で操作し、想いを寄せる彼女を守ろうとするのだが——本当のラストを描いたスピンオフ初収録！　ミリオンセラー作家が放つ感動の最高傑作が待望の文庫化！

ニホンブンレツ

山田悠介　41767-7

政治的な混乱で東西に分断された日本。生き別れとなった博文と恵実は無事に再会を果たし幸せになれるのか？　鬼才が放つパニック小説の傑作が前日譚と後日譚を加えた完全版でリリース！

メモリーを消すまで

山田悠介　41769-1

全国民に埋め込まれたメモリーチップ。記憶削除の刑を執行する組織の誠は、権力闘争に巻き込まれた子どもたちを守れるのか。緊迫の攻防を描いた近未来サスペンスの傑作に、決着篇を加えた完全版！

その時までサヨナラ

山田悠介　41541-3

ヒットメーカーが切り拓く感動大作！　列車事故で亡くなった妻が結婚指輪に託した想いとは？　スピンオフ「その後の物語」を収録。誰もが涙した大ベストセラーの決定版。

93番目のキミ

山田悠介　41542-0

心を持つ成長型ロボット「シロ」を購入した也太は、事件に巻き込まれて絶望する姉弟を救えるのか？　シロの健気な気持ちはやがて也太やみんなの心を変えていくのだが……ホラーの鬼才がおくる感動の物語。

少年アリス

長野まゆみ　40338-0

兄に借りた色鉛筆を教室に忘れてきた蜜蜂は、友人のアリスと共に、夜の学校に忍び込む。誰もいないはずの理科室で不思議な授業を覗き見た彼は教師に獲えられてしまう……。第二十五回文藝賞受賞のメルヘン。

コドモノクニ

長野まゆみ　40919-1

きっとあしたはもっといいことがある、みんながそう信じていた時代の子どもの日常です（長野まゆみ)。——二十一世紀になるまであと三十一年。その年、マボちゃんは十一歳。懐かしさあふれる連作小説集。

テレヴィジョン・シティ

長野まゆみ　41448-5

《鐶（わ）の星》の巨大なビルディングで生きるアナナスとイーイー。父と母が住む《碧い星》への帰還を夢み、出口を求めて迷路をひた走る二人に、脱出の道はあるのか？……ＳＦ巨篇を一冊で待望の復刊！

三日月少年の秘密

長野まゆみ　40929-0

夏の夜届いた《少年電気曲馬団》への招待状に誘われ、ぼくは遊覧船でお台場へ。船は知らぬまに“日付変更線”を超え、出会った少年と二人、時をスリップしてしまう……空中電氣式人形の秘密が今明らかに！

著訳者名の後の数字はISBNコードです。頭に「978-4-309」を付け、お近くの書店にてご注文下さい。